绿 宝 石
Fall into your light

恃靓行凶

休屠城 ◎ 著

北京联合出版公司
Beijing United Publishing Co., Ltd.

他明白一件事情——永远不要把主动权交给林霜。

钟点工阿姨在阳台上晾衣服，突然"咦"了一声："林小姐，冰箱空了好几天了，好久没有看见小周了，他什么时候再过来？"

林霜趴在角落抽烟，看着楼下空荡荡的巷子，吐了口烟雾："以后应该不来了吧。"

"怎么不来了？"

林霜叼着烟戏谑："可能被我吓跑了吧。"

阿姨干了这么多天，也和林霜熟悉了，觉得这个小姑娘蛮独立的，一个人住，摔伤了胳膊也就朋友和男友照顾，本意是想多聊聊："是不是闹矛盾啦？小周看着人蛮好的，年轻人啊……"

林霜漫不经心地听着，抽完一支烟，回了房间。

那天周正头也不回地走了，没有再给她打电话，也没有再出现在她面前。

感谢现代社会的便捷，足不出户就可以解决任何问题，什么都能送货上门，就算要护理身体，也有发廊或美容院可以上门服务。

林霜的肩膀在慢慢恢复，手臂活动范围已经大了很多，穿衣、拧毛巾这样的小事都可以自己做了。出门也方便，她偶尔去苗彩店里坐一坐、聊一聊。

"怎么今天收拾得这么漂亮？连胳膊都不绑了？"苗彩帮林霜护理指甲，"干吗去？"

"跟我妈见面。"林霜微微活动了一下右手，"不太疼了，只要不用力就没事，回家再绑吧。"

林霜嫌弃医用吊带不好看，出门都不太用。付敏很久没见林霜，本来要到家里来看看，但林霜约在了外头，顺便陪着付敏办点事情，吃个饭。

母女两人见了面，付敏的神色看着有点憔悴。她看见林霜，问："怎么瘦了？"

"天热了嘛，出汗多，也没什么食欲。"

"还是要好好吃饭，自己照顾好自己。"付敏叮嘱林霜，"注意身体。"

"知道。"林霜打量了一下付敏，付敏鬓边的一缕白色看着格外刺目，"白头发长出来了，怎么没再染一下？"

"最近忙，没腾出空来。"

两人找了个餐厅吃饭。付敏向来是个唠叨的人，这回却格外沉默，奋着唇角勉强跟林霜聊天。

付敏看林霜吃饭左右手交替着用，夹菜都是左手用力，右边手臂一直垂着，问道："你那只胳膊怎么了？"

"没什么。"

"怎么没什么？你都用不了这只手。我看看。"

"真的没什么。睡觉的时候压了一下，不怎么疼。"林霜抬了抬手臂，语气自然，"一点小伤而已，手能动，就是有点酸劲儿。"

林霜安慰付敏："看过医生了，医生也说没事，我贴了好几块膏药，过两天就好，你放心吧。"

付敏看她神色自若，稍稍放下心来，又叹气："你一个人住，当心点，最好还是身边有人照顾一下……我也实在忙，顾不及你。"

"家里有什么事情吗？"林霜看着自己的母亲，"你心情不太好。"

"跟你漆叔叔吵架了。"付敏黯然，抿抿唇，眉宇间一股怨气，"还不是漆灵，这孩子不知道什么脾气，高三了，越来越难管。你漆叔叔也管得头疼，这几年的心思都扑在他身上，连带着漆杉都受委屈。前几天，他们班的班主任抓住他偷偷抽烟，他在办公室跟老师顶嘴，回宿舍又跟同学闹起来，两人打了一架，把人家膝盖磕青了一块。

"就一点小伤，也说不清是谁的对错，偏偏在这节骨眼上，对方家长直接把孩子送到了医院，又要报警又要赔偿。他学习本来也不好，学校那边也下通知，说要记过处分、留校察看，还要把他换到平行班去上课。"

平行班就是所谓的后进班，学风差，老师也不管事，可能很多学生连高考都不准备，只为了拿个高中毕业证结束学业。

"你漆叔叔求着对方学生家长松口，跑了好几趟，家里人也跟着着急上火。"付敏看看林霜，小心翼翼地问，"霜霜，你认不认识学校的老师，可以帮帮忙吗？别的先不说，至少那个处分……要是上档案了，那可就麻烦了。"

林霜垂眼，声音平淡："我问问吧。"

林霜想了很久，还是给周正打了个电话。

她以为这个电话不会再打通，她的确等了一会儿。她默默数着电话里的连线声，而后突然听到了男人的声音。

林霜怔了怔，喊了声周正的名字，他平平静静地应了。

紧接着然后，两人都没说话。

周正等着林霜开口。

林霜把烟掐灭，轻轻吐了口气，语气平淡："有个事情……能不能求你帮个忙？"

她破天荒地对周正用了"求"这个字。

"什么事？"

林霜把漆灵的事情简单地跟周正说了一遍："如果要花钱疏通学校关系，那也没问题，这笔钱我来付，多少都可以。"

"我问问。"

"谢谢，那我等你消息。"

"好。"周正挂了电话。

周正往教导处跑了一趟。事情办完后，他没给林霜回消息，直接给漆雄打了电话。付敏知道后再打电话给林霜："受伤的学生那边赔了点钱，学校的处分撤销了，漆灵调了个班，调到了周老师任教的那个班里。"

"霜霜，你漆叔叔说要好好谢谢你，什么时候有空，你来家里吃个饭啊？这回你漆叔叔下厨招待你。"付敏的声音听着轻快了不少。

"好啊。"林霜笑着应了下来。

林霜想了又想，找了周正一回。

周正知道她想说什么，直接开口："不是什么大事，学校里没那么多门道，不需要花钱。打架的事情，双方都有错，漆灵抽烟的处分没往上报，新去的那个班班主任是我以前的老师，也是个很宽厚、负责的老教师，他愿意把漆灵收到班上来，不过只是暂收，要是他以后表现不好，还是要分出去。"

"谢谢。"

"不客气。"周正的语气稍显疏离。

林霜在电话里拖了很长时间，不知道找什么方式来谢他。没等林霜多说，周正就要挂电话。挂电话之前，他想起一件事："后天下午三点，医院复查，别忘记了，病历本和医保卡都在药盒里。"

从林霜受伤那天起，一直都是周正在医院跑来跑去，定期带她去医院复诊。林霜没管过这个，也没记过去医院的日子。

"知道了。"林霜抿抿唇，笑着问周正，"你不陪我一起去吗？"

"我有事情。"周正语气平平，"你自己去吧。"

"好啊。"林霜语气轻快。

复查是林霜自己去的，肩膀恢复得不错，她松了口气，熬了一个多月，终于熬出头了。

北泉高中已经正式开学了，奶茶店开始忙起来，娜娜和 Kevin 两个人顾不过来，林霜要是再不能出门，可能要再请个店员才行。

林霜复工那天，娜娜和 Kevin 都很惊喜，这阵子奶茶店少了一道亮丽的风景线，日子都无趣了些，还有不少常客过来八卦，担心林霜是不是再也不来了。

现在林霜回来了，店里真来了不少人嘘寒问暖，聊东聊西的，真比往常热闹了几分。

张凡和谢晓梦一起出现的时候，林霜还是小小地吃惊了一下，扬起了眉头。

"老板终于回来啦！胳膊好了吧？再不好我们都等急了。"张凡笑嘻嘻地道，"你再不回来，这奶茶店可要倒闭了啊。"

"乌鸦嘴。"林霜凶他，瞟着旁边的谢晓梦，笑道，"这是有好消息了呀？"

"郑重介绍一下，敝人女朋友——北泉高中的女神谢老师。"张凡自豪道，"万里长征终于走到了终点，看到了一线曙光。"

谢晓梦倒是一贯的矜持高冷，使了个眼色过去："正经一点。"

她转向林霜，语气稍稍温和一点："胳膊恢复得还好吧？"

简直破天荒了，谢晓梦和林霜向来气场不合，什么时候有这么温情的一面？林霜点头微笑："好多了，谢谢谢老师的关心。"

"我爸爸以前也骨折过，恢复期间吃过好几种补品，我们都觉得挺管用的。"谢晓梦报了几样补品名字，"你也可以试试，多补充点营养总没错的。"

林霜几乎觉得谢晓梦转性了，忍不住微笑："谢谢，我记下了，有空买回来试试。"

两人拎了几杯奶茶走。张凡把谢晓梦送回办公室，又折回奶茶店，看着林霜笑。

"笑什么？"林霜觉得他笑得阴森森的。

没有旁人，张凡畅所欲言："你和周正是咋回事呢？"

周正照顾林霜的事情没往外说，连谢晓梦都不知道，但他跟张凡走得最近，张凡看他不在学校、不在家、不办事，就能揣摩出点不一样来。

"你问他啊。"林霜笑道，"你们俩不是好朋友吗？"

"他要是能开口就好了，你是不知道，他这几天像换了个人似的。"张凡摇摇头，"你们上学期分手的时候，周正还淡定得跟个没事人一样，每天说说笑笑、玩玩闹闹的，最近却不一样了，每天脸跟冰块似的，问他话他也不理人。"

张凡趴在吧台，一脸八卦："你惹他啦？周正提复合，你拒绝啦？他也不该是这样小气的人啊。"

林霜耸耸肩膀："我也不知道原因。"

她一直没见过他。

张凡瞟了林霜一眼："反正你们两个人我都看不懂。不过我还是挺自己兄弟，周正真不差啊，人品可靠，工作上进，最近房子也买了，这些配齐后，市场行情……挺好的。"

林霜没接话，问他："你聊我和他干吗？你呢？什么时候跟谢老师在一起的？怎么打动冰雪女神的？"

"就暑假的时候，我也没怎么打动，可能就突然想开了吧。想那么多干吗，今朝有酒今朝醉吧。"

林霜笑着摇摇头。

周正再打电话给林霜是在某一天的下午，林霜看着手机上的来电显示，接通了电话。

"我在家里。"周正很直接，"你留在我这儿的东西，我全都收拾出来了，你有没有空过来取一下，或者我送到奶茶店去。"

分手的时候，林霜只带走一部分随身物品，很多零碎的小东西都扔下了。

"那些东西我都不要了，你扔掉就可以了。"

周正看了看身边的东西，有林霜新买的吹风机、香薰机、马克杯、牙刷、牙膏，还有香水、化妆品和裙子、睡衣。

"都是你的东西。"平心而论，周正不喜欢林霜这样对待东西的态度，"要扔，你过来拎走扔掉，楼下就有垃圾桶。"

林霜听着他语气冷淡，脸色也收敛起来，肃声道："那好，我等会儿过来。"

她去了趟周正家。

周正在厨房忙，把家里没开封的米面和调料都收拾出来，打算送给左邻右舍。

林霜看着满桌满地的东西，又看到摆在屋子中间的行李箱，瞬间僵住一般，眼睛突然失去了光彩，瞪得圆圆的，看着周正。

周正低头忙自己的事情，根本没看林霜："房东要卖房，房子也快到期了，我要搬走，家里的东西都要送出去。"

林霜想起来了，周正最近买了房子，还上着课，不可能离开北泉。她"哦"了一声，有些发白的脸颊恢复了一点血色。

周正从她身前迈过去："你买的窗帘和桌子这些，如果要的话，我就拆下来，如果不要也不介意的话，昨天隔壁的邻居过来讨，我送到他家去。"

"好啊。"林霜一副无所谓的态度，任由他处置。

周正走向阳台上一长溜的购物袋："这些都是你的东西、护肤品、化妆品、生活用品，我都整理好了，你拿走吧。"

他将袋子一个个拎到林霜面前，林霜倚着书桌站着，打量袋子里的东西，有些是新买的，有些是她从家里带过来的，还真不少。

"还有你的一些衣服。"周正去翻衣柜，把林霜的衣服都找出来，抱到沙发上，叠好放进购物袋。

"这些东西你留着干吗？我都不要了。"林霜哂笑，"你可以直接扔掉。"

周正皱着眉，目光冷漠，语气冰冷，咬字很重："这里很多都是新的东西，还可以用，有用的东西就是资源，就不能随便扔掉。人应该有最起码的节约意识，这些东西，很多人可能一辈子都用不上，你不可以随意浪费。"

林霜看着他，他从未对她如此冷漠过，甚至没有如此严肃地说教过。林霜心头不痛快，更像是积压的情绪要爆发，她出口反驳："我有更好的东西，为什么还要留着这些不够好、用腻了的东西？"

周正冷声道："那你在买东西时候为什么不想想，你已经有了更好的？早知道会嫌弃，为什么还要下手买它？你用腻的时候，想想它的未竟价值，起码应该有始有终。"

林霜抬着下巴："女人就是这样，反复无常，心思不定，我怎么知道我会腻？我怎么知道我到手后会嫌弃？"

周正觉得她在狡辩，眉头拧得紧紧的，冷着脸不理她。

气氛有点凝重，林霜挨着桌角，看着周正利索地收拾，问他："你新房子开始装修了？有钱装修吗？要搬到哪里去？"

"没钱。我自己赚。学生宿舍楼。"周正惜字如金。

林霜轻佻地笑了笑："没钱早说啊，我可以包养你啊。正好我家里还空着一间卧室，你给我洗衣做饭，我每个月还能给你一笔钱，总比住学生宿舍强。"

周正抬头看了她一眼，眼神冷若寒冰："你说什么？"

"我说，我可以包养你，我有钱。"林霜歪着脑袋，一副明艳、无所顾忌的神色。

周正死命磨后槽牙，黑眉竖起，一双眼睛亮如冰星，大步迈到她面前："你再说一遍？"

屋里的气氛剑拔弩张。

林霜脸上挂着刺目的笑意："这么生气吗？周老师的道德水准越来越高了。"

周正沉沉地盯着林霜，恨不得捏碎她说话的嘴，或者捏碎她那颗为所欲为的心，他怒容满面，咬牙切齿："林霜，你就是这样过日子的吗？"

"我就是这样过日子的！有什么问题？"林霜睨着他，不甘示弱，"我一直都是这样，你在我身边那么久，不是很了解吗？"

周正气极："你能不能对自己负责点？非得这样对自己吗？"

"我不负责？周正，这是我的人生、我的态度，你情我愿的事情，你看不起就算了。"林霜笑得妖冶，"怎么，现在嫌弃我了？一声不吭，对我避之千里。"

林霜嗤笑了一声："你装什么清白纯良？之前三个月，你不是也享受到了吗？"

周正脸色发青："你是不是觉得，我对你做那些，就是为了这个目的？"

林霜牙尖嘴利地讽刺他："就算不光是为了享受，最后的结果不都一样吗？你别以为我不知道，你自己心里也想着，只要弄到了手，那就是成功了，不然你带我看什么房子？房子不也是为了睡觉用的吗？"

"我当然想睡你，我怎么不想睡我喜欢的人？"周正眼睛发红，手里还攥着她的东西，重重地墩在书桌上，桌子连带着林霜的身体都颤了一下，"可我不单想睡你，我还想爱你！"

林霜的喉咙哽了一下，脑海里一片空白，半个字也说不出来。

♡　♡　♡

林霜怎么会没有遇见过真心？她当然遇见过。只是她根本不在乎，弃若敝屣，久而久之，得到的真心也就越来越少。

林霜硬撑着："这年头儿的爱，满大街都能捡，你今天能对我说，明天也能对其他人说，廉价到不值一提罢了，我不稀罕。"

周正喉头腥甜，被她气得头昏脑涨，怒极反笑："对，我的爱的确廉价到不值一提，你也犯不着稀罕，本来就是一天不如一天，指不定哪天它就彻底消失不见了。"

"不用等哪天，现在就可以消失不见。"林霜耷拉着眉眼，语气飘忽，"谁在乎啊？"

周正看着她的艳唇一张一翕，全身血液似乎都被冻住了，滚了滚喉结，声音冷硬："急什么？反正也快了，迟早会走的东西，我倒想清清楚楚地看着它走的那天的情景，半点不留地被扫地出门，然后庆祝我终于从深渊中解脱。"

他脸色铁青，身上的气息很冷，不同于往日那种温和，脸庞和五官的棱角如刀刻的石雕。

周正是真的被林霜气疯了，他觉得自己的脑子都是被刀劈或被闪电击中的裂痕，一片空荡。

室内的气氛尴尬到了极点，他们隔着那点距离，却好像隔着两个世界。

林霜也冷着脸，长睫遮住眼波，没说话，弯腰去拎地上的购物袋。她整个人也沉默，目光空洞，像水瓶里泡着的鲜花，颜色依然鲜亮，但缺失的是勃勃生机。

那些购物袋有轻有重，她半蹲着身体，把它们一个一个挂在手臂上，企图一次性把所有东西都带走，就好像从没有出现过一样，消失得不留痕迹。

　　周正静静地看着林霜的动作，最后实在忍不住，迈步上前抓住那些购物袋，要把它们从她的手腕上取下来，语气焦躁、沉郁："给我吧。"

　　林霜不肯，拨开他的手，冷声道："不用，我自己可以。"

　　"你的手还在恢复期，不能拎重物。"周正伸手去挡她的动作，"我来。"

　　"放手！"林霜柳眉倒竖，偏偏把购物袋往右手上挂，并用力拍开周正伸过来的手，凶他，"走开！你离我远点！"

　　周正皱了皱眉，粗鲁地把购物袋从她手上统统往下撸，脾气也上来了，凛声斥责："你的手还要不要了？打算再骨折一次，是不是？"

　　"周正！"林霜护着手上的东西，用购物袋甩他的手，像只被踩到尾巴的猫一样炸毛，满脸通红，"我的手关你什么事？我让你管了吗？你是我什么人？别碰我，行不行！"

　　她的神情说不清是嫌弃还是愤懑，别扭得让他心里难受。

　　周正黑眉紧皱，满脑子的恼意，强硬地箍住林霜的一双手腕，一个个扯下吊在她手腕上的袋子。

　　林霜杏眼带怒，咬牙道："放手！你放开我！"

　　购物袋一个个砸在地上，东倒西歪，瓶瓶罐罐摔出来，滚落了一地。

　　周正一只大手就箍住了林霜两只手腕，力道又大又紧，像紧勒的绳索。林霜只觉得痛，是那种被钳得死死的痛，她被他死死控制着，叛逆心冲上来，下死力要挣开他的桎梏。周正绷着腮帮子看着她怒容满面，双眼通红，死死不肯松手。

　　"周正！你松手！"

　　周正从来没有见过林霜这副模样，咬牙切齿，眼眶红着，连眼角和眉尾都有红痕，不知道是生气还是委屈，很罕见的神情，不同于往日那种一气呵成、像捉不住的风一样的风情万种、嬉笑怒骂。

那一瞬间，不知是鬼使神差还是其他，周正顺着林霜挣扎的力道，拉着她的手腕将她扯到怀里，紧紧地搂住了她。

林霜狠狠地捶了他一把。

搂住她的时候，周正才恍然有种感觉，像重感冒，时冷时热的症状交织，让人战栗，让人晕眩，让人昏沉。

遇见十年前喜欢的女孩，那些记忆重新苏醒，再给了他三个月的缠绵、深陷，他真的也想放手。

两个人搂抱在一起，林霜在他怀里扭来扭去，用力挣扎，死命挣脱，拧他、挠他、掐他、踹他、咬他，费尽一切力气，周正像块石头一样，不还手，也不肯松手。

久了，她也累了，停下来，在周正怀中大口喘气。

两个人都没说话。

林霜被他搂着、抱着，天气那么热，他们都出了一身汗，黏糊糊的，周正却依然箍得紧紧的，紧得让她喘不过气来，让她头晕目眩，几乎要缺氧晕倒。

他为什么要拥抱她？为什么心跳那么快？

林霜觉得眼睛酸胀，像疲惫过度后泡在温水里的感觉。

"霜霜，在你心里，爱是种廉价的东西吗？"周正有点疲惫地问林霜，"那什么才不廉价？你不愿意接受我的爱，却愿意和我没名没分地相处，为什么？"

林霜眨眨眼，憋回眼眶里的泪水，压抑着呼吸，没说话。

"你说你习惯逢场作戏，你以前根本就不是逢场作戏的人。"周正问，"你和李潇意不是谈过很多年吗？你爸爸入狱后，和李潇意分手后，你后面那些年经历过什么？是不是过得很辛苦？"

一个喜欢看恋爱杂志、喜欢浏览"如何让男友更爱我""恋爱保鲜技巧一百招""男女默契养成调查问卷"的天真少女，怎么会变成习惯逢场作戏的人？

林霜呼吸又急又乱，隔了很久，才挤出声音回他："你管我？跟你有关系吗？你又要对我说教吗？打算用你崇高的道德感来感化我吗？"她的声音又冰又冷，"我是罪大恶极还是道德败坏？你那天把我扔下，半个字都没解释，彻底断绝联系，你心底根本看不起我，是吗？你是不是一直觉得我浪荡、轻浮、不要脸？"

"对不起。"周正靠在她身上，缓声说话，"我不该对你说教，我不该跟你吵架，我不想闹成这样。我并不想管你经历过什么，那些都过去了，我只是觉得，你不应该用过去的经历来影响现在的生活态度。我不是道德感爆棚，我只是觉得你值得过更好的生活，你应该被人捧在手心里，被人小心翼翼地珍视，而不是随意地挥霍自己，我不想联系你，只是因为我不知道该怎么去面对你。"

"那天半夜，为什么要打电话给我？我们分手那么久了，你后面又有了新的男友。"

林霜扭开脸，躲开他的视线："因为你随叫随到、有求必应。"

"只要你勾勾手指，在那种情况下，我相信任何男人都随叫随到、有求必应。"

林霜绷着脸不说话。

"是只有我，还是还有别的男人？"

林霜脸色暗了暗，猛然觉得有点难堪，拧着脖子，挣扎着要退出周正的怀抱。

"告诉我。"周正掐着她的脸颊，目光徒然尖锐，"我想知道。"

林霜被周正逼得扭过脸，面对着他。

她触到他的视线，瑟缩了一下，又扭过脸不看他。周正掌下施力，迫使林霜正视他，目光灼灼，掌控力十足，语气也慑人："告诉我。"

"只有你。"林霜嘴唇颤了颤。

"为什么？"

"因为你能干，还知道用心取悦我。"林霜僵着脸，"这理由够不够？"

"你这话说得很没有礼貌，不过接下来……我的话可能会更没有礼貌。

"霜霜，你对我起码还是有一点点兴趣的吧？

"在你对我的兴趣消失之前，在我对你的爱消失之前，这段时间不会很长，你能不能试着跟我谈个恋爱？用心的那种，光明正大的那种。

"我没想要走到结婚那一步。我知道，你未必看得上我这条件，我也未必养得起你。我们也许没有结果，但起码有过程，有记忆，有始有终。"

林霜垂着眼睛不看他。

"你敢跟我逢场作戏，你敢不敢跟我试一试？答应我！"周正箍着她的脸转向自己，看见她那双水光潋滟的眸子，"你怕什么？有什么好怕的？正如你说，反正最后的结果都是睡觉而已。"

林霜定定地看着他，看他的眼眸镇定又夺目，喉头绵软，心跳得厉害。

"答应我！"周正死死地盯着她。

"好，我答应你……"林霜咬咬牙，仿佛下了个破釜沉舟的决定，"我……可以跟你试一试，但好聚好散，如果其中有一方觉得不合适，可以随时终止。"

"当然，但起码要开诚布公、坦诚相待，不能私自制定规则。"

"可以。"

周正突然如释重负般笑了笑。

林霜看着他的微笑，有点胆战心惊，有点别扭，也有点手足无措的忐忑。

两人默默站了很久。

周正摸了摸林霜脸颊上的红痕，吻了下去。

林霜颤了颤羽睫，温顺地闭上了眼。

两人在杂乱的室内接吻。周正这个吻罕见地强势，不能自我控制节奏，林霜只能紧紧攀附着他。

"周正……"

周正腾出一只手，坚定又温柔地拭去林霜脸上的泪。

他明白了一件事情——永远不要把主动权交给林霜。这个姑娘把她的心弄丢了。

♡　♡　♡

天亮了，屋外的阳光火辣辣的，被窗帘挡得严严实实的卧室照不进一丝阳光。浴室响起水声，林霜才懒洋洋地睁开双眼。

恋爱守则第一条——男人的甜言蜜语不能听，心软容易害死自己。

周正从浴室出来，正好看见林霜抱着床单往洗衣机里塞。

看见周正出来，林霜的表情明显收敛了一下。她不动声色地站直，神情自若地拢了拢自己的头发，语气淡定又自然，嗓音却带着脱力的嘶哑："我买的那个洗衣凝珠呢？用完了？"

"在柜子里。"

周正走到她身边，和她并排站着，打开柜门翻了翻，拿出一颗洗衣凝珠扔进洗衣机里，关门，启动开关。

洗衣机"轰隆隆"地转起来。

两人的目光都落在洗衣机的滚筒上，神情有一丝恍惚。

他们没有聊天，也不知道聊什么，两人刚经历过那么长时间的疏离，还有一场明枪暗箭的争吵，最后达成一个莫名其妙的协定，星星之火莫名其妙地燎原，引火上身烧到骨头都酥了。

这时候该聊什么？夸对方甜蜜？

气氛有点莫名的拘谨和陌生。

完全没有达到恩仇尽消、情浓意惬的境界啊。

不过说实话，林霜很喜欢两人拥抱之后的走向，周正的某一点隐藏属性，给人一点"荷尔蒙爆棚"的晕眩感。

"你去洗洗吧，浴巾我放在里面了。"周正摸了摸自己的鼻子。

林霜打量了他一眼，他身上的 T 恤和运动裤清清爽爽，再反观自己，她不服气地磨磨牙，嗤笑了一声，先去抓烟盒倚在窗台抽烟，又摸了一下微肿的嘴，哂笑："看不出来，周老师原来人面兽心。"

周正面上岿然不动，耳朵微微发红，却没有开口反驳她。

他也是情绪绷到极致，行径反常，一时没控制住力道。

周正唇角带笑，眸光潋滟，柔声道："给你煮点吃的补充下体力？泡面加荷包蛋，好不好？"

林霜懒洋洋地"嗯"了一声。

他们一个人进了浴室，另一个人进了厨房。等林霜洗澡出来，泡面已经煮好了。周正盘腿坐在地上重新整理那些被摔得乱七八糟的购物袋。

林霜把面碗端到小凳子上，也席地而坐，一边吃东西一边看他整理，丝毫没有帮忙的意思。

"房子什么时候到期？"

"下周。"

"家里的杂物都不要了？"

"学生宿舍地方不大，东西多了放不下，又没有厨房，而且在五楼，搬上搬下也不方便。"

"免费送人，还是低价卖出去？"

送给邻居的二手物品，哪有要钱的？周正自然道："免费送。"

林霜不乐意，睁着眼睛说瞎话："好多都是我买的，你送人都不先过问我的意思吗？"

"你不是不要吗？送给别人总比扔垃圾桶强吧？"

林霜板着脸："都是我精心挑选的，也花了不少钱，而且才用了没多久。"

周正看她一眼，微微蹙眉："那都给你？"

林霜歪着脑袋："我用不上，不过我家倒是空着，有地方能放。"

两个人都知道的，她家有个主卧，空着。

"那先寄存在你家？"

林霜点头，过了一会儿，又云淡风轻地问周正："你呢？"

"我？"周正挑眉，"我带点衣服去学校住，住宿申请已经批下来了，而且住宿舍比较方便。"

林霜"哦"了一声。

她想了想，也是，哪有刚确立关系就同居的，多少要矜持一下，但感觉又有点微妙，语气无所谓："随你吧。"

周正偏头看她，笑了笑，揉了揉她半干的长发。

林霜磨磨牙，站起来："我回去了。"

周正先打车把林霜送回家，顺带把她的那些购物袋拎上。

临走前，他本来已经迈步离开了，却又转回来，看了她一眼。

林霜整个人懒洋洋的，懒洋洋地站着，懒洋洋地看着他。

周正走回去，在她面前伸开了手臂，目光温柔，一副索要拥抱的姿势。

林霜心里"啧"了一声，目光瞟向一侧。

周正看她不为所动，笑了笑，垂下肩膀搂住她，脸颊贴着她的脸颊，亲昵地蹭了蹭。

"霜霜……"语调缠绵。

这种黏黏糊糊的动作啊……

原先那个沉稳、单纯的周老师，两个小时前那个气得要爆炸的男人，怎么变成了一根扭来扭去的麦芽糖了？

周正抱着林霜不肯撒手，更不愿意挪步子，这失而复得又翻天覆地的幸福，连期待都变得小心翼翼，这是不是人生中最接近幸运的复盘时刻？

周正走后，林霜直接躺回床上。

这种感觉很微妙，像再次重游某一处风景，她明明知道接下来所有可能会发生的事情，却仍然不自觉地有了期待。心境和认知都有了新变化。

晚上十一点，林霜接到了周正的电话。

"在做什么呢？"

"整理东西。"周正问，"你呢？"

"玩游戏。"

两人杂七杂八地聊了几句，周正问林霜："霜霜，你那儿一个月房租多少？"

"干吗？"

周正停了停："我其实是想慢慢来，把恋爱的每一步都走一遍……但一个人独处的时候，一分一秒都觉得很冷清，还是想离我的女朋友更近点……"

林霜不自觉地挑眉。

好哇！过了这村就没这店了。

"别啊，好不容易谈个恋爱，当然要从头再来，循序渐进。"林霜调侃，"我觉得，恋爱吧，还是要有一个仪式感和完整过程，不如我们再造个情景和氛围，最好是先从那种若即若离的暧昧开始，从眼神沟通到心有灵犀，先勾勾小指头，再到手拉手，吃个晚餐约个会，节奏慢一点最好了。"

周正"嗯"了一声："完全可以。我充分同意这样的节奏，只是从时间规划的角度，我可能有点忙，加上我们两个的空闲时间不一致，每天见面仅限于课余几个小时，怕是会阻碍恋情的进展。

　　"不如换个思路吧，同住一个屋檐下的合租室友朝夕相处、日久生情、擦出火花的那种套路，怎么样？"

　　"租房子，你有钱吗？我的房租超贵的。"

　　林霜查了下网上的租金，给周正回信息："一个月一千二。"

　　怎么也入不了"超贵"的行列。

　　周正直接转给了她一年的房租。

　　"什么时候搬过来？"

　　"周末吧。"

　　林霜想了想那画面，弯唇笑了笑，竟然有一点点的雀跃和期待。

林霜像只被拎住耳朵的兔子，或者被咬住后颈的小猫咪。

　　林霜家的两个卧室面积和格局一样，朝向也一致，两扇卧室门相邻。林霜的房间已经被塞得满满当当的了，另一间却是空荡荡的，屋里只有一个老式衣橱，连床都没有。

　　搬家是件很烦琐的事情，周正每天搬点东西来林霜家。他最先占据的是林霜家的厨房，本来打算送人的厨具和锅碗瓢盆也全搬了过来，厨房一下拥挤起来，台面上摆满了瓶瓶罐罐。周正还找人换了水槽和吸油烟机，把老式厨房改造了一下。

　　前阵子林霜肩膀骨折，周正过来照顾，为了避嫌，是真没探究过她的家，眼下才仔细打量起来。

　　空闲的那个房间，他大概知道那是林霜父母的卧室，地上还有双人床的床脚印痕，窗下的地板被晒出了色差，他为此还专门买了补色剂和清漆来修补、打磨，甚至把房间半朽的踢脚线翻新了。

　　奶茶店装修时周正帮了不少忙，再看他操作家里家外是一把好手，林霜再一次感慨，他怎么就是个数学老师？这人不当个手艺师傅亏大了。

　　"这有什么难的？我老家的房子就是我爸妈自己砌砖盖的，后来装修也是我跟着师傅贴瓷砖、刷白墙，只要看明白技巧，上手并不难。"

"是吗？你还装修了自己家的房子？"林霜笑问。

周正点点头："前几年村里盖房子比较多，我跟着老师傅学过几天，懂一点点皮毛。我二叔年轻的时候就是个木匠，我小时候也能自己做个小板凳玩。"

一个被学业耽误的民间实干家。

林霜从来没有把自己往接地气这一方向引领过，不过这一任的男友的确很接地气，是现实版"上得厅堂，下得厨房，外出打工还很强"的全方面人才。

这一个月一千二的房租收得特别值，还白送了一次全屋维保。

周正发现衣橱里还搁着几个收纳箱，箱子上落着厚厚的灰，装着些衣物和文件。林霜过去一看，声音淡淡地道："差点忘记了，这是以前我们家的东西，原来住的房子被法院查封、清算，我带了些东西出来，之前存放在我姑姑家，后来搬过来就塞在这里了，一直没动过。"

周正看了她一眼，温声问："叔叔什么时候出狱？"

"快了，还有一年。"林霜翻了翻东西，有衣服、文件资料、相册，也有些老物件、小杂物之类的，她封存得很好，没受潮也没被虫蛀。

"挺可惜的，那时候太乱了，我读大学也不经常回去，家里是我后妈收拾的，还有很多东西都不知道丢到哪里去了，只保存了这一点东西。"她眉宇间有淡淡的惋惜。

周正掌心发潮，不知道如何安慰她。

还有几个崭新的行李箱，林霜指挥他一起挪到客厅的壁橱里去："这些是我做服装设计时攒的一些布料，都一块儿放起来吧。"

那些箱子又一次被林霜封存起来。她看着空空荡荡的房间，颇有感慨地叉腰叹了口气。

"空了，欢迎周老师入住。"

周正拍拍手上的灰，"嗯"了一声："我明天把东西都搬过来。"

正式搬家这天是周六，房间里的新床才送来，周正拧着螺丝刀，蹲在地上组装木床。

等周正把东西都收拾好，林霜倚在门口看了眼他的房间，又回头看了看自己的房间。

一样的房间，周正的床一米八，她的单人床一米三，但他的房间就是看着比她的清爽、宽敞，看着还顺眼。

她的房间里有个巨大的梳妆台和收纳柜，还有懒人沙发和小边桌，目之所及皆是琳琅满目的亮晶晶、粉嫩嫩，都是女孩子的东西，有一股甜蜜蜜、香喷喷的脂粉味。

周正的房间简约、干净，一床、一桌、一书架……没了。

"要不要跟我换？"周正表情十分大度，"我今晚把我的床让给你。"

"不要。"林霜嫌弃道。

周正好笑地摸了摸自己的鼻子。

这一天稀松平常，两人清白的室友关系向前迈出了一小步。

第一次在新居过夜，周正的思绪有点飘忽。

两人各住各的，两个房间都关着门，周正睡不着，站在窗前出神，他闻到了淡淡的带着薄荷味的烟味。

两个房间的窗户都很大，窗子也是紧挨在一起的，就隔了一堵墙。

周正探头一看，果然隔壁窗户也亮着灯，从窗口探出只皎洁、柔软的手，指尖夹着一点星火。

周正在防盗网上敲了敲。

林霜也探出头来，露出一点点面容，撑在窗口看他，轻笑一声。

周正房间的门被敲开。

午夜时分，穿着清凉吊带睡衣的房东像柳枝一样倚在他的房门口，支着月辉似的手臂，闲散地抽着烟，风情万种又令人浮想联翩，跟他聊天："怎么还不睡？"

"睡不着。"

他今天的确有点累。

"你怎么还不睡？"

"我在家都睡得比较晚。"

房间里只有台灯亮着，照出一片朦胧、清澈的光晕。

"你在干什么？"林霜看着书桌，挑眉问周正。

周正把桌上的书抓在手里，如实告诉她："看会儿书。"

《几何变量与几何数学》。

林霜刚往前迈出一小步的动作顿住，又颇为嫌弃地往后退了一大步。

这睡前读物真……可怕。

两人从这本书开始，东拉西扯地闲聊了几句，面色都很正经。

气氛其实很不错，但两人都没有多余的想法，彼此都刻意放缓了脚步。

不当班主任，数学老师就没有早自习，不用早上六点起床去学校。以前，周正早上都吃食堂，给林霜要么简单地弄点早饭，要么去楼下早餐店给她带外食。

现在，周正照常六点起床，去户外晨跑一圈，回来给林霜做爱心便当。

厨房放起了英语新闻，木门隔音不算好，林霜听见一两个飘过来的英语单词，还是小小地震撼了一下。

一个数学老师学什么英语？教师界的竞争已经激烈到这个程度了吗？

♡　♡　♡

周正是这样跟林霜解释的："可以辅助听些国外大学的在线课

程，而且很多数学教材都是原版，英语不好，'啃'不下去。我上初二时学校才开始教英语，基础比较差，想要语言能力不退化，只能长期坚持。"

一个十八线城市的高中数学老师，至于拼搏成这样？

林霜现在能理解他每年拿那些优秀奖项的原因了，无论在哪个方面，只要肯持之以恒地付出，总是会有回报的。

比如教学和林霜。

周正做的是林霜的早、午饭。他每天中午有一节数学竞赛辅导课，中午通常没空。林霜家这个位置，离北泉高中还有点距离，往返也花时间，早上提前做好的话，她可以带着去奶茶店。

"你什么时候走？"

周正早上第二、四节有课，八点半要出门。

奶茶店主要是在中午和下午两个吃饭的时段忙碌。林霜每天早上九点半打车去奶茶店开门，十点开始准备煮料，正好为中午的放学时段做准备。

周正转身去浴室冲了个澡，出门前跟喝牛奶的林霜打招呼。

"我先去学校，你别忘记带着饭盒出门。"

"你怎么去学校？"

喷泉广场就有公交车站，周正打算坐公交车去学校。

他盯着林霜的唇看了几秒，俯身凑近亲了亲她。林霜坦然接受了这个早安吻。

两个人的唇瓣都是凉凉的。林霜嘴里有浓郁的牛奶味，周正嘴里带着水的清凉，两相接触，都有神清气爽的感觉。

林霜眨眨眼。

接吻之前，他不再问她"是不是可以？""能不能亲亲你？"这样傻里傻气的话。

自此，周正就往前迈了一步，开始试探性地放开了一点节奏。

林霜摸摸自己的唇瓣，把周正送出门。她自己再一次带上那个蓝灰色的保温饭盒，去了奶茶店。

娜娜特别眼尖，看见那个饭盒的时候"咦"了一声，瞟了林霜一眼。

两人复合的事情还没公开。

"老板，你这个饭盒看着有点眼熟嘛。"

"就是以前那个饭盒。"林霜轻描淡写道，"我知道你在想什么，事实就是你想的那样。"

娜娜和 Kevin 都倒抽了一口气，瞪大眼睛："你和周老师真的复合了？"

这八卦太有爆炸性了。

林霜和周正四月份分手，如今已经是九月份，隔了小半年的时间，谁都没有想过复合这一茬。

老板吃回头草，破天荒第一回。

张凡也觉得周正最近情绪很不错，至少维持了以前温和的水准。

中午，他在食堂遇见周正："你什么时候搬到宿舍去？"

"不搬了。"周正淡定地吃饭。

"怎么不搬了？"张凡也是随口问，"要不要去我那儿住？"

"不用，我已经搬到了新的地方。"

"又租房子了？"

"算是吧。"

"算是？"张凡反应过来，"你搬哪儿去了？"

"我女朋友家。"周正停住筷子，抬头说。

"哪个女朋友？"

周正淡然地笑了笑，低头继续吃饭。

张凡惊得差点跳起来，满脸难以置信："你……跟林霜复合了？"

"嗯。"

"我的天！"张凡被一口汤呛住，咳得面红耳赤。周正给他接了杯水。

张凡撑着桌子站起来："兄弟，我在学校真没佩服过人，唯一佩服的就只有你。"

谁也没想到啊！

第一次周正和林霜走到一起，那倒不算稀奇得过分，毕竟林霜换男友换得快，可能就想尝尝新口味而已。他们能复合，这意味着……可不只是试试那么简单了。

这一天晚上，两人分别请了自己的同事吃饭。

♡　♡　♡

林霜的卧室很香，有种花里胡哨却又井然有序、温馨、琐碎的精致感。

周正此前照顾过她，对她房间的布局和东西的摆放烂熟于心。

相比自己的房间，他更喜欢林霜的地盘。

物质上有过缺失的人，成年后未必会有丰富的物欲，但至少会更容易接受各种各样的美，也更向往精致的器物。

周正想起一件事情，问林霜："你妈妈……阿姨知道我搬进来了吗？"

"我没说。"林霜摇头。

"漆灵在我任课的那个班上，"周正双手插在兜里，倚着门聊天，"你还记得吗？"

林霜神情微愤："怎么不记得？还被某位老师挂过两次电话呢！"

漆灵的事情，她一直没谢过周正。

"上课的时候我注意过漆灵，他不太能融入班集体，情绪也比较躁动，班主任找他谈过几次，效果似乎一般。"周正想了想，问她，"或许……我可以找他谈谈？"

林霜沉吟。

"漆灵的爸爸，漆叔叔那边……也给我打过好几次电话，说要谢谢我帮忙，我一直没答应。"

这事林霜也知道，付敏和她说过两次，漆雄要请她和周正吃饭。

麻烦的是，要是关系坦白，漆灵的事情就挂在了她和周正的身上，她压根儿懒得管这档子事。不坦白的话，这事其实瞒不了太久。周正搬来和她同住，付敏迟早会知道，到时候，漆雄第一个要埋怨的就是她们母女两人，她倒无所谓，付敏那边……

林霜想了又想，看着周正神色泰然，最后才下决定："你补课费贵不贵？"

周正挑眉。

"要是想揽这个事，我们就一起出去吃顿饭，我把你介绍给我妈和我继父；要是不想多事，我去就行，你不用出面。"

周正的心悄悄地猛跳起来，面上却还不显露，淡声道："那就一起吃个饭吧，我也跟漆灵熟悉一下，毕竟他是班上的学生。"

饭局就约在周末，漆雄的心情比谁都要急切，在高三这个时候找一位稳妥、靠谱的老师搞好关系很重要，当务之急就是把漆灵带上正轨。

林霜挽着周正的手臂出现时，付敏和漆雄怔住，而后猛然品出点什么。

"霜霜，周老师，你们……"

林霜微笑，把话语权留给周正。

说辞是周正想好的："以前和霜霜不太熟，也是因为漆灵的事情，霜霜前前后后往学校跑了好几趟，我才跟她慢慢熟络起来，这才走到了一起……"

嘿！真是瞌睡遇上了枕头，想什么就来什么。付敏心里一直想着林霜能安定下来，奈何母女俩隔阂，她又管不到林霜这边，有时候自己也在心里干着急，这下好了，女儿有男友了。

漆雄心里想的是，漆灵这下有人能在学校盯着，有人帮忙拉一把了，找个名师开小灶补课的事情没准儿也有戏。

皆大欢喜。

漆灵戳在一旁，瞟着人，无声地"喊"了一句。

这顿饭吃得十分热闹，付敏和漆雄先问两人的恋爱情况，又押着漆灵过来跟周正说话。

"来来来，跟周老师好好道个谢，以后真要跟周老师好好学习，多在课业上下功夫。"

漆灵低着头不太说话，周正跟他也不算热络，只对着漆灵叮嘱了几句。

一顿场面饭吃得超出预期，几乎变成了家庭聚餐，多吃了一两个小时，最后宾主尽欢。时间不早了，漆雄买单散场，临走前，还千叮咛万嘱咐，让周正和林霜下周末去家里吃饭。

回去的出租车上，林霜的笑脸才收敛起来，默默地看着外头的景色。

周正握着她的手。她顺势依偎在他肩头。

到家之后，漆雄给林霜打电话，周到地问她是否安全到家，又叮嘱了下次让她带着周正回家吃饭。

林霜倚在门口，神情似笑非笑："想好了吗？补课费要收多少？"

"我应该收吗？"周正看她，温声道，"漆灵也算是你的弟弟。"

以漆灵的成绩，这补课或者额外关照，已经是板上钉钉的事情了。

周正其实不介意这点事情，和林霜相关的事情，只要她愿意，他都愿意替她扛下来。

"可千万别心软，免费劳动力没人会珍惜，这世上得寸进尺的人多着呢。"林霜兴致起来，眼里浮动着亮光，"你不是没钱装修房子吗？补课时薪，我来替你谈。"

周正叹了口气。

♡　♡　♡

晚上，林霜留在了周正的房间。

这些天两人宛如室友同居，相处一直很平和，甚至都不如那三个月甜蜜。

直到轻描淡写的吻加深彼此的气息，变得黏腻而炙热，气氛才显得不一样。

她眼神润润的，闪着美艳、令人沉沦的辉光。

"周老师。"林霜勾住了他的肩颈。

林霜以前喊他"周老师"，后来改口叫"周正"，现在又变成了"周老师"。

"嗯？"

"我数学成绩也不好，老师什么时候也给我补补课？"

周正耳朵火辣辣地红，迅速伸手捂住了她的唇。

"霜霜，你正经点。"周正咬牙。

林霜像只被拎住耳朵的兔子，或者被咬住后颈的小猫咪，都是被掌控的命运，都握在周正手里。

♡　♡　♡

按周正的个性，这样稳妥、冷静的人，应该谈细水长流的恋爱，过按部就班的生活，哪里会有这样进度诡异、跳跃、疯狂、完全超出控制的生活和自我？

周正把林霜和床单一起裹起来，像个蚕茧，抱到椅子上等他换床单。他换完床单，转头一看，她趴在书桌上，安安静静、一页页翻他的书。那些公式、图形和推算，她都不懂，偏偏看得很认真，桌上还搁着他做题用的 A4 纸。她捏着圆珠笔画画，把整张纸画得花里胡哨的。

"以前，我的随堂笔记只要是空白的地方，都要贴纸或画画，做得比板报还漂亮。"林霜笑嘻嘻的。

周正看着他的解题纸变成了儿童简笔画、涂鸦，偏偏那涂鸦还十分好看。他心里变得柔软，揉揉她凌乱的头发，把她抱到床上去睡。林霜枕在他肩上，狡黠地笑问："喜欢吗？"

周正板着脸："不喜欢，以后不许这样。"

林霜"哧哧"笑起来，满脸得意："哎，我可找到某人的软肋了。"

周正脸红，脑子都麻了，连回想的勇气都没有。

这一次折腾了太久，林霜早就累了，也懒得回自己的房间，在周正怀里打了哈欠，摆好姿势睡觉了。

林霜素颜的时候虽然也是白肤红唇、长睫黑眉，但颜色没那么浓艳，五官也显得温柔些，干净又简单。

周正摸摸她的脸颊，将她搂进怀里。

这一次恋爱和上一次稍微有点区别，更像是过平淡的日子。

这一学期，周正每周六天共十七节课和三个晚自习，他不像以前那么忙了。

有晚自习的那天，周正基本上是早出晚归，一天都泡在学校里。没有晚自习的时候，时间会宽裕点，林霜会把奶茶店扔给娜娜和Kevin，等周正处理完学校的事情和他一起回家。

两人很少再出门约会吃饭，不再热衷外面的餐厅。一来，北泉就那么大地方，吃喝玩乐范围不足，林霜已经对固定几家餐厅的菜式还有这种约会模式感到腻烦了；二来，两人把更多的时间都留给了家里。

买房的时候，周正挑了个力所能及的最大的户型，付完首付，他身上的余额已经所剩无几。房子是现房，上个月已经过户交房。好在教师公积金补贴足够，他还贷无压力，至于装修钱，慢慢赚就是了。

经济问题是一个现实问题，周正躲不过，只能坦然面对。

可就是因为拥有得太少，所以付出应该更慷慨些。

林霜知道周正手头没多少钱，自从那天周正教育她铺张浪费，她也有意识地减少了盲目购物的频率，买东西更多的是一种消遣和释放，现在这种时候，没必要再把精力浪费在购物欲上。

两人回家后，又一起去喷泉广场的超市买菜做晚饭。有周正在，林霜的生活质量有了提升，至少一日三餐十分丰盛，一应家务也免于动手。

买完菜，林霜去苗彩店里晃了一圈，打了个招呼。

苗彩见了这两个人，也是乐不可支，对这结果不奇怪。林霜摔伤胳膊时就有苗头，旧情复燃是十之八九的事情。

"恭喜两位，'和谐社会'已经达成了啊。"

周正有些蒙，林霜倒是知道这个典故，嫣然一笑。

购物袋露出郁郁葱葱的蔬菜，苗彩"哎哟"一声："你们这是回家做饭去？"

"周老师今天有空做晚餐。"林霜邀请她，"待会儿要不要来我家吃晚饭？"

"不打搅你们的两人世界。"苗彩不想当"电灯泡"，不过也同步发出邀请，"改天大家一起吃饭。"

"好啊。"都在喷泉广场附近，约饭是件简单的事情。

两人手牵着手回家去。苗彩看见两人的背影，笑着摇了摇头。

天还没黑，砂锅里炖着黄豆猪蹄汤，厨房飘着肉汤的香气。

其他炒菜的配菜已经切好装在盘子里，就等着林霜肚子饿就开始做饭。周正搬了电脑坐在厨房外面，一边守着灶台上的汤，一边干着手里的活儿。

林霜窝在懒人沙发里看偶像剧，趁广告时间出来拿水果，看见周正的电脑屏幕，问他："又接了私活儿？"

"今年时间多，一直有接。"

不当班主任的原因也在这儿，白天可以腾出点时间忙别的，全少不用熬夜开电脑做数据。

"难不难？"林霜看着密密麻麻的电脑屏幕问他。

"不难。"

简单的数据分析，一周一个项目，一两千块钱的收入，也不用耗费太多的精力和专注力，正适合这种守在厨房外面的零碎时间。

周正真的在很努力地生活。

林霜往他嘴里塞了颗葡萄，亲了亲他的脸颊。

她偶尔也想对他好一点，用心的那种，撇开身体的交换、彼此时间的付出和物质上的共享。

想来想去，她也没想出怎么对他好，最后灵机一动，拍拍他的肩膀："要不要跟我去美容院，我请你去做保养啊？"

周正把目光从电脑上移开，抬头看着她，神色微妙。已经嫌弃起他不保养了吗？

"美容院里有推出一个针对男顾客的项目，叫什么……脑部安神储能养疗 SPA，最适合你这样用脑过度的群体哦。你这样光用脑不保养，以后脱发秃头多难看啊。"

周正抓抓自己的头发，眼神奇怪地道："我家不秃头，这项家族基因还不错。"

林霜把手指插进他的头发里。周正的发量很多，又粗又硬又黑，滴汗的时候格外性感。林霜忍不住揉了一把："真不秃吗？那可太好了。"

她难以想象自己挽着个秃头大叔的模样。不过，那应该是很多年之后的事情。

她想得太多了。

♡　♡　♡

那个"脑部安神储能养疗 SPA"，周正真的去体验了。林霜带着他，宛如带着跟班小弟，趾高气扬地踏进了美容院的大门。

林霜见惯了周正的职业素养，他在她面前一丝不苟地备课、改试卷、做 PPT，在那些高深莫测的数学书和满电脑屏幕的蓝绿线条前，难免觉得自己是只不学无术的"菜鸡"，这回终于有机会杀杀他的威风。

周正进了美容院，淡定到没有表情，不言不语，连对奉上来的香茶都目不斜视。顾问小姐姐撬不开他的嘴，只能屈在林霜身边说悄悄话："林小姐，您的朋友好冷酷啊，一句话都不说。"

林霜很久没有听见人用"冷酷"这个形容词了。

毕竟北泉这种小城市，绝大部分人都很接地气，邪魅、跩、酷的"霸道总裁"极罕见。

真的太冷酷了！周正坐得像一尊石像，双手抄兜，眉眼冷然，除了偶尔点头、摇头，几乎与嘘寒问暖、殷勤献媚的顾问小姐姐零交流。

林霜憋笑。

美容院倒是正经美容院，就是太能奉承人，从客人进门换鞋到出门送客，格外热情周到，明里暗里推销办卡，太厉害。林霜受惯了众星捧月，对这些套路有免疫力。但周正从进去开始就被奇怪的香气和问候包围，他强忍住掉头想走的冲动。

这个 SPA 男女通用，林霜也给自己安排了一个。说白了，这就是敷着塞满中药的理疗包来个头颈穴位按摩。两人被安排在同一房间，当按摩师的手碰到周正的时候，他的身体僵了一下。

"先生，您放松一点。"

"先生，您再放松一点。"

"哎哎，先生，您别动，给您按摩一下穴位……"

林霜扭头看周正，周正也看着她，有点楚楚可怜的意思，眼里满是无奈，像一只被强迫按进洗澡间的大狗狗，来回躁动不安地踱步。

啧，这孩子从小就朴实，没享受过这种服务。

"好了好了。"林霜替周正打圆场，"理疗包帮他热敷一下就叮以，不用按摩了。"

从美容院出来后，周正明显松了口气。

"我就不该来，留在家里比较好。"周正望天叹气，闷声道，"太难了。"

"人家美容院都没觉得难，你倒先抱怨起来了，顾问小姐端的茶都快烫到你的嘴了，也没见你瞟一下。"

"她太热情了，我怕我一开口，她就逼我说话，实在招架不住。"周正耸耸肩膀。

林霜笑得前仰后合。

女人当然喜欢那种完美男人，见多识广、阅历深、精通吃喝玩乐、风度翩翩、侃侃而谈，泰山崩于前而面不改色。

可她现在会觉得周正更有趣，至少在美容院那副高深莫测的神情，她觉得很可爱。

以前约会时，周正会花时间陪她逛街买东西，陪她去做美甲、烫头发，但现在不这样，她更愿意自己出门，把他留在家里面对那些数学题目或者电脑。

每个人的时间都应该花在实现自我价值上。

周正今年带的这两个理科班，一个是重点班，另一个是普通班，教学任务其实还算轻松，一小半的精力要放在数学竞赛班上。

北泉毕竟是小城市，生源和师资都不如省会宛城。北泉高中还没有专门的竞赛班，但学校的确有一些好苗子可以走竞赛这条路，省级一本院校和省级二本院校的保送资格和高考加分都是口碑。数学竞赛班是周正和一个资深教师轮流带，老教师讲思路，周正讲解题。

等月考试卷发下来，周正把漆灵的数学试卷扣了下来，晚自习时把漆灵喊到了办公室。

办公室门关着，一大一小两个男人都低着头，一个看试卷，另一个看鞋尖，没人说话。

几分钟后，周正抽了张卷子，推了支笔过来："半个小时，这张卷子，你试一下吧。"

漆灵站着不肯动，扭着头，手揣在校服裤子兜里。

"我等着你，解完题我们再走。"周正温和道。

"我不需要老师的特殊关照。"漆灵梗着脖子，反感地皱眉，"真的不需要。"

"是吗？你很反感这种特殊关照？"周正笑了笑，收手搁在椅子上，一副跟他闲聊的姿势，"你知道我关照你的原因吧？"

漆灵当然知道，不是因为林霜，他今天根本不会站在周正面前。

他根本不想跟林霜和周正搭上一丁点关系。

"你觉得是因为你那个名义上的姐姐？"

"是。"漆灵拗着头，"没必要这样。"

"那你知不知道，她是夹在中间最为难的那个人？她在你家里是跟你关系最远的人。

"漆灵，在我们的关系网里，你的爸爸是关系的中心点，他一直很关心你、看重你，你不改变这个中心点，就改变不了现在的局面。另外，在我读书的时代，也受过老师的特殊关照，我这几年也关照过某些情况特殊的同学。但我觉得，毫无意义、不配合的特殊关照的确是在浪费时间和消磨情绪，比如现在。

"不过麻烦的是，我已经关照过你一回。社会关系比课本上的知识更复杂，开弓没有回头箭，我不能半途而废，你也不能全盘拒绝，最好的办法很简单，是你改变你的态度。"

周正把卷子收回去："以后每天交上来的数学随堂作业，我会在当天批改完。你的练习册，我会扣下来，你可以第二天到我这里来取，如果不来取，我会在第二天上课的时候留在讲台上，作为错题案例讲解。"

漆灵脸色有点难看。

周正挑眉："我上课注意过你好几回，你大概对学习不是很感兴趣，但也没有很抗拒读书，而且你有几个相处得还不错的朋友，是不是暑假一起去上补习班的同学？其中有个女孩，是隔壁班的同学吗？我看你们每天都一起去食堂吃饭。"

没等漆灵反应过来，周正拍拍他的肩膀："每天来拿练习册，可以聊个五分钟，或者直接问我一道数学题，不然我就变成你的语文老师或者班主任，跟你聊人生、聊理想、聊暗恋的女孩。"

这算是……周老师人道主义的威胁？

回家之后，林霜知道这事也乐了。

"我以为你是那种婆婆妈妈的老师，擅长打感情牌，絮絮叨叨、苦口婆心说个没完。"

周正摇头："现在的老师也要与时俱进，学生们都喜欢有个性的老师，苦口婆心已经不管用了，酷酷的那种最好，但是也不能太酷。"他给漆雄打了个电话，问了些漆灵的基本情况，一个小时后才挂电话。

林霜揉了把他的发顶。

这个周末，周正要回乡下去。

因为搬来和林霜合租，周正回荷塘村的日子一拖再拖，已经一个月没回过家了，恰好这次周丰也要回去，他正好带着堂弟一块儿回家。

周丰在北泉高中住宿，林霜见他的次数很少，偶尔能见周正给他买衣服和鞋子，带他出去吃个饭，兄弟感情还不错。

"我和小丰去超市买点东西，他想吃比萨和汉堡，喷泉广场就有一家比萨店，我带他去吃午饭。"周正问林霜，"你要不要跟我们一块儿吃点？"

"我待会儿去奶茶店看店。"林霜想了想，"吃饭就不必了，跟你们一起去趟超市吧，我买点东西。"

两人一起去了喷泉广场，周丰已经在快餐店等着了。林霜陪着周正一块儿出现，这是他和林霜第一次正式见面。

周丰话也不多，挠挠头，喊了句："正哥，嫂……嫂子好。"

林霜半挑眉，微笑道："小丰，你好。"

其实周丰也不懂他哥这事，过年那阵儿周正和周雪就闹起了小别扭，好像就是因为周正女朋友的事情。后来开学，他在学校贴吧看见了他哥和林霜的八卦。奶茶店的老板挺漂亮的，班上好多男生都喜欢，他觉得正哥特厉害，转发给周雪后，周雪气得够呛，跟周正冷战了好些日子。好在没几个月，两人就分手了，周雪脾气也转好了。可这不声不响的，正哥又跟林霜复合了？

"喊她'姐'就行了。"周正拍拍周丰的肩膀，牵着林霜的手，"我们先去买点东西。"

一行三人推着购物车，林霜跟着兄弟两人闲晃，周正去了生鲜区。村里不缺蔬菜，他买了点肉、虾和水果，还买了一些奶奶喜欢吃的饼干零食和八宝粥之类的软食。

林霜和周丰站在周正身后，没话找话。

周丰和周正骨相有点像，但比周正青涩、纯朴，说话也容易脸红，看着林霜时眼神会躲闪，有点羞涩。

"你每个周末都回家吗？"

"也不是……我半个月回家一趟，有时候爸妈会来市里看看我，给我捎点吃的。"

"是吧，你家里人都还挺疼你的。"

"还……还好吧。"

周正称完，一眼就看见自己的堂弟站得笔直，肩膀绷得紧紧的，满脸拘谨，亦步亦趋地跟在林霜身后。

看见他回来，周丰显然松了口气。

买完东西，林霜要直接回家，跟兄弟俩挥手："吃饭去吧，回去小心点啊。"

"霜姐怎么不跟我们一起吃饭？"周丰问。

一顿便饭而已，可吃可不吃。

"她不习惯。"

能出来跟周丰打招呼，算是林霜最大的诚意了。以前的林霜压根儿不掺和这些事情。

兄弟俩吃过饭，约了个顺风车回家。路上周正想起这事，跟周丰说："不要告诉家里人，对小雪也不能说，以后有机会我来告诉他们。"

"知道了，哥。"

村里还是老样子，不过大家都听说周正在市里买了房子。周正从村头走到村尾，见人总得被问两句，聊聊他的工作、生活，操心他的婚事。

村里都是长辈，最喜欢唠嗑、谈八卦。周正是在村里人的眼皮子底下长大的，父母死后，村里老人都偏疼他一些，什么事都能把周正拎出来夸一夸。

他原本打算在村里住一个晚上，谁知村里有事耽搁了——大队那边要统计村里经济林田亩，周正这个高才生被拉去帮忙。周正跟学校相熟的老师换了课，多住了一晚上，回去那天就直接去学校上课了。当天晚自习还有加班，他回到家的时候已经是夜里十一点多了。

他跟林霜都不是黏人的性格，很少频繁地聊天，这两天，他们一共只打过两三个电话，零零碎碎聊了几句日常。林霜知道他要晚回来，也没说什么，只回了个"OK"。

周正到家的时候，家里只开着一盏暗淡的廊灯，林霜的房门关着，有暖光从门缝透出来。周正听见热闹的笑语声，不知道她在看综艺节目还是其他电视节目。

他去敲林霜的门，林霜喊了声"进来"。他推门就看见林霜坐在瑜伽垫上抹身体乳，眼睛还盯着平板电脑看综艺节目。

"回来了？"林霜忙里偷闲扭头问他。

"嗯。"周正站在门口，没进去。

林霜暂停节目，从瑜伽垫上起来。

"家里没事吧？"

"没事，挺好的。"

"累不累？"

"还好。"周正问林霜，"这两天吃什么了？"

"挺多的，我跟苗彩出去吃了火锅，在奶茶店也请了次客。"

周正点头。

"时间不早了，早点休息吧，明天还要上班。"林霜扶着门，笑盈盈的。

"好，你也早点休息。"周正跟她道晚安。

洗完澡出来，林霜房间的灯已经关了，静悄悄的，周正看了眼，转身回了自己房间。

他在床上看了会儿书，也关了灯，在黑暗里躺着闭上了眼。

躺了一会儿，他又直挺挺地从床上起来，站到屋子中间。犹豫了一会儿，他还是走出去，轻轻敲了敲隔壁的房门。

敲门声很轻。

林霜这会儿还没睡着，听见"咚咚"两下敲门声。在周正离开之前，她终于给了回应："进来吧。"

屋里很暗，周正眼睛适应了一会儿，看见她趴在枕上，喊了一声她的名字，走进了卧室。

"怎么了？"

周正不说话，屋里能听见他沉沉的呼吸声。他俯身，将手臂撑在床沿看了她一眼，而后果断地把林霜连人带被捞起来，搂在怀里往外走。

林霜在他胸口砸了一下："你出息了啊，'采花大盗'半夜三更强抢民女。"

林霜笑得格外灿烂。

"去我房间睡。"

"我'大姨妈'来了。"她傲娇地回道。

"我知道。"

不知道为什么，他就是特别想林霜，想到整个人焦躁不安，要将她占据在怀里才能缓解。

什么都不做也好。

周正将头埋在她的秀发间，深嗅她头发的香气，像眷恋和思念。

林霜模糊地感知他这种情绪，拍拍他的脸颊。

"想我了？"

周正挪到她的脖颈，鼻唇贴着她耳后的皮肤。林霜习惯性会在那里用一点香水，他说不上来是什么香气，就是那种沁入脾肺、让人眷恋的甜香。

"嗯。"他声音闷闷的、哑哑的，带着压抑和委屈，"昨天就想回来。"

林霜有点小得意。她能感觉到周正那种沉沉的、踏实的爱意，让她很有安全感，不必担心某一天他会不告而别，悄然消失。

爱她、想她，是对一个女人最崇高的赞美。

林霜扭头吻周正的唇，给他一点甜蜜和安慰。

两人相拥、接吻，一下下啄着、吻着，像喝水和呼吸那样自然，激情和欲望少一点，柔情和缱绻多一点。

周正期期艾艾地问她："霜霜……你想我吗？"

"有一点吧。"林霜平静地回答。

她的世界里被塞进来一个人，那个人暂时离开，家里少了一个人的气息，少了声音和感觉，她会有一点点不习惯。

假如爱也是一个自由生长的过程，从萌芽到逐渐茁壮，达到成熟再到枯萎消逝，他们现在分别处于哪个生长阶段呢？

周正既然接触了漆灵，就打算跟他好好相处，但他不想和漆灵聊家庭和过往。所有行为异常的孩子都是对过去伤痛经历的投射，大部分重组家庭里孩子都有失落和创伤，这是一道无解题。在快节奏、重负担教学模式的学校，一个老师不会有大量时间像心理医生一样，细致温和地慢慢打开学生的心结。

就像过桥一样，有些人会自己顺利走过去，绝大部分人会徘徊一阵儿才能认清方向，极少部分人会永远留在桥上。选择教师这个职业当然也是为了生计，但也要在关键时刻指引方向，用一种更简单、直接的方式让更多的学生顺利走过那座桥。

就像当年他因为家境贫寒，跟着村里人南下去外省打工。接手新班级的丁严找不到应该入学的周正，因为电话是空号，他还亲自跑了一趟荷塘村，打了四五个电话都召不回人，最后买了张火车票去外地把周正领了回来。就因为他这么一个举动，周正此后的人生才按部就班走下来。

漆灵性格别扭，他对周正有戒备心。周正不和他打感情牌，倒是会抓着他帮点小忙，比如上课时多看他两眼，吃完饭再逮着他去打个乒乓球什么的。

漆雄一直打电话邀请林霜和周正去家里做客。

说来说去，大家都是一家人，理应多走动走动。

林霜推辞了好几次，实在推辞不过，终于点头应了下来，决定带着周正过去吃个饭。付敏知道了，也很高兴，特意叮嘱了好几次，让他们两个别带东西，空手来就行。

空手倒不至于，林霜象征地买了一点水果和零食。

周正看了她手上那点东西，真心觉得有点单薄，瞟了一次又一次。他心里也紧张，这算是第一次上门做客，身份其实很难拿捏。

林霜知道他在想什么，笑道："太隆重了反倒不好，我们先把姿势摆足。"

喷泉广场就有直达郊区的公交车。两人坐上公交车，林霜一直低头玩手机，偶尔抬起头看看。

公交车到站，她站着不动，周正用眼神询问，她回他："我不认识路，这片规划得太乱，路都一样，门牌又不清楚，我找不到我妈家。"

她上一次来是半年前，模糊记得路，却又记得不够清楚。说白了，她也是不上心，根本懒得记。

周正心里稍有点酸意，好在很快他就看见了付敏和漆杉，母子俩一起来接他们。

家里已经有饭菜飘香，菜式很丰盛，看得出来是主人费心招待，饮料酒水一应俱有。

漆灵也在，看见周正来，面色倒是平静，没有扭头躲进屋子里。

"来来来，大家一起吃饭。"

席间，吃饭的气氛好极了，至少比以前林霜自己来的时候要好，漆灵不闹别扭，漆杉插科打诨，付敏有工夫照顾林霜，漆雄和周正聊得很顺畅，没有冷场的时候。

吃完饭，天气又好，周正带着漆杉、漆雄，又拉上漆灵去楼下打羽毛球，林霜和付敏留在家里收拾桌面。

林霜看见付敏鬓边的白头发越来越明显，终于忍不住："家里有没有染发膏？我给你染染头发吧。"

以前染头发都是付敏自己动手，看不见的地方才支使漆雄帮个忙，有林霜在，女孩子总归贴心又懂事，付敏只用坐着歇息就行。

母女两人在阳台上，林霜一点一点地往付敏头发上抹染发膏。

付敏对周正印象很好，不过对他的家庭背景不太了解，便问了问林霜。

"他家里在乡下，很小的时候父母出事过世了，他跟奶奶和叔叔家一起生活，前几个月刚买了房，眼下攒装修钱呢，也挺不容易的。"

别的都很满意，就是经济上不太配得上林霜。付敏皱了皱眉，只说："你喜欢就多接触接触吧，我觉得小周老师人还是很不错的，人肯上进，又能照顾你，那就很不错了。"

她女儿模样漂亮，当然不缺男友，但付敏也知道林霜的性子，以前家里底气给得太足，眼光又高，性子又傲，轻易看不上一般的男人。

那几年，林海入狱，林霜大学毕业离开宛城，换了好几次电话号码，好几年也没回北泉。付敏常常联系不上她，怕她被男人骗，误入歧途。当时林霜不耐烦："以前家里也是有点钱的，我不至于那么肤浅，被人骗，没必要自己毁自己，你放心吧，我不会走歪路。"

"我没想那么多，觉得他为人还可以，先谈谈吧。"林霜淡声道。

至于更长远的事情，她没有考虑过。

"今天吃饭，其实不打算带周正来的，我看漆叔叔的意思，是非得接触接触，才约着他一起来。"林霜开门见山，"你们别把我俩想得太好，也是刚开始的一段关系，八字还没一撇。漆灵的事情，该谢的还是要谢谢他，要是麻烦人家补课，该给的钱一点也不能少。"

"知道。"付敏点头，"漆灵要是能考出去念大学，家里也能安生点。"

打完羽毛球，漆杉和周正的关系一下子突飞猛进，他还嚷着加了周正的微信。漆雄大概和周正聊了聊，漆灵一脸平静，模样乖顺了挺多。

林霜和周正告辞回去，付敏和漆雄都要送，周正温声拒绝："叔叔、阿姨、不用送了，我记着路，我和霜霜自己回去就行。"

他牵着林霜的手下楼，果然对回去的路记得很牢，七弯八拐，把林霜带出了那片繁乱的居民楼。

"如果你不想记住这条路，我帮你记着。"等车的时候，他没头没脑地说了这么一句。

林霜掀开眼皮看他一眼，笑了笑，低头玩他的手指。

她怎么不想想他会吃醋，心里会有疙瘩，对他来说是无妄之灾？

合租的日子顺风顺水，其他的不说如何，以周正的性格和动手能力，林霜起码做到了饭来张口、衣来伸手。

经济无忧、琐事无虞、爱意灌溉、细致照料，她每天睁开眼的第一件事……被迫听英语新闻之声。

在听不懂的英文广播中，林霜睡眼惺忪地走进厨房，靠在周正背上。没别的原因，只是因为灿烂晨光透窗而入，切割出明亮的光影，早上的温度和凉风十分惬意，耳畔滑过听不懂的异域风情，她突然喜欢上这种有人在身边的感觉。

她猜周正的童年以及青少年时期应该是个漫山遍野奔跑的野孩子，上蹿下跳，有一副好体格，远离垃圾食品和电子产品，成年后的身材靠每天晨跑和打球来维持，自律又健康。

周正在煎鸡蛋。

两人早饭吃得很简单，有牛奶、面包、鸡蛋、水果，午饭和晚饭都依周正当天的工作量而定，有空就在家做，没空就在外头吃。

在吃这方面，林霜真的很省心，为了保持身材，她习惯性克制，少吃或者不吃，但周正掌勺，或者出去约会时，她绝不拒绝美食，愉快享受。

"给你买个白衬衫吧。"林霜搂着周正的窄腰，"穿着白衬衫和西装裤给我做饭最好了。"

家里没有围裙这种东西，林霜是因为不喜欢围裙营造的厨房气氛，周正纯粹是因为事少，干活儿利索，用不上围裙。

白衬衫袖口被松松地挽到手肘，领口解开两粒扣子，露出男人的喉结和锁骨，再往下是一马平川的胸膛……这不比围裙性感太多？

周正煎鸡蛋的手很稳："你有制服爱好？"

林霜想了想："哪个女人没有？女人是视觉生物，最喜欢好看的皮囊。"

她反问周正："你有没有制服爱好？"

"没有，我只有个人主义爱好。"周正面色不改，淡声道，"你穿什么我都喜欢。"

林霜眯起媚眼，在他腰间拧了一把："周老师最近都在看什么书？又偷偷补课了？"

比起刚认识他的时候，周正真的进步很多，拘谨和青涩见少，取而代之的是从容、舒卷，偶尔还能蹦出几句清新脱俗的情话。

周正也觉得人生豁然开朗，付出都有回报，工作顺利，经济条件逐步稳定，和喜欢的姑娘在一起，精神和身体都舒坦很多。

周正面红耳赤地撒谎："没有。"

林霜在他身上得心应手地撩拨，他有点心不在焉地盯着平底锅，身体紧绷，脸颊发红。

煎鸡蛋散发出了焦味。

她附在他耳边说悄悄话。

周正嗓子黏哑，低眉顺眼得像小媳妇："我早上第一节有课。"

"十分钟，好吃不累。"林霜呵气如兰，娇媚入骨，把他拽到房间去。

十分钟？周正暗自蹙眉。

半个小时后，周正神清气爽地出门上班，林霜懒洋洋地睡了个回笼觉。

林霜想，最简单的判断方法，一段走心的恋爱应该是从身体的契合开始，等哪一天睡腻了，不想用了，是不是也就到了结束的时候？

两人这次恋爱比上一次要低调很多，至少八卦的传播速度慢下来了。一来是因为周正搬离了学校附近，两人的活动范围集中在喷泉广场周边，脱离了广大人民群众的视线；二来是因为周正去奶茶店的次数变少，他不当班主任后，时间不再琐碎，有事都在学校忙，没事回家忙自己的私事。

学校知道这事的人不多，基本就是张凡和那几个相熟的老师。这回周正的态度有些不明朗，不承认也不否认，态度淡定，明显是不想让人瞎掺和进来。

不过，有时在学校打完球，周正也会请同事们喝奶茶，或者有空一起跟着去奶茶店坐坐，聊会儿天。

林霜对他态度也平淡，反而对张凡他们更热络些。

娜娜和Kevin总能看出点苗头来，两人虽然说话不多，但很有默契，至少递给周正的那杯柠檬红茶是老板亲自调的，而且用料很足。

谢晓梦偶尔也会跟着张凡和周正一起去奶茶店。近来，她和林霜之间的气氛还不错，面上虽然不够热络，但她会屡屡夸奖林霜的衣服、鞋子和包包之类的，也会讨论下奶茶新品的口感和甜度，给林霜一些参考性意见。

有一次，谢晓梦还含含糊糊地跟林霜道歉："以前我喜欢把自己的观点强加给别人，这的确很不好，有些不地道了。"

林霜没想到谢晓梦会突然"转性"，对自己的态度一百八十度大转弯，有点惊讶地问周正："张凡的魅力有这么大了，我怎么感觉他把谢老师改造了一番？脾气变得跟我对付了呢。"

周正赞美她："是不是被你的人格魅力打动了？"

林霜去医院复查了她的肩膀，医生说，骨头已经痊愈。她就又开始去舞蹈培训室上课了。

这学期周正的晚自习时间有调整，林霜去舞蹈教室的时间也同步跟着调整。

她好几个月没去上课，也很久没有见过兰亭，没想到这课表一改，居然又和兰亭撞到一起了。

两人很久不联络，下课后打了个招呼。

兰亭整个人都活泼了许多，声音清甜，活力十足。兰亭看林霜出了一身汗，递过来一瓶水，还聊了聊各自的舞蹈课。

她们关系虽不如去年那么亲切、亲密，但好歹是以熟人的态度在相处。

收拾完东西出来，林霜在路边等出租车，兰亭也在等。

"兰老师在等人？"林霜寒暄道。

"对。"兰亭抿抿唇，有点不好意思地扭着手，细声细气，"我男友来接我。"

"恭喜。"林霜诚心祝福。

"听说你和周正复合了，也祝你们幸福。"兰亭落落大方，微笑道，"大家都找到了各自的幸福，挺好的。"

谢晓梦和张凡，林霜和周正，她和新男友，大家都找到了新的爱情，一切都在向美好的方向发展。

"是啊。"林霜淡声附和。

兰亭的手机铃声响起，她接起电话，甜甜地应了声："我刚下课，身边有朋友陪着呢，你别着急，慢慢开车，注意红绿灯。嗯，我等你啦，路上小心点……"

听语气，两人感情甚浓。

不一会儿，一辆吉普车停在她们面前，从车上跨下来一个长腿、身穿迷彩裤的粗犷男人。

"亭亭——"

这人……好像是林霜某一任前男友，被她批评"山猪吃不了细糠"的那个……

郭远本来是来接兰亭下课，顺带陪着女朋友去吃个消夜，看见林霜和兰亭站在一起，也愣了愣。

兰亭眼睛发亮，笑着和林霜介绍："这是我男友郭远，在市武装部工作。"又笑盈盈道，"阿远，这位是我的朋友林霜，她在北泉高中旁边开了一家很火的奶茶店，奶茶超好喝，有空我们可以去坐坐。"

前女友和现女友……是朋友。这霹雳雷声轰轰作响。

林霜看看郭远，郭远看看林霜，两人脸上挂着客套的微笑，没搭腔，互相点头示意，也没拆穿对方，彼此装作不认识。

兰亭看看时间，跟林霜商量："时间也不早了，我记得你住在喷泉广场附近，我们正好顺路，先送你回家吧？"

"不用了。"林霜连连摆手，笑容生硬，"你们先走吧，我的车也快来了。"

当初，郭远没少去喷泉广场接送林霜上下班。

兰亭想送，林霜不让送，郭远夹在中间不敢说话，好在出租车过来，大家都松了口气。

这天之后，林霜在后来的舞蹈课后又陆续见过兰亭几次，每次都能看见郭远的大吉普停在外头，等着接兰亭回家。

兰亭对郭远颇为上心，两人处于热恋期，电话、微信不断。这段恋情，兰亭在林霜面前毫不避讳。有一次，她们在洗手间补妆，兰亭还问林霜口红色号，说是舞蹈课之后还有约会，约会场景大概是林霜经历过的那些——郭远带着兰亭和一帮兄弟去小酒馆吃消夜。

这样的约会模式，兰亭并不觉得无聊，反倒觉得热闹、有趣，听男人们插科打诨、斗嘴也挺有意思的。

林霜却有点心神不宁，郭远那群兄弟，她也见了不少次。当时，是她在众目睽睽之下调戏了郭远的兄弟，然后一脚把郭远给踹了。

兰亭……好像还不知道她和郭远有过一段恋情。真是狗血他妈给狗血开门，狗血到家了。

两个姑娘的前男友都变成了对方的现男友。

"晚上你来舞蹈培训室接我下课吧。"林霜给周正打电话。

"怎么了？"周正这一天有晚自习，十点才下课，通常他在学校的时候，林霜不找他。

"八点半，你一定要来接我。"林霜没多做解释，"你来了就知道了。"

周正临时和别的老师换了一堂晚自习，当他八点半赶到舞蹈培训室时，正巧和兰亭、郭远遇上。

四人面面相觑。

林霜抿着唇默默扭头，兰亭眨了眨眼，周正直接怔住，郭远挠了挠脑袋。

♡　　♡　　♡

有句话说得好，你游戏人间，人间也游戏你。

城市那么小，关系网密密麻麻，谁也跑不了，总有一天，手机里拉黑、删除的那些人，会再次出现在你面前。

搁在别的场合，兴许也没这么尴尬，但发生在兰亭身上，林霜总有种难受到发痒的感觉。

兰亭这时也有点展示欲，不肯在周正面前服输，她亲昵地挽着郭远，小鸟依人，笑容温柔，跟周正打招呼："你来接林小姐下课啊？"

"嗯。"

"忘记介绍了，这是我的男友郭远。阿远，这是林小姐的男友……周正，北泉高中的老师。"兰亭顿了一下，不知如何给周正加形容词。

"你好，郭先生。"

"你好，周老师。"

四个人凑齐了一桌麻将，前因后果，完完整整，一个没跑。

罪魁祸首在一旁望天。

周正和郭远见过面，他当然清楚地记得这个人，霸气的吉普车大概在奶茶店外停留了近两个月，而后悄然退场。

漂亮的女孩从来不缺男友，周正不能深想林霜那些前任。

郭远见过周正一两次，但没什么印象，记忆很模糊。

他和兰亭两人是通过相亲认识的，彼此都没过问对方的情史，感情也才刚炽热起来。

林霜漂亮是真漂亮，但脾气太傲了，要求高、挑剔又难伺候，动不动就甩脸色，性子也野，根本不把男人放在眼里，说翻脸就翻脸。郭远压根儿琢磨不透她的点。

相对于林霜，郭远更喜欢兰亭，兰亭温柔婉约，心思细腻，看他的时候眼中带光，很能勾起男人的保护欲。另外，有家庭背景的加持，他对这段恋情的态度也是小心翼翼，分外用心。

四人的气氛和谐又诡异，各有各的别扭和心思，情绪或浓或淡，兰亭最懵懂、无辜，林霜反倒最淡定。

两对情侣寒暄了几句，似乎谁也不愿意多说，迅速撤离了现场。

一路上周正也没多说什么话，脸色分外平静，波澜不惊。

他是真生林霜的气。

林霜挽着他的手臂往家走，狗皮膏药似的黏在他身上："你怎么过来的？晚自习直接扔下学生？"

"换班。"周正淡声道，"换了节晚自习。"

"哦——"林霜拖音。

两人一起爬上楼梯，林霜的高跟鞋"噔噔噔"踩在台阶上，周正手里拎着舞蹈包，他走在前面开道，替她敲开楼道的感应灯。

"周正，你不问问吗？"林霜低头拎着裙子上楼。

"问什么？"

"问你想问的。"

打哑谜呢？

周正脚步不停："今天撞见的吗？"

"不是，第三次了，都是这场面。"林霜莫名觉得有点好笑，"太绝了。"

周正掏出钥匙开门。锁眼上了润滑油，钥匙拧起来不费力气，但他的手劲儿不小，拧得门锁轻轻发出"嗒"的一声，然后推门开灯，换鞋进屋。

林霜从高跟鞋里提脚，踩进毛茸茸的拖鞋里，亦步亦趋地跟在他身后。

"周正。"

"嗯。"周正淡声回。

"看兰亭那模样……她还不知道我和郭远谈过，郭远没坦白。"林霜抱着手臂，倚在门上看他，"否则她不可能对我那么亲切。"

"这是他们两个人的事情。"周正拧眉，"跟你和我都没关系，以后少见面就行了。"

局面虽然尴尬，但的确和林霜没关系了。兰亭和郭远的事情，理应由他们自己解决。

"他们感情挺好的。"林霜低头玩自己的指甲，语气闲散，"兰亭挺单纯的，性格和郭远挺配，不过呢……郭远的为人，我不好评价，但多多少少有点大男子主义。只是，这事不揭穿，要是以后兰亭主动发现，或者他俩有什么别的事情，会不会殃及我啊？"

女人最了解女人。

余情缭绕数年的前男友一头栽进了林霜的怀抱，好不容易从头再来，发现柔情蜜意的现男友过去和她有过一腿，怎么看怎么觉得林霜是来给兰亭添堵的。到时候兰亭心里有什么疙瘩过不去，林霜受的又是无妄之灾，指不定谢晓梦又翻脸，对她来个道德谴责。

"你没和郭远说过这事？"

"我早就把他拉黑了，怎么可能主动找他说这个？"林霜抬着下巴，她在甩男人这事上最干净利落，"狗男人，他装聋作哑，一直没找过我。"

都是资深玩家，见面时岿然不动，打算把这事烂在心里。

林霜也绝对不可能主动找兰亭。

周正沉住气，看了林霜一眼。她妖娆地站着，噘着嘴，脸上是一副无所谓又无辜的神色。

"周正。"

周正蹙眉："知道了，别说话，也别解释。"

林霜把他拎出来见人，等于把这问题抛给了他。

他现在变成"二十五孝"男友了，还负责解决女朋友和她前任的破事。

林霜想，不坑他，坑谁啊？谁让他也是兰亭的前任呢。

周正舒了口气，坐回书桌前，把晚自习课上没写完的资料摊开来继续写。

林霜凑到他身边，围着他的椅子打转献媚，又是捏肩又是捶腿，还亲热地贴贴他的脸颊，小猫儿似的撒娇："阿正……"

林霜有时候心眼就这样坏。

她怎么不想想他会吃醋，心里会有疙瘩，对他来说是无妄之灾？

林霜眼瞅着周正绷着脸，便笑嘻嘻地用鼻尖蹭他，亲他的耳朵，呢喃着撒娇："周老师最好了，无所不能……"

周正皱眉，躲开她黏黏糊糊的亲热，哪知林霜直接揽臂圈上了他的脖子，小口咬在他的耳珠上。

他乜见林霜精致的眉眼和妖精似的神情，有点又恼又气，还有点撒不出来的怨气，抓着林霜往身上拖，将她摁在自己膝上，用力在她屁股上拍了两下。

他是真的想捏捏她、掐掐她，以泄心头之气。

"啪。"

大掌拍在屁股上，力道不重，声音却够响亮，林霜吃痛，轻轻"嗯"了一声，在他膝上扭头，抿着唇、皱着眉，似笑非笑地看着他。

偏偏周正眼里幽黑，神色正经，还带着点莫名的怒意，半点没有情趣的成分。

林霜眨眨眼，轻笑一声，挠挠他的肚子。

"以后不要这样。"周正抓住她的手，蹙眉不看她，盯着自己的教案，正经得不能再正经。

"不要哪样？"林霜难得乖巧。

"不要逢场作戏，不要随便谈恋爱。"周正咬牙，一字一句道，"不要随便找男友。"

林霜黏黏糊糊地坐在他身上，整个人严严实实地搂着他。

"你吃醋了呀？"她笑嘻嘻地捧着他的脸颊，"周正，你是不是吃醋了？"

周正绷着脸。

人的野心和占有欲都是一点点膨胀的，他有理智，但做不到毫不在乎。

林霜抵住他的额头，诱惑他："周正，如果你不高兴，我哄你。"

佳人主动邀约，周正只是圈住她窈窕的腰肢，贴着她的脸颊，心情有些涩涩的，并没有下一步动作。

林霜搂住他，笑得温柔，呢喃道："周正，逢场作戏是逢场作戏，但我可没有胡作非为……"

周正看着她，捧住她的脸颊，吻住了她的唇。

过去的都过去了，他不想多听。

情到浓时，他时不时会冒出这样的想法，过去他不在乎，他想要占据她的以后，占有她所有的以后。

太疯狂了。

这件事林霜不想管，但是她想让周正管，周正想了想，找了张凡。

张凡还没见过兰亭这新男友，谢晓梦还没光明正大地把他带出去溜过呢。

"你们，咳咳……"张凡又被水呛了下，想笑又不敢笑，"你说，去年追林霜那个'大吉普'成了兰亭的新男友。"

那辆吉普车，张凡也是有印象的，车子挺野，车主也挺晃眼的。

周正冷着脸。

"我的娘啊！你们这比电视剧还电视剧呢。"张凡拍他的肩膀，"不容易啊，哥们儿，你这处境……你这可掉林霜坑里爬不出来了啊。兰亭也不容易啊，这么纯情的好姑娘，谈个恋爱怎么就跟你俩撇不清关系了呢？"

不知张凡回去和谢晓梦吹了什么耳边风，谢晓梦护兰亭护得厉害。

后来，兰亭大概知道了这事，是郭远和谢晓梦两人一起说出来的。

郭远心里也觉得难受，他本来没想那么多，秉着多一事不如少一事的原则，怕兰亭心思细，在这事上多想。再说了，当时和林霜也没相处两个月就分了，也没什么好说的，想等到纸包不住火的那天再承认。哪知女友闺密冲上门来，对他好一顿教育，指责他骗人骗色，居心不良。

这事不坦白也不行了。

兰亭知道以后，停了舞蹈课，暂时避着林霜。她心里自然是有些难受和别扭的，恋爱的热情也一下子骤降，和郭远冷战。

但巧合成这样也怪不得谁，她和周正、郭远和林霜，都是正常的恋爱分合而已。

谁让城市这么小呢？

♡　♡　♡

周正把漆灵带到了林霜的奶茶店。

两人好像刚打完球，漆灵额头上冒着汗，校服搭在肩上，垂头丧气地弓着背，跟在周正后面。

周正也脱了连帽运动衫，内里穿的一件贴身的黑色短袖也洇出了汗迹，他面色微红，推开了奶茶店店门。

林霜挑眉，看着这一大一小两个男人走进来，红色的丝绒指甲随着音乐节奏敲着桌面。

漆灵僵直地站在周正身后，林霜看不见他，只能瞥见一点黑色碎发。

"打球了？"

"嗯。"

"谁输谁赢？"她心情极好。

周正平静地站到她面前，黑眸突然亮了一下，眉尾微扬，露出清爽的笑容，意思不言而喻。

林霜倚着吧台，心突然跳了一下，觉得刚才男人的笑容有点感觉。

"漆灵，你来点，想喝什么？"周正扭头问身后的人，并让出了位置。

漆灵紧紧抿着唇，抬头看了林霜一眼，那眼神生硬，充满不服气，又不得不认栽，哑声道："柠檬水。"

周正语气平稳："愿赌服输，语气可以更平易近人点。"

两人断断续续比了十场，将所有能找出来的兴趣爱好——乒乓球、羽毛球、篮球、足球、跑步、游戏轮着比了一圈，结果10：0。

只要漆灵能胜其中一场都算他赢。

漆灵死也挤不出那个"姐"字，但至少有礼貌多了，咬字很重："麻烦给我一杯柠檬水，谢谢！"

林霜乐得简直要吹口哨："不客气，难得来一次，我请客。"

这小子人见人厌没关系，两人不对付也没关系，只要周正能治得了他就行。

四舍五入，约等于这臭小子的命运掌握在了林霜手里。

周正和班主任配合，跟漆灵明里暗里磨了一个多月，上课、下课、晚自习，每天花精力盯着人，终于有了点突破。

漆灵就是这个年龄段最常见的那种叛逆男孩，受过冷遇，对家庭、世俗有愤慨和偏见，却也有父母关心着。他厌学、叛逆，却又没有目标，只能随波逐流。

对症下药，并不难教。

而周正耐心特别足，方式也算温和。

漆灵对他不反感，只是也拗不下性子喜欢，反抗了这么久，毕竟心思还稚嫩，手段也不行，周正处处胜他一头，漆灵不得不梗着脖子低了头。

输赢见高下，关系有缓和，那就可以进行下一步了。

漆雄请周正帮忙关照漆灵，有人帮他盯着他也放心些，他儿子也不至于捅娄子，再把数理化成绩提高点，要是能跨进本科线，念个大学，那就更皆大欢喜了。

周正把漆灵的数学摸了一遍底，在班上的教学节奏基础上，给漆灵专门定了个复习大纲，强化训练。

这学期，高三还有个周六休息日。漆雄和付敏喊林霜和周正去家里做客，饭前饭后共补四个小时的课。林霜没想到周正不仅能教数学，除去语文以外的所有科目他都能教。

漆杉高兴得一蹦三尺高："姐夫，你以后也能给我补课吗？我成绩也不好。"

好像小孩子都特别喜欢老师的额外关照。

林霜把漆杉的脸扭开，把房间的门关上。

有了这点交集，林霜和付敏这边的走动渐渐多了些。漆雄亲自下厨做饭，付敏就带着漆杉和林霜，有时出去逛逛走走，做点别的事情。

林霜去的次数多了，漆杉也跟她熟络起来，喊她"姐姐"。十一岁的虎孩子生机勃勃，特别能聊天，一聊一个"心肌梗死"。

林霜刚过了二十七岁生日，生日宴还是付敏和漆雄准备的。他们找了个她喜欢的餐厅，准备了蛋糕，还都给她发了生日红包，连漆杉都给她准备了生日礼物。吃过饭，付敏和周正还带着她和漆杉一起去了电玩城，在那儿泡了一整个下午。

是那种很久违的……家庭氛围。

怎么说呢？林霜不喜欢这种模式，有点矫情和黏糊的感觉，但这顿饭也顺顺利利吃完了，生日也热热闹闹过了，她感觉其实还不错。

付敏把漆杉赶出去玩，问林霜："周老师那房子买在哪儿？多大面积？开始装修了吗？"

"不知道。"林霜玩手机，老老实实地回答，"没问过。"

周正不提，林霜不问，是有意避着，还是漠不关心，那就不知道了。

付敏语塞，又问："那他现在是在外租房住，还是住学校里？租房子多少也要花点钱吧？"

林霜沉浸在游戏里，没回话。

她在付敏面前不算是好性子，有时候心情好聊得多点，有时不想说，敷衍几句。

迈过了关系最僵硬的那几年，能缓和成现在这样，付敏已经很满意了。

她欠林霜的其实挺多的。

当年，她和前夫负气，盛怒之下一走了之，财产和女儿全都没要，也从来没管过这些事，没替林霜打算过。后来林海出事，出事前，林霜的继母偷偷转移财产溜之大吉，烂摊子都是林霜收拾的。留到林霜手上的什么都没有，就连那套老房子都是林霜姑姑费心走关系保下来的。

"年轻老师工资可能不高，但以后就好了。新闻上说教师待遇也在改革，每年都有涨幅，高三又是毕业班，听说高考奖金也不少呢。"

她的确觉得周正不错，也许经济条件和家庭条件欠缺了一点……可这事没法说，婚姻里经济基础很重要，可只看经济条件，婚姻更容易岌岌可危。

饭桌上，付敏和漆雄也有意无意地聊起周正买房的问题。

周正很谨慎地开口："房子买在学校附近，挨着市民森林公园，已经交房拿到钥匙了。"

"装修还没动工，最近只是在了解家装方面的信息，不着急。"

闻言，林霜瞟了他一眼，没说话。

回去的路上，公交车路过一处新楼盘，林霜玩着手机，突然问周正："不是说买市区那个楼盘吗？怎么换成森林公园那个了？"

他看看她，目光掠过窗外，没说话。

过了一会儿，周正缓缓开口："森林公园离学校近，上班方便，环境更好点。"

林霜"嗯"了一声。

周正调整了下坐姿。他知道她也更喜欢森林公园那套房子。

下午三四点的时候奶茶店最清闲，娜娜和Kevin都可以出去溜号，一般只有林霜一个人在店里。

林霜很难得地把张凡约出来，请他来奶茶店喝茶。

张凡觉得这两人也挺诡异的，很少有成双入对在他面前招摇的时候，要是有事都单独找他。

林霜抓着张凡的手机，给他转了十万块钱。

"啥钱？"张凡惊得差点跳起来，"老板，你要包养我？"

"以前谈恋爱时我花的周正的钱。"林霜白了他一眼，"上次谈恋爱，花他的钱买了不少东西，分手时还钱给他，他不收。"

这一点，张凡倒是理解："恋爱时给女朋友花钱天经地义，哪有分手收回的道理？"

他又酸溜溜地看了眼手机："啧啧，你俩谈了几个月？周正还挺舍得给你花钱啊。"

"你想个办法把这钱转给他。"

"我能有什么办法？"张凡笑，"我无缘无故给他一笔钱，他能收？"

"这大概也是他应急的钱。"林霜抽着烟，"可能是提前准备的装修款，他给我花了。"

周正的房子，张凡也知道情况，他动了动嘴巴，没说话。

"好不容易把房子买了，不要卡在装修上。"林霜淡声道，"你天天和他在一块儿，我把钱给你的意思，你不知道吗？"

"我给他，他就能要吗？周正他自己主意也挺大的，也不是见钱眼开的人。"

林霜给他出主意："就当是你借钱给他应急好了，还钱的事以后再说，先拖着……让他先把这笔钱收下。"

张凡挠挠脸："我觉得你俩也挺有意思的。干脆你们结婚算了，他买房，你装修，房产证上写你俩的名字，夫妻共同财产，这不就成了吗？次次都在我这里兜圈子。"

林霜瞟他：“你话那么多干吗？我把你当‘工具人’用，你倒是自己出起主意来了。”

“嘿！”张凡拍大腿，“得，我还真就是你们俩的‘工具人’了，还口口声声说朋友呢？你俩什么时候跟我交心过？有事就找上门来，没事就把我踹远点，俩人都一副德行。”

“免费喝一个月的奶茶，我帮你在谢老师面前说好话。”

“成交。”张凡见好就收。

“说话当心点，滴水不漏啊，这笔钱不许牵扯我一个字。”林霜威胁他，“到时候出了事，我们俩都跟你没完，你也别踏进我这店门了。”

张凡缩了下脖子。

过了几天，张凡去诓周正：“房子装修得怎么样？打算什么时候装完？”

130平方米的房子，装修真不是一笔小钱。

“还没装。”

周正眼下就是先做做计划，还没有开始装修的打算，攒钱也需要时间。

“你这要攒到猴年马月啊？赚一点装一点嘛，没必要一口气全部到位，好歹先把墙体水电整起来。”

对于这事张凡有经验：“到时候隔壁住户都装完搬进去了，你再开始弄装修，邻里投诉也麻烦，还容易有矛盾。”他皱眉，“不然这样，我手上还有几万块钱，眼下也没有花钱的地方，先借你用，等明年高考完发奖金，你再慢慢还我就是了。”

周正摇头：“不用，我装修不急。”

“你脑子怎么突然不灵光了呢？我这可都是为了你着想。”张凡笑话他，“你这次跟林霜复合，别的不说了，你住她那儿，勉强算寄人篱下吧，男人魅力大打折扣啊。出门遇见她朋友，聊起这些来，好歹也给她来点面子吧，你俩以后的路也能走得顺畅一些。"

周正抛球投篮："她不在意这些，我这房子在她眼里也不算什么……"

"女人的话你也信？房子装得漂亮点，女孩子总有自己喜欢的东西吧？你看林霜那个奶茶店，不也是她自己一点点搞起来的吗？等装修好，你时不时在她面前展示一下。'欸？这个卧室也太梦幻了！''这个浴室的镜子好适合化妆。''这个衣帽间简直神了！''这张床高级！妙不可言！''要要要，这房子和男友全都要。'"

周正拿球砸他，叉腰哂笑："你当什么体育老师？去直播卖货得了。"

"我的意思是，你营造出一个美好生活、温馨之家的概念，那种氛围……林霜看见了，心里会没感觉？"

"没必要，她不喜欢。"那样只会把林霜吓跑。

"就算她不喜欢，你喜欢不就成了吗？你给你喜欢的人筑个家，感动不了她，难道自我感动下还不行？总比什么都不做强吧？"张凡满嘴跑火车，"你在市里早点有个家，也能把你奶奶接来住几天，让她老人家高兴高兴。再说了，借钱还钱又不是什么丢人的事情，你没家里支援，单枪匹马的，我这做兄弟的还不能挺你一把吗？"

也不知道哪句话触动了周正，他思量了一番。

后来，周正给张凡打电话："你手里有多少钱可以借给我？我平时多接点活儿，明年暑假还你。"

这事成了。

林霜收到微信："任务完成，钱转给他了，还钱的事，明年暑假你自己想办法。"附带一张转账截图。

林霜删了微信聊天记录，抬头看了一眼，看到周正在房间奋笔疾书，他眉头微皱，神情专注，侧脸看上去柔和又坚毅。

认真的男人很耀眼，虽然她看过很多次了，但她觉得这一刻那个周老师是带着光的。

希望那是他喜欢的房子，可以装下他所有的幸福。

♡　♡　♡

有了张凡借的那笔资金，周正把新房的装修计划提上了日程。

读大学的时候，其实周正兼职打工攒下了一笔钱，后来回北泉高中教书，学校又发给他四万块钱的安家费。

这些钱，一部分给了奶奶养老，另一部分用在了修缮他父母留下来的房子上。

二十年前的农村流行一家一幢的小楼房，外形不算好看，方方正正如火柴盒。周正爸爸和二叔分家，兄弟两人各占了一块宅基地，周正家先盖起了小楼。

家里积蓄不多，房子只筑了地基，搭了框架。周正父母简单地粉刷下一楼，就带着全家搬了进去。二楼还是个红砖毛坯壳子，等着有钱再重新动工。

周正父母突然离世后，房子就搁置了很多年。后来村里的小楼陆陆续续盖起来，周正家成了最潦倒破败的一幢。也是周正大学毕业后回乡，把整个房子重新修缮了一遍，贴了墙面，装修了内饰，这个家才算完全竣工。

从周正父母亲手砌墙上梁，再到他封门落窗，一晃十几年过去了。

周正心底那件未竟之事，终于完成了。

虽然是乡下房子，但他好歹是有点装修经验，小城市找不到特别靠谱的家居设计师和装修公司，全凭参考网上信息和个人审美。周正一丝不苟地做了很多功课，甚至自学了一点 3D 建模渲染。

林霜无意间瞟见他的电脑屏幕和桌上的设计图纸，扶墙叹气。装修房子而已，至于这样认真？网友装修分享那么多，还有左邻右舍，大家互相"抄抄作业"不就完事了嘛。哦，学霸嘛，只有别人抄他作业，没有他抄别人作业的时候。

房子的事情，她不掺和，不过两人同床共枕，难免会关注。

周正睡前会看看家居网站做做功课，林霜躺在他肚子上，玩着手机，忍不住滋生一丝怨气。

"怎么了？"他拍拍林霜的脸颊。

"你分心了！"林霜皱眉。

她撩他，周正没半点反应。

"没有。"周正撇下手机，低头亲吻她。

香软柔滑、梦寐以求的姑娘就躺在他怀里。以前他会边看书边缠着她，兴起时还有第二场。但现在周正有点心不在焉，有时还起身开电脑忙自己的事情，撇下她自己睡觉。

天凉了，正是林霜倦怠好眠、需要"人体火炉"的时候。

她心里很不爽，但也不明白自己不爽什么。

大概有点失落。

周正这阵子真的忙，校里校外的事情排着队来，既要赚钱养家，又要抽空跑建材市场，还要照顾家里，一颗心全扑在未来上。

遇见林霜后，他整个人生就仿佛尘埃落定似的，沉甸甸、忙碌碌的。

他忙，林霜也不管他。她自己的活动也不少，美容院、舞蹈课、瑜伽室轮流着来。苗彩有个朋友开了家剧本杀门店，最近她常拉着林霜一起去打卡。

连着好些日子，林霜晚上都出门玩，回家后都在自己房间过夜，清心寡欲。

周正很快察觉了。

最近他的确没什么空，很久没有好好陪她了。这并非他的本意。

他想了很久，最后带着一堆色卡去林霜房间，请她帮忙挑颜色。

"新房装修的墙漆和地板的颜色，我想自己试着配一配，但和想象的有出入，有点难。"周正蹙眉，"霜霜，你是学服装设计的，对色彩的把握应该很好吧？"

林霜玩着手机，瞟了他一眼。他把色卡一张一张放在地板上做比对。

"你想挑一套什么颜色？"

周正把手机里的图片调出来："想要这样的色系组合。"

林霜放下手机，琢磨了一会儿，从地上抽了几张色卡给他："这几张颜色差不多。"

周正切换了一张家居图片："这样的呢？实际书房的采光不够亮，换浅一度的颜色会不会更好点？"

林霜皱眉，默不作声从地上挑了张色卡塞给他。

一点小问题，解决得很快，周正磨磨蹭蹭地收拾东西，温声邀请："要不要去我房间？"

林霜瞥他一眼，低头，干脆利落："不要！"

周正摸摸她的头发。

林霜自顾自地玩起了手机游戏。

周正坐在她身边，看着她玩游戏，闯关的小人儿飞檐走壁，金币吃得眼花缭乱。

"服装设计都学什么？"他找话题跟林霜聊天，"这个专业有趣吗？"

"学裁缝，不好玩。"林霜那所大学是省内的一所三流大学，她其实也是混日子，没正儿八经念什么书，服装设计也是个烧钱的专业。当年学校有个花钱镀金的项目，在国内念两年基础知识，再申请国外的学校深造，可惜林霜家里情况一落千丈，只能留在学校磕磕绊绊念了四年。

"大学毕业后，你当了服装设计师吗？让模特走秀的那种设计师？"周正摸着下巴，"在镁光灯后面给模特穿衣服，拿着剪刀咔嚓两下，剪个独特造型出来，然后关键时刻把模特推上台那种？"

林霜啼笑皆非，瞥他："你看的都什么乱七八糟的电视剧？"

"电视剧和电影里都是这样演的。"周正也笑，"或者在那种艺术的、特别高档的写字楼里，穿得光鲜亮丽，对着大荧幕画图，深夜加班改设计稿，再送到工厂做成衣，最后将漂亮衣服陈列在橱窗里，肯定是这种吧。"

林霜暂停游戏："你说的这种也不是没有，那都是顶尖的或者一流的服装设计师。我这种末流专业的小裁缝，根本上不了台面。"

"那跟我聊聊吧，我从来没接触过这种行业。"周正柔声哄她，摸摸她的头发，"漂亮的女孩穿漂亮的裙子，做出来的衣服肯定也很漂亮，怎么可能是末流？"

"说末流你还不信？"林霜语气顿了顿，被他的语气勾着，唇角也带了点笑意，"我在工厂里做贴牌设计师。其实这个行业也是抄来抄去，大家都是盯着潮流风向，拿来改一改再卖出去。后来待了一阵子，我辞职出来，用积蓄租了个服装批发市场的小门面，卖时下流行的女装，也自己做点设计，挂在店里卖。

"不过倒还真的做出了几件衣服。我自己设计过一条裙子，那是第一件，被人看中，他一口气定了四百条……那是我赚的第一笔钱，本来快要撑不下去了，结果靠着这条裙子净赚了好几万。"

"真厉害！是什么样的裙子，我见你穿过吗？"

林霜果然抛下手机，兴致勃勃地去衣柜里翻裙子，拎出来一条碎花裙，眼里闪着光："就这条，是不是看着挺烂大街的？那都是后来别人抄袭我的，原版在我这儿。"

那条裙子，周正根本不懂，当然也没见过，不过还是很捧场，坐在地上仰望他的女孩："很漂亮。"

林霜当着他的面，兴高采烈地换上了那条裙子，露出纤长的美腿和雪白的后背，性感撩人，装模作样摆了个姿势："我还自己拍了模特图挂在店里。可惜那时候不太懂行，没有抓住机会，不然还能大赚一笔。"

她第一次聊这么多，聊这条裙子的设计和心得，聊布料和版型，周正默默听着，时不时点头。

数学和服装，两个完全不互通的世界。

夜深了，林霜赶他："回你的房间去。"

周正赖着不肯走。

被子里传出窸窸窣窣的声音，他和林霜挤在一张床上。他身上的气息很好闻，身体滚烫，肌肉分明，贴在她背后，体温上升。

林霜被他的体温烫了一下。

"这是我的床。"林霜用手肘撑他，"你下去。"

周正岿然不动，一只手臂牢牢锁紧她的腰肢。

"最近真的太忙了，期中考试省内七校联考，教学要赶进度，连晚自习都在上课。"他把林霜的手放到他的喉咙处，冒尖的喉结在她手里滑动，"你听，嗓子又哑了。"

的确是沙沙的、哑哑的声音，带点磁性，深沉好听。

天冷换季的时候，他的咽喉炎又发作了，职业病，没办法。

"多喝热水。"林霜敷衍他。

"我小的时候，冬天睡的也是单人床，床脚很高，床比你这个还窄，半夜睡着睡着翻个身就能掉下床，迷迷糊糊自己又抱着被子爬上床。有时候睡得熟，我就抱着被子睡在地上，一直睡到第二天早上。"

林霜这张床，勉强能挤下两个身材苗条的成年人。

"夏天我就不睡床上，到处睡，纳凉的竹床上、摇椅上、宽凳上，或者铺个席子睡在地上，哪儿凉快睡哪儿，就是容易被蚊子咬，要一直点着蚊香过夜。"

"听起来是个很调皮的小孩。"

"乡下小孩哪有不调皮的？"周正把她的秀发都撩在耳后，"我和顺仔，那时候村里小孩都是我俩的小跟班，我是大王，顺仔是二王，我们做过可多坏事了。"

林霜闭着眼，淡声道："怪不得顺仔跟着你鞍前马后，原来打小就是你的副手。"

"后来就不这样了，小学四年级我就去了镇上念书，住校了，后来又考到市里来念高中，回去的时间也少了，一直睡学校的单人床，直到大学毕业。"周正的话题转回来，"房子开始装修了，我今天还去了趟建材市场，买些材料。花钱很容易，但选择很困难，有时候我会很着急，想拥有一个百分百完美的家，却不知道完美的定义是什么，也不知道家的具体模样是什么。"

"但其实，家和房子没关系的吧？"他叹了口气，"这些其实没那么重要，我应该多花点时间陪陪你。"

林霜看了他一眼。

她的男友有个优点：很聪明。

"霜霜。"

"嗯？"

"抱歉。"周正诚恳地道歉，"和你在一起，无论从哪个方面来说，都对你太不公平了。"

林霜十指插进他的发间，抱住他的头。他的身体压着她，能清晰地感觉到自己的心在缓慢又坚定地跳动。

林霜咕哝了一句。

"什么？"周正低头问她。

"如果你太忙……有些无足轻重的事情，我可以帮帮你。"林霜神色似乎不明，“但你要报答我。”

“怎么报答？”

林霜乜了他一眼，噘起了自己的红唇。

周正动作很温柔，手臂支在枕头上，探过身吻她。

林霜的纤腰微微后扭，偏头回应他的亲吻。

Chapter 15

犹豫

♥

双方的气味好像滴进清水里的墨汁，张牙舞爪迅速洇开。

林霜"无足轻重"的帮忙，仅限于动动嘴皮子。让她掏心掏肺地操劳男友房子装修的事，跑现场吃灰，那绝无可能。

她每天睡前的乐趣变成了刷周正手机里的购物车，然后无情嘲笑他。

"审美太差！网红风泛滥。

"这年头还有人不选智能马桶？洗碗机不考虑一下吗？人类都从原始社会进化了，何必难为自己？

"你买的是宫殿？怎么不选个三层水晶灯亮亮眼？

"这……你不如买根铁管，在家里跳钢管舞算了。

"你是打算在这桌子上打乒乓球吗？吃饭、运动一举两得？真高明。"

周正面无表情地接过手机，统统删除。

不能让一个朴实惯了的人喜欢浮夸风格，这就像喝茶的人家里搞个咖啡机，他的审美的确有局限，需要找个人把把关。

只要林霜不吐槽，四舍五入就等于满意。

连绵的秋雨又开始下起来，天气不好，这些真的也不着急，周正想多花点时间陪陪林霜。

小城市的确没什么娱乐项目，市里就那么几个夜市和商场，一个月逛几回也差不多就够了，酒吧和夜场都不够带劲，去几次就腻。以前年轻人喜欢聚众搓麻将，风气整顿后，这两年倒是兴起了跑步健身的风潮。

林霜的奶茶店生意一直不错，她有把旁边的店铺一起盘下来的想法，扩大店内面积，可以兼容娱乐和聚会，顺带加点甜品小食业务。不过，店里主要的顾客群体是北泉高中的学生，客源固定，消费能力固定，林霜有点犹豫。

学校周边还有几家饮品店，主打重心不一样，她这牌打出去，结果约莫是几家店一起熬，看谁能熬死谁。

林霜扔给周正几个数据："周老师，你帮我算算，我这成本投进去，有没有可能赚钱？"

周正看了她一眼："固定装修和设备采购五万，每月房租五千，加上店员工资和其他成本……你能不能把店里的饮品销售额和毛利给我看看？"

林霜看着他在纸上做数学题。

"盈利或许没什么问题，但你冲击了你的同类门店，其实学校附近的奶茶店数量和规模一直维持着微妙的平衡，假设你的新产品竞争力高于同行，"周正在纸上列起了公式，"要是有任何一家关门，立马会有同行的新鲜血液补充进来。另外，现在知名连锁奶茶店已经全部渗透进中小城市，学校周边也是重要的竞争市场，你不如把自己的品牌做精，先守住自己的阵地。"

"现在奶茶店遍地开花，再好的奶茶店，生存周期一般也都在三到五年，产品创新和运营都要一直保鲜。"周正劝她，"如果现在盈利好，不如趁热打铁，再用同样的模式开一家分店，共享成本低，知名度也提上去了，先赚钱，以后再根据市场改变销售策略。"

林霜听他说了一堆专业词汇，挑眉道："你是不是学过经济学？"

周正云淡风轻地瞟她一眼："没有，不过数学是万科之王，和很多学科都贯通。"

他唇角上扬，忍不住有点扬扬自得。

林霜捏了捏他的脸颊，一个数学老师，竟然还骄傲起来了。

再开一家，她就更忙了，工作本来就是为了打发时间，难道真的要当老板？

林霜有点犹豫："先看看吧，等明年春天再说。"

冬天的晚上无所事事，像周正这样的除了晚自习上班，就是"家里蹲"、读书、培训。林霜有了稳定的男友，"钓鱼式"约会消失得无影无踪，平时要么美容健身，要么跟着周正看书、看电影。

苗彩听说林霜和周正窝在家里读书，甚至一起出门逛书店，笑起来："你什么时候这么贤惠了？周老师对你影响这么深？竟然还一起逛书店？"

可能真的是潜移默化的改变，林霜连心态都静了下来，以前她还有那么点"作"，趾高气扬地看人，撩着眼皮子抽烟，有种明明白白的渣女风情。现在她连烟也抽得少，一天两三根，有时想抽烟被周正看见了，他兜里有润喉糖，给她嘴里塞一颗，她就又把烟放回去了。

"有吗？贤惠？"林霜不觉得，"贤惠不至于吧，满足倒是真的。"

以前遇见感兴趣的男人，还能勉强迎合逗弄着撩撩。

但跟周正，她实在撩不起来，玩不了暧昧，正儿八经的男人，随意撩拨两下，她就能看见周正眼里的光，他像只毛茸茸的动物，全心全意盯着她。那种感觉真要命，太黏糊了。

就像跟小朋友玩游戏，逗孩子想要颗糖，他把整个糖盒都能送给你。

"晚上一起出去玩?"苗彩邀请她,"赵峰这周都出差,我们去酒吧,还是去玩剧本杀?我那个朋友新进了几个本子,又喊人组团过去玩。"

苗彩朋友开的那家剧本杀门店——这种新兴的年轻人聚会方式,刚从一、二线城市流行到中小城市,还算个新鲜事物,北泉也只有这一家像模像样的店。门店运营得不错,店主脑子灵光,和本地的一些交友组织有合作。苗彩拉着林霜去过几次,生意还挺火爆。

酒吧没意思,搭讪的都是些心怀不轨的男人,林霜选了剧本杀。

她在这家门店跟店主聊了几回,还谈了笔生意回来——玩游戏有奶茶外送优惠。年轻人的聚会场合,少不了吃喝,一天的外送量也颇为可观,弥补了学校上课期间奶茶店的空档期。

林霜也拉着周正去过一次,周正的体验感有点奇妙。

玩游戏的都是年轻人,有时候是陌生人凑在一起,有小情侣也有单身人士,职业各不相同,但聚在一起也很能聊。一个本子的角色玩下来,整场里面,林霜算是最招摇的人。落在她身上的目光实在太多了,跟别的场合完全不一样,有些目光还堂而皇之地越过周正,牢牢地黏在林霜身上。

她跟不同的人说话的时候,神色、语气都很客气,但肢体语言很妩媚,眼里像带着钩子,小钩子刺啦刺啦挠啊挠,挠起了别人身上的细绒绒,不动有点痒痒的、动了更痒的感觉。

周正猛然察觉到,这种交际场合,林霜其实掌控得游刃有余。

林霜其实是那种镜面式性格,就像跟 Polo 衫先生在一起,她也能放得开、玩得转;跟张凡在一起,她也能插科打诨说段子;遇上喜欢高谈阔论的人,也能撑着下巴装作一副用心倾听的神情;跟周正在一起,也能踏踏实实过普通生活。这样玲珑剔透的美人,是怎么跟一个长相清秀、职业普通的数学老师走到一起的?

在场所有的男人都不解。

美女眼瞎了吗？

"你想什么呢？"回去的路上，林霜晃他。

"没什么。"周正把她的手揣进自己的衣兜，温声道，"冷不冷？给你买杯咖啡暖手？要不要吃蛋糕？"

"好啊。"

两个人窝在懒人沙发里吃东西，她把喝剩的咖啡递给周正，又挖了一勺蛋糕塞进嘴里，奶油中的草莓粒冰冰凉凉又清甜，她噙在嘴里对着他媚笑。

周正喝了一口温热的咖啡，含在嘴里没往下咽。他闲散地坐着，支着腿，垂下眼睛玩自己的手机，面色很正经，姿势却很撩人。

林霜忍不住，探过身去吻他。

她尝到咖啡的苦涩，他也尝到草莓的甜味，两种滋味在唇舌间传递。

刺刺啦啦的电流穿进身体，也许是冬天的静电，也许是身体的战栗。

林霜觉得今晚的周正格外有体力又……狂野，实实在在满足了她的幻想。这也算是一种天赋了。

"霜霜，能不能帮我买几件衣服？"周正犹犹豫豫地问林霜。

"什么衣服？"

"你喜欢的、好看的那种。"

林霜的确给他买过一次衣服，清理过他大半的衣柜。那次的衣服买的都是春夏装，挑的都是简单耐用的款式，他秋冬的衣服单薄，就那么两三套——连帽卫衣、针织衫，都是普通休闲装。

她觉得，当老师没必要穿得太帅，舒适顺眼就行了，穿得太帅惹同学分心。至少她念高中的时候，班上有个物理老师又高又帅，衣品又好，她物理成绩那么差，却最喜欢上物理课，毕业后很长时间还记着物理老师。

"报酬呢？"林霜摊开手，眼里流光溢彩，"我当造型设计师的酬金可是很高的。"

周正想了想，从抽屉里取出一个小盒子，拿出条项链送给她。

是某品牌首饰，入门畅销款，价格不算太贵，八九千块，但北泉没有这个品牌的专柜，只有一、二线城市才有。

"英语组一个女老师戴过，大家都说很好看。我无意间看见，问了品牌，托朋友在临江市买了一条。"

"什么时候的事情？怎么不给我？"

"正好是上次分手的时候……"周正含糊道，"后来就一直放着。"

对一个直男来说，这也算是有心了。

林霜把首饰盒抓在手里，微微笑了笑："成交。"

有求必应，她帮周正购置了几身冬装，有风衣、大衣、夹克衫、羽绒服、皮鞋和短靴。

她一直觉得周正冬天穿得太少，虽然他身上散发着腾腾的热气，但看着怪冷的，起码出门应该更暖和一点。

男人的外貌更多的是靠气质和衣品来提升的，林霜喜欢成熟款，在周正身上还留了余地，至少知道不要把精英范放在一个高中老师身上，选的衣服都很低调。

周正换上衣服出来的时候，她还是禁不住吹了口哨。

周正的确是干净的类型，像没有枝节的树，笔直向上，在头顶拢出一片树荫。果不其然，他穿起正装的时候，是笔直好看的，俊朗又生机勃勃。

已经提升到"俊朗"了吗？

林霜睡在自己房间的时候，周正又开始加班熬夜的生活。

至少走在一起的时候，要配得上身边的人。

♡　♡　♡

　　周正的二叔给他打电话。

　　起因是本市残联会和市医院合作，派了一支医疗队下乡义诊，主要是给乡镇老人看看基础病。医疗队正好到荷塘村宣传，也给周正奶奶做了个老年病筛查，别的倒都好，医生建议他奶奶做个白内障手术，而且最近有惠民政策，政府有补贴，手术费用可以减免一半。

　　周正奶奶的两只眼睛都混浊了，前几年视力就有点下降，视物模糊，但老人一辈子最害怕的就是进医院——周正的爷爷就是严重脑血栓，生病那两年频繁住院，最后在医院重症监护室病逝。这回周正奶奶听医疗队的科普，他们把眼科手术说得简简单单，又听说可以减免钱，心头也有点松动。

　　其实也是老人家岁数越来越大，真是想再多拖几年，好歹看着周正成家立业才能安心。

　　周正回了一趟家，诓他奶奶说了一通，老人家不舍得这几千块钱的优惠补助白白浪费了，愿意去医院动手术。

　　既然说通了奶奶，周正便提前去医院排队。手术时间是根据周正的上课时间定的，周四入院检查，周五安排手术，周六出院回乡下。

　　他也提前跟林霜说了这事："过两天我在医院，应该有点忙。"

　　林霜没什么大反应，比了个"OK"，让他随意安排。

　　周四那天，顺仔拉着周二叔和周正奶奶到市里。周正下课去接人，一家人在医院碰头。

　　周正奶奶在乡下住了一辈子，最不喜欢城里的闹腾，看见大马路就犯晕，也特别不喜欢医院，揪着衣角直跟儿子念叨人多。周二婶今天去厂里上班，没一起来，只有周二叔陪着她进市里。周二叔这几年在村里林场工作，兼接些木工的零活儿，时忙时闲。

"东西都在这个袋子里，农保卡和身份证都在，村里开的证明我也拿了。"周二叔把袋子递给周正，"要不要我跟着一块儿去办住院手续？"

"不用，医院这边也没什么大事，二叔，你有事就先回去。"

"那行，那我就先回去，手上还有活儿，到时候手术我再来。"

叔侄两人在养老上分工明确，周正在市里工作，平时照顾不了奶奶，二叔一家就照顾老人的衣食住行，其他花钱出力的事情，都是周正来负责。

周正先扶着奶奶办住院手续，后头还有一系列的入院检查，又是做心电图又是量血压。周正奶奶血糖高，医生开了点降血糖的药让先控制血糖。

周正给奶奶倒水准备喂药，听老人家唠叨："就你们一个个地诓我，说进医院滴个眼药水就好，怎么还住院？怎么还检查那么多？我咋就信了，到底啥时候能完事回去……"

"您常年不来医院，来一次当然要多检查几项，反正都是不花钱的，明天就能走了，奶奶，您就耐心住下吧。"

"真不花钱？"奶奶不信，掰着手指头数，"做了好几个检查，咋能一分钱都不花？"

"不花钱。"周正正儿八经地诓人，"七十岁以上老人有政府补助，还有您的农保和医保报销，这不是挺好的？就让你跑一趟白住两天，回头晚上您眼睛就能看清了。"

"不花钱就行，要花钱我可不来。"周正奶奶嘀咕。

周正笑着摇了摇头。

等所有检查都做完，周正把奶奶安顿在病房里，又出去买吃的。

他半路抽空给林霜打电话。

林霜这会儿还在奶茶店，听见电话里嘈杂的车声，问他："你在外头？怎么不在医院陪着奶奶？"

"刚忙完。"周正回她，"我出来买点吃的。"

"你呢？"他闷头走在冷风里，"什么时候回家？"

"快了，马上就走。"林霜问，"你明天还去学校吗？"

"不去了，明天手术，我让同事代下课。"

林霜"哦"了一声："过夜的东西带了吗？衣服什么的。"

"也没什么好带的，凑合一两夜就行了。"周正想了想，"要是缺点什么，我再回家取吧。"

"也行。"

两人漫无边际地聊了几句，挂了电话。

林霜玩起了游戏，娜娜问她："老板，你今天怎么还不走？"

家里没有人，回家好像就不太着急。

白内障手术算是个小手术，时间安排在周五下午，约莫二十分钟。从手术台上下来，周正奶奶精神倒挺好，还能跟人聊几句，顺仔、周二叔和周二婶都在，他们在病房里陪着她坐一坐，说会儿话。

正好有人在，周正去外头买了一副墨镜和眼罩，又回了一趟家，洗澡、换衣服，拿走了自己的电脑。

苗彩知道这事，问林霜："你俩都男女朋友了，不去医院看看？周老师没父母，就这么个最亲的奶奶，不象征性去孝顺一下？"

"不去了吧。"林霜皱眉，"以前也没接触过他家里人，他也没开口让我去。"

"周老师不也见过你妈和你继父吗？"苗彩道，"其实不去也行，买点水果和营养品，托周老师带过去，也算是心意了。"

林霜想了想，勉强接受了这个提议。

晚上，她从喷泉广场逛完街回家，临睡前进浴室，发现脏衣篓里塞着几件眼熟的衣服。

林霜伸手摸了摸，衣服冰冰凉凉，还潮乎乎的，也不知道周正什么时候回家换下来的。

推开隔壁房间的门，屋子里冷冷清清的，椅子上搭着件换下来的外套，桌上的电脑也不见了。

林霜给周正发消息："你今天回家了？"

"对。"

"什么时候回来的？"

"下午三四点吧。"

"怎么也不跟我说一声？"

林霜蹙眉，有点不高兴。他进家门，都不用跟房东说一声吗？

周正没告诉她，他只是临时抽空回去拿东西，半个小时就走了。

周正给林霜打电话，电话迟迟才接通。

"干吗？"手机开着免提，林霜在玩游戏，对着电话蹙眉。

电话里的声音温润，带着空旷的回音，大概是在楼梯间或者走廊："霜霜，你回家了？"

"嗯。"林霜挤着喉咙出声回他。

"下午奶奶做完手术，顺仔、二叔和二婶都来了，我也是临时有空，出医院买点东西，顺带拐回家拿点东西。"

"哦。"林霜声音淡淡的，"手术还顺利吧？"

"小手术，挺顺利的，十几分钟就出来了，医生开了点头孢，观察观察，明天下午就能出院了。"

"你明天跟着一起回乡下去？"

"对，我把奶奶送回去，周日再回来。"

又是一个晚上。

"好。"林霜要挂电话，"我这边也没什么事，你回去陪奶奶吧。"

周正不想挂电话，跟她聊天："奶奶刚睡了，昨晚可能是有点紧张，心电图上的心跳一直有点快，还嘟囔着睡不着。今天做完手术，可能心里也放松了，傍晚吃了点东西，早早就睡了。"

"已经睡了吗？"

"嗯。"

她看了眼时间，还不算太晚，期期艾艾地说："你们……在哪个医院？"

"市二院。"

林霜的语气挺散漫的："我看你电脑的充电线还在桌子上，你明天回乡下，这两天不用电脑了吗？充电线我给你送到医院去？"

周正怔了怔，犹豫地开口："你……来吗？"

"我在家也没事，给你送个东西而已。"林霜嘴硬，"省得你跑来跑去的。"

林霜下楼，打车去了医院。她在医院门口买了束花，还买了点水果和礼盒，去了医院的住院部。

周正在电梯门口等她。

电梯门一开，两人一见面，眼神对上，林霜横了周正一眼，把手里的东西塞进他怀里。

"空着手过来好像不太像话，在医院门口买了点东西。"

周正漆黑的眼里含着笑，眼神格外柔软，领着她往病房去："奶奶还睡着，走吧。"

林霜轻手轻脚地跟着他走。

病房里静悄悄的，门虚掩着，屋里灯光很暗，病床的围帘拉得很严实，周正先进来，把手里的东西轻轻放下，然后示意站在门口的林霜进来。

"真睡了？"林霜做口型。

周正点点头。

林霜蹑手蹑脚地走进来，挨着帘子探头看了一眼。满头银发的老太太躺在病床上，一只眼睛蒙着纱布，另一只眼睛闭着，额头满是皱纹，颧骨干巴巴的，气色倒还不错，看着就是个普通的乡下老太太。

林霜拢了拢帘子，往后退了一步。

这样也算是探望过了。

礼节很到位。

病房是单人间，周正的陪护床挨着墙放着，床上的电脑屏幕还亮着光，一旁搁着把椅子，搭着周正的外套。

周正把杂物放到床上，把椅子腾出来示意林霜坐，转身给她剥橘子。

林霜扶着椅子，接了他递过来的半个橘子，两个人一人一半，安安静静地吃完。

"我回去了。"

"这就回去？"

"也没什么事。"林霜微笑，细声细气地说话，以免吵醒周正奶奶，"时间也不早了。"

"那我送你回家。"

"不用了。"林霜低头看自己的鞋尖，"你在这儿陪着吧，万一老人有什么事，陪护人不在就麻烦了。"

"太晚了不安全，你等一会儿。"周正轻声说话，给顺仔发消息，"顺仔这个点还在市里跑车，他离得不远，我让他过来一趟，送你回家。"

"也好。"

屋里有人睡着，是真不好说话，林霜也不知道说点什么，垂着黑睫，默默玩自己指甲上的装饰。

周正看着她，有两天没见了，这几天他们都没有时间好好相处，是真的有点想念。

两人的手都搭着那张空椅子，面对面站着，病房里灯光昏暗，还夹杂着消毒水的气味，闻着让人有点头昏脑涨。

周正忍不住伸手摸了摸她的头发，又摸了摸她的脸颊。

林霜抬头，看了他一眼，眼神欲迎还拒，欲语还休，像小银钩一样，挠得他心肝脾肺肾都在痒。

周正眼神暗了暗，伸手一揽，轻轻搂住她，他是真的只想轻轻把人抱在怀里。可扑面而来的是她身上柔和甜美的香气。林霜也闻到了他身上好闻的气息。

双方的气味好像滴进清水里的墨汁，张牙舞爪迅速洇开。

林霜搂住了周正的窄腰，有点不自在地在他怀里扭了扭，用脸颊蹭了蹭他的肩膀。

两人就站在围帘旁，能听见老人家带点呼噜的呼吸声，还有外面走廊的脚步声和附近病房的聊天声。

病房的门没有关严，会不会有查房的护士闯进来？

可这个吻好甜，你追我逐，悄然无声，缠绵、热切。像在天干物燥的秋天吃了个汁水充沛的雪梨，润润的、清甜的、熨帖的，抚平了身体的毛躁。

林霜有种早恋的感觉。她眼里浮着盈盈的光，像星海的碎冰，晶莹剔透，跟他的黑眸搅在一起，总有股意犹未尽的撩人感。

周正抚住她的脸颊，轻轻地吻她。

"阿正……"帘子里传来奶奶迷糊的声音，"咳，几点了……"

林霜听见说话声，身体一抖，揪着周正的衣裳，险些要把自己的脑袋埋进周正怀里。

周正搂紧了她，清清喉咙："奶奶，你喊我？"

奶奶有起夜的习惯，今天睡得早，她打了个哈欠，扶着床要起身："几点了？"

"十点多了。"周正摁着怀中的人，声音稳中带颤。

林霜在他肩膀上磨牙。

"你把床摇起来，我起来上个厕所。"奶奶自己扶着床要起来，"这哪儿来的花？怪好看的。"

"您别动，我……我来扶您。"

帘子一拉开，林霜就躲不了了。

她在周正怀里瞪大了眼睛，一脸尴尬。

"见见吧……"周正做口型，"早晚都要见的。"

♡　♡　♡

那一瞬间，林霜的想法很多。

如果她在周正奶奶起身之前蹑手蹑脚地溜出病房，背影一定、非常、绝对很难看，像做贼心虚。

她穿着挺括的风衣，配着飘逸长裙和高跟靴，明明就是走路带风、美艳冷酷的美女人设，绝不可以有那样猥琐的形象。

周正用眼神询问她。

林霜旋即镇定下来，云淡风轻地撩头发，火速伸手去包里摸口红补妆。

探望病人而已，正常社交，这有什么可不可以的。

周正看她的神态和动作都在做准备，禁不住笑了笑，眼如点漆，扯开半片帘子。

"奶奶，您看见这花啦？是我朋友送来的，她还带了些礼品过来看您。"

林霜买的花束就搁在床头。

"不太看得见，一大团红红的，倒是怪香的，我凑近才能看清点。"奶奶问，"哪个朋友？啥时候来的？我这睡着了也不晓得，你该把我喊起来才是。"

周正笑着指指帘子外面："人还没走呢，我俩刚才还在说话，是不是把您吵醒了？她害羞，有点不好意思见您。"

奶奶扭头："人呢？"

林霜适时露面，从周正背后探出身子，柔声细气："奶奶，您醒啦，我还在呢。这时候过来，打搅您休息了。"

是个姑娘啊！阿正身边可从没出现过姑娘的影子啊！

周正奶奶听见林霜的声音，整个人都清醒了，一只眼模模糊糊地看见个人影，高挑又纤细，瞧着是个好模样。她抓着周正的手，笑得跟朵向日葵似的："哎哟！阿正，这是……你也不提前说一声。"

"您慢点，我先扶您去洗手间。"周正老神在在，把帘子扯开，林霜也上前搭把手，声音甜润："奶奶，您注意脚下。"

"好好好，姑娘，你坐，快坐。"

场面挺日常又热闹。周正跟奶奶介绍林霜，脸上带着笑，声音也很温柔，也没说她是他女朋友，也没说是普通朋友，可开口直接喊她"霜霜"，又推着林霜的肩膀过来，就是有点不一样。

林霜就站在周正身边，温柔地笑着，两个人肩挨着肩，金童玉女似的站在一起。

奶奶跟周正生活了这么多年，怎么会揣摩不出来这姑娘的身份？

可惜她一只眼蒙着纱布，看不清林霜的模样，等病房里的灯都被打开了老人家直接抓住了林霜的手，把林霜拉到眼前来端详，眼睛眨了又眨，总算看清楚了——唇红齿白，跟家里墙上画报里的女明星一样好看。然后她笑眯眯地回头跟周正说话："模样太漂亮、太漂亮了，我可从没见过这么好看的姑娘，跟仙女一样，比仙女还好看。"

林霜鲜少被长辈这样打量，握着她的手干燥又粗糙，满是皱纹，她心里有点奇妙的感觉，不过也很快释然，佯装乖巧温顺，瞅着周正，柔柔的，并不说话。

周正在一旁倒白开水，跟奶奶回话："是挺漂亮的，霜霜从小就漂亮，大家都喜欢她。"

这语气也太亲昵了。林霜在心里啐了他一口。

她被周正奶奶摁坐在病床旁的椅子上。奶奶左一个苹果右一个橘子塞给她，还亲自剥了个香蕉："霜霜，你吃点东西。"

奶奶跟着周正喊她"霜霜"。

"奶奶，我不吃，谢谢。"

林霜嘴上说着拒绝，还是接了香蕉，咬了两口就握在手里。

她不怎么喜欢吃香蕉。

"奶奶，她真的不吃，您别忙了。"周正站在林霜椅子后，接过她手里的香蕉，三两口吃完，把香蕉皮扔进了垃圾桶。

周正奶奶看在眼里，笑在嘴上。

第一次见面，周正奶奶也就盯着林霜聊天，问她年龄、家住哪儿、过来医院远不远、在什么单位上班这种家常话。

周正夹在两人中间，帮着林霜搭话，适时换个话题。

聊天气氛很好，奶奶笑容满面，林霜的神色也还算轻松。

周正奶奶问了一圈才知道，林霜就是去年周正没回家的除夕夜，顺仔提起的那个模样漂亮、开奶茶店的女孩子。

老人家更是笑得合不拢嘴。

家里这个大孙子，其实外貌、学历、能力和工作都不差，唯一拖累在家庭上，没爹没妈的孤儿，说出去不好听，要不然怎么这么多年都没带个姑娘回家呢。谁承想，峰回路转，姑娘到眼前来了，两人看着相处得还挺热乎的。这下可有盼头了。

在病房里聊了一会儿，正好顺仔来电话。他载客兜回了城区，在医院门口等着送林霜回去，停车不方便，就不上来看奶奶了。

林霜适时起身告辞。

奶奶拉着林霜的手，和蔼地叮嘱："晚上不安全，让阿正和顺仔把你送到家。阿正这几天陪着我在医院待着，也耽误他事情了，你有空再过来玩，咱俩再好好说说话……"

周正穿上衣服送林霜出去："奶奶，您坐一会儿，我送完霜霜马上回来。"

老人家自己转身，拉开抽屉在里头摸了又摸，扶着床要送林霜出门。

两个年轻人都不肯让她挪步子。

"我就送到门口，难得你来看老婆子。"周正奶奶攥着几张红色人民币往林霜手里塞，语气恳切，"第一次见面，照理说，家里是要准备东西的，也要好好招待你。我事先不知道，身边带的也不多，你又破费买这么多东西过来……这是奶奶的一点见面礼，你可收着啊。"

"奶奶，您太客气了，这钱我不能收……"

"拿着吧，拿着。"那几张钱被一个劲儿往林霜手里塞。

大概就像小时候过年走亲戚，明知道是不能收的红包，但长辈硬往兜里塞的场景。

这阵仗，林霜招架不住啊。

连周正都没想到这一出，满脸意外。

这钱最后被周正抓住，塞进了自己的口袋："奶奶，这钱给我和给她是一个道理，我替霜霜收下了。"

林霜松了口气。

祖辈的思想和观念比较传统，对待事情的方式和年轻人真的不一样，可能有点不合时宜，但的确是诚恳有心。

林霜心头有点说不上来的感触，沉甸甸的。

两人走出了住院部。

晚上的月色很淡，云翳重重，风有点冷。林霜呼了口热气，拉了拉风衣。周正走到她身边，偏头看了看她。

林霜低着头，长发飘飘，眉目如画，却在夜色中有点朦胧。

周正把她送到医院大门口，顺仔的车已经在路边等着了。

"你快回去吧，奶奶眼睛看不清，病房里缺了人不行。"

周正点点头："也好，你路上小心点。"

两人都站着没动，心里都憋着话。

"我们的事……你家里不知道？"林霜问周正。

要是知道她，周正奶奶不会有那么大的反应。

"嗯，我没说。"

"怎么没告诉他们呢？"林霜轻描淡写地说。

周正把口袋里那几张卷成筒的纸币掏出来，摊在手心："你要吗？"

林霜扫了一眼，神情有点怪，抿抿唇："我收着也不好，你拿着吧。"

周正笑了笑，笑容温和。他伸手抱了抱林霜，摸了摸她的头发。

两人长长的影子拖在地上。

林霜依偎在他怀里，这一刻，她就想待在他温暖的怀抱里，不想分开。

顺仔默默地坐在驾驶座上，车窗早就摇下来了，他偷瞄着后视镜，憋着笑，这两人搂搂抱抱、难舍难分，腻歪死了。一物降一物，阿正以前在村里是高才生，是全村的模范、榜样，脑子灵光，做人又端正，从来不搞这些情啊爱啊的，还不是一头栽在女孩子的身上？

时间不早了，周正不放心奶奶一个人待在病房，把林霜送到顺仔的车上："到家后跟我说一声。"

林霜点点头。

他叮嘱顺仔："太晚了，阿顺，你帮忙多关照一下。"

"晓得，阿正，你放心。"

黑色的车子消失在冷清的夜里，周正在路灯下站了一会儿，转身往医院走去。

周六上午，周正带着奶奶去眼科做术后检查，忙里偷闲给林霜打电话。

林霜听见他那边的声音："今天就能出院吗？"

"对，待会儿去拆纱布，没什么问题的话，拿点药就可以回去了。"

"你一个人在医院，能照应过来吗？要不要帮忙？"

"周丰待会儿从学校过来看奶奶，今天周末，他没课。"周正问她，"你来吗？奶奶念叨了你很久，等我出院手续办完也要中午了，要不要一起吃个午饭？"

吃个午饭而已，林霜想了想："看看吧，我下午去奶茶店，有空我就过来。"

"好。"

周丰从学校过来看奶奶，在病房里搜刮吃的。他一早从学校坐公交车出发，肚子里空空的，早饭还没着落。

病房里放了挺多的东西，张凡和林霜都来探望过，周正师母也来坐了坐，都带了东西，加上顺仔和周正自己买的，吃的、喝的、营养品可不算少。

"哥，这谁送的花啊？"

奶奶刚拆了纱布回来，戴了副挺潮的墨镜，心情大好："这是你哥的女朋友送来的。"

"霜霜姐啊。"周丰冲周正挤眼睛，"哥，你终于放大招了啊，我这个秘密保守得很辛苦的，起码要给我点封口费哦。"

周正在一边整理病历本，指派周丰收拾病房："我去取报告，还要去拿点药，再约个复查门诊，你把东西都理一理，待会儿办完出院手续，我们吃个饭就走。"

"好嘞。"周丰眉飞色舞，"对了，老姐也回来了，说是待会儿就到医院。"

姐弟三个都是由奶奶一手带大的，感情都挺深的。奶奶住院，周雪也给周正打了两个电话，问了点情况。

"小雪也回来？"

正好周末没事，周雪打算回来看看奶奶，陪她过个周末，从宛城到北泉，走高速只要两个小时，来回还算方便。

周雪是搭顺风车从大学门口直接到医院的。

她一眼就在医院忙碌的人群里看见个窈窕的身影。

来来往往人那么多，大家穿衣装扮多半暗淡无光，那个背影却靓丽惹眼，婀娜摇曳，从头到脚无一不精致。那人踩着高跟鞋，拿着一杯咖啡，拎着鲜亮的包包走进了医院。

周雪没认出来林霜，跟着她往住院部走。

周正在楼下等林霜。

林霜整个人都懒懒散散的，心情说不上多雀跃，好歹不算太差，她把喝了一半的咖啡塞进周正手里。

"都弄完了吗？"

"差不多了，等会儿顺仔就过来了。"周正牵住了她的手，顺手揣进自己兜里，"先上去吧。"

"哥。"

周雪在两人身后喊了声周正，语气平淡。

"小雪？"周正扭头，微笑着看堂妹，朝她招手，"怎么这么快就到了？"

"嗯，车子开得比较快。"周雪慢腾腾地走过来，上下打量林霜一眼，看了眼她的衣服和鞋子，缩了缩脖子。

"奶奶呢？眼睛看得见了吗？病房在几楼啊？"周雪先去摁电梯，视线看着半空，跟林霜打了个招呼，"你好。"

林霜忍不住挑眉。挺久不见这小女孩，怎么还是这个模样？她吃她家大米了？挖她家祖坟了？偷她家人了？

"周老师，这是你哪个妹妹啊？以前没见过，也没听你提过呀。"林霜面上露出一丝奇特的微笑，黏黏糊糊地贴在周正身上，"哪家亲戚的孩子？"

周雪脸绷了一下。

周正站在两人中间，觉得这苗头隐隐有些不对。

♡　♡　♡

周正介绍完堂妹再介绍女友，两个女孩都干巴巴地"哦"了一声，说了句"你好"。

两人的气场一直不合。

眼缘很重要。

周雪对林霜的初印象很深刻，导致之后每一次见面都没有好印象。她感觉林霜就是那种仗着美貌肆无忌惮、为所欲为的女生，她宿舍就有一个同款。

林霜就是那种性子——你看我不顺眼，我就让你更不顺眼；你让我不爽，我就让你更不爽，谁给谁添堵还不一定呢。

她挽着周正，轻触他的眼下，顺势在他脸上撩一把，娇声道："周老师昨晚几点睡的？黑眼圈都出来了，好心疼呀。"

周正眼神古怪地看了她一眼。

林霜笑得明艳、嚣张，周雪别扭地转过了脸。

周正抓住林霜的手，不让她撩，牵着往下塞进自己衣兜里："没事。"

周正攥着林霜的手，力道不小，她挣不开滑不走，心里头不乐意，在衣兜里掐他——捏捏腰，拧拧肉。

女友搞暧昧小动作，别的场合他无所谓，在自己堂妹面前，周正多少有点不适应。

他眼神一瞥："乖一点。"

林霜挑眉："怎么乖？"

周正捏她的手："别动。"

林霜捏回去："就想动。"

周雪站在电梯门口，从电梯的镜面瞟见身后两人眉来眼去，冷着脸迈出了电梯。

三人往病房走去。

奶奶看见林霜，比看见周正和周雪还高兴几分，脸上笑开了花，起身去拉林霜的手。蒙眼睛的纱布拆了，眼睛亮堂了，奶奶又喜滋滋地看了林霜一回。

越看越喜欢，奶奶一会儿支使周正挪椅子，一会儿招呼周丰拿零食，又让周雪洗水果，孙子孙女都靠边坐，她只顾着跟林霜嘘寒问暖。

周丰之前和林霜见过面，笑嘻嘻地一口一个"霜姐"。只有周雪，她是第一次和林霜正经打交道。奶奶扯着低头玩手机的周雪跟林霜聊天："小雪，你喊过霜霜没有？跟着小丰喊姐姐就成了。"

"霜霜姐。"周雪一板一眼。

"小雪妹妹。"林霜笑。

两人对视一眼，眼里各有情绪。啧，这塑料感情。

奶奶笑着："咱家也没那么多规矩，你俩都是女孩子，应该多亲近亲近。"

林霜笑问："小雪今年大几了？学的什么专业？在哪个学校念书呢？"

周雪语气微哽："大三，经济系，财经大学。"

"挺厉害的。"林霜化身为专业捧哏，鼓掌，"书读得很好吧？学校很不错啊，还是王牌专业，毕业后一定很有出息。"

这语气怎么听怎么别扭。

"没什么，普通专业。"周雪答，"成绩也一般。"

"小雪大学专业还是阿正挑的，以前读书也是阿正辅导的。"奶奶笑道，"兄妹几个，她跟阿正感情最好，以后大家相处也好得很。"

"看得出来。"林霜意有所指，瞟一眼周正，"好羡慕，兄妹两人感情是挺好的。唉，我都不知道周老师有个这么厉害的妹妹。"

周雪脸上带着笑意，忍不住开口："我也很羡慕霜霜姐，我也不知道哥哥有这么漂亮的女朋友。"

"谁让周老师忙呢？"林霜笑嘻嘻的。

刀光剑影。

周正摸摸鼻子。

"小雪，你去看看体检报告出来了没，再去药房领点药。"周正把医保卡塞给周雪，拍拍她的肩膀，"一楼大厅，麻烦你跑一趟。"

他想让她俩离远点。

周雪心头有气，蹙眉起身："哦。"

体检报告出来，周正带着林霜去办出院手续，把周丰和周雪留在病房陪奶奶。

"小雪还是个小孩子，你别跟她计较。"

堂妹身上那股别扭劲儿，周正感觉得出来。他和林霜的事，以前也或多或少和周雪说过一些，但他很难深入去聊这些，他没办法跟妹妹讲自己的恋爱心路和对林霜的感情，没办法对着别人讲那些黏糊的感情话。

林霜对他翻了个白眼，心情很不爽："她二十多岁，我也二十多岁，谁是小孩子？"

"你是小孩子。"

周正摸摸林霜的头发。

"小雪就是那个性格，你别逗她，冷着她不理就是，你越逗她，她越别扭。"周正道，"我找个机会跟她好好谈谈。"

"不用谈，这有什么好谈的，我跟她又没什么关系。"林霜的嘴都快噘到天上了。

"别生气。"

林霜掐他的手臂："你烦死了。"

她心情本来就算不得多好，今天能来也是怕周正照顾不过来，眼下见病房那么多人，便甩开了周正的手："我回奶茶店了。"

"别走，都中午了，一起吃个饭吧。"周正拉住她，温声哄她，"这两天好好吃饭了吗？"

林霜乜他一眼，蹙眉不说话。

周正把她拖走。

病房里，周正奶奶喜不胜喜，不停地念叨："你哥的女朋友，你们喜不喜欢？霜霜长得是真漂亮，咱们全镇都翻不出这样俊的长相来。真好啊……也不知道你哥打算什么时候领回家，要是能结婚那可多好。"

老人家手里还有一笔积蓄，是这几年周正给她的养老钱和村里的分红，要是周正结婚，这笔钱就是给林霜的，要趁早取出来。

"喜欢。"周丰举双手赞成，"霜姐人挺好的。"

周雪神色悻悻，玩着手机："奶奶，你都说了，全镇都找不出一个来，她肯来我们镇吗？我们喜不喜欢有什么用，她和正哥能结婚吗？她看不看得起咱们家？人家一个包就好几万块，哥哥能养得起她吗？"

奶奶吓了一大跳："一个包好几万？金子哦，哪有这么贵的包？"

林霜的手拎包还摆在病房的椅子上，她是空着手跟周正出去的。周雪指着包，撇嘴道："奶奶，你不知道的事情多着呢。她这个包三万九，我同学也有一个，一模一样，顶得上正哥几个月的工资了。"

周丰从病床上跳下来，蹲在椅子旁，仔细打量着林霜的那只包，满脸沉思："不能吧？这包好看是好看，看着也没什么特别的，这啥牌子？"

"香奈儿，你懂不懂？人家身上穿的、用的，哪个都不便宜，她跟正哥在一起，图什么呀……"

"图咱哥年轻帅气呗，正哥多好啊，学校里喜欢他的人好多呢。"

"漂亮姑娘都能花钱，唉，这也正常……以后结婚了，有家有孩子了，慢慢就知道节省了。"

病房的门虚掩着，这话也传进了林霜和周正耳里。

两人都停住了脚步。

林霜抱着手臂，面色微冷，玩味地看了周正一眼。

周正面色平静，推门的动作却很慢，语气沉甸甸地道："小雪！"

病房里的聊天声停了下来。

中午，顺仔也过来了。大家扶着奶奶出院，一行人去了附近一家粥坊吃午饭。

这顿饭吃得很沉闷。

林霜脸上倒还带着笑意，聊天配合度也很高，身体语言却很懒散。

从取碟子到倒水、夹菜，她一概不动手，全由周正代劳，吃得也格外挑剔，不喜欢的东西都推到周正面前。

一桌人都看出了周正对林霜的悉心照料，也看到了林霜的娇惯。

周雪的确看不惯。以前大家一起吃饭，周正也会特别照顾她，这会儿周正连看都没看她一眼，她也能看出来，她哥现在是不高兴的。

病房里的对话不知道被听见了多少，她是一时嘴快，但说的也是实话。

她没骂人，没贬低人，不怕被听见。

吃完饭，林霜和周丰都要回北泉高中，林霜要去奶茶店，周丰约了同学一起打球，而周雪和周正带着奶奶回家。

顺仔热情邀请："霜姐，你也跟我们一起回去呗，去我们那儿看看。我们那儿风景其实还挺好的，玩一玩，住一晚上。"

这话题一打开，大家都七嘴八舌，周丰也点头附和："家里好吃的也多，后山还有山泉水和小瀑布，还能抓螃蟹呢，很有意思的。"

奶奶也想让林霜回去看看，翻来覆去地鼓动她："你俩一起回来，这两天都没好好招待你，不如回家吃顿饭，家里什么菜都有，屋子又多，有地儿住。明天阿正回学校上课，你们再一起回市里。"

林霜微笑着不说话。

周正不想在这个时候横生枝节，便淡声道："下次有机会再去吧，我也好一阵儿没回去住了，房间都没打扫，不太干净。"

"你那房间都关着门窗，被褥也是常晒的，回去擦擦地就成，很干净。"

周雪帮她哥说话，嘟囔道："家里什么都没有，一片泥巴地，有什么好玩的？"

林霜看看面前几人神色各异，便改了主意。

她放下筷子，一副纡尊降贵的架势，语气淡然："那我就跟着回去看看吧。"

都走到这一步了，正好把该看的、该知道的都了解了解。

周正看着她。

她也看着周正。

林霜上了顺仔的车。

车子走省道，在郊外的某一个岔路口拐进了乡道，渐渐能看见的是连绵的丘陵和树林、农田和村庄。

车里几个人时不时聊点路边的风景和村庄的风土人情。

乡下的房子已经很少见到几十年前的那种破败形象，只偶尔晃过一点半点的土坯平房，绝大多数都升级到了小楼房。林霜甚至看见多层带电梯的小楼，金碧辉煌、大门紧闭的别墅。顺仔介绍，那是衣锦还乡，锦衣不夜行。

"赚了大钱的都回来盖别墅了，光宗耀祖。你看那幢房子，可是这个村的标志性建筑，两百多万盖出的小楼，主人只有过年回来住几天。"

"也不是没有穷人，穷人都出去打工了，赚了钱回来盖房子，再买个小车，城里乡下两头跑，要么就直接搬到市里谋生。现在村里人也少了，很多大村子都败落了，静悄悄的，路上一个人都没有。"

林霜的父母两边都在市里，她唯一接触乡下的机会大概就是去农家乐。第一次去荷塘村，感觉还有点新奇，她看得还挺认真的。

周正攥着她的手，攥的时间太久，以至于有点潮潮的、热热的。

车速很快，半个小时后就到了荷塘村。

村子不大，村口就是一片空地，一条马路贯通村子，人口似乎不多，偶尔能看见一两个蹒跚走路的老人家。

顺仔的车直接停到周正家门口，旁边就是周二叔家，两家的房子紧挨在一起。

周二叔和周二婶提前接到电话，已经在厨房里做饭了。窗子里冒出腾腾热气，听见外头的动静，知道人回来了，周正还带着女朋友回来了，他们连忙出来迎客。

林霜也是第一次见到他们。他们都是衣着朴素、风吹日晒、外形暗淡的中年人，笑呵呵的，人很热情，说话也朴实。周二叔跟周正有点像，但他肤色更深，身材更胖一些；周二婶身材干瘦，穿着花花绿绿的大围裙。

一行人先把奶奶扶到房间里。林霜被周正牵进去，她边走边打量周正的家。

他家是挺普通的二层小楼，方方正正的，白墙平顶，结构也很简单。从一扇铁门进去，两手边是厨房、洗手间和储藏室，绕过一堵墙是客厅，客厅对着敞开的大门，摆着茶水桌和木沙发，两边是卧室。大门外就是一片荷塘，这个季节荷叶已经枯萎，荷塘只能勉强算是个漂满枯枝落叶的大水塘。

奶奶的房间在左手边，是个长长的大卧室，白墙砖地，东西不多，靠里放着矮床、大衣柜和桌子，窗下摆着电视机和双人沙发。

周二叔和周二婶捧来茶水、瓜子、糖果，跟林霜寒暄了几句，又赶着去隔壁厨房烧火做饭。奶奶看林霜坐着不动，笑眯眯地赶周正："你带霜霜走走看看，不用看着我，小雪陪着我就行了。"

周正牵着安安静静的林霜："去楼上坐吧。"

他带着她去了二楼，二楼是周正的房间。

鞋子是脱在楼梯间的，他找了双绣着花的绒线拖鞋给林霜："新的，这是二婶去年织的。"

二楼格局和一楼不一样，很空旷，家具很少。

林霜笑了一下："这也算大房子，我都听见我的回声了。"

"乡下房子就这样，东西少，比较空。"周正回道，"我每个月也就回来那么几天，也没买什么家具，就卧室里放了点东西。"

见有好几扇门都关着，林霜问他："几个房间？"

"三个，我用了一个，其他两个都是空的。"

在车上，顺仔已经科普过了，乡下的房子，父母一般都住一楼，家里有几个孩子，楼上就盖几层，以后娶妻生子，这一层就是新家。林霜点头："这一层都是为你准备的吧？"

"嗯。"

"三个房间，那岂不是要生两个孩子……"林霜嘀咕。

周正手摁在卧室门把手上，回头看了她一眼。

"开门吧。"林霜挑眉，"怎么？还怕我看？"

卧室里窗帘拉着，黑乎乎的，周正过去把窗帘全拉开，林霜觉得光线有点刺眼。

窗户很大，窗外是明晃晃的阳光和田野。

真——乡野别居啊！

房间挺大的，东西也很少，一边是木床、床头柜和衣柜，另一边是半墙书柜、放着台式电脑的电脑桌和一把电脑椅。

　　周正把电脑椅推过来让她坐。

　　"你坐一会儿，我去楼下倒杯水。"

　　林霜把电脑椅滑到窗边，推开了半边窗户。

　　风微冷，太阳还算暖和，视野也很好。窗外是大片已经收割过的农田和波光粼粼的水塘，再远处是模糊的黛色山坡和树林。

　　空气很清新，带点草木和泥土的气味。

　　空气含氧量高，可能人的情绪也会好点。

　　林霜倚在窗边，拢着火机抽了根烟，朝着大自然吐了口烟雾。

　　她想往后退一步，可多少有点舍不得周正。

Chapter 16

过去

♥

她永远都是可爱俏皮的女生，光彩夺目到让身边人黯然失色。

周正下楼倒水的时候看见了周雪。

周雪喊了声"哥"。

周正低头洗杯子，眉眼很冷，话语也很直白："我这两天没空，之后再找你。在她面前，我不许你说一个字。"

周雪脸色霎时变得很难看，呼吸哽住，心里说不出地难受。

兄妹两人这么多年来关系一直很好，她从来没有听过周正这样严肃的语气。

周正绕过她，径直上楼。

林霜听见脚步声回头，倚在窗边感慨："这可是纯天然的田园风光啊！我刚才看路边还有健身器材和儿童滑梯，还有快递站点，感觉还挺不错。"

周正接过她手中的烟头，摁灭后扔进垃圾桶。

"也就是这些年经济发展，大搞城乡形象建设、打造宜居乡村的结果。"周正微笑，"十几年前可不是这样的。"

"十几年前是什么样的？"林霜问。

"你来了估计要逃跑吧。"周正笑，"路还是泥巴路，一下雨满脚泥星，没有自来水管道，用的都是井水，买什么东西都要去附近的乡镇市集，那时候车也很少，出一趟门很不方便。"

"生活总是越来越好的嘛，感谢祖国母亲，让我们过上好日子。"林霜坐在电脑椅上，踮脚转圈，"也感谢个人的奋斗，养家糊口，赚钱盖大房子。"

"你再夸下去，我就推荐你去当乡村形象大使。"周正把她连人带椅推离窗户，把窗关上，"冷不冷？我把空调打开？"

"不冷。"

林霜打量房间，正正经经地询问他："我可以参观一下你的房间吗？"

"当然可以。"

"我记得你说过，房子是你自己装修的，这些都是你自己弄的吗？"

"对，这一层原本是个红砖毛坯房，还漏水，都快荒了。我大学毕业之后有了积蓄，才把房子盖完。"

"早有钱怎么不买房？那时候房价还便宜，你有房也就没人让你入赘了。"林霜哂笑，"还是你也喜欢'衣锦还乡，荣归故里'这句话？"

"那倒不是。"周正摸摸鼻子，"我父母也就留了这个房子给我，我还是想保留下来，房子再不修，再被风吹日晒几年就要塌了。"

林霜淡淡一笑。

衣柜看起来就是木匠的手艺，她推开柜门，里头挂着些旧衣服，还有周正大学时发的校服和运动服，印着临江师大的标志，上层柜子里有几床碎花棉被，大概是奶奶做的被子。

"大学的衣服还能穿吗？你带回来了？"

"穿是能穿，不过毕业后就没穿过，留下来做个纪念。"

是个恋旧的人啊。

床是简单的木床，铺着防尘罩，床头柜也空荡荡的。

杂物唯一多的地方就是那半墙书柜和书桌，林霜瞄一眼："好多旧书啊，怎么连初高中课本都在？"

"奶奶不舍得卖，我也没扔。"周正打开书柜，"有些是高中时候看的书和杂志，大学那几年的书也都寄回来了，后来陆陆续续买了一些书，常用的都带在身边，不常用的都放回来了。"

林霜现在对数学这两个字特别敏感，一眼就看到一本数学课本，禁不住笑道："你以前的字还挺清秀的，一笔一画的，跟现在的很像呢。"

"是吗？"周正看着她手中的笔记本，"这是我的物理错题集。"

"做得很漂亮，你看，还有目录呢，挺严谨啊。"林霜兴致勃勃翻开，"这些都是什么鬼符号？我一个也看不懂。"

"你那时候是什么样子的？"她问周正，"埋头苦读型还是天资聪颖型？"

"默默无闻型吧。"周正回想，"我那时候不太爱说话，也不太敢和人说话。"

"你现在话也不多，是怎么当上杰出教师，还给那么多学生上课的？"

"后来视野开阔，会慢慢变开朗一点吧。"周正道，"人总是一点点变化的。"

林霜把书放回书柜，扭头去看另一面书墙："看不出来，你以前还读过不少杂书呢，这里有好多杂志。这么喜欢看武侠小说吗？这一排都是，书都快翻烂了。"

"那时候大家都看，这些都是从旧书摊买的，有些是宿舍同学不要的二手书，也不是我翻烂的。"周正摸摸鼻子，"都是我回收的旧书。"

"你那时连书都买二手啊？"林霜笑他，"这么穷吗？"

"是挺穷的。那时候没手机，也不去网吧，没什么娱乐，只能去租书屋里借书看。"

"不会就是以前我们学校外面那家藏在巷子里、鬼屋一样的租书屋吧？叫什么……学海无涯租书屋？"

周正点点头。

林霜"咯咯"直笑："看来大家都喜欢偷偷摸摸光顾那家店。"

周正道："那家店，你也常去的吧？"

"我当然不去啦，但以前班上同学在那儿看书的不少。"林霜傲然，"我零花钱多着呢！看什么书直接买就是了，言情小说一口气可以买十本。"

"我猜，你买的就是那家租书屋里出租的小说。"周正笑话她，"还有那种恋爱杂志，什么《水晶男女生》《梦天使》这种。"

"你怎么知道我看什么？"林霜挑眉。

"班上的女生都看这种杂志，还找喜欢的男生做恋爱测试题。"周正眉眼微暖，语气微酸。

"你观察得还挺仔细的。"林霜反唇相讥，"那时候有没有人找你做恋爱测试题啊？"

周正瞟了她一眼。

林霜"啧"了一声，手指从书脊上滑过。她眼特别尖，从一排眼熟的武侠小说中抽出一本花花绿绿的薄薄的书，眼睛猛然一亮："这是什么书？"

封面赫然写着几个墨笔大字——浪子魔女艳情传奇。

"这本书看起来怎么这么奇怪？是盗版书吧。"林霜在手里随意翻了两页，冷不丁被一行行夸张的省略号和语气词惊到。

林霜这一天反复拉锯的心情都在这一刻绷不住了，捏着那本伪装成武侠小说的盗版小黄书，"扑哧"一声笑出来。

这什么"鬼才"作者，拿省略号赚稿费。

周正压根儿不明白林霜笑什么，瞄了一眼林霜手上的书，还是疑惑，凑近一看那几行字，旋即明白过来，脸上一红，伸手去抢她手中的书。

"给我看看。"

"周老师，你给我解释解释，"林霜乐不可支，"这本《浪子魔女艳情传奇》是什么书？怎么会在你的书柜里？"

"我不知道。"周正满脸尴尬，伸手去抢，"这些都是高中时从宿舍搬出来的书，很多年没翻过了。"

"臭流氓，看不正经的书就算了，还偷偷藏起来。"林霜靠在书柜上，把书严严实实地藏在背后躲他，"啧啧，不愧是周老师啊。"

"不是，我没有！"

周正脸红了。

书压在林霜背后，她扭来扭去躲他，周正抢不着，站在她身前，呼吸有点急促。

他低头看了她一眼。

面前的女孩笑意满满，两颊绯红，眼神明亮。周正看着林霜，脸上滚烫发红，心突然剧烈地跳了起来。

十年前的书，十年前的人，怎么会因缘巧合碰到一起的？

周正定定地看着林霜，像被诱惑了似的，不由自主地在她脸颊上"吧唧"亲了一口。

她永远都是可爱俏皮的女生，光彩夺目到让身边人黯然失色。

屋里的气氛变了。

林霜其实一点也不想和周正接吻，甚至想很严肃地和他说一些别的话。可眼前这个脸红的男人真的很难让人拒绝，他的眼睛很黑很亮，浮动着她看不懂的光芒。

周正蜻蜓点水般在林霜唇上亲了亲。

她的唇香香软软的，他的唇也是软薄适中的。

他们亲过好多次了。

林霜喜欢周正的吻，喜欢他的身体，喜欢到后来会有点陶醉。

有一瞬间，林霜甚至都理解不了，她是怎么和眼前这个男人扯上关系的，明明是和她差十万八千里、不相干的人。

这个轻轻柔柔的吻一触即离，两人都看着彼此，然后……周正趁林霜不备，轻轻抽走了她身后的那本书。

林霜"啊"地尖叫了一声，伸手去抢："还给我！"

周正举着那本书扫了几眼，终于确认书的来源，脸又红了："应该是以前宿舍同学的书……以前看过一次，毕业时很多书都被他们丢了，这本被我一起带回来了。"

"好看吗？"林霜打算拜读一下这本大作。

"不好看，别看了。"周正把书塞到书柜最顶层，抿抿唇，"我给你看点别的吧。"

♡　♡　♡

周正从书柜底层抱出了两个盒子："这里都是我的收藏品。"

那是很有年代感、大红色、方方正正、陈旧的月饼盒。

就是每个人童年都会有的那些小玩意儿，不约而同被封进某个饼干盒里，若干年后，无意间打开，像触动机关一样打开记忆，以供缅怀。

林霜小时候拥有的更多，她有成堆的洋娃娃和数不清的小玩意儿，可惜随着几度搬家和家庭的离散，大部分都被有意或无意地遗弃了。

"这个我小时候有一大盒。"林霜在盒子里拨了拨，捏起了一颗彩色玻璃珠。

盒子里除了彩色玻璃珠，还有缺胳膊断腿的塑料小人儿、方便面里的人卡牌、用剩的铅笔、半块橡皮、劣质贝壳粘的小船、课本叠成的方纸板、水里捡来的石头……

林霜看见周正的小学毕业证，内页粘着一张小小的黑白照，颜色已经泛黄，但仍能看清那个小男孩，系着红领巾，头发和眼睛乌黑，瞳孔极亮，脸庞端正。

林霜多看了两眼，撑着下巴："你小时候还挺可爱的。"

周正绝不是那种肉乎乎、软萌萌、爱撒娇的小孩子，而是在山里奔跑、水里蹚过、肌肉结实、皮肤黝黑，像林子里猛然拔节而高的小树苗。

盒子底层压着一层过塑的老照片，不多，七八张，林霜看见了更多的周正。

照片大多数是幼年或童年时期的他，人很瘦，头发很短，脑袋圆圆的，五官很清秀，黑黑的眼睛盯着镜头，很拘谨地站着。

"这是你爸爸妈妈吗？"

林霜看见了两张全家福——一家三口，周正站在中间，两边的父母面目模糊，眼神沉默，身上有那种踏踏实实的气质。

"对。"

"你妈妈长得挺漂亮的，头发很长呢。爸爸和二叔长得挺像的。"

"有点吧，他们跟我爷爷也像。"周正也扫了一眼。

"叔叔阿姨是什么时候出事的？"林霜以前听顺仔提过两句，是遭遇了意外事故，但她从来没和周正聊过这件事。

"十岁的时候，我爸妈承包了村里的水库养鱼。有一天晚上，下大暴雨，白天水库刚放过鱼苗，还没封闸，他们俩半夜起来去关闸，两个人都被冲进水里了。"

周正脸色很平静，语气也很平静，很自然地把桌上的照片收起来，看不出多余的情绪。

成年人的情绪不需要外露。

林霜又看见周正初中的痕迹——乡镇中学的学生证、学校的奖状、运动会奖牌和生物课的树叶标本，可是已经没有照片了，可能从这个时候开始，他就不再拍照。只有一张毕业合影，他站在人群里，穿着校服，模样特别青涩，头发有点长，抿着唇，收着下巴看镜头。

高中的东西更多了，有些是她熟悉的——北泉高中的饭卡、校园卡、学校校徽、每年的成绩单、毕业同学录和几张毕业留念照，照片里的周正一副沉默寡言的模样，神情稍稍阴郁。

最下层有个小盒子，林霜问周正："这里是什么？"

"你可以打开看看。"周正看了她一眼，声音出奇地柔和。

盒子卡得很紧，里头东西不多，零零碎碎几样。

一包卡通图案的手帕纸、一支粉嫩的水笔、几颗水果糖、一颗费列罗巧克力、一枚彩色小珠子。

这些都很普通，出现在学校任何一张书桌上都不奇怪，不普通的是……它们被一个男生单独放在一个盒子里。

"这个牌子的水笔，我以前经常用，很好用。"林霜一眼认出来，"这些是哪个女同学的东西？"

"你怎么知道是女生的？"

"纸巾香喷喷的，肯定是女孩子用的啊！"林霜捻起那颗彩色珠子，笑着问他，"这应该是手链上的珠子，或者项链之类的吧？女孩子送你的定情信物？"

周正垂眼，淡声道："不是，是我在学校操场上捡的。"

"喜欢的女生掉的？"

周正顿了顿："算是吧。"

林霜根本想不起来这是她的东西，她曾经拥有的太多，对这微不足道的东西一点不上心。

"哪个女生？你朋友？"

"也不是，我和她不熟，也没什么交集，她不认识我。"周正抿唇，坦然道，"但她无意间帮过我，我挺感谢她的……这些东西，当时是想留下来做个纪念，后来放进了这个盒子里，一直没有打开过……"

他和林霜几乎没有直面交流过，他们曾经擦肩而过，有过一两秒的对视，但也是"背景板"一样的存在——食堂里坐在附近的人、走在一条路上的校友、舞台下的观众、操场上路过的身影，过目即忘。

"那就是心有好感喽？没迈出去那一步？"林霜不以为然，把东西放回去，"后来这个女生就这样消失，还是有别的故事？"

谁年少的时候没有一两个喜欢的人？暧昧的或兴趣相投的、朦朦胧胧的那种情感，我们以为那一瞬的心动会记一辈子，其实过几年就消失在脑海里。

经历的感情太多，林霜对此已经熟视无睹。

周正看着她摆弄那几样东西，心里想："是否有告知的必要？"

让她知道他当年的暗恋，看她的惊愕或是惊喜，然后换来她的感动或是感慨？

这其实并没有什么值得感动的，更不值得被提及。

他什么也没有做。

在相遇之前，他从没想过平行线也有交会的一天，他知道各自的路不同。高中毕业后，他把东西收拾起来，尘封进心底，成了一段过去的记忆，偶尔会想起，却再也没有单独拎出来过。

没有痴心等待或者苦苦留恋，更没有暗地里的关心和照顾，若是一直没有重逢，他甚至可能和另一个女孩牵手走进别的故事。

在她伤心难过、孤立无援的那些时间，他甚至不知道她的遭遇，按部就班地过着自己的生活，让她独自面对那些痛苦。

可最后偏偏遇见了，所以他用力抓住了她。

"以后有空再慢慢跟你说，其实是个非常无聊的故事，一点都不有趣。"周正把东西收起来。

如果他们能走得更远，某一天他会若无其事地告诉她，其实他很早就认识她，记得她，喜欢她。

"好啊。"林霜撩撩自己的长发。

她这种个中熟手，对男友十年前的一段懵懂少男情怀并没有多大的兴趣。

不知道为什么，看完这些东西，两个人的心突然都沉静下来。

这天，因为林霜的到来，周二叔家的厨房早早开火，家里的晚饭开席很早，掌灯的时候菜就端上了桌。

周二婶让周雪去楼上喊林霜和周正下来吃晚饭。

周雪头埋得很低，闷声道："我不去，你们自己去喊。"

"你这丫头，好端端的怎么了？"周二婶诧异，"谁欺负你了？"

"刚坐我屋里就不说话，光顾着玩手机。"奶奶唠叨，"跟她说话也听不见。"

周正恰好带着林霜下楼看奶奶。

周雪窝在沙发里，眼睛盯着手机屏幕，板着脸，闭着嘴不说话。

晚饭是在周二叔家吃的。两家的小楼紧挨着，算是一家人，逢年过节吃饭都在一起。林霜过来，周二叔家当然算最亲近的长辈，招待的饭菜很丰盛，把林霜的碗都堆得冒了尖。

饭桌上聊些家常话，有周正在，话题总能轻而易举地翻过。周二叔和周二婶猛夸周正，再夸林霜，最后夸两人有缘分，总的来说，饭桌上气氛还算不错。

周雪倒是默默无语当"背景板"，低着头一声不吭。

周二叔和周二婶能看出来，林霜不是那种接地气的普通姑娘，也有些讲究，吃饭的姿态很仔细又好看，吃东西也会挑，对周正夹到她碗里的东西总要看一遍，肥肉和带皮连骨的东西不吃，沾油带灰的颜色也不要，有些娇惯底子在。他们本来吃过饭指望着周雪陪着林霜说说话，毕竟是家里的大学生，哪想一眨眼已经不见周雪的身影，只见楼上的灯亮着。

"这丫头太不懂事。"周二叔赔笑，"阿正，霜霜难得来一次，你好好陪陪她，吃完饭带她到村头去溜一圈，看看咱村里。"

冬天太阳下山早，乡下人少，更没什么消遣活动，无非是看电视、玩手机或串门聊天。周正问林霜："要不要走一走？"

林霜摇摇头。

两人陪着周正奶奶回屋，打开电视看了集连续剧，说了一会儿话。周正提水伺候奶奶洗漱，林霜先回了二楼。

周正上楼时，房间里没有人，他找了一圈，发现林霜站在晾衣服的露台上抽烟，仰头望着天上的星空，手中火星明明灭灭。

风吹拂她的长发，她的背影有种罕见的温柔。

抽了第一根，紧接着是第二根。

周正慢腾腾地踱步过去，站在林霜身边。

"奶奶睡了？"林霜柔声问。

"嗯，躺下了。"

"挺早的，才八点半。"

"老人家睡得都早。"

"我们聊聊吧，周正。"林霜声音很温柔，近乎呢喃。

"聊什么？"周正回她。

"随便。"林霜语气带着笑意，"想聊什么聊什么。"

"好吧。"周正伸出一只手，语气微沉，"给我支烟吧。"

林霜瞟了周正一眼，把兜里的香烟和打火机塞到他手里。

周正磕了根烟出来，点火的动作有些急切，指间夹着烟，尝试着吸了一口。是女士烟，烟味很淡，带着薄荷的清凉味，不难抽，他不反感这个味道。

他眉心皱着，嗓子微呛，声音哑哑地道："你说，我听着。"

林霜捏着手里的烟停顿了很久，最后弹弹烟灰，猛吸了一口："我不会因为任何人、任何事情改变自己。"

"谁要求你改变了？"周正语调硬邦邦的，"有人要求你改变了吗？"

林霜盯着面前的人，沉默着，没有回应他的话。

他又吸了一口，微微咳了下，垂头："我的家让你难受了？"

林霜点点头。

"哪里难受？你不能接受这种贫穷？还是不喜欢我的家庭关系？"

林霜淡声道："是个人差异……你需要一个家庭，而我……我不需要家庭……"

周正听了她的话，眉头紧皱，语气微冷："我都没想，你已经想过'家庭'这个词了吗？我什么时候问你要过家庭？"

林霜静静地看了他一眼，掐灭了手中的烟头。

"而且，你怎么知道我想要的家庭是什么样的？"周正声音沉闷，"我什么都没说，什么都没要求。"

"可是我们都在往那个方向走。"林霜把头发拨到耳后，垂着头，"总是躲不开的。"

周正问她："你想做什么决定？"

林霜低眉顺眼，没有说话。

她说不出口。

周正抽了最后一口，把烟掐灭，眉眼凛冽，淡声道："明天一早我们就回去，有什么话回去再说吧，别在今天，也别在这个时候。"

"好。"

两人回了房间。

周正去浴室放热水，找了条毛巾给她："今晚凑合一下吧。"

林霜很快就出来了，身上套了一件周正的旧 T 恤。屋子里开了空调，周正开着电脑工作，林霜窝在床上玩游戏。

乡村的夜晚特别安静，不知道为什么，她在这样的环境里很容易犯困，趴在床上不知何时就睡着了，其间模模糊糊听见一点动静——脚步声、关门声和身边人的呼吸声。

再醒过来的时候，她缩在被子里，眼前一片漆黑——伸手不见五指的那种黑。

林霜摸不着自己的手机，但知道身边躺着人，被窝里很暖，周正和她隔着一点距离，她能模模糊糊看见他的轮廓。

她睁着眼，打量着漆黑的屋子。

眼前突然有一点微绿、微黄的亮光，她盯了很久，那亮光在飞动，亮度从一点变成了一行。

"周正，有光。"她喊他。

周正没睡着，听见她的声音便睁开眼。

"天花板上，右边的角落里。"林霜声音很平静，眼睛跟着光源移动，"它在动。"

"是萤火虫。"周正看了一会儿，"萤火虫飞进来了。"

它找不到出去的路，一直在窗帘旁打转。

"冬天也有萤火虫吗？"林霜很少见萤火虫，觉得很新奇。

"有，不过很少，可能屋里比较暖和，它飞进来取暖了。"

两个人一起盯着那只小小的发光的虫子。

"萤火虫也怕冷吧？让它在屋里睡，好吗？"林霜扭头问他。

"它不会留在屋子里，会一直找出去的路，到最后会累死的。"

周正起身，"哗"的一声拉开了窗帘。

月亮升到了天空正中间，淡淡的月色照进来，屋子里一切东西都变亮了，现出了具体的形状。

外面也是亮的，星空是深蓝色，微小又拥挤的星星挂在天幕，田垄和树林看得清清楚楚。

周正打开了窗户，静静地站着等萤火虫飞出去。

林霜也掀开被子起身，抱着胳膊走到窗前，望着外面的景色，感慨："夜色好漂亮。"

一轮弯月，几片云翳，漫天星海，微冷的呼吸和广袤的大地。

比城市更本真。

"当心感冒。"周正取过搭在床尾的外套，披在她的肩上。

"几点了？"

"快十二点了吧。"

往常这时候，林霜在家还没睡着，这会儿也是睡意全无，倚在窗边看寂静的乡村风景。

没有一丁点声音，甚至连虫鸣和鸟叫都没有。

周正站在一边，看她眼睛一眨不眨、神情认真地望着窗外，是纯真又寂寞的美。

他从身后搂住林霜，手臂绕过腰肢，把她整个人裹起来，脸颊埋进了她的肩窝。

林霜反手摸了摸他毛茸茸的脑袋。

两人静静地站了很久。

这一刻，他们呼吸相连，脉搏的跳动同步，甚至连灵魂都是相通的。

"周正……"林霜凝望着楼下的田垄，声音软软的、轻轻的，"我不想改变自己，我不想生孩子。"

"没人让你改变，没人让你生孩子。"周正搂紧她，"至少……我没有这样要求你。霜霜，你是和我生活在一起，你就随心所欲地活着就好，其他的都交给我，对我有点信心，好不好？"

"那'家庭'怎么办？"林霜黯然。

"比起家庭，我更喜欢快乐啊。"周正握住她的手，"我的父母去世很多年了，我的奶奶还有其他儿女，我身上的束缚很少，过去得到的也很少，我想有人带给我快乐，不管是身体上还是精神上。"

"跟我在一起会快乐吗？"林霜扭头，认真地问他，"我每天压榨你、欺负你，你不觉得累吗？我发脾气的时候，你不烦吗？"

"你对我笑的时候，我从来没有觉得累过，你躺在我身边的时候，我从来没有烦过。"

林霜眼眶发涩，将脸拱进了他的肩颈窝。

周正低下头，在她脸颊上啄了啄。

他们在清澈的月色下接吻。

小小的萤火虫终于找到出路，飞出了屋子。

卧室里的窗帘重新被拉上，屋里陷入一片漆黑。

周正把林霜带回床上，吻到情迷意乱的时候中断，艰难地说："我们睡吧。"

林霜贴着他的胸膛，喃喃低语："周正，你要对我好一点……"

也只有他，只有他才能让她这样。

周正搂住她，摸了摸她的脸颊："等明天回家吧。"

♡　♡　♡

不做，当然有其他发泄欲望的方式，可这时周正不想让头脑陷入狂热，林霜也想要静静地温存，两个人贴在一起，仔细体会身体对彼此的渴望。

屋里太暗了，林霜几乎看不清周正的模样，却能清晰地感到他的存在，眉峰、鼻骨、唇线，以及清爽、好看、柔韧的曲线。

林霜伸手描摹周正的五官，指尖从他的眉心滑过。

周正觉得极痒，呼吸沉沉，喉咙轻轻"嗯"了一声。

两个人这一晚都没睡好。林霜缩在周正怀里，一动不动地蜷了半夜，迷迷糊糊陷入深眠时，听见了一连串高亢有力的……鸡鸣声。

她有点蔫，没反应过来，睡梦里想着，好端端的居民楼，怎么会有这种声音。

周正奶奶在院子里养了一窝鸡崽，鸡窝正对着周正卧室的窗口。羽冠鲜艳的头鸡蹬在桃树下的石头上，挥动翅膀，很有表现欲地展示了一把自己的"歌喉"。

周正迅速捂住了林霜的耳朵。

林霜眨了眨眼，整个人像神游，嗓音微哑。

"几点了？"

"五点了。"

"天亮了吗？"

"有一点光。"

"这是你家的鸡？"

"嗯……"

"留着它打鸣吗？"林霜蹙起柳眉。

"留着过年招待客人……"

"那就好。"林霜舒了口气。

"再睡一会儿。"

周正搂着林霜往怀里带了带。

"嗯。"林霜懒散地回他。

两人都闭上了眼。过了一会儿，周正说："我中午有课，上午回市里吧。"

"好。"

周正温声问："我们好了吗？"

"嗯？"林霜不明白。

"我们——这算好了吗？没问题了是吗？"

林霜闭着眼没说话，往他怀里拱了拱，揪着他的衣服，深深地嗅了一口。

男人味，荷尔蒙气息。

周正把她的脸从怀里挖出来，摸摸她柔软的樱唇。

"还有什么问题吗？"

"我不知道。我要睡了，你好烦。"林霜拍他的手，埋着脸缩进被子里，像鸵鸟，"我不知道你在说什么。"

林霜有点别扭，不想提这事，也不知道怎么面对。

"霜霜。"

"嗯。"林霜耐着性子应付他。

"再难的数学题，只要逻辑成立，就一定有解题方法。"周正语气清浅，"我是数学老师，恰好，我数学学得也不错。"

林霜忍不住抿唇。

"你好像那个王婆卖瓜，自卖自夸啊。"她语气轻飘飘地调侃，"人生做题家，是吗？"

周正咂咂嘴，弯唇笑了笑，搂紧了她。

林霜整个人扒在他身上，把他当人形抱枕，舒舒服服地找了个入睡的姿势。

"待会儿要不要去看日出？山上的日出非常漂亮，冬天的阳光金灿灿的。"周正难得话痨。

"下次吧。"林霜嘟囔。

他真的好烦。

她果然太纵容他了。

"下次还来吗？"周正眼睛一亮，不让她睡。

林霜闷着头："看情况。"

两人又睡了一会儿，屋里的光线渐渐充足。周正听见外头的动静，低头看林霜，她的睡容恬静，呼吸清浅。他小心翼翼地从床上下去，去楼下看看。

奶奶醒得很早，早起床了，戴着墨镜坐在沙发上看早间新闻、吃早饭。看见周正，她笑眯眯地道："你二叔家做了早饭，你跟霜霜过去吃。"

"她还睡着呢。"周正给奶奶找降血脂的药，"待会儿她醒了，我跟她一起过去。"

奶奶脸上笑开了花。

能睡在一起，那就是喜事了。

"霜霜挺娇气的。"奶奶和周正说悄悄话，"摸着她的手，嫩得跟什么似的，她从小没干过丁点活儿，娇生惯养长大的吧？"

"嗯。"周正点头，"她跟我们不一样。"

"这以后家里家外的活儿可都得你干了。"奶奶倒不担心，周正从小就挺能干活儿，"你要是顾着她，自己也别累着啊。"

"现在也没什么活儿，我干就我干。"

"你俩什么时候能结婚？我可好好等着，总算是把人盼来了，心头不知道多舒坦，早上还去烧了炷香。"

"奶奶，现在年轻人不流行刚谈恋爱就结婚那一套，我俩都不急。"周正把水递过去，"先不说别的，起码先把房子、车子那些准备好了，再问问人家女孩子愿不愿意，过两年再说吧。"

奶奶叹了口气，现在风气就这样，比不得几十年前不讲条件的时候，她也懂："你现在能挣多少？"

"挣得不多，但再挣两年就够了，奶奶，您放宽心等两年吧。"

屋里没人，林霜想睡个长觉，又睡不好，便起来趴在窗口看了会儿田园风光。周正在院子里看见她，朝她招了招手，把早饭端上来。

吃过早饭，周正陪她去露台抽烟，顺便把衣服和被子晒一晒，正巧遇见周雪在隔壁阳台晾衣服——这一个早上她都不见人影，睡到现在才起来。

"小雪。"周正打招呼。

周雪光顾着手上，低头不理人，神色怏怏的。

昨天周正那句话，说得有些重了。

林霜在一旁抽着烟，挑了挑眉。

她咬着烟头，扭头看周正："你卜去陪奶奶？我在这儿待会儿？"

周正看看她，再看看周雪，挽起袖子，迟疑道："好。"

两家的阳台只隔了一道护栏。林霜把烟头掐灭，朝着周雪说话，语气柔和："你有没有男友？"

"没有。"

"我猜也没有。"林霜笑笑，"想找个男友，很难吧？"

周雪脸色一暗，心头格外不是滋味，不知道是胜负心还是别的，她语气冷淡："关你什么事？"

"当然和我没关系。不过，我猜呢……你大概想找个像你哥这样的男人？"林霜微笑，"性格温和、诚恳、会照顾人，还能教育人？"

"你跟着周正长大，是不是还挺崇拜他的？觉得他很厉害、很了不起？一般人都配不上他？"

周雪板着脸不说话，把手上的衣服抖得哗哗作响。

林霜换了个姿势。

"我背的那只名牌包，你觉得好看吗？喜欢吗？"她玩着自己的指甲，语气闲适，"喜欢的话我可以送你啊。"

"不必了。我看不上。"周雪咬牙，"你自己留着吧。"

"为什么看不上？"林霜挑眉，四万块一个包，虽然算不上多贵，至少也足够普通人拎出门撑个场面，在大学里背应该很惹眼吧？

"还是你觉得我的包、我全身上下的东西，是我用这张脸从男人口袋里骗出来的，不干净？"

她这会儿还是纯素颜，脸上什么都没有擦，皮肤清透莹白，五官精致动人。周雪不得不承认，眼前这个人……是真的很漂亮，是让人忌妒的那种。

"你有没有想过，钱都是我自己赚的呢？东西都是我花自己的钱买的呢？长得漂亮就是花瓶，是吸血鬼？好像我除了脸就没脑子似的。"林霜眼睛熠熠生辉，正色道，"以貌取人很正常，以貌贬低人就有点缺德了哦，说话之前起码要做好功课再开口吧。"

"我……"周雪想辩驳，"我没有……"

"你猜猜你哥那点工资能养我几个月？我猜撑不过三个月。"林霜笑道，"那你猜猜，如果我养他，能养多久？"

她自问自答："十年八年没问题。"语气微微感慨，"要不是他职业太正经，说实话，我还挺想放纵一下，体验下包养小白脸的感受。"

"你是不是怕我骗你哥？骗他财，骗他色，害他最后人财两空，凄苦可怜？"她耸耸肩膀，一本正经，"其实我也挺怕的，我怕他骗我财、骗我色，怕他空手套白狼，把我掏空。"

林霜撩撩头发，眼波妩媚，迤迤然走了。

留下捏着湿衣服、一脸呆滞又茫然的周雪。

这人说话，怎么不按常理出牌啊？

周正在楼下收拾东西，看见林霜笑盈盈地下楼："你们聊什么了？"

"没聊什么，开了几句玩笑。"林霜神色自然，"大早上的，看她心情不好，逗逗她。"

林霜跟着周正回了市区。

周日学校补课，周正这一天排了四节课和一整个晚自习，要早点回学校。周雪还要在家留一日。周正把奶奶交给周二叔一家照顾。

他们走的时候，捎了挺多东西回去。奶奶恋恋不舍地牵着林霜的手："下次再跟阿正一起回来吃饭。"

林霜挽着周正的手臂微笑。

车子驶离村子，林霜玩着手机，周正摸摸林霜的头发："回家吧。"

他把林霜送到家，自己去了学校。林霜换了身衣服，去苗彩店里做了个新指甲，一起喝了个下午茶，晚上去了趟美容院。

从美容院回家，她收拾了下房间，整理了梳妆台，换了新的床品，打开了香薰机和音响，舒舒服服地去浴室洗了个澡。

洗完澡出来，她坐在床上追了当天更新的连续剧。

晚上十点三刻，大门有动静，有人回家。

林霜这时候已经窝进床里玩手机了。

周正走到她房门前，敲门进屋。

"回来啦？"

"嗯。"

周正站在林霜房门口，问她中午和晚上吃了什么，顺便说了点学校的新鲜事。

两人聊了几句，周正回房间收拾东西，去洗澡。

十五分钟后，他从浴室出来，看林霜的门缝还透着灯光，知道她还没睡。

门又被打开。

周正自然地走进屋，身上带着水的清凉气息，黑发湿漉漉的，俯身撑在林霜床畔，在她脸颊旁啄了啄。

"要不要去我那边睡？"他的嗓音微微嘶哑。

林霜摆出一副居高临下的姿态："不要。"

周正用漆黑的眸盯着她看了几秒，转身走了。

林霜心里好像松了口气，又隐隐有点不爽。

两分钟后，门外的脚步声又走近，周正推门进屋，反手把门关上，手上拿着一个花花绿绿的小盒。

周正走到她床边，垂眼默不作声拆包装盒——撕开薄膜，打开封口。

林霜停止玩手机，眼从包装盒上扫过，拿捏自己笑容的尺度。

他站在她面前脱衣服，动作流畅，手臂一抻一拽，T恤被上拉，从手臂滑落，又被他搭在一旁的椅子上。

大龄成熟女性、情场老手林霜，脸上突然有点绯红。

周正掀开眼皮轻轻看了她一眼，凑过去，在她腮边落下一吻。林霜激灵了一下。

周正掀开了被子，看了眼她身上的衣服，有些轻佻地挑了挑眉。

那一瞬间，林霜居然觉得他的小动作……很性感。

"我的衬衫吗？"周正嗓音微哑，手掌扒住衣角，"为我准备的？"

被子里藏着一只小妖精。

林霜身材纤细，穿着他的白衬衫，衬衫料子又软又薄，长度到她腿根，松松垮垮、半挂在她身上，中间两个纽扣随意扣着。

她的笑容得意又狡黠："喜欢吗？"

"真美……"周正俯撑在她身上，低头吻她。

温柔缠绵的吻，四瓣唇贴合，啄吮咬吸，辗转缠绵。

结束之后，周正亲她汗淋淋的脸颊，嗓音嘶哑："霜霜……我们俩还有什么问题吗？"

昨晚她没回答，他就是不安心。

"有。"林霜脸色潋滟，咬牙切齿，"你满足不了我。"

"是……吗？"周正好像笑了一下。

林霜觉得他的笑容有点危险，觉得这人……绝不是白日温柔斯文的周老师。

狂风骤雨扑面而来，周正爆发力十足："还有问题吗？"

林霜引狼入室，有眼不识泰山，抽抽噎噎："没……没问题了。"

第二天早上七点半，厨房响起英语新闻和煎鸡蛋的声音，周正把林霜从被子里挖出来，温柔地问她："累不累？要不要起床吃点东西？"

林霜看着他熠熠生辉的眼睛和怎么看怎么好看的面容，心里黏黏糊糊、缠缠绵绵，一边吐槽男人，一边嫌弃自己。

当一个人身心都得到满足时，自然心情舒畅、脾气平和，和全世界都能和平相处。

家里的格局变了，林霜搬到了周正房间，把自己的房间改造成了双人衣帽间和书房。

Chapter 17

陪伴

♥

不是完美的女孩，却比完美更生动。

付敏给林霜打电话，问她要不要和周正一起来家里吃饭，林霜拒绝了。周正每天见缝插针，抽一小时专门给漆灵做课外辅导，没必要周末也要加班加点当万能老师补课，再则上门太勤，不仅给付敏和漆雄添麻烦，自己也觉得腻歪。最好保持一个月一两次的见面频率，每次聊上几个小时，知道彼此的近况就好，关系不必太亲密。

"你漆叔叔的朋友送了些外地特产过来，我周末去市区送货，你要是在家，我给你送点过去。"付敏想了想，"挺久没做饭给你吃，给你做顿饭吧，你老是在外头吃，也不干净。"

"最近在外面吃的也少。"林霜道，"每天都是周老师做饭，他厨艺还可以。"

"周老师……和你住一起？"付敏语气有点迟疑。

"对，他住在我这儿。"林霜不以为意，"住了有一阵儿了。"

未婚同居不罕见，但多半发生在已经确定婚姻走向的情侣身上。付敏沉默了一会儿："你们感情还好吧？"

"挺好的。"

"没什么打算吗？"

"眼下还没有，再说吧。"林霜如实道，"我觉得现在这样就挺好的。"

她从容地接受了这样的现状，和周正同进同出、同床共枕，加之有求必应，两人的居家生活一点也不无聊。虽然苗彩对她的"从良"评价是"归隐江湖"、宜室宜家，但林霜真觉得眼下的生活挺有意思的。

有意思的是，她趴在床上玩游戏时，一转眼就能看见周正穿着她买的连帽衫坐在沙发里，盯着电脑认认真真写教案；有意思的是，她从书架上抽一本看不懂的数学书，坐在他怀里让他讲题，要求他务必讲得生动有趣、天马行空，还得让她听得懂，看他皱着眉组织教学语言，顺便在他身上动手动脚吃豆腐；有意思的是，她在他面前试衣服，从里到外一件件换穿搭，看他的脸越来越红，呼吸越来越急促，却一副正襟危坐、绞尽脑汁点评的痛苦模样……

好玩的事情太多了，一件件、一点点等着她慢慢去摸索，就像开盲盒一样，知道的和不知道的、上一帧和下一帧串联在一起，像穿珠子，她知道自己手上迟早能穿出点东西。

在外面那几年，林霜其实换过好几个男友。初恋那个杳无音信的男人不必提，她父亲的事情尘埃落定后，她很快找到了下一任，专职逗她开心。大四南下实习求职，她换过好些工作，出入的场合多样，男友交得也很杂，有的是看中男色，有的是觉得为人有趣，有的是为了家世背景，最后一任男友是制衣工厂的富二代，她看中他家里工厂给她带来的方便，他看中她的美色。

跟周正在一起最平淡，但她脾气最温和，真的很难有"作天作地"的时候。加上生活和谐，男友宠爱有加，林霜气色格外好，肌肤清透，整个人耀眼极了。

娜娜和 Kevin 深觉自家老板似乎更柔媚了些，打某些电话时有了撒娇式、黏糊糊的语气词，看手机的时候眼里带着柔光。他们甚至在店里即将打烊的时候撞见过周老师和老板接吻，自然而然、蜻蜓点水式的吻，一触即离，柔情蜜意到让旁人起鸡皮疙瘩。误闯者吐舌头做鬼脸。

两人脸上笑容清浅，不羞涩、不扭捏，大大方方让人看，好像他们秀恩爱就是天经地义的事。

哇！大冬天的，这充满酸臭味的恋爱气息啊！

张凡也有感觉，他觉得周正这学期步调越来越稳，奖拿得越来越多，公开课也讲得锦上添花，球打得也更上一层楼，连衣品和外表都有了质的升级，整个人有股对一切信手拈来的劲儿。

"你这新发型……啧啧，挺不错的啊。"张凡撑着乒乓球拍打量他，人靠衣服马靠鞍，挺沉稳帅气的小伙，"衣服都是林霜替你买的？"

"嗯。"周正低头发消息，漫不经心地应付他。

林霜现在不许他去小区门口的老式理发店推平头，她把美发店的VIP金卡甩给了周正，周正每天出门的衣服也是她帮忙搭配。林霜占据了家里80%的衣柜空间，一拨拨的衣服不知道从哪里冒出来的，周正不辞辛苦帮她洗衣服，她觉得帮周正挑个衣服是举手之劳。

"还挺帅的。"张凡有点酸溜溜的醋劲儿。现在的周老师魅力彰显，在学校师生口中的风评更上一层楼。

"我越看越觉得你满脸春风，和林霜最近感情很稳定嘛。"

"你和谢老师感情不稳定吗？"周正把手机塞回兜里，捏住乒乓球，"再来一局？"

"老样子啊。"张凡叹了口气，一副孤苦样，"小半年了，还没上'二垒'呢。"

周正闻言，挑眉含笑："再接再厉。"

张凡再一次酸溜溜："你家祖坟风水是不是贼好？林霜到底看中你什么啊？她是不是眼神不太好，怎么挑中你了呢？"

啧啧，男人心，海底针，以前掏心掏肺怕兄弟吃亏，现在明里暗里嫌弃兄弟登不上台面。

周正语气酷酷地道："运气好。"

他运气真的不错，在学校这几年一路往上走，奖状、评优每年都有，还带着竞赛班，忙里偷闲在主流期刊上发论文，算是前途光明。

张凡问他："听说你竞聘了这届教研组组长？"

"对。"

"你这么点资历就这样闯进去，不怕那些论资排辈的老教师背后给你下绊子？要我说，你还是进团委算了，有丁副校长给你撑腰，不出三五年，副校长的职位就是你的。"

"试试吧，前辈那么多，未必能竞聘上。"周正淡声道，"这届不行就下届，教研组组长的岗位津贴和绩效补贴还不错，团委那边事情太杂，我还是想好好上课，不接这个大摊子。"

"嗬，你还看不上了？"张凡摸摸下巴，"那你就好好发论文、上公开课，多拿点奖金养林霜吧。"

周正握着球拍无奈地笑了笑。

鱼与熊掌，他都想要，既要教学质量，也要职位发展。或许这两年他真能在丁严的提拔下往前走一步，但现在就有女朋友要养，想来想去……还是多赚点外快见效更快些。

张凡"啧"了一声："对了，周末我和晓梦跟兰亭和她男友吃了顿饭——就那个'大吉普'，他俩好着呢，没事人一样。"

周正没什么表情，点头表示知道。他跟张凡打完球，开完会，去奶茶店接林霜。今天他没晚自习，可以和林霜一起回家。

两人偶然有节奏同步的时候，比如早上一起出门、晚上一起回家，那一天的安排就格外美妙。

奶茶店里每天轮班，林霜作为老板，每天弹性上下班，自己给自己打工就这点好处，随性又自由。

"回家去？还是找个地方吃饭？"周正帮林霜穿上外套，一起出门。

林霜穿的是贵气逼人的皮草，里头是小露香肩的针织衫，下身穿的是紧身牛仔裤和长筒靴，大波浪卷发搭配闪亮大耳环，烈焰红唇，全身上下都是性感代名词。

两人站在路边等出租车。周正看见林霜指甲上果冻粉的颜色，拢住她的手："手冷不冷？"

"不冷。"

周正攥住她的手，搓一搓加热："我去买辆车吧。"

"嗯？"林霜收回目光，挑眉戏谑，"你有钱吗？"

"年底绩效奖金要发了，我这几个月还存了点。"

去年年底涨了一次工资，学校每个月工资加上各种补贴，到手八千左右。他真的花不了多少，加上每个月的外快，其实也不算少了。新房装修一直用的是从张凡那儿借的那笔钱，把还款日拖到明年夏天暑假，买车的首付钱就出来了。

"你每天两点一线，坐公交车二十分钟，要什么车啊？"林霜不以为然，"再说了，你大半时间都泡在学校，为了那几公里，至于买个车吗？"

周正拢着她的手："可以接送你上下班啊。"

林霜每天打车出行，是叫车软件资深用户，倒真的需要一辆车，只是她懒，家里楼下停车位紧俏到需要抢，停车特别麻烦，而且她的倒停技术实在堪忧。另外，北泉这样的小城市，物价低，一天打车也花不了多少钱，与每个月的打车费、开车油钱、停车费、保险支出也差不多齐平了。

林霜歪着脑袋想了想："你有驾照吗？"

"有。"

"我倒是有想法自己买辆车，不过呢，我还缺个专职司机，你要是肯兼职，这个想法倒是可以实现。"

"你买和我买，有什么差别？"周正含笑问她，"不管什么时候，我都是你的专属司机啊。"

林霜抿唇笑了："当然有区别，我的车，我坐副驾驶位，那就是尊贵女王，指使司机往东，他不敢向西。你的车，我坐副驾驶位，那就变成了娇滴滴的花瓶，成了你的陪衬，这我可不愿意。"

林霜这样解释，周正捏着她的手摩挲，轻轻叹了口气。

他隐隐有点失落。

"哎，你不会是男人的虚荣心和自尊心又上来了吧？"林霜撑他。

现实就是，目前他大概率养不起自己的女朋友，如果换个收入高的私立学校，那就要离开北泉，但林霜会不会跟他走？如果继续留在北泉，职业的上升道路还很漫长。

林霜握住他的手："我也有虚荣心啦，那咱们各退一步，一起出钱买辆车好了。"

两人当即去了 4S 店，挑的是林霜喜欢的款式，恰好年底有优惠，林霜直接付了定金，约了时间过去提车。

♡　♡　♡

在北泉高中的贴吧和校友群里，林霜凭脸上榜，一直都是话题人物。

大家都喜欢关注漂亮女生，隔三岔五有模糊的路透照流传出来，林霜的侧脸、背影和微笑，都能掀起一波垂涎美色的尖叫声。

林霜倒是习惯了这种注目，最要紧的是照片要漂亮，颜值、气质、衣着一定要能扛住各种角度的偷拍，要是歪嘴斜眼的丑照，她第一个跳出来举报这个偷拍者。

也不知道什么原因，这种帖子删得很快，在贴吧首页闹腾个半日，很快就消失得无影无踪了。

两人的恋情没有高调宣扬，但也实在低调不起来，消息慢慢传开，最后连学生都开始八卦起来。

这对情侣真的挺带感，风流美艳女老板和一本正经男老师，分分合合，纠缠不断。关键是林霜和谁搭都有故事，周正在学校向来人缘好、表现佳，看起来光明磊落，谁知他两次都跌进老板娘的坑里，其中情爱纠缠真是让人浮想联翩。

老师们也爱八卦，每次开会都要调侃周正："周老师这是英雄难过美人关啊，专业素质过硬，可以传授一下经验，让大家取取经。"

周正不配合，跟同事们打太极。

他的态度就是不否认、不承认也不抗拒。

丁严听说这事，还特意找周正，瞅着他："又在一起了？这么喜欢人家姑娘？"

周正摸摸鼻尖，在老师面前还有点腼腆，"嗯"了一声。

"什么时候带到家里来吃个饭，让你师母瞧瞧？"

"以后有空吧，我怕她不好意思。"

林霜那边，去奶茶店参观她的女同学挺多，趁着林霜有空的时候，笑嘻嘻地和她聊天："我们是周老师班上的学生。"

"哪个周老师？"林霜这回依旧装傻，"不认识。"

"老板，你别耍赖，同学都看见啦，你和周老师手牵手过马路。"

"确定是手牵手？你们别污蔑我。"

"老板，你要看紧周老师，他在我们班可受欢迎了，男女通吃。"

"班上的同学都眼瞎了吗？"

"周老师可帅了，讲题的样子呆萌，皱着眉头好酷，可甜可盐，太迷人了。"

"可甜可盐？你们周老师上辈子是调味罐？"

"老板，听说你们是分手后再复合，破镜重圆的神仙爱情，真的太美了。"

"你确定是爱情？买几杯奶茶就被你们说成传奇故事啦。"

林霜特别爱撑这群叽叽喳喳的高三小女孩，这个年龄的孩子喜欢捕风捉影，还特别喜欢逮住个小细节叽里呱啦，大聊特聊。

回家后，林霜问周正："你们班上学生不八卦你吗？"

"学生去奶茶店找你了？"周正放下手中的数学书。

"有那么几个女孩经常来，挺活泼的，看起来像你的粉丝。"

周正在班上的确常被几个女同学围着，他笑着摇摇头："一群小孩子。"

"你上课不受影响吗？"林霜问他，"我记得我们那会儿，还挺喜欢跟老师起哄的。"

"我有办法。"周正十分淡定，"每天我都带着试卷去上课，一登上讲台就开始抽考，回答不上来就送全班一张习题卷，他们紧张得不行，教室里顿时就鸦雀无声了，效果还挺好的。"

"晚自习的时候他们要是起哄，我就讲题，给他们加点头脑风暴。"周正回味，笑容肆虐，"他们挺乖的。"

"你这个魔鬼……"林霜戳他肩膀，"所有头脑风暴的老师都是恶魔。"

周正唇角藏着一抹笑。

"厨房里在煮什么？"

"苹果肉桂煮红酒。"周正答，"这几天班上同学送了我好多苹果，吃不完。"

又是一年圣诞节，又到了学生互赠苹果的时候。学校外的苹果礼盒一如既往卖得好，连奶茶店都推出了两款跟苹果沾边的热饮。

周正就算不当班主任，在班上人缘依旧好。两个班一百多人，加上数学竞赛班的学生，周正这几天拎回家的苹果也有好几斤了。

林霜经常听见他手机噼里啪啦地进来学生消息，还有点忌妒。

她念书那会儿怎么没有这么整齐、清爽的数学老师？

"用红酒煮的苹果汤，能好喝吗？"

"应该还不错。"周正有空常能琢磨些新菜式，"配料我试过好几次，这回应该能成功。"

等成品盛出来，配上专门的器皿，颜色和模样都漂亮。林霜就着他的手尝了一口，"哇哦"了一声。苹果块软软糯糯，橙瓣软烂，果香和红酒的香气交织在一起，味道清爽又醇香，有让人意料之外的惊艳。

她怡然自得地端着碗吃东西，周正坐在地毯上给学生批改数学作业。房间里摆了林霜的梳妆台和首饰柜，周正的书桌被挪去隔壁房间，两人都在家的时候，还是想黏在一起，一起窝在懒人沙发打发时间。

一小锅热红酒，大半进了林霜的肚子，她时不时喂周正两口。周正看看递到眼前的碗，又看看她微醺的星眸，心念微动，向她的唇索要甘美。

唇舌间都是甜甜的酒香，暖的、醺的、醉人的。

两人都微微出了点汗，身体懒洋洋的，但还不至于精疲力竭。林霜媚眼如丝，语气可怜："想要一根烟。"

在床上抽烟，她怕被周正拎起来再教育。

"想抽就抽吧。"周正继续看没看完的书，纵容她的坏习惯。

林霜端着烟灰缸，趴在床沿吐烟圈，烟是甜甜的西瓜口味，清缭的烟雾也带着甜香。

周正也懒散，从书里抬头，看见她支起身子，长发拨在肩头，半个人都挂在床外，暖熏熏的光下，她背脊一抹雪白，纤细的背骨像振翅欲飞的蝴蝶，脸上神情模糊又暧昧。

不是完美的女孩，却比完美更生动。

他觉得，有时候她离他很近，有时候又很远很远。

周正挪过去，把"蝴蝶"拥进自己怀里，柔声问："烟好抽吗？"

"挺爽的。"

"怎么个爽法？"

"晕眩。"林霜脸颊枕在他手上，把手垂在床畔，"脑袋放空，很轻松。"

她深深地吸了口烟，旋即樱唇被含住，修长纤细的手臂搭在床沿，指尖夹着细细的女士烟，烟头的一点火星随着动作轻晃，像模糊的光晕，燃烧的烟灰越来越厚，在一下轻晃中猛然飘散而下，连着半截香烟从指缝逃离，一齐跌进搁在地板上的烟灰缸里。

印着唇印的摩登香烟，寂然熄灭。

林霜和罗薇见了一次面。

罗薇生了个胖嘟嘟的女儿，最近才结束产假回到单位上班。她特意去奶茶店，给林霜带了份喜饼。

两人有近一年没见了，这一年，罗薇养胎、待产、生娃，很少和林霜聊天。这次见面，林霜觉得罗薇性格沉稳多了，可能也是因为身材还没有恢复，她圆圆的脸庞和齐耳短发显得她安静又和气，看什么都是目露柔光，有新手妈妈的温柔。

罗薇拿着手机给林霜看宝宝的照片。

林霜刷过她的朋友圈，晒孕妇照和晒娃日常，不过她向来刻意忽略，她对小婴儿没什么兴趣。

"奶茶能喝吗？"

"不喝，我要减肥。"罗薇笑嘻嘻地摸了下肚子，"比孕前胖了二十斤，还没瘦下来呢。"

二十斤的肉，要是长在林霜身上，她肯定要崩溃得大哭。不能丑，不能胖，不能落魄，是她至高无上的人生信条。

"你呢？好久没和你联络，有男友了吗？"罗薇专心扑在孩子身上，一度两耳不闻窗外事。

"有。"林霜看了她一眼，笑容浅浅，"你认识的。"

"谁？哪个老同学？"

"不是。"林霜端着柠檬水过去，"周正。"

"周正？"罗薇表情惊讶，旋即惊喜，"恭喜恭喜。"

罗薇对周正，除了家庭条件，其他方面还是挺欣赏的，乍然听说林霜和周正配对，还有点小尴尬，第一句话还不知道怎么夸。

"你们居然走到了一起，哈哈，挺奇妙的，还是你们有缘分。"

现在回想起来，当时罗薇追着林霜打探周正的各种信息，实在有点不识相。

"周老师最近还好吧？我也很久没跟他联系了，都快忘了他长什么样了。"罗薇抿着笑意，"什么时候的事情？这种好消息，你也不公布一下。"

"有段时间了，也不是什么大事。"林霜不以为意，笑着扬起手中的喜饼，"他待会儿过来，这个喜饼可以直接给他。"

"挺好，周老师吃了我的喜饼，十几年后我女儿的学业就拜托他了。"罗薇调侃。

周正从学校来奶茶店，看见罗薇，先道了喜，又看了几张孩子的照片，笑容可掬："很可爱。"

三人聊了几句，周正便要出门，林霜送他。两人在门口还眉目传情了一会儿。

罗薇挺好奇的。她没想到林霜会和周正在一起，也没想到周正会变了个样子——人还是那个人，但外貌和气质都悄然发生了改变，更笃定、踏实、自信、从容，闪着引人注目的光芒。两人从某些角度来看，其实还有点般配，一个明艳张扬，另一个沉稳内敛，很互补。

晚上，林霜和周正回到家里，两人从理性客观的角度，很难得地聊了聊孩子这件事。

"你是不是很喜欢小孩？"林霜问周正。

"并不是很喜欢。"周正翻着手中的书。

"可我看你和罗薇聊得挺好的，你对班上的学生也一向温和、有耐心。"

"那只是职业的追求，我希望自己能做点什么，让学生可以走更好的路，这是件有意义的事。"周正认真想了想，"但我不喜欢小时候的自己，也不喜欢孩子。"

"为什么？"

"不幸福。"他看了林霜一眼，"我也害怕自己的经历复制到自己孩子的身上。"

林霜顿了顿，默然无言，摸了摸他毛茸茸的脑袋："小可怜。"

"你……爸妈去世后，日子过得很不好吗？"

周正没说话，林霜觉得自己这个问题有点多余，她当年是否过得好呢？

"其实还好，我还有爷爷奶奶，还遇到过各种各样的老师，和……身边各种朋友。"

"你是不是害怕自己变得不好看？"周正问她，"变丑？发胖？变邋遢？"

林霜看了眼化妆镜，小声念叨："没有了漂亮，我觉得一切都没有意义。而且我只愿意为自己而活，才不要生个孩子出来折磨自己。"

周正摸摸她的脸颊，亲了她一口。

周正这一年的绩效奖发了三万块，加上他卡里的余额，一共给了林霜九万块。

林霜看着余额挑眉。

"工资和奖金，加上这几个月的外快，还有村里的集资分红。"

这是他全部身家了，算是他最大的诚意。

林霜有一种感觉，周正的银行卡余额就像海绵里的水，挤挤总会有的。看样子，她不仅掏空了他的身体，还掏空了他的钱包。

周正原想着买个十几万元的代步车，自己负担车贷绰绰有余，但林霜定的那辆车三十万元，剩余的车款，她打算全款补足。

车子的使用权归周正，所有权归林霜。

两人去4S店提车，林霜问周正："要是分手怎么办？这财产怎么分割？"

周正想了想，有点郁卒地搓了搓自己的脸："到时候再说吧。"

女朋友都跑了，谁还关心这点财产？

♡　♡　♡

新车上路，第一个蹭车人是张凡，这个"电灯泡"强势插足，非得让林霜和周正庆祝，请他吃饭。

他整个人都成"柠檬精"了，酸度爆表："这车不错啊！你俩小日子过得还挺红火的。"

人比人，气死人，这俩现在房子和车子都是你中有我、我中有你，保不准真奔着结婚去了。

"你喜欢你也买。"林霜调侃他，"给谢老师买一辆，兴许'二垒'就能达成了。"

张凡"嗬"了一声，对着周正肩膀捶了一下："是不是兄弟，有没有点秘密了？这种事，你也往外说。"

周正含笑躲闪："对不住，说漏了嘴。"

"周老师开车呢，你别碰他。"林霜不乐意了，拍开张凡的手，"别影响新手司机。"

"跟你俩绝交算了。"张凡嘀咕，"两个人都不够意思。"

"张老师，你把烦恼说说，到底是什么情况？我帮你出出主意。"林霜显然心情不错，出手指点江山，"谢老师她是什么态度？这么久还融化不了冰山女神的冰壳？"

"唉，我也是琢磨不透。平时相处都还不错，出去约会还牵牵手什么的，再往下走她就不乐意。"张凡百思不得其解，"是不是我这人特没男性魅力？也不能啊，我觉得自己还挺有男人味的，也挺有绅士精神的。"

"谢老师没说为什么？"

"她总说还不到时候。"

林霜笑了："是不是气氛没有达成？你是不是喜欢带她去大排档或者夜市吃饭？烛光晚餐和爱情电影安排一下。鲜花和礼物送了吗？"

"没用，我家谢老师不吃这套。"张凡出主意，"要不找个机会，你们帮我热热场子吧？林霜，晓梦对你的感觉还挺特别的，你到时候帮我说说话，夸夸我的好，感化感化她？"

"对我感觉特别？"林霜挑眉。

张凡凑近："我觉得晓梦对你有种想关注又不愿意关注、不愿意关注又忍不住关注的别扭。"

美女对美女的互斥和吸引力嘛，瞅一眼，扬下巴，再瞅一眼，不以为然，再回头瞅一眼，默默回味。

林霜有时候也这么打量谢晓梦。

"怎么热场子？朋友聚餐还是四人约会？还是一起出去玩？爬山、打球、运动？"

周正专心开车，插嘴道："我觉得有个地方不错，挺适合朋友聚会的。"

"什么地方？"四只眼睛看着他。

"就前阵子我们玩过的，那个剧本杀门店。我看公众号上店家有引进新的本子，介绍说是悬疑类，适合情侣档，有感情互动。"

这种沉浸式的角色扮演游戏的确能打破现实的一点壁垒，张凡跃跃欲试："这个好！最近这个还挺火的，比约会吃饭有意思。"

"你这时候还挺机灵的。"林霜含笑在周正头上揉了一把。

张凡当场打电话给剧本杀门店预约时间，这顿蹭饭最后也由他买单。

吃过饭，两人先送张凡，然后开车在景观大道绕一圈才回家。每年元旦前后，市政府附近的几条主干道都有灯光秀，一路灯火辉煌，霓虹璀璨，树下行人肩披光华，携手而过，算是市区内最热门的景点。

"这灯光秀挺漂亮的，也不知道从哪年开始的。前两年我刚回来的时候，还以为走错了地方。"林霜趴在车窗上，"高中的时候，这片还很荒凉，没这么多房子，人也很少。"

"好像是我们读大四那年吧？那年寒假，我回来过春节，路过这边办事，看见工人在路边装灯带。"

"那也好多年了。"林霜数数，"六七年了。"

"这么多年，你一直没回北泉吗？"周正问她，"过年也没回来？"

"大学前几年还偶尔回来吧。大四我就去广州实习了，那一年抽空回学校领了毕业证，后来一直在外面。"林霜笑容淡淡的，"那时候一点也不想回来，回来也没有家了。在外面的日子多开心啊，形形色色的朋友，好玩的东西、热闹的地方也多，纸醉金迷的。"

"回北泉后是不是很不习惯？"

"一开始会有点，挺无聊的。"林霜起了聊天的兴致，"但至少不累。我不是跟你说过，我在服装批发市场开店嘛，后来我自己改良过两款衣服，卖得还不错，积累了点资源，工作也越来越忙。

"那时候认识个人，他家里是开制衣工厂的，我靠着他的资源开了个网店，这人后来成了我男友。那个网店，他也算有投资，我管选款和设计、营销，他管工厂的量产，店火了一阵子，但每天工作强度都很大……后来我们俩闹掰了，网店的生意也搞黄了。我想，没必要把日子过得那么累，找个合适的地方休息吧。"

周正一路默默听着，把车停稳，打开副驾驶的车门。

林霜笑盈盈地下车，周正打开大衣，把她裹进自己怀里，低头问她："要不要在我这里休息一会儿？"

林霜挠挠他下巴上一点泛青的胡楂："你这小庙有什么好的，能收留我这尊大神？"

"能教你做数学题。"周正搂着她的纤腰，眼里光芒浮动。

"听起来好无聊。"林霜戏谑，"我讨厌数学。"

周正幽幽地叹了口气："那你喜欢哪门课程？我回学校再念个专业，回来教你。"

林霜展颜笑了。

张凡定了周末的联谊活动——足足四个小时的剧本杀游戏，店内还提供吃喝。张凡拉着林霜和周正问："那个……这个本子有三对情侣，兰亭和郭远也加入……你俩介意不？"

大家都是成年人，只要"乖宝宝"兰亭不介意就行。

再度见面，就表示四个人都冰释前嫌，过去的事就算翻篇了。

林霜摊手："不介意。"

周正唯女朋友马首是瞻："可以。"

聚会那天，三对情侣不约而同摆出了宣战的气势，谁也不能落下风，女孩子都美出了天际，一娇媚、一冷艳、一温婉，争奇斗艳，互相夸奖吹捧，存在感碾压了一大拨路人。

张凡、周正和郭远，三个"工具人"站在一旁面面相觑，干巴巴地聊天。

"工作还顺利吧？"

"挺好，你最近也挺好的吧？"

"不错。"

"你这衣服不错。"

"你那车油耗怎么样？"

寒暄完毕，三人眼巴巴地看着各自的女朋友。

"她们要夸多久才能结束？"张凡摩挲着下巴问，"从头发夸到鞋子，下一个话题是不是要聊妆容？还是聊包包？"

"只要不聊我们就行。"郭远拍了拍张凡的左肩。

"聊得越多，感情越好。"周正拍了拍张凡的右肩。

剧本是迷雾烧脑型，剧情很"狗血"，汇集了豪门世家、血海深仇和身份禁忌各种桥段，由一场看似偶然、实则精心谋划的旅行复仇开始，三对情侣中有一对阴阳相隔，一对遗憾终身，一对修成正果。

拿到本子的各人结局不明，在搜寻线索的同时，还要追溯过去被遗忘的恋情的点滴，寻找当年事件的凶手和真相。

剧本写得细腻、出色，游戏气氛极好，参与者激情十足。每个人都不知道自己和所爱的人的结局，正如现实一样，谁也不知道谁的最终走向。

最后，复盘死者和凶手，六人热火朝天地对簿公堂，翻开自己的底牌。

张凡："你死于十年前的一场旅行——确切死因未知，毒酒或者车祸。"

谢晓梦："你是最初的凶手——这十年你背着罪恶活下来，活成了两个人。"

周正："死者本该是你——你洞悉一切，却保持缄默，一生孤独。"

林霜："你换了酒杯，却丢了解药——你身上背负着秘密，最后只能痛苦离去。"

兰亭："你本该无辜，最后却偷了解药——旅行结束，你们顺利结婚。"

郭远："你没喝毒酒，却故意吃了解药——旅行结束，你们顺利结婚。”

凶手呢？哪个是杀人真凶？

“死者无辜，余者皆凶手。”

“众生谋杀案，所有人身负重罪，所有人无罪释放。”

每个人都跟泄了气的皮球一样，一肚子气发不出。

林霜怒了，柳眉倒竖，直接“哐哐”拍桌子：“老板，你这进的什么烂剧本啊！！”

张凡都要哭了：“所以我就是那个最无辜的倒霉蛋，喝了女朋友准备的毒酒，又替女朋友挡了车祸，当了双重替死鬼？我这剧本上的十年甜甜蜜蜜都是临死的幻想？你们就这样欺负一个体育老师的智商？”

谢晓梦皱眉，冷声说：“这剧本逻辑有硬伤。”

主持人：“这本子是催泪弹啊，反响很好的，我们还有电话售后回访，是这段旅行前你们的恋人给你们的留言，大家记得接电话哦，么么哒。”

众人纷纷掏手机拉黑主持人。

这一晚上，林霜气得饭都没吃，哀怨地念叨：“劳心劳力玩了四个多小时，最后告诉我这么个结局，气死我了！”

周正坐在电脑前，神色淡定得很：“游戏而已。”

“我真要是为了保护自己深爱的男友，至于这样一声不吭地换毒酒保他，最后间接害死自己哥哥，把自己流放他乡，孤苦一生？我手里有解药，自己喝下毒酒，吃了解药不就完了吗？这剧本杀作者什么‘脑回路’？差评！差评差评差评！”

周正摸摸林霜的头发，揽住她的腰，温柔劝慰：“好啦。”

林霜坐在他腿上，噘嘴皱眉，不情愿地扭了一下。

“一个游戏，至于这样生气吗？”

“大家都被这剧本迷住了，前半段的剧情写得那么身临其境，让每个人都觉得自己是最幸福的那个，到最后揭秘，好家伙！全是幻想，一个比一个惨，还惨得那么阴错阳差，想骂都骂不出来。"

林霜枕在他肩膀上："郁闷。"

"别郁闷。"周正吻她的额头，"游戏是游戏，真实世界没那么多阴错阳差。"

"换作我是剧本杀里那个人，要是想保全所有，那也很容易，可以先用毒酒做局引出凶手，再拉着张凡护身，最后结局皆大欢喜。"

她眨眨浓密的睫毛，黏糊糊地揽住周正的脖子。

"我新种的睫毛，都被我焦躁地拔了好多根。"

"是吗？让我看看。"周正声音轻柔。

两个人的脸颊挨在一起，最后变成了亲昵的深吻。

那个游戏，林霜真的沉浸其中了，最后知道自己的结局，忍不住心痛难受。她才不要什么孑然一身，孤独终老，她要人宠，要人爱，要一个热热烫烫的男人，要皆大欢喜的结局。

剧本杀虐归虐，效果真的挺好，至少张凡是春风满面来到林霜的奶茶店的，他身上一股子得意劲儿，邀请林霜："有没有空，大家一起吃个晚饭？就定学校旁边那家湘菜馆。今天高三开年级大会，周正和晓梦都拿了表扬，咱们犒劳他们一下。"

林霜笑盈盈地看着他："感情升温了？"

"那天回家，谢老师一直坐在车上没说话，最后还掉了两滴眼泪，她心里也难受了。"

"然后呢？"

"然后在她家楼下，她抱了我一下，小声说对不起。"张凡笑得嘴都咧开了。

"再然后——"林霜拖长音调。

张凡嘴巴"啵"了一下。

林霜嫌弃地挥挥手："好了好了，打住打住！剩下的，我不想知道了。"

日子总是越过越好，越过越顺利。年底了，这学期即将结束，学校要赶上课进度，还有各种评比和杂务。周正新房那边，工人最近在装厨卫、柜子和地板，这些细活要求琐碎，周正有空都在那边盯场。

周正不在家，林霜自己一个人闲着，要么勤于健身保养，要么去喷泉广场找苗彩。

"周老师的新房，你去过吗？"

"没有。"

苗彩看了她一眼："不去看看？"

林霜皱皱眉头："没什么好看的。"

她又有些噘嘴："他能力那么强，自己做主就行了。"

苗彩意味深长："周老师挺好的。"

每个人都这么说。

"你就算不想结婚，也要跟着他搬进去的吧，以后自己要住的地方，不好奇什么样吗？"苗彩道，"再说了，你现在买了车，家里楼下哪有停车位，小心被剐蹭了。每天周老师还要帮你挪车、倒车，小区里停车多方便啊。"

"再说吧。"

两人感情稳定，日子就这么过下去也挺好，没人提结婚，也没人提分手。林霜鸵鸟似的想，也许房子装修好了，到了周正想要结婚的那天，他会有动作，逼她结婚，或者放手，另外找一个适合结婚的人。到时候再看吧。

"周老师是不是快下班了？什么时候来接你？"

"他去宛城出差了，参加省教育厅安排的一个培训，过两天回来。"

"那要不要出去玩？我有个姐们儿过生日，在酒吧请了个歌手热场，我们去酒吧坐坐？"

"也行。"

两人穿得花枝招展去了酒吧。

年底果然聚会多，各种场合都热闹。酒吧坐满了人，落在林霜身上的目光不少，搭讪的人也多。

"美女，一起喝一杯？"

"不用了，谢谢。"

林霜心不在焉地看着手机。周正整晚都没有消息，她心情莫名不佳，半途出去抽烟，给他打电话。

周正把周雪从学校喊出来，兄妹两人一起吃了顿晚饭。这么多年，周正对周雪是亦兄亦师的存在，也算是她人生道路的引路人。以前兄妹俩聊天话题很杂，有家里的杂事，学校的生活、学习和工作。最近周雪对他疏远了不少，这顿饭吃得也挺平静。

电话铃响起，他看了眼手机，接通。

"干吗呢？"林霜的声音有点闷闷的。

"跟小雪吃饭。"周正听见她那边嘈杂的声音，"你在哪儿？"

"酒吧。"

"你一个人？"周正蹙眉。

"我和苗彩，过来坐坐。"

周正放心了些，叮嘱了林霜几句。

既然周正是和周雪吃饭，这情况多聊不合适，林霜便挂断了电话。

周雪默不作声地听着。

周正的语气温柔又细腻，比对她上心些。她以前觉得自己完全了解周正，现在有林霜插进来，猛然觉得事实并非如此，换句话说，她只了解周正作为哥哥的那部分，不理解他作为男人的那部分。

周正也和她解释了很多，讲了关于林霜很多的往事，语气很平静，却有深情款款的感觉。那天林霜跟她说的话，明明是开玩笑的语气，她却有点信了，他们两个是真爱吗？看起来不像，怎么会有这样的真爱？可如果不是，那这样的现状又很奇怪。

周雪不理解。

"什么时候回老家？"

"学校还有点事情，过两天再说吧。"

"到市区的话，你找我一下，我带你和周丰一起回家。"

"好。"

周正拍了拍她的头："她真的是很好的人，如果和她见面……你跟她说声对不起吧，如果实在不愿意，我也不勉强，以后如果再见面，态度好一点。"

"知道了。"周雪埋着头。

"时间不早了，走吧，我先送你回去。"

周正起身，先把周雪送回了学校，再回酒店，路上给林霜打了个电话。

"回去了吗？"

"还没。"林霜开车，不能喝酒，已经在酒吧感觉无聊了，"你什么时候回北泉？"

"明天开完会就回去了。"

"要不要我去宛城接你？"林霜问，"正好我去宛城逛逛。"

"不用接，我自己回来。"周正直接拒绝，宛城到北泉近两个小时车程，走高速，他怕她一个人开车不安全。

林霜没想到他会干脆利落地拒绝，有点闷闷不乐，冷哼："好吧。"

"不过，"她话锋一转，"你明天回来……你忙你的吧，过两天我也要出趟门。"

"嗯？去哪儿？"

"快过年了，打算去看看我爸。"林霜漫不经心地回答，"这个月的探监日是13号，我的探视申请通过了，提前一天走。"

周正了然，一年两次的探监，年中一次，年底一次。

"我陪你一起去吧。"

林霜顿了顿，云淡风轻："算了吧，你学校也忙，本来已经落下好几天的课了，再请假，学校怎么放人？再说了，那边也没什么意思，地方很荒凉的。"

周正想了想，没回话。

学校就是这样，一个萝卜一个坑，根本没有代班这么一说，除非长期请假找固定老师代课，平时根本就走不开，每个老师的上课风格和节奏不一样，小几天的代课，自己还要找时间补回去。

第二天，周正从宛城回来，直接去学校上课了。

他连着上了好几天的晚自习，每天四五节课轮着上，在林霜出发前一天，问她："你明天怎么去？开车还是坐火车？"

监狱所在地和北泉在省内两端，一东一西，开车需要五个小时。林霜以前都是坐火车，这回打算开车去。

"我明天上午排了三节课，中午十一点下课，你把车开到学校，我们一起去，来得及。"

"你的课怎么办？"林霜微愣。

"落下的课我已经补完了，等后面回来再补就行了。"

林霜低头抠着指甲："不用了，还有几个月就高考了，不能耽误学生。"

"你不是不喜欢开车吗？我去给你当司机。"

林霜扭捏了一下："不用。"

"就这么说定了，下课后我在学校大门口等你。"周正低头继续写报告，"两个人出门总比一个人好。"

林霜在他身上蹭了蹭。

周正摸摸她的脸颊。

她顺势窝进了他的怀里，不说话，却乖乖地、静静地、黏糊糊地贴着他。

"等我写完东西陪你，乖乖的。"周正轻轻拍她。

"嗯。"

她心满意足地枕着他。

两人第一次出远门。

旅途其实是愉快的，车在高速上前进，路景从车窗倒退，能清楚地看见风的轨迹。

本省山多，即便是深冬，山头也是葱葱郁郁的，视野清晰、开阔。

离北泉越来越远，离目的地越来越近，林霜的神色就越平静。

周正切换了自己的歌单。

"这是你……快乐的歌单？"林霜将目光从车窗外移回。

"心情不好的时候听听歌，时间会过得比较快。"

"你这话以前对我说过一遍。"林霜小声嘀咕，不屑一顾地扭头，"谁说我心情不好了？"

"没人说你心情不好，但听点舒缓的音乐，心情可以更好点。"周正柔声道，"你也可以睡一觉，很快就到目的地了。"

"我睡不着。"林霜倚在车座上，"这种时候，我通常都睡不着。"

听着音乐，她特别有倾诉的欲望，只是压抑着自己少说话。

"我可以跟你一起进去吗？"周正目不转睛，"我的意思是……去看看叔叔。"

"不行，你不是直系亲属，需要提前申请才允许入内。"

"那……里面是什么样子的？"

"就电视里的那样吧，不过我去的地方只是探监室而已。"林霜扭头，"监狱的全貌，我也不知道。"

车里的气氛静了静。

"每年我都去两次，以前我姑姑也去过一次，后来不去了，就是常跟我爸写写信什么的，就剩我一个人去了。"林霜轻声道，"一开始，我也不想去，没办法，硬着头皮去的，每次都要哭，后来习惯了，今年是最后一年了。"

"叔叔是因为什么事情进去的？"

"贪官落马，我爸是蠹虫的钱袋子，权钱交易吧，他那公司关系乱得很，几个经济纠纷一路被牵连。"林霜平静道，"也是咎由自取。

"一审判了十年，我姑姑和姑父那边有点关系，把家里所有资产都抵押了，减了两年刑。

"其实我还有个继母和妹妹。一开始我还不知道他们结婚了，以为那是我爸的女朋友，后来那个女的怀孕了，我爸把她接到了家里。那时候高考刚结束，我一直在外头玩，也不太愿意管这些。再后来，我去念大学，家里添了个小妹妹，我爸挺高兴的，我也偶尔回家看看。

"出事的时候，我不知道。有一天早上，我爸给我打电话过来，问我生活费够不够，给我转了点生活费，我没在意……后来还是我姑姑给我打电话，说我爸爸被关押进了看守所，要我回去，商量请律师见人。我回家的时候才发现家没了，姑姑说，我继母和我爸在得到风声之前就离婚了，拿了一笔钱，带着孩子远走高飞了。"

"这么多年都过去了，服刑结束，很快就能和家人团聚了。"周正轻声安慰她，这安慰如隔靴搔痒。

"也是我爸罪有应得，他是真的飘了。"林霜叹了口气，"他以前是建筑公司的工程师，能力挺强的，后来自己出来单干工程，赚钱了，人膨胀了，脾气也变得很坏。

"那时候我还念小学呢，我爸每天都要喝酒应酬，跟些不三不四的人打交道，我妈不乐意，两人就经常吵架，有时候动手砸家。后来我妈闹着要离婚，我爸激她，说，离婚可以，一毛钱都别带走。我妈就梗着脖子空手走出了家门，把我留下了。没了我妈管，我爸就更飘了，酒肉朋友也多了起来，借钱的、吃喝玩乐的、找关系的……开始剑走偏锋。

"要是他们不离婚，要是我爸不走错路，或许一切都不会是现在这样……"

她大概会有一个简单、完整的家庭，物质富足。高中毕业后，她大概会出国深造，成为一个服装设计师，可能和初恋男友修成正果，或者在婚恋市场拥有绝对的优势，绝不可能沦落到与一个贫穷、普通的数学老师相亲。

周正也宁愿她永远是挂在天上的那颗星星，他只能抬头仰望那辉光，默默回味一会儿，而不是摘到手里。

可她现在就在他身边。

说不清这是种什么情绪。

车子到达目的地，两人在市区找了个酒店落脚。第二天一早，两人跟着导航出发。监狱在一个山区里，临着劳动农场，位置很偏僻，道路格外空旷。林霜进去办手续，周正在外面等。

他站在大门外，来来回回踱步，等了挺久。

时间流逝得格外慢。

林霜从监狱里出来，看见周正站在马路对面，黑色大衣的衣领竖着，手揣进兜里，低头踱步。

她的心情突然好了起来，有点释然、有点雀跃，加快了脚下的步伐。

周正抬头看见她过来，停住脚步，温柔地冲她笑了笑。

林霜扑进他怀里。

"你的手好冰。"周正握住她的手，放进自己毛衣内，"暖一暖。"

"怎么不在车里等？"林霜嘟囔，"外头多冷啊。"

"我在车里坐不住，出来透透气。"

两人黏黏糊糊地搂在一起。

这儿这么荒凉、空寂，往来的人身上都带着故事，理解这堵高墙衍生出来的情感。

"我跟我爸说好了，下次再来就是刑释来接他，还有六个月。"林霜松了口气，"我爸今年才五十三岁，不算老，身体还不错，出来后还有发挥余热的机会。"

"真好。"周正真诚地发问，"我可以跟着一起来吗？"

"我不知道。"林霜脸上因为寒冷而变得嫣红，"也许我们应该带点衣服来接他。应该人多点、热闹点，还是人少点，让他清净点？带他出门散散心，还是先接回家里？

"他要是想工作，就给他找个工作，要是不想在北泉待着，想去找我继母和他小女儿，我也不拦他，让他自己去找。"

"对了，"林霜想起一件事，戳戳周正的胸口，"他没地方住，只能住家里，我要把你扫地出门了。"

"好好好，没问题，我肯定搬走。"周正用鼻尖蹭着她的鼻尖，"我真的太忙了，回去还有好多事情，看在我来回开车十个小时的分上，能不能帮我挑挑新房家具？以免我后面无处可去，流落街头。"

"可以。"林霜搂紧他，闭上漂亮妩媚的眼睛，"包在我身上。"

再回到北泉，就是过年的气氛。

北泉高中的其他年级相继结束期末考试，准备结课、放寒假，只有高三师生还留守阵地，期末考试之后，还有考后综测和寒假补课。但有春节假期这个盼头，学习气氛没那么紧张严肃。

奶茶店的生意随之清闲，不需要三个人都守在店里，Kevin和娜娜轮流上班，林霜只负责每天早上去煮料、晚上打烊，日子闲散。

张凡也处于无课放假的行列，但学校体育生早晚有操练，他每天还是要去学校点卯。

空闲的时候，林霜跟着张凡在操场上打羽毛球，周正和谢晓梦要是没课，也过来打一局，加上学校的其他老师，其实挺能打发时间的。

周正的新家，林霜是跟着张凡和谢晓梦一起去的。

因为离北泉高中近，森林公园这个楼盘反响不错，学校好几个老师有购房的想法，打球的时候大家说起，正好都有空，顺便去看了一眼。

屋子没什么花里胡哨的设计和装饰，简单的木地板和大白墙，暖色调配着窗外郁郁葱葱的林景，有幽静明快的氛围。春节将近，工人赶着在放假前收工，这几日正在抓紧赶工。

房子原本是三室两厅，周正重新设计过格局，只保留了两个卧室，把次卧一半改成了步入式衣帽间，另一半和书房打通，衣帽间、书房和主卧连通起来，格局通透、大气。

来参观的人都赞叹了一番。

谢晓梦抱着手臂："衣帽间容量挺大的。"

为谁改的，不说也知道。

林霜站在阔大的落地镜前。

回到北泉后，她一直没有买房的念头，毕竟装修太麻烦，现在她想，要不然……也在这个小区给自己买一套房？

这房子，她有一点点心动。

张凡给周正出主意："等房子弄好，我们帮你组个局，找个机会在这儿求个婚怎么样？真挺合适的。"

"不怎么样。"周正拒绝。

"结婚"这两个字，并不是轻轻松松就能说出口的。

新房房型看过了，林霜着手帮周正挑家具，主要也是选择家居的风格和色调，她审美好，奶茶店全是她一手布置出来的，风格很独特。

本地家装市场不成熟，林霜在网上挑了些，周正照单全收，列了清单，却迟迟没有付款，因为——没钱了。

有品位和不将就的另一个代名词叫作"贵"。

"我给你找点别的？"林霜挑东西时考虑过性价比，价格的确不算夸张。

"不用了，我觉得这些就合适，我很喜欢。"

"要不要我借你？"林霜撑着脑袋，跟他聊天。

"嗯？"周正从电脑前抬头。

林霜理直气壮："我有钱！"

"然后呢？"

"先借你应急，本金你慢慢还，利息嘛……"林霜轻佻地挑着他的下巴，"每天晚上兑付。"

周正揉着她的手腕，挑眉，目光晦暗："我要是不愿意呢？"

林霜哂笑："又是男人的虚荣心吗？不喜欢借钱？"

"大概吧。"周正诚实道，"以前念书的时候没钱缴学费，去我二叔家借过，印象挺深的。"

"叔叔阿姨去世之后，只有爷爷奶奶照顾你吗？你靠什么生活？"林霜问他。

周正点头："村里有孤儿补贴，一个月四百块钱。我爷爷奶奶也有点补助，以前家里还种了点地，乡镇学校花不了多少钱，日子还算过得去。后来，我爷爷生病，住院开销大，我又在市里念高中，有两年家里挺拮据的。"

一个月四百块的补贴……她那时一双鞋都不止这点钱，可以想象他拮据的程度。

周正说得云淡风轻，丝毫没有显露半分卑怯、酸涩的情绪。

林霜温柔地摸摸他的脸颊。

在这种环境下成长，他怎么还能长得这么好呢？笔直向上，一点弯路都没有走。

"今年过年打算怎么过？"周正问她，"我有十天假期。"

"在家歇几天吧，剩下的时间守着奶茶店，跟去年一样过。"

付敏来过电话问她过年的打算，她没什么想法，还是想自己待着。

"那我们俩一起过吧，一天也别分开。"

"一天也别分开？"林霜嫣然甜笑，"这么不想和我分开吗？"

"你觉得呢？"周正也开起了玩笑，亲亲她的脸颊。

"忙了那么久，难得寒假，不回家陪奶奶吗？她等着你回去吧。"

"我白天跟顺仔多回几趟乡下陪奶奶，晚上再赶回来。小雪和小丰都在家，能照顾她，过年村子里也热闹，亲戚也多。"

周正自己有打算："我留在家里，丁副校长推荐给我一个活儿，帮一家出版社编一套数学练习册，报酬还不错。我自己也接了点私活儿，要花点时间。"

好不容易放了个长假，多赚点钱也挺好的，现在正是需要钱的时候。

林霜默认了他的安排。

既然两个人一块儿过年，那就要添点储备粮，周正也打算买点年货送回老家。

"去市场逛逛？"周正问林霜。

有了车，出门买东西就方便多了，周正打算顺便去菜市场和年货市场转转。

"我要穿什么去菜市场？"林霜"哇哦"了一声，有点雀跃，"我好像没逛过这种地方，会不会和菜市场气质不符？"

"那我自己去，你留在家里？"

林霜不高兴地乜他："怎么？那地儿我不能去？"

周正含笑："别穿太贵的，那些皮草或羊绒大衣就别穿了，高跟鞋也不要，人挤来挤去的，万一蹭脏了就不好了，普通、宽松、舒适点就可以了。"

林霜去房间换了身休闲装——高马尾、棒球服、铅笔裤、马丁靴，嘴巴涂得紫红，整个是一个飒爽酷女孩："走吧。"

周正有点走不动路了："为什么敞着衣服，还露着腰？大冬天的不冷吗？"

"好看，不冷。"林霜深谙美丽动人的秘诀。

"换一件。"周正皱眉，一截纤细雪白的腰摆在眼前，太令人浮想联翩了。

林霜秀眉挑得高高的，抱着手臂："不用换。"

"不行，要换。"周正言简意赅，"这样出门不合适。"

居然仗着她的宠爱命令她，恃宠而骄！今天天气还算暖和，林霜觉得这个穿搭没问题，至少不会太冷。她瞟了周正一眼，忍不住，缓缓伸出一根手指头。

手指头还没完全伸出来呢，周正挑眉，手掌裹住她的拳头，推搡着她往房间去。

"啊——"被揍了一下，林霜炸毛，"你浑蛋！胆子大了啊！"

"不良少女"林霜被周老师关上门再教育。

半个小时后，林霜满脸通红，冷哼一声，换了件裹得严严实实的外套出门。

菜市场果然人潮涌动，摩肩接踵走不动路，虽然空气不够清新自然，但入眼的货品琳琅满目，生机勃勃，充满了烟火气。

他们两个人在家吃不了多少东西，大多数年货都要送回乡下老家。周正买了牛羊肉、排骨、鱼虾、水果、零食点心，往后备厢塞了一包又一包。

第二天，周正带着大包小包的年货和顺仔回了趟荷塘村，吃过饭，下午又回了市里。

年节氛围浓厚，大家都逛逛吃吃，看电影、聚会、聊天，周正倒是把吃喝玩乐都推了，关起了门，一头埋进了书堆里。

除夕那天，奶茶店歇业，两人睡到日上三竿才起。林霜去喷泉广场逛逛年终大折扣商品，周正在家工作，顺便准备年夜饭。

林霜拎了个小蛋糕回家，看见周正一边在厨房忙碌，一边开着免提打电话。

"晚上吃什么？"

"油焖大虾、清蒸鱼、竹笋鸡汤、土豆牛腩、炒时蔬，够了吗？"

"太多了，我们两个人吃不完——"林霜拖长音调。

"那你多吃点。"

"刚才你奶奶给你打电话？"

"她问问我晚上吃什么。今天晚上她在二叔家吃年夜饭，下午就开始准备了，村里也挺热闹的，晚上还有烟花。"

"真不回去吗？去年除夕你就没回自己家。"林霜扭头看他，"今年又不回去，不想家吗？"

周正停下手中的动作，淡声道："逢年过节都是在我二叔家过的，那是我二叔家，不是我自己家……吃完饭，热闹过，就回去了。"

他不是周雪和周丰，没有机会在父母身边撒娇、拌嘴、讨压岁钱，笑嘻嘻地窝在一起看春晚。

林霜从这话里听出一丝若有若无的酸涩，胸口闷闷的，把脸贴在他背后上。

"那我呢？"她含含糊糊地问。

周正没回话，微微侧身，蹭了蹭她的额头。

林霜心头像湖水一样荡漾开来，像连体婴一样贴着他："要不要帮忙？我陪你。"

"会洗菜吗？"周正柔声问。

"当然。"

林霜挽起袖子，摆出嫩白的手指。

窄小的厨房放起了热闹的音乐，两人并排站着，挨得很近，手上忙碌着油盐酱醋，这景象仿佛不真实，他们身上明明没有烟火气——她穿着精致的衣裙，他身上是白衬衫和羊绒毛衣，两人像要出门赴约，更像在电影里做戏。可城市的灯火倒映在玻璃窗上，鞭炮声接二连三噼里啪啦地响起，灶上的锅盖被热气顶得嗒嗒作响，他掀开锅盖，舀了一口汤，尝了尝，又递到她嘴边，两人不约而同地笑了笑，交换了一个甜蜜的吻。一切似乎温馨得很，是千家万户中一盏晕黄的灯。

晚饭开席的时候，桌上冒着腾腾热气，林霜用手捻桌上的菜肴，周正往杯子里倒可乐，顺带咽下她硬塞到自己嘴边的肉，那一刻，是真的有"家"的感觉——久违的、蓬勃的、欣喜的、欢声笑语又埋藏得深远的怀念。

吃过饭，酒足饭饱，两人一起在厨房收拾残局，而后窝在沙发上看喜剧电影。周正规规矩矩地坐着，林霜换着姿势，一会儿趴到他怀里，一会儿枕在他腿上，伏在他肩头问他："要不要出去走走？"

这几日周正在家，她三餐不落，吃得小肚子胀胀的，浑身都泛着懒劲儿。

"去哪儿？"

"就楼下吧，绕着喷泉广场走一圈，消消食。"

周正替她系上大衣扣子，戴好围巾，两人牵手下楼。春节期间，气温有所回升，室外温度算得上舒适。路灯昏黄，霓虹灯绕在挺拔的香樟树上，一闪一闪变换着色彩，空无一人的街道阒然无声，默默地在两人面前延伸。

气氛真的挺好的，很热闹的、喜庆的夜晚，安静得如同这世界上只余下他们两人。漫步在人行道上，林霜手揣在周正兜里，来来回回踩着斑马线跳格子，又停下来，掏出手机拍空旷的街道和参差的树杪，又拍地上的落叶和两个人的影子。

林霜自己在玩，玩幼稚无聊的小游戏。周正看着她，陪着她，间或和她聊两句家常话。

夜空猛然响起"啪"的声音，不知是哪处顶楼在放烟花，在半空中升腾起一朵朵孤单漂亮的烟花。

时间还早，还没有到放烟花爆竹的时间，大概是哪家孩子按捺不住喜悦，提前出来放风。不过两人还是认真看着，猜测下一团烟花的形状和颜色。

"没有了吗？"下一朵烟花迟迟没有腾空。

"挺长时间了，可能放完了吧。"周正回她，"小孩下楼回家了。"

"好吧。"林霜叹了口气，依偎到他怀里。

周正拉开外套的拉链，把她拢进自己怀里，用衣服裹着她。

他身上真的挺暖和的，隔着几层衣服，林霜还能感觉到他身上那股热气。

林霜枕着他的肩膀，偷偷觑他。

周正眉眼低垂，安静又内敛，长眉笔直，睫毛黑浓，眼皮薄薄，很清爽利落的模样。什么时候，他慢慢变成她喜欢的样子了？

周正低头看见她清澈的双眼，在她脸颊上亲了亲，把她搂紧。

安静的街道，很适合这样安静又亲昵的缠绵。

林霜微微噘起了自己的唇。

周正从善如流，吻落在她唇上，轻柔又细致地吻着她，一下又一下。周正咽下满腔柔情，抓着她的手臂施力，把怀抱收紧。

林霜听到他强健有力的心跳声，他的呼吸带动他的胸膛起起伏伏，也带着她的触感和呼吸起起伏伏。

她的心似乎也"咚咚"地跳动，努力敲打她的身体，彰显自己的存在。

这个吻似乎持续了很久很久，最后林霜醉了、晕了，脸颊嫣红，眼里泛着动情的光，身子软绵绵地往下滑。她觉得自己被焐暖了，晕乎乎的，变得不再是林霜。

她喃喃低语："周正，你喜不喜欢我？"

"我爱你。"

"为什么爱我？"

她不觉得除了美貌和身体，她还有什么东西能打动他，也不明白他怎么会有那么好的耐性，自始至终坚定地爱着她。

"和你在一起很快乐。"周正回她，"所有的方面都是快乐的。"

他深陷于多年后的相遇，被她的一颦一笑打动，留恋她低头抽烟的清寂，忍不住回顾她离去时的背影。他喜欢她的小脾气和秉性，喜欢她亲手调制的柠檬红茶，喜欢她故意显露的妩媚，还有深藏的温柔和善意。她的确百分百地满足了他的所有，像一矢中的，就是她了。

"快乐吗？"林霜想了想，感情是双向的，她当然也快乐。无限包容和没有束缚的快乐。她从他身上获得，也会不由自主地想要和他同步，想与他共享。和周正在一起的感觉很舒适，她是一尾鱼，那他就是泉水，若不是她的尾鳍掀起波澜浪花，他就是波澜不惊的。

Chapter 18
前男友
♥

在十年后，借着相亲的机会，蓄谋已久，隐瞒过去，乘虚而入，罪大恶极。

大年初一。

周正早早地起床准备回村里拜年。

林霜懒洋洋地躺着，趴在枕头上看他给家里打电话、收拾东西。看他胡乱地抓起衣服往身上套，林霜忍不住翻白眼，起身帮他搭配衣物。

大过年的，当然要穿得鲜亮、板正一点，呢子大衣、暖格衬衫和帅气短靴，让他回村做"最靓的仔"。

林霜替周正整理衣领、袖口，他温顺地站着，问她："要不要跟我一起回去？乡下过年挺热闹的。"

说好了过年不分开，林霜看着他黑白分明又诚恳的眼睛，想了又想，过两天去她妈妈和姑姑家，也有用得上他的时候，不如一起体会下普通人的喜乐和烦恼，省得两边的亲戚多说。最后，她点头："可以。"

周正唇角带着微笑，搂着她去洗漱、化妆。

两人没让顺仔来接，自己开着车回村。

这是周正第一次开车回村里。车子缓缓驶进村头，沿路家家户户都敞着大门，路上打招呼、聊天、走动的人不少，个个都站着，纷纷打量这辆银灰色的小车和车里的人。两人在车内对视一眼，林霜居然惊讶地发现周正有些局促，脸上神色不明，不知道应该端出什么表情。

"怎么了？"

"好像……回到了我当年高考出成绩的时候，村干部敲锣打鼓给我送喜讯，拎着我从村头到村尾转了一圈，全村人盯着我看……"

"你的意思是……我现在是你的高考成绩？"林霜挑眉。

上回林霜是悄悄地来，悄悄地走，没见过村里人。

"还有这辆车。"周正攥紧方向盘。

"也不是什么豪车，至于吗？"林霜不以为意。

"漂亮女朋友加上女朋友的车，那就很至于。"周正缓缓吐了口气，"准备好了吗？前头那位是我本家的叔公，我要摇下车窗打个招呼，等会儿可能打招呼的人不少。"

林霜："……"

掉头还来得及吗？

乡下比不得市区，人情味浓，到处都有远亲，寒暄起来没完没了。

这招呼一路从村头寒暄到家门口，两人脸都要笑僵了。周正奶奶早早就在等了，看见林霜，笑得合不拢嘴，左邻右舍又围着，她笑呵呵地介绍："这是我们阿正的女朋友。"

迎客的鞭炮噼里啪啦响起来，邻里的恭维和寒暄也凑过来。周正第一次招摇地带着女朋友回村，全村人格外热情。借着新年的气氛，连村里的孩子都上门来凑热闹，笑嘻嘻地打量这位漂亮姐姐。

还是周正从人群中把林霜拉走。回到自家，他把林霜推上二楼，听见她轻轻地松了口气。

"感觉还好吗？"周正问林霜，"今天村里人有点多。"

"挺热闹的，气氛挺好。"

"热闹还没开始呢……"周正低头看了眼时间，"村里的拜年马上开始了，等会儿全村的人都会过来拜年。"

林霜："……"

大概也类似于挨家挨户地串门，大家围在一起坐坐，闲聊几句，喝两口茶水，小孩子们领个五块十块的拜年红包，再抓一把零食瓜子塞进兜里，出门换下一家继续吃吃喝喝。

林霜眼瞅着三五成群的人进门，一拨又一拨来了又去，她坦坦荡荡地摆出了奶茶店老板的架势，笑容甜腻，在周正身边充当起花瓶来。

顺仔来得早，看见林霜"哎哟"了一声，喊了声"姐"，手头发痒："霜姐，搓麻将不？村里那群人玩得太野了，把我一脚踹下来，咱们开个桌呗，一起玩一把。"

林霜打麻将也打得好。

她初来乍到，其他事也不太好做。这天的拜年活动就演变成了麻将竞技赛，大家都闲着，周二叔、周二婶、周丰、周雪都轮着上桌。

周雪这回对林霜的态度倒是好了挺多，虽然是一声不吭，但眉眼显然柔顺了挺多。

周正不打麻将，却摆了个凳子在林霜身边坐下。大家一见这阵仗，齐齐反对："不行不行不行，你不能在这儿守着，有你在，这麻将没法玩。"

"我不说话。"周正挑眉，"看一眼都不行？"

"不行，你看着，我心虚。"顺仔一边码牌，一边轰他，"你去楼下做饭去，别想搞事情。"

周正含笑摸摸鼻尖。

"为什么？"林霜不解。

"他算牌，还算和牌，把把都和。"大家异口同声，"全村没人跟他玩扑克或者麻将，全都赢不过！"

"正哥数学学得贼好，记忆力又强，十年前就上了村榜'黑名单'。"周丰幽幽道，"他不在江湖，江湖却有他的传说。"

怪不得，一代数学状元最后只能沦落到拿麻将和小孩子玩多米诺骨牌。

周正两手揣进兜里，耸了耸肩膀，专职给大家端茶递水。

牌桌上气氛绝好，茶水点心一个不缺，大家围坐在一起还能聊点八卦趣事，有串门的邻居还过来观两局，翻了不知道多少次桌，最后打到半夜两点，众人散去，留下满地的瓜子壳，约好明天再战。

林霜简单洗漱后，窝进了周正怀里。

周正一直在等她睡觉，腿上还摊着本书打发时间。林霜好多年都没有过过这样的新年了，热闹的、惊喜的、尴尬的、沉溺的……芸芸众生中最普通的那一类。

"是不是有点不习惯？"周正抚摩她的脸颊，"吓到你了吗？"

"还行。"林霜瞪着天花板，"比想象中好一点，没那么难接受。"

自打林海入狱，她就再也没有好好过过春节，一时还有些不习惯这种热闹。

"明天就回去了。"周正亲亲她，"回去能安静些。"

"也未必能安静呢。"林霜扭头看着他，"你陪我去趟我妈那边吧，她和我继父非得让你一起去，当天可能还有其他亲戚朋友。"

"可以。"

"顺带也去我姑姑那边坐坐，她也知道你，问过我好几次了。"

"那也去趟丁老师家吧，我的师母和你姑姑是同事。"

"我知道呢，不是这层关系，我们怎么会认识？"林霜释然地笑了笑，"早晚都躲不开，趁着过年大家都闲着，那就一起见见吧。"

见见吧，人本来就生活在圈子里，不可能永远都是两个人独自相处，还有很多关系要打理。

回到市区后，林霜带着周正去了付敏家。果然，除了正常的吃喝礼仪，周正还管着漆灵的事，他拿着上学期的期末成绩单和漆雄严肃地聊了聊，给了些学习建议和高考计划，又当了漆灵半天的补习老师。

漆杉也很喜欢周正，嚷着过两天要找周正去电玩城打游戏。

去林霜姑姑家和去丁严家是同一天，姑姑和师母互通有无，当场打起了电话，夸耀了一番当初这个正确的相亲选择。

周正和林霜都是一脸哭笑不得的模样。

应付完亲戚朋友，剩下就是两人自己的时间，林霜跟着朋友聚会聊天，周正窝在家里工作。

假期最后一天，两人出门约会，吃了个午餐，然后去看了场新上映的电影。

从电影院出来，两人准备回家，周正排队买糖炒栗子，林霜就去旁边的咖啡店买咖啡和小蛋糕。

林霜拎着手提袋从咖啡馆里出来，去找周正。绕过叽叽喳喳的人群，她给周正打电话，眼角余光瞥见对面走来的男人。

那个男人个子很高，在北泉这样的南方城市有点鹤立鸡群。他穿着深灰色的呢子大衣，系着黑色羊绒围巾，衣服料子挺括又柔软，衬得那人分外英挺。他的眉目也是俊朗的——浓眉、漂亮的桃花眼、笔挺的鼻梁和薄薄的嘴唇。

两人的容貌都是人群里的佼佼者，不知道是心有灵犀，还是下意识的自发自觉，隔着那点距离的时候，两人偏头快速打量了彼此一眼。

电光石火一刹那，仿佛有什么东西涌入脑海，两人都生生顿住了脚步。

林霜下意识切断了电话。

"霜……霜霜？"男人眸光像划过天际的流星，怔了怔，他轻轻呢喃着她的名字，声音很低，但还是飘进了她的耳朵。

她静静地打量着眼前这个人。

"好久不见，霜霜。"他好像牵了牵唇角，勉强笑笑。

"好久不见，李潇意。"林霜平静道。

"你……还好吗？"

"挺好的。"

他们面对面看着彼此，好像有很多话要说，却又不知道从何提起，好像应该点到为止地离开，却又挪不动步伐。

时间好像流逝得很慢。

林霜看着周正拎着糖炒栗子从对面走过来，边走边低头看着手机，她手中的手机一直在振动——周正在给她打电话。

周正越走越近。

李潇意看见林霜的目光直直地落在自己身后，回头看了一眼。

周正恰好在这个时候抬头。

他第一眼看见不远处的林霜，冲她笑笑，加快步伐，而后眸光不经意间扫过林霜前面的一个男人。

周正的步伐猛然止住。

林霜和李潇意的目光都落在他身上。他旋即回神，抱着糖炒栗子慢慢朝他们走来。

"嘿，周正。"李潇意也猛然认出了这个昔日的同班同学，打了个招呼，余光瞟了林霜一眼。

林霜轻轻皱了皱眉，也恰好瞟了他一眼。

三人距离很近，像个稳定的三角形。

"好多年不见……潇意。"周正脸上的笑容很淡。

"你们两个认识吗？"林霜平静地问。

"我高中哥们儿周正。"李潇意介绍："周正，这位是……"

"你的前女友。"林霜扬扬下巴，眸光睥睨，"他的现女友。"

三个人脸上的神色……都是奇妙又复杂。

这世界小得离谱。

♡　♡　♡

李潇意显然愣住，却仍是极有风度，缓缓点头，轻声道："原来是这样，恭喜。"

"谢谢。"周正开口回应，他站在李潇意和林霜之间，神色看似平静，却显然暗淡了一些。

男帅女靓，实在是光彩夺目，他夹在中间，怎么看怎么像陪衬。

林霜静静地打量着眼前的两个男人，没什么尴尬的情绪，只是觉得微微倦怠，以及莫名的惆怅。

这场重逢散得很艰难。

三个人之间好似交织着许许多多模糊的过往，却似乎又轻飘飘的，不值一提，没人知道下一步应该怎么做，或许大家应该心平气和地坐下来聊一聊，或许应该来个老同学热闹的聚会，抑或是毫不拖泥带水，就此告别。

李潇意的手机铃声打破了沉默，他挂掉电话，绅士地伸出手："我去年刚回国，在临江工作，趁着过年回来看看，今天和几个老朋友聚聚，吃个饭……"

他似乎是欲言又止，又像是别有深意："离开好多年，和很多老同学都失去了联系……"

"那就不耽误你了，以后有空再联系。"周正温文有礼，做出要走的姿势，伸手要牵林霜："霜霜，我们回去。"

林霜抬了抬眼皮，把手放进周正的手心，懒散地"嗯"了一声。

"再联络。"

说是再联络，可谁也没有交换联系方式。

周正牵着林霜回去，李潇意和他们背道而驰，他在拐角处回头，看了一眼两人的背影。

两人回到家里，一切照旧，刚才的偶遇好像云影过湖心，不留痕迹。

但林霜在浴室里多待了十五分钟，然后回房间涂涂抹抹，周正在隔壁房间伏案工作。

到了睡觉的时间，周正似乎没有想从书桌上抬头的意思。

林霜穿着吊带睡裙妖娆地倚在门口，玩着自己的手指，开口问他："你是李潇意的哥们儿？"

"同班同学，关系还可以，算不上哥们儿。"

她想想也是，李潇意当年在篮球队喜欢称兄道弟，人缘极好，高中那几年两人形影不离，她见过他的一些朋友，还隐约记得些面孔。

"哪一年的同学？我怎么不知道？"

"高一和高二。高一我和他没什么交集，高二熟了一些，高三我升到了重点班，后面联系就少了。"

林霜和李潇意一直没有同班，两人是校花校草级别的人，容貌太出挑，高一军训时就认识了，没多久就开始谈恋爱。

"为什么不和我说？"林霜抬眼，问了最后一个问题。

"说什么？"周正顿住笔，扭头看她。

"说你认识李潇意，是他的同学。"林霜轻轻皱眉，"你知道他是我前男友。"

"没什么意义。"周正回她，语气微寒，"没什么好提的，同学而已，关系也不算太近，高中毕业就没联系过。"

林霜换了个站姿，欲言又止，想了想，扭头回了房间。

这天晚上，她没等周正，早早就关灯睡了。

周正回房间的时候，屋里没有留灯，外头的路灯透过窗帘，投下一点朦朦胧胧的光亮，床上隆起一点起伏，林霜静悄悄的。

他躺到床上，看看她背对着他的姿势，猜测她大概没有睡。

几分钟后，周正睁眼看着黑乎乎的天花板，翻了个身。说不清是什么情绪，心头酸酸的、胀胀的，没来由地有些失落。

这天夜里，周正做了个梦。梦里，三人都穿着北泉高中的校服，他默默走在两人身后，跟着他们走了很长很长的一段路，从学校走廊一直走到一片虚无之地。最后前面人影茫茫，他环顾四周，孤独地呼出一口气，只能看见白色的雾气弥散在眼前。

两人的生活照旧，李潇意没有大张旗鼓地进驻两人的生活。就好像一颗小石头不经意间"啪嗒"一声砸入湖里，瞬间沉入，消失得无影无踪，好像一切都没有改变，但的确有一颗石头掉入了这片平静的湖里。也像豌豆公主床垫下的那颗豌豆，找不到踪迹，却能真实地感知它的存在。

几日后，奶茶店门口的风铃"叮咚"一声，有陌生男人拉开玻璃门，一只长腿迈入店里。

娜娜和Kevin都在，轻轻"哇哦"了一声，窃窃私语："好帅啊。"

林霜坐在吧台边玩游戏，背对着大门，闻声扭头，目光肆无忌惮地落在男人身上。

从男人的皮相来看，能吸引她的都是李潇意这款——身高腿长、英俊潇洒、阳光热烈。

是年少时候呼啸而过的风，肆无忌惮吹刮她的裙摆，让她摇摇欲坠又心慌意乱；也是球场上挥洒汗水的篮球少年，汗水和肌肉都闪着光。

至于往后种种，其实都不屑一提。

李潇意打量了下奶茶店，直直地站到她面前，深吸了一口气："我们聊聊？"

林霜懒散地倚着吧台，姿势撩人，挑眉问他："聊什么？"

"聊聊过去这些年，"李潇意嗓音带着令人沉迷的磁性，"我们的……分手。"

"我们谈过分手这事？我怎么不记得？"林霜笑得恶劣，"难道不是你得绝症了？被绑架了？还是从地球失踪了？连分手都是父母代劳？"

李潇意脸色微微发白，气度却是从容的："不是你想的那样。"

奶茶店里还站着两个偷听的人，林霜抓着烟盒，眉眼冷艳："出去说。"

两人就在路边垃圾桶旁站定。林霜低头先点了支烟。

"你抽烟？"李潇意偏头看她，目光绵绵。

林霜不搭腔："有话快说，别磨磨叽叽的。"

李潇意似乎扯着唇角笑了笑，垂头，手伸进兜里，也掏出包烟来，叼一根在嘴里："打火机借我下吧。"

林霜抬手扬起了打火机。

两人吞云吐雾，抽烟姿势都很娴熟，模样都赏心悦目，实话实说，挺配的。

"我这些年一直在国外，念完大学，又接着读研、工作，去年才回国。"李潇意掸掸烟灰，"我爸去年过世了，肺癌，这几年我们一直陪着他在国外做化疗。"

林霜咬了下烟屁股，干巴巴地吐出两个字："节哀。"

"你也知道的，我那时候爱玩，读书不好，去美国念书也是家里硬要安排的。那时候咱俩感情多好，爸妈都知道的事情……当时大家都想着，等你在国内念两年，也要出国，我就先在那边等你，念完了两个人再一起回国。

"我在那边也不爱念书，完全是混个文凭，爸妈又宠我，我第一年也没干什么事，跟着同学吃喝玩乐，又买了辆车，有空就开车出去玩……后来，我喝酒开车，出了车祸，多处骨折，在医院躺了几个月。这事，我告诉了爸妈，怕你担心就没告诉你，我躺在病床上，要是状态好，还照常给你打电话聊天。"

林霜默然，那时候两个人本来就有时差，联络并不是实时的，她记忆里的确有那么一段，在他失联之前，他的态度忽冷忽热，联络他不是那么容易。

"你爸爸出事，我是听我父母说的，他们早听见了风声。你爸出事前还去了我家几趟，想找关系补救一下。我爸跟那些案子也搭点边，怕被拖下水，也是自保，直接拒绝了。那段时间我家也是风声鹤唳，岌岌可危。

"他们知道你要找我，我那时候已经能动了，本来打算回国看看，家里直接冻结了我的银行卡，切断了我的经济来源，我回不了国。家里也不让我跟你往来联系，闹得很僵，家里都已经这样了，不想再横生枝节……那时候也是家里关系最紧张的时候，我爸调离了原岗位，家境也大不如从前，他那阵儿经常头疼得睡不着，去医院检查后，我妈直接给我发了确诊报告……我爸倒下，家里就剩下我了，但我偏偏就是个没出息的草包。"

林霜垂眼。

"后来听说案子判下来了，我从同学口里辗转得知你的一些消息，听说你交了新的男友……后来我回了一趟国，是四五年前，我接爸爸出国化疗，我去找过你……看见你上了一辆卡宴……我没跨出那一步……"

"是你当时的男友吧？我看过那个男人一眼，外形挺不错的。"

林霜摁灭烟头，淡声道："对，是我的男友，有问题？"

"我这些年在国外熬着，想回国，却又不敢回来……想学点东西，多赚点钱，给我爸治病，也担起家里的责任。"李潇意皱着眉头，也把烟摁灭，和她的烟头并排摆着，"这些年，我一直是一个人。"

"所以呢？"林霜耸耸肩膀，不以为意，"我倒是交过不少男友，有什么问题吗？"

♡　♡　♡

家庭和恋爱都彻底完蛋后，林霜过了一段消沉的日子，但很快又振作起来。漂亮女孩惯常心高气傲，又有些眼高于顶，她要钱，要光鲜依旧，要人吹捧。跌跌撞撞地试探过这个世界后，至少知道不要沦落到出卖自己，于是她开始用美貌和个性作为自己的保护色，改变性格，赚钱、换男友，学会放纵和享受自我。

林霜对李潇意那句"一直是一个人"嗤之以鼻。关她什么事？她在乎吗？

"没有任何问题。"李潇意黯然道，"我一直希望你遇见值得托付的人，过幸福美满的日子。"

林霜环抱双臂，冷声道："不劳你操心，这些年我过得顺风顺水，日子过得很好。"

"那就好。"李潇意轻声回她，好似长长舒了口气，"这样我就安心了。"

他手伸进兜里，忍不住去摸烟盒，捏出一根烟，垂着棱角分明的眉眼，深深地抽了一口。

林霜能闻见他身上淡淡的烟草味。

李潇意吐了个烟圈，他的面容在她眼里变得模糊，他语气沉郁，真诚地跟她致歉："霜霜，对不起。"

林霜顿住。

李潇意下意识地按了下额头，神情苦涩："这么多年，一直想对你说声抱歉，却不敢，也不知道如何面对你。那个时候我真的……太懦弱无能，明明知道你需要我，却选择了逃避。后来我无数次回想，当时哪怕跟你解释一句，也好过让我父母出面替我处理。

"我不知道他们跟你说了什么话、是不是伤害了你，但那都不是我的本意，那个时候我才认清自己，我挺孬种的，配不上你……"

那时候他也是被娇惯养大的孩子，没吃过苦，遇见一点点事情便惊慌失措，躲在背后不敢抬头。

"你爸妈说话还算客气。"林霜扬着头，淡声道，"我去了你家两次，你父母没说什么，只是说以后少联系，你的学业要紧。后来你妈妈给我发了条短信，说你在国外有时差，暂时不方便联络，要和我分手。我说，可以，多谢这几年的照顾。"

她理解，她完全理解他们的选择，人情冷暖就是如此，她没有埋怨，只是不再相信。

"我妈有把你们的聊天记录发给我……后来我尝试在网上联系你，但已经被你删除、拉黑了。"

"你以为我会苦苦等待还是穷追不舍？"林霜平静道，"分个手而已，没什么大不了的，我很快就换了新男友。和你的那些过去，早被我扔进了垃圾桶，完全不值一提。"

李潇意指尖的烟颤了颤，猛然坠在地上。他皱眉，抬脚重重踩了一下，俯身拾起，扔进垃圾桶，伸手去掏第三支烟。

林霜忍不住皱眉。

"抱歉，习惯了烟不离手。"李潇意看她的神色，收回手，"回国后，我和几个朋友合伙开了家信息公司，工作挺忙，大部分时间都在出差，经常靠着抽烟熬夜、倒时差。"

"真没有想到会在北泉和你见面。我这次也是抽空回来，一来是祭扫我爸，二来陪我妈过年。"李潇意看着眼前的北泉高中，"好多年没有回北泉，出门已经觉得陌生了，但学校我还记得，校门没变，篮球场也没变，操场也没变，你的奶茶店……我记得以前是个小超市。"

有些东西变了，有些东西没变，岁月的变化潜移默化，无声无息。

"这次回家，我整理以前的房间，还是高中那时候的布置，你记得吗？墙上贴着海报，床底下塞着篮球。"李潇意语气稍稍轻快了些，老朋友似的跟她聊天，"我还找到了很多以前的东西，你的杂志、课本、送给我的礼物、我们的合影，你连毕业班的纪念册都放在我那儿……好多好多，还原封不动地放在那里。"

高中三年，每天都是甜甜蜜蜜地恋爱。那时候他们的零花钱都很充足，吃喝玩乐都在一起，交换过数不清的礼物，写过情侣日记，偷偷出去旅游过，买相机拍过影集……

那时候觉得这些东西就是爱情的实体。

林霜当然也拥有过很多来自他的物品，但随着家的消失和有意的扔弃，什么都没留下。

"那时候……你还说以后要有一个大房子，把我们两个人的记忆都装下。"

林霜抿紧唇，打断他的话："没有闲聊的必要，如果没其他事情，那就到此结束吧。"

她一分钟也不想多待，扭头就走。

"霜霜……我一直爱你，对不起……"

身后响起男人的呢喃，像初春的柔风一样若有若无。

林霜胸口一哽，脚步顿了顿，却没有回头。

李潇意背过身，重新点燃了一支烟。打火机是林霜的，是闪耀的银色，流畅的细长条，两侧雕着繁复的花纹，像女生的细管口红，精致、妩媚。

他慢慢抚摩着它，然后揣进了衣兜，默默抽完一支烟，而后离去，身影孤寂。

李潇意找过林霜这件事，并非出自林霜之口，她对此事只字未提，是奶茶店周边的人看见，悄悄八卦，被张凡听见了，告诉了周正。

"个子挺高，长得挺帅的，跟老板站在一起抽烟，挺惹眼的。"张凡调侃道，"谁啊？不会是你的竞争对手吧？"

周正皱着眉头没说话。

林霜身边不缺搭讪的人，经历得多了，他其实也看淡了。

但这个……不一样。

两人这些日子其实挺安静的，新学期刚开学，又是高三毕业季，周正在学校忙着备课和参加各种活动，不知道是没有腾出空来还是下意识回避，他和林霜没有聊过关于李潇意的事情。

这个话题，谁都不敢触碰，也不知从何聊起。

一天，周正接到了李潇意的电话。

"周正？"电话那边传来爽朗的笑语，"有没有空，我们见一面？"

该来的，总会找上门来。

"好。"周正沉声问，"约在哪里？"

"很久没打球了。"李潇意语气轻松，"学校篮球场，一起打个球怎么样？"

他以前是北泉高中的篮球队队长，最擅长扣篮，打球姿势潇洒极了，每次在球场上肆意挥洒汗水，都有尖叫声四起，迷倒学校一大片女生。

周正自知打不过。

"当然可以。不过，我技不如人，只能陪你热热身。"

"随便玩玩，不用当真。"

和李潇意见面的事情，周正没告诉林霜。那天早上，他带了运动服和篮球鞋出门。林霜刚起床，站在阳台上抽烟，懒散地问他："学校这么忙，还组织了球赛吗？"

"嗯，随便运动一下。"

他走过去，想要亲亲她。林霜伸手挡住了他的唇。

"别亲。"

她刚起床，还有点倦意，没刷牙，最近抽烟也多，口腔里的味道不是那么好闻。

周正笑容慢慢黯然，凝视着她，在她头上揉了揉，吻了吻她的额头。

"霜霜，我爱你。"

他越来越娴熟地表达自己的爱意。

"知道了。"林霜慵懒地笑了笑。

周正和李潇意在学校见面。两人先去小卖部买水，又带着篮球去运动场。那边正好有上体育课的学生，女孩子看见他们，"哇哦"了一声："两个帅哥，大帅哥和小帅哥。"

周正模样不错，当然，李潇意显然更光芒四射，身量很高，足足比周正高出十几厘米。两人走在一起，外表上周正毫无疑问被碾压。到了篮球场，第一个球砸在篮筐上时，球场旁已经悄悄围了一群学生。

真的就是随便玩玩，没动真格，但比分挺难看的。张凡在办公室里听见外头的喝彩声，出来看了一眼，"唉"了一声，掏出手机拍了张照片，发给了林霜。

一场球打完，两人在看台上休息。

李潇意捋了一把带汗的头发，咕咚咕咚喝下半瓶水。

周正面色发红，沉沉地喘气，捏着水瓶靠在座椅上。

"我们以前好像没一起打过球。"李潇意笑道，"那时候你挺爱学习的，好像不怎么喜欢运动。"

"嗯。"周正抿了口水。

"我们同学两年，好像还是高二分班后才熟起来。那时候你是我前桌，我是你的帮扶对象。一到考试前，你就帮我讲题、划考试范围，那一年我学习进步很多，真挺谢谢你的。"

"不客气，同学互帮互助，应该的。"

李潇意伸手掏烟盒："抽烟吗？"

周正看了一眼，淡声道："不抽，谢谢。学校内不能抽烟。"

"那算了。"李潇意把烟盒塞回去，把玩着手中的打火机。

周正盯着他的手，神色微变。那是林霜的打火机，她最常用的那个。

李潇意露出一口洁白的牙齿，笑道："她一直没变，还是喜欢这种漂亮精致的东西，我家里还留着很多以前她送我的礼物，都是这样的。"

周正的眼神徒然锐利起来。

"她变了挺多的。"周正沉声道，"你可能不知道吧？她喜欢的东西真的太多了，但其实并不需要那么多。后来，无关紧要的那些都被扔了，能留下来的，都是她真正需要的。"

李潇意眼神一暗。

"我记得你高考成绩很好，还去临江念了大学，那可是一线城市，怎么回北泉教书了？"

"兴趣爱好。"

"其实留在国内挺好的，我在美国待了那么多年，还是决定回国。去年，我在临江开了个小公司，打算在那边定居。"

"是吗？挺好的。"

两人随意聊起了临江的风土人情。周正大学毕业已经五六年了，一直没有回去过。

李潇意拍拍他的肩膀："下次如果来临江，我来招待你，咱们一起逛逛临江，大城市日新月异，肯定和你念大学的时候不一样。"

周正神色淡淡："我待会儿还有个会要开，送你出去吧。"

"也好。"李潇意挑眉，"下次再聊。难得回老家一次，我多留些日子，搞个同学聚会什么的。"

两人并肩走出了篮球场，往学校外走去。

学校门口站着个窈窕的身影。

林霜看见了张凡拍的照片，过来看一眼。看见两人，她掀起眼皮："球打完了？"

李潇意一只手抱着球，另一只手搭在周正肩上："跟老同学切磋下球技。"

他彬彬有礼地跟两人道别。

李潇意没有在林霜面前表露太多的情绪，冲两人微微颔首，黯然离去。

林霜和周正还站在校门口，齐齐看他离开的背影。

"怎么不跟我说？"林霜皱眉。

周正没吭声，捋了把挽起的衣袖，温声问："你怎么来了？"

"张凡说你跟人打球，让我过来看看。"林霜语气没那么温柔，"你们聊什么了？"

"随便聊了些工作什么的。"周正低头看时间，面色平静，"我去开个会，有什么话回去再说吧。今晚我没有晚自习，晚上一起回家？"

林霜"嗯"了一声，转身回了奶茶店。

她脾气并不算好，心情不好的时候也要人耐心地哄。

恰好，周正的心情也不是太愉快。

而且这事没办法哄。

李潇意没走远，他在学校外那家砂锅米线店前驻足。

那家店，他和林霜吃了整整三年。

"老板，来一碗牛肉米线，加辣，再来瓶冰豆奶。"

"来喽。"

现在不是吃饭的点，店里一个人都没有，李潇意坐在老位子上，长腿把窄小的位置挤得满满当当的，耷拉着眼睛出神。

老板看他衣着不菲，偏偏抱着个旧篮球，神情看着还挺失落的，多瞄了两眼，突然"欸"了一声。

"你不是……"老板呵呵一笑，"看着有点眼熟啊，是不是以前常来啊？"

"我在您这儿吃了三年，也算老顾客了，那时候常和同学一起来捧场。"李潇意笑了笑，"好多年了，老板肯定不记得我了。"

"我知道嘛。虽然来我这儿吃饭的学生多，但每天都来的那些熟面孔，我还记得些。"老板笑道，"你长得高，模样又惊人，那时候也常抱着个篮球，还有篮球队那些学生，一到下课铃响就提前过来占座，个子全都高高的，把我这店全都占满了。还有奶茶店的老板，你俩一起来，也喜欢坐在你现在这个位置。"

"老板好记性。"李潇意赞叹，而后问，"奶茶店老板……她常来吃吗？"

"她现在可是我们店的熟客。"老板意味深长地看了他一眼，"后来她跟周老师一起来，还有张老师他们。"

那时候一看就知道，这俩孩子在早恋，老板对这一对儿印象特别深。高中毕业那会儿，两人最后一次来，还跟老板认真聊了会儿天。

"荷包蛋送你的。"老板热情地端上米线，"还是老味道，尝尝吧。"

李潇意下筷的第一口，滚烫的热气和辣味钻入口腔，连带着鼻腔和胸膛都泛满了酸涩和灼烧感。

他年轻时做过的错事是完全可以避免的，原本想着，错就错了，大家都往前走，感情已经在心头沉淀了好多年，可因这突如其来的偶遇，他才发觉，这么多年，他依旧放不下。有没有一点点可能，他能获得她的原谅？

他并不饿，却仍把这一碗米线慢慢吃完了。

吃完米线，李潇意给林霜打了个电话。

第一次见面，三人都没有留下联系方式，林霜和周正的电话是他辗转很久才拿到的。

林霜看着手机上陌生的电话号码，想了很久。

她有种直觉，知道这个号码的主人是谁。

电话不依不饶地响着，娜娜和Kevin听着铃声，偷瞄老板，格外好奇。

说起来，自从那天李潇意来过奶茶店，老板的情绪就有点怪怪的。

最后林霜还是接通了电话。

电话里的声音带着鼻音："是我。"

林霜没说话。

"刚才和周正打球，本来想抽根烟，想起来……你的打火机还在我这儿，我过去还给你吧。"李潇意吸吸鼻子，语气颓然，"我就在砂锅米线店里，没走远。"

"这家店一点都没变。"他轻声嘟囔，"老板还送了我一个荷包蛋。"

"你送过来吧，我在门口等你。"林霜的确有几句话想对他说。

林霜是看着他一步一步走过来的，抱着球，身姿一如从前。

李潇意看见林霜，还咧嘴笑了笑，伸手把银色的打火机递给她："谢谢。"

林霜收了打火机，心平气和地问他："你什么时候走？离开北泉？"

"过阵子吧，我在家里收拾些东西……打算带走……"李潇意期期艾艾地问她，"我家里还有很多你的东西……你要吗？哪怕是做个纪念也好。"

"不用，你直接扔掉就好。"林霜盯着他，"我没别的意思，只是希望，不管是什么理由，以后不用再联络了，不管是我，还是周正。"

她又补了句："他是我的男友，我不希望你越过我，私下见他。"

李潇意脸色有些凝重："你们感情……很好？你……很喜欢他？"

"对。"

"我记得他家里条件很普通，家在乡下，父母很早就去世了，他跟奶奶一起生活。"

"所以呢？"林霜抱着手臂，"那又如何？"

李潇意皱着眉头，语气惨淡："他人的确不错……应该很照顾你吧？"

"我没有想到你会和周正走到一起，看见你们牵手的时候，我心头……的确五味杂陈。"李潇意黯然，"我以为你身边的人会特别不一样，没想到是他……那时候他站在我们身边，挺不起眼的……"

李潇意的确难以理解，周正和林霜从各种条件上都不匹配，他对周正没有恶意，却难免觉得周正用了投机取巧的手段，比如利用他和林霜的过往。

林霜皱眉："他早就认识我？"

李潇意苦笑："怎么不认识？我们经常贿赂他帮我们俩做数学作业。他因为太穷，买不起球鞋，我们还合伙送了他一双球鞋，还一起出去玩过。"

林霜的脸色难看起来。

周正上完课，给林霜打电话，电话一直没有接通。他又去了奶茶店。娜娜看见周正："老板下午就回家了。"

娜娜又忍不住补了一句："周老师，那个……老板和那个前男友说了几句话，回头拎着包就走了。"一副让周正自求多福的表情。

周正皱眉，直接回了家里。

家里空无一人，林霜没有回来。

他忍不住直揿眉心，看了眼手机，坐在沙发上，一直没动弹。

周正就这么坐了一个晚上，想了又想，等林霜回来。

林霜回到家的时候，时间已经不早了，屋里黑漆漆的。她起初以为家里没人，打开灯后，才看见呆坐在沙发上的周正。

"你去哪儿了？我打了很多电话都没打通。"周正嗓音微哑，神情也落寞，有点心力交瘁的模样。

"跟人吃饭！"林霜进门换衣服，然后摘身上的首饰。

周正茫然地看着眼前的人："你们出去吃饭了？"

"对。"林霜淡然道。

"然后呢？"周正静静地看着她。

林霜冷冷地瞟了他一眼，换衣服去洗澡。

她洗完澡出来，周正守在门口，双手插在裤兜里，已经恢复了正常的神色："霜霜，我们聊聊。"

"你想聊什么？"林霜语气很平静。

周正深吸了一口气，话却迟迟说不出口，只是伸手紧紧地抱住了林霜。

他想亲亲她、抱抱她，跟以往那样，两人毫无芥蒂地在一起。

自从李潇意出现，他们再也没有那样亲密无间的时候。

周正用脸颊蹭了蹭林霜湿漉漉的头发，深深地吸了口气，呢喃道："霜霜。"

"我爱你。"

语气可怜巴巴的。

潜台词——"别抛弃我"。

林霜撑着发软的身体，拧着眉掐他的手臂，语气不善："周正！"

周正直接揽住她的腰，半拖半抱，把她带回了房间。

林霜身上穿的是浴袍，系带被轻轻一拉，温香暖玉触手可得。

周正把她抱到床上，欺身吻了上去，眼里是迷乱的情绪。

他难得有这样的时候，似乎是方寸大乱，又似乎是急于求成，或者是无可奈何。

林霜被动地受他撩拨。她禁不住撩，心底又不愿意，挣扎了两下，气喘吁吁："周正，你这个浑蛋！"

周正低头，用毛茸茸的脑袋抵着她，深深地吻住她的唇。

他握着她的一只手，抵住他的胸膛。

"你摸摸它。"他嗓音低哑，身体却烫得厉害，心也"怦怦怦"地跳着。

林霜深深地吸了口气，一巴掌拍上他的后脑勺。

"啪。"

沉闷的一声响，力道不轻，有痛感。

"够了没有？！"

周正抬头看她。林霜脸颊绯红，眼睛晶亮，柳眉竖起，明显是生气的神情。

她极少有这样的神色。

周正猛然回神，停住动作，从林霜身上起来。

"抱歉……"

林霜揪住了他胸口的衣服，横眉冷对："周正，你有没有什么事情瞒着我？"

"瞒着什么？"周正眼神躲闪了一下，抿紧了唇。

"你，是不是一开始就对我居心叵测、心怀不轨？"林霜咬牙道，"你认识李潇意？那你认识他女朋友吗？"

♡　　♡　　♡

周正的神色格外镇定，他看着林霜："李潇意跟你说什么了？"

都这个时候了，他在意的竟然是李潇意和她之间的事情。

林霜咬咬牙，怒极反笑："他跟我说得挺多的，说你们关系挺好，你是他的好哥们儿——"

周正打断她的话，斩钉截铁地承认："我的确认识你。"

"不是那种大概听说过我名字的认识，而是——你根本就知道我是谁。你知道我和李潇意的过去，甚至和我有过接触的那种认识？"林霜目光灼灼地盯着他，"周正！我们以前见过面？有过接触？"

"对。"周正垂眼。

"所以，我们根本不是相亲认识的。第一次见面的时候，我们自我介绍的时候，你其实知道我是谁。你知道我的过去，但你装作不认识我，只字未提从前。"

周正点头，莽撞地补了一句："师母提到你的名字，我那时候就知道是你……才打电话约你见面。"

林霜俏脸凝霜，胸口发闷，忍住想给他一巴掌的冲动。

"你这样做合适吗？"她眉眼发冷，"要不是李潇意出现，你一个字都不会提，瞒着我有意思吗？"

"就像看戏一样，眼睁睁地看着我，我跟你聊过去，我跟你谈以前，我甚至……其实你什么都知道，心里门儿清，逗我玩很有趣吗？"林霜嗓音冷凝，"你口口声声说什么坦诚相见，结果呢？我什么都信你，你连我们两个人之间最基本的事情都瞒着我？"

她撒开手，瞪着他："我最讨厌有人欺骗我、隐瞒我。"她盯着他，"你真的过分了！周正！"

"我的确认识你，那你认识我吗？你记得我吗？"周正眼神黯然，绷着脸，"因为你根本不认识我。如果相亲那时候我就坦白，告诉你，我是李潇意的同班同学，学生时代和他有些交情，因为他，我们两人以前还有过一些接触，不过你大概想不起来了，你会怎么样？"

林霜动了动唇，没说话。

她大概会万分戒备，甚至会反感，让他滚远点。

"有意隐瞒就是居心不良。"林霜冷声道，"我们认识两年，你可以选择在任何一个时间点告诉我，但你偏偏没有。"

"因为我们并不熟。"周正目光清澈，一字一句地回她，"我们过去所有的接触都和李潇意有关，我不想他再出现，也不想……我和他站在一起被比较……"

这句话语气格外地轻，最后的尾音消失。

周正抿紧了唇，双手插在兜里，扭开了头。

他未必比得过李潇意。

林霜面无表情。

默然片刻，周正问了一直想问的那个问题："霜霜，你对我，一点点印象都没有吗？名字或者相貌？"

林霜顿了一下。

高中三年，林霜分了三次班，她身边的朋友和同学太多，加之她的大多数心思放在李潇意身上，真的很难记住一个男友班上的同学。

但在李潇意的描述里，她隐约能记起一个模糊的影子。

和数学有关。

高二那年，第一次分文、理科，她和李潇意一文一理。那时候文科只有数学这一门理科学科，偏偏她数学特别不好，有时候她就把做不完的数学练习册直接扔给李潇意。他是理科班的，做起文科数学题来多少比她出息点。

后来，她的数学作业被李潇意转给了他们班上一个同学。李潇意说，那人就坐在他前面，跟他关系不错，挺愿意帮忙的，做起数学题来特别快，他花一个小时做题，那个同学可能十五分钟就够了。

林霜记得她调侃过李潇意不学无术，但她贪玩又谈恋爱，做不完那些数学作业和随堂测试卷，找李潇意应急的时候，他总能很快地把作业还给她，而且是指定分数。比如她想要那张随堂测试卷 90 分，最后这张被人后补的数学卷就肯定得 90 分，一分不多，一分不少。

林霜被这位学霸的技能折服过。

每回收到李潇意塞过来的数学作业，林霜就会塞点零食给李潇意，让他帮忙谢谢这位数学学霸。

李潇意说的其他事，她是真的没什么大印象，但至少她和周正见面的次数不多，或者见了，但没什么深刻的印象，又或者李潇意根本没有郑重地介绍过周正，或者他混在人群里，根本被她忽略了。

"我只记得高二的时候，有人帮忙做数学作业，后来高三再分班，没人再帮忙，李潇意说那人分去了重点班。"林霜问他，"那人就是你？"

周正点点头："是我。"

他心里说不清是酸涩还是庆幸——到最后，他只有数学这一项唯一出彩的技能能让她有点记忆。

林霜心头依然有气，眼前这个男人知道她的黑历史，见过她跟初恋男友秀恩爱，却隐瞒过去，一声不吭地在她身边待了这么久。按照她以往的脾气，她没准儿就炸了，但这股气徒然发泄不出来，毕竟周正十年前还当过她的数学"工具人"。

哦，对了！要不是他，没准儿她高二那年数学还能学得好点，高考成绩多考几分，不至于上一所烂大学。

林霜冷着脸，丝毫不想理他。她捏着烟盒，去阳台抽烟了。

周正看着那幽幽的火光——那只银色的打火机又回到了林霜手上。

晚上睡在床上，两人中间隔着一条"宽阔大江"，林霜背对着周正，手机幽幽地亮着，她在瞬里啪啦地打字。

周正默默地看了她两眼，闭上了眼睛。

半夜，两人越睡越近，翻个身，手脚就撞在了一起。

两人依偎在一起。

"这几次……李潇意和你聊什么了？"周正盯着眼前的天花板，轻声问林霜。

"你想知道？"

周正其实不愿意问，却忍不住这种煎熬。

"我想知道。"

"他跟我说对不起，说他的悄然消失情有可原。那段时间，他车祸受伤，他家怕惹火上身，逼他和我划清界限。紧接着他父亲得了癌症，家里也失势了，后来再想找我，已经是有缘无分，稀里糊涂就错过了。

"他说他依旧爱我，怀念和我以前的日子，从未忘记和我在一起的一切。"林霜音调低婉。

周正呼吸一滞。

在三人重逢的那一次，他就从眼神里看出来，李潇意对林霜依旧念念不忘，林霜的心境也是起起伏伏，再没有平静过。

"他倒是挺能装深情的。"林霜平静道。

"人总要受过磨砺才会成熟。"周正黯然道，"他的确比以前更好，不管哪一方面，都挺出色的。"

"是吗？"林霜声音冷淡，"你说这话的出发点在哪里？"

"普罗大众、旁观者的角度。"

林霜哂笑。

"你对他……"周正期期艾艾地问她，"霜霜，你想如何？"

林霜没有接话。

周正涩然闭上了双眼，慢慢调整着自己的呼吸，默默地等着她的答案。

似乎过了很久，在周正以为她已经睡着的时候，林霜突然开口。

"在我没告诉你的情况下，你怎么会知道：我的生日是哪一天；球类运动里，我羽毛球打得最好；我吃饭的时候喜欢配汤；水果里面，我最不喜欢吃香蕉？你怎么知道我看言情小说、喜欢做恋爱测试，还有其他很多的小细节？周正，这正常吗？是你太细心的原因吗？"

她等了很久才等来周正的一句："因为以前我听李潇意聊过太多你的事情，因为你们都足够耀眼，一言一行都惹人注目。"

"所以，以前除了帮我做数学作业，你听到过很多关于我的事情？"

"对……"

"那时候我们的交集多吗？我们经常见面？"

"没有，见面的次数不多，我一般都待在教室看书。"除去他默默地注视，那时候两人的交集并不多。周正不是喜欢凑热闹的人，林霜也不是一个爱往理科班跑的人，那儿男生太多。她和李潇意一般都在校外玩，或者在学校操场、图书馆和小树林溜达。

"你那时候对我有什么印象？"

周正闭嘴不说话。

"告诉我！"

"很漂亮，声音很好听，性格也很好，和男友的感情很好。"周正从回忆里找她昔日的模样，语气温柔，"身边的朋友很多，聊天的时候叽叽喳喳的，笑声很清脆，穿的衣服很好看，会买很多女孩子喜欢的东西，喜欢和人分享零食，经常让男友做很多幼稚的事情。"

"比如呢？"

"比如做恋爱测试题，每天交换恋爱日记，把男友的书包塞满自己的东西，强迫男友涂指甲油和唇膏。"

一幕一幕，如同他亲身经历过，印象深刻。

那时候他在旁边默默地看着，就像看着一场梦境一样。

不知怎的，明明是不愉快且敏感的话题，林霜的脸颊浮起了淡淡的微笑。

她曾经拉黑的那些记忆，如今从周正的嘴里说出来，从旁观者的角度去看，反倒没有那么令她厌恶，甚至她觉得十年前的自己好可爱。

"对于一个两耳不闻窗外事的学霸，你对你朋友的女朋友，是不是关注得过多了？也了解得太多了？"林霜合上眼，"周正，我长得这么漂亮，当年在学校还是挺受欢迎的，你是不是对我居心不良？"

周正手猛然一缩，身体僵硬，抿紧了唇。

♡　　♡　　♡

"周老师？"

黑暗里，林霜的声音清凌凌，带点戏谑："光明磊落的周老师。"

"我没有居心不良。"周正纠正她。

"那你有没有对我有非分之想？"

"没有！"周正语气急促，接近恼羞成怒。

"所以呢？"林霜轻蹙眉头，"那你对我的过多关注，并且记了十年，是出于什么原因？"

周正没有觉得自己对她关注过多，只是她的存在感实在太强烈。

"做人能不能爽快点？"林霜忍不住在被子里动脚，在他腿上踹了一脚，"你觉得我对几个人有这样的耐心？"

周正吸了口气，伸手捉住她的腿，圈住她纤细的脚腕，用指腹一下下摩挲。林霜禁不住扭了一下，却被他顺手一拖，拖进了他火热的怀抱。

林霜被他的体温烫了一下，眯起了眼，懒洋洋的，不想反抗。

"你……大概就像太阳一样，阳光灿烂，我总是不由自主地被你吸引，然后在心里想很久。"周正声音很小，手无意识地在她腿上流连，"有时候我会和你在学校偶遇，心里会很高兴，看见你和李潇意，也会觉得羡慕……但那时候我真的没想做什么，就只是看着就好。"

"这根本就是暗恋。"林霜下定论，"所以你那时候就在暗恋我，默默地注视着我？"

"可以这样说吧。"周正不想承认，又不得不承认。

林霜睁开眼，黑暗里好像有一个彩色的梦幻气球在浮动，她手里拽着气球的线，却阻拦不住气球往上飘。

她从来不缺暗恋她的人，高中收到的大把情书能塞满整个抽屉，但此刻莫名觉得很高兴。原来在这十年里，还有一个人默默地站在故事的边缘，默默地注视着她，然后一步一步走向了她。

她在周正手上拧了一下，哂笑："周正，你还挺野的，在李潇意眼皮子底下，明里亮着助人为乐、帮助好朋友的招牌，暗地里惦记他的女朋友。"

"没有惦记。"周正辩驳。

"没有吗？"林霜嘲讽他，"你以为我不知道高中男学生看的、你老家书柜里那本什么浪子魔女的小黄书是干吗用的？"

周正的脸蓦然发红。

"道貌岸然，心怀鬼胎。"她冷哼，"然后在十年后，借着相亲的机会，蓄谋已久，隐瞒过去，乘虚而入，罪大恶极。"

"霜霜……"

他觉得她在歪曲事实，却又辩驳不了。

林霜翻了个身，背对着他。

周正怀中一空，忍不住碰碰她的肩膀。

"别以为你坦白了一点，我就能轻易原谅你。"林霜摆出睡觉姿势，语气淡淡，"你甚至都没有道歉。"

"我和你道歉，对不起。"周正深吸一口气，"我不该瞒着你。"

"太晚了，你根本没有意识到自己的错。纯粹站在自己的立场处事，把我的想法和感受抛之脑后，你这样又和李潇意有什么区别？你们一样可恶。"

周正郁结，他怎么就和李潇意画上了等号呢？

在强词夺理这方面，林霜有天然的优势。

她倒是很快就睡着了，一副没心没肺的模样。

周正摸了摸她披散在枕头上的长发，轻轻地叹了口气。

事情说开，两人的气氛却完全不对，没有更浓情蜜意。林霜连着好几天都没理会周正，一副看他哪哪都不爽的态度，揪着他小辫子胡搅蛮缠。

周正琢磨不透她的心思。

林霜有时候会揪着他问一些匪夷所思的问题。

"你那时候为什么要帮我做数学作业？"

"不是我要帮你做数学作业，"周正解释，"是李潇意没空，做不完作业，一股脑儿把你们的作业塞给我，再三求我帮忙。"

林霜横眉冷对："你知不知道这是在害我？我高二那年的数学学得多烂你知不知道？"

"……"

周正能说什么？这时候怎么能跟她犟嘴？他只能做小伏低，认错："对不起。"

"对不起有什么用？我高考成绩就掉在数学这个坑里，你倒是成了数学状元。我呢？我上了个省内的末流大学。"林霜板着脸。

"对不起。"

林霜又想起一件事："所以呢，你老家的那个小盒子，里面那些东西是哪个女生的？"

周正哀怨地看了她一眼。

"嗯？"林霜扬起了下巴，环住手臂，一副女王的气势。

"你的。"周正小声回她，像做贼心虚。

林霜"哼"了一声，笑出来："你擅自藏我的东西？还是偷的？"

周正皱了皱眉，辩驳道："没有。"

"那是怎么来的？那些东西，一个个解释给我听。"

周正深呼吸："那几样小零食，是我帮你做数学作业，李潇意顺手从书包里掏出来塞给我的；水笔，是我的笔用完了，李潇意扔给我的；手帕纸，是有一次大家在食堂吃饭，我们坐在同一条长桌上，你最后忘记带走的。"

"所以我们还一起在食堂吃过饭？"林霜挑眉，"我们聊天了吗？"

"也不算吧。有一次月考，我和班上同学一起去食堂。那天你和李潇意恰好在，看见我们这边有位置就坐了下来。"周正淡声道，"没聊天，周围都是同学，你眼里怎么会有我？又怎么会跟我聊天？"

林霜咂了下唇，古怪地乜了他一眼。

"你那时候到底是什么样子？"

周正不吭声。

"还有别的东西呢？我记得还有一颗小珠子，那是我的什么？"

"你的手链，你们晚自习后在操场上散步，手链断线了，其他的珠子都被捡走了，还有一颗被我找到了。"

"所以，你还在操场上跟踪过我？还偷藏我的东西不还给我？"

林霜记得那时候，晚自习后，她要么和李潇意，要么和班上同学，喜欢一起去操场散散步。

"没有。"周正脸红，"我晚自习后会去操场跑两圈，经常能遇见你们。"

的确，那时候大家喜欢在晚上课间休息时聊聊逛逛，做点轻松的运动。

"你就是那时候从我们身边路过的跑步的同学？是不是还能听见我们聊天？"

"嗯。"周正垂着眼。

"那么多个晚上，你和李潇意好歹也算很熟了，难道我们就没打过招呼吗？"

林霜记得，有一次操场上的风很柔和，月色朦胧，她偶遇的同学很多，大家在一起闲聊很快乐。

"有过，你压根儿不记得。"

"你好呀。"

"晚上好。"

"跑步吗？"

清脆的话语和璀璨的笑容从面前滑过，每一次的擦肩而过，风声和呼吸声都是心动的声音。

"还有呢？"林霜穷追不舍，"还有没有其他的事情？不单单是这些吧？我们是不是还有过更多的接触？"

周正闹脾气似的不肯和她说话。

"周正？"

"如果不记得、没印象，那对你而言，就等于从未发生过，你不需要知道。"周正语气很直，有点酸涩，"都是无关紧要的小事，你没必要知道，都过去那么多年了。"

"你不想告诉我，你当时有多喜欢我、关注我？"林霜撑着下巴，"博取一下我的同情心和爱怜心，不好吗？"

"不想，那是我一个人的事情。"周正淡声道，"你现在知道了，只会觉得有趣，像听别人的故事一样，但对我来说，那完全不一样。"

说到底，他还是自卑，自卑于当年自己执守的那一点一滴，完全仰望她的光辉。

他并不想描述太多当年的细节。

林霜笑了笑，起身和他分开。

她倚着窗，默默抽了一根烟，拨通了李潇意的电话："有没有空？我们见个面，聊一聊。"

电话那边的声音略带动容："好。"

♡　♡　♡

林霜精心装扮后出了门，不是去奶茶店点卯，也没和周正过多解释，只是说："我这几天约了人，可能晚点回家，你忙你自己的，不用管我。"

新学期周正特别忙，手头还有其他学校的活儿，还要时不时去新房那边看看。

林霜甚至很大度："我把车开走，你要是实在忙，不如就在学校宿舍值几天班，省得每天来回跑，也不用照顾我。"

周正的脸色瞬间变得难看起来，看她从头到脚精致到每一根头发丝，像是去赴隆重的宴会："你这儿天有什么事吗？"

"你别管。"

周正下意识问："和谁？"

林霜对着镜子涂口红，仔细抿自己的红唇，而后也他一眼，眼波潋滟，轻描淡写道："朋友。"

她垂下长睫，掩住眼里的情绪，在脸颊上洒下浓密的阴影。

周正双手插兜，锁着眉，一声不吭地看着她。

林霜毫无顾忌地换新衫出了门。

她和李潇意就约在喷泉广场的咖啡馆见面。李潇意西装笔挺，皮鞋锃亮。两人都很有都市摩登范儿，看起来赏心悦目极了。

两人站在吸烟区，各自熟稔地抽完一支烟。林霜直接切入正题："你什么时候走？打算哪天回临江？"

"什么时候走都行。"李潇意扭头看她，语气颇有深意，怅然道，"眼下还没有回去的打算。"

"那正好，能不能为我多留些日子？"林霜撩撩自己的长发，不同于以前的冷淡，神色柔媚，语笑嫣然，"我最近也闲，你抽空陪陪我？"

李潇意眼里闪过愣怔和激动的光芒："当然没问题……"

林霜自嘲似的笑了笑："我记得，那时我们最后一通电话，你跟我说，还有几个月过年，你飞回来好好陪陪我。没想到，一来二去，这就好多年过去，这话终于兑现了。"

"对不起……霜霜。"

"现在说对不起有用吗？还不如拿出点实际行动来，我心里倒更舒坦。"林霜捏着手中的烟，散漫地问他，"我们分开这么多年了，你一直是一个人？"

"是。"李潇意黯然低头。

"你说这话是什么意思？想跟我破镜重圆？"林霜直接挑明，"不过，我遇见你以后，心情的确不怎么爽。"

顿了顿，她又道："那你和我的过去，你还记得吗？"

"历历在目，没忘。"

"是吗？记性真好。"林霜玩味地笑了笑，思忖片刻，"你知道吗？我和周正第一次见面就是在这家咖啡馆，我们是相亲认识的，我那时候已经不记得他了，他也没戳破，我们重新认识，最后居然走到了一起。

"这个浑蛋！他居然敢瞒着我，他已经认识我那么多年了。"

李潇意听出她语气中的亲昵，语气酸涩："他……根本就配不上你。"

林霜耸耸肩膀："跟我聊聊吧，聊聊高中时候的我们，聊聊我们以前的故事，很多细节我已经忘记了，但我想重新回顾一下当年。"

"当然可以。"回忆里都是他们的甜蜜，李潇意沉吟片刻，点头，"不过，我恐怕得带你去一个地方。"

"哪儿？"

"你还记得我家吗？"

"当然记得。"

林霜高中的时候被李潇意偷偷带着去他家玩过好几次。李家是三层的复式小楼，李潇意的房间占满了三楼，是个大套间，卧室、书房、浴室都是连通的，甚至有一个投篮用的室内篮筐。因为房间够大，所以当年林霜有很多东西都丢在他那儿，比如大本的情侣相册、相机、课本、毕业册之类的。

"家里还留了很多以前的记忆。"李潇意情意绵绵地看着她，"也许你去看看就知道了。"

林霜很爽快，也理解他那点心思："需要我上门拜访？那你挑个时间。"

喝完咖啡，林霜直接跟着李潇意去了他家。

李潇意的妈妈在家，看到她儿子带着林霜进门，显然大吃一惊。

李家地板上搁着不少搬家用的纸箱。李爸爸去世后，这个家太过冷清，李妈妈准备收拾些行李，带去临江和李潇意同住。

林霜携礼上门，热情地和李妈妈打招呼，笑容意味深长，还有点恶劣："没想到我又和潇意、和您见面了，这还得多谢您当年的关照。"

李妈妈的表情显然太过震惊。

"今天我上门做客，阿姨您不介意吧？"林霜站在李潇意身边，含情脉脉地看了他一眼，"挺怀念高中时候我和潇意谈恋爱的那些日子，过来找点东西。"

她自顾自去了三楼。

他所有的喜怒哀乐都围着她，为她沉迷，也始终无法拒绝。

周正打不通林霜的电话，发消息过去也如石沉大海，要么就是简短的回复。

"在忙。"

"我很好。"

他耐着性子上完晚自习，接近十一点才到家。林霜也是前脚才回来，衣服都没换，包包和外衣都扔在桌子上。

她只在周正进门的时候看了他一眼，而后全程低头盯着自己的手机聊天，一直有叮叮当当的消息进来，显然很忙碌。

周正头疼归头疼，却一直没出声，默默地等她停下来。

他等到半夜，林霜迟迟不洗澡上床，最后回头道："你先睡吧，我还有点事。"

"借你电脑用用，我查点资料。"

她带着手机和电脑去了隔壁房间，还贴心地关上了房门。

接近凌晨四点，林霜才回到床上，倒头就睡。

她起床的时候已近晌午，桌子上有早餐，手机里还有很多条来自李潇意的信息。

林霜简单收拾一下，出去和李潇意吃午饭。

周正和张凡打球，眼见着情绪不佳，越打越心神不宁。张凡从他手中拖了好几次球，最后忍不住拍拍他的肩膀："你怎么回事？怎么一副心事重重的样子？"

周正垂着眼睛不吭声。

张凡觉得他和林霜最近有点怪怪的，有种说不上来的诡异。

两人去了奶茶店。林霜不在，张凡问娜娜："老板呢？"

"老板这几天都没空，没来店里。"娜娜解释，"说是和朋友有事。"

"什么朋友？"张凡扭头问周正，"你和老板怎么回事？"

周正漠然地看着外边的街道。

"上次和你打球的那个男人是谁啊？"张凡嗅出一丝八卦的味道，"不会是老板的前男友吧？"

"是。"过了很久，周正才挤出了几个字，"她的初恋。"

"啊！"张凡头皮发麻，忍不住挠了挠头，"这么厉害！"

"老板……会不会与他旧情复燃啊？"

说起来，还是周正可怜，找了个这么漂亮的女朋友，每天提心吊胆的，这么想想，还是他的谢老师好啊。

周正在朋友圈刷到了李潇意的一张照片，是餐桌上两副银光闪闪的餐具和怒放的鲜花。他看见一只纤长柔美的手出镜，虽然背景做了虚化处理，但他知道，那是林霜的手。照片配的标题是"十年一梦"。

周正拿着手机看了很久，而后起身给林霜打电话，那边没有接。

他心情没来由地焦躁不安，林霜脾气就是这样，使起坏来就特别随心所欲。

晚上，林霜依旧回来得很晚，周正已经在家等了她很久，他站在门口，说："我今天给你打了好几个电话。"

"嗯？"林霜不以为意，"我回过你消息，说我不方便接电话。"

"我也给你发过很多信息，你不能跟我说点什么吗？"周正敛眉道。

"没什么好说的。"林霜理直气壮，"都快高考了，你不忙吗？怎么这么闲，跟我发消息、打电话？多花点时间在学生身上才对。"

"……"

周正挺着脊背，直直地站在她面前，想了又想，最后忍不住，一字一句地说："我不许你和他走那么近！"

林霜挑眉："不许？"

她似笑非笑地看着周正："你有权干涉我的行为吗？"

"你是我女朋友。"周正目光幽暗。

"嗯？你觉得女朋友这个头衔对我有约束力吗？"林霜不以为然道。

周正猛然愣住，而后胸膛起伏，深吸了一口气。

他明显在生气，却隐忍着不发出来。

自从李潇意回来，两人的感情不温不火，总像隔着层玻璃，感知不到具体的热度。周正捉摸不透林霜的心，觉得她仿佛是一只气球，怎样都控制不住她的飘动。

林霜嘟嘟囔囔地睡着了，第二天早上起来，桌子上摆着早餐，是她喜欢的菜式。

林霜坐下，认真吃早餐。

换衣服出门的时候，她看见自己满脖子的痕迹，像宣示主权似的，还是没忍住，皱着眉骂了一句："狗男人！"

周正陆续刷到了好几条朋友圈，有李潇意的，也有久不联系的其他同学的——理科班高中同学聚会，都是当年和李潇意坑得很好的同学。

聚会组织者当然是李潇意，他号召力极强，一呼百应，KTV 包厢里镜头一晃而过，林霜袅袅娉娉地坐在高大英俊的前男友身边，笑靥明艳，在镜头里艳丽又张扬。

他没有收到任何聚会邀请，也没听林霜提过只言片语。

周正沉思了很久，决定打电话给林霜。听着漫长单调的嘟嘟声，过了很久，他才听见林霜的声音，背景音嘈杂繁乱。

"你在哪儿？什么时候回来？"

"应该挺晚的。"林霜漫不经心道，"不用等我，你先睡吧，如果实在太晚，我在外面酒店睡一晚。"

周正握紧电话，心猛然刺痛起来。

"不回来了？"

"不可以吗？"林霜轻笑道，"我喝了点酒，开车不方便，在外过夜，你能接受吗？"

"不可以"还是"随便你"？

周正沉默，最后才找回自己的声音，声音低沉嘶哑："把地址报给我，我过去接你。"

"你有空吗？周老师。"林霜哼笑，"这种场合，可能不太适合你。"

她语气轻飘飘的："你来了，这可怎么解释啊？"

周正用力握着手机："告诉我，你在哪儿？"

林霜报了 KTV 的地址。

同学聚会很热闹。周正过来时，偌大的包厢里，喝酒的喝酒，唱歌的唱歌，声浪震天，一群人在某一瞬间齐齐看向门口。

林霜停止玩手机的动作，放下手中的酒杯，目光迷离地看着站在门口的男人。

包厢里大部分都是以前的同班同学，看见周正，纷纷打招呼。

"老同学，好久不见啊。"

"周正，来来来，一起喝一杯。"

李潇意浓眉一挑，大步迎了上去，拍了拍周正的肩膀："欢迎。"

一群人围上来寒暄，周正应付了两句，目光落在林霜身上。林霜捧着腮，目光娇柔地看着他们，神色莫名，不知道在想些什么。

周正停下寒暄，直接绕过李潇意，走向林霜，眉眼平静："回去了。"

林霜笑盈盈地看着他："不坐下一起喝一杯？"

周正幽幽地看了她一眼，眼神说不出地冰冷，把她的外套和包包搭在手臂上，转身要走。

林霜一看他这阵仗，就站起来，乖乖跟着他。

李潇意神色复杂地站在一旁。

周围一群人的目光落在两人身上，被这场景搞得莫名其妙，互相扯扯袖子："怎么回事？这是什么关系？"

回去的路上，周正一声不吭地开车，林霜喝了点酒，两颊绯红，倒是很有聊天的兴致。

"你们班的同学聚会，我听他们聊了挺多以前你们班上的趣事。"她兴致勃勃道，"丁副校长当年是你的班主任？你开学两个月才回来上课？后来是怎么和李潇意结为学习小组的？"

"我还看了你们以前班上元旦晚会和班级秋游的视频。"她偏头瞧着周正，"当年有个同学把班级视频传到网站上，居然被翻出来了，挺好玩的，你想不想看看？"

周正神色并不好，眉头皱成"川"字，丝毫没有想和她闲聊的兴致。

林霜看他一副生人勿近的模样，耸耸肩膀，丝毫不怕"扔炮仗进泥坑，溅起一身泥"："你好无聊啊，能不能学学其他男人，学学李潇意，聊天有趣点？"

半路有行人横穿马路，周正板着脸，死死摁住了喇叭，"嘀嘀嘀"的声音炸起来，把行人和林霜都吓了一大跳。

林霜用杏眼瞪他，看他脸色冷冰冰的，乖乖地闭上了嘴。

车里的气氛挺沉默的。

回到家里，周正走进房间，林霜亦步亦趋地跟在他身后："我想喝苹果汤。能不能给我煮个苹果汤？"

周正手上还有工作，淡声道："你喝醉了，早点睡觉去。"

林霜倚着房门，不高兴地问他："不能给我做吗？"

周正眼睛盯着电脑，半点也没挪开。

林霜低头玩了会儿手机，走进房间，俯在他身后，手臂支在椅子上，看他对着电脑校稿："那本练习册编完了？一本书能赚多少钱？"

"几万块吧。"周正头也不抬。

"恭喜啊。"

"我要吃东西。"林霜扯他的袖子，打断他的工作，把他从椅子上拖起来，"去厨房给我弄点吃的。"

周正绷着脸，皱眉应付她的不讲道理："我在忙！"

"你工作再忙，有我重要吗？"林霜借着醉意推他，"以前知道献殷勤，今天怎么不知道了？"

周正目光沉沉地看了她一眼，挽起袖子进了厨房。

苹果汤很快出锅，林霜看了一眼，尝了一口，搅着勺子："不够好吃。"

她把苹果汤放下，皱着脸："不要，这味道我不喜欢了，没意思。"

周正还在收拾厨房的残局，听见这句话遽然转身，全身冰冷："那以后也不用做了，你吃自己喜欢的吧。"

他回了房间，先去摸自己的电脑，脑子里乱如麻，身体也轻飘飘的，没有力气，想坐下，又坐不下。

林霜低头刷手机。

十分钟后，她也进了房间，看见周正站在窗边，背对着她，不知在做些什么。

屋子里静悄悄的，两人离得不算远，她能感受到他的委屈和难受，那情绪在他的动作和呼吸里，涩涩的，苦苦的。

她的心也悄悄疼了一下。

她走上前去，揽住周正的肩膀，探头看了他一眼。他侧脸似石雕，一点生气都没有。她安慰似的亲亲他的脸颊，给糖吃："周正，你生气了？"

周正扭过脸，往旁边退了一步。

林霜探着半边身体，捧着他的脸，看他眉眼冷凝，唇抿得死白，眼尾通红，眼中莹莹闪着泪光，她自己也怔了怔，情不自禁地凝视着他，柔声道："我把我的田螺姑娘惹哭了吗？"

"这可怎么办？我居然把你欺负成这个样子。"她搂紧他，一声比一声温柔，"周正……周正……"

她就是故意的，故意折磨他，希望他永远对她温柔，对她有耐心，对她不离不弃。

周正被林霜贴得紧紧的，觉得胸口闷得难受，喘不过气来。

他闭上了眼，喉结滚了滚，嘶声道："你不能这样对我。我不是受虐狂，我也有心，我的心也会痛。"

林霜的手抚上他跳动的胸口，仰头看着他："现在它痛了吗？对不起，都是我的错。"

说对不起，是不是意味着要结束了？

周正的唇色发白，盯着她问："李潇意回来，你是打算要和我结束吗？"

林霜清澈的眼眸定定地看着他，黑白分明，水润润的。

"你愿意结束吗？"她问周正。

周正心如刀绞，下颌绷得坚硬如石，看见她娇美的脸和妩媚的眼睛，他心血翻滚。

他的嘴唇撞在她的嘴唇上，张口咬她的唇和鼻尖，咬她坏透了的心，咬她的薄情寡义。林霜吃痛，又在这痛里生出强烈的战栗，睁着激滟的眼，心扑通扑通地跳，在唇舌纠缠中含糊地呼唤他："周正……"

这个吻最后变成深深的掠夺和索取。周正的吻如暴风骤雨，像冰冷的雨珠落在林霜的脸颊上，让她眼神迷离，心尖疼痛，酸涩得撑不住自己。

林霜想像藤蔓一样缠紧他，想他们一直纠缠在一起，不分你我。

周正最后紧紧地搂住她，言语艰涩："如果你想清楚了，那就结束吧……"

他松开林霜，往后退了一步。

林霜怀抱一空，眨眨酸涩的眼："能给我几天时间吗？到时候我再给你一个答复，我和李潇意，还有一些事情没处理完。"

"随你。"

周正从衣柜里取出两件衣服，他周末要去宛城出差，参加一个教师培训。

要找要看的东西太多，林霜埋头忙了几天，最后从李潇意家里找出了一些东西。

李潇意把东西交到她手上，神情说不清是惘然还是遗憾。

他们这几天说了很多话。起初，他真的以为……以为林霜对过去还有一丝丝的怀念，但全然不是他想的那样。

两人最后抽了根烟，林霜道谢，而后转身离开，半点不拖泥带水，对他也毫无眷恋之情。

李潇意看着她的背影，怔怔地站了很久。

那些东西，林霜翻来覆去看了好几遍，然后塞进了后备厢，回了奶茶店。

学校还在上课，她在街边静静地抽了根烟，看着一街之隔的美丽校园、新叶初生的浓荫树林和露出一角屋檐的教学楼。

林霜等了很久，看了很多次手表，时间流逝得很慢，放学的铃声迟迟不响。

最后，她耐心耗尽，实在等不下去，穿过街道，跟门卫室老张说了句话，拿了个特权，走进了安静的校园。

她的心跳随着脚步声一起，"嗵嗵嗵"地跳个不停。

高三教学楼在东面，她沿着昔日熟悉的路走着，半路给周正打电话。电话一直没接通，他大概是在上课。她手机里存着他这学期的课表。她在教学楼下站了一会儿，查到他上课的班级，而后轻轻吸了口气，上了那幢她熟悉的教学楼。

林霜刻意放慢脚步，高跟鞋清脆的响声被教室里的授课声掩盖。她穿过长长的走廊，在一间虚掩着门的教室前停住脚步。

教室里传出年轻老师上课的声音，那声音不疾不徐，清朗又舒缓。

林霜站在教室外面，听着他的声音，默默地站在角落里等他下课。

坐在窗边的学生瞄见个艳丽的身影，禁不住探头张望，而后那一片的学生都开始窃窃私语。

周正听见窗边的动静，问："怎么了？"

"外面有人。"窗边的学生格外激动，"好像……好像是奶茶店的老板！"

"什么老板？那是师母好不好？"

周正皱皱眉，暂停讲课，大步跨下讲台，打开了教室的门。

外面果然有人，那人窈窕婀娜，明艳四射。

林霜听见动静，回头。

"有事？"周正嗓音低沉，语气带着若有若无的失落。

林霜从来没有进学校找过他。

林霜看看周正,语气镇定:"有事,借用你两分钟的时间。"

教室里的声浪瞬间沸腾,六十双眼睛瞪得直直的,扒着窗户往外张望,交头接耳。

周正走出教室,领着她走远了一点,在走廊一个僻静的角落停下。

好几天不见,说不清哪里有变化,她似乎更耀眼了些。

林霜抿了下红唇,深吸了口气。

"周正,我的冲动只有很短暂的时间,我问你,要不要跟我去趟民政局?"

周正愕然,盯着她,动了动唇:"去哪儿?"

"民政局,去领个证。"林霜很笃定地回道,"我们结婚,你娶我。"

周正脑海里一片空白,做不出任何反应。

过了很久,他才挤出一句话:"你……你和李潇意……"

林霜看他茫然、不知所措,心头酸胀,按捺着情绪解释:"我没有三心二意,没有做任何对不起你的事情,一点点都没有。"

周正依旧没回过神来。

"如果你愿意相信我,我可以慢慢解释给你听。"林霜笑容甜美又耀眼,"周正,你愿不愿意和我试试……一段新的开始?民政局五点半下班,现在走,我们还能赶得上。"

教室里响起此起彼伏的口哨声,门框里探出班上学生黑压压的脑袋,学生一个赛一个地激动。

周正晕乎乎的,回头看了眼吵翻天的教室,又看看时间,找回自己的声音:"还有几分钟下课,你等我一下,待会儿再说。"

林霜心头乱糟糟又急燎燎的,小心翼翼地佯装淡定:"我在楼下等你。"

两人分开,林霜下楼,周正转身进了教室,面无表情地催学生:

"安静点，都坐好。"

学生们个个脸上挂着暧昧的笑，七嘴八舌："周老师，师母找你干啥啊？有事我们可以帮忙哟。"

"师母终于出场，光明正大承认了。"

"周老师，你和师母什么时候结婚？要请我们喝喜酒啊！"

周正看着面前一张张激动的脸庞，挥手，艰难地压下声浪："我们再看看这一题的解法……"

他的粉笔落在黑板上，无意识地写下一个符号，又突然顿住，脑子僵硬如石，什么公式和步骤都想不起来。他回头，把粉笔抛在讲台上，轻呼一口气："对不起，老师有点事情要处理，这节课到此为止，剩下的时间你们改成自习，我们另外找时间补上。"

教室里一片掀翻天的尖叫。

周正连教案都没收拾，打了个电话请假，又找班主任来监督班级纪律，匆匆下了楼，在楼梯口停下脚步。

教学楼下有宣传栏，贴着红艳艳的榜单，上面是最近一次考试的学生排名，还有各学科优秀老师的照片。林霜仰头站在宣传栏下，正对着周正的简介栏，指着他的照片戳了戳，歪着头笑了笑，掏出手机拍了张照片。

周正的心突然在那一瞬醒过来，说不出是什么感受，酸、胀、痛、麻、闷。

他慢慢走过去，站在她身边，和她相隔半米。

"这么快就下来了？"林霜偏头瞧他，又抬头看了眼宣传栏，手指着理科班最上面那一排名字，"以前你的名字是不是经常在上面？"

"然后……从上面的学生排名，挪到了下面……骨干教师、市十佳、数学学科指导老师——周正。"她笑容璀璨，心绪翻滚，"这回，我终于看到你的名字啦？"

她可以肯定，很多年以前，她的目光肯定在他的名字上停留过，只是与他离得太远，关系太淡，没有记住他而已。

这下肯定能记一辈子吧？

周正默默地看着她，目光幽幽。

林霜笑了笑，向他伸出自己的手。

周正的视线挪到她那只柔美修长的手上，长长的指甲颜色艳丽，贴着亮闪闪的小饰品，手指垂着，是要被他握住的姿势。

他半蜷的手动了动，却迟迟没伸出去。

林霜眼中光芒浮动，把眉高高地挑起，一把揪住他的袖口，拖着他往学校大门口走。

高跟鞋急促地敲在地面上，再磨磨蹭蹭，不走快点，整个学校就都下课了，他们俩就成了被围观的对象了。

周正没挣扎，任由她带着自己走。

这两年，他所有的喜怒哀乐都围着她，为她沉迷，也始终无法拒绝。林霜的光芒始终笼罩着他，他就生活在她张牙舞爪的光芒之下。

车子就停在学校大门外。

"你开车还是我开车？算了。"林霜把车钥匙扔给他，把他推进驾驶座，"我补个妆，你来开车。"

周正握着方向盘，怔怔地坐着。他完全没从这大起大落的冲击中醒过来。

"开车啊！"林霜催他，"我们先回家拿东西。"

周正声音发软，整个人都在晕眩："为什么？"

"什么为什么？"

"为什么要跟我结婚？"

"那你为什么不跟我求婚？"林霜大言不惭地指责他，"谈了这么久恋爱，你打算什么时候跟我求婚？你有没有打算对我负责？"

"……"

他能说什么？

周正像只呆鹅一样坐着不动。他像梦游似的，有很多事情要做，有很多话要问她，却一时毫无头绪。

林霜急了，民政局搬到了新区，虽然离得不远，但再不走可能就晚了。

"你下来，我来开车。"

她把周正推到副驾驶座，自己跨进车里。

婚其实可以慢慢结，但她偏偏认命似的，着急要今天结。

就在真相大白、水落石出这天。

两人回了趟家，林霜翻箱倒柜找两个人的户口本和身份证，再去衣柜给周正挑衣服。

"衬衫和西装可以吗？我觉得这样穿好看点。"

周正站着不动，抿唇望着她，声音讷讷的："你和李潇意是怎么回事？"

"我和他没暧昧，没牵手，没接吻，没谈情说爱。"林霜麻利地扯他的衣服，"就是纯聊天，找他了断过去，顺便拿了点以前读书时候的东西。"

"请你务必相信我这句话。"林霜目光澄澈，看着他，"周正，我没必要骗你。"

周正不懂。

可要是林霜想舍弃他，实在没必要跟他绕圈子。她什么都有，而他，什么都没有。

"可你心里对他不一样。"他垂眼。

"当然不一样。"林霜皱眉，"他但凡有点担当和责任心，就不会在一场偶遇后跟我解释那么多。以前那么多年他是死了吗？跟我说对不起有什么用？摆什么深情模样，最后衬得我成了最坏的那个人？越想越晦气。"

"可你……"周正艰涩难言，"你这段时间对我……"

林霜瞟了他一眼，拽着他的领带凑向自己，爱怜地亲了亲他的脸颊。

"我是不是特别坏？"她柔声问他。

周正心酸，点点头。

"可以原谅吗？"

周正盯着她，抿了抿唇，没说话。

在他面前，她永远都有底气。

"记住我最坏的时候，然后找到制服我的办法，你那么会做题，肯定没问题。"林霜微笑，叹了口气，揽着他的腰，"周正，女朋友这个头衔可没什么约束力，我们还是自由的个体，是随时可以结束的关系。可妻子不一样哦，你想不想期待一下，我换个身份，会怎么对待你？"

妻子和丈夫。

他从未幻想过的结局。

周正心情复杂。

愿意吗？毋庸置疑，如果她愿意留在他身边，愿意回馈他一点点爱意，他就愿意为她付出一切。

林霜往后退了一步，理理他的衣服："你打电话问一下民政局，除了户口本和身份证，还要什么别的东西吗？要不要预约什么的？"

她裙摆蹁跹，像一只蝴蝶一样，旋即离开他身边，火急火燎地换衣服。她挑挑拣拣，最后找了件掐腰盘扣的绣花旗袍，正好和周正的衣服相配。她又仔细补了个妆，还分心帮替周正修眉、吹头发。

两人各有各的紧张，一路驱车到民政局门口。

时间还好，来得及。

在跨进大门前，周正停住了脚步，看了林霜一眼，有点举步维艰。

林霜挑眉。

"你真想好了？我和你……"周正踌躇，"结婚？"

林霜笑了笑，抱着手臂："你不愿意？"

"我没什么钱，只是一个平凡的高中老师，"周正淡声道，"没父母，家在乡下，只有一套还没装修完的房子，能给你的东西很有限，我还欠了张凡十万块钱。"

林霜"扑哧"一声笑出来："那我先抽根烟缓一缓，考虑下我们之后的经济问题。"

周正站在她面前，垂眼点了点头，心情说不上是忐忑还是紧张。

林霜抽了根烟，舒缓自己紧张的情绪。

"买戒指的钱有吗？"她问周正，"也不多，几万块钱吧。"

"有。"

"那就行了。"林霜不以为意地耸耸肩膀，"别的首饰，我也不缺。"

周正抬头看了眼民政局的大门，红色的大字高高挂着——北泉市民政局婚姻登记处。

"我把我的房子和银行卡都给你，行吗？"周正捏了捏自己的指尖，"暑假那几个月我多接点活儿，可以有一笔还不错的收入。等房子装修完，就没什么花钱的地方了，除去赡养奶奶，我也花不了多少，后面的积蓄都给你。"

"你愿意的话，那当然好。"林霜眉眼飞扬，"结个婚，我白赚一套房子，也挺好的。"

周正松了口气。

"生孩子的问题，你也要慎重考虑下。"

"我知道。"周正目光清澈，"我接受……养你一个就好了。"

林霜掩不住眼里和唇角的笑意。

"那走吧，结个婚而已，没什么大不了的。"林霜掐灭烟头，凛然道，"人一辈子谁没有冲动过一把，不行从头再来。"

周正本来就蒙的脸色突然颤了一下，他皱起眉头，牢牢地、主动地攥住了她的手，箍得她都有点疼。

"不过，我从来没有想过会和一个男人走到这一步，也从来没想到这一步是我主动要求的。"林霜笑着补了一句，声音淡淡的，"周正，今天的我把心都掏出来啦。"

"要对我好一点哦。"她戳戳周正的胸膛，"你要是敢辜负我，那就死定了。"

"嗯。"他深深地凝视着她。

两人手牵手跨进了民政局的大门。

结婚不麻烦，跟着门口指示牌的流程走，两人先去照相点拍了证件照，像小学生一样听从工作人员指挥。

"两位新人，你们靠近一点，再靠近一点，脑袋侧一下，亲密一点，对，就这样。"

拍完照，后面的流程走得很快，在工作人员的指引下，两人互相填表、签字。

签完几份文件之后，两人放下笔，对望了一眼。

"好了，恭喜两位，这是你们的结婚证，一人一证，请妥善保存。"

崭新的红本本摆在台面上。

带着钢印的热腾腾的结婚证，上面有两人刚刚拍的依偎在一起、笑容傻乎乎的结婚照。

周正，林霜，本来毫不相干的一男一女，成了这个世界上最亲密的人。

"新郎、新娘，请两位手持结婚证到宣誓台，我给你们合个影。"

"祝两位新婚愉快、百年好合。"

相机"咔嚓"一声。

♡　♡　♡

　　跨出民政局大门前，林霜发了第一条朋友圈。

　　她晒了鲜红的结婚证，还有傻乎乎的结婚照，附了一句很俗的文案——"人生所有的相遇，都是久别重逢。"

　　周正还蒙蒙的，坐在她身边，一遍又一遍翻看手中的结婚证。

　　林霜碰周正的手肘，示意他看手机："不宣传一下？"

　　周正从来不发朋友圈："我手机里联系人一大半都是学生，没分组。"他呆呆地想了想，"要是班上学生知道我逃课去领证，还不知道在教室里多疯狂，快高考了，不能让他们分心……我在几个群里和大家说一下。"

　　事情来得太突然，他还没有从"惊"转成"喜"。

　　林霜知道他好友圈人数极为庞大，多半是他教过的学生，消息一发出去，电话和消息肯定要回复到手软。

　　"光速"点赞、回复林霜的人是张凡，他还跳出来疯狂给周正和林霜发消息，林霜的手机满屏呐喊和感叹号。

　　林霜突然想起来："完了！忘记了！我得给我妈和我姑姑打电话说一声！"

　　婚姻大事，她谁都没通知，没有事先预告，直接来了个大结局。

　　周正也猛然回神："我打个电话给奶奶，也跟老师和师母说一声。"

　　结婚如此草率……两人分头给各自家里打电话。

　　付敏接到林霜的电话，听她说已经领证，十分震惊："已经领证了？怎么这么快？"

　　"也没什么，突然就想结婚了，就带着他来了。"

　　女儿就这么不声不响地结婚了，付敏心中难免觉得酸涩，却既欣慰又担忧："你真是……晚上你和阿正来家吃个饭吧，我们聊聊。"

"过两天吧，我带着他一起去，这两天事情有点多。"林霜淡声道，"我跟姑姑打个电话，也写封信给老爸，让他知道。"

林霜的姑姑知道这个消息，直接在电话里暴跳如雷："过年的时候也没听你们说要结婚，怎么这么突然？双方家里怎么也不先见见？！结婚那些事都谈过了吗？怎么就领证了？霜霜，你是不是怀孕了？"

这真是事先半点风声都没有，结婚不是简单的事情，还涉及两个家庭的往来和结婚的一系列流程。但林霜自在惯了，加上她和周正两人家庭关系都算简单，全凭各自做主，没有先谈的必要。

林霜一个个电话应付完家里，再回头看周正，周正恰好也看着她，走到她身边，对着电话平静地道："知道了，奶奶，我有空就回去。"

挂断电话，林霜牵住了周正的手，两人十指相扣，站在民政局外，双双抬头看天。

风景如旧，却似乎有点不一样，身边还是那个人，感情却截然不同。

这种感觉很新奇，忽上忽下的，像坐过山车。周正前一刻还浸泡在苦海里，后一刻却被捞出来，甚至登上了人生的巅峰。他的心已经被泡得胀胀的、酸酸的，反反复复被林霜掐在手里揉捏。

对于林霜而言，这种感觉大概类似于走钢丝绳和过独木桥，新奇又刺激，这一关过了就是过了，再回头一看，仍觉得紧张又忐忑。

两人回到车上，车子还没启动，张凡的电话打了进来，周正按下通话键的那一刻，一连串的尖叫涌进两人耳中。

"周正，你们怎么都不回我消息？你你你……你真的结婚了？"

"对。"周正的声音也钝钝的，"刚从民政局出来。"

"哇！"张凡恨声道，"你上辈子烧高香了，还是给林霜下迷药了？她居然肯跟你结婚？"

张凡险些哭出来："呜呜呜呜呜呜，兄弟，你能不能支个招，拉兄弟一把？兄弟求你了，你这手段也太高明了，用了什么魔法，前两天不是还闹得离家出走吗？怎么一转眼就持证上岗了呢？"

周正："……"

林霜听着电话里的声音，挑起了眉："他能有什么魔法？其实也挺简单的，是我挟持周老师过来领证的。你去问问谢老师，她肯绑架你来民政局吗？"

张凡差点一口血喷出来："再见，打搅了！跟你们做朋友，我不配！"

电话传来嘟嘟的挂断声。

林霜在副驾驶位上刷自己的手机。她的朋友圈已经爆炸了，数不清的点赞和回复，聊天界面也是一连串的红色未读消息。

她粗略看了一眼，看见李潇意的消息，寥寥两字："恭喜。"

林霜打字："谢谢，没有你，就没有今天。"

她放下手机，觉得神清气爽。

她扭头问周正："我们去哪儿？"

周正伸手过来，捏着她空空的无名指，想了想："去买对戒指吧。"

"好啊。"林霜偏头看着他。

两人注视着彼此。周正解下安全带，探过身，拢着她的肩膀，把吻印在她柔软的唇瓣上。

他的嗓音清朗，呢喃道："霜霜。"

吻是深情又温柔的，他的手扶着她的脑袋，她的脸颊依偎在他手心里。

要怎么样，才能把他绵绵的爱意传递进她心底？

"你是在开玩笑吗？我觉得自己像在做梦一样……"

"周正。"林霜回吻他，握着他的手腕，"看来你的女朋友没有给你安全感，你可以要求你的妻子表现得好一点。"

她的确退缩过好些次，而今再回头看，跨出这一步，和喜欢的人站在一起也不是很难。

他的妻子？周正整个人都在晕眩。

两人的唇难舍难分地黏在一起。

这个吻很久才结束，林霜的唇彩花了，口红沾在周正的唇上，他的样子有点滑稽。

两人抵着额头，轻轻笑了笑。

林霜掏出湿巾，拭去他唇上的唇彩："今天的口红颜色真喜庆。"

今天也是普通的、喜庆的日子。

初春暖阳灿烂，绿叶在枝头悄悄绽放，和风绵软，一年的好时光刚刚开始。

两人去商场挑了对简单但精致的对戒，戴在对方手上。

"晚上想吃什么？出去吃烛光晚餐，好吗？"

林霜摇摇头："回家吃，你随便做点，再来点苹果汤。"

"苹果汤不是不好吃吗？"

"我更喜欢用红酒煮，你上回煮错了。"林霜扬起了下巴，"你不用心多问两句，不多体贴我一下，怎么知道我心里想什么？"

周正摸摸她的头发。

"我每天跟你在一起，你还怕我旧情复燃，难道不应该多施展一下你的魅力吗？"林霜气鼓鼓地指责他，理直气壮，"怕我跑，那就把我抢回来；怕我变心，那就把我的心拴住；不喜欢李潇意，那就把他赶走；你又不是十年前那个周正，有我给你撑腰，怕什么？"

她的眼睛闪闪发光，整个人明艳又嚣张："我允许你恃宠而骄。"

周正目光莹润，慢腾腾地"嗯"了一声："以后我知道了。"

"我也允许你恃靓行凶，如果我哪里做得不好，你可以对我凶一点。"

林霜笑了。

两人一起回到了家，把两本红本本和各自的户口本塞进了一个文件夹里。

这顿晚饭煮得格外艰难，两个人都疲于应付各自的电话和信息，还有领证第一天的感情潮。

灶上的火中断了两三次，七分熟的牛排淌的全是血水。周正把牛排倒进锅里，回炉再造。他松松垮垮地套着白衬衫，脸颊沾着口红印，整个人散发着一股迷蒙的气息。

林霜披着外套下楼，去车子后备厢里取了个箱子回来。

热红酒配炒牛肉，两人窝在懒人沙发里吃东西。

接下来要做的事情还有很多，要去付敏和林霜姑姑家，要去周正老家和丁副校长家，还要请双方关系好的同事和朋友吃饭，后面还有关于婚礼的很多琐事，还有周正的房子、学校的高考……

但林霜什么都不想管，问周正："你有没有婚假？"

本省的婚假有十天，但高三老师的婚假只能安排在寒暑假："有，也许暑假我可以申请少值几天班。"

林霜算了算，离高考还有三个月："出去旅游吧，度个蜜月。"

时间不赶巧，他们两个人还没有一起出去玩过。

周正整个人还飘着，怎么突然就蜜月了呢？

"去哪儿？"

"你定个空闲的时间，我来安排行程，找个海岛之类的。"林霜懒散得想抽烟，"马尔代夫或者毛里求斯之类的地方。"

"好。"

"还有个新婚礼物要送给你，准备这些花了我很长的时间。"林霜把身边的箱子拖过来，眉眼平静，"把你的电脑搬过来，借用一下。"

周正愣愣地看着她，把桌上的电脑抱过来。

林霜翻出了一个小小的 U 盘，里面有一段剪辑好的视频和拼接的照片，影像资料像素很低，很模糊，也很有年代感。

　　视频的剪辑很乱，里面涌出乱七八糟的场景，还出现了许多面孔，然后在慢镜头里，周正突然看见了他高中时的模样——穿着朴实的校服，青涩、拙朴、灰暗。

　　有班级活动里一闪而过的面孔，有操场上一个暗淡的背影，也有学校后山和朋友茫然回首看着镜头的瞬间，以及学校宣传栏上的一个名字。这些东西大部分来自李潇意的用心帮忙，他找到了当年班上那些关系不错的同学。十年前的高中生，手里握着的可能还是像素低劣的旧手机，他们喜欢把校园日常生活传到 QQ 相册里。林霜在茫茫大海里搜罗出了周正的存在。

　　当然也有林霜入镜，她站在李潇意身边，心无旁骛地和身边人嘻嘻哈哈，同一幅场景的下一帧，可能闪现过周正的一点影子。

　　他们当然离得不远，一场运动会、一次班级出游活动、一个生日聚会，他默默无闻地存在于她的身边，像空气和灰尘一样。

　　视频的时间很短，林霜盯着电脑屏幕，面带微笑，语气平淡："你看，我找到你了，你那时候的确就在我身边。"

　　周正绷着脸，紧紧地咬住了自己的牙关。

♡　♡　♡

　　林霜把 U 盘拔下来，笑盈盈地塞进他的手心。

　　周正低头捏着那枚小小的、光滑的 U 盘。

　　"还有一些东西，是我在李潇意家里找到的。"林霜把箱子里的东西翻出来，"是我记录下来的一些小故事。"

　　情侣日记里，她每天都会记录一些鸡毛蒜皮的小事，再摁着李潇意写一段话。

林霜翻开了当中折起的几页，纤细的手指指着其中一行字：

"今天的数学测试卷批下来，谢谢学霸课间十分钟帮我救急，我居然有82分！下次告诉学霸，不要画蛇添足在后面的大题上写解题公式，要露馅啦！数学老师问我为什么知道公式却不答题。"

"遵命，学霸说他知道了。"

林霜笑道："这一条日记，肯定是我前一天忘记做作业，然后找李潇意救急，十分钟时间你居然得了82分，好厉害！我都能想象到那幅画面，当时一定又刺激又滑稽，我当时肯定很崇拜你。"

她揉了揉周正毛茸茸的脑袋。

周正沉默地看着花里胡哨的纸面上的黑色字体。

"还有这一条。下雨天，你在半路遇见我们，把伞给了我们。我那时候是知道你的名字的吧。不然怎么会称呼你为'周同学'？"

"……递给你伞的那人是周同学吗？他听见我说谢谢，怎么冒着雨转身就跑了，好奇怪的一个人……"

"这一条，是我陪着李潇意送给你一个新年礼物？一双鞋子是吗？我挑了同款两个颜色，我能回想起这个事情。"

"周同学喜欢那双运动鞋吗？不过你们俩要约好，不能同时穿哦，一白一黑两个颜色太像情侣款啦，不要。"

"还有这里，是高三分班后，你去了重点班，李潇意再也找不到能帮忙做作业的人了，我们两个幽怨地怀念离开的数学学霸。"

那本情侣日记很厚，从高一某一天开始动笔，到高三毕业前才停笔，每天短短记录的几句话，贯穿了两年多的时间。在两人笔下，周正出场的次数不多，只有四五次。

林霜在李潇意家一页页仔细翻读这本情侣日记的时候，当年初恋的甜蜜成了惘然，但每一次周正的出场几乎都能让她酸涩到心痛。如今在她身边的这个男人，任劳任怨地守护着她，甚至把那段交集埋藏了十年，从未在她面前吐露过半分。她知道他想要什么，但他自始至终没有向她索求过什么。

周正合上那本情侣日记，把林霜扑倒在懒人沙发上。

他的脸庞和腮帮都用力绷着，睁大眼睛，用力到眼尾微微发红，整个人已经是紧绷到一击即溃的状态，身体因为紧绷而颤抖，嗓音嘶哑。

"这些天，你在李潇意那儿……就是找这些吗？"

"不然你以为我在干吗？"林霜伸手揉揉他的眉心，柔声道，"我还找到了有你笔迹的习题册，找到了李潇意毕业纪念册上你的留言，我找到了你高二的班级合影，我甚至找到了我们的合照……我们居然还有合照！在李潇意的生日聚会上，在 KTV，你站在角落，我们拍了第一张合照，你说是不是很有缘分……

"周正，你是不是就是那个坐在李潇意前桌、每次去都只能看见背影的同学？

"是不是那个在操场上一圈圈跑步，默默路过我们的男孩子？

"是不是那个下雪的冬天穿着帆布鞋，我问你冷不冷，你说不冷，立马走开，躲着我的男生？"

林霜忘记了，可不妨碍她重新找回来，找回那一星半点的记忆。

"好想再回到以前，我可以跟你多说几句话，或者抱抱你，告诉你，十年后你会和你暗恋的女孩厮守在一起，那样你是不是会开心一点？"她柔声道，"周正，就算是十年前，你也很好很好，只是那时候我没看见你的光芒。"

周正哽住，伸手捂住了她夺魂摄魄、清亮的眼，用滚烫颤抖的唇瓣封住了她的唇。

炙热又急促的呼吸落在林霜的脸颊上，闷闷的、潮潮的，带着他的气息。这个吻凌乱又仓皇，像是在认证和寻找什么。

林霜闭上眼，温柔地回应他的亲吻，手指插进他的发间，温柔地安抚他。她知道有人在毫无保留地爱她，好像她本就该值得被深爱和优待，值得享受那人奉上的所有馈赠。

许久之后，周正终于平复下来，挪开了蒙在她眼睛上的手，捧住了她的脸颊。

林霜看见他发红、发亮的眼眶，忍不住笑了笑，开玩笑道："我又把田螺姑娘气坏了？"

周正的声音沙哑得不行，有一种出奇的脆弱和性感："我不许你这样做。"

"知足吧你！我对谁这样好过？"林霜噘嘴，"你知不知道我为了找这些东西，跟李潇意翻了多少东西、找了多少人、费了多少时间？这辈子，可再没谁能让我这样了。"

周正抚摸着她的眉尾，抵住她的额头，呢喃道："霜霜，别对我这么好。"

他何德何能，能让她这样用心对她？

"再好可没有了，舍不得孩子套不着狼。"林霜搂住他的脖子，"我可跟你说好了，我可不是贤妻良母的类型，结婚以后，你的都是我的，我的还是我的，你不能婚前一个样、婚后一个样。"

"还有，你不许胖，不许秃头，不许油腻。"林霜眼里光芒如星辰，"就算变老，也要变成一个成熟稳重的中年大叔，再变成一个利落的帅老头儿。"

周正想象着那个画面，心头不知怎的也雀跃起来，闷声笑了笑："好，我都答应你，绝不给你拖后腿。"

余生还有很多很多年，他们俩可以厮守很多很多年。

周正认真地看箱子里林霜带回来的那些关于他的记忆，从另一个角度直视当年的自己。

第一眼当然是贫穷和缺少关注。长年的学校寄宿生活，一个月回一次老家，衣着寒酸简陋，人也沉默、单纯，没有手机和任何电子产品，靠学校外的租书屋丰富业余生活，因为成绩优秀和性格平和，在和同学的相处中说不上自卑，但面对耀眼的林霜时会有悸动和失落。

就像飞蛾喜欢光，他也被热烈的女孩所吸引，而且她还是青春期少男少女恋爱中最漂亮可爱的那个人，是完美的代名词。

林霜用手指描摹他的五官。

指尖滑过他直挺的鼻梁、跌宕的唇峰和弧线分明的下颌。周正不是"第一眼"帅哥，但五官很耐看，需要仔细打磨和修剪。她想，他应该会老得很慢，这样的相貌不容易变形，瘦瘦的、硬硬的、韧韧的，像风干的牛肉，越老越有嚼劲儿。

风干的牛肉？这是什么奇奇怪怪的比喻？

"我收到过李潇意送给我的那双鞋，后来这是唯一一双被我带到大学去的鞋子。"周正平静地道，"那时候我还没有帮你做数学作业，只是和李潇意在同一个学习小组，和他比较熟悉。我没有冬天的鞋子，被你注意到了吧，你让李潇意送我双鞋，当作讲题的答谢。"

"后来我才开始替你做作业。"他扭头看她，"你没注意到吗？每道题旁边我都写了解题公式，所以你数学不好，不能冤枉我。"

林霜咬了一下他的肩膀："就怪你。"

"每次帮你做作业，你都喜欢送我巧克力和糖果，那是我吃过的……最好吃的东西。"

"是吗？"林霜依偎着他，"你那时候就开始喜欢我了吧？"

周正温柔地笑了笑。

"这张照片，你眼睛往旁边瞟，是在看谁吗？"

"大概在看你和李潇意吧，你们在旁边玩游戏，声音很吵，你笑得很耀眼。"

"耀眼是吗？"林霜笑了，"你当时有什么感觉？"

"真心话吗？"

"当然。"

"想在这情景里多停留一会儿，想你抬头瞟我一眼，想变成你身边的那个人。"周正淡然道，"想走，又想留下。"

"恭喜周老师，你终于梦想成真了。"

周正回头吻她，如实坦白："其实时间要更早些，高中一开学的时候我就知道你。学校外面那个租书屋，我看见你去过好多次。你喜欢看言情小说，还喜欢和那个租书屋的老板聊天。后来到了高二，我和李潇意离得近，多多少少和你见过几次。高三分班后，我和李潇意离得远了，但我的座位临着窗，下课的时候偶尔还能从窗口看见你的身影，而且晚自习去操场跑步，还能看见你们一起散步。

"高中毕业后，我拿到录取通知书，听说你和李潇意一起毕业旅行，还约着一起出国读大学。我想，你们肯定会长长久久地走下去，过所有人都羡慕的那种生活。后来，距离越来越远，我也渐渐把这件事埋藏起来，也许有一天，这份暗恋会彻底湮没在时间长河里。

"没想到回到北泉后，某一天师母给我介绍相亲，我听见了你的名字……"

"你是什么反应？"林霜赖在他身上。

"我以为我听错了名字，可师母说出了你的年龄和学校，还说了你的家庭情况，我才知道就是你，你回来了，我那一整天都是飘着的……"

"然后我姑姑疯狂地跟我推销你，你约我出来见面，还在我面前拘谨得不行。"

"我捏着手机坐了一个多小时，才鼓起勇气给你打电话，听见你声音的那一刻，我脑子里一片空白……就好像，以前那些记忆突然复活了。"周正笑了，"我上完公开课立马赶过去，后背和手心都是汗……"

"但我无情地拒绝你了。"

"但你又在学校旁边开奶茶店了。"

"你走进我的奶茶店，默默帮我的忙。"

两人相视一笑。

"谢谢你，霜霜。"

——谢谢你给予的一切。

周正温柔地抚摩她的脸颊。

独一无二的婚纱配独一无二的西服，就像独一无二的我配上独一无二的你。

领证后，林霜和周正不仅没有机会过两人世界，反而每天早出晚归，忙于应酬。

两人先去的是付敏家。新女婿上门，带的礼物格外厚重。周正内心还是忐忑的，主要是事先没有商量，直接和林霜去了民政局，在丈母娘面前难免有不尊重她的嫌疑。

付敏对女儿没什么说辞，但把林霜支开后，对周正轻描淡写说了几句，来个小小的下马威："霜霜她从小比较独立，也比较任性，但婚姻是大事，要深思熟虑，不能两个人都任性妄为。"

周正态度谦逊，语气温和："妈，您说得是，都是我的错，我没考虑周全。"

付敏被这一声"妈"喊得动容，怔了怔。

她心头再急也不敢催林霜，但两个孩子不声不响领了证，成小夫妻了。

她的心事终于落定。

付敏塞了个厚厚的改口红包到周正手里："以后好好对霜霜，你们好好过日子，我也能放心了。"

漆雄乐呵呵地拍了拍周正的肩膀，称谓从"周老师"变成了"阿正"："我就说嘛，咱们肯定能成一家人，这里以后也是你的家，常来往啊。"

漆杉格外兴奋，扯着周正的手一直喊"姐夫"。漆灵倒是很矜持，他这大半年一直归周正管，性子收敛了挺多，也跟着漆杉闷声喊了一句。

付敏要跟周正谈的再就是经济问题。她吃过离婚的亏，当年她要是从前夫手中争得一笔财产，也不至于什么都没留给林霜。周正家的情况，她大概听林霜提过几句，但知道的不多，听周正说房子和车子都归在林霜名下，也没什么好说的，心里略感宽慰："有心了，两个人慢慢奋斗，日子总会越过越好的。"

结婚讲究门当户对，但也要分人而论。周正家里情况特殊，但林霜这边情况也不寻常，两人能同心共济，日子就能过得幸福。

丈母娘这关终于过了，周正心底沉甸甸的，但面上总归松了口气。

从付敏那儿吃完饭回家的路上，周正突然跟林霜聊起一件事："宛城那边有个很好的私立高中一直在游说我跳槽。"

林霜抬起眼皮，"嗯"了一声："私立高中？"

"年薪还可以，三十多万，提供三年免费教师公寓……寒暑假还能补课……"

宛城是省会，经济和环境都比北泉好不少，三十万的年薪可能算不上顶峰，但林霜知道，能补课这一条，经济效益就不可估量。

"你在宛城念的大学，喜欢宛城吗？"周正问她，"如果跟着我一起去，你愿意吗？"

"想去私立高中教书？"

"对……"

"不喜欢现在学校的环境？"

"也不是。"

林霜玩味地笑了笑："缺钱养家？"

周正抿了抿唇，轻轻点了点头。

说来说去，还是养她的问题，吃喝玩乐这些生活开销他能包揽，但随手给她买包、买名牌这类，的确很吃力。

林霜无情地在他脸颊上弹了一下："别三心二意，你想赚钱，当年留在临江就是了，何必跟着丁副校长回北泉？不就是为了像丁副校长一样，回到母校，为了理想投身教育事业吗？

"你好好守着那群学生，北泉就这么一所重点高中，多一个好老师，多送点孩子出去，就会有更多的人回来。"

她把玩着自己的指甲："我对宛城没什么感情，没必要去。再说了，现在房子和车子都有了，我自己赚的钱养我自己绰绰有余，再养一个你都够，你看不起谁呢？"

是不是大家看她花钱大手大脚又不务正业，自动把她归类为"很能花钱"和"需要男人养"的那个类型？

林霜不肯，周正再没什么能说的，只能怅然地捏着她手上的婚戒，感激她的迁就："谢谢。"

"不过，我听张凡八卦，丁副校长退休后，是不是想把那个副校长的位子交给你？"林霜笑眯眯的，"校长夫人这个头衔听起来还蛮响亮的，有种文艺又高调的感觉，很能满足女生的虚荣心哦。"

周正禁不住笑了："有点难，我是一线老师，教学为主，而且学校里的能人很多，论资排辈不一定能轮到我。"

"加油啊，周老师，你现在都是骨干教师了，教学能力这么强，总有一天能上去的吧？"林霜美滋滋地做梦，"为了我这个头衔，你也得给我在北泉高中待着。到时候我赚了大钱，也在北泉高中捐个楼，立个碑，我们俩也算载入校史了。"

"那就先留下吧。"周正想了想，"或许我下个学期可以申请去教高一或者高二，时间宽裕点，做点别的事情，也多陪陪你。"

"这个可以有。"林霜数数手指头，"你已经带了好几年的毕业班，每周要上好几个晚自习，留我独守空闺。"

新婚燕尔，他们需要更多的时间……学校领导能理解的吧？

好吧，那就留在北泉吧，留在这个生养他们的地方——这个他们都不约而同回来的故乡。

两人又连着去了林霜的姑姑家和丁副校长家，又是请朋友和同事吃饭，又是公布喜讯，人情世故，家长里短，聊的几乎都是结婚那档子琐事，好在话题不让人厌烦，还有点世俗又喜庆的感觉。

打算什么时候迁入新居？什么时候度蜜月？什么时候办婚宴？婚礼打算怎么办？每一个细节，任何一个人都能侃侃而谈，给出无数条建议。

学校知道周正结婚，工会那边还发了笔慰问金，学校领导也发了红包。但周正对班上学生只字未提，奈何消息走漏得太快，也不知道这群"神侦探"是从哪里得来的消息，上课时挤眉弄眼，齐刷刷地冲着周正拍桌子打节拍："喜糖！我们要吃喜糖！"

周正压不住声浪，无奈地叹气："你们从哪儿听来的小道消息？我跟谁结婚？"

"别装了，我们都知道了，正哥脱单啦，把老板抱回家了！"大家异口同声，"奶茶店这周都是买一送一大优惠，听店员说是庆祝老板的大喜事。"

那天林霜在教室敲门找周正，大大地震撼了同学们一把，也坐实了周老师的恋爱八卦史。

"不过，这几天师母怎么不在奶茶店？"学生们起哄，"我们要见师母！"

周正避而不谈，拿出镇宅法宝："我给你们印了几套数学试卷，是我押的今年的高考题型，老规矩，一个满分，我回答你们一个问题。"

"嘁——"教室里一片不屑声。

林霜自打领证后就没怎么在奶茶店露面，一来朋友应酬的确多，二来周正把房子当结婚礼物送了她，她的购物欲一下子"爆棚"，把年前周正加入购物车待买的家具统统买了下来，又拉着苗彩去逛家居市场，打算亲自布置婚房。

这几天陆陆续续有家居用品送过去。周正白天上课抽不出时间，林霜就送了张凡一个学期的奶茶优惠券，指使他当苦力跑腿，送货到家。

别说，体育老师真的好支使，他扛着七八个快递箱一口气上六楼不带喘的。

"你到底买了多少？楼下的快递点都是你的东西。"张凡吐槽，"我都成'人肉背货机了'。"

"三四十个吧。"林霜坐在地板上拆快递，瞟了他一眼，"这些只是衣帽间的东西，'大部队'还在后头。"

她的衣帽间称得上全家最复杂的一个地方了。

"来来来，给我拍几张照片，要有那种英勇矫健的感觉。"张凡把手机递给林霜，"发到咱那个聊天群，给咱谢老师看看，让她看看我爆棚的男友力，也给周正看看他到底欠了我多少人情。"

林霜坐在地板上拆快递，非常配合地给他拍了几张照片。

"你和谢老师有什么打算？"林霜问张凡，"最近交往还顺利吗？"

"还行吧，眼下还挺好，就还没到谈婚论嫁那一步，慢慢磨呗，就不像你和周正一样，你们干什么事都莫名其妙的。"张凡把快递盒堆在地上，"我家里急，谢老师她爸妈也急，我磨着晓梦，今年端午节先见见双方家长。"

"挺好。"

"你和周正都能结婚，大家又相信爱情了。"张凡笑了，"昨天我俩还和兰亭吃了个饭，他们也见家长了，你猜怎么着？"

"过关了吗？"林霜问。

"过倒是过了，不过兰亭家里还是强势些，对郭远的要求不少。不过，要是能成，郭远以后可仕途平坦啊。"

林霜耸耸肩膀："吃得苦中苦，方为人上人，挺好的。"

"那个人，跟周正打篮球的那个帅哥，听说是你初恋男友，你和周正以前认识？怎么从来没听你们提起过？"张凡蹲下来问她，"你怎么就突然跟周正结婚了呢？之前你们连个'婚'字都不沾边。"

"说来话长，一言难尽。"

"啧，周正也是这么搪塞我的。"张凡满眼好奇，"说来话长，那就长话短说啊。"

林霜笑了："因为没有比结婚更简单的解决办法，低成本、高效率。"

"结婚很简单吗？"

"很简单啊，如今连领证都不花钱。"林霜语气闲散。

张凡无语凝噎，合着他俩结婚最简单，随心所欲，想结就结。

周末休息，周正带着林霜回乡下见奶奶，也顺带把周丰捎回去过周末。

周丰一早就改口了，笑嘻嘻喊了声："嫂子好。"

他算是实打实的婆家小叔子。

林霜脸上挂着微笑，心里却有点毛躁，挠痒痒似的不适应，等到车子开出市区，进了省道和乡道，那种感觉就更强烈了。

周正奶奶、周二叔和周二婶知道几人回乡下，一早就开始在厨房里忙碌，第一次迎接新人回村，这顿饭格外隆重。

♡　♡　♡

　　周末天气好，村里人不少。村里的马路边就有孩子和老人扎堆在一起嬉戏、闲聊，周正开车路过，吸睛力极强。

　　村里消息传播得特别快，全村人都知道，周正把那个漂亮、惹眼又娇贵的女朋友娶回家了。

　　当周正奶奶带着慈爱的目光一遍遍抚摩林霜的手，村里七大姑八大姨呼啦啦地围上来，一个个和林霜聊家长里短时，她脸上的"营业性"微笑就没收起来过。

　　乡村不比城市，人与人的交往距离更近，家庭和宗族的氛围也更浓厚。

　　林霜并非不擅长应付人群，只是不习惯应对亲近关系和适应新的身份。

　　冲动领证的原因就在于此，但凡她跟周正事先多见几次亲朋好友，就绝对不可能把"结婚"两字搬出来。

　　村里风俗多，礼节也多，来慰问、探望新媳妇的人不少，屋里坐了不少人，跟周正奶奶和周二婶聊着结婚那些需要筹备的事情，要合八字，要进祠堂，要请长辈祭祖、见亲家、准备喜茶喜饼……

　　周正很敏锐，挡在林霜面前应付邻里，一来怕她不习惯这种氛围，二来怕她被问得嫌烦。有他撑场子，应酬也不是难事，林霜跟着他随声附和就行。

　　坐了一会儿，周正起身去找东西："我带霜霜去看看爸妈。"

　　村里有墓园，在后山的半山腰上，他带了香烛，领着林霜出门，权当踏青出游。

　　初春的太阳懒洋洋的，山里绿意盎然，林霜跟着周正爬山，问："有多远？"

　　"不算远。"

他走在前头替她开路，时不时回头摘个叶子给她尝尝。林霜问他："什么叶子？能吃吗？"

"不认识，但可以吃，我小时候经常吃。"

周正拨开眼前的荆条。

白色的小矮墙圈出了一块荒地，墙上用黑色油漆写了"墓园"两个大字，里头排列着几排墓碑。

周正父母那一座墓是合葬，年代久远，墓碑上的字已模糊了不少。四周荒草丛生，厚厚地覆在墓上，虽然有除过草的痕迹，但奈何不了植物顽强的生命力。

周正点了线香和蜡烛，分了一支给林霜，两人分别上了香，在墓碑前站了一会儿。周正轻轻抚摸着墓碑，也顺势牵住了她的手。

林霜往他身边靠了靠，挨着他的肩膀，偏头望了他一眼，他也静静地看着她。

阳光绵软，墓园荒芜，这一瞬连风声都没有，显得世间空荡荡、静悄悄的。只有他们两个人。

等线香熄灭，周正把墓碑附近的杂草除去，两人手牵着手走出了墓园。

周正换了一条更平坦的山道，带着林霜翻过一个个小山坡。初春的草木疯长，绿意已经弥漫山野，两人随意地聊天，聊着过去和现在的林林总总。

这当然不同于衣香鬓影的晚宴上用流利的外语和专业的术语聊时尚潮流与政治、金融，也不同于灯红酒绿间饮食男女故作暧昧的撩拨和桃色新闻。

那是一种沉浸到骨子里、踏踏实实的却又虚得"抓不住，说不出"的生命力。

两人走在空无一人的旷野里，低矮的杂草和五颜六色、不起眼的小野花拂过林霜的裙摆，她牵起裙子往前小跑，朝周正挥手："给我拍个照啊。"

周正蹲下来，把她照进相机里——灿烂的阳光、湛蓝的天空、洁白的云朵、甜美无瑕的笑脸。

周正走到林霜身边，把她搂进怀里，用外衣裹起来。林霜像只茧一样被他包在衣服里，"咯咯"地笑弯了腰。他心驰神荡，在她娇靥上蹭了蹭。

"霜霜。"

"嗯？"

"有你真好。"周正搂紧林霜。

林霜眼里带着柔柔的光。

周正没有在村里久待，第二天学校还有考试，林霜也要跟着一道回去。周正奶奶格外舍不得，牵着林霜的手嘱咐她下次再跟周正一起回来。

林霜捏捏手上的戒指，笑盈盈地说"好"。

林霜隔三岔五拉着苗彩去家居市场，苗彩问她："你的婚礼呢？婚期定了没有？"

"没呢。"

"先把婚纱照拍了，还要提前定酒店、找婚庆公司。"

苗彩是过来人，指点起来头头是道，从头到尾滔滔不绝。

林霜皱了皱眉。

旁人劝得多，但她和周正没有正儿八经商量过婚礼的事情，一来周正面临着高考冲刺，他近来格外地忙，二来两人还有新房要收拾，最近一门心思都扑在这上头。

林海八月初出狱，两人打算暑假搬进新家，把现在同居用的这一套家具送到周正老家，也正好把房子完全空出来给林海用。

新居的软装物品都是林霜精挑细选的，她平时看着懒散，忙起来的时候专注又仔细。周正下课后过去帮忙布置，笨重的粗活儿归他，细致活儿归林霜。

谢晓梦有时候也会跟着张凡过来看两眼。

不得不说，林霜的品位的确好，至少谢晓梦看见已经布置好的衣帽间时彻底羡慕了。

哪个女生不喜欢奶白色的顶天大衣柜、纤细的磨砂金属手柄、暖乎乎的展示灯、全透明的包包和首饰陈列柜，以及占据半壁墙、闪闪的穿衣镜和孔雀蓝的丝绒复古沙发呢？

谢晓梦已经跟林霜讨论起衣柜的实用性和美观性了。

张凡捅捅周正，挤着眼睛："床很不错，两米大床，啧啧，怎么滚都行……"

周正把他踢出了卧室。

两人去阳台装洗衣机，周正想起一件事："对了，我过年的时候编了本练习册，今天早上收到出版社给我付的首款，借你的那十万块，我先还你一部分。"

张凡瞠目结舌："啥？"

"剩下的等高考奖金发下来再给你吧。"

张凡猛然醒悟过来，满脸敷衍："哦哦哦，那个，随便吧……都可以……"

周正起身，摸了摸自己的口袋，进屋去拿搁在餐桌上的手机。

为了干活儿利索，他把身上的钱包、钥匙和手机都放在了桌子上。

张凡悄悄掏出手机，给林霜猛发微信。

"大姐，那笔钱的事，你还没跟周正坦白？"

"哇！你们都结婚了，这事还不说清楚？"

"他刚刚跟我说要还钱！咋办？我收不收？"

好死不死，林霜的手机和包包也搁在餐桌上，在周正面前亮了一下。

三条信息堂堂正正、清清楚楚地摆在周正眼皮子底下。

他神情凝固了一下。

林霜和谢晓梦还在衣帽间，声音轻快，笑声清脆地聊着。

周正把林霜的手机握在手里找张凡的麻烦，语气平平："你私下跟我老婆发什么微信？"

那两个字他第一次念，咬得格外用力，界限感和占有欲强烈极了。

张凡心头一慌："……"

他没做对不起自己好哥们儿的事情啊。

"没有啊，我发什么微信……都是朋友，哈哈哈……"

周正低眉顺眼地翻出林霜的手机，波澜不惊地念着锁屏上的字："他刚刚跟我说要还钱！咋办？我收不收？"

张凡满脸尴尬。

"借给我的那十万块，是谁的钱？"周正抬眼，"霜霜的？"

"你俩合起伙来骗我？"周正阴森森地磨牙。

这个时候还有什么好不承认的？张凡摇摇头，又点点头，直接把林霜卖了："不关我的事啊，我也是被林霜逼的。"

"你也不是不知道林霜的个性，她……她要挟我，抢走我的手机，二话不说就给我转了一笔钱。"张凡义愤填膺，"她给我打感情牌，说我不肯帮忙的话，是不仗义、没义气、见死不救，还说……还说只要我说服你，把钱借给你就成了，后头的事情不用我管，她来处理。

"真不是我的事，我也就夹在你们中间左右为难，一边是哥们儿，一边是哥们儿女朋友，我也不知道你们玩什么情趣，谁知道你们两口子，都结婚了这事怎么还不说清楚？我也挺为难的……"

张凡磕磕巴巴地解释了一通，总算把自己撇得干干净净。周正倒是没说什么，垂着眼，淡定地拍拍他的肩膀："钱还要吗？要的话，我转给你？"

"不用不用。"张凡摆手，"你们的家事，我就不掺和了，你自己跟林霜好好聊一聊，哈哈……"

"也行，多谢了。"周正蹲下来，继续干手上的活儿，"过来帮帮忙，帮我把排水管接一下。"

张凡麻溜地蹿过去。

活儿干到一半，周正低着头，又突然发话："是兄弟的话，还有下次吗？我以后也跟谢晓梦来这么一出？"

张凡手抖，怎么听怎么觉得周正这话带着不露声色的威胁，忙表忠心："没有，当然没有。做人做事得公开、透明，千万别瞒着人，别骗人，有事咱摊开好好说。那个……你跟晓梦，嘿嘿……有空多美言几句。"

周正点头，温声道："好。"

等谢晓梦和林霜出来，张凡拉着谢晓梦就走："时间不早了，我们早点回去。"

"不一起吃个饭吗？"林霜诧异，"都约好了。"

"不吃了不吃了，你俩吃吧，我跟谢老师还有事。"张凡拖着谢晓梦进了电梯，朝周正挥挥手，"有事再给我打电话，我随时过来帮忙啊，哥们儿！！"

♡　♡　♡

张凡从来没有溜得这么快的时候，反应太不同寻常，林霜问："他怎么了？"

周正双手插在裤兜里，倚着门平静道："不知道，大概家里有点事要先走。"

林霜不以为意，转身去干自己的事情，又想起还缺点什么待办事项，转身去桌子上找自己的手机。

"手机刚才来了几条新消息，张凡发给你的。"周正把她的手机从兜里掏出来，递给她。

林霜疑惑，接过手机，低头一看，赫然就是张凡那几句话。

她秀眉挑高，眼睛四下乱瞄，又斜斜地朝上瞥了眼周正，看他倒是平平淡淡，没什么反应。

林霜"吧嗒"了下嘴，语气很不爽："他喊我'大姐'？这人疯了吗？"

她疯狂敲键盘："你大爷！！"而后拨弄了两下长发，把手机塞进了衣兜，笑眯眯地看着周正，等他开口。

周正眼皮轻轻抬起，那动作又慢又撩，眼神仿佛带着弯弯的钩子，有点古怪，又说不出哪里古怪。

"楼下快递点是不是还有快递？"周正要出门，"我去拿回来，顺便买点吃的回来。"

"也好……"

他这反应挺奇怪的。

二十分钟后，周正带着七八个快递和水果零食回家。林霜一个个拆箱，都是家里各处要用的小东西，有厨房的餐具、小冰箱和香氛机之类的。

两人把东西都整理出来，林霜指挥着周正把物品一样一样归置好。最后一个是洗手台下的收纳套装，她自己提过去，一件件摆放好。

暖黄的灯光下，针织长裙裹着曼妙的身材，细腰不盈一握，曲线起伏，纤柔毕现。

周正走过来："我来弄，你别把新做的指甲弄花了。"

他舍不得林霜那双保养得宜的手在家里洗洗刷刷，他站在她身后，抓住她手里的东西。

浴室做了干湿分离，洗手台不算宽敞，由于姿势的关系，林霜出不去，只能被他拢在身前，等他把台面收拾好。

他轻轻松松把活儿干完，双手撑在洗手台上，若即若离地贴着她后背，低头在她后颈亲了一下。

那触感柔软湿润，带着吸力，正好碰着林霜的敏感点，她好像轻轻"哼"了一声，汗毛竖起，禁不住挺直了背脊。

不知道是不是在小空间的缘故，周正的声音非常低醇悦耳："打算什么时候跟我说？"

"这阵子不是一直忙嘛，一直早出晚归，都快忘记了。"林霜故作镇定，"我也想找个时间跟你说，谁知道被你先知道了。"

"你不生气吧？那本来就是你的钱，你不肯收而已。"

"不生气，我怎么会生气？"周正轻叹，抵着她脖颈的头微沉，嗓音振动，酥酥麻麻的，"那不是我的钱，我的都是你的。"

周正心里五味杂陈，又酸，又涩，又甜，又闷。

他真的没办法不爱她，把她爱到骨子里，在他每块骨头上都刻下她的名字。

"想疼你，又想揍你。"他贴着林霜的耳朵低语，亲吻她，惹得林霜一声轻呼，"只能爱你。"

最后洗手台上一片狼藉，她也累了、乏了，周正把她抱进了浴室，热水肆意落在两人身上。

林霜最后裹着外套躺在沙发上，枕着周正的腿昏昏欲睡，享受干发服务。

这个家里除了硬件，什么都缺，只有一张两米的松软大床，没有床单和被子，两人精疲力竭，最后只能窝在沙发上休憩。

年前房子硬装结束，周正每天早上过来开窗通风，屋里的气味也一点点散去，他出主意："把东西都买齐以后，请家政再过来擦洗一遍，然后把家里不常用的东西一点点带过来吧，省得到时候搬家一口气收拾，手忙脚乱的。"

就林霜那些东西，到时候搬家，可能两天两夜都收拾不完。

林霜踹了他一下："哼。"

"衣冠楚楚，道貌岸然。"她戳他，"别以为我不知道你在想什么。"

周正的手指穿过她的头发："我手头有笔钱，本来是打算还给张凡的，眼下也不用还了。"他想了想，"把这笔钱拿出来办婚礼吧。"

"你想在什么时候办？等爸爸出狱后？暑假？寒假？还是国庆？"说到这个话题，林霜放下手机，直勾勾地盯着他。

"婚礼能不能从简？"林霜直言不讳道，"我讨厌千篇一律的婚纱照，讨厌乱七八糟的仪式感，也不喜欢各种烦琐的流程。

"就请大家在酒店简单吃个饭，可以吗？把份子钱收回来就行。"

她这边暂且不提，这几年周正送出去的份子钱金额就不小。

周正顿住动作："我以为你会喜欢华丽点的婚礼。"

"你想要什么样的婚礼？"林霜问他。

两人一起参加过罗薇和苗彩的婚礼，周正参加的同事婚礼更多，无一例外地热闹、喜庆、烧钱。

周正想了想："没什么特别的概念，尽量漂亮、浪漫一点，想要很多鲜花，我把穿着婚纱的你抱下楼，然后在台上等着，等着我的新娘走过长长的舞台，最后终于牵到我的手。"

"我讨厌煽情和掉眼泪。"林霜直接拒绝。

"简单一点，我们选个好点的场地，早上睡到自然醒，然后穿着婚纱和礼服，开车去酒店，和宾客拍个合影。在吃饭的空当儿，如果有人想上台，那就聊两句，说几个轻快的笑话，吃完饭和大家一起散场。

"也不要父母过多参与，就结婚这件事而言，是我们两个人的事情，他们见证就好，不敬茶，不拜天地，不搞形式主义。"

那天在村里，林霜多多少少听进去一些，五花八门的讲究很多。按周正的性格、家里人的要求，他肯定要折中安排一下。

周正皱眉："你真的想这样安排？"

林霜点头："不过我要一件昂贵的婚纱。"

"多昂贵？"

林霜想了想，掰手指头："两三个名牌包的价格吧，我对设计婚纱这块不懂，想找个国内设计师出款，其实价钱也挺便宜的。另外，还能省点钱，我们找个好点的蜜月酒店。"

周正托着腮："好，都听你的安排。"

♡　♡　♡

周正对林霜提出的要求全盘接受，但额外有一个请求，婚礼筹备由他来主持大局，林霜只管提意见和配合。

林霜我行我素惯了，周正怕她"从简"之后，后面的烂摊子都归他收拾。他有丈母娘、马上要出狱的老丈人，还有两边的亲戚朋友，人情世故，你来我往，有些该照顾的地方，还是要想办法照顾周全。

既然两人在婚礼的事上达成共识，就可以着手去定宴席了。林霜不挑吉日，不赶场子，只对酒店的环境和菜品有要求，日子就定在六月——高考结束，周正和同事们刚放松下来，恰好又是乔迁新居的时候，天气还没有热透，后面还留两个月的暑假可以随意安排。

日期确定下来，林霜直接告知了身边人。林霜姑姑先有意见，觉得这婚礼太过随意，林霜这边还是有家里人的，周正那边虽然没有爸妈，但好歹也有一大帮亲戚在，两人玩得跟过家家似的，着实出格了些。

付敏心里也失落，林霜请她出席，仅仅是出席喜宴，送嫁、敬茶这些环节统统没有。时至今日，林霜还没有在人前敞亮地喊过她一声"妈妈"。

但林霜向来自作主张惯了，谁也管不了，她也不服管。她就是这样，性格不算冷清，也不能说难相处，只是太有自己的主意，太不看重这些。

最后，大家找的人都是周正。

周正老家那边可能更麻烦些，乡下看重的是热闹和排场，真要按传统来办，市里一场婚礼，村里还要有一场。周正奶奶眼巴巴地盼着他结婚好多年，老人家的心愿，他想不从也不行。

周正真有点犯晕。

好在最后都顺顺利利沟通好了。

林霜定的蜜月旅行就在婚宴之后，选的是东南亚的老牌六星蜜月岛。正值淡季，酒店价格合适，林霜多定了两晚，加上在中转地的观光停留，一共两周的时间。

苗彩感慨她动作之迅疾、流畅："我跟赵峰结婚，前前后后准备了一年多，看了那么久的蜜月攻略，最后凑合来了个省内游。你倒好，一口气领证、结婚、蜜月都办完了，一气呵成。"

林霜笑了笑，撑着下巴，悠闲地喝了口下午茶。

"请问新娘，这几个月，你还有需要操劳的吗？"苗彩掰着手指头，"没有婚纱照、没有伴郎伴娘、没有接亲、没有婚庆、没有仪式，就等着去酒店吃一顿就行了，也太安逸了吧？"

简洁、清爽、利落，丝毫没有糟心之处。

"忙着布置家里。"林霜道，"家里客厅比较宽敞，那天我们会有一个小小的家庭酒会，提供餐点和美酒，请玩得不尽兴、喝得不满意的朋友到家里坐一坐、聊一聊。也会在小区旁边的森林公园搭一个小型的婚礼布景，亲友可以一起拍照什么的。"

这是周正的意思，至少可以有个场合，让亲朋好友能在一起交流。

时间过得很快，当人对某一件事有热情时会格外专注，林霜加快了布置新家的速度。早上她通常和周正一块儿出门，把他送到学校上课，自己去奶茶店晃一圈，再到新房整理屋子，把家里一些不常用的物品一点点搬过来，空荡荡的屋子慢慢变得充盈起来。

周正惊叹于她对新家的改造力，他再踏入新房，发觉整间屋子的光和影都在悄悄变化，一点点地改变，比如家具摆放的位置，灯的明亮度，窗帘、绿植、地毯和挂画的数量，带来的视觉效果截然不同。

"以前刚毕业的时候，当过一段时间的店铺服装陈列师。"林霜悠闲自得地趴在窗边休息，"经常半夜去店里布置，什么都不精，但什么都懂一点点，色彩、灯光、装饰、摄影、布景……"

"真厉害！"周正折服，"还是原来那些东西，但质感完全不一样了。"

林霜当然是心灵手巧的，从周正身上就能看出来，她实实在在改变了他、重塑了他，至少两人走在一起，说出"男才女貌，两位很般配"这话的人越来越多了。

林霜的婚纱是托朋友的关系，委托某位归国的新锐婚纱设计师帮忙设计的。她自己有服装设计的功底，对面料、版型和剪裁风格都有明确的需求，她自己也做了些功课，画了初版设计稿。

周正经常能看见她夹着烟坐在书桌前改设计稿，甚至翻出塞进壁橱里的几个箱子，摊开一堆色彩鲜艳、质感各异的布料。

"这些都是我以前屯的一些面料，有很喜欢的，就买下来收藏。"林霜扬起手中一块光滑如水波的布料，"面料就像皮肤一样，不同的面料有不同的特质，我想要一件缎面婚纱，鱼尾要有型，又要足够顺滑垂坠，也许可以换块硬一点的布料。"

"你很喜欢做衣服吗？"周正柔声问她，"这些布料都很漂亮、绚丽，很像你……"

"我从小没什么特长，也没什么爱好，不过小时候有很多的洋娃娃，因为大家都说我长得像洋娃娃。我经常会把自己的旧衣服拆开，给娃娃缝衣服，换新裙子。后来高考成绩出来，我爸一看那分数，学别的也没什么好学校，就这个服装设计专业听起来还挺时髦，也像我的风格。"她抚摩着手中的面料，"上大学的时候，我们就自己给自己设计衣服穿。"

周正看她专心致志："你是不是可以为自己做一件婚纱？"

林霜摇头笑了："我基础功不够扎实，立体剪裁学得太烂了，做做日常衣服还行，这种定制礼服是道坎儿，手工活儿要求很细致，我做的不一定拿得出手，还有面料和工艺这些，我没有这方面的资源。"

她这种末流学院出身的服装设计师，读书时没有良好的学习环境，工作后又没有持续精进，底子烂，全凭自己的天赋在赚钱。

"后来那个网店怎么经营不好了呢？"周正问她，"我觉得你设计的裙子很漂亮，后来是设计失败还是选款不好？突然就停业了吗？"

林霜瞄了他一眼，淡声道："主要是利益问题，我跟那时候的男友分红不均，我占了大头。那个店铺，他也有投资，想要多拿点红利，我不肯。后来他拿自家工厂生产线要挟我。那年新出了几款爆款，工厂屯了几万件货，我不退步，衣服全压在他手里不发出来，结果市场饱和，我们那批货只能亏本处理，我直接把店关了，扔下他不管了。"

"……"周正这会儿不知道如何安慰她。

"反正我也没亏，那两年也算是赚了些钱。"林霜冷哼了声，"亏的是他自家的工厂，自作自受。"

"不过……如果那家店还在，如今也应该是个小网红店了。"她稍稍有点遗憾，"那一年本来可以赚很多钱。"

"也许你可以在北泉开一家店。"周正想了想，"再把这些漂亮的布料挂出来，做服装设计，出品好看的裙子和衣服，而不是再开一家奶茶店。"

"在菜市场门口开家裁缝店吗？踩缝纫机给人修裤脚吗？还是给老奶奶做老年装？"林霜笑了。

她对自己的能力没信心，开一家服装设计店，在北泉这样的城市未必能赚钱，否则当初怎么会选开奶茶店？

"新家不是有两个卧室吗？我们占了一间，还有一间空着。"

那个房间初步定义为客房，眼下还空着，没有布置。

"如果你喜欢，可以改成你的工作室。"周正道，"放一张手工台，买台缝纫机。房间窗外就能望见森林公园的休闲湖，有山有水，视野很好，灵感也应该很好，你可以对着窗外的景色做点自己喜欢的手工，自己穿，或者放到成衣店去寄卖，总会有人喜欢吧。"

"那个房间不是有用处的吗？以后你奶奶和家里亲戚来市里住哪儿？"林霜回头瞅他。

"买张折叠床就好，平时不用的话就收进储藏室里。奶奶不会来市里久住，她不习惯城市生活，我们多回乡下看看她，多陪陪她就好。其他亲戚来，也是偶尔借住一两日。"周正牵着她的手，"家是我们两个人的，应该先容纳我们俩的生活。"

林霜在他手臂上捏了一把："你老实说，开始装修这套房子的时候，是不是就想对我图谋不轨？"

没有卖房销售人员夸夸其谈的儿童房、老人房，取而代之的是宽敞的衣帽间、通透的落地窗和地台、女孩子喜欢的墙色和浴缸，明显就是迎合她的喜好。

"万一你愿意和我一起搬进来呢？"周正摸摸她的脸颊，"做人当然应该有梦想。"

他说她是他的梦想。

林霜勾起了唇角。

"你的婚纱请人帮忙设计，那我的呢？"周正问她，"婚礼那天，我应该穿什么？"

"白衬衫配西服就好。"林霜思忖，用手捏捏他的衣领，"也许……我可以学习一下……亲手做个领结？再帮你定制一套特别的结婚西服？”

“情侣装吗？”

“当然！可以把我婚纱上的余料缝在西服的内衬上，也许可以用同样的材料。”林霜眨眨眼，语气有点骄傲，“独一无二的婚纱配独一无二的西服，就像独一无二的我配上独一无二的你。”

她用指尖戳着他跳动的胸口。

从什么时候开始，她不是以前那个林霜了？不是那个飒爽抽烟让他走开的人，而是开口说酸不溜秋、黏黏糊糊情话的人。

“会不会很贵？”周正皱眉，“我衣柜里已经有西装了，穿旧的就可以，不用再添了。”

林霜扳过他的脸：“周正。”

“嗯？”

“我有没有告诉过你，我很有钱，完全可以奢侈一把？”

她的那个奶茶店，旺季每个月的收入有两三万，在北泉，这个收入真的算挺不错了。

“回北泉之前，我那个网店每月的收入是现在的几倍。”她笑眯眯地伸出了好几根手指。

周正瞳孔放大，似乎被这个金额吓到了。

“真厉害！”他叹了口气。林霜当年是有多么辛苦，才能做到这个地步，又是怎么看上他的？

“我养你啊，周老师。”林霜捏捏他的下巴，“你躺着享受就可以了。”

周正搂住她，闷声问：“我是不是要努力点，提升一下自己的能力值？这样才能配得上你。”

“你觉得呢？”林霜摸摸他毛茸茸的脑袋，戏谑，“你觉得提高什么能力最重要？”

周正突然朝林霜笑了笑，那笑容有点邪恶，带着几分散漫和风流，他俯在她的颈窝深深地吸了口气："我不知道。"

林霜"扑哧"一声笑出来。

在周正的怂恿下，林霜把她那些压箱底的布料拿出来，让它们重见天日。她犹犹豫豫，还没什么特别的想法，周正已经把手作台和展示柜搬进了新家。

按周正的说法，就算什么都不做，摆在家里也算是个纪念。

林霜欣然接受。

这几个月两人陆陆续续收了上百个快递，加上逛街大包小包带回来的，林霜每天拆包装拆得心花怒放。周正的生活方式类似于极简，但她更喜欢花哨、精致，两人在一起，好像格外互补，不多不少，刚刚好。

婚礼前，付敏和漆雄来看过婚房，漆灵和漆杉也来了，周正招待他们，他和漆雄一家人的关系倒比林霜更好些。漆灵向来是在人前迸不出两句话的人，但在周正面前听话多了。漆杉对林霜没什么感觉，却很喜欢周正，一口一个"姐夫"叫得格外清脆，显得林霜跟个外人似的。

付敏带了东西，最后在卧室里把沉甸甸的红色塑料袋塞进林霜手里："这十万块钱是给你的嫁妆……有点少，也是我的一点心意，别嫌弃。"

十万块里面还包括付敏的私房钱，她已经尽力了，家里三个孩子，后面还有漆灵和漆杉，还有很多要花钱的地方。

林霜摇头拒绝："不用。"

"收着吧。"

"不用给。"林霜把钱塞回付敏手提包里，"我们俩收入都还不错，不缺钱，不需要双方家里补贴。这笔钱，你存起来，留给漆杉吧，你年龄也大了，他还小呢。"

漆杉好歹是她同母异父的弟弟，这种血缘关系说不上多亲近，但只要不互相拖累，那就够了。

付敏轻轻叹了口气。

客厅传来漆杉玩游戏的笑声，林霜把周正推出来当挡箭牌："我和周正没有彩礼、嫁妆这个说法，结婚是我们两个人的事情，不需要家里的帮衬，我要是收了这钱，周正心里也过不去。"

这笔钱最后还是退回到付敏手上。

一家人说起婚礼的安排，林霜问付敏："要不要我陪你买件喜庆点的裙子？到时候周正的奶奶和亲戚们从乡下来，你帮忙招待一下。"

"好。"付敏点头。

婚礼在即，林霜还有一堆事情要忙，奶茶店那边，索性请了个新店员，她隔几日会去盘库补货。学校周边渐渐少了一道亮丽的风景线，加上周正的喜帖已经送到同事手里，板上钉钉的事情，大家都默认老板婚后退居幕后，当起了家庭主妇，惋惜的人不在少数，调侃周正的人更多。

八卦说什么的都有，有羡慕的、忌妒的，谣言传得满天飞。甭管怎么说，周老师的确有能力和手段，不然怎么在众多追求者中杀出一条血路，抱得美人归呢？美女也是看菜下碟，不是什么人都能追到手的。

周正一贯挺沉稳的，对流言蜚语向来都是不置可否，加上高考前学校气氛紧张，他每天早出晚归，埋头苦干，先把心思都扑在班级上。

老房子的用品被一点点地搬到婚房里，还有些旧的、闲置的都被送回了乡下。林霜也跟着周正回去看奶奶。二楼的房间空荡荡的，正好重新布置一番，配着窗外的荷塘绿山和夕阳西下，偶尔来住个一两天，也算是半个梦想中的乌托邦生活了。

婚礼前最后一次回乡下，周正找顺仔商量婚礼当天的安排。村里要请的亲邻不少，包车来回接送和回礼这些，都要委托顺仔照应。

林霜不管这些麻烦事，只陪着周正奶奶倒腾家里的储藏室，翻出了当年周正父母结婚时的一个针线箱。那箱子积了厚厚的灰尘，油漆已经斑驳，造型复古，样式挺别致，林霜打算擦擦带回家，摆在工作室里，当作纽扣和珠料的收藏柜。

周正奶奶看林霜，也是越看越喜爱，看她丝毫不嫌弃，便慈祥地摸着林霜的手："你还喜欢什么？都搬回家里去，这些东西都没什么大用处，以后只是劈了当柴烧。"

奶奶指着角落里一张婴儿床："这是阿正小时候睡过的小床，用料挺扎实的，是他二叔亲手打的，上头还雕着字，你们以后有孩子了，也用得上，先收拾出来，搬到楼上放着也好。"

林霜笑了笑："不用了，奶奶。"

"你们俩年纪不小了，也该准备准备了。"

年龄的确不小，两人都二十八了，一般在这个年龄迈入结婚的行列，同时也准备着要孩子。

"眼下还没有生孩子的打算。"林霜含笑道，"您问问阿正，他知道的。"

回市里之前，周正和奶奶在屋里聊了聊。林霜站在外头抽烟，看见周正出来，把烟掐灭。

周正冲她微笑："回去吧。"

"聊完了吗？"

"聊完了。"

两人回去的路上，林霜问他："奶奶同意吗？"

"不太同意，可那是我们两个人的事情，奶奶让我们再好好考虑考虑。"周正叹了口气，"奶奶年龄大了，上辈人的思想难以扭转，多给我一点时间吧。"

"你怎么解释的？"林霜挑眉。

"我很早就失去了父母，自己过了很多并不开心的日子，也没有想好自己如何当父母，不知道能否给孩子一生的快乐和富足。"周正低声回她。

"那你考虑清楚了吗？"林霜柔声问。

"遇见你之前，一切无从设想。"周正坦承，"遇见你之后，才觉得人生可以和别人不一样。"

林霜笑了，调侃他："数学老师什么时候改教语文了？人生观这么可圈可点。"

周正摇头笑了笑，问她："那你准备好了吗？"

"准备好什么？"

"当然是嫁给我。"周正柔声道，"马上就是婚礼了。"

林霜闭上眼，含着笑，轻飘飘地"嗯"了一声。

周正，你爱着的人也爱你，别害怕。

时间过得真快，两人的婚纱礼服已经寄过来了，他们都没有看过对方试穿新衣的模样，把最完美的第一印象留在结婚那一天。林霜对结婚没太大的感觉，但她对挂在衣帽间的婚纱很有感情。哪个女孩子会拒绝漂亮又梦幻的婚纱呢？

高考结束之后，婚礼前一周，两人开启了正式搬家的计划，旧房子已经完全清空，还添置了些新家具和生活用品，干干净净的，留给林霜的爸爸。

两人这几个月给林海寄过信件和照片。林霜之所以不等父亲出狱，一来是不想煽情；二来是有些错过的时光就是错过了，林霜的人生里没有"等待"这两个字。

张凡帮周正把大件小件搬进了婚房，又帮他断断续续地把新家收拾完毕。第一次睡在那张两米的大床上，周正失眠了。

当然是床垫太软，真丝床品太丝滑，枕边人气味太香，以及卧室太大的缘故。人生的梦想一件件达成，他很难想象那种已经脚踏实地、心却依旧悬浮的晕眩感。

婚礼那天早上，周正醒得出奇早，林霜却睡得格外安稳。

早上五点，窗外已经天光大亮，周正出门，拐到森林公园晨跑。一个小时后，他大汗淋漓地回家。林霜被他的动静吵醒，撑着脸颊，懒洋洋地趴在床上看他。

"午宴十二点开始，我们十一点入场，现在有五个小时的准备时间，这位新郎，你会不会起得太早？"

周正双手扯起衣角脱掉 T 恤，露出沾着汗、闪闪发光的肌肉。周正有点紧张，绷着唇角邀请她："要不要一起去泡个澡？然后早点准备一下？上午张凡和苗彩他们都会过来帮忙，妈和姑姑也会来，还有奶奶和二叔他们。"

从什么时候开始，他喊她家里人喊得比她还亲热。

林霜眨眨长睫，捂着唇打了个懒散的哈欠，垂着脑袋点头，然后被他抱起来。她半睡半醒地赖在他身上，一起去了浴室。

两人泡进浴缸，拧开音响放流行音乐，林霜甚至拿来两片面膜和一瓶红酒，敷着面膜闲散地聊些日常话题——今年的高考试卷和学校的升学率，奶茶店的新品和优惠活动，份子钱的多寡和社会经济的发展……

聊天气氛极佳，彼此的感觉都很好，林霜突然卡壳，杏眼睁大，撞了周正一下，表情严肃："你有没有给罗薇发双份喜帖？当初她结婚，我们可是出了双份份子钱的哦。"

周正那颗好不容易放松的心："……"

从浴室精神抖擞地出来，两人一边吃早餐，一边打电话给身边人确认今天的行程，除了酒店，他们只请了跟拍的摄影师和花店布置人员，连化妆师都没有。林霜自己的功力了得，她和周正两人的造型全由她和苗彩负责。

"太阳照进来了。"带着盎然生机的阳光在屋里切割出大片的光亮和阴影，白纱帘被微风拂动，时不时露出窗外的一点风景，屋里的音乐还在轻轻飘荡，时光惬意。新娘邀请新郎："趁着人来之前，我们要不要跳支舞？"

"跳什么舞？"

"华尔兹或者交谊舞。"林霜向他伸出一只手，"其实跳桑巴也合适。"

"可我不会跳舞。"周正皱皱眉头。

"随便啦。"林霜拖着他的胳膊，"跟着节拍转圈圈就好了。"

他两只手圈着她的纤腰，她揽着他的脖颈，两个人的身体贴在一起。屋里音乐静静流淌，两人随着节拍随意晃动，气氛轻松又甜蜜。

"周正。"

"嗯。"

"你的心跳很快欸。"

"有吗？"周正沉声问。

"紧张吗？"

"有点吧。"

"别紧张，一回生，二回熟，青涩的第一次永远值得原谅。"

"……"周正磨了磨牙，隔着她的晨袍，在她屁股上重重拍了下，旋即又补了句，"没有第二回！"

林霜嘟囔了一声："你猜，我们今天会收到多少红包？够不够付酒席钱？"

"……"

"形式主义害死人，如果大家不是为了收回份子钱，一半的婚庆产业都要倒闭吧，要不然我去开家婚庆公司怎么样？我觉得定制的婚纱租赁应该不错，开一单能吃一个月。"

周正忍不住了："能聊点其他的吗？"

"聊什么？你说。"

周正想了想，说："昨天晚上睡得好吗？"

"……"睡在你身边的人，睡得好不好，你心里没数吗？

突如其来的门铃声打断了音乐。早上九点，苗彩先过来帮林霜准备化妆和换装。

接着来的是张凡和谢晓梦，他们帮周正布置屋子，处理电话和杂事。

省去了迎亲和接亲的环节，但来家里凑热闹的人不少。付敏和林霜姑姑一家都来了，漆灵、漆杉和周丰、周雪也提前过来。新郎新娘都在屋里化妆，张凡就是现场主持人，里里外外忙着招呼客人，活跃现场气氛。

客人招呼到了一半，电梯门打开，大门前鬼鬼祟祟地探出了几张青涩的面孔："是周老师家吗？"

原来是周正班上的学生过来凑热闹，给老师和师母送祝福。

摄像大哥是周正的朋友，戴着鸭舌帽招呼道："来来来，大家来拍一张大合影。"

卧室的门关着，门外吵得沸反盈天，周正平生第一次享受了一把全套跟妆服务，空气感蓬松的小油头帅到惨绝人寰。苗彩啧啧赞叹："我觉得周老师油一点更好看，平时太清爽了，现在随便抛个眼神，都有点风流倜傥的感觉。"

林霜点点头附和："你说他平时是不是教书教得太多，紧紧的、韧韧的，有点控油过度了？"

"别的不说，这个身高立马拉上去了，妥妥的小说男主啊。"

周正脸微微发烫："……"

"你们两个，要不要抓紧给新娘化妆？"他躲过林霜的唇膏，"我出去照顾下大家。"

苗彩把他摁回座上，给他上粉底："霜霜皮肤底子好，我们俩一起上手挺快的，不耽误时间。新郎要好好收拾下，不然待会儿出门，怎么配得上这么漂亮的新娘子？"

♡　♡　♡

周正换好西服，有点腼腆地站到众人面前，家里的客人眼前一亮，继而响起了热烈的口哨声和鼓掌声。

他身材偏瘦，肩背的线条很漂亮，这个年龄还有少年感，西装挺括，但又完全贴合身材，衬得人脱胎换骨地挺拔。林霜看惯了平时给他搭配的休闲装，这会儿也觉得这个男人英俊非凡。

轮到新娘化妆，那就真的是简单利落，林霜自己描眉画唇，苗彩帮忙做头发造型。在衣帽间里换完婚纱，苗彩看了看穿衣镜，又看了看真人，酸溜溜地道："有种天仙下凡、公主出阁的感觉。"

以新郎为首的门外客看见卧室的门打开，那一刻所有人都怔了怔，屋里安静了几秒，而后响起了爆炸般的尖叫声。

新娘身材足够完美，婚纱没有厚重的蕾丝和水钻，没有长拖尾和大裙摆，只是简洁利落的缎面鱼尾裙，一颗颗珍珠跳跃其间，难以描述那种质感和性感，好像所有的光都汇集在她身上，她站在那儿微笑，头上披着的白纱俏皮又灵动。

周正知道她永远是高傲的、珍贵的、难以触及的，是他穿过很多年的岁月依旧无法忘怀的唯一。

周正站在她面前，深深地吸了口气，极绅士地伸出了自己的手。

林霜微微挑眉，眼睛千折百转地看着他，含着笑意，柔美又婉转地递出自己的手，优雅地放在他手心上。

周正握紧她的手，凑近她的脸颊，想要索吻。

屋里响起了震耳的喧闹声。

在嘈杂的声音里，林霜悄悄耳语："别太用力，你嘴上有口红，我脸上有粉底，待会儿咱俩的妆都花了，这么热的天补妆太麻烦。"

周正忍住笑意，隔着她的头纱，在她脸颊上落下轻轻的一吻。

重要的亲戚朋友都在场，距离去酒店还有点时间，张凡活跃现场气氛，鼓动大家和新人合影，连周正的奶奶和他二叔二婶都赶来了，这也是付敏第一次和周正家里人见面。

林霜介绍道："这是我妈妈，这边是奶奶、二叔、二婶，还有弟弟妹妹们。"

"一看就是亲母女，丈母娘真年轻，怪不得，有这样的丈母娘，才能有这么漂亮的新娘。"

"我妈妈年轻的时候也很漂亮。"林霜挽着付敏的手臂，冲摄像师招手，"帮我和妈妈拍张合照吧。"

付敏心头酸胀难当，悄然落泪。

在家里吃过喜糖，喝过茶水，趁着天气好，森林公园也有拍照的外景台，一堆人簇拥着新郎新娘下楼。摄影师拉长了镜头，拍出了在外景走秀的架势。

没有花车如龙、鞭炮齐响的大阵仗，但小区邻居都纷纷侧目，难得见这样清新脱俗的结婚形式，也难得见到这样惊为天人的新郎新娘，璧人成双，热烈的阳光和珍珠压坠的头纱也无法阻挡两人对视时的缠绵爱意。

简单拍过照，午宴时间将至，酒店那边是漆雄帮忙盯场布置。他打电话过来让周正掐着吉时入场，大家纷纷散场去酒店吃席。两人的婚车就是自家的车简单贴了点装饰品，周正自己开车，车子就停在森林公园入口处。

车刚启动，周正又猛然熄火，林霜问他："怎么了？"

"差点忘记了，早上在浴室，我们喝了不少红酒。"周正抿唇，"喝酒不能开车，这是酒驾。"

"红酒三四个小时就代谢掉了。"林霜掰着手指头数，"你晕吗？"

"晕。"周正点头，"我整个人都是晕的。"

不知道是酒的后劲还是结婚的原因，他这一整天心跳得特别快。

"我也头晕。"林霜揉揉太阳穴，早上那瓶红酒，两人在浴缸里泡了一个多小时，喝了一半多，完全忘记开车这茬儿。

车上就他们两个人，林霜忍不住望天："喊个人过来开车。张凡呢？"

"张凡当司机，车上坐了你妈妈、漆灵和漆杉他们。"

"苗彩车上带了摄影师。"

"其他朋友呢？还有谁会开车？"

"会开车的都带了人，出发比我们早。"

"不如……我们喊个代驾？"林霜犹犹豫豫，忍不住捂脸，"婚车喊代驾，像话吗？"

周正打电话给顺仔。顺仔这一天当全职司机，他先把周二叔、周二婶和奶奶送到婚房，再去酒店那边招呼村里过来的宾客，这会儿应该有空。

司机这个位置，还得留给顺仔。

谁让他是两人完整恋爱的见证人呢！

其他人都出发了，只有新郎新娘还留在原地等司机。

急也没用，两人坐在车里等司机，顺便……聊聊天。

周正把她的头纱放下，朦朦胧胧挡住她娇嫩的面容："我第一次看见这么漂亮的、缝着珍珠的头纱。"

"我自己做的，拆了我一条珍珠项链，好看吗？"

"很好看。不仅是头纱，任何地方都很美……像梦境公主一样。"

"你也很帅。"林霜整理他的西装，"帅得不像数学老师，像白马王子。"

"我不是白马王子。"周正低语，"我应该是站在城下的骑士。"

"那也是我提拔上来的亲卫队队长。"

"可以亲亲你吗？我的公主。"

"当然可以。"

周正小心翼翼地撩起她的头纱，小心翼翼地亲吻她的红唇，温柔辗转，轻盈缠绵。

车窗响起了叩叩的敲击声，顺仔火速打车过来，急得直喘气，一脸难以置信："酒店那边客人陆续来了，你俩不迎宾，还有心情在这儿接吻？"

两人无奈地一笑。

好事总是姗姗来迟。

新郎新娘到了酒店，真的就是人型站立板和拍照背景墙。一开始按照两人的预定，婚礼请的客人并不算太多，主要是两人的同事和朋友，后来又来了一些周正村里的亲朋，还有周正以前教过的一些学生，实际的桌数也不算少。

罗薇也带着老公和孩子出席，一家三口和和美美地跟新郎新娘拍照。

林霜觉得自己笑得脸都要脱妆了，本以为这样的结婚流程不会太累，哪想只合影这一项就能累死人。

好在没有婚庆节目，开席之后，新郎新娘跟大家一起吃喝，但仍安排了主持人。主持人当然是张凡，他是学校的文体干事，对学校活动也主持了不少，插科打诨、活跃气氛不在话下。

按学校的风气，肯定有致词环节。周正请的是丁严开场，校长压轴，他的师母和林霜姑姑也登场。故事始于两个媒人撮合的一场相亲，劳苦功高，值得宣扬。

当然新郎新娘也要上台说话。林霜台词少，其实无须她开口，美女登台，镁光灯聚集在她身上，粲然一笑，效果便是轰动。

周正的稿子是他自己写的，力求简短、诙谐、生动活泼。然而拆台起哄的人实在太多，他说一句，旁边有人补刀一句，整出了脱口秀的架势，羡慕、忌妒的人太多，大家都不爱给新郎面子。

他举杯，一掣一笑潇洒自如："既然大家都爱拆台，那我只能卜台回到新娘子身边，顺带祝大家酒足饭饱、生活愉快。"

"今天没有新郎新娘比拼酒量的环节，只有欢快轻松的酒宴，喝醉之前，让我们一齐举杯，祝新郎新娘白头偕老，百年好合。"

林霜欣然接受递过来的香槟。

这顿饭除了张凡，最后人人吃得很尽兴。

宴席之后，两人送别亲友，带着沉甸甸的礼包回到家里。

家里阳光正好，林霜换下婚纱，周正脱了西服，两人穿着简单的长裙和衬衫招待一起来家里的客人。

付敏、周正奶奶和周二婶聊起了家务事，孩子们则凑在一起聊天、拆红包。谢晓梦陪着张凡吃东西，连兰亭和郭远都慕名来观赏两人的婚房。朋友们坐在一起随意聊聊天，喝点酒，谈点乱七八糟的话题。

等所有人都散尽，已经是晚上了。

两人坐在卧室地板上拆红包，金额可观，除去支付酒席费用，还能剩一笔。

林霜拢住满地的红包，觉得今天的辛苦还算值得。

两人把搭在床尾凳上的婚纱和礼服搬去衣帽间。

"干洗后封存起来留个纪念吧。"林霜抚摩着婚纱，微微叹气，"它们已经完成了自己的使命。"

"如果你想穿，可以随时取出来穿上。"周正搂住她，嗓音沉哑，"我们可以重新穿上，在家里跳舞。"

"让我再试试。"林霜微笑，"我们现在就可以跳一支舞。"

她在穿衣镜前重新穿上了白纱，残妆艳丽，发髻微散，少了圣洁、优雅，多了慵懒、缱绻。

林霜在镜前踮脚转了个圈，裙摆飞扬。

周正去放洗澡水，顺便拧开了音响。

两人静静地相拥，在音乐里轻轻晃动身体。

他崭新的白衬衫不知何时沾了她的口红，像伏在雪里的玫瑰，有股清朗又靡丽的味道。

"累不累？"

"有点。"音乐声出来，林霜枕在他肩头，疲倦得有点睁不开眼。

"我抱着你……一起去泡个澡？"周正的手贴着她光裸的后背，沿着她的脊椎骨一点点往下滑，嗓音沙哑、性感，隐隐带着一丝诱惑。

"你行吗？"林霜哼笑，"有力气折腾？"

"试试不就知道了？"周正的唇贴着她玉雕似的耳郭，抬眼望着阔大的穿衣镜，镜子里两人华服靓装，交颈偎依，有一种天荒地老的氛围。屋子里静静的，只有两人的呼吸声，他突然涌起滚烫的心绪，轻薄的话语从喉间直抵耳膜："想在这里……脱下你的婚纱。"

"臭男人，臭不要脸！别以为我不知道你在想什么。"林霜闭着眼笑，皱皱鼻子。

白衬衫的料子很软，林霜能感觉到他随着呼吸起伏的肌肉，她笑盈盈地添了句："你要是能找到脱这条裙子的方法，算我输。"

她笃定，怎么会有男人能解开婚纱？

"是吗？我找找……"周正轻声耳语。

他认真寻找衣扣，一遍遍，从上至下，细致又缓慢。

她晕乎乎地伏在他肩头轻轻喘气。

周正呼吸又沉又缓，却还自持着，留着一点清明的神志解题。

婚纱轻盈、简约，又是量身定制，完全贴合林霜的身材曲线，没有拉链，没有系带，到底是怎么穿上去的？他来来回回地耐心摸索，却也逐渐失了耐性，手越摸越急，喉咙越来越干涩，克制力告罄。

"衣服很贵哦！"林霜脸颊微醺，温馨提醒，"你要敢弄坏一点点，就死定了。"

"嫁给我的婚纱，怎么能弄坏？"周正的嗓音像沸腾水壶上的白雾，又烫又模糊，"它要永远崭新、漂亮、完美。"

他又从她的珍珠头纱开始找，一路流连，揉揉捏捏。

"是这里吗？"周正的指尖停在缀在裙上的珍珠上，哑声问，"这个蝴蝶结中间的珍珠是个纽扣？"

拿惯粉笔的手指钻研她的裙子，最后轻轻一捏，林霜猛然察觉紧绷的裙子失去了束缚，松松地挂在她腰上。

两人不约而同地发出一声轻呼。

周正轻轻地松了口气。

他的脸也是红的，微醺中带着情潮，眸子格外黑亮、灼烫，只是望她一眼，旋即把吻递过去，唇瓣迫不及待地贴在一起，完全沉醉在这迫不及待又激荡缭乱的节奏里。

♡　♡　♡

婚礼之后，林霜和周正在家窝了两天，第三天去付敏家吃饭，接着又去林霜姑姑家和丁副校长家答谢，最后拎着大包小包回乡下，陪奶奶住了几日。

学校理解，同事贴心，这个暑假周正的值班日大大减少，他们再回到市区，就是收拾行李出国度蜜月。

两人告别亲友，开车去宛城机场坐国际航班。从宛城直飞新加坡，在樟宜机场停留三小时，林霜已经蠢蠢欲动，按捺不住，在免税店买了一堆东西。她好几年没有出国，过去和现在的心境截然不同。

周正亦步亦趋地跟着她，一只手拎着购物袋，另一只手拿着一本外文小说。林霜见缝插针地问他："哪儿买的书？家里带来的？"

"旁边有个书店。"周正埋头看书，"有国外畅销悬疑小说，国内买不到的，我买两本打发时间。"

林霜忍不住想翻白眼。出国之前，她禁止周正带电脑工作，也约定好两个人不刷手机、不玩电子产品。周正明显先想了一下，而后才认真点头说"好"。

在岛上八天，他是不是怕光吃喝玩乐这几项能憋死自己？

"以前出过国吗？"林霜问他。

"出过。"周正点头，"大四毕业那年跟同学去了趟东南亚，从云南出境，搭车去了泰国、缅甸和老挝，还去过西藏，在尼泊尔边界转了转。"

"不错啊。"林霜夸奖他，"穷游"没跑了，这人真没享受过。

两人从樟宜机场再转机到马累。有旅行社来接他们，又安排乘水上飞机到蜜月岛。林霜已经换了一身鲜艳的度假装扮——大檐帽、沙滩裙、人字拖，等看见清水白沙、椰林树影时，已经是第二天中午。

天和海格外蓝且清透，岛上游客不见踪影，除了私人管家，似乎空无一人。林霜喝过欢迎香槟，呈大字平躺在床上，懒洋洋地打了个哈欠："美好的蜜月开始了，真想好好睡一觉。"

周正翻看酒店指南："管家说今天餐厅有日落舞会，酒水免费，要不要去？"

"有舞会？这种活动怎么能少得了我？快扶我起来，我洗个澡收拾下自己。"林霜枕着自己的手，"免费酒水，这'羊毛'不薅不是人。"

周正笑着看她："你在免税店也这样说。"

他把她从床上拖起来，抱进浴缸里。林霜问他："欸，岛上有没有中国人？舞会上我能跟谁聊天？"

"没有中国人，好像有两对日韩夫妻。"周正收拾行李箱，"用英文可以跟所有人聊天。"

林霜脖子缩了一下，她的英文磕磕巴巴的，简单沟通大概没什么问题，要是跟人聊天，还是有点困难。早知道每天早上的英语新闻应该认真听一听，亡羊补牢一下。

不过，这顿免费酒水还是喝得很开心的，他们坐在海边欣赏金黄的夕阳一点点沉落到海平面下，整个人都身心愉悦。

混酒一不小心喝得太多，还没等吃完晚餐，林霜已经晕得分不清东西南北了。

周正牵着她的手，在璀璨的星光下沿着海滩漫步回去。

"能找到我们的房间吗？"

周正拎着人字拖，踩在湿软的沙子上。

"当然能。"周正回道，"沿着海滩走到尽头，后面还有片私人沙滩，右边第三条岔路，树荫最浓的那间就是。"

"黑灯瞎火，你的方向感还挺强的。"林霜夸奖他，"以后出来旅游，我就当甩手掌柜好了，交给你一手包办。"

"以后每年都旅游一次，行吗？"她问他。

"当然可以。"周正微笑，"寒暑假本来就是休息用的。"

"下学期的教学计划安排出来了吗？高一还是高二？"

"从高一开始教，一路带到高三，兼三年数学竞赛班教练。"周正握着她的手，"还有几个证要考，研究课题也要抓。"

"学校剥削真厉害。"林霜摇头叹气，把这些杂事都挥之脑后，扯着他向前走，"不管这些，先好好休息几天吧。"

说是好好休息，那就真的是休息，两人每天睡到自然醒，吃完早午餐，发呆、晒太阳、骑车、逛小岛、做 SPA。周正大概从来没过过这么闲散的日子，起初两天还有点不习惯，后来跟着外国游客从沙滩排球打到桌球，加上跑步健身才稍稍适应了一些。从沙屋换到水屋后，房间有星光泳池和浅水海域，林霜又迷上了游泳和日光浴，成天拖着周正在水边玩。

"要不要跟我一起去浮潜？或者我们去玩舢板？"林霜趴在泳池边问周正，"你还要在椅子上躺多久？书还没看完吗？"

周正不下水，每天拿着她的防晒霜守在水边，躺在水边长椅上晒太阳、看小说，隔一会儿抬头看看她。

"还有一点。"他扬扬手中的书，"我看得慢。"

林霜在水里潜了个来回，又游到他身边，抹了把脸上的水花："要不要出海？我们去看海豚、去钓鱼？"

周正摇摇头。

林霜从水里探出手，拽他的裤脚："周正，你跟我聊聊吧。"

"聊什么？"

林霜像美人鱼一样在水里浮浮沉沉："你是不是不喜欢海岛蜜月？怎么都不玩水？"

"当然没有，我很喜欢。"周正垂着眼，"只是要小心点，现在是雨季，风浪有些大，游泳要小心些。"

林霜喝了口搁在地上的果汁，想了想，仰头问他："周正，你会游泳吗？"

周正点点头，又摇摇头："小时候会，不过很多年没下水了，现在大概不会了。"

"你这几天都没下过水，真的不想试试吗？我们就住在水上。"林霜眨眨眼，"昨天下了场阵雨，你都不让我待在泳池里。周正，你怕水吗？你害怕吗？"

周正的目光从书中抬起来，他看了眼蔚蓝无际的海面，想了想，抿唇："也没有害怕，只是不习惯。"

他走过去给林霜手臂和背上抹防晒霜："小时候我很喜欢在河里游泳，但我爸妈出事后，爷爷奶奶禁止我去水里，哪怕我是在水库或者河边玩，只要被他们看见就会挨揍，后来……就再也没碰过水，后来我长大了，也没有尝试的想法。"

"那是场意外，也快二十年了。"林霜盯着他，"你想到水里试试吗？"

周正抿唇没说话。

"我可以教你。"林霜潜进了水里，又哗啦一声冒出水面，嗓音清脆，"周正，我可以保护你。"

周正坐在泳池边，久久看着眼前令人眩晕的蓝色，看着水里灵动的人。

"我不需要你的保护。"他看着林霜整个人漂浮在水面上，守着她，平静道，"我应该保护你才对。"

"想要保护我，那就要先和我在一起哦。"

林霜朝他笑了笑，翻了个身钻进水里，摆动长腿，最后从他面前的水面冒出来，溅了他一身水，笑靥灿烂："尝试点不一样的。比如尝试着去爱一个不可能的人，尝试换一种度假方式，尝试过不一样的生活，尝试重新开始，尝试接触那些不敢接触的。"

她游到泳池边，离他远远的，再回头："你看，我在这里，世界在很远的那一端，我们的可能性多宽广。"

周正顺着她的目光眺望着无边无际的印度洋。

他在泳池边静静地坐了一会儿，最后把腿伸进了泳池，顺着池壁轻轻滑进去。

林霜含笑拥上去。

周正搂住她的肩膀。

林霜顺势环住他的腰，察觉到他身体的僵硬。

两人结结实实地在水里拥抱。

林霜的手轻柔地抚摸着周正的后背，安抚他的情绪，目光绵绵，仰望着他："周正。"

"嗯。"

"别害怕。"林霜柔声安慰，"我不会和你爸爸妈妈一样，突然把你抛下，我……我会留在你身边，我也会保护你、守着你、陪伴你。"

周正盯着她，神色微微动容。

"我是不是从没和你说过这句话？"林霜眼里熠熠生辉，声音软得滴水，"周正，我爱你。"

她捧着周正的脸颊，湿湿的唇触碰他的唇，把话语送过去："我也在爱着你。周正，你爱着的人也爱你，别害怕。"

周正扶住林霜的后颈，把她扯近，抵住了她的额头。

两个人的脸贴在一起，她能清楚地看见他眼里的微红，也知道他轻轻闭眼，用最脆弱的情绪喑哑回她："知道了，我也爱你，霜霜。"

他们彼此相爱，他早已得到了她的爱。

两个人在岛上待了八天，完全抛下了手机和电脑，吃喝玩乐睡。周正被林霜感染逐渐放开，最后的确是玩得尽了兴。从马尔代夫回国，他们又在吉隆坡观光，逗留了几日，吃遍东南亚菜系，日行万步，累得够呛。

回国的航班直抵宛城，飞机和夕阳一同落地。在外玩了两个星期，两人还有点不适应宛城的酷热。

机场出口，林霜坐在行李箱上等人，低头拿着手机噼里啪啦发消息，在群里发了一波又一波美图。她头上绑满穿着彩色珠子的发辫，身上戴着丁零当啷的首饰，穿着清凉的吊带裙，趿着人字拖，露着涂着红色指甲油的雪白脚趾。有脚步匆匆的年轻旅客路过，被这异域风情吸引，驻足跟她搭讪，想要个联络方式。她笑嘻嘻地嚼着口香糖："不好意思，我刚度完蜜月回来。"眉梢满是幸福之色。

周正把车从地下停车场开出来，停在她面前，把几件硕大的行李放进后备厢，她舒舒服服钻进了副驾驶位，把包和墨镜扔到后座，调平椅背，蜷在座椅上伸懒腰，拖长音调："好累啊——"

"回家好好休息。"周正拧开音乐，调低音量。

车从机场出发，开上高速，两个半小时以后进了北泉市区，林霜已经睡得天昏地暗。

"霜霜，我们到了。"周正连声唤她。

林霜在车上做了一个漫长又混乱的梦，梦里的她经历了很多很多。她迷迷糊糊睁开眼，第一眼看见窗外的夜景，瞬间愣怔。

时间不早了，已经到了晚饭后的消食时间，市民们纷纷出来纳凉、散步。他们路过一条很繁华的街道，沿路两侧华灯照亮了夜空，彩色的霓虹灯在树上跳跃，人行道上来来往往，有人牵手有人并肩，笑着聊着从他们面前走过。周正摇下车窗，盛夏的晚风微凉微燥，夹着灰尘和路边摊食物的香气。

林霜心里的某个东西突然苏醒了。

"饿不饿，我下车买点吃的？"

林霜伸了个懒腰，点头："来点消夜吧。"

在外吃了两个星期，她想家了。

周正把车停在路边，下车去买消夜。他清瘦又挺拔的背影走进灯光下，穿过来来往往的人群，消失在喧闹的街道，最后又出现在她面前，回到车里。

"杨枝甘露、牛腩米线、烧烤，还有麻辣小龙虾。"他把食物搁在后座，"回国第一顿，应该吃点不一样的。"

林霜心满意足地吁了口气。

车子往前开，路过黑漆漆的北泉高中和她的奶茶店，拐了个弯，开进了小区。她抬头，一眼看见了自己的家，黑漆漆的，没有灯光，但在邻居灯光的映射下，依稀能看见落地窗上贴着的喜字。

周正拉开车门。

他眼里落着绵绵星光，微笑着伸出手："霜霜，我们回家吧。"

从今往后——

林霜也有家了。

♥

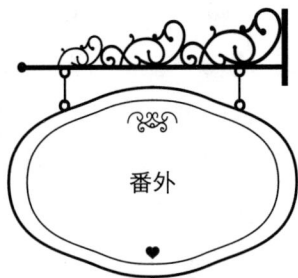

他们已经过了冲动的年龄，却依然有这样莽撞又热情的爱意。

番外一 戒烟

秋天，林霜扁桃体发炎了，大概是麻辣火锅吃多了。周正的公开课拿了省奖，她自己缝的衣服被朋友夸奖，张凡和谢晓梦见家长请客庆祝，陪家人聚餐，这么连着吃下来，某一天起床后，她的嗓子已经肿痛得说不出话来。

身上不舒服，林霜难受得烦躁不堪。周正去药店给她买了消炎药和润喉糖，每天早晚让她喝一碗清肺降火汤，又给她熬清凉败火的中药。

哪想这病一直没见好转。

直到有一天，周正无意间逮到她躲在厨房里抽烟。

扁桃体发炎期间抽烟，那种灼烧的痛苦……林霜一根烟抽得苦大仇深，但她又有烟瘾，不说多，每天至少两三根，这阵子身上越难受，她的手就越蠢蠢欲动。

周正的脸色难看极了，身姿凛然，皱着眉，目光冷冷地喝道："你在干什么？"

一副教导主任逮到偷摸干坏事的不良少女既视感。

林霜看周正那副模样，不知怎的有点心虚，她舔舔自己干燥的唇，摸着腥甜的喉咙，沙哑着嗓子小声说话："今天第一根，我才抽了两口。"

"为什么嗓子一直好不了？发炎多久了？"周正眉心夹成"川"字，头一回严厉，"医生怎么强调的？不能抽烟，尼古丁刺激扁桃体，充血加重，引发炎症，你嗓子还要不要了？不疼了？"

"要！"林霜愁眉苦脸，"疼！"

顶着这么漂亮的一张脸，她真不想有一副嘶哑的公鸭嗓。

"趁这个时候把烟戒了吧。"周正夺下她手中的烟，摁灭，"肺癌发病率 80% 由抽烟引起，尼古丁加速衰老和血液凝固，现在你忍不住，以后烟瘾越来越大，对身体伤害也越大。"

他一锤定音："戒了！"

林霜想反驳，但是捂着干灼的嗓子反驳不出来。周正脸色太差，看起来一点商量的余地都没有，她含忧带怨，干巴巴地说："哦。"

周正言出必行，收缴了林霜的烟盒和打火机，把家里的烟灰缸也没收了。

关于怎么戒烟，周正做过功课，他买回了几大包润喉糖，还买了些磨牙的小零食。重点是，别让她嘴巴停下来。

头几天还好，林霜喉咙实在痛，她该吃药吃药，该喝汤喝汤，咯嘣咯嘣嚼着糖，勤喝水，吃水果，耐着性子忍着。

等到嗓子没那么疼，舒服了些，烟瘾又上来，林霜就有些忍耐不住，她把润喉糖换成了棒棒糖，想抽的时候叼一根在嘴里，实在忍不住就"吧嗒"两下嘴，吸两口，捏着棒棒糖吐了口气。

林霜抓耳挠腮地忍着。

糖吃多了，最后嘴里黏糊糊地疼，舌尖都是苦的，她又开始烦躁。她决定多找点事情做分散下精力，这烟瘾忍忍也就算了。等到夜里躺在床上，她已经忍了一整天，忍无可忍，她玩着手机，垂头丧气没精神。

周正靠在床上看书，一下一下轻轻拍着安慰她。

忍无可忍，无须再忍，林霜开始烦躁地咬人，咬周正挡在她面前那只碍事的胳膊，咬这个罪魁祸首，在他胳膊上留下一个个并排的牙印。

磨牙似的，说疼也不是太疼，周正目光还停留在书上，却挑起眉，用眼尾睞她。

林霜瞪他，看他来气，松了牙关，扑过去咬他的脸。

周正微微噘起唇迎接她。

最后四瓣唇贴合在一起，他搂着她。男人的唇瓣软软的、清凉的、湿润润的、滑溜溜的。她嘴里还泛着酸苦味，尝到他嘴里的味道，下意识吸了吸，感觉很好，冰凉清爽，还挺舒服。

林霜懒懒散散地回味着这个吻，心满意足地睡了。

第二天早上起床，她又冒出抽烟的念头，抓着出门的周正来了个法式深吻。等心跳慢下来后，林霜神清气爽地把周正推出了家门。

"你上班快迟到了，快走吧。"

周正有点蒙，摸不着头脑。

恰好是周末，两人都在家，林霜在工作室裁衣服，周正在书房工作。林霜想起点什么，试验似的，按着周正时不时啃两下，把周正亲得面红耳赤，她自己则咂咂嘴，潇洒地转身离开。

晚上周正先睡，林霜躺在他怀里玩手机，半梦半醒之间，她亲吻他的唇舌。等他醒过来，想要配合她的动作，她轻快地呼出一口气，一副酣然甜睡的状态。

"没事了，你乖乖睡吧。"林霜揉揉周正毛茸茸的脑袋。

半夜，林霜又来了这么一出，迷迷糊糊地去吻周正，在他唇上嘬了一口，又迷迷糊糊地睡过去。

彻底清醒过来的周正睁着眼睛望着天花板。

敢情……她把他当成了戒烟工具？

"挺好的，这种方式安全、无副作用，还能增进夫妻感情。"林霜轻快地捏着他的下巴，意犹未尽，"周老师的唇真好吃。"

那阵子，只要烟瘾上来，林霜就抓着周正来这么一下，在家里倒没什么关系，两个人怎么胡闹都行。有时候在外面，不凑巧，林霜要么把他拖进车里，要么躲在角落里，要么急哄哄地趁人不备，上瘾似的嗑两下他的唇。

周正的脸都不知道怎么红的。

他不知道哪里不对劲，但的确有地方不对劲，想阻止她，好像……又没有阻止的必要。

林霜顺顺利利地把烟戒了。

周正则煎熬着过了一段快乐又痛苦的时光。

番外二　结扎

小别胜新婚。

周正去外省出差三天，林霜跟苗彩自驾游，也在外头玩了三天。

两人同一天到家，见面就干柴烈火，搂搂抱抱地进了浴室。

关键时刻，周正探手去摸抽屉，摸了又摸，气喘吁吁地问林霜："买了吗？"

"什么？"林霜满脸红晕，大脑缺氧，还没反应过来，"买什么？"

"没套了。"

"没有了吗？去房间找找。"林霜粘在他身上。

"家里最后一个，走之前用完了，不是吗？"周正看她，"你说你来买，忘记了？"

"我忘记了。"林霜懊恼，"家里真没有了吗？"

"没有了。"

两人面面相觑。

家里还算宽敞，好几个地方都备着，囤货太分散，有时候补货也不及时。

林霜哼哼唧唧，抓着周正不依不饶，身体早准备好了，就等着他抱。

周正忍了又忍，把她塞回浴缸，咬牙套衣服下楼。

再回来，感觉就差了一点点。

第二天，林霜看见周正在研究避孕方法。

安全期不安全，节育环对女性有伤害，口服药有副作用，避孕套麻烦，看来看去，结扎最方便，一劳永逸。

"我去结扎。"

林霜想都没想，直接开口拒绝："不用，戴套就行，谁都不受罪，再说了，万一以后离婚，岂不是害了你？"

她就那么随口一说。

周正眸光一暗，也没说话，但脸色有点难看。

小半个月后，周正跟林霜说："这周几天假期，我有空，你陪我去趟宛城？"

"干吗去？"

"我约了结扎手术。"周正不动声色，"找了个宛城的专家，需要家属签字，回来还要你开车。"

"结扎？"林霜愣了愣，皱眉，"干吗呀你？我对你没有这要求。"

周正一本正经跟她算账："家里就只避孕套这一项，你只用进口款，每年支出大概四千块，这笔钱并不少，我们不生孩子，但避孕套的避孕效果不是百分百。而且固定伴侣，身心干净，没有必要一直用套。另外，结扎只是个门诊小手术，对身体没有副作用，无痛，也很安全。"

"可是……"林霜扭了扭头，挠挠脸颊，"怎么说都是手术……"

"不想做到一半停下来找东西。"周正眉眼淡定，好像在科普什么正经知识，"我也想不戴，也能更爽一点，什么花样都能试试。"

林霜的脸蓦然一红。

跟周正在一起，她都觉得自己含蓄了。

除了床上偶尔的情趣，光天化日，周老师从没用这么正儿八经的语气讲过这么不正经的话。

手术时间已经约好，周正决心要去，林霜犹犹豫豫，还是跟着他去了宛城。

她多少有点不放心，问医生："如果以后……他想生孩子，那还能生吗？"

医生解释："做个复通手术，一般没什么大问题。"

"复通成功率高吗？会不会影响他的身体？"她有查阅过网上的资料，众说纷纭，有说好的，也有说不好的，她对意外情况有点忐忑。

"这只是个很小的手术，对身体没什么影响。如今结扎方式也有好几种，可以切断输精管，也可以注射栓堵剂。如果考虑再生育，可以选择更安全的结扎方法，复通技术也很成熟，按照临床案例来说，是安全可靠的。"

医生解释了不少，林霜最后点点头，舒了口气。

如果以后周正后悔了，想要孩子了，至少她不能牵绊住他。

的确是门诊小手术，术后观察三个小时就可以出院。周正脚步有点凝滞，看见坐在外面一脸担忧的林霜，还是轻松挑了挑眉，摸摸她的头发。

她捏捏他的手："这两天是不是我要照顾你？"

"你想怎么照顾？"

"给你炖汤，好好补一补。"

周正笑了，搂着她："下厨首秀，我很期待。"

番外三　读书

在平平无奇的冬日下午，阳光正灿烂，两人坐在地台的懒人沙发上，各自干着自己的事情。

林霜刷着手机视频，余光瞟了眼身边的男人。周正穿着浅灰色针织衫，逆着光，轮廓有点毛茸茸、暖乎乎的光感，正低头专心批着试卷。

她抬起纤细的小腿在他身上蹭了蹭，他浑然未觉，左手无意识圈住她的腿，刷刷刷几笔，在卷面上写下分数。

林霜哂笑，继续低头刷手机。

过了好一会儿，周正突然停住红笔，偏头看了她一眼，认真想了想："想不想回学校念书？"

"嗯？"林霜挑眉，"回学校？去你班上念书？"

这令人心慌的场景。林霜浮想联翩，她穿着校服坐在讲台下，仰头看着台上清润的男老师，身材瘦削，挽着白衬衫袖子，修长的手指夹着粉笔，温润的嗓音微微带哑，教鞭"啪"的一声敲在她桌子上……

这情趣……爱了爱了。

林霜舔舔红唇，露出个高深莫测的笑："你想干吗？"

"我是说——"周正似笑非笑，伸手挡住她脸上那抹诡异的笑容，加重语气，"我们一起回学校念书，我去读博，你去读研，或者报个进修班，再去学点东西。"

林霜一脸呆滞："读博？读研？"

周正点头："对，回学校念书。"

"你怎么突然有这种想法？"林霜觉得不可思议。

"有余力，则学文，学海无涯，不是吗？"周正解释道，"上了好几年的班，想提升一下自己。我有个一直有联系的导师升了博导，和他聊过一些，我对他的课题方向很感兴趣，老师也可以帮忙推荐。

"再者，这几年教书，空闲时间也发表了几篇文章，学习知识一直没中断，考博应该没什么大问题。

"你自己设计服装，如果接受更系统的学习，有更好的环境熏陶，会不会进步得更快？"

这一年林霜分了点心思到工作室上，权当业余爱好，她浏览网图和资讯，自己埋头捣鼓，做出的衣服送到苗彩那边去寄卖，权当自娱自乐。

周正教了这么多年书，停下来深造一轮，是个不错的选择。再者，没有孩子要照顾，生活没什么羁绊，人生进度似乎不用着急，两人可以自由选择一些想做的事情。

"我们两个一起去临江，如何？一线城市，时尚资源好，服装设计专业和设计学院也不少，对你的专业发展应该有帮助。我对临江也熟悉，考母校博士生，一起再念几年书。"周正有规划，"经济方面，博士生有补贴，也有奖学金，我每个月的兼职收入也不错，再者手上还有一些积蓄，我们俩生活不成问题。"

林霜有点蒙："你读什么？数学博士吗？"

"对，基础数学。"

"这能有意思吗？你读得下去？能毕业吗？"林霜想起他看的那些书，就开始头皮发麻。

周正爽朗地笑了。

"读博大概要多久？"

"四五年吧。"

"那你的工作怎么办？要辞职吗？读完博还回来吗？"

周正看着她："先考虑你。如果你愿意跟我一起出去，那我们再安排后面的事情，如果你不想去，那我也不去……总之，前提条件是，我们要一起生活。"

林霜有点心动。

她不是墨守成规的性格，再回学校念书，经济完全没问题，出去旅居几年也不错，再者，周正说的话也很实际……如果她在服装设计这个领域有更好的视野和知识，或许她也能再往前走一步。

"也不是不可以……"林霜犹犹豫豫，"我这水平……还能念书吗？"

"跟我在一起，你怕什么？"周正捏捏她的脸颊，意味不明地笑道，"不是想当我的学生吗？眼下机会来了。"

"想学什么？我教你啊。"他放低音量，把林霜拖进自己怀里，"除了专业知识，数学、英语我都没问题。"

"学霸终于要教学渣了吗？"林霜枕在他膝上，伸手揽他的脖颈，笑道，"这回就是我名正言顺的周老师了。"

他在她额头上亲了亲："不辱使命。"

既然两人都接受了这个选择，周正先去找学校谈后续的去留。他是青年老师中的佼佼者，要脱产读博，学校不肯放人，再三挽留。最后丁严出面谈妥，如果周正执意要读博，可以办理停薪留职，毕业后回北泉高中，直接提为副处级干部，要是他不愿回校，提前回来办辞职手续。

周正这学期的课还继续上着，他得尽心教完整个学年，同时，他开始准备申请材料和入学考试，联系博导。

林霜看他行动果断，犹豫了一下，她要是去读研，英语、政治和专业课这些都要重新拾起来。吃不了学习的苦，不如自己先在家补充点基本功，去临江找个设计专业进修，报个打版学校学立裁，再找个工作平台积累经验，决定后续的发展。

至于北泉……林霜没太多的牵挂，家庭方面，她父亲出狱后，已经慢慢适应现在的生活，也有再工作的打算，她完全可以把奶茶店交给父亲打理。

周正老家那边，周正奶奶倒是支持，村里这么多年没有出过博士生，周正要是能考上，那也是光宗耀祖的事情。再者，周雪大四毕业，选择回北泉考编制就业，也能顶替周正照顾奶奶，也没太大的后顾之忧。

既然做了决定，那就踏踏实实做准备。周正每天把工作、学习安排得滴水不漏，连带着林霜的专业课也被安排在一起，所谓一帮一扶。林霜第一回体验了把学习的快乐和痛苦，两人心无旁骛地扎根在书房里，每人抱着本厚厚的专业书硬啃。

最后，周正学校传来好消息，林霜的学校也确定下来，她笑眯眯地抱着他啃了一口："什么时候走？听说临江有不少很酷的夜店，我有点迫不及待了。"

周正挑眉，拧拧她的鼻尖："也有很多文化馆和博物馆。"

"答应我，好好学习，天天向上。"他啄了啄她的唇，"不许玩得太过火。"

林霜噘起樱唇。

周边人知道他俩真要去临江念书，多多少少被震撼到了，格外羡慕两人说走就走的勇气。和家人、朋友聚餐几轮后，周正开始处理学校和家里的杂事。林霜一身轻松，兴致勃勃地收拾行李去临江。

新房可以托付家人、朋友照看一下，林霜打算把家里的车开走。北泉到临江，开车要九个小时，后备厢多装点行李，以后在临江出行也方便点。

给家具封防尘罩的时候，林霜有点惆怅："这个家也没有住很久，还很新呢。"

"节假日和寒暑假能回来住一阵子。"周正摸摸她的头，"准备好跟我一起去临江了吗？"

"嗯。"林霜跃跃欲试，"精彩的新生活开始了。"

她的风格和个性，其实更适合五光十色的大城市。

"你学校有宿舍，那我住哪儿？"她枕着周正的手，"博士生宿舍楼有夫妻宿舍吗？"

"打听过了，没有，博士楼谢绝异性留宿。"周正环住她的腰，"一起在外面租房子，行吗？"

"不能你住你的、我住我的吗？"林霜挑眉，"我也可以去申请学校宿舍，当个周末夫妻也不错。"

"不能！"周正斩钉截铁地说，在她脖颈处吸了口香气，"每天都要跟我住一起。"

林霜哂笑："怎么，怕我跑了？"

周正用鼻尖蹭蹭她，撒娇似的，刮得她肌肤微痒，面不改色心不跳地说情话："我离不开你。"

林霜反手宠溺地摸摸他的脑袋。

"那我们先找酒店住几天，再去租房子？"

"临江那边有个老同学，先去老同学家借住两天吧。他们夫妻两人都是北泉人，也是高中同学，大家可以一起聊聊，联络联络感情。"周正道，"我有麻烦他帮忙看看租房地段，到了临江，他会先招待我们。”

“哪个朋友？我认识吗？”

“见面你就知道了。”周正笑了笑。

临近离开的前几天，两人去乡下住了一阵子，收拾好家里，最后告别亲友，把家门钥匙一把给了林海，另一把给了周雪。

在高速上开开停停了八九个小时，到达临江的时候已经接近夜幕，周正跟着导航去了高中同学的住址，因为提前打过电话，楼下已经有人在等。

四人都是同龄人，女子穿职业裙装，笑容娇俏，身材苗条，牵着丈夫的手踮脚盼望。她旁边的男人皮肤很白，五官微冷，沉默寡言地站着。

“周正，林霜，你们好。”女子牵着自己丈夫蹦蹦跳跳地到了车前，朝林霜和周正挥手。

周正先下车，两个男人先互相拍了拍对方的肩膀，也没多说话。

周正打开副驾驶的门，替林霜介绍身边的男人：“廖敏之，我高三同学，他去年博士毕业，现在是高化研究所的研究员。”

“原来都是重点班的学霸啊。”林霜笑盈盈的，“你好，我是林霜。”

“你好。”廖敏之的嗓音低沉，音调有点特别，有点低低沙沙的磁性。

“这位是贺兰诀，敏之的妻子，也是理科班的同学。”

贺兰诀主动抓住了林霜的手，笑容甜蜜，落落大方：“霜霜，你喊我‘兰诀’就好啦，我也是北泉人，不过我是普通班的，跟他俩从来不是一路人。”

“兰诀，你好。”

林霜还挺喜欢眼前的女生，身上有股天然的亲近感。

贺兰诀拉着林霜："累不累？我们先上楼，行李那些让他们俩慢慢搬就是了。敏之告诉我周正和你都要来临江念书，我可高兴坏了，很久都没有见到北泉的朋友，早盼着你来了……"

　　清脆的话语不停，两人兴冲冲地进了电梯。

　　留在楼下的两个男人互相望了一眼，笑了笑，合伙搬行李。

独家番外

有老同学帮忙，两人的新生活开展得很顺利。

租的房子挨着周正学校，那一片文艺气氛极佳，沿路的法国梧桐蓊郁葳蕤，几步一家咖啡馆和精致小店，拐角就是热闹的菜市场和居民区。林霜喜欢这种世俗和浪漫结合的调调，租好房子后，廖敏之夫妇帮着把新居布置出来，两人正式开始了求学生涯。

还没等学校正式开学，周正已经进组开研讨会，见过了同门。

博导年近六旬，带点不苟言笑的学术风，今年就招了周正一根独苗。几个同门都是本硕博一路念下来，都没出过校门，只有周正有工作经验。

他年龄略长，但为人随和，性格稳重踏实，又善于在学校打交道，说起话来让人如沐春风，师门上下都对他极有好感，相处也很融洽。

林霜的进修班为期一年，课程排得很满。没多久，她就跟立裁班里一名叫吴灿灿的女生混熟了。吴灿灿性格开朗，以前是个小珠宝设计师，近年来对服装设计感兴趣。两人经常一起上下课，没课的时候也常约着一起去看展看秀。

都是念书，林霜的日子算是忙乱，要上学听课，要自己做设计，还要紧跟各种潮流资讯，去各种展览和艺术活动现场，抢票看秀场、逛品牌，每天风风火火赶场子。

原以为周正读博生活和她一样丰富多彩，万万没料到，周正要么上课，不上课的时候就窝在图书馆或家里看书、看文件。

生活何止单调，简直是枯燥。周正每天睡眠只有五六个小时，剩余的空闲时间，雷打不动地泡在书本里。

数学博士不比工科博士，不进实验室不调研，每天抱着书啃，一个字一个字地领会，一本书、一篇论文能读好几个月，周正也有晕头转向、一筹莫展的时候。

林霜发觉周正开始看文学和哲学书籍了。他解释曰："读点更深奥的东西返璞归真。"他每天固定去健身房跑步、游泳，增强体魄，甚至开始喝咖啡，每天早上一杯意式浓缩，提神醒脑。

读数学博士读到这个份上，堪称完美。

耳濡目染久了，林霜终于听懂了抽象代数、代数学、微分流形、几何拓扑这些词，也理解为什么看一篇二十页的文件要先自学一门课程，甚至要啃十几本原文书。

林霜开始心疼周正的脑细胞和头发。

从外面的灯红酒绿抽身回来，推开温馨小家的门，林霜常能看到这幅场景——书桌上一盏小灯，周正一手拿书，一手支着额头，思绪抽离、锁眉沉思，神情带点倦态。

她的心突然也静了。

学术枯燥，难免在生活其他方面加点花样。两人都有空的时候，林霜喜欢带周正去热闹的地方，比如咖啡厅或者酒吧，有时是去逛花市或者时装展。周正把林霜当新鲜空气呼吸，在她身边有别样的放松。

两人的生活走向截然不同，感情却似乎更融洽。

春节假期，两人回了趟北泉市，参加张凡和谢晓梦、兰亭和郭远的婚礼。

再开学返校，周正已经完全适应了博士生活，书也看得精益求精。这学期，他开始在学校做助教。导师认可他的学术能力，他偶尔也给本科生代课，或者去外校兼职。

他在高中执教好几年，站在大学讲台上也游刃有余，上课上得生动风趣又深入浅出。

大学里不缺热血沸腾的男生，缺这样清爽利落、衣品上佳的年轻老师。周正个子不算高，恰恰少了几分压迫感，多了几分温润、翩然，他穿飞行夹克或是白衬衫都好看，肩宽腰窄，袖子挽到手肘，露出精瘦的手臂和骨节分明的手指，嗓音娓娓动听，给人不疾不徐的舒适感。

周正手指上套着婚戒，但不妨碍同学们的热情。答疑课上，他身边总能围满人，批完作业本也总有学生不服气，指着成绩单有意来"挑刺儿"，也有不知情的女孩子在学校表白墙上告白，半道上拦着他搭讪。

某日，周正从书里抬头，没头没脑地跟林霜说了句话。

"嗯，话剧？什么话剧？"

"学弟学妹们排的新话剧，在学院大礼堂演出，送了我几张门票，让我一定捧场。"

"多接受点艺术熏陶也好。"服装设计也是门艺术，林霜在临江待久了，也学着欣赏话剧和歌剧，正要来点长篇大论，接过周正手中的票，愣住了，"呃……数学话剧？费马大定理？你确定这玩意儿我听得懂？"

周正含笑道："你最近一直忙，我们也好久没约会了，最近学校布置了花展，值得一逛。"

既然周正诚心邀请，林霜便赏脸，两人稍稍收拾，先去校园转了一圈，在食堂吃了晚饭，最后去参观数学学院。

数学学院多出"大神",但"大神"为人基本低调。周正不住学校宿舍,私事更不招摇,大家听说他妻子长得漂亮,但见过的人很少。这次两人一起出席,旁人纷纷行注目礼。

这魅力四射的美女姐姐风情万种,婀娜妩媚,美得让人挪不开眼,居然是温文尔雅周师兄的妻子?一众学弟学妹呆若木鸡。

反差太大,CP感太带劲。

林霜偷偷掐周正的胳膊:"周师兄行情不错嘛。嗯?仰慕你的小女生还不少。"

他斜睨她一眼,眼睛里含着柔软的光,捏着她的纤纤手指。

林霜盯着他的手:"这戒指是不是太细了?要不去换个粗点的?"

她手上倒是很招摇,光戒指就戴了三四个,还有美甲亮片和手链,琳琅满目,亮闪闪的,晃眼睛。

这场数学话剧,林霜半点看不懂,但她一直待到散场,最后还和周正的同门一起吃了顿消夜。

林霜一出场,杀伤力太大,传播劲头也太足,连周正的导师都听说了这事,在研讨会上八卦周正的恋爱婚姻史。

故事流传开来后,围绕周正的学妹们都消失了。

后来林霜有意无意地经常跟着周正去学校。食堂伙食尚佳,她就不肯让周正再花时间做饭,两人都改吃食堂。她有空也去艺术学院蹭公开讲座和旁听课,时间长了,也和周正那帮同学熟了,大家一水儿地托林霜介绍对象。

开玩笑!好像她身边有资源似的,再说了,智商这么高的数学硕博生,也不是一般人能消化得了的。

临江寸土寸金,房租也居高不下,周正每月的博士生补助只够交房租。年后,楼上新搬来一户人家,还带着两个小男孩,房子隔音不算好,不管白天还是晚上,总能听见楼上蹦蹦跳跳、拖凳子、拍皮球的声音。

林霜对楼上噪声还能习惯，周正看书、写论文却需要安静，一度要在家戴隔音耳塞。

"不如我们在临江买个房吧？"林霜仰头看天花板。

她想得很简单。周正在临江有购房资格，读博也需要几年时间，买个房子，等走的时候卖了，也省了几年房租。

贺兰诀和吴灿灿帮忙参谋，正巧就遇见了合适的房源。房东要出国，抛售房产，面积虽然不大，但装修雅致，地段颇佳，很适合小夫妻居住。

林霜一眼看中，和周正商量的时候，先亮出了她和周正的银行卡——卡里的钱恰好够首付，其中绝大部分出自她的积蓄。

周正从未具体问过林霜的积蓄，但她这些年存的钱确实让他大吃一惊。

付完首付，林霜在家翻箱倒柜。

"这下好了，卡里一分不剩。我们还剩下现金八十三块。"

还有房租要交，两人的吃喝、她的日常花费、后面的房贷……

周正懒懒地窝在椅子里，眼里情绪不明，无奈地拊额："没钱了，那以后怎么生活啊？"

林霜跷着腿坐在书桌上，翻着他的数学天书，踢踢他的腿，笑道："我也快毕业了，找工作上班养你啊！"

周正握着她的脚踝，顺着曲线往上摩挲，把她拽过来，搂在怀里，闻着她身上的甜香，闭眼："霜霜。"他的下巴搁在她的肩头，语气有点沉甸甸的，"这样会不会太辛苦？"

"哪里辛苦？"她在他怀里扭，"我日子过得可爽了。"

她真是没觉得辛苦，觉得自己一直都是有退路、有依仗的，活得很有底气。

周正轻轻叹了一声，刚要开口就被林霜拦截："不许说对不起，也不许说谢谢，我想听点别的。"

她伸手抚摩他的脸颊。

他的心被严严实实地填满，从善如流："我爱你。"

林霜嫣然一笑，低头亲吻他的唇。

解燃眉之急的是周正参加高考阅卷的报酬，扣除房租、水电以及其他各种费用，还剩一点，两人手牵手去西餐厅吃了一顿平价牛排。

林霜二十出头的时候做过服装助理和服装陈列师，也开过店，做过设计，这回从头再来，她想先找个安稳的工作。但她发出的求职简历都被"年龄太大""已婚未育""工作强度太大，不适合"的理由拒绝。

服装设计行业吃的也是青春饭，她这个年龄如果没有提升，已经算是被淘汰了。林霜有心理预期，也没太挣扎，先找了个服装版房上班。

招聘信息上说是招制版师，其实也是在版房打杂，处理点琐事，工厂远在郊区，工资低到令人发指。

林霜上班第一天，主管板着脸当众批评她身上太花哨——首饰太多，指甲不清爽，工作态度不认真，让她改正。

工作未必有多顺心，除去日常事务被苛责，她的外貌、妆容、衣着，甚至连开的车都能被人挑刺儿——她这形象，真不像是能在版房里干活儿的人。

林霜自由惯了，过去几年也是舒舒坦坦地过日子，现在再吃一遍苦，虽然有心理准备，还是觉得分外煎熬。

起先那些日子林霜也忍不住焦虑，搓着手指头，有烟瘾再犯的冲动。

周正塞给她一根果味棒棒糖，语气笃定："不喜欢就辞职吧。"

林霜不肯。

工作难找，留在版房也是有原因的，工艺和裁剪都是林霜的弱项，跟着老师傅学点东西对她而言多有裨益，咬咬牙，也不是不能忍。

只是两人现在没了积蓄，林霜每个月到手工资三千块钱，应付自己吃喝和车子加油都不够，更别提养家了。

神奇的是周正，他像一块海绵，只要挤一挤，就能源源不断地出来……时间、精力、金钱。

林霜工作忙，加班多，家里事务都交由他打理，不知不觉，一切就被安排得井井有条。面包和牛奶总是有的，她的工作焦虑也总能及时被抚慰，甚至有源源不断的收入汇入林霜的账户。周正接了点项目，每周又在职校上课，还在培训机构做国际数学竞赛讲师，月收入抵林霜大半年的工资。

"说好的我养你呢？"林霜绷着脸，"你哪有那么多时间去兼职？书不看了？论文不写了？"

"你养我，我养家。"周正含着润喉片，"我一篇论文看三个月，不差这几个小时。"

林霜听见他嗓音沙哑，眼下也有淡淡的青痕，揉了把他的短发，嗓音温暾："周正。"

"嗯。"

他从书里抬头，看她神情低落，眉眼恹恹，便把她揽进怀里，温声道："我只能给你这么点……"

她从没觉得他给得少。

买的房子终于过户，稍稍整修，再添置家具。两人挑了个好日子搬进去，也请了不少朋友过来暖房。

房子是两室一厅，次卧是周正的书房，半开放阳台被改造成了林霜的工作室。她把北泉家里那些积攒的布料都搬过来，空闲时间自己在家缝衣服。

在版房待了大半年，林霜开始跳槽，专心做服装设计，只是连着换了好几家公司，一直没有稳定下来。她又给自己找了个兼职，业余时间在电商平台当服装搭配师。

主业毫无起色，副业倒是做得风生水起，服装搭配师的工作经常需要跟模特出外景，偶尔也要跟直播平台，林霜经常熬夜到半夜三四点才收工。

周正担心她的身体吃不消，一度态度强硬地让她辞去副业。林霜与他针锋相对，同样要求他少接点兼职，多花点时间念书。

那段时间他们也会拌嘴吵架，不过通常是床头吵架床尾和，第二天太阳照常升起。

吴灿灿一度对林霜的婚姻生活感到好奇，她也见过周正几次，是个温柔斯文的书卷型男人，但他的气质跟林霜的妖媚风情和洒脱性子完全够不着边，也不知道是什么魔法把这两人绑在了一起。

说这夫妻俩感情好吧，林霜爱玩爱闹，几乎只和朋友逛街、购物、吃喝，鲜少看见周正的身影，也没见过周正嘘寒问暖，打电话盯梢。

说感情不好吧，每次林霜出门逛街，上至男人的衣服鞋袜，下至剃须刀、须后水，无一不是精挑细选，吃东西也少不了打包一份带回家。但凡林霜熬夜工作，周正必定来接，在工作现场等到她结束。

吴灿灿有一次试探道："其实，以你的条件……可以找个更好的。"

"我只想找个最爱的。"林霜回她。

"在一众追求者中，他最爱你？"

"不，是我最爱他。"

"爱他什么？性格吗？周先生人格魅力……"

"他其实很有魅力。"林霜嫣然一笑，"我是那种很容易腻味的人，无论是巧克力还是烈酒，或者别的，我的兴趣总是很短暂，因为对男人而言，这些特质其实都是表象，人的本质其实是平凡……但没有人会拒绝水，它可以温柔溺毙你，也可以水滴石穿，甚至可以激流勇进，粉身碎骨。"

后来吴灿灿推荐了一份工作给林霜——陪有钱有闲的太太们逛商场，帮她们买买买。这份工作看似简单，只是陪客户逛几个小时的商场，但内里很有玄机，林霜需要在寥寥信息中摸索客户的个人风格和着装偏好，了解客户的交际圈，再提前一天去逛遍商场，在各大品牌店内把所有合适的衣服、首饰都挑出来，第二天直接让客户试穿、买单。

这样省时、省力，客户买得开心，花钱还痛快。

这年头有钱人太多，有时太太们买单，也能随手送个奢侈品给林霜。

林霜嘴甜心活，这么多年也经历过不少大风大浪，眼里没那么多贪念，不卑不亢又进退得体，职业操守和售后服务都很好，客户也喜欢找她陪同。后来口碑立住，林霜踏入这个圈子，参加了一些沙龙活动，客源也渐渐稳定下来。

这份工作收入相当可观，林霜攒到第一笔款，给周正买了一只名表。

"我需要吗？"周正好笑地问她，"这块表到底什么场合能戴上？上课吗？还是研讨会？会不会太招摇了？"

"我才不管呢！你以前也给我买包。"她替他扣紧表带，再笑嘻嘻地捏他的脸颊，"我终于赚钱啦！能养你了。"

"那我可要再努力一点。"周正卷起书，撑着下巴，"住你买的房子，吃你的软饭，还戴了你送的手表，是不是有点丢人了？"

林霜艳红的唇亲亲他："乖乖念书，多学点知识，晚上请周老师给我补课。"

周正目光灼灼。

两人的收入水涨船高，应付家里的开支绰绰有余，两人一番商量，都开始精简自己的工作。周正少上几节辅导课，林霜辞去经常熬夜的搭配师工作，开始在家专心做自己的设计，勉强算是个未出道的独立服装设计师。

她不搞曲高和寡的小众腔调，也不喜欢东拼西凑地抄现成款，她对自己的设计要求就是力求符合大众审美和保持鲜明的个人风格。

她花最多的钱在面料上，设计出的衣服挂到外面买手店去寄卖，若是客人反响好，她再找小作坊少量出款。

周正看她捣鼓，建议她运用数学思维进行数据追踪和管理。林霜听得云里雾里。

"我就卖几件衣服，也用得上数学？"

"当然。"他手把手教她做数据分析，"面料、款式、卖点、市场风向，你看线上千万级网红店，过亿的销售额，都基于基础数据。"

林霜瘫在椅子上，愣愣地盯着天花板。

她这是找了个全能丈夫啊！

一个普通服装设计师可能在三十五岁就要进入退休状态，但最出名的设计师往往都是超过三十五岁的中年人，成熟的设计理念和广泛的阅历也是重点。周正建议她慢慢来、多尝试，总是有时间的，人生不是做这件事，就是做那件事，不必急于一时。

也是机缘巧合，林霜熟识的一位客户——张太太，她娘家和夫家都是投资新贵，她是个全职太太，平时主要的消遣活动就是买买买，常请林霜作陪。她知道林霜主业是服装设计，又正好聊起家族领投了一家新锐服饰品牌，几亿的融资主要用于扩展服饰品牌和产品升级，这个服饰品牌近来也在挖掘优秀、出众的设计师。

这个服饰品牌设计理念新潮，林霜对此极有兴趣，带着简历去面试，没想到居然顺利通过——她来临江这么久，碰壁的次数不可谓不多，没想到有朝一日能踏入风光无限的摩天大楼。

新工作常要出差，去面料市场或者各个时装秀和品牌发布会，偶尔也会出国去看款，有时候林霜忙到回家倒头就睡。周正也忙，他有科研项目在手，还有各种学术会议要参加。

那阵子两人聚少离多，忙起来连聊天都有心无力。

从时装周的秀场回来，再整理资料和同事们开会，会上林霜心不在焉，频频抬手看时间。

有同事察觉，问她怎么了。

"没什么。"她浅笑，"突然想起来，钱包可能落在酒店了，等会儿回去找找。"

周正出差半个月，风尘仆仆地从新加坡回来。原本飞机直接到临江，他特意转机到林霜出差的城市，去了她下榻的酒店。

林霜工作结束，回到酒店时已经是凌晨一点。

她从车上冲下来，都没来得及和身后的同事打招呼，匆匆奔进了酒店。

晚风吹拂着她的裙摆，旋转门前她焦急地等待，目光落在前方——酒店大厅的沙发上坐着一个男人，明亮的灯光照着他的眉眼，衬得人如青松一般清俊。

周正起身相迎，没想到眼前人影一晃，幽香袭来，林霜直直飞进他怀中，在众目睽睽之下紧紧搂住他，汲取他身上的气息。

他圈住她纤细苗条的身体，温柔地抚摸她的头发。

分开好多天了，连思念都有点焦躁，再见面，真的忍不住要拥抱彼此。

他们已经过了冲动的年龄，却依然有这样莽撞又热情的爱意。

"我真真切切地爱着你，与你相爱。"

图书在版编目（CIP）数据

忏靓行凶：全 2 册 / 休屠城著 . —— 北京：北京联
合出版公司，2023.4

ISBN 978-7-5596-6683-3

Ⅰ . ①忏… Ⅱ . ①休… Ⅲ . ①长篇小说 – 中国 – 当代
Ⅳ . ① I247.5

中国国家版本馆 CIP 数据核字（2023）第 031458 号

忏靓行凶：全 2 册

作　　者：休屠城
出 品 人：赵红仕　　出版监制：辛海峰　陈　江
责任编辑：管　文　　特约编辑：王　欢　丛龙艳
特约监制：穆　晨　　产品经理：张梦璇　陈隽萱
封面设计：商块三　　内文排版：杨莉芳

- -

北京联合出版公司出版
（北京市西城区德外大街 83 号楼 9 层 100088）
北京联合天畅文化传播公司发行
万卷书坊印刷（天津）有限公司印刷　新华书店经销
字数 482 千字　880 毫米 ×1230 毫米　1/32　17.875 印张
2023 年 4 月第 1 版　2023 年 4 月第 1 次印刷
ISBN 978-7-5596-6683-3
定价：69.80 元（全 2 册）

- -

绿 宝 石

Fall into your light

上册

恃靓行凶

休屠城◎著

北京联合出版公司

原来在这十年里，还有一个人默默地站在故事的边缘，默默地注视着她，最后一步一步走向了她。

恃靓行凶

content 目录

十分甜 ♥♥♥♥♥♥♥♥♥♥
七分甜 ♥♥♥♥♥♥♥♡♡♡
五分甜 ♥♥♥♥♥♡♡♡♡♡
二分甜 ♥♥♡♡♡♡♡♡♡♡

正常冰　　少冰　　去冰　　热饮

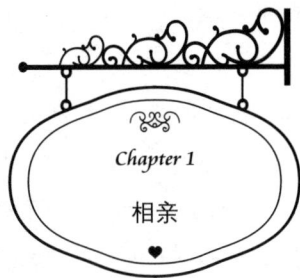

周老师不是我喜欢的类型。

林霜洗完澡从浴室出来，手机铃声在脚步抵达前戛然而止，她看到屏幕上多了四个未接来电。

回北泉后她换了新的手机，手机通讯录里的联系人寥寥无几，能这样催魂似的打她电话的人，除了她姑姑，别无他人。

十分钟后，林霜回拨过去，电话那头传来她姑姑殷切的声音。

"喂，霜霜啊，有个小伙子人还不错，你有空见一见……"

得，又是相亲。

"姑姑，您怎么还不消停，我是真的忙，没工夫相亲。"

"忙什么？你上班了？"

"没有，在家待着呢。"

"回来这么久也不找份工作，你打算以后怎么办？"林霜姑姑掉转矛头，开始念叨她的工作，"你姑父托人给你安排的那个岗位，你怎么就看不上？给你找个公司上班，你嫌朝九晚五累。霜霜，你一个女孩子，回北泉多少比漂在外地好，可是回家了，咱不能眼高手低，还是得踏踏实实过日子啊。"

回家这半年，林霜就待在家里打游戏、睡懒觉，她姑姑急得抓耳挠腮的，隔三岔五就来劝，但林霜不为所动，一心只想躺着当咸鱼。

"我就这样，姑姑，你能不能不管了。"林霜抓起桌子上的烟盒，漫不经心地磕出一根烟来，"我妈都不管我，你管我干吗？"

"你妈不管，我这个做姑姑的管。"林霜姑姑正气凛然，"这回这个小伙子真不错，你一定要见。"

林霜讽刺道："不会又是个二婚带娃的吧？姑姑，你可饶过我吧，我不想当后妈。"

"那还不是因为你瞎说？"林霜姑姑在那边气得直跺脚，"不该讲的话瞎讲，你瞧你吓跑了多少人，再胡说八道，姑姑真要掐你的嘴了。"

"这个人是我们科室领导介绍的，我听着条件还不错，小伙子挺好的，是个高中老师，家里没什么负担，为人很正派，又上进……"

林霜心不在焉地听着姑姑唠唠叨叨说了一圈儿，半个小时后，姑姑转发给她一条微信。

周正，二十六岁，本地人，北泉高中数学老师，双一流大学毕业，相貌端正，人品可靠，父母双亡。

林霜哂笑，父母双亡等于家里没什么负担？这介绍人是什么逻辑鬼才？但拗不过姑姑的强硬，林霜还是让步了。于是，第二天中午，她接到了一个陌生来电。

电话接通后，林霜散漫地"喂"了一声，那边明显愣了几秒，短暂的沉默之后，传来了一个年轻男人的声音，清润，略沙哑："你好……请问是林霜吗？我是周正，是这样的……是林阿姨转过来的电话号码，你——"

林霜打断他的话："相亲，对吧？我周六上午有空，十点左右吧，你方不方便见面？"

"可以，那我们约在——"周正在等她拿主意。

"喷泉广场一楼有家咖啡店，你知道吧？我们在那里见面。"

“好。”周正似乎松了口气，“那我们保持联系，周六见。”

挂掉电话，两分钟后，林霜的微信跳出一条好友申请，备注里写着："你好，我是周正。"

林霜长眉一挑，直接忽略了这条好友申请。

喷泉广场是北泉市最早建立的综合商场，坐落于老城区中心。林霜从家里步行过去只要十分钟。

昨天半夜下了一场雨，空气湿润。她上身穿了件轻薄、柔软、带一点细绒的杏子红高领针织衫，衬得她白皙、温柔；下身搭配了黑色的铅笔裤和高跟短靴，衬得两条腿纤长、笔直。她整个人像一幅行云流水的画，没有一丝多余的线条，坐在咖啡店外面的散座等人，给人极强的视觉冲击力，路过的人都忍不住悄悄打量她两眼。

但更引人注目的是林霜那张精致无瑕的脸，那是在人群里惊鸿一瞥的美貌。她有着绝佳的骨相和浑然天成的五官，还有着一头浓密的卷发，搭配长眉杏眼、白肤红唇，显得整个人风情灼灼。她跷起腿，窝进藤椅打游戏，对周围的视线视若无睹，也许是已经习以为常。

十点整，广场前的音乐喷泉准时启动，水花飞溅。这时，从林霜身边经过一个人，她用余光能瞄到黑色的西装裤和皮鞋。衣服和鞋的品质，以及它们主人的品位都堪忧。

见男人不挪步，鞋尖笃定地朝向她，林霜抬起头，发现是个穿深蓝色衬衫的年轻人。他不高不矮，身材偏瘦，面容清秀，略带内敛、斯文的书卷气，不过没戴眼镜，不太像数学老师。

繁春四月，天气舒适。眼前的男人身上的衬衫显得厚重、呆板，剪裁也过于草率，显得男人拘谨又暗沉。他的袖子一层一层地挽到手肘，露着一截精瘦的手臂。

来人朝林霜伸出那只骨节分明的手："林霜，你好……"是电话里的噪音，略带沙哑，像带着柔软锯齿的绿叶，"我是周正。"

周正，这名字从他嘴里念出来，简单干净到没有一丝矫揉造作，一矢中的能让人记住。

"你好，周老师。"林霜姿势不变，歪坐在椅子上，脸上带着笑，伸手指了指对面的位置，"请坐。"

周正收回手，看了眼空荡荡的桌面："林小姐喝点什么？我去点单。"

"一杯雪顶咖啡，谢谢！"

几分钟后，周正端来一杯咖啡和一杯水，然后将咖啡推到她面前，水归他自己。

"谢谢。"

林霜看着那杯冒着一丝热气的白开水："周老师不喝咖啡？"

"我喝不惯咖啡。"周正抿唇，"白开水就行。"

"当老师的一般嗓子都不好，应该多喝点热水。"林霜弯着眼睛笑，以示理解。

气氛不冷不热，两人有一搭没一搭地聊着。

"周老师在北泉高中教书？教的高几？"

"对，我教高三。"

"北泉是我的母校，周老师挺厉害。"

"我也是这个学校毕业的。"

"更巧了，还是校友。"

北泉高中是北泉市唯一的重点高中、省内十佳名校，教学质量高，在附近县市有很高的名望，每年的招生量也十分庞大，从北泉市走出去的大学生，十之八九是从北泉高中毕业的。

林霜高中时成绩平平，对学校没什么特别的感情。

"周老师也是北泉市人？家住哪个片区？城东还是城西？"

"我家不在市内，在北泉下面的一个乡镇，是靠莲花峰东座的一个小村子。"

莲花峰是北泉市辖区内的最高峰，离市区不算近，是本地小有名气的景区，也是登山爱好者的"朝圣地"。

"那周老师回家远不远？"

"不算远，坐城乡班车一个小时。"

林霜长长地"哦"了一声。

两人一问一答地聊着，像答卷似的，林霜抛出题目，周正给出答案。大概是当老师的缘故，周正说话不疾不徐，有种令人舒适的节奏感，情绪很稳定，话语也很实在，有一说一，不含半点水分和技巧。

"听说老师在婚恋市场挺吃香的，尤其是北泉高中的老师，抢手得很，周老师怎么还要相亲？"

周正脸色一暗，慢声回道："工作忙……"

林霜嫣然一笑，抿了口咖啡，没有说话。

她知道面前这位男老师的问题，没房没车，至今还在租房住，听姑姑说，他老家还有个年迈的奶奶和他相依为命，家庭背景让他在婚恋市场上大打折扣，换句话说，眼下穷光蛋的成分大于潜力股。

商场开了音响，插进来一首林霜喜欢的歌，她脑子一岔，随着歌声走神。

桌上的咖啡杯外壁凝聚出水滴，缓缓地流在桌面上，林霜神情懒散地伸出食指，沾着水在桌上乱描乱画。

周正注意到了她闪亮的彩色指甲。

"不知道我姑姑说了没有，我今年二十六岁，父母离异，在省会念的三流大学，毕业后一直在外地上班，去年冬天才回来，打算在北泉定居。"

"说过了，这些我都知道。"

"刚刚问了周老师那么多问题，我也说说我自己。

"父母离婚后，我跟我爸过，爸妈也各自重组了家庭，有了新的小孩。前几年我爸出事坐牢，经济犯，判了八年，眼下还在蹲监狱。

"他们给我留了套老房子，不值几个钱。我自己没什么能力，觉得在外面上班太累，所以回老家混日子，这半年都在家游手好闲。

"以前谈过几个男友，若以后结婚，也想做丁克一族，不打算生孩子。

"我这人挺庸俗的，爱慕虚荣，也没什么精神追求，只想过轻松逍遥的好日子。"

她的言外之意很明显。

林霜换了个坐姿，端正地坐好，直视眼前的男人："周老师有什么话要说？"

"没什么想说的。"周正平静地看着她。

"那……周老师，我一会儿还有事，我们说再见吧？"林霜从椅子上站起来，拎包要走。

周正也跟着她站起来。

"哦，对了。"林霜指了指他的衬衫袖口，"衣服上好像沾灰了。"

"是黑板上的粉笔灰。"周正低头拍拍袖子，"不好意思，我刚上完课赶过来。"

"周六补课，北泉高中的'优良传统'，周老师辛苦了。"林霜微笑，跟他挥手告别，"周老师再见。"

周正看着她离去的身影——肩平腰细，翘臀长腿，走路婀娜，栗色的波浪卷发闪闪发亮，脸生得也很漂亮，是那种令人惊艳、念念不忘的长相。

林霜去了喷泉广场三楼的美甲店，那是她初中同学苗彩开的店。老家消遣活动少，林霜这半年来经常光顾美甲店，成了苗彩的常客，两人也渐渐熟络了起来。她原本约了十一点半去做指甲，哪想到相亲速战速决，只花了半个小时，于是提前一个小时到了店里。

"昨晚几点睡的？"苗彩看她有点倦意，"大周末的，你不睡懒觉？很难得这个时间出门哦。"

"玩游戏，两点半才躺下。"林霜掩嘴打了个哈欠，"刚在楼下咖啡店相完亲。"

"又相亲？你姑姑介绍的？"苗彩眼前一亮，"这回是什么人？聊得怎么样？"

"不怎么样。"林霜剥了颗薄荷糖塞进嘴里，"北泉高中的老师。"

"老师好啊。"苗彩兴致高涨，掰着手指头数，"公务员、银行职员、老师、医生，相亲市场四大天王。这人怎么样？"

林霜兴致缺缺，一句话搪塞过去："平平无奇，人挺无聊的，聊了几句就散了。"

苗彩表示失望："又没戏？"

"没戏。"

"你的眼光也太高了，北泉这么小，就这么点适龄人口，哪里去找你看得上的？不如你再考虑考虑老同学？你回来后，好几个人明里暗里表示对你有意思，在我这里问了八百个来回，条件都不错。"

林霜好几年没有回北泉，早就消失在昔日同学的交际圈了。直到去年春节，苗彩在朋友圈发了一张和林霜的合照，男同学们被照片惊艳到，起了一番骚动。

"没意思。"林霜垂眼，翘着手指头，"不想搞。"

做完指甲已经接近中午，林霜跟苗彩出去吃了火锅，然后又自己去看了场电影。从电影院出来已经是下午五点半，天尚未黑，华灯未上，夕阳殷红，她抱着手臂站在树下抽烟，身姿像风中摇曳的虞美人，明艳妖娆。

一个十八九岁的年轻人路过，又转身回来，捏着一根烟，笑嘻嘻地过来搭讪借火。林霜睨着眼，唇角噙着笑，轻飘飘吐出两个字："不借。"

年轻人嬉皮笑脸："小姐姐人美心善，行个方便呗。"

"你身后两米远，有个小超市，一块钱一个打火机。"林霜掐了烟头，迈开长腿躲开，"不谢。"

林霜买了份牛肉面回家。

逼仄的巷子里横七竖八地停着两排"小电驴"，两边的楼房也是灰扑扑的水泥色。林霜进了黑乎乎的楼洞。刷过的白墙上贴着乱七八糟的"牛皮癣"广告，楼梯又窄又陡，半锈的栏杆一摸一手的灰。她在三楼停下，找出钥匙开了门，把脚上的靴子甩到门口，换了拖鞋进屋。

买牛肉面忘记拿方便筷，林霜便去厨房翻来覆去地找筷子。回家这半年她一直吃外食，厨房常用的餐具只有两个碗和一双筷子。最后，她在橱柜里找到了那双发霉的竹筷，没法用，她只能拆一桶方便面的塑料叉子来应急。

晚上，林霜的姑姑又打电话过来，她懒得接，便回了姑姑微信："见过了，感觉一般，不喜欢。"

接着，手机就连续拥进来七八条她姑姑的长篇大论，林霜一条都没看，直接清空了微信聊天界面。

♡　♡　♡

林霜习惯晚睡晚起，大早上还没起，便被她妈妈付敏的电话吵醒。

"起床了没？"

"嗯。"

太阳透过窗帘缝隙照在床尾。她将两条腿从被子里伸出来，弓起纤细的脚背，足尖抵着那一线炙热的光亮。

"这几天太阳好，周末你在不在家？我去你那儿，把屋子收拾一下。"

林霜一个人住，付敏怕她照顾不了自己。

"你忙你的，不用过来，家里挺干净的，我自己会收拾。"

"行吧。"付敏语气一缓，"那……周末要不要来家里吃饭？你漆叔叔前阵子去山里买了几只跑地鸡，炖一只给你补补。"

林霜回北泉后，每个月能见她老妈一次。有时候是付敏来市区办事，有时候是她过去约付敏在外面吃顿饭，付敏偶尔会登门做客，母女俩关系不算冷淡，却也离生疏不远。

"也行。"林霜想了想，上次去付敏家吃饭还是几个月前，"我中午过去。"

母女两人挂了电话。

林霜起身，"唰"的一声拉开窗帘，刺眼的阳光照着明晃晃的蓝色玻璃窗。窗户外围封着生锈的防盗网，角落里还挂着一张破败的蜘蛛网。

这套房子是简单的两室一厅，三十年的房龄，装潢和房型都很老派，两个大卧室并排朝东，阳台和厨卫都在西面，中间挤着个小客厅。

这是林霜父母的婚房，林霜在这里出生、长大，后来家里搬到了更好的房子里，但这套老房子一直没卖，成了一处弃巢，空置了十多年。

去年林霜回到北泉，付敏就把钥匙交到了她手上。她打开尘封的大门，屋子里还摆着过时的、被抛弃的笨重家具，墙上挂着褪色的照片，天花板上都是霉迹，地板也被虫蛀了，屋子荒废得不成样子。

林霜找工人翻新了房子，把她爸妈结婚时置办的旧家具都扔了，只保留了她小时候睡过的单人床，然后又添了几样必需品，便带着行李搬了进来。

除了林霜的房间，家里其他地方都是空荡荡的，看起来倒是清清爽爽。地面有扫地机器人清理，厨房不开火也没有油烟，没什么好打扫的地方。

林霜倚着阳台抽着烟。阳台视野开阔，风也舒爽，看着被防盗网切成细块的蓝天白云，她想起小时候有几年常有入室盗窃的案子，于是整栋楼一齐装了防盗网。如今，摄像头遍地都是，钱包里的现金也越来越少，小贼们都改成网络诈骗了，但这老楼的防盗网一直没有拆除。

手机上显示有一个陌生来电，林霜并未在意，抽完烟便揣着手机下楼觅食。

她出门时正好遇到二楼的住户，那个阿姨拎着饭盒出门，是去学校给女儿送饭。那户人家有个女儿在读高三，夫妻两人专程租房陪读。

楼里的住户换了一拨又一拨，早就不是林霜小时候认识的那群人了。现在流行绿化小区，封闭式管理，房子漂亮，设施完善，老邻居都搬了地方，把闹市的老房子租给了租客。

邻居阿姨看见林霜，跟她寒暄了好一会儿，最后委婉地提了个要求："是这样的，我家囡囡马上就要高考了嘛，她压力大，夜里睡眠不太好……有时候晚上十一二点或半夜一两点，总能听见洗手间水管排水的声音……"

林霜一听就明白了，她作息不规律，晚上洗澡吵到楼下的高考生了。掐指一算，还有四十多天就高考了。

林霜不是难相处的人，在外人面前甚至算随和的："那我尽量在十一点后不用洗手间，行吗，阿姨？"

"行行行，多谢多谢，麻烦你了。"邻居阿姨忙不迭地道谢。

林霜下楼后又想了想，骑着小电驴出了门。她偶尔无事就满城瞎逛。北泉很小，这么多年发展下来，旧楼换新楼，也就市中心那么点地方像模像样。整座城市依旧是她记忆中的模样，学校、公园、医院、政府大楼……

北泉高中那片依旧热闹，学校建了初中部，地盘扩张了不少，学生街的店铺全换了个遍，但林霜挚爱的那家砂锅米线店还在，藏在巷子里的租书店也越发破败，那间拍大头贴的饰品店改成了小超市，但店主依然是当年那个店主。

下午一点，各家小吃店的人潮已经退去，林霜进了砂锅米线店，挑了个角落的位置坐下，点了份牛肉米线，老规矩：加辣，加牛杂。

她点餐的时候，老板笑呵呵地问："姑娘看着有点脸熟啊，以前是不是也在我店里吃过，还有个高高瘦瘦的男孩子，你们俩一起来的？"

林霜有些诧异，这家砂锅米线，她高中吃了三年，也经常带着当时的男友一起来吃。当初两人常坐在角落里起腻，那时跟老板也熟，只是没想到过去这么多年了，老板还记得。

"毕业好多年了，来您这儿捧个场。"林霜笑着说，"几年不见，老板还是这么年轻。"

"老喽，老喽。"

老板在米线里多加了个荷包蛋送她。

吃完砂锅米线，付完账，林霜往外走。

巷口的一家文具店玻璃门上挂着块招牌："旺铺转租，电话×××××××"。

林霜停住脚步。她在家游手好闲半年了，是该找点事儿做了。

这天回去的时候，林霜手上多了一份店铺租赁协议。

付敏打电话问林霜几点能到。

"大概十一点。"

"到了路口给我打电话，我下楼来接你，这边街道最近在改造，路不好走。"

"我知道。"那片林霜不熟，每次去总要迷路。

付敏家在北泉的郊区，离林霜住的地方有些距离。公交车上乘客稀少，车子渐渐远离市区，驶入一片全然陌生的新兴开发区，林霜偶尔抬头看一眼，窗外零星的居民区和空旷的工业集贸城交织在一起，变成一幅倒退的画卷。

父母离婚时，她刚上初中。两年后妈妈再婚，和继父在工业园区开了家五金批发行，她偶尔会去妈妈身边过周末。后来同母异父的弟弟出生，她又学业忙碌，再后来念了大学，离开了北泉，她踏足这里的次数就越来越少。

林霜下公交车后给付敏打了电话，等了一会儿就有人来接她了。来接她的是她的小弟弟漆杉。

漆杉和林霜不熟，他刚出生那会儿，林霜见过他几次，后来好些年没见。漆杉也不太认识他这个漂亮姐姐，只在一两张照片里见过，偶尔也听见老妈念叨，所以看见林霜时，虎头虎脑的他有点生分和好奇。

"我妈在炒菜，喊我下楼来接你。"

"来了。"林霜跟着漆杉，看他在前头低头走得飞快，"漆杉，你今年几岁了？"

"十岁了。"漆杉停在路边等她，又"噔噔噔"地折回来，拎过她手上的水果和点心。

"读几年级了？"

"四年级。"漆杉扭头盯着她，噘着嘴，"你上次见我、上上次见我，都问了这个问题，你怎么老问一样的问题？"

"是吗？"林霜淡声说，"我忘记了。"

家里的大门开着，在楼梯间就能闻到呛人的油烟味。林霜和漆杉进了家门，连着咳了几声。付敏正在厨房做饭，隔着玻璃门都能看见灶上烟气缭绕，还伴着熊熊火光。

"来啦。"付敏探头，"这里呛，你去客厅看会儿电视，我马上就出来。"

房间里有人迎出来，林霜的继父漆雄揽着漆灵出来见客，笑容满面道："霜霜来了，好久不见啊。"

漆灵十六七岁，个子很高，额前的长发遮住了眼睛，不知道是不是青春期的男孩都这样，浑身带着青刺似的别扭。

"漆灵，喊姐。"

漆灵抬头看了林霜一眼，皱皱眉头，有点不耐烦地敷衍了一下。

电视里放着闹腾的动画片，漆杉看得入迷，漆灵低着头玩手机，漆雄则把水果和点心往林霜跟前送，两人寒暄几句，聊些有的没的。

两人聊了一会儿，最后实在是聊不下去了。厨房的油烟和热气飘出来，大家呼吸都感到有点火辣辣的，都闷着嗓子咳了几声。

家里做饭的时候总是呛的，坐哪儿都呛，林霜小时候也是这样。付敏的厨艺和脾气一样暴躁，好在她做的饭菜还算可口，大家一边埋怨一边吃，一边吃一边咳嗽。

没多久，吸油烟机的声音便停了。

餐桌上摆得满满当当的，一盆红烧鸡块、一锅蘑菇炖鸡汤、几样炒菜，色香味俱全。林霜坐的是窄边的单座，对面空着，付敏拉着漆杉挨着林霜坐下，漆雄父子两人则坐在对面的一条长凳上。林霜的椅子高，显得凌驾在众人之上，带着股庄重感。

付敏优先照顾林霜，红烧鸡腿和鸡汤里的鸡腿一样给了她一只。鸡汤里剩下的鸡腿给了漆杉，另外一只红烧鸡腿给了漆灵。

"老妈，我要吃红烧鸡腿。"漆杉敲着碗闹起来，"我不喜欢汤里的鸡腿。"

"那你问问你哥能不能跟你换换。"付敏把筷子塞到林霜手里，"霜霜，你先吃。"

"哥哥跟我换。"

漆灵皱了皱眉，捂住了自己的碗，满脸嫌弃："不换。"

付敏抿唇，腮边皱出条细纹，默不作声地瞟了丈夫一眼。

漆雄出来打哈哈："不都是鸡腿嘛，一样的，红烧鸡腿有什么好吃的？漆杉，这里还有鸡翅膀——"

"不一样，我只喜欢吃红烧鸡腿！"

漆杉不乐意，目光在林霜碗里瞟来瞟去，被付敏扭着脸转回去："吃你自己的。"

林霜夹起一只红烧鸡腿塞给漆杉，笑容清淡："我吃不了这么多，给漆杉吃吧。"

五个人吃饭，饭桌上吵吵闹闹，付敏一面管着小儿子，一面顾着往林霜碗里夹菜。林霜喝了碗油腻腻的鸡汤，又吃了一碗饭，看准时机停了筷子，之后又在客厅看了会儿电视，看看时间，起身打算告辞。

付敏送她出门。母女两人一前一后下楼，付敏问林霜："最近怎么样？"

林霜如实相告："还在家待着。"

"实在不行，让你漆叔叔帮忙找份工作吧。"

"不用了，暂时不想上班。"

付敏眉头紧皱，想说什么，又不好说出口："那以后有什么打算？"

"我在学校外面租了个店铺，打算做点小生意。"

"准备开什么店？"

"奶茶店吧，以前读大学的时候在奶茶店打过工。"

付敏知道她一贯有自己的主意："别莽撞，凡事想好了再动手，遇上什么事，有要帮忙的地方，一定和我说一声，让我知道。"

"好。"

母女俩都没继续说话，并肩站在站台等公交车。

等得久了，林霜收起手机，扭头跟付敏说话："你染头发了？"

"是啊。"付敏捋捋短发，"头顶白了一片，不太好看，买了盒酒红色染发剂染了染。"

"这颜色挺好看的。"林霜收回目光。

公交车缓缓驶来，付敏把手里提的东西塞进林霜怀里："袋子里有一锅鸡汤，你抱着，小心点别洒了，晚上架在炉上热一热就能喝。自己一个人住，还是要注意一下三餐。里头还有点水果和零食，你在路上吃，下次有空我去看你。"

林霜抱着袋子上了车，她看着妈妈的发丝被公交车扬起的气流拂乱，身影远远落在车窗后。她回过神来，盯着手机，感觉搁在膝头的袋子沉甸甸的，隐约还能闻到汤的香气，打开一看，是个用保鲜膜缠得严严实实的老式双耳铝锅。锅盖上搁着个绿色塑料袋，一圈圈绞在一起，包着块方方正正的东西。林霜拿起来打开。是厚厚的两沓用塑料皮筋捆得紧紧的红色钞票，不像是从银行里取出的现钞，倒像是一点点攒起来的，里面还夹着一张五金店的取货单，上面写着字："给你的生活费。"

当年林霜的爸爸做生意发了家，膨胀了，脾气也飘起来了。当年，夫妻两人吵架，就是炮仗遇上爆竹，炸翻了天，三天三夜也停不了。付敏为了离婚，一气之下净身出户。再婚后，漆雄那边带着一个儿子，后来又添了漆杉，家里一直不算宽裕。林霜读大学的时候爸爸出事了，付敏想负担她的大学学费和生活费，却被林霜一再拒绝，母女俩的关系也越来越僵。

回来这半年，林霜一直躺在家里坐吃山空，付敏心里急，但母女关系摆在那里，她不好管，林霜也根本不听劝。

到家后，林霜给付敏打电话，两人的对话是一贯的四平八稳，毫无波澜。

"到家了？"

"到了。"

"天气热了，鸡汤放在冰箱里，搁在外头容易馊。"

"好。"

"有什么爱吃的、爱喝的，自己拿钱买着吃，照顾好自己。"

"知道了。"

♡　♡　♡

那锅鸡汤用料太足，林霜买了面条，配着鸡汤足足吃了三天。

没了出去觅食的动机，她就在家里窝了三天没出门，但又感觉宅在家心里不舒坦，于是在各大购物软件上挥霍了一番。

"霜霜，我和赵峰在酒吧，要不要出来喝一杯？"

苗彩发来一段短视频，从桌上的鸡尾酒拍到摇摆的染色灯，轰隆隆的背景音乐里带着几人的笑语，一晃而过对桌男人俊朗的眉眼。

"酒还不错，草莓莫吉托，你肯定喜欢。"

"还有帅哥。"

林霜正窝在沙发里看综艺节目，聊到这里就放下了手中的零食。

"地址？"

半个小时后，林霜出现在这家叫 SPACE 的酒吧。

苗彩不得不承认，某个瞬间心里浮起的忌妒远胜过友谊，纵使林霜穿的只是简单的背心配运动裤，外头松松垮垮地罩着件白衬衫，可当她施施然走进来，站在门口左顾右盼，灯光流转在她的红唇和眼尾时，在场所有的男人都不自觉地对她行注目礼。

林霜，眉清目秀，五官鲜明，但不是稚嫩清丽的那种风格，只要涂上口红就有艳色，更像是鲜活浓艳的玫瑰，让身边所有的色彩都黯然。

"霜霜，这里。"苗彩招手。

"这是我的老同学林霜，当年我们学校的校花。"苗彩笑着跟男友的两个同事介绍。

苗彩的男友赵峰出差回来，带了两个外地同事来北泉，为尽地主之谊请人吃饭和娱乐。几个男人聊起"你们北泉美女可真不少"，赵峰就撺掇苗彩把林霜约出来艳压全场。

赵峰带来的两个男同事都是单身，其中一个很惹眼，二十八九岁，身材高大，相貌英俊，谈笑间魅力十足。

那位先生穿着黑色 Polo 衫，林霜一眼便看出那是拉夫劳伦紫标。他戴的是积家的手表，从头发和皮肤上能看出精心护理过，喷的是 HUGO BOSS 香水，味道清爽。

北泉太小，生活太无聊，林霜真的很久没见过这一款男人了。

酒吧里放着音乐，气氛适合闲聊。林霜和苗彩在酒吧里转了一圈，再回来时，她的位置已经被换到了 Polo 衫先生身边。她捏着酒杯，默默坐下。

Polo 衫先生在谈话的间隙，不经意间偏头，低声跟林霜搭讪："林小姐名字很好听。"

"我是霜降那天出生的，所以叫林霜。"林霜微笑着回道。

Polo 衫先生不喝酒，眼里却仿佛晃着和酒一样清冽的色泽，把她的名字从舌尖递出来："霜降，霜霜，原来如此。"

林霜眨了眨又长又卷翘的鸦睫，品出了那种熟悉的腔调，朝着男人弯起红唇，妩媚一笑。

两人的眼神交会，折返迂回，气氛陡然被搅出个小小的旋涡，有不可言说的意味。

"你念起来更好听。"林霜嗓音柔和，身体微倾，丝质衬衫从肩头滑落，露出雪白的肩膀，但她仿佛浑然未觉，微拗着下巴偏头瞧着 Polo 衫先生。此时的林霜，圆润的肩骨和清晰的锁骨线条起伏，修长的脖颈如天鹅，流苏耳坠贴着下颌线，脸颊还带着梨涡，魅力十足。

Polo 衫先生笑起来，笑声闷在胸膛里像低音炮似的："是吗？"

俊男靓女凑在一起太惹眼，身边的人也都察觉出两人之间那若有若无的暧昧，于是苗彩被赵峰拉着去点酒，另一个同事也借故上厕所避开。

苗彩问赵峰："你这同事到底什么来头啊？撩起人来这么……老练。"

"那是我们部门刚上任的总经理，从总部派下来整顿人事的，听说是董事会元老的侄子。"

苗彩偷看了一眼相聊甚欢的两人："他不会看上霜霜了吧？"

赵峰搂着她走开："管那么多干吗？走走走。"

林霜撩了一眼，看见苗彩的裙摆消失在门后，便笑吟吟地拨弄自己的头发，而后指了指 Polo 衫先生的手。

"总觉得……你今天漏带了东西出门。"

"漏了什么？" Polo 衫先生不解。

"戒指。"林霜弯起眼，咯咯地笑了起来，说不出地娇俏，"据我所知，优秀的男人无一例外都是英年早婚。"

"英年早婚？" Polo 衫先生爽朗地大笑起来，"让林小姐失望了，我是未婚人士。"

"是吗？"林霜语调婉转，不知是惋惜还是庆幸。

"林小姐呢？这么漂亮，总不可能是单身吧？" Polo 衫先生目光灼灼地望着她。

林霜托着自己的下巴，没心没肺的模样："分手很久啦。"

"不知道是哪个男人，居然目不识珠。"

林霜轻飘飘地笑了笑："男人嘛，不都是这样？"

林霜将目光挪到台上的驻场歌手身上，不再说话，听歌手唱歌。

有歌手带动气氛，原本人气低迷的酒吧一下热闹了起来。苗彩和赵峰捏着酒杯转回来，将话题转到北泉当地的风土人情上。原来，Polo 衫先生来北泉是为了考察招商环境和土地政策，总部集团打算在这里启动个投资项目。

时间其实不算晚，林霜起身，执意要告辞，男人间的话题也在此终止——Polo 衫先生要"顺道"送林霜回去。

林霜没有拒绝。她在酒吧门口等，趁机抽了根烟，抱着肩膀，缓慢又轻挑地朝着广告牌吐着一个个稀薄的烟圈。

初夏的风微凉，撩着她水一样的白衬衫。风吹过，发丝拂过她的面颊，五光十色的广告灯笼罩在她身上，衬得她像霓虹灯下的一幅广告画，明明白白地告诫你"吸烟有害健康"。

Polo 衫先生开车从停车场绕过来，正好停在林霜面前，坐在车上饶有兴致地看着她吞云吐雾，而她浑然不觉。

一支烟后，林霜偏头，咬着丰满鲜艳的唇瓣，有点不好意思地微笑："糟糕，被你发现了。"

Polo衫先生摸摸下巴，眼里全是惊艳。

林霜嫣然含笑，秋波流媚。

车子是宝马偏商务的车型，挂的是一线城市牌照，虽不算豪华到让路人啧啧侧目，但也区别于满大街的代步车。被邀上车的女生能满足物质需求，而且心理上也毫无"傍大款"的压力。

Polo衫先生下车，替林霜打开副驾驶的车门。他一只手虚虚地护着林霜的肩头，另一只手极绅士地做了个请的动作。

林霜踌躇，笑道："先要问清楚，阁下女朋友介不介意别人坐副驾驶？"

"不介意。"Polo衫先生哈哈大笑，"请阁下放心，我没有女朋友。"

林霜安心地坐进了副驾驶位。

车子没开导航，全靠林霜指路。Polo衫先生发话："没想到小城市也有这样漂亮的夜景，可惜我明天就要回临江了，没机会逛逛。"

"附近主干道有灯光秀，市政府花了大价钱布置的，有兴趣的话可以绕路观赏一下。"

"甚合我意。"Polo衫先生含笑回复林霜，并将车子拐了方向，沿着景观大道缓慢开动，边兜风边送她回家。

灯光洒在车内，红蓝紫黄，细碎闪亮。

"林小姐一直生活在北泉？"

"我在广州待了几年，去年10月份刚回来。"

Polo衫先生敛眉："好奇怪，我这些年也去过广州许多次，怎么从未遇见过林小姐？林小姐的工作是哪个行业？"

"你看我像是哪个行业？"林霜扭头看他，露出一个让人迷惑的微笑。

"也许是……模特？演员？办公室白领？"

林霜哈哈大笑："我大学学的服装设计，一开始在广州那边做服装助理和服装陈列师，后来和朋友倒腾了一个女装网店，可惜网店经营不善，索性回老家生活。"她眨眨眼，"是不是让你失望了？"

Polo衫先生嘴角浮出笑容，显然和失望不沾边。

车子驶过喷泉广场，前面的路不好走，林霜打算在那儿下车。

"不知为什么，和林小姐有一见如故的感觉。"Polo衫先生有点恋恋不舍，抬手看表，"时间还早，不如我请林小姐再喝杯咖啡？"

林霜的笑容带点狡黠："下次吧，我明天一早也要出门，还要早点回去收拾行李。"

"林小姐去哪儿？我送你。"

"去省会办点事。"

两人的目的地一南一北。

林霜拒绝了Polo衫先生的好意："有缘的话，总有重逢之日。"

"北泉这边，可能隔一段时间会过来看看。"Polo衫先生不无惋惜，而后又兴致勃勃，"再来的时候，我请林小姐吃饭。"

"好。"

分别时，林霜和Polo衫先生交换了联系方式。

临睡前，苗彩给林霜打电话："霜霜，你在家吗？"

"在。"

"那……他呢？你们俩……"苗彩语气磕磕巴巴，"你们俩怎么样了？"

"他把我送到楼下，自己回了酒店。"

"霜霜，那个……我问过赵峰，那人是他们公司空降下来的，家里挺有背景的。听赵峰说，这种人都有联姻对象，一般都是花花公子，赵峰他们公司就有不少女同事被他迷住……"

林霜"嗯"了一声，说："我知道。"

"你小心些，我怕你被骗……"

"我对他没有非分之想，你不用替我担心。"林霜柔声安慰苗彩，"只是交个朋友罢了。"

"只是逢场作戏罢了。"林霜心想，她用手指摩挲着嘴唇，露出个淡淡的微笑。

第二天一早，林霜收拾好行李，搭了个顺风车去省会宛城，在车上收到了 Polo 衫先生的微信："林小姐，下次再会。"

林霜不喜欢聊天，对消息擅长已读但不回。但一个小时后，她还是回复了对方："一路顺风。"

Polo 衫先生也许很忙，这条消息亦是石沉大海。

$$\heartsuit \quad \heartsuit \quad \heartsuit$$

林霜上大二的时候，在一家饮品店做过一年兼职，还勉强记得那套流程。当年饮品店的老板娘如今在宛城开了好几家分店，经营奶茶、咖啡和甜品生意，口碑很不错。

林霜和老板娘还有些交情，提前给她打过电话，两人见了一面。

老板娘对林霜印象深刻，当年创业开店，林霜是她遇见的最麻烦的兼职生。老板娘从早到晚黑着脸盯着她防止她出错，但没办法，养尊处优的大小姐来打工，当那双盈盈美目蓄泪的时候，老板娘怎么也说不出要辞退她的话。后来两人熟悉了，老板娘倒是很喜欢林霜。林霜在服装学院念书，懂衣服的面料和版型，审美又好，于是便成了老板娘的服装搭配师。每到周末，两人便一起去逛街淘衣服，砍价无能的老板娘瑟瑟地站在林霜身后，看她板着漂亮的脸大杀四方，再带着大包小包满载而归时，心里的满足感都快溢出来了。

林霜对老板娘说明来意。她租的那间店铺就在北泉中学校门口斜对面，人流量不少。学校周边几家奶茶店的环境都差强人意，所以林霜想开个味道和颜值都过得去的奶茶店。

"我这几家店主打中高端饮品，消费人群都是大学生和城市白领。"老板娘蹙眉，"你那边都是高中生，消费能力跟得上吗？"

"不加盟品牌，只是想跟你取取经，学点经验。"林霜有自己的打算，"我可以付一笔咨询费，想要你的一部分原材料供应渠道。你放心，我做低消饮品，又在北泉，不存在竞品关系。"

当时盘下店铺后，林霜在家琢磨了很久要做点什么，最后决定开个自营奶茶店。一来她接触过这行，二来自营奶茶店没有加盟费，投入低，利润高。高中生消费能力低，也并不在乎奶茶独树一帜的口味和卓越的品质，所以大众口味即可，但维持品质和价格的不是配方，最关键的是原材料供应要稳定。

"这倒没什么。"老板娘信得过她，"不过我有个条件……你每次来宛城要陪我去买衣服，帮我砍价。"

林霜瞄一眼老板娘的穿着："商场衣服不能砍价。"

老板娘这几年的消费档次从购物街转到了中高档商场，却总有种怅然若失的感觉。她对以前的感觉念念不忘——店主报出天价，然后在被砍价的过程中暴跳如雷，咬牙切齿，最后以跳楼价把东西卖掉。她看着高手过招，自己在一旁面红心跳，手心飙汗，享受着过山车般的刺激。

"去批发市场买。"

林霜不解。

老板娘板着脸："我就是享受砍价的快感。"

林霜爽快答应："没问题。"

于是，林霜留在了宛城，打算先在老板娘的店里练手。这是一家开在商圈附近的饮品店，主营高颜值的奶茶和咖啡，毗邻大学城，网红装修风格，一到周末就有学生和上班族过来拍照打卡。

林霜在店里当实习生，每天从早上八点工作到下午两点，一连六个小时站得腰酸背痛，在家当咸鱼躺得太久，对体力劳动实在有点吃不消。

林霜休息的时候，她姑姑又给她打电话了。

上次相亲失败，林霜姑姑气她态度敷衍，好长一段时间没理她。

"霜霜，你有没有空，来姑姑家吃个便饭？"

"姑姑，我不在北泉，您找我有事？"

林霜姑姑问了几句，"唉"了一声，说："是这样，我们领导说起来，上次相亲那个小伙子对你蛮有好感的。"

林霜没反应过来："谁？"

"就是那个高中老师，爸妈不在的那个。"

林霜蹙起了眉头。

"听说你们上次见面后就没联系了，就是吧……这小伙子也实在，他不是教的高三嘛，快高考了，工作也挺忙的。我们领导说，小伙子对你感觉挺好。霜霜，这小伙子真的挺不错的，是我们领导老公的一个得意门生，北泉高中专聘过来的年轻教师，我们领导在办公室打包票说人好。我昨天也看过这小伙子的照片，干干净净，看着人就不错。霜霜，你要不要再跟他见一见、聊一聊啊？"林霜姑姑的语气温和。

林霜听出来了，领导意志凌驾在她姑姑之上。她开口拒绝："不用了，我跟他不合适。"

"到底是哪里不合适？"林霜姑姑又开始唠叨，"你又没接触过。"

"我不喜欢当老师的，穷酸又爱较劲。"

"霜霜，姑姑要好好批评你这种腐化思想。老师多好啊，为社会培养人才，社会地位多高。这职业越老越吃香，虽然工资不算高，但等他职称评上去，每年补贴和福利还会往上涨，收入真不错了。再者，老师又不坐班，上完课就能走，每年还有寒暑假，能照顾家庭，教育孩子……

"再说，人家那边没爸妈。"林霜姑姑压低声音，"有些事你还不懂，小家庭没负担、没矛盾，你不用受婆家的气，多少人盼都盼不来的好事……"

林霜"嗤"的一声，觉得好笑。她姑姑听着她的轻笑声，话锋一转，语气严肃："你别笑了，你觉得人家配不上你，那你自己呢？你爸还有两年出狱，就家里这情况……唉。你有好工作？好学历？长得漂亮能用一辈子？又不是二十出头的小姑娘，二十六了，这个年龄该结婚生子了，真不能再拖了。"

先不论林霜挑剔，别人挑剔起林霜来，也头头是道。

"行吧，姑姑，那你想怎么样？"

"你不是有他的微信和电话吗？有空多联系，了解了解对方。"

"知道了知道了。"林霜敷衍道，"等我回北泉再说吧。"

林霜有空的时候，喝遍了宛城大大小小的奶茶店，正巧遇见一家闭店的奶茶店转让设备，她低价入手，事情办妥，顶着微凸的肚子回了北泉。

苗彩发现林霜换了穿衣风格，下身是宽松迷彩裤配马丁靴，上身是紧身黑色短袖，露出一截雪白的腰线，扎着高马尾，妆容也是烟熏妆："怎么走潮酷路线了？"

"胖了六斤。"林霜吸了口气，摸了摸自己的小肚子，"以前的裤子都紧了。"

林霜鼓起来的脸颊胖嘟嘟的，像丰盈的霜雪，上身也胖了一圈，身材更丰满了一些。苗彩忌妒得啧啧摇头："要我说，你也别开什么奶茶店了，不如干老本行开女装店得了，你往门口一站，还怕生意不火？"

"不想再干这行了。"林霜摇头，"进货太累。"

"奶茶店就不累啦？"

"试试呗，闲着也是闲着。"林霜倒没什么顾虑，"反正投入资金少，黄了就关店。"

林霜虽然是一副轻描淡写的姿态，却开始连轴忙起来，办理营业执照，准备店铺设备，跑装修市场。有一个经营许可证很难办，苗彩有经验，带着林霜跑了好几次。

"你真的和以前不一样了。"苗彩笑道，"霜霜，你变了好多。"

"我以前是怎么样的？"林霜问她。

"以前你在学校，有事都是指挥身边的人跑腿，自己从不动手，连值日、倒垃圾也不干，就很……公主病啦。"

那时候林霜家境优渥，又长得漂亮，身边围的朋友不少，属于眼高于顶型。

林霜也笑了："我那时挺讨厌的，是不是？"

"可是大家还是喜欢你呀。有一阵子女同学流行戴串珠项链，你零花钱多，一口气买了好多条，让大家挑着喜欢的拿走。有个女同学喜欢珍珠贝壳的，可惜那个样式的都被挑光了，你把自己最好的那条给了她。而且男生也好喜欢你，私下都说你好甜、好可爱。"

林霜性格算不上好，但出手阔绰，做人也爽快，又人傻钱多，所以当年在学校还挺受欢迎的。

林霜耸耸肩膀，笑了笑。

正是天热的时候，林霜花了心思，每天窝在家练手，调整奶茶成分的配比，再往苗彩的店里送奶茶试喝，一天两杯，从不重样。最后味道超出预期，不比一般奶茶店差多少。苗彩在朋友圈打广告"做美甲送奶茶"招徕顾客，那一阵美甲店的生意都不错。

那家文具店在高考结束后撤店，林霜接手。店铺面积不大，大约20平方米，长方形，留下放置操作台的地方，还有一部分空余场地能摆几套桌椅。装修设计稿是林霜自己画的，走的是质感文艺风，她还花了点钱找了个室内设计师把关。

装修用的是苗彩店里用过的装修师傅，林霜负责买材料和监工。装修师傅动工敲墙和天花板，她也跟着在店里吃了好几天灰，有时候晚上都蹲在店里忙。

装修师傅下工后，林霜留在店里收拾场地。走之前，她站在店外角落抽烟，低头回微信。

她和Polo衫先生断断续续联系着，兴起就聊几句，话不多说，点到为止。

"林小姐有什么兴趣爱好吗？"

"挺多的，看电影、听音乐、运动、旅游……"

"爱好广泛，林小姐是个热爱生活的人。"

"让你失望了，都是三分钟热度，转身就变心的程度。"

林霜甩出一张"不学无术"的表情包。

那边回了一个笑脸。

"不过……我有一项兴趣爱好持续了很多年。"

"？"

林霜缓缓打出三个字："异性恋。"

Polo衫先生发来语音，带着浓厚的笑意："好巧，我和林小姐志同道合。"

路边有学生路过，传来叽叽喳喳的说话声。

"这家文具店搬走了？装修是要开什么店呀？橱窗颜色挺漂亮的。"

"都毕业了，开什么店都和我们没关系啦。"

"寒暑假还可以回来吃吃逛逛呀。"

林霜扭头，看见七八个学生路过，男孩女孩都有，都是年轻、稚嫩的面孔。男孩子脸上都带点红通通的酒晕，应该是刚高考完的学生，在学校周边聚会。其中两个学生围着个年轻男人，眉飞色舞地聊着什么。

那个男人不经意间侧首，目光扫过店铺，最后落在站在角落的林霜身上，脚步略停了停，又被身旁的学生簇拥着往前走了。

林霜抽完烟，转身进了店铺，继续收拾残局。收拾完，她摘了身上的围裙，洗手，关灯，拉下闸门往外走。

身后响起沉稳的脚步声，有人喊她的名字："林霜。"

林霜驻足，回头打量来人。

多谢她姑姑的耳提面命，这位"年轻有为"的男老师形象和条件在她脑海里一遍遍重演。

眼前的人穿着白色 T 恤、灰色运动长裤和黑色帆布鞋，配着那张清秀的脸，混在高中生里有股清爽的朝气。谢天谢地，他至少比上回穿衬衫和西裤顺眼多了。

"你好。"周正大步迈过来，"好久不见。"

看着林霜晶亮又毫无波动的眼神，他有点手足无措，只能抿抿唇："我是周正，两个月前，我们在喷泉广场相亲见过面……"

林霜打招呼："周老师，你好。"

"我和班上学生在这儿附近聚餐。"周正转头看看奶茶店，目露疑惑，"你这……"

"我租的店铺，打算开间奶茶店，这几天在装修。"

周正露出恍然大悟的表情，顿了顿，略有些紧张："上次见面后，我有给你打过几个电话，不过都没打通。"

林霜没存他的电话，微笑着解释："真不好意思，这一阵子太忙，我可能以为是骚扰电话，不小心拉到黑名单里去了。"

他的好友申请，她也一直没通过。

周正垂眸，脸色有点黯然。

"对了。"林霜想起姑姑的电话，语气带着笑意，"上回相亲的事，我们是不是有什么误会？我以为已经结束了呢，哪想我姑姑又提起这事。"

她直视着周正："周老师也知道的吧，我们两个各方面都不太合适，其实没必要再浪费大家的时间。"

周正抬头看着她明艳的笑容，动了动唇："你上次说的那些……你的一切，对我而言都不是问题，如果有可能……"

林霜像听了个笑话，"扑哧"一声，张扬地笑起来。周正看着她笑，后面的话吞吞吐吐，如鲠在喉。

林霜目光柔柔，嗓音如天籁："对不起呀，周老师，可你的一切对我而言都是问题。周老师不是我喜欢的类型。"

她唇角含着笑，是那种漂亮的、肆意的、果断的，知道自己能足够应对的笑意。

周正的眼神像迎风的火苗，神色却还维持着镇定，甚至有些温和。他牵了牵嘴角，无奈地笑，然后注视着林霜，半晌后轻声回应："好吧。"

两人一时都没说话。

林霜朝周正身后瞟了一眼，转身要走："你的学生好像在等你，我就不耽误你的时间了，周老师再见。"

周正朝她点点头，僵着身子亦转身离开："再见。"

天际星月初现，路灯昏黄，晚风拂去燥热，两人左右分明，背影隔出漫漫人海。

Chapter 2

奶茶店

❤

这大概是世界上最动人的卡布奇诺玫瑰。

周正二叔家孩子、周正的堂弟周丰就在北泉高中的附属初中念初三，正好中考结束放暑假，周正也要回老家看看奶奶，就给顺仔打电话："阿顺，今天车子有没有空？我跟小丰回村里去。"

顺仔是同村人，职高毕业后在外地打工，后来买了辆二手车回老家跑出租："有空，我下午来接你们啊。"

"好。"

兄弟两人收拾完行李，结伴出去吃了午饭。周正又给周丰买了身衣服。回去的路上，两人路过手机店，周丰揽着周正的肩膀："正哥，我要是能考上北泉高中，你也给我买个手机呗。"

去年周丰的亲姐周雪去宛城念大学，周正送了最新款的手机，让周丰羡慕了好一阵儿，今年他要上高中，也想换个新手机。

"学校禁止带手机，我要是当你班主任，第一个没收的就是你的手机。"

"哥，你下学期带高一啊？"

"高三。"

"那没事，你给我买一个，我藏好点就行了。"

周正表情酷酷的："我可以跟你班主任举报你。"

周丰哀号一声。

下午，顺仔开车来接他们，之后一行人回了荷塘村。

荷塘村靠近莲花峰，藏在一个风景秀丽的山坳里。这地方地下水丰富，池塘多，水里种了不少莲藕，每到夏日，荷叶婷婷，连绵一片，因此村子的名字就叫荷塘村。

因为事先打过电话，周正奶奶早就等在村口了，见到顺仔的车便喜笑颜开。等他们下了车，周正奶奶先摩挲着周丰的手，再拉着周正，笑眯眯地道："回来了。正在做饭，就等着你俩回来。"

老人家今年七十岁，身体还算硬朗，周正兄妹三人都是奶奶一手带大的。

"顺仔，顺仔，你也一起来，留在家吃饭。"

"不了，奶奶，我还得回市里跑车，不吃了。"顺仔卸下行李，一溜烟开车走了。

周二叔和二婶正在厨房做饭，听见动静也出来了。周二叔先摸摸自家儿子的肩膀："小丰，能不能考上北泉高中？"

"北泉高中有什么难的？"周丰成绩尚可，又有周正的"小灶"辅导，自信满满。他从他爹的大掌下逃脱出来，一进家门就往自己房间钻。

周二叔又招呼周正："阿正，来来来，先来陪二叔喝点茶。"

"好。"周正想先把自己的行李送到自家，温声道，"二叔，我先把东西放回屋里，收拾完就过来。"

周正家和周丰家的房子紧挨在一起，两家都是普通的乡下小楼。周丰家的房子是六七年前新盖的三层小楼，样子还算漂亮、阔气。周正家的房子是他父母去世前建的二层砖楼，风吹日晒的，已经有些年头了。当年事出突然，房子还没竣工封顶，只修了毛坯外壳，等周正大学毕业后才接着封顶、刷墙，几经修修补补，房子这才算是落成。

一楼是厨房、客厅和两个卧室，周正奶奶住了一间，另一间是祭室，摆着周正父母和爷爷的供桌。周正的房间在二楼，简单、干净，显得屋子里空荡荡的。

晚饭是在周二叔家吃的。周雪正好打电话回来，跟她爸妈和弟弟凑凑热闹，然后又说自己暑假要留在宛城打工，得晚些日子回来。等挨个和家里人聊完，她又找周正，喋喋不休地聊起了学校生活和学习。她和周正自小关系就好，周正又教过她，两人亦师亦友，他们从饭桌上一路聊到周正回房间。

奶茶店没有太多硬装，装修的工期也尽量缩短，因此很多小活儿都是林霜亲力亲为的。过了半个多月，林霜眼见着一天天瘦下来，苗彩的脸却因为每天两杯的试喝奶茶越来越圆润。等苗彩反应过来，为时已晚。

苗彩和赵峰的感情稳定，最近两家在商量结婚的事情，她本来就打算减肥穿婚纱，这下好了，减肥路上又因为林霜加了一重阻碍。

周正在老家住了半个月又回到市区。学校要安排开会和值班的事情，老师们都聚在一起，他听见女老师们闲聊："学校外面新的奶茶店在装修，招牌已经挂出来了。"

"是不是叫'长留山'的那家？名字文绉绉的。"

"我路过时也瞄了一眼，里面看起来很漂亮，不知道奶茶口味怎么样。"

学校年轻的女老师都爱喝奶茶，奈何学校周边的奶茶店口味一般，只有市中心几家店口味尚可，但离得不近，只能隔三岔五叫个外卖解解馋。

开完会出来，周正路过奶茶店，看见门旁架了三脚梯，站在梯子上的身影很苗条，正伸着手臂，不知道在摆弄什么。

门口的感应铃"叮咚"一声。

林霜听见声音扭过头，周正见状伸手扶住梯子："小心。"

"是你啊。"

林霜停下手中的动作，不冷不热地打招呼。距上次见面也过了些日子，她以为这人不会再出现了。不过说起来，奶茶店就开在学校旁边，两人总有低头不见抬头见的时候。

周正神色平淡，那天的对话仿佛烟消云散，在他身上看不出丝毫痕迹："刚路过这里，看见你攀在梯子上。"

"高考已经结束了，周老师怎么还在学校？"

"今天教研组开会。"周正抬头看她，"你在弄什么？"

"投影屏上有个对孔。"她踮了踮脚，眯着眼调整投影仪的方向。

"不如让我来试试？"

林霜看他："你行吗？"

"班上都有投影仪，我们经常用。"周正伸手，"把东西给我吧，我来，你这样不太安全。"

林霜低头看着周正，想了想便扶着梯子往下走："那就多谢周老师了。"

周正上去捣鼓了几下："好了，你试试吧。"

林霜站在吧台遥控开机，调试好画质和焦距，道谢："谢谢。"

周正把梯子收好，回了句"客气"，而后走出了奶茶店。站在店门口，他又回头："我这几天都在学校值班，如果有需要帮忙的地方，可以找我。"

林霜笑了笑，继续埋头做手中的事情。

奶茶店的软装是林霜一点一点布置的。北泉没有大规模的装饰用品市场，所以店里绝大部分用品都是林霜在网上淘的，大到桌椅的款式，小到一张标签贴纸，东西琐碎又费心思，她每天早上九点到店，在店里一待就是一整天。

周正租的房子就在学校附近，他从家里去学校，只要绕一条路就能经过林霜的店铺，他总看到林霜带着棉线手套盘腿坐在地板上拆快递，然后组装用品。

周正仅仅是路过，可看见林霜在忙，总会不自觉驻足问两句，次数多了，林霜笑话他："周老师是来应聘暑期工的吗？我是不是要先跟周老师谈谈薪资？"

周正肤色不算白，闻言，脸颊染了一点红，他低下头让人瞧不出他的窘迫。他把组装好的凳子抬起来，心平气和地说："习惯了，学校里装东西、布置现场，基本都是男老师做的。"

"你就当我是个普通朋友吧。"周正闷头说话，"好歹我们也算是认识。"

林霜瞟了他一眼，没有回话，也不干涉，只是站起身来："我出去买包烟。"

学校周边的商店禁售香烟，林霜去了挺远的一个小超市，再回来时，周正已经把箱子和凳子都装好了，正在装地上的地插。他穿着洗得发白的纯黑色 T 恤，弓着背半跪在地上，浓密的黑发理得很短，脖颈凸出一小块骨头，肩背绷着，薄软的衣服贴在他身上，线条很流畅。

周正办事利落，手下丝毫不停，把林霜要干半天的活儿都提前干完了，然后麻利地收拾地上的工具，打扫地面，娴熟得不像老师，倒像个手艺师傅。

角落里摞着这几天积攒的包装盒和装修余料，周正扭头问林霜："我叫个人过来，把这堆东西处理了？"

"好。"

林霜以为周正会找个处理建筑垃圾的人来清理现场，哪想到很快来了个废品站的师傅。周正把那堆积如小山的废品都称斤卖了，转身付给林霜五十块钱。

收拾完后，店里瞬间亮堂起来。

林霜觉得，这个周老师做事干净利落，挺好用的。

♡　　♡　　♡

店内装修的事忙完，就没什么大事了，剩下只是通风换气，等原材料送来后准备开业。林霜累了好些日子，于是松松筋骨在家歇了几天。她从一个无业游民翻身成了老板。新店要开业，她也要有个新气象，林霜先去苗彩店里做了新款美甲，紧接着又去了美容院按摩做脸，最后去了趟美发店换了新发型。

林霜的头发是冬天烫的大波浪，天热了想换个清爽点的发色，索性选了个奶茶色的卷发。洗护完之后，发色是玫瑰金里带点粉调，十分跳脱、鲜明，整家店的人都"哇"了一声，好几个年轻女生点名要同款发色。

装潢漂亮的奶茶店，搭配漂亮又惹眼的老板——这算是奶茶店的开业招牌。

奶茶店准备开门营业的时候，北泉高中已经进入暑假，整个学校空荡荡的，平常人潮涌动的学生街也是门可罗雀。

学校的老师难得在短暂的暑假喘一口气。周正单身，也没什么娱乐活动，又好说话，就隔三岔五顶替其他同事在教务处值班。某天，他下楼去取登记表，同事递给他一杯奶茶："周老师也来一杯。"

"哪儿来的？"

"门卫老张说是校门对面奶茶店送的。"

林霜在店里试手做奶茶，送了一部分给隔壁店铺，权当联络感情。她还去了一趟学校的门卫室，想在门卫室混个脸熟，毕竟以后是靠学校吃饭，先把关系处理好。

奶茶店还未正式开业，但玻璃窗已经撕下了保护膜，墙上贴着可爱的茶饮贴纸，临窗的电子屏上切换着一帧帧诱人的饮品图。

林霜正在一口一口地试喝奶茶，看见周正进来，问他："周老师今天又值班？"

周正看到她的新造型，站在门口顿住了脚步，下意识点头："开始营业了吗？"

"这几天在备料。"林霜递给他一杯奶茶，"还没有正式开业，帮忙尝尝，口味怎么样？"

周正很少喝饮品，给不出什么建设性的意见，只能如实点头："很好喝。"

林霜倚着吧台，慢悠悠地问他："周老师，学校哪天开始补课？"

周正瞟了她一眼，一本正经地回道："学校并不支持暑假补课。"

"不过，"他顿了顿，极其正式地回复，"学校积极响应同学的学习热情，从 7 月 25 日开始，准许高三全年级开放自习教室，高二年级从 8 月开始陆续安排学生自习，每日轮流安排老师维持纪律，其他年级都是 9 月 1 日开学。"

林霜第一次听周正一本正经说瞎话，忍俊不禁道："啧，今年教育局举报热线很忙吧？"

周正脸上也浮出一点笑意："学校和学生都有自己的立场。"

眼下是 7 月初，离高三补课还有一段时间，北泉高中的高三年级人数庞大，有二三千人，林霜琢磨着把奶茶店的正式开业时间定在 7 月 25 日。

周正看她低头翻看日历，想了想，开口说："其实 24 号那天学校就有大批学生返校，有不少是住宿生和周边县市过来的复读生，同来的还有学生家长。那一天学生们要熟悉学校环境、准备生活用品，应该会很热闹。"

"是吗？多谢周老师提醒。"

高三学生归校时，林霜想搞点开业噱头，灵机一动："周老师。"

"嗯？"

"高三的同学都很看重高考题，对吧？我记得还有个人手一本的'神器'叫《五年高考，三年模拟》？"

"对……"

"等学生返校的时候，我做个主题活动，买奶茶附赠今年高考真题，你觉得怎么样？他们买不买单？"

"这个……学生们喜不喜欢，我不敢肯定，至少所有家长会很喜欢……"

一份高考试卷，买不了吃亏也买不了上当，同学们可以劳逸结合，身心都可享受。

林霜笑盈盈地看着周正："周老师能不能帮我下载一套今年本省的高考试卷？"

"当然可以。"

林霜加了周正的微信："那就麻烦周老师了，给我电子文件就行。"

抛开相亲不谈，在这个立场上能交个朋友，其实也不错。

学校不开学，奶茶店还是要继续开，于是林霜在门口挂出了试营业的招牌。

苗彩带着一帮初高中的老同学过来捧场，还送了开业花篮，贡献了第一天的营业额。老同学有的在奶茶店里各种拍照、发朋友圈，有的和林霜叙旧拉关系。

"霜霜，你好几年都没有回北泉了啊，我们好几次同学聚会都找不到你。"

"对呀，你以前那个手机号也停用了。"

"大家都以为你失踪了。"

"上班太忙了。"林霜浅笑，"在外换过好几个手机号，一不小心就和大家失联了。现在开了这家店，想找我随时都可以来，欢迎大家捧场。"

除去老同学，付敏也带着漆杉来看林霜。漆杉被林霜塞了一碗草莓冰沙，埋头吃得倍儿香。

店里还没有招聘员工，只有林霜一个人看店，付敏环视空荡荡的店，不无担忧："客人多不多？一天的营业额能有多少？"

"淡季嘛，就是这样的。"

奶茶的定价是七八块，最便宜的柠檬水是四块，最贵的饮品才十二块一杯，试营业期间还有优惠，算下来，一天的营业额连付房租都不够。

林霜慢悠悠地跷着腿，一点也看不出心急。

付敏出门去附近几家奶茶店晃了晃，回到店里替林霜操心："另外几家也没什么人，等开学就好些了吧，那时候学生都上课了。"

付敏和漆雄开的是五金店，多少能传授点经验："开店要和周边店铺搞好关系，一开始难免会有挑事的人，还是要和气生财，门口最好安个监控。如果请人帮工，账目要盯清楚，小处最容易被偷钱……"

她话里话外地操心，但心头好歹松了口气，不管怎么样，女孩子有个工作怎么也比窝在家里强。

林霜送走付敏和漆杉后听见"叮咚"一声，是有快递员送花上门了。那是一大捧精心包装在礼盒里的卡布奇诺玫瑰花。

卡布奇诺玫瑰花娇嫩、丝滑，温柔的奶茶色高级又浪漫，北泉的花店没有这样的品种，这是专门从宛城的花店送过来的。主顾来自几百公里外的临江——Polo衫先生得知林霜成了奶茶店老板，送给她的小惊喜。

林霜问 Polo 衫先生："为什么是卡布奇诺玫瑰花，而不是发财树？"

对方忍俊不禁："它有很美的花语——不期而遇的温柔和无休止的爱。"

林霜更新了自己的微信头像，她的发色和玫瑰花很配，脸颊枕着花枝，眼帘微坠，长睫如羽，神情楚楚，容颜比玫瑰更娇艳。

Polo 衫先生及时发来赞美之词："这大概是世界上最动人的卡布奇诺玫瑰。"

那几天所有进店的客人都会被附赠一枝娇贵的玫瑰花。

林霜之前的微信头像都是网络图片，这是第一次换成自己的照片，苗彩很快就发现了端倪。

"谁送你的玫瑰花？"

"Polo 衫先生。"

苗彩吭吭哧哧地问林霜："你们两个发展到哪一步了？"

"普通朋友，没事聊两句。"

真的只是聊两句，对话经常戛然而止，从不拖泥带水、喋喋不休。

适度的暧昧让人心情愉悦，没人管对话有没有营养，也不在乎事后回味起来会不会起鸡皮疙瘩。

苗彩试探性地问林霜："你喜欢他？"

林霜欣赏着自己的指甲彩绘："好看的男人，你不喜欢？"

她专注皮相，更何况 Polo 衫先生有金钱加持，足够赏心悦目。至于其他的缺点，林霜可以忽略。

林霜从高中开始谈恋爱，几任男友都是高大英俊、青春洋溢的帅哥，俊男靓女站在一起，分外吸引眼球。

"听说他有好多女伴……"苗彩皱眉，"霜霜，这种人都挺花心的。"

"我又不是找男友。"林霜懒洋洋的，心想，只是打发时间而已。

手机有信息进来，是 Polo 衫先生在马场的照片。照片中的纯血马颜值极高，皮毛油滑发亮，在草地里扬蹄奔跑，马背上的男人……姿势摆拍得不错。林霜随手发了个笑脸，还附赠一句"彩虹屁"。

♡　♡　♡

林霜在当地的劳务网站发了招聘信息,招奶茶店店员,做六休一,不过上班时间很有弹性,主要工作时间集中在中午和下午两个放学时间段,薪水还算不错。

她面试了几天,最后招了两个相貌出挑的店员:一个是红头发、名叫娜娜的年轻人,另一个是被父母轰出来工作的高冷宅男 Kevin。三个人组成了一家高颜值的奶茶店。

新员工上手,最先学的是清洁卫生、背配方和煮料。林霜放手教人,自己则在吧台管收银。北泉高中周边有不少辅导班和画室,还有居民区和一个挺大的市民公园,多多少少也有了点客源。

每天下午在学校操场打篮球的人也不少,一群高中生打完球,看见学校对面新开的奶茶店,大汗淋漓地来店里买奶茶。

推门进店,店里开着冷气,射灯很亮,年轻的店主坐在吧台上看杂志,她发色张扬,五官明艳,皮肤剔透,整个人仿佛在发光。

一群淌着热汗的男生站在门口都打了个激灵,呆若木鸡,不敢迈步。

"欢迎光临。"林霜抛下美妆杂志,含笑招呼客人,"同学们要喝点什么?试营业期间有优惠哦。"

她在十几岁的男生眼里漂亮得太有杀伤力。几个男生怯怯地点完单,灰溜溜地拿着奶茶走出门,走到烈日底下才缓过神来。

"哇,这老板也太正了,我都吓得说不出话来了。"

"是真人吗?是真人吗?还是幻觉?"

"欸,要不要去问个微信啊?"

周正和几个同事打球,正在中场休息,在树荫下仰头灌了半瓶矿泉水。听见路过的男生说话,张凡用手肘撞了撞周正,挤了挤眼睛:"学校对面那家叫'长留山'的奶茶店,听说老板长得很漂亮。"

张凡是体育老师,以前和周正同住一间教师宿舍,后来买了房搬了出去,但和周正的关系一直很不错。

"是吗？"周正低头，撩起衣摆抹了抹满头的汗。

"要不要一起去看看？欸，周正，你别走啊。"

周正抢起球，一跃灌篮，又转身把球抛给张凡："不看，来打球。"

门口"叮咚"一声。

客人推门进来，两男三女。林霜一看见其中的周正，就知道这几位应该都是北泉高中的老师。她以前一直以为老师在暑假就是旅游观光或者在家休息，开了这家奶茶店后才知道老师也要值班、培训、开会，好像不是完全清闲的样子。

谢晓梦目光锁定林霜，从上到下仔细打量了一番。

是张凡请大家喝奶茶，说校外新开的奶茶店不错，老板也漂亮。他还特意在谢晓梦面前强调："听说比咱们的晓梦女神还漂亮。"

谢晓梦是英语老师，北泉高中的"高岭之花"。她衣着时髦，心高气傲，听张凡疯狂鼓吹这家奶茶店多好，抱着"怎么可能"的态度跟着来看看。

店里的工作装还没送到，林霜为了干活儿利落，用丝带扎了个丸子头，穿着简单的长款T恤，腰封束出不盈一握的纤腰，是那种美艳型的漂亮。

"老板，你这奶茶店挺漂亮的啊。"张凡往吧台上一靠，"老板有什么推荐饮品吗？"

林霜微笑："今天天热，点水果冰激凌这类最好，这周半价优惠，你们挑个最贵的就行。"

老板说话还蛮耿直的。

几个女老师都点了各自要喝的，张凡也点了杯冰茶。

"周老师，你呢？"

"一杯柠檬红茶。"正是上次林霜请他试喝的那款，他觉得好喝，记下了名字。

店内投影墙上放着老电影，转移客人等待期间的注意力。

奶茶由周正买单，因为他打球输给了张凡。

周正没带钱包，于是在收银台前打开手机准备扫码付款。林霜下完单，抬头乜他，眉尖一挑，悄悄伸出一根洁白纤细的手指，指尖轻轻触在他的手机屏幕上，把手机下压，退出扫码框，面容带笑，红唇无声翕张："请你。"

周正一愣，摇了摇头，又把手机推过来。

林霜扬起眼尾，细眉斜飞入鬓，镶着水晶钻的指甲"叩叩"敲在周正手机屏幕上，一副"你不听话"的神情，另一只手在收银机上"啪"地敲了一下，转身去调小料。

一旁的谢晓梦几人在商量月底同事结婚的事情，开学后就要忙起来了，所以很多老师的婚礼都安排在寒暑假的周末。有女老师问："周正，宋老师结婚邀请你了没，你去不去？"

"他当然去，我和周正都是伴郎。"张凡乐呵呵的，"你们不会是伴娘吧？"

"周正还当伴郎？去年寒假当伴郎挡酒，他可是睡了整整一天。"

周正收了手机，转身参与聊天："这次换张凡喝酒，我不喝。"

奶茶陆续做好封杯，临走前，张凡笑嘻嘻地问林霜："能不能加老板一个微信，以后我们再点奶茶，可以提前说一声。"

林霜微笑拒绝："不好意思，我们店还没有开通微信，如果需要订外卖，可以直接打店里的电话，我们也在申请外卖平台，以后可以通过平台下单。"

张凡挠挠头："好吧。"

一行人陆续从奶茶店出来。

一辆车堪堪停在路边，从驾驶座出来个穿衬衫的英俊男人，手中握着一束玫瑰，正抬头打量眼前的奶茶店。

那男人身高腿长，衣着光鲜，身上飘着香水味，行步之间还朝谢晓梦一行人点头微笑。几个女老师都愣了两秒，只见那男人和他们擦肩而过，拉开了奶茶店的门。

"你怎么来了？"几人听见奶茶店老板略带惊喜的声音。

周正回头看了一眼，见林霜从吧台绕出来，笑吟吟地迎接来人。

女老师们嘀咕："好帅。"

"那是老板的男友？"

"我的妈啊，俊男配美女，这也太赏心悦目了。"

张凡目光转向前方，"啧"了一声，用手肘撞撞周正："这车一百万，我们十年工资够不够买一辆？"

Polo 衫先生今天穿的是商务衬衫，白衬衫料子软，偏偏版型又挺括，光泽感极强，衬得人挺拔又魁梧。

林霜还是觉得他穿黑色 Polo 衫比较耐看。白衬衫制服感太强，配上男人的体形，难免有点故意炫耀的意思。

周正脸色平静，拎着奶茶回了办公室，然后收拾教案离开学校。他再次从奶茶店路过，那辆百万宝马已经不见了，林霜也不在，只有店员守在店里。

Polo 衫先生带来的是在花店随手买的红玫瑰，林霜抱着花道谢："以前我不喜欢玫瑰，总觉得玫瑰花庸俗，但现在收到花，心里竟觉得很高兴，不知道是我庸俗了，还是花变漂亮了。"

"大概是你读懂了玫瑰。"

"也不是。"林霜叹口气，认真回想，"大概以前见多了家里那种插瓶的、脏兮兮的、撒着金粉的假花。对了，还有手机里的那种乡土表情包。你记不记得，屏幕上跳出一片抠边的玫瑰花，缀着一圈闪闪发光的边界，还伴随着彩色的大字：家人朋友们，早上好。"

林霜耸耸肩膀："现在这种假花和表情包都绝迹了，眼里的玫瑰花也都变得干净、漂亮了。"

Polo 衫先生笑得前仰后合。

林霜回家换了一身黑色连衣裙，蓬松的裙摆下露出纤细、光洁的腿，踩着双黑色缎面高跟鞋出门，和 Polo 衫先生的装束极为登对。

时间不早了，林霜便带他去了一家本地特色菜馆吃晚饭。林霜尽地主之谊，一边招待，一边讲解当地的特色饮食。

Polo 衫先生看着赏心悦目的她，难得在十八线小城市遇见这样的美色，一颦一笑妩媚动人，言语有趣又灵动。

"您这回来北泉是出差的？"

"只是路过。"

Polo 衫先生只是出差路过本省，绕道至北泉多留一日。

"上次走的时候，记得说要请你吃饭。"

"我以为只是说辞，原来是一诺千金。"林霜甜甜一笑。

这一顿饭吃得宾主皆欢。

餐馆毗邻商场，Polo 衫先生提议逛一逛："来得匆忙，也没有给你带礼物。"

言下之意很明白，让林霜随便挑、随便选，他买单。

林霜面带喜色，欣然应诺，在一个化妆品柜台前驻足，指尖轻触自己的唇珠，含着笑："忘带口红出门，刚刚吃饭把口红都吃掉了。"

她很快挑了一支口红，背过身低头看化妆镜。她在唇峰涂了口红，一点一点覆盖住本来的唇色，而后抿抿唇，回头淡淡地笑着问 Polo 衫先生："好看吗？"

柜台的灯很亮，林霜的眉眼很浓，眼神清澈，睫毛上星光闪闪，圆润的鼻尖呈现出淡绯色，往下是饱满又艳丽的唇。

这漂亮的唇轻轻抿了抿，唇角勾起俏皮的弧度，脸颊上露出一颗米粒大小的笑窝。

看到这幅画面，游戏人间的 Polo 衫先生心跳漏了一拍。

口红不贵，是平价品牌，但商场的刷卡机有点卡顿，丝毫不能体现出刷卡时淋漓尽致的状态。

两人出了商场，商场外有人在跳广场舞，围观的群众不少，两人从人群中穿过，Polo 衫先生适时地握住林霜的手。

林霜的手指长而软，指甲上带着光滑的水钻，此时乖乖地待在男人的掌心里。

Polo 衫先生握着柔软又滑腻的手，忍不住捏了捏，换了个姿势，变成了十指相扣。

停车场的路不太平整，林霜穿着八厘米的细跟高跟鞋，走得小心翼翼。突然，她脚下一滑，身形微晃，Polo 衫先生的手下滑，及时扶住她的腰。她的鞋跟卡在了花砖缝隙里，整个人倚靠在 Polo 衫先生怀中，还不忘道谢："幸亏你扶着我。"

"小心。"男人低头看着怀中人。

停车场灯光微暗，气氛刚刚好，角度也刚刚好，Polo 衫先生探身吻来，林霜往旁边微侧，他的吻堪堪擦过她娇嫩的脸颊。林霜扶着他的肩膀，发出轻笑。

"不可以吗？"男人声音低沉，指尖抚上她的脸颊。

林霜噙着艳丽的笑："我涂的是唇釉，很容易弄花脸。"她用指尖摩挲 Polo 衫先生的衬衫，而后眯起眼，"而且这种衬衫的面料只能干洗，沾上口红印很难去除。"

Polo 衫先生第一次吐出酸不溜丢的文艺腔："也许衬衫也喜欢口红的颜色。"

林霜乐不可支，弯腰去拔自己的鞋跟，笑着说："你可以投稿当文艺诗人。"

高跟鞋的鞋跟歪了，原本两人打算再去酒吧坐坐，林霜只能说抱歉，打算自己回家。

"或许我可以去商场给你买双新的高跟鞋。"

林霜婉拒："有一种说法，男人送女人鞋，意味着分离和送别。"她目光楚楚，"我不喜欢你送我鞋子。你明天一早就要走，也该早点回酒店好好休息才是。"

林霜执意要回去，Polo衫先生的失望之情溢于言表，他勉强保持着绅士风度："好吧。"

当天晚上，林霜的名字从"林小姐"变成了"霜霜"。

第二天上午，Polo衫先生来奶茶店跟林霜告别。

林霜俯在车窗上和他细声话别。

Polo衫先生情意绵绵："下次再见。"

"再会。"林霜语气温柔，"谢谢你的玫瑰。"

男人眼里闪着恋恋不舍的光，林霜意会，微微低了低头，给予他一点甜头。他啄了啄林霜的唇。

林霜后退一步，身姿袅婷，面带微笑，看着车子发动远去。她的视线往回撤，看见马路对面树荫下站着个年轻男人，正默默注视着她。

"嘿，周老师。"

周正提着个印刷厂的袋子走向林霜，语气温和，甚至带着点笑意，望着车子消失的方向："是你男友？"

林霜微笑不说话。她的目光落在袋子上："周老师拿的是什么？"

"这个……你上次说要高考试卷，我重新整理了一下，给你看看。"

♡　♡　♡

既然是开业噱头，那么附赠的高考试卷就不在乎质量和实用性，但周正把高考试卷重新排版，直接做成了类似超市广告宣传的成品，还带了样品给林霜看。

林霜当时只是脑袋　热，没想那么复杂，问周正要高考试卷电子版是打算直接找个复印店打印几百份，每份奶茶塞一份进去。可她忘记了，复印店的 A4 纸又大又软，其实不是那么美观、方便，而且还要浪费人力重新包装。

"谢谢，我都没考虑这些问题。"林霜把试卷拿在手里看，赞叹道，"做得很漂亮啊。"

纸用的是彩色的广告纸，颜色漂亮、惹眼，排版紧凑、美观，角落还印着奶茶店的标识和各题的正确答案。

"多谢。"林霜真心感激，"没想到周老师这么细心，麻烦你了。"

"没什么，我上课经常要做 PPT，也是顺手改改，不费事。"

他沉吟了一下，写下一个电话："你要是觉得可用，可以直接联系这个印刷厂，他们有自己的印刷机，价格比直接找复印店低很多。"

"印刷厂能看得上我这样的小单？"林霜问他。

周正抿抿唇："你……就报我的名字就好，是我认识的一个朋友。"

林霜了然，含笑道谢："那还是要谢谢周老师。"

她还想说点什么，正巧有人进奶茶店里，周正朝她微微点了点头，转身出了奶茶店。

林霜看见他的身影停在街旁的树下，唯有寂寥。车水马龙在面前流淌，像一帧暂停的电影画面，下一眼再看，人已消失无踪。

她拨通了周正留下的印刷厂电话。对方是个操着乡音的中年男人："哦，你就是周老师的朋友，样板我这儿都有，你要多少份？我明天给你送过去。"

林霜先订了几百份，价格的确便宜，因为金额小，对方就没收定金。第二天业务员直接送货上门，林霜和他结算付款时还说起这事。

业务员对这个小订单不以为意："我们主要接学校的订单，要不是看周老师的面子，也不接你这一点小活儿。"

林霜再三道谢："麻烦您了。"

要说暑假哪个老师最忙、最累，那非体育老师莫属。

期末考试前那一个月，张凡在各位教主科的同事的"关照"下，拖着"娇弱"的身体跟班上同学请病假。但一到暑假，他每天早上六点就生龙活虎地到学校，带着体育生在操场集训。他上午"虐"完体育生，下午还要跟教育局和民警队联动，在浅水河段进行防溺水演练。

连着好几天高温天气，张凡总要来点一杯草莓奶昔，顺道和林霜聊几句。

"张老师也爱喝奶茶？"林霜问他。

"哦，给同事带的，同事爱喝这个口味。"

"给谢老师的？"

"你怎么知道？"张凡"欻"了一声，看着林霜，"老板，你厉害啊，连人都知道。"

学校的老师也分阵营，老教师资历重，上完课就走，不管事；中年老师家有老小，家务多；年轻老师有激情有精力，在学校做牛做马，吃喝玩乐也经常在一块儿。

至少在林霜看来，暑假在学校值班的多是年轻老师。女老师们中午下班，总会来林霜店里买杯奶茶，闲聊几句，再抱怨一通。

"谢老师她们来过两三次，她每次点的都是这个口味，少冰，多加奶昔，多加一份寒天，和你点的一样。"

美女对美女，总是暗地里较量，印象也比对别人深刻。

张凡家和谢晓梦家离得不远，他每天回去都顺手买杯奶茶送到谢晓梦家楼下，不过谢晓梦领不领情，那可另说。

"嘿。"张凡挠挠头，还想解释点什么，此时他裤兜里的手机响了。

电话是周正打来的，要麻烦张凡去资料室帮他拷贝一份学校资料，再发到他手机上。

"好好好，知道了，下午我去给你办……不能忘，忘什么都忘不了你的吩咐，放心吧。"

林霜把打包好的奶茶递给张凡，目光带笑。

张凡见林霜的目光别有深意，有些尴尬地晃晃手机："不是谢老师，是别的同事的电话，学校的数学老师，托我帮个忙。"

"周老师？"林霜挑眉。

"对对对，周正。"张凡下意识接话，"老板也认识周正？"

"周老师常在学校值班，不是吗？"林霜突然想起来，自己好一阵没见过周正了。

"周正去省里参加教师培训了，要过几天才回来。"

怪不得。

周正在宛城参加完培训，跟堂妹周雪一起回了北泉。他打算收拾点东西，和堂妹再回乡下一趟。他指指林霜的奶茶店："你先进去喝点东西，我去趟学校办公室。"

周雪点点头，走进了那家叫"长留山"的奶茶店。

奶茶店没有客人，只有一个高瘦的男店员穿着白衬衫戴着绿围裙在吧台发呆。

周雪扫了一眼奶茶店的环境，第一眼觉得这家店配色很舒服，装潢明亮又温馨，第二眼瞥见角落里的那个女人，目光扫过，然后又定定地落回她身上。

那人窝在座位里，艳丽的长发被松松地绾成发髻，她一边低头玩手机，一边慢悠悠地吃着桌上的砂锅米线。周雪发现她也穿着和店员同款的白衬衫，可她的白衬衫少系了两个扣子，故意往下斜扯着，露出修长、纤细的脖子和半截裸露的肩头，就显得……轻佻又媚俗。

林霜察觉到有人打量她，抬起头弯起妩媚的眼睛，冲周雪笑了笑。

周雪刚念完大一，最近正在室友的熏陶下练习化妆，第一眼觉得林霜的妆有点浓，第二眼觉得她的妆面很服帖、自然。

周雪捧着奶茶坐在店内等周正，听着这个长相浓艳的姐姐低声和人打电话，语气绵软，笑声黏腻，听对话往来，像宿舍那个喜欢和男人调情的舍友。

周雪摸摸胳膊上的汗毛，撇撇嘴。她直觉不喜欢这个人——外表漂亮，但很俗气、轻浮，令人难有好感。

周正过来的时候，林霜恰好挂断电话，正收拾桌上的午饭，准备把砂锅送到几米外的砂锅店去。

这时候是下午三点，周正的目光从林霜手里的砂锅滑到她脸上，有点惊诧。

"刚吃午饭？"

"回来啦？"

"去宛城培训了两周，中午刚到。"周正出口解释，目光认真地看着林霜，"不好好吃饭，容易得胃病。"

林霜笑笑："我知道。"

"哥。"周雪探着头喊周正。

林霜回头："你妹妹？"

周正"嗯"了一声，说："我堂妹，在宛城念大学，回来过暑假。"

林霜点头："你们聊。"

她出了门，跟砂锅店老板闲聊了几句，再回到店里时，周雪和周正已经走了。

"老板。"娜娜指了指吧台桌面，"刚刚周老师送了个东西，搁在这儿了，说是出差随手买的，送给你玩。"

那是一只小小的、蹲坐着的、胖墩墩的招财猫，白粉色，和她店里装饰的颜色正好呼应。招财猫一只猫爪横着，另一只猫爪圈成一个小圈圈。林霜看了一眼，抽了根彩色心形吸管出来，插进招财猫的爪子里，像一个萌版手握剑戟的骑士。

"还蛮可爱的。"她用指尖碰了碰招财猫的耳朵。

周正和周雪往年从北泉高中回家，要先坐公交车到汽车站，再坐城乡班车回家。荷塘村太小，城乡班车不在那儿经停，而是停在隔壁一个大村，他们下车后还要步行半个小时才能到家。

这几年市里的出租车渐多，又有打车软件，乡下也流行包车和拼车，可以直接到家门口接送，比坐班车方便得多。

顺仔的车今天行程已经约满，周正带着周雪约了另外的车。车上还载了其他人，兄妹两人坐在后座，中间座位上搁着书包和行李。

车上人聊了几句，车子不断飞驰，闲聊声渐渐停下来，周雪看见周正偏头朝车窗外看了一会儿，而后掏出手机回复信息。她眼尖，看见周正回复完信息，手机停在微信界面上。

周雪眯着眼看见周正的手指顿了顿，点开了一个对话框——但聊天界面一片空白。

也许周正清空过和这个人的聊天记录，也许他们根本没聊过天。

周正打了一行字，又一字字删除，切回主界面。但几秒之后，他又切回聊天界面，如此反复多次，不知到底想和对方说点什么。

周雪都看得有点急躁了。

最后，周正点开了对方的头像，默默地看了一会儿。

周雪猛然凑过去——女生头发的颜色很招摇，是奶茶店那个长相很浓艳的姐姐。周正刚刚还给那个奶茶店送了个连她都不知道的礼物。

周雪这会儿再傻也能揣摩出来，奶茶店的那个姐姐在周正心里很不一般。

周正被周雪的动作吓了一跳，手机"啪"地摔在脚底。

"哥，这是谁啊？"

"一个朋友。"周正语气淡淡的，弯下腰去捡手机。

"什么朋友，给我看看……"

"一个普通朋友而已。"

"我不信！"周雪伸手去抢周正的手机，然后撒娇，"哥，给我看看呗。"

车里还有陌生人，周正一手护着手机，一手扭过她的肩膀："别闹。"

他手下力道没控制好，语气有点冲："系好安全带，好好坐着。"

周雪肩膀吃痛，皱着眉吸了口气，嘟了嘟嘴松了手，脸色微变，心里也不是那么痛快，乖乖退回自己的位置。

她比周正小六岁，算是跟在周正身后长大的"小尾巴"，周正又当过她高中班主任，兄妹俩关系一直很好，亦师亦友，几乎到了无话不谈的地步。就为了一张照片，周正刚刚捏痛了她，还凶她。

两人在村口下车，周正看周雪板着脸，意识到刚才的动作有些粗鲁："刚才是不是捏痛了？对不起啊，小雪，哥哥不是故意的。"

"人家有男友的，我听见他们打电话可恩爱了，亲亲热热、你侬我侬的。"

周雪又没头没脑地补了一句："原来哥哥喜欢这种女生，妆那么浓，俗不可耐。"

说完，周雪就闷头撒腿往家跑。

周正皱起了眉。

高三学生马上要返校，老师须提前一周进校。学校组织老师开年级大会，安排学生返校工作和教学计划。

周正今年仍然留任高三数学老师，教学任务比去年还要重，分了一个理科重点班和一个文科复读班，还兼任理科班班主任、数学备课组组长和年级德育组组长。

高中老师累，班主任更累，尤其是高三班主任。班主任每天早上七点到校管早自习，晚上十一点查寝，随时巡班、巡课，外加一堆行政杂务，还兼管学生的心理、早恋和安全问题，而每个月津贴只有500块。

像周正这样的未婚单身男老师，正是学校疯狂"压榨"的对象。

会间，老师们站在一起闲聊："学校今年搞的这个校风校纪，一天到晚蹲守监督，是要把我们累成狗啊。"

隔壁座的男老师拍了拍周正的肩膀："今年的市骨干教师评定，我听校行政那边的风声，申请名额十之八九落在你头上了，周老师不错啊。"

"哪里。"周正谦虚，"佘老师都是多少年的优秀教师了，还是要向您学习。"

北泉高中这几年名气越来越大，学校扩张得厉害，老师越来越多，但职称就那么些，僧多粥少，老师们要挤破脑袋去抢。

有老师插话："去年周老师带班成绩全校第一，成绩好，又受学校器重，是丁副校长亲手提携上来的，可比我们强，当然应该让周老师近水楼台先得月了。"

周正当年就是丁严班上的学生，后来丁严当了副校长，拿"人才引进"名额把周正特招进北泉高中。前两年学校支持周正念了在职研究生，他毕业后直接评了一级教师，又拿了"青年"和"杰出"，今年的"骨干"大概也是非他莫属。私下常有老师说他是丁副校长的嫡系。

周正面上带着和气的笑容，眉眼却凝重，语气平淡："丁副校长管教学，不管行政，我在丁副校长面前请教请教上课倒还合适，做别的怕是多此一举。"

同事听他的语气并不像平常那么和善，便打了个哈哈，岔开话题。

中午在食堂大门前恰好碰见恩师，周正喊了一声："丁副校长。"

"周正，来来来，跟我一起上楼吃饭去。"丁严刚从国外旅游回来，笑容满面地伸手比画，"我和你师母扛了这么大一块西班牙火腿回来，你周末来家里吃饭啊，让你师母炖锅腌笃鲜尝尝。"

周正一听师母的名字就头疼："下周学生返校，这周就要准备集体备课……我有空再去看师母好了。"

这么一说，丁严想起学校的事情，问："今年这届高考生考得马马虎虎，文理科一共只拿了一个市状元。听说上午是刘校长给你们开会，怎么样，他是不是又拍桌子给你们'上课'了？"

周正摸摸鼻子没答话。

"这学期分了什么班？"

周正把自己分配到的教学任务说了，忍不住去摸自己的喉咙，只觉得喉咙隐隐作痛。

"都是大班啊，不容易，不过你讲课偏思路和理念构建，比较适合这种班上的学生。"丁严拍拍他的肩膀，"年轻人嘛，还是要多历练历练。想当年，我们每个老师一周二十多节课，还要带晚自习，这才一点点把教学搞上去……"

"老师说得是。"

丁严又拍拍他的肩膀："那就这么说定了啊，周末你过来家里吃饭，我给你师母打电话，让她早点准备。"

周正蒙了。

学校连着开了两天的会，回到办公室，人人口干舌燥。隔壁英语组的女老师寻思着叫奶茶喝，便来数学组问："有没有喝奶茶的？年级主任请客，机会难得，大家抓紧啊。"

数学组在大办公室，以老、中、青男老师为主，只有小部分女老师。隔壁英语组流行咖啡和奶茶，数学组风行紫砂壶泡茶叶。这会儿校工正在换走廊上饮水机的滤芯，好几个男老师捧着茶杯在等，听见声音，扭过头："奶茶也是茶，那给我也来一杯。"

"喝什么？"

"随便来一杯。"

大家订的是学校对面"长留山"家的奶茶。那是一家新开的店，有老师喝过，口味不错，包装也漂亮。

半个小时后，Kevin和门卫室的保安拎着四十杯奶茶走进学校。周正站在楼下，看见他们，接过奶茶袋："给我吧。"

英语组老师点的奶茶五花八门，她还帮数学组老师点了两样纯茶。Kevin认识周正，指着另一个袋子："这里是送到数学办公室的绿茶和四季春，我们老板还额外送了一杯柠檬红茶。"

柠檬红茶只有一杯，周正先把那杯冰凉的柠檬红茶握在手里："谢谢。"

下班后，周正路过奶茶店，想了想，还是走了进去。

店里放着音乐，林霜隔着吧台和坐在圆桌旁的一个卷发、圆脸女生聊天，两人说说笑笑，聊着什么有趣的事。

"周老师。"林霜似乎心情很好，整个人都是放松、愉快的，像水瓶里饱满又舒展的玫瑰花，笑盈盈地招呼周正，"下班了？"

周正点点头，林霜伸手介绍："这是我高中同学罗薇。"

罗薇和林霜同班两年，以前是同一个学习小组的成员，关系还不错。高考后林霜去了宛城，罗薇去了西南一所大学。大学里，两人断了联系。大学毕业后，罗薇回北泉考上公务员，被分配到乡镇政府上班，忙得苦哈哈的。她无意间刷到朋友的朋友圈，看到高中学校旁边新开的奶茶店，发现店主居然是林霜，这才重新和林霜联系上，并且抽空过来见见老同学。

"这是周正，北泉高中的老师，也是北泉高中毕业的，和我们是校友。"

罗薇性格大大咧咧的，是自来熟，"哇"了一声，说："周老师是从学校毕业后再回母校教书的？感觉很有趣啊。"

"还好，工作而已。"

"跟以前教过自己的老师当同事是种什么样的感受？不会很有压力吗？还是特别受尊敬？学生们会不会和你玩得很好啊……"

她的问题太多，周正来不及回答。

林霜似笑非笑地看着眼前的两个人，又指了指罗薇面前的位置，挑眉示意周正坐下，自己则回吧台里忙。

"周老师教哪一科呀？"

"数学。"

"今年教高几啊？"

"高三。"

"哇，好厉害，当班主任吗？"

"对。"

罗薇就是这样，人缘特别好，聊天的时候说什么都是特别可爱的"哇""天哪""好厉害"，配合度100%。

她一惊一乍："原来周老师和我是一届的，好巧啊。"

"我和林霜都是文科生，周老师教数学，是理科生吗？"

"对。"

"怪不得不认识，不过还是好有缘分，居然能在毕业这么多年后认识。"

林霜忙完，做了两杯奶茶送过去。罗薇和周正已经聊过一轮，开启了新话题。

"周老师是哪个大学毕业的？"

"我大学在临江念的，临江师大。"

"好厉害。"罗薇语气夸张，鼓起了掌，"周老师高中成绩很厉害吧，这学校超级好的，是全国数一数二的师范大学。"

"还好吧……"周正被罗薇夸得天上有地上无，早就有些招架不住，摸摸鼻子想走。

"我们那年高考有一个数学满分的单科状元，念的就是临江师大。

那年数学卷超级难的，全省也没几个满分，我们学校就占了一个。"罗薇回忆，"我记得那个人的名字，嗯……嗯……好像也姓周……"她瞪大眼睛，猛然跳起来，尖叫，"我的天！不会就是你吧！那个单科状元、数学满分的那个学霸！你回来教书了？"

周正觉得那年村里在村口贴状元榜、在他家门前敲锣打鼓都没有此刻尴尬。

每年高考结束后，北泉高中校门前的宣传栏就有榜单贴出来。学校的高考佳绩、上线率和本科录取率，文理科的状元、榜眼和探花，各类竞赛的名校保送生，各学科的单科状元，红纸黑字，标准楷体，每一样都标榜着学校的含金量。

周正无奈："是我……"

"你竟然回来当数学老师。"罗薇两眼放光，"周老师，你是来回报母校，造福学弟学妹的吗？"

周正被问得无言以对，起身就想告辞走人。

"林霜，林霜。"罗薇喊林霜，"周老师是我们那届的数学状元啊。"

"听见啦。"林霜背着身，在水池边清洗水杯，轻轻"啧"了一声，那年高考她的数学只考了七十多分。不过她的成绩一直不好，能考上大学就谢天谢地了。

周正找了个借口起身告辞。罗薇意犹未尽，大大方方问他："周老师，我可以加一个你的微信吗？以后有事方便联系。"

周正愣了愣，掏出自己的手机："当然可以。"

于是，两人在林霜眼皮子底下交换了联系方式。

晚上十一点半，林霜临睡前收到两条微信。

一条来自 Polo 衫先生："霜霜，睡了吗？"

近来 Polo 衫先生的消息多得有点让人腻烦，林霜的态度时冷时热，吊得他不上不下。这会儿她眼皮不抬，直接忽视了他的消息。

另一条来自罗薇："林霜，你知道周老师有女朋友吗？"外加一个捂脸害羞的表情。

林霜回道："不太清楚，需要我帮你问问吗？"

十分钟后，罗薇回她微信，发来一个笑脸："嘻嘻，不用啦，我刚刚问过他了，他说没有。"

Chapter 3

我是谁

♥

男女之间的感情不可捉摸，任何关系到了最后都会变成一种累赘。

起初那几天，罗薇和林霜聊天时会旁敲侧击地提及周正，打探周正的家庭和个人情况。

罗薇比林霜还要大一岁，说起来这两年也是忙着相亲，加上乡镇政府工作特别忙，加班也是常态，社交圈子又小，终身大事一拖就拖了好几年。

在北泉这样的小城市，二十六岁就是女生婚恋的分水岭。

林霜的姑姑这阵子消停了不少，她看林霜踏踏实实开了奶茶店，不说别的，好歹有了份正当工作，不是无业游民，林霜长得漂亮，找个合适的不难。

林霜没有多说，只回了罗薇一句话："感觉他为人还不错，其他的不太了解。"

这时，林霜手机进来一个电话，是 Polo 衫先生。她接通了电话，语气绵软如水："店里太忙了，一直没有看手机，对不起。你忙完了吗？"

"再忙你也要抽空想想我。"Polo 衫先生的声音闷闷的，"送的花，你喜欢吗？"

Polo 衫先生在北泉的一家花店订了花，每天早上花店会送一束花到林霜的奶茶店，今天送的是海蓝绣球、波浪洋桔梗配雪山玫瑰，娇贵感十足。

"很喜欢。"

"有空我去北泉看你。"

"您日理万机，或许档期已经排到了明年？" 林霜娇滴滴地笑，看着脚下精致的高跟鞋，是那双在停车场弄坏的高跟鞋。Polo 衫先生以换货的名义，让品牌方直营店铺联系她，赠送了双新款。

"公司业务实在走不开。"Polo 衫先生道歉，"找时间我一定来看你。"

两人聊了几句，林霜挂了电话。

联络频率从偶尔闲聊变成一天一次，再到一天几次，Polo 衫先生惦记林霜的时候越来越多了。

男女之间的感情不可捉摸，任何关系到了最后都会变成一种累赘，比如白玫瑰变成了饭粒子，红玫瑰变成了蚊子血。

林霜对男人没什么期待。她摸了摸唇，烟瘾上来了，便走出奶茶店，在树荫下抽烟。

周正看见，温声劝她："马上就要开学了……最好避免在校门周边抽烟，让学生看见不好。"

学校里的学生们抽烟，都是受身边人影响，以"酷"的名义展现自己的个性。

林霜抱着臂抽烟的模样风情万种，会教坏青春期蠢蠢欲动的学生。

林霜瞄了眼校门，掐着过滤嘴："周老师是太平洋警察，管得这么宽？"

周正也觉得有点越界，神色间有点不好意思，不过还是实话实说："学生们会好奇，孩子最喜欢跟风和模仿，觉得自己这样做也会很酷、很漂亮。"

也会？算是侧面对她的赞美。

林霜心情大好，掐了烟头，笑嘻嘻地道："诚心聆听教导主任的教诲，以后我躲远点。"

她把烟头扔进路边垃圾桶："周老师下班了？"

周正点头："今天没什么事，早点回去。"

"周老师和罗薇聊得还好吗？"林霜笑着问。

"还行……"

林霜咸吃萝卜淡操心："周老师觉得罗薇人怎么样？"

"很活泼开朗……"

周正有点头皮发麻，罗薇的口头禅是"好厉害"，周正每被夸一次，身体里就有根神经抽搐一次。

大部分男人都享受女生的赞美和仰慕，被多夸几次就恨不得飘到天上去，但周正在这一点上有点古怪，他只觉得尴尬。

"她性子就这样，和她相处起来轻松愉快，人也很热心。以前念书的时候，她经常帮我改错题集，我们班上很多同学都喜欢她。"林霜意有所指，"她真的挺不错的，最近也在相亲。对了，她周末想去看电影，我店里走不开。"

林霜笑吟吟地道："周老师如果喜欢看电影的话，倒可以和罗薇一起……"

周正语气平淡："我周末也有事。"

林霜耸耸肩膀。

周正没有多留，跟她说了再见，转身自顾自走远。

林霜转身回了店里。

后来连着几天，林霜都没见到周正，罗薇那边也没再向她打探过周正的事情，应该是两人变熟络了。

因为还在暑假，周末下午四五点是奶茶店生意最好的时候。这个时间段天气不那么热，又还没到晚饭的时候，北泉高中附近有个市民森林公园，周末通常有活动，陆陆续续来买奶茶的人不少。

奶茶店装潢明亮，鲜花环绕，有冷气，还放着电影，环境在周边一众店铺中鹤立鸡群，路过的年轻人也都喜欢进来拍拍照、聊聊天。

店里三个人都在吧台忙碌着。

张凡今天替新郎挡酒喝得大醉，早已不省人事。周正和谢晓梦把他从酒店拖到出租车上。司机师傅把张凡和谢晓梦送回家后，再开着出租车绕圈回来送周正。

路过北泉高中，周正口干舌燥，喊停出租车："师傅，就在路边停下。"

奶茶店人不少，周正推门进去，在角落等了一会儿。

林霜在他进门的时候，分心瞄了他一眼。

周正今天穿得格外正式，下身穿着黑色的西装裤和皮鞋，上身穿着白衬衫，袖子挽到手肘，领口解开了两个扣子，露出脖子和一点锁骨。

林霜对衣服的面料和剪裁很敏感，白衬衫比蓝衬衫更适合周正。或者说，黑、白纯色，或者是低饱和度的纯色，柔软又带点棱角的材质都很适合他。

店里客人离去，林霜看见周正坐在靠墙的椅子上，脸颊发红，眼睛直愣愣地盯着玻璃窗，像非洲大草原上发呆的成年羚羊。

动物世界常有这样的场景，狮子或者猎豹矫健扑来，羚羊乍然惊醒，四处逃窜。

周正转过头，撑着桌子站起来，晃晃悠悠地走向林霜，舔舔干涩的唇，嗓音嘶哑："我要杯柠檬红茶。"

林霜闻到他身上的酒气："喝酒了？"

"今天同事结婚。"

周正头发长了点，头顶喷着发胶，梳出一个造型，发尖还沾着几片碎碎的亮片，白衬衫贴着身体，可以看出衬衫下带点肌肉的骨架。

林霜想起来，他和张凡是去给同事当伴郎："张老师还好吗？"

周正点点头："他喝多了，我刚把他送回去。"

林霜帮他调了杯蜂蜜水，看他眼神还算清亮："你没喝醉吧？"

周正一口气喝了大半杯，抿了抿泛着水光的唇："没有，张凡帮我挡了，我明天学校还有事情，不能多喝。"

"回去好好休息。"

周正点点头，转身迈步向外走去，又突然想起什么，回头走到林霜面前，神情严肃又认真。

林霜看见他把手伸进西装裤里，掏了半天掏出个黑色领结，又顺手塞了回去，换了一只裤兜，掏出个压扁的喜糖盒，倒出几颗喜糖递给她。

"同事发的喜糖，挺好吃的，你要不要尝尝？"

林霜的目光在他面颊上流连，敷衍地笑了笑，从他掌心捻了一颗，包装还沾着他的体温。她撕开，抿进嘴里，是老式奶糖，包装上有一只大公鸡，叫喔喔奶糖，小时候经常吃。

"好甜。"林霜眯起眼，笑靥嫣然，"谢谢。"

周正看见她笑，也咧嘴笑了，爽朗又大方，露出一颗尖尖的虎牙，眼里星光点点："你喜欢，都留给你吧。"

喜糖都很普通，包装平平无奇，却是精挑细选，组合了不同的口味：水果糖、棉花糖、巧克力、话梅糖、雪花酥，还有一块夹心小饼干。

周正有点醉意，轻飘飘的，像个孩子似的把拢在自己手心里的糖摆正，一颗颗捻起来给林霜。

林霜其实并不喜欢吃糖。她看着周正笨拙又认真的动作，没有拒绝，鬼使神差地在他面前摊开了手。糖一颗一颗地从周正的手心换到她的手心。

直到掌心空空，周正才收回手，朝林霜点点头："我走了。"

"回去吧。"店里的音乐缓缓流淌，林霜的嗓音也出奇地柔和。

周正出了奶茶店，拐过两条街进了幢矮楼，边走边掏钥匙准备开门。

周正住的房子是老式的一室一厅，有一个大卧室和一个吃饭兼储物用的小客厅，厨房和洗手间都很窄。大卧室和阳台相连，这会儿太阳正晒着阳台，屋里都是金黄的色泽。

他进洗手间洗了把脸，把换下的伴郎服和领结收了起来，吐了口气，倒在床上。他喝了酒就想睡觉，从午宴敬酒撑到把张凡扛回家，再撑到现在，脑袋都是混沌的。他翻了个身，去摸自己的手机，迷迷糊糊点开了某个对话框。

林霜收到了周正的第一条微信。

"林霜，你知道我是谁吗？"

这个男人喝醉了。

林霜剥开糖纸，把棉花糖塞进嘴里，低着头打字："周正。"

周正看到回复，展颜一笑，倒在床上睡了。

♡　♡　♡

7月24日这天，林霜提前准备了装饰气球，还做了广告海报，搬来了音响，把奶茶店的排面打开。

那天真的有学生陆续返校，其中一部分是带着行李回学生宿舍的住校生，另一部分是从周边县市过来复读的复读生，基本都是由家长陪同，也有不少是全家一起出动来安顿孩子的。

奶茶店的海报是林霜自己用修图软件做的，简单又直观。最近推出的是充值活动，充100元送10元，充200元送25元，以此类推，生日还有免单活动。最便宜的柠檬水是四元一杯，健康又解渴。另外，买奶茶还送今年的高考试卷。

"高考试卷"这四个字在诸位高考生家长心里比"免费"还好使。说实话，林霜头一次见给孩子买奶茶这么积极的家长，也第一次见买奶茶带着一脸难以言说的表情的同学。

"老板。"有家长挤进来,"我这个是英语试卷,能不能把其他试卷也给我一份?"

林霜微笑着营业:"不好意思,我们每天高考试卷赠送量是额定的,当天送完为止。不过这个活动会持续一个月,集满全套试卷还有文具赠送哦。"

她这也算……饥饿营销?

"奶茶这种东西,为什么要和高考试卷结合在一起?"

"今年高考试卷还蛮简单的,看起来不难啊,你看这几道大题,考的都是上学期的知识点。"

"爆珠的口感好好。"

"这老板也太美了吧,天啊,真的不是明星吗?"

众人七嘴八舌地议论着。

天气热,进出奶茶店的人不少,林霜他们三人第一次遇到这么高强度的工作。

而后两天陆续有学生返校,高三正式开课。林霜的奶茶店集齐了几大卖点:好喝又便宜的奶茶、美艳的老板、高颜值的店员,外加让人耳目一新的高考试卷,在学校内一炮而红。

高三生不缺试卷,可大家成群结队地在奶茶店拿试卷,有种苦中作乐的气氛,也显得那杯奶茶都"别有一番风味"。大家想,连奶茶店都帮着"卷",自己还有什么理由不努力?

周正这几天忙于开学事务,在班级和宿舍之间来回奔波,晚上趁晚自习时间去奶茶店看了一圈。当时,店员已经下班,只有林霜还在店里,正准备打烊。

"怎么样,忙得过来吗?"

林霜边将没卖完的小料倒进垃圾桶,边清洗器材边说:"还不错,比试营业的时候好多了。"

她撑着肩膀倚在水池边，随意又放松："多亏了周老师帮忙，我没想到那个高考试卷这么好用。"

"客气了。"

林霜去里间换了衣服，穿了条丝绒复古连衣裙出来。她的长发被姜黄色的丝巾拢住，唇色鲜艳，眼里熠熠生辉："也许我可以请周老师吃个饭，跟周老师好好道个谢。你有时间吗？把罗薇也一起约上吧，一起聊聊天。"

罗薇这周都在市区开会，一直嚷着要约林霜吃饭，还顺带提了句周正。林霜心领神会，想给两人创造机会。

周正看了她一眼，手插在裤兜里，踌躇道："以后有机会吧。"

林霜粲然一笑："好吧。"

"这么晚了，你怎么回去？"

"我朋友来接。"

林霜转过身去接了个电话，拖着音节娇娇地应了声"嗯"，而后咯咯地笑起来。

苗彩的美甲店也才关门，她和赵峰开车过来接林霜出去吃消夜。车子停在奶茶店门口，林霜的电话还没打完，她拎着小皮包转身，裙摆荡出个绚丽的弧度，笑着朝周正挥挥手："周老师再见。"笑声清脆又娇媚。

"再见。"周正微笑着挥手，神色温和。

电话是 Polo 衫先生打来的。林霜上了车，前脚刚挂断电话，后脚赵峰就接了个电话。Polo 衫先生吩咐："开车小心，吃完消夜记得把霜霜送回去。"

"是是是，总经理，您放心。"赵峰对着手机连连点头。

电话打完，前座的两个人都在后视镜里瞄林霜。

"怎么了？"

赵峰摇了摇头："那天听见秘书办八卦，说总经理在会议室低头聊微信，嘴角还带着笑，在会议室里喊人'宝贝儿'，是不是就是你？"

林霜笑了笑："这世上的宝贝儿多了去了。"

这年的七夕节在 8 月中旬，七夕节的前几天，Polo 衫先生意外出现，专程从临江赶来陪林霜。

Polo 衫先生捧着一束鲜花，眉眼温柔，长腿迈向奶茶店。

从某一方面来说，林霜是个"颜控"，喜欢过的"男神"不计其数，看一部偶像剧换一个"老公"。Polo 衫先生的皮相真的好，而且穿着不菲又出手阔绰，足够了。

那一刻大概像哑剧，奶茶店的人齐齐扭头，静声看着 Polo 衫先生入场。

林霜捧脸浅笑："又路过？"

"不路过，特意来陪陪你。"Polo 衫先生把玫瑰往前一递，俊眼放电，"送你的花。"

花是紫玫瑰，自从林霜说她喜欢玫瑰，Polo 衫先生就变换着品种送她。今天是 Cool Water——冷美人，花瓣是娇嫩饱和的紫色，昨天刚空运到国内。今天一早 Polo 衫先生便去花店取花，然后开车带过来。

玫瑰花束上笼着一层薄薄的轻纱，还横缀着一条珍珠项链，珍珠颗颗饱满，带着莹润的光泽——不是廉价的装饰品，是昂贵的首饰。

林霜时不时会收到 Polo 衫先生寄来的礼物，有时是某家五星级酒店很有名的甜品，有时是热门的香水和口红，东西的价值，林霜从不放在心上，也许是 Polo 衫先生批发赠送的，但的确都是时下能讨女孩子欢心的那类。

"送你的礼物，希望你能喜欢。"

"谢谢。"林霜嫣然一笑，梨窝微现。

Polo 衫先生气定神闲地坐在奶茶店里办公，顺便还能帮林霜搭把手，把买奶茶的小女生惊得一愣一愣的。

这家奶茶店算是学校旁的"网红店"，连坐在数学办公室的周正都听说了某一个版本的"奶茶店老板与深情总裁"的浪漫爱情故事。

Polo衫先生白天处理工作，顺便在奶茶店兼职当"头牌"，陪林霜约会和一日三餐，极尽殷勤。他拢着林霜的纤腰，吻从脸颊游离到她的红唇上，但在居民楼下需要保持绅士风度，只能浅尝辄止，他语气带着闺怨："不请我上去坐坐？"

"家里太乱了。"林霜依偎着他，面容酡红。

"那去我那儿坐坐？"Polo衫先生的吻游离在林霜的耳珠，呵气轻吐。

"也许还有更好的时机。"林霜轻咬唇瓣，攀住他健硕的肩膀。

今年的七夕节恰好是周末，温度适合穿轻薄短衫，香水也能最大限度地发挥作用。电影院和酒店都爆满，Polo衫先生订了电影和烛光晚餐，约会行程排得很满。

林霜穿了条尽显女人味的裙子，是电影《赎罪》中那条绿色的绸缎长裙同款。细肩带和锁骨相得益彰，肩背颈项裸露，妖娆长发披散，若隐若现的雪白肌肤滑腻，只是画蛇添足多戴了条珍珠项链。

小城电影院并不大，候影厅全是情侣。Polo衫先生把林霜揽在怀里闲聊。越过他的肩头，林霜看见罗薇和一个男人在人群里穿梭，并且眉飞色舞地聊天。

她笑吟吟过去打招呼："罗薇，周——"

那男人转过脸来，瘦削又白净，不是周正，是别人。

林霜顿住话头，看了罗薇一眼。

罗薇今天穿得也很漂亮，特意化了妆，有点窘迫地咬咬唇，伸手介绍："我单位同事，一起出来逛逛……"

罗薇着急走，说："我们的电影快开场了，有空再跟你聊。"

林霜跟罗薇看的是同一场电影，电影讲的是都市里无病呻吟的爱情故事。影厅满座，罗薇的座位在前排，她和男同事同享一桶爆米花。

时不时有人交头接耳，也有人哈哈大笑，昏暗的影厅有股闷闷的味道。Polo衫先生心不在焉，拉过林霜的手，十指相扣。

林霜的手从他手里滑出来："我出去抽根烟。"

Polo衫先生看林霜久去不回，便出去寻人。他看见林霜站在吸烟区，目光茫然地看着墙上的电影海报，走过去拨弄她散落在胸前的长发："怎么了？"

"这电影也太无聊了。"

Polo衫先生提议："不如我们出去走一走？"

"好啊。"林霜语气轻快，摁灭烟头。

烛光晚餐约在下午六点半，这时才下午三点半，还有三个小时。

Polo衫先生带林霜去了自己住的酒店。

林霜没有拒绝。

Polo衫先生住的是北泉唯一的五星级酒店，最高档的套房里香槟和蜡烛早已待命，大床上甚至撒满了玫瑰花瓣。

吻从关上房间门的那刻开始，男人的嘴唇滚烫，手撩起林霜的裙摆。他被林霜吊足了胃口，日思夜想，足足熬了好几个月，心急如焚，早就迫不及待要拆礼物。

林霜眯着眼揽住男人的脖子，在公主抱里甩掉了自己的高跟鞋。

文火炖过的肉才香，别管腻不腻，毕竟床上不用男人开口说话。

Polo衫先生业务熟练，先来了个法式长吻。几分钟后，林霜含笑推开他的肩膀，这个深吻才勉强结束。

林霜很少骂脏话，但此刻在心里恨恨地骂了一句。

♡　♡　♡

两人身体重叠，双唇依依不舍地分离，唇舌间溢出的呻吟声低低萦绕在耳际，让人意犹未尽。

这销魂的低吟声不是来自林霜，而是来自 Polo 衫先生。

林霜本来对今晚有所期待，一对成熟男女，按捺心思互相撩拨了几个月，这势必是一场激扬震荡的声色犬马。

林霜一向觉得自己没有下限，可这一刻 Polo 衫先生实实在在打破了她的下限。她没兴致了。她能接受调情中的油腔滑调，但不喜欢听男人娇吟，这是她的雷点，没想到最后栽到了这张床上。

那种感觉就像是她打算看一场愉快的电影，选好了片子，排好了档期，做好了心理建设，排除了不良反应，最后打开碟片，漫天烟花变成大爆炸，踩雷变成踩到爆竹引线上。

林霜抓着胸前的衣襟，美目迷蒙，娇颜酡红，抵住 Polo 衫先生健壮的胸膛，呵气如兰："你的手机……已经亮过很多次了，是不是公司有什么急事？"

她含羞带怯地看着洗手间："不如先处理公事，顺带……"她的指尖滑过男人胸口，语气婉转，"换下这身衣服……也让我准备准备？"

"好。"Polo 衫先生恋恋不舍，皱着眉头去拿自己的手机。

林霜倚在床上，撩动长发，含笑目睹他进了洗手间。她起身，整理好长裙，把脖子上的珍珠项链扔在床上，拎着高跟鞋出了酒店房门。

林霜在酒店楼下的便利店买了瓶水漱口，咕噜咕噜用了半瓶，把口腔里黏黏糊糊的感觉洗掉。她刚坐上出租车，就接到了 Polo 衫先生的电话。

"宝贝儿，你人呢？"

"忘记说了，我在回家的路上。"林霜微笑，"谢谢您今天的款待。"

电话那端的声音愣了愣，猛然提高了分贝："你什么意思？"

"您的手机从电影开场响到床上，这么好的节日，应该有其他女人比我更需要您。"林霜语气轻快，"您现在出发，应该还赶得及下一场约会。那串珍珠项链价值不菲，收到礼物的人应该会很开心。"

"你玩我？"男人声音带着点气急败坏。

林霜语气诚恳："您这是哪里的话？我从一开始就很认真地跟您调情，百分百配合您的节奏，并对今天的节目怀抱万分的期待，甚至穿了我最喜欢的裙子。"

"只是突然没意思了。"她撑着下巴，"您英俊多金，吻技高超，应该有很多女人都倾倒在您的西装裤下，比我这样见色起意、心怀不轨的人强多了，您应该好好珍惜。"

Polo 衫先生自诩流连花丛，但此刻也气到变形。

"我无心放您鸽子，只是良心觉醒。大家逢场作戏，想必您也能理解。如果您觉得我这个行径伤害了您，那您开个价，我竭尽所能赔偿您的损失。还有，这边还是建议您有空去皮肤管理中心做个 SPA，做个深度火山泥面膜保养保养。"

林霜神清气爽地挂了电话，而后打了个电话给苗彩。

苗彩正和赵峰约会，听得一愣一愣的。

"会不会给赵峰添麻烦？"

赵峰是个职场"老油条"，听完后哈哈大笑，抢过电话："这没事，总经理的桃色新闻在我手上，我乐还来不及呢。"

林霜"呸"了一声，挂了电话。

手机提示有微信未读消息，都来自罗薇。十多条小作文似的留言，跟林霜解释电影院的事情。

"今天这个男生，是单位领导介绍的同事，我们也是刚刚接触，他约我出来看电影。

"我知道你想说什么，周老师那边……我的确挺喜欢他的，之前也一直找机会和他接触。前几天他跟我说了他自身的一些情况，他没有父母，家里只有一个奶奶。我听完后……心里总觉得怪怪的，我没想过他是个孤儿，我爸妈知道后也强烈反对。

"我还有个哥哥，我爸妈身体不好，这几年一直给我哥哥带孩子，我嫂子又怀了二胎。以后我怀孕生孩子，我爸妈帮不上忙，我也绝对不可能辞职回归家庭，没有人帮忙带孩子，这是个很麻烦的事情。

"他虽然是老师，到现在都还没买房，我不介意和他一起奋斗，但房子装修、婚庆、彩礼和五金钻石这些，其实也要花不少钱……女孩子一辈子就一次婚礼，我不想将就，还是想慎重对待。

"而且周老师对我也不怎么上心，从不主动找我聊天，他聊天的态度也只是把我当普通朋友，大概对我没什么想法……他人其实不错，但我想了很久，不想浪费自己的时间。"

罗薇翻来覆去说了很多，不知道是用这些理由安慰自己，还是安慰林霜。

真魔幻，林霜刚从酒店套房撒满玫瑰花瓣的床上逃下来，同步进行的另一个世界充斥着嫁娶中各种琐碎的矛盾。

最后，罗薇小心翼翼又满怀忧愁地询问林霜："林霜，你觉得我这样做对吗？"

林霜回了两个字："很对。"

她是局外人，并不关心对错。

林霜扭头看着车窗外流逝的街景，让出租车掉头，回了奶茶店。

娜娜和Kevin看见老板回来，"哇"了一声，问："老板，你不约会了？"

"约完了。你们俩今天可以早点走，我来守店打烊。"

今天奶茶店的营业时间只到下午六点，娜娜和Kevin晚上各有约会，林霜给他们放了假。

"谢谢老板。"

七夕的北泉高中，有学生模样的小情侣牵着手进来买奶茶，林霜给他们推销奶茶店的情侣充值卡，心形卡面，一人一半。

"情人节的奶茶买一送一哦，纪念日和两人生日都有八折优惠。"

"老板，那要是分手了，卡怎么办？"

"退卡日我请你们喝奶茶，都失恋了，应该喝一杯奶茶庆祝下，毕竟单身万岁嘛。"

小情侣哈哈笑了起来。

晚上八点，奶茶店打烊，街上行人寥寥，林霜站在路边等出租车。

夜空星河璀璨，晚风绵软凉爽，她遇到了一个熟人，那人刚从校门出来。

那人看见她，眼里闪过一丝惊讶。

"周老师。"林霜看着那人一步步走近，风吹起她的秀发，"晚上还上课？"

周正挠挠头："今天休息，我去学生宿舍转转。"

敏感节日，住宿生没有班主任的假条不准出校。周正尽职尽责，去学生宿舍清点人数，怕学生溜出学校玩。

林霜点点头，望向街道。路上的出租车都是满载，而打车软件上的空车都在加价揽客。她收起手机，扭头问周正："周老师吃晚饭了吗？"

林霜微笑，眸光晶莹："如果没吃的话……不如我们一起去吃点吧，我还欠周老师一顿饭。"

市内各个餐厅，无论大小，都是爆满，所以林霜打算在学校周边随便吃点。

路过一间卖饰品的小店，周正驻足问她："那个，你……冷不冷？"

林霜穿着那身缎面绿裙，肩背裸露，全凭一头浓密的长发遮挡，她挑眉。

"给你买条披肩吧。"周正语气含糊，低头看着脚尖，蹭了蹭地上的灰尘。

"好啊。"

不一会儿，周正抓着一条宽幅丝巾走出店门。

林霜看着那少女钟爱的嫩粉色，禁不住抽了抽嘴角，但还是不动声色地把丝巾展开，披在肩上。之后两人去了那家砂锅米线店。

林霜两手提着裙摆挤进了一个角落。

她是米线店的常客，不用开口，老板就知道她要吃什么。

"周老师，好久不见啊。"老板又转向周正，语气熟络，"周老师吃点什么？"

周正点了份三鲜米线。

林霜问他："周老师高中时候也常来这家店？"

"以前吃过一两次。"周正抿抿唇，"回学校教书后，偶尔会跟张凡一起来，他跟老板聊得熟。"

老板在两个人的米线上都加了一个荷包蛋。

两人埋头吃米线。

林霜吃东西时习惯玩手机，常常心不在焉，周正也一言不发，像一尊雕像般默默坐在她对面吃东西。

"周老师谈过恋爱吗？"林霜问周正。

周正目光游离，最后埋头，淡声道："刚工作那年谈过一次。"

"后来怎么分手了呢？"

"性格不太合适。"周正吃得艰难，"都是老师，工作都很忙。"

"你呢？"他小心翼翼地问林霜。

"好几次吧。"林霜随口道，"记不清，数不过来。"

"你和那个送玫瑰花的男人……"周正含糊地问，"吵架了？"

林霜释然一笑："吹了。"

周正目光直直地看着林霜。

林霜把头发拨到肩头，继续默不作声地吃米线。

周正买完单，看见林霜站在店门前的树下抽烟，烟头的火光一闪一闪的。华灯和月色照在她的裙子上，像静谧的光华缓缓流淌，连带着她整个人都是发光的。他走到她身边。

"我自己打个车回去。"林霜叼着细烟转身，"周老师也回去休息吧。"

这个时间出租车并不好打，周正掏出手机："太晚了不安全，我有个朋友在开出租，我让他送你回去吧。"

周正喊来了顺仔。

"阿正。"顺仔正好就在附近跑单，很快就过来了。

林霜顺利上车，周正把车门关上，俯在车窗上："到家后，跟我说一声吧。"

顺仔看了眼后座艳光四射的大美女，觉得此情此境不一般，拍着胸脯给兄弟打包票："阿正，你放心吧，我一定把人安全送到。"

车子走远。

"那个……你是阿正的朋友吧？"顺仔在车座上扭了扭，感慨道，"今天可是个挺好的日子啊，你们俩……"

"我在学校旁边开店，等出租车的时候正好遇见周老师。"

顺仔失望地"哦"了一声。

"小师傅和周老师认识啊？"

"嘿，我叫周顺，跟阿正是一个村的，从小一起长大，认识二十多年了，是穿一条裤子的铁哥们儿呢。"

林霜点点头。过了一会儿，她突然开口："周老师是不是还有个亲妹妹？以前好像见过一次，和他长得有点像。"

"那是他二叔家的堂妹，他家就他自己，跟奶奶一起过。"

"嗯？那周老师的父母呢？"

顺仔摇摇头："他爸妈都不在世了，走了十几年啦。"

"是生病吗？"

"意外。下雨天村里的水库涨水，叔叔阿姨两个人都没了，那天真的太惨了。"顺仔心酸地叹了口气，不再说话。

林霜也陷入了沉默。

有周正的吩咐，顺仔执意要把林霜送到楼下："我再送送你，放心，我车技好着呢，撞不了，再说了，这边黑灯瞎火的，你一个人走路也不安全。"

车刚停在楼下，周正恰好给顺仔打了电话。

林霜在顺仔的电话里道谢。

周正温声回道："晚安。"

"晚安。"

♡　♡　♡

9月1日，天气还热着，北泉高中所有年级正式开学，林霜搞了个"好友拼团"的活动。这一天从店门打开起，就意外忙到"炸裂"，连珍珠小料都来不及煮。

漆灵这学期念高二，付敏和漆雄一早送他返校，漆杉也跟着来凑热闹，于是一家人先去了林霜的奶茶店。奶茶店人不少，林霜没空招呼他们，随便做了几杯饮品，然后装袋递给了付敏。

"你先忙吧。"付敏说，"待会儿我们把漆灵安顿好，中午一起在周边吃个饭吧。"

"我不一定什么时候闲下来，你们吃吧。"

"总要吃饭的嘛，我们等你。"

学校的事情办完，时间已经不早了。漆雄先带着两个儿子去饭馆点菜，付敏陪着林霜在奶茶店搭把手。等菜都上齐了，付敏和林霜才抽空过去吃了两口。

周丰中考成绩过了北泉高中分数线，被周二叔带着来学校报到。父子俩给周正打电话。周正那边忙不过来，好不容易才抽出空和二叔他们在学校周边找个馆子吃午饭。

两家人正好同时吃完，跨出饭馆门口的时候，周正正巧和林霜碰上。

"周老师。"林霜点头，"好巧。"

付敏和林霜容貌有些像，都是纤瘦高挑的身材，周正看了付敏一眼，林霜开口："我妈妈、叔叔和两个弟弟。"

周正知道这是她的母亲和继父一家，跟他们打招呼："叔叔阿姨好。"

"这是我二叔和堂弟。"

林霜了然，敷衍地点点头，转头跟付敏说："我先走了，你们也回去吧。"说完，她便风风火火地往奶茶店走了。

付敏站在街边，看着林霜的背影，直到被漆雄拍拍肩膀才回过神来："我们送漆灵回学校，也早点回去吧，下午还要带漆杉去报名。"

周正看着一旁低头玩手机的漆灵，温和地问："叔叔阿姨也是陪孩子来报名的？念高几了？"

"高二了。"漆雄问，"老师，你是？"

林霜压根儿没介绍他，周正笑笑："我是周正，是北泉高中的老师，教高三数学。"

"哦哦，原来是周老师。"漆雄忙不迭地拥着漆灵上前，"快叫老师。"

漆灵不情愿地收起手机，直起背："周老师好。"

周正陪着他们说了几句话，临走之前，想了想，还是留了个手机号给漆雄和付敏："以后如果有需要帮忙的地方，叔叔阿姨随时联系我。"

结识重点高中的老师多多益善，早晚有用得上的地方。漆雄赶忙存了电话："好好好，多谢周老师。"

自打学校开学，奶茶店的生意越来越好，打烊时间也越拖越晚，最近一直拖到学生下晚自习。北泉中学是分时段下晚自习，初中部下晚自习时间是八点和八点半，高中部是九点、九点半和十点。

这时正是"秋老虎"热的时候，喝奶茶的人也多，林霜刚送走一拨学生，下一拨放学的孩子就又从校门内拥出来。

奶茶店里的顾客多是女孩，但男孩也不少。林霜注意到有人举着手机拍她，便笑眯眯地威胁道："同学，拍照侵犯肖像权，属于犯法哦，我可以打电话报警抓你。"

男孩讪讪地放下手机。

林霜扬起细眉："如果你想看我，随时可以走进店里点杯奶茶，坐下来正大光明地看。"

这句话把男孩羞得满面通红。

也有女孩喜欢林霜的口红色号和首饰，羡慕地问："老板，你身上的配饰都好好看，都是什么牌子呀？"

"可是我觉得你身上的东西更好看呀。"林霜也羡慕，"我拿我身上的配饰跟你换，好不好？"

"啊？我身上？"女孩低头看着自己空荡荡的校服，"我身上什么都没有呀。"

"有耀眼的青春啊。"林霜眨眼，"只有缺失光彩的人才会用附属品来让自己发光。"

这是什么神仙老板，人长得这么漂亮，嘴还这么甜。

于是，"长留山"很快就荣登北泉高中周边奶茶店榜首，周边几家饮品店一时都门庭冷落。

开学之后马上就是教师节，学校周边的店铺都开始主售贺卡、鲜花、巧克力和各种各样的感恩小礼品。

林霜也顺应潮流，搞了个免费升杯活动。

教师节当天，北泉高中还搞了场教师趣味运动会和诗歌朗诵比赛，林霜在奶茶店都能听见操场那边学生的呐喊声和尖叫声。

张凡作为运动会组织者，偷偷溜出来买奶茶。

林霜看见他，问："又给谢老师她们带奶茶？"

谢晓梦和几个年轻女老师隔三岔五就会来买杯奶茶，虽然见面的次数多，但谢晓梦不太爱和林霜多聊，反倒是张凡，属于人闲话多的类型，很爱和林霜扯些有的没的。

张凡这个体育老师平时比任课老师要闲，所以常被办公室女老师派出来跑腿，他也习惯了："她们刚比完两人三足，马上要进行拔河比赛，说要点个奶茶发发力。"

林霜听见广播里传来断断续续的声音，问："怎么放起广播讲话来了？"

"教育局和市政府的领导来视察，带了慰问礼品，校领导在念感谢词。"

"不错啊，有学生送礼物，还有上级视察送温暖。"

张凡"嘿嘿"笑了一声，说："一年也就这么一天啦。"

"这是谁的声音？"

"周正啊，你听不出来？他是青年教师代表，有需要的时候一般都是他上台发言。"

林霜摇摇头。

张凡摸摸下巴上的胡楂，听着广播里的男人的声音，说："周正还是挺有个人魅力的，长得不错，又招人喜欢。"

林霜掀开眼皮看了张凡一眼，把奶茶递过去："这位大哥，你是不是对个人魅力有误解？"

张凡看见林霜的眼神："你不信啊？学校好多女老师都愿意和他搭档，跟他表白的女学生也挺多的。"他伸手比画，"就今天，他收了这么多贺卡和巧克力。"

周正长得还算周正，但林霜对男人的皮囊要求偏高，周正还没够到她的门槛。她冷淡地敷衍张凡："哦。"

下午六点半，操场上的嘈杂声退去，晚自习铃声响起，奶茶店瞬间变得空荡荡的，林霜挖了半杯芋泥当晚饭。她吃饭很简单，早饭就是一杯牛奶，午饭是周边小店的外卖，晚饭通常是店里卖剩的小料。

店里又进来一拨客人，是周正、张凡和几个年轻男老师。几人都是统一着装，穿着印有北泉高中校徽的黑色运动服，看来是教师活动后约着一起出来聚一聚。

林霜靠在高脚椅上吃东西，跷着二郎腿，姿势轻佻又懒散，看见他们进来，旋即转了方向，再扭头，已换上笑吟吟的神色，明艳又甜美。

几个男人点的都是茶饮，周正没挑喝什么。有时候他到店里，林霜会调配一些新品茶饮，请他当小白鼠试喝。今天林霜给他喝的是秋冬季即将上市的热可可暖饮。

可可味浓郁醇香，在舌尖浓厚得化不开，张凡闻着那股巧克力味，问："欸，周正，你今天在办公室巧克力还没吃够？怎么又点了杯巧克力？"

周正不喜欢吃巧克力，今天收到的巧克力都被他放到了班上的零食角，哪想最后还是逃不开吃巧克力的命运，他眉头微蹙，抿了一口，吐出两个字："好喝。"

他喝得慢，走得也最晚，最后问林霜要了杯热水，对着沉底的可可粉慢慢喝光。

店里只剩他们两人，林霜在给器材挨个消毒、清洗水槽，背对着周正，问："好喝吗？"

周正嗓了黏糊糊的："不怎么好喝……好像……有点腻。"

林霜叉着腰，回过头瞟他一眼，眼神在灯下有点莽意，却也是亮晶晶的，脸上一副不服气的神色，笃定地说："那是你今天巧克力吃多啦。"她说话的时候，如果把尾音拖长，音调就是软绵绵的，像是撒娇，又带点妩媚。

周正眼里有跳跃的亮光和晕黄的暖色，他捧着杯子，不由自主地带上笑意，低头说："也许吧。"

林霜把用过的马克杯塞进消毒柜，听见周正问："晚上还吃晚饭吗？"

周正看见过好些次，晚饭时间林霜总会随便吃点东西，偶尔才会吃正餐。

消毒柜定时一分钟，林霜抱着手臂，盯着数字："不吃了。"

"吃饭不规律，容易得胃病。"

"嗯。"

"外面的饭菜多少有些不干净，学校食堂的卫生倒还可以，其实你可以申请外来人员用餐……"

"算了吧，当年读书又不是没吃过，就食堂那菜色。"林霜满脸嫌弃。

"教师食堂还可以。"

林霜耸耸肩膀："不用了，谢谢。"

周正想了想，说："做个等价交换吧，教师食堂一餐盒饭售价七元，我每天中午过来买杯柠檬红茶，带一份午饭给你。"

柠檬红茶恰好是七元一杯。

消毒柜"叮"的一声，林霜扭头看周正，哂笑："周正，你想干吗呀？"

周正镇定自若，脸不红心不跳地撒谎："我是学校膳食委员会成员，还是学校职工，每天有双份餐票，等于吃饭不用钱，也等于每天可以免费喝一杯奶茶。"

"那如果我就想赚你这杯奶茶钱呢？"林霜仰起头，倨傲地看着他。

周正一本正经地授课："那根据数学等价代换公式和经济学交换价值原理，我们两个都在无穷大损失交换价值……假设一杯奶茶的成本和食堂的经济效益为……"

他绕来绕去说了一大通，林霜听不懂，但觉得这人胡说八道得好像很有道理，还挺有趣的。

"你欺负我书念得不好？"林霜皱皱鼻子，嘴角却带着笑意，"周老师这么好为人师？"

"我只是在说明实际情况，仔细想想，很多事情都可以套用现存公式去寻求更佳的解决途径。"

但林霜觉得这不过是无足轻重的小事。

"那就一杯奶茶换一餐食堂盒饭。"她换了个姿势，把马克杯从消毒柜里取出来，"纯利益交换，我拥有随时喊停的权利。"

"成交。"

Chapter 4

朋友

♥

少女时代的林霜，是个糖分超标的小甜心。

第二天中午，周正果然拎来一个崭新的三层保温饭盒，饭盒一角印着"北泉高中"几个字，里面是三菜一汤，荤素搭配，卖相尚可。

以前北泉高中的学生食堂是出奇地难吃，不过三楼的教师食堂都是由掌勺师傅用小锅现炒的，听说味道不错。林霜念书的时候，有个胖乎乎的班主任喜欢带着班里的尖子生去教师食堂"开小灶"，受邀的同学以此为荣，私下还在班里炫耀。

周正送来的午饭，有些菜式一看就是食堂大锅焖出来的，让人毫无食欲，但也有味道不错的亮点菜，例汤用料也还算足。林霜吃东西不挑剔，不过很爱喝汤，对这顿食堂餐整体还算满意。

周正下午抽空来取饭盒，问她："吃得还习惯吗？"

林霜趴在吧台懒洋洋地玩手机："除了番茄炒蛋多撒了点盐，其他的都还不错。"

周正表示认同："大勺师傅做饭容易少油多盐，但有几样拿手菜味道还可以，有些老师中午没空做饭，经常会打包几样菜带回家。"

林霜递给他一杯超大杯柠檬红茶："多谢周老师费心。"

周正坦荡地接下："互利互惠，不用客气。"

看娜娜和 Kevin 对奶茶店流程越来越熟悉，林霜逐渐放下心，有意出去一趟。她打电话申请了探视证，又去居委会开了证明。走之前遇见周正，她跟他打了个招呼："周老师，我要出门几天。"

"出去旅游吗？"

"去看看我爸。"

周正默然，然后说："路上小心，注意安全。"

隔了一会儿，他又问："你喜欢听歌吗？"

"还行。"林霜疑惑，"怎么了？"

周正认真地说："听点快乐的歌，心情好的话，路上时间会过得比较快。如果需要，我有歌单推荐。"

林霜一愣，翻了个白眼，嘲笑他："周老师，你这打发时间的方式也太老土了吧，我玩游戏'不香'吗？"

监狱在本省的另外一个城市，位置偏僻。林霜需要先去宛城火车站，坐近三个小时的火车，下火车后还要辗转换车。

每个月探监时间是固定的，林霜这一次探监和上一次时隔半年。她在当地酒店住了一晚，第二天早早出门打车。到监狱的时间很早，探视还没开放，门外站着一群家属，个个都沉默地望着那扇紧闭的大门。

等到十点，狱警终于出来喊林霜的名字，她跟着人往里走，进了探视间，看见了林海。

林海这几年头发白得厉害，昔日胡吃海喝的大肚腩早已变得平坦，身体很瘦，又好像比以前结实了一点。

隔着玻璃窗看见林霜，林海目光闪了闪。

林霜语气算得上惬意："老爸，好久不见。"她每年都来两次，"最近还好吧？"

"挺好的。"

"我给你卡上充了点钱，你缺什么自己买。"

监狱每个月花费也就几百块，供应有限的生活用品，钱多也花不完。

"我也花不完，你不用充那么多。"林海活络了些，"最近过得怎么样？"

"前一阵子太忙了，没来得及看你，最近才闲下来。"林霜大概说了自己的近况，比如开奶茶店，又说起身边人，"家里都挺好的，老妈和姑姑她们都好。前几天我还去了趟姑姑家，她说要给你写信。"

林海仔细听着，连连点头："那就好。"

说到最后，林霜轻快地道："外面还是老样子，没什么大变化，也没多长时间了，等你出来后看看吧。"

林海动了动唇："你姜姨和芸芸呢？最近见过她们没有？"

姜姨是林霜的继母，芸芸是她同父异母的小妹妹，在林海出事后，母女二人便离开了北泉，去外地生活。林霜对这对母女半点不熟，这么多年一直没见过面，也没找过两人。

"没见过，应该也挺好的。"

林海感慨道："芸芸也挺大了吧，今年也有八岁了。"

林霜"嗯"了一声。

"这么远的路，你以后别来了，偶尔给我写写信就行了。"

"快到中秋了，马上又接着国庆，我想着总要来看看你。"林霜问，"中秋节有月饼吃吗？"

"有。"

"那就好。"

探监时间只有半个小时，林霜松了一口气。和林海告别后出来，她直接去了火车站，回宛城。

到了宛城，她又搭了个顺风车回北泉。来接她的是辆大吉普。车主看林霜脸色不佳，便抛过来一个橘子："你是不是晕车？吃点酸的会好一些。"

青黄色的橘子滚到林霜裙边，她回过神，看见车主的侧脸。他五官不算惹眼，但鼻子高挺，英气硬朗，男人味十足。

林霜微笑："谢谢。"

两人由此攀谈起来。车主是个退伍士官，从部队转业到北泉市武装部工作，在宛城出差，顺带捎个乘客回去，这才遇见了林霜。

下车之前，吉普车主直截了当："我们也算是有缘，我想要林小姐的联系方式，不知林小姐是否赏脸。"

林霜爽快地给了对方微信号。

林霜在家歇了一天，又去美发店换了个素净的发型。第二天，她回奶茶店上班，周边的人还没有从林霜的新造型中反应过来，一辆大吉普车就停在奶茶店门前，接着从车上跨出个身着紧身衣和迷彩裤的硬汉，进奶茶店找人。

"宝马深情总裁"突然销声匿迹，这粗犷的"迷彩大吉普"就紧接着出现，结结实实惊到了周围一片人。

林霜在众目睽睽下欣然跟那个男人出去吃晚餐。

餐桌上，男人介绍了一番自己的情况，发出邀请："我是粗人，喜欢直来直往，如有冒犯，请林小姐不要介意……我昨天想了整整一天，想邀请林小姐做我的女朋友，不知林小姐是否愿意。"

林霜浅笑："可以试一试。"

吉普车开始频频在奶茶店外出现。张凡和周正打完球后去校门口的超市买水，恰好路过奶茶店。

林霜挽着男人的手，落落大方地打招呼："张老师，周老师。我男友，郭远。"

林霜出门几天，转手就变了个男友出来。两行人寒暄了几句，林霜跟郭远走远，张凡捏着矿泉水瓶"啧"了一声："这回这个男的看着不错啊，一身正气，比上次那个外地商务男靠谱。"

周正倒没有说话。

当场还有几个已婚男同事，开玩笑说："这换男人的速度比月考还快啊。"

"这样的脸哪个男人能抗住，一勾搭一个准儿，信手拈来啊。"

"一般男人也不敢娶这种女人，娶回去怎么办？怎么安心？"

周正一反温和常态："个人私事，旁人管不着，少说点闲话吧。"

张凡钩住周正的肩膀，看他脸色："周正，你这是替老板打抱不平啊？"

周正抿住唇没说话。

中秋节调休两天，高三年级不用补课，教师工会还发了节日礼品，周正打算回一趟家。临走前，他看奶茶店门外有放出"中秋团圆"活动的招牌。

林霜这阵子跟郭远约会多，而周正最近参加了一个省级竞赛，也有好些日子没去奶茶店。看见林霜，他问："中秋节还打算营业吗？"

"中秋节营业半天，其余时间我们三个人轮班。"林霜问他，"周老师打算怎么过？不会又要留校值班吧？"

"不值班，带我堂弟回家过节。"

林霜也见过两次周丰，他跟周正一起进来买过奶茶，是挺老实又带点机灵劲儿的孩子。

"你呢？"

"还没想好，可能去我姑姑家坐坐，也可能有其他的活动。"

周正点点头："佳节快乐。"他提前祝贺她，"记得吃月饼。"

"你也是啊。"

林霜的这个新男友是部队出身，身上有个特质，讲义气、兄弟多、爱热闹，换句话说，团队号召力有点过于强大。他和一帮兄弟约了个野外农家乐，自驾去莲花峰一座农庄欢度中秋。

五六辆车绕着山路颠簸了一个多小时，终于到了位于小山坳里的农庄。小山坳山清水秀，农庄里盖着几排乡野风情的木屋，还有鱼塘和农场。

林霜下车，听见一声声"嫂子"，男友的一排兄弟个嗓音洪亮，目光炯炯地看着她。

同行的还有几个女伴，但林霜今天格外惹眼，给人的感觉就是贵气——装扮很贵，气质很贵，连抬抬手指头的姿势都娇贵。

男人们去鱼塘钓鱼，她们几个"嫂子"和"弟妹"就坐在水边的遮阳伞下旁观。鱼钓到一半，有人嫌弃钓鱼速度太慢，便脱了上衣，一个猛子扎进水里用网兜捞鱼。

活动安排得挺满，下午集体去登山。林霜有先见之明，带了运动鞋和牛仔裤。爬完山回来已至黄昏，霞光如火，农庄炊烟袅袅，男人们冲进鸡圈里抓鸡逮鸭。晚饭时农庄里还安排了表演节目，酒桌上开始升腾划拳起哄的声音。林霜以为吃完饭会有什么消遣活动，结果郭远搂着她进了棋牌室，大家凑了两桌，打起了麻将。

这牌局就打了个通宵。

农庄其实搞得不错，很多精品小项目和小景点都很吸人眼球，适合都市人来放松。但林霜直到离开，就只有一个感觉，累得慌，吵死了。她觉得这群人……说好听点，是纯爷们儿、豪爽、真性情，说不好听的，是山猪吃不了细糠。

周正带了些奶奶晒的野蘑菇和山里的其他干货回来，他将其中一些分给办公室的同事，另一些送到了恩师丁严家。他去送货，正巧遇上了师母，被强行留下吃了晚饭。从老师家回去的路上，路过奶茶店，他见店里灯亮着，林霜还在。他也给她带了一小盒家里做的桂花月饼。

周正推门进去，林霜正困得走神："周老师。"

周正扬了扬手中的纸盒："我带了几个家里做的月饼，给你尝尝，可能样子不太好看，不要介意。"

"是吗？"林霜接过纸盒，看了一眼，里面是一个个很小的圆饼，挺朴实的模样。

"什么口味的？"

"蜜渍桂花味的，是我们那边的土产，外面不太常见。"

"桂花味的？"林霜嘀咕，"好吃吗？"

"还可以。"

林霜顺手掰了一块，塞进嘴里，味道远远超出想象："很不错啊！"

"嗯？"她眼眸发亮，挑眉，"这个粉糯糯的口感是什么东西？"

"是和桂花一起蜜渍的藕片。"周正手握在背后，看她表情雀跃，自己也很高兴，"吃多了可能会有点腻，配点茶饮应该不错。"

"等等，我去看看。"林霜走进吧台，倒出绿茶桶的一点底汤，转头对周正笑，"还剩一点茶渣，周老师要不要来一杯？"

"也好。"

林霜在吧台上摆了两个试喝的小纸杯，把月饼从盒里摆出来，一人分了一块。不知道为什么，两人站着吃东西，却都没有开口说话。

周正起身告辞，林霜送他出门，抓着烟盒，打算抽根烟解困。

周正目光滑过，林霜指了指对面灯光通明的学校："没人，学生都还没下晚自习呢。"

周正并不想当教导主任，听见她这么说，无奈地笑了笑，却还是顿住脚步，看她抽烟。

"你……什么时候开始学会抽烟的？"

林霜叼着烟，低头点火，不以为意："大学的时候吧，一起兼职的学姐给了我一根。"

"好抽吗？"

"女士烟，挺甜的，口感大于烟感。"

林霜烟瘾不大，正常的时候两三天一包，有时候忙起来，一包烟也能抽上一个星期。她抬头，看见淡淡烟雾中周正那若有所思的神情，以为他要苦口婆心地劝她，便抢先开口："不劳周老师劝我，我知道吸烟有害健康。"

周正摇摇头，淡声道："我没劝你，有些东西明明知道有害，却还是会选择，因为它带来的快乐远胜于危害。"

林霜含笑，从烟盒里抽出一根递给他："那周老师要不要来一根？"

周正接过烟，指尖捏着那根西瓜味的细烟，笑了笑，那笑容也有几分清冽和苦涩。

♡　♡　♡

奶茶店人手充足，林霜给娜娜和Kevin排了班，她自己也不用寸步不离地守在店里，有空就可以和苗彩约着出去逛逛。

苗彩最近忙着准备婚礼，从喜糖到酒席，再到礼堂布置，细细碎碎，不胜其烦。苗彩拉着林霜陪她试完婚纱试跟妆，原本伴娘是林霜，但她又临时改了主意，换了自己的一个表妹当伴娘。

"对不起了，霜霜，之前说好请你当伴娘的。"

林霜试过那身香槟色的伴娘服，出来的那一刻，全场的目光全聚焦到了她身上。婚礼是苗彩最重要的日子，她实在不想让身边的伴娘夺了风采。

"没什么。"林霜觉得无所谓。

"那可说好了，到时候我把捧花扔给你。"苗彩搂住林霜，"你带男友来，我给你安排两个位置。"

"不用了。"

苗彩的婚礼安排在春节，林霜还不知道那时候有没有男友。

"你这兵哥哥挺不错的,我看能成。"苗彩敲定,"就这么说定了,就留两个位置,你带男友来。"

陪苗彩把事情办完,林霜回了奶茶店,在学校外正好遇见张凡。他带学生进行户外集训,准备买几杯奶茶回校。

拜英语组女老师所赐,张凡在奶茶店的积分卡已经攒到了金卡级别,远超其他消费人群,林霜还破例给他开了个永久八折权限。

"又给谢老师带奶茶?"

"给她办公室同事带。"

张凡一直锲而不舍地给谢晓梦送奶茶,也算不上追求,勉强算是在谢晓梦面前刷存在感。

谢晓梦不难相处,但格外难追,和张凡一直保持着友人以上却未达恋人的关系。

"没试过请她吃饭、送她礼物、每天早中晚嘘寒问暖?"

"没用,她不接受。"张凡难得露出一点失意,"学校里有句话,女老师的择偶下限是男老师,男老师的择偶天花板是女老师,我一个穷体育老师,她看不上我也正常。"

女老师职业和收入都不错,择偶范围可以往上扩展,一般看不上同行的男老师,但男老师由于收入和职业限制,择偶范围往往是向下发展的。

林霜听完张凡的一番解释,同情地点点头:"那张老师你这'天花板'……的确有点难度。"

"唉,撮合我俩的工会主任都换了好几届了,我还在原地踏步呢。"张凡郁卒。

"你们教师工会还管老师的婚姻问题?"

"怎么不管?单身是工作不稳定的原因之一,教师工会主任最喜欢当红娘了。"张凡倚着吧台叹气,"今年教师工会还安排了联谊晚会,就在下周，还要跳交际舞。校领导还拉了个微信群，叮嘱青年老师积极参加活动。"

林霜"扑哧"一声笑了起来，看来不只她姑姑，各行各业都流行相亲这一套，连学校都逃脱不了。

"那你岂不是要参加？"林霜笑道，"对了，还有周老师。"

看林霜笑得实在耀眼，张凡也愿意多聊几句："谢老师要是去，我就跟着一起。周正不去，他和他前女友就是通过教师工会联谊在一起的啊，谈了几个月，后来分手了，周正就再也不参加这种活动了。"

"是吗？"林霜有了八卦的兴致，"周老师被甩，心里很难过吧？"

张凡啼笑皆非："是周正提的分手。他前女友，我们都认识，还是谢晓梦的朋友，育才小学的兰老师，长得挺温婉的。"

林霜挑眉："你是说，他把自己的'天花板'捅破了？"

"对，为了这个事，谢晓梦至今还跟周正不对付。"张凡挠挠下巴，"我们都想不通，兰老师钢琴八级，能歌善舞，又温柔又体贴，周正居然甩了她。"

"原因呢？"林霜惊诧。

"谁知道呢？"张凡眨眨眼，说话半真半假，"别看周正一本正经的，他其实还蛮闷骚的，他喜欢腿长、长相靓丽的女生，兰老师那种小鸟依人型，他不'感冒'。"

这倒不是假话，张凡和周正在一间屋子住过两年，有时候同事们聚在一起聊聊美女，周正的偏好就是腿长、身材好、婀娜妩媚的那一款。

林霜笑着摇摇头："我以为周老师是注重内涵的那一类人。"可以理解，人十之八九都是肤浅好色的，连她自己也看重皮相，可如果把周正和肤浅好色联系起来，林霜心里产生了微妙的不适感。

八卦时间一过，张凡挥挥手，拎着奶茶出了门。他走出店门，突然想起刚才的话，回头看了一眼。巧了，老板不就是周正喜欢的类型吗？

再细琢磨起来，周正最近好像有点不一样……

午饭时间将至，林霜的手机响起，是"注重内涵"的周老师发来的消息："中午吃食堂吗？"

往上翻聊天记录，只有寥寥几句重复的对话，两人像只有"干饭"交情的同事。

"中午吃食堂吗？"

"好。"

"中午食堂？"

"这周都不用，谢谢。"

林霜今天和新男友没约会，想了想，回复周正："可以，谢谢。"

过了一会儿，那边回复："我上午满课，晚一点送过来。"

中午，奶茶店进进出出的人很多，灰蓝色的保温饭盒不知何时被搁在吧台一侧，还是店里有空时，娜娜收拾桌面发现的："老板，你的午饭到啦。"

饭盒壁沿还微微发烫，林霜看了一眼菜色，翠绿红黄，颜色搭配得当，让人颇有食欲。

周正送饭的次数其实不多，至今一只手数得过来，不过林霜尝出来了，这位食堂掌勺师傅水准起伏不定，味道一直有变化。

教师工会办的联谊晚会安排在周五晚上，林霜听见几个年轻女老师坐在奶茶店里聊天，商量着妆容和穿搭，以便提前去买合适的衣服和鞋子。谢晓梦不肯去，但张凡被校领导强制要求出席。他是学校的文体干事，性格又活泼，正是要去暖场子的人。

林霜问他："那周老师呢？学校肯放过他？他可是青年教师代表。"

"他主动顶替别的老师上晚自习，留校奉献了。"张凡难得换下运动装，梳了油头，穿了件白衬衫，跟林霜嘀咕，"要说耍花招，还是周正最狡猾，既赚了人情，又遂了心愿。"

周五天气不好，下午淅淅沥沥地下起了一场秋雨，天不知不觉变凉了。晚上林霜有约会——郭远带着一帮兄弟来她的奶茶店捧场，十几个青年光顾她的奶茶店，一半是武装部的军人，另一半是政府工作人员，个个都存在感十足。

林霜被此起彼伏的"嫂子"喊得笑容洋溢，她觉得自己宛如胸佩红花、光芒闪耀的伟大军嫂。郭远搂着她一个个跟人寒暄，像极了在婚礼酒席上会见宾客。

男人都不爱喝甜的，林霜翻出茶包，煮了两桶茶，又去隔壁小超市买了几大包花生米，权当是茶话会，她当茶水员，倚在吧台旁听男人们侃大山。

屋里被坐得满满当当的，整体气势看着相当慑人，男人们的话题从军事武装谈到全球政治动荡，再到市委班子变动和统计局今年新的数据报表，越聊兴致越佳。有顾客上门买奶茶，瞄见店内的景象，在门口顿了顿，还没踏进去，便转身落荒而逃。

林霜的茶煮了好几回，在第一个人点起烟时，她的嘴角抽了抽，脸色不易察觉地难看起来。她也抽烟，但不代表她不介意别人在室内抽烟。

门外细雨绵绵，水雾扑在玻璃窗上，慢慢凝聚成一条条蜿蜒的水线。玻璃折射着路灯的光亮，街景变得扭曲又模糊，林霜扭头默默出神。

这时，店门猛然发出"吱呀"一声，冷风扑进店里，大力推门的人直直地站在门口，眉头紧皱，目光沉沉地扫视着店里的人。

全店人的视线都投在他身上。

林霜坐在吧台的角落里，离他有些远，但能看见他短发上蒙蒙的雨雾。他穿了件半新不旧的卡其色立领夹克，打底衫是白色 T 恤，下身是黑色的工装长裤，裤子褶线笔直，脚下是普通的系带帆布鞋，件件都比相亲那次的蓝衬衫强。

林霜从椅子上站起来，走向他。周正的目光落定，似乎是松了一口气，脚步往后退了退，似乎是想要转身离开。

"周老师。"林霜加快脚步，反手将奶茶店的店门关上，把满屋子烟味闷在里头，和周正两人站在屋檐下。

"没事吧……"周正语气有些迟疑，指了指里头，"我路过，看见里面坐了很多男人……还以为有什么事。"

"没事，都是朋友，过来店里坐坐。"林霜目光绵软，冲他笑了笑，"谢谢你。"

周正低头，有些不好意思："那就好。"

"听张凡说今天晚上教师工会有活动，周老师却在学校出没，未免有点太敬业了。"

"我晚上有晚自习，走不开。"

"你不去吗？"她含笑看着他，"应该去看看，说不定能认识几个新朋友。"

"不去了。"他回她，眼睛注视着前方的蒙蒙细雨。

"其实吧……所有摆在明面上能说出的那些条件，不过是为了抵消'不是那个人'的遗憾而已。"林霜也凝视着雨丝，清清凉凉、不声不响的细雨落在她身上，"如果是那个人，不会计较那些，虽然有点难，但我想……多试试，总会遇见的吧。"

周正偏头看了她一眼，目光又转回去，落在远处，看着漆黑的树林、灯火通明的学校和一扇扇明亮的小窗。

周正回道："不用了，那里不会有那个人。"他转身离去，"雨下大了，你回店里吧，别淋湿了。"

♡　♡　♡

　　林霜衣服很多，但她其实很少逛街买衣服，最近却花了很多时间陪苗彩逛商场。

　　正值换季，秋冬新款上市，苗彩为了结婚"大出血"，从头到脚大手笔地进行了置换，不仅给自己买，还要给赵峰买，甚至给自己的婆婆买。

　　"你这就过分了啊。"林霜叉着腰，"昨天说让我给你老公买西服、挑领带，明天是不是连他的内裤和袜子我也要承包了？"

　　"你是我最重要的着装顾问嘛。"苗彩双手合十求她，"你是专业出身嘛，我哪里懂什么面料是精纺还是混纺、羊毛起球不起球啊，不找你找谁啊？今天你陪我买衣服，我请你吃饭，外加送你一次全套美甲行不行？最贵的那种，全闪粉，巴洛克水晶钻和贝壳彩石随你挑！"

　　林霜拎包起身："别废话，走。"

　　她们逛的是本地最大的商圈，店面以销售男女服装为主，大小品牌齐全，一天逛下来绝对腿软。

　　两人先去了女装馆。苗彩试衣服，林霜则站在试衣间外等。店里陆陆续续进来其他客人。

　　听着身后的声音耳熟，林霜扭头看了一眼，是谢晓梦和一个长发女生。

　　长发女生穿着白色的连衣裙，装扮乖巧，五官不算漂亮，但胜在清新舒展，气质很好，是那种不张扬、温婉型的女生。

　　林霜心思一动。

　　谢晓梦看见林霜，打了个招呼："林小姐。"

　　"谢老师，好巧。"

　　谢晓梦点头："你也出来逛街呀？"

"陪我朋友买衣服。"林霜盈盈笑道。

"我也是，跟朋友出来逛逛。"

这时，苗彩恰好换完衣服出来，她穿着裙子在林霜面前转了个圈："怎么样？好不好看？我觉得这件有点花，而且有点冷。"

"它装扮的不是你，是你的衣服。"林霜走向衣架，顺手抽出两件秋冬外套，"先把这个穿上给我看看。"她打量了一眼店内，又挑选了饰品搭配区的腰带和发箍，一并塞给苗彩："试试。"

这一身搭配出来，连店主都感觉眼前一亮，明明是八竿子打不着的几件衣服，但搭配在一起，感觉就全变了，色彩和质感都焕然一新，不怎么惹眼的大衣突然变得鲜亮、俏皮起来，花哨的裙子被衣摆压着，竟然显得分外轻盈、亮眼。

"很好看。"附近的女生都望过来。

店主看林霜挑款的动作娴熟，目光老练，看中的衣服进价和质感都是上乘："姑娘，你不会是……同行吧？"

"我朋友是学服装设计的，以前还开过自己的网店呢，销量可好了。"苗彩骄傲地替林霜竖招牌，"她不开店可惜了。"

有个女生过来问林霜："你能帮我看看吗？我这条裙子搭配个什么外套比较合适？"

"当然可以。"林霜客气地说。

有了穿衣顾问和点评师，店里不温不火的气氛立马活跃起来。

连谢晓梦也和朋友选了几件衣服试穿，又和林霜聊了几句面料和衣型。临走前，长发女生笑眯眯地和林霜告别，语气温柔："林小姐眼光真的很好，真羡慕你的朋友们。"她伸出手，"你好，我叫兰亭，是一名小学语文老师。"

林霜听到预料中的名字："你好，我是林霜。"

买完衣服，苗彩拖着林霜去楼上的日料店吃饭。两人刚入座，隔壁座位的人就向她们打招呼："好巧啊。"

是谢晓梦和兰亭。

四个女生，两张小桌，隔着空道边吃边聊，最后还凑在一起聊起了最近热播的电视剧和娱乐八卦，感情一下子增进了不少。

兰亭知道林霜在北泉高中外开奶茶店，万分羡慕地挽起谢晓梦的手："我也想上完课、吼完孩子去买杯奶茶补一补，可惜学校外面什么都没有，只有小孩子喜欢的零食店。"

"你想喝，下次我给你带。"谢晓梦回道。

"奶茶要当场喝才好喝嘛。"兰亭歪着头，神情可爱，"下次有机会我一定去林小姐店里试试。"

"随时欢迎兰老师。"林霜微笑。

林霜和兰亭的再次见面来得很快，就在几日之后。

门铃"叮咚"一声，有人推门进店。

北泉高中学生还在上课，奶茶店没什么客人，林霜正窝在角落里玩游戏，就听见有人站在门口笑嘻嘻地喊她的名字。

是兰亭。

"兰老师。"

"下午教导主任不在学校，我上完课没事，偷偷溜出来逛逛。"兰亭吐吐舌头，"本来想去逛街，突然想起你的店，就过来看看。"

林霜对兰亭有好感，理所当然陪聊。

果然如张凡所言，兰老师温柔体贴、礼貌、可爱，从谈吐气质也看得出来，兰亭家境优渥，教养良好，没多少阅历，是被家庭保护得很好的女孩子。这样单纯的女生，其实很容易激起男人的保护欲。

两人正聊着，北泉高中那边响起了铃声。几分钟后，学校大门打开，门口拥出一群学生，也有下班的老师——放学了。

兰亭见到窗外的人流，晃了晃神，慢慢止住聊天，默默凝视着北泉高中的校门，似乎在搜寻某个人的身影。但她很快回神，有些抱歉地对林霜笑了笑："对不起，我出神了……很久没来这边了，突然想起以前的事情。"

林霜了然地笑笑："是开心的事情吗？"

"算是吧。"兰亭起身，"时间不早了，我该回去了。"

两人告别："下次再会。"

几天之后，兰亭又一次造访了奶茶店，这次是下班后带着两个同事过来玩，顺便拍照打卡这家"网红"奶茶店。

这一次，兰亭遇见了周正。确切地说，她是先遇见了张凡。张凡又来奶茶店里给女老师捎奶茶，看见兰亭坐在店内，吓了一大跳："兰亭？好久不见。"

兰亭对张凡挥手："有一年没见到你了，时间过得真快。"

"是啊，你很久没过来跟我们一起聚会、打球了。"

兰亭的笑容稍显落寞。

张凡买完奶茶，一路思忖，最后叹了口气，掏出手机给周正打电话："我刚去买奶茶，老板在找你。"

"嗯？"周正刚从教室出来，拍了拍两手的粉笔灰，"她找我？"

"大……大概吧，我也说不清，你有空就去看看。"

周正转身，直接夹着教案往校门外走。他走进奶茶店时，先看到的是林霜看着他，神情似笑非笑。他心头滑过一点诧异，又顺着林霜的目光一瞥，看到几人中有一张熟悉的面孔，霎时顿住脚步。

兰亭猛然站起来："周正。"

"好久不见了，最近过得还好吧。"周正稳重地寒暄。头顶的灯光打在他身上，不见一点影子。

"挺好的。"兰亭笑道，"好巧，居然遇见你了。"

她的目光扫过他手里的教案："刚下课吗？"

"对……"

林霜坐在吧台，两手撑着下巴看热闹。她并不爱掺和闲事，但很有兴趣看着这一幕发展下去。

周正顶着林霜的视线，即便自觉光明磊落，也生出一丝不安，硬着头皮跟兰亭寒暄了几句，而后脚步转向林霜，面色镇定："没什么事我先走了。"

"周老师进来，不打算喝点什么？"林霜挑眉，"我给你来杯柠檬红茶？"

"不用了，我办公室还有事情。"

他又转向兰亭，跟兰亭颔首道别，他离去的背影还算保持着风度。

周正去了体育组办公室，看着张凡嘻嘻笑的脸，蹙眉，从桌上捡了个乒乓球砸在张凡脸上。

张凡吃痛，龇牙咧嘴。

"你故意让我去见兰亭？"周正的语气平缓，却有点颓丧。

"我是想，你要是能跟兰亭复合，那我跟谢晓梦多少也能往前走一步嘛。"趁着屋里没人，张凡大大咧咧地把腿放在办公桌上，"我觉得你俩有复合的可能。"

"不可能，多谢你的良苦用心。"

张凡看着周正微恼的神色，收敛了笑意，正儿八经地说："我昨天看见你了。"

周正侧头。

"我看见你去给老板送饭。"张凡抛着手里的乒乓球，"我说奇怪呢，以前你一日三餐都在学校吃，最近好像改了，都不吃食堂，改在家做饭了，原来是为了给老板送温暖啊。"

"没有，我自己吃。"周正一板一眼，"只是偶尔帮她带一餐。"他又补了一句，"朋友之间帮个忙而已。"

张凡嗤笑一声："朋友？"

"对，朋友。"

张凡抱着手臂："你说给朋友带个饭，我勉强相信，那别的呢？你从奶茶店开起来就不对劲。今年暑假，你只要有空就一直留在学校值班备课。往年你不是都回老家待着吗？而且你以前什么时候喝过奶茶啊，办公室女老师请你喝你都摇头拒绝，最近怎么隔三岔五就要去一趟？而且从你租的房子到学校，明明可以走侧门进出，为何这学期你非得从正门走，在奶茶店前绕一下？"

"再说了，每次我跟你去店里，你就好像不是平常的你，话也不说了，神情也不对了，磨磨蹭蹭到最后才走，聊起老板来，你要么不说话，干听着，要么就护着人家。"

他凑近周正，一脸坏笑："周正，你不会喜欢她吧？"

周正瞟了他一眼，挪开视线，没有说话。

张凡知道自己猜得八九不离十："我理解，林霜是漂亮得可以，是个男人都喜欢，可人家有男友，人家什么时候缺过男友？你是不是傻了？她那样的人……她眼里根本没有你啊。退一万步说，就算她眼里有你，我听其他女老师说，她穿的、用的那些都不便宜，你养得起这样的吗？……不是我贬低自己兄弟，你和她的确不适合，不早点回头的话，到时候这事被人知道了，在背后指指点点，谁听到都不舒服。"他拍了拍周正的肩膀，"算了吧，别为难自己。"

周正沉默了许久，抿了抿唇，有点倔强："我真的没想那么多……只是当个朋友而已……"

张凡把乒乓球砸在他身上："费尽心机当朋友？周正，你清醒一点，人家还没勾手指头，就能把你吃得死死的，还不耽误过潇洒的生活，你就甘心沦陷当'殖民地'？你以为自己演苦情戏呢？21世纪了，大哥，康庄大道你不走，非得去跳百丈悬崖啊！"

"我的事不用你管。"周正扭头往外走，脚步沉沉，"我知道自己在做什么。"

张凡"哒"了一声，指着他的背影骂："你知道个屁，你个大傻子！"

♡　♡　♡

　　林霜对新男友的兴趣减退得厉害。像郭远这种糙汉型的男人，适合小鸟依人的素食女生，她吃着有点消化不良，可又没完全到厌倦的地步，就变成了食之无味、弃之可惜的鸡肋。

　　"老板，你好几天没出门约会了。"店员提醒她。

　　林霜这几天都在奶茶店窝着。

　　"天冷，懒得动。"

　　昨晚刮了一夜大风，敲得窗子哗啦作响，早上起来一看，寒风萧瑟，秋意渐深。

　　周正下课回家，路过奶茶店，看见娜娜和Kevin在窗前贴海报，禁不住驻足。

　　奶茶店里温暖舒适，环境明亮又惬意，加上茶饮那种香腻的气味，给走进去的人一种慵懒的感觉。

　　店里播放着欢快的流行音乐，林霜正在吧台忙碌，顺便和周正闲聊。她和周正日渐熟络，关系趋近朋友，是那种极少私下联系，但见面了总能开心地聊上几句的朋友。

　　"周老师，昨晚大降温。"林霜看他穿着两件单薄的衣服，肩膀瘦削，人也显得清冷，"你穿这么少，不冷吗？"

　　"不冷，习惯了。"周正冬天一向穿得不多。

　　"今天出门看见人行道上铺满了落叶，突然想起来学校主干道上那两排老树，每逢秋冬大风后，掉落的叶子厚厚地铺在地上，像块五彩斑斓的地毯。"林霜感慨，"我上学的时候特别喜欢踩在上面，一蹦一跳，听枯叶'嘎吱嘎吱'的声音。"

　　少女时代的林霜，是个糖分超标的小甜心。

　　"早上我进校的时候，校工就在扫那条路上的落叶，装了满满七八个垃圾桶。"周正微笑，"落叶颜色很好看，像油画一样。"

"真奇怪，明明过去了好多年，不知道为什么，我突然会想起这件事。"林霜问他，"周老师会不会也突然想起一些事情？"

"去水房打热水的时候，宿舍楼地板结了冰，我摔了一跤，把水瓶摔破了。"周正挠挠头，"从那以后，我冬天走路就特别小心。"

"好惨。"林霜眨眼，"柠檬红茶还喝吗？天冷了，不如换个热饮吧，最近燕麦奶茶卖得很不错。"

"可以给我一杯热的柠檬红茶吗？"

林霜耸耸肩膀："当然可以。"

周正扭头看着窗外的海报："我刚才路过，看见他们在贴海报，明天店里又搞活动？"

"对，会员惊喜日，还有抽奖，临时想出的点子，冷饮快下市了，推推秋冬暖饮。"

"惊喜日？是什么特殊的好日子吗？"

"算是吧。"

周正扬眉浅笑："是生日吗？"

"你怎么知道？"林霜惊讶。

"我瞎猜的。因为明天是霜降，你名字又带个'霜'字。"

"算你猜对了吧。"林霜莞尔一笑，"明天我有事不在店里，如果你们愿意过来玩，我让娜娜他们给老师们免费赠送饮品。"

周正点头："祝你生日快乐。"

"谢谢你。"

"可以送你个小礼物吗？"周正双手插兜，踮了踮脚，"一点小心意。"

"不必啦。"林霜挥手拒绝，"我不喜欢过生日，就当普通的日子就好了。"

"那好吧。"周正稍有遗憾，从衣兜里小心翼翼地掏出一样东西，"这个送给你玩。"

那是片小小的半枯半绿的心形树叶，叶脉纹路清晰，躺在他手心里。

"从校工的垃圾桶里翻出来的，我路过时正好一眼看见，就取走，拿水洗了洗。"

林霜把茶饮递过去，顺手把树叶拿过来："好漂亮，谢谢。"

"不客气。"周正拎着柠檬红茶，转身离去。

林霜生日那天和带着漆杉的付敏一起吃了顿午饭，下午又跟苗彩约了去美容院做 SPA，晚上去了郭远为她安排的生日宴。

两人吃了顿烛光晚餐，郭远带她去 KTV。包厢已经被布置成了生日场景，生日蛋糕上点着蜡烛，林霜推开门就听见一排洪亮的声音："祝嫂子生日快乐。"

林霜想，不出意外的话，某天她从男人家出来，门外也会站着一排影子兄弟给她请安问好。

服务员捧上长寿面，烛光晚餐时郭远没吃饱，把林霜的那碗面也一起吃了。

唱完生日歌，林霜勉强吃了块奶油蛋糕，众人兴奋起哄："亲一个，亲一个。"

林霜摆摆手："不了不了。"

郭远人高马大，一把把林霜打横抱起来，林霜顿感天旋地转，再反应过来时她已经坐在郭远的手臂上，他直接吻上了她的红唇。

众人尖叫起哄，口哨声快要掀翻屋顶。

林霜伸手去掐郭远的胳膊。

"兄弟面前给我点面子，回去我跪搓衣板。"郭远贴在她耳边窃窃私语。

一吻结束，郭远安慰性地亲了亲林霜的脸颊。之后大家坐在沙发上唱歌，服务生又扛来几箱酒，他们"兄弟连"便开启了小酒馆之旅，为林霜过生日的气氛逐渐转化成男人们的炫耀场。

"说厉害还是我远哥厉害，竟然能俘获嫂子这样的大美女的芳心。"

"远哥，你给支个招啊，用什么手段把嫂子追到手的？"

众人吹捧得厉害，郭远又喝了酒，有些飘："哪里用我追，我们俩天雷地火，一拍即合，我勾勾手，她就乖乖跟着来了。"

"远哥真男人。"

郭远搂着林霜的腰，亲昵地贴了贴她的脸颊，满脸惬意自得。

男人的话题从追求女友的三十六计转移到老婆孩子热炕头，比如哪个嫂子贤良淑德、端庄大方、体贴温柔、做菜手艺又好，是值得羡慕的楷模夫妻，气氛热烈又骄傲。

林霜百无聊赖地玩着手机，最后把手机一掐，看向已经开始吞云吐雾的某个兄弟："有烟吗？给我一根。"

"嫂子也抽烟？"众人一愣。

"偶尔抽抽。"

林霜接过香烟，目光扫视一圈，挑了个人，雀跃地招手："你过来，把烟递过来。"

被点名的那人"啊"了一声，往前走了几步，有点蒙地把抽了半截的烟夹在指尖，递给了林霜。

林霜俯身弯腰，婀娜的腰肢扭动着往前挪了挪，伸手去探男人指间的香烟。她的长发从肩头滑落，红唇吻上香烟，半垂眼睫，深深地吸了一口。

火星猛然从烟头传递过来，林霜心满意足，媚眼乜斜，对着面前略感惊讶的面孔，逗趣似的挑挑眉，嫣然含笑，红唇缓缓吐出袅袅烟雾，烟气吹在那人涨红的脸上。

包厢突然静止了一瞬。

林霜冲着众人妩媚地一笑，然后懒洋洋地窝进沙发里，一根烟抽得熟稔无比。

后半场的气氛有些僵硬，聚会草草结束。

回去的路上，郭远明显沉默："你不该在他们面前这样。"

"我无聊抽根烟，跟人借个火而已嘛。"林霜抚腮浅笑，星眸闪亮，"这有什么值得生气的。"

"你让我在兄弟面前怎么做人？"

"跟你玩玩而已，你不会当真吧？"林霜眯着眼，"我也只是贪新鲜，你勾勾手指我就能过来，我勾勾手指，也有别的男人把你换掉。"

郭远："……"

突如其来的恋情戛然而止，林霜又重获了新鲜感，心情绝佳，难免容光焕发。

常来报到的"迷彩大吉普"突然就在奶茶店门前消失了，大概就像是一个标记失效了。

天气渐冷，人们的户外活动减少，坐在店里闲聊聚会的客人就多了起来。

林霜后知后觉，突然发现有好一阵都没有看见过张凡了，他似乎很久都没来奶茶店替女老师们买奶茶了。

某天，林霜在学校外面撞见张凡，好奇地问："张老师，最近很少看到你，革命尚未成功，同志不打算努力了吗？"

"没有。"张凡目光游离，支支吾吾，"最近带学生出去集训了，有点忙。"

秋日易思哀，一来他愁在谢晓梦身上屡战屡败，二来他烦周正自甘堕落，两相作用下，他黯然神伤，最近很不想看到林霜，躲她躲得有点远。

他问林霜："周正呢？他今天去你店里了吗？"

"没有，有点可惜了，今天兰亭还来过店里，要是周老师也在，场面应该很好看。"

兰亭近来有空都会来奶茶店坐坐，只是以朋友玩乐聚会为主，倒是没有别的举动。

林霜看出来了，兰亭对周正尚有留恋，但却不主动争取，若是周正肯往前走一步，兰亭也不会拒绝。奈何周正没有表示。

张凡恨不得给林霜递一根烟："你也觉得他们很不错，对吧？兰亭多好，跟周正挺配的。欸，林小姐，你要不要做个好事，撮合撮合，给他们俩创造一个复合的机会？"

林霜挑眉："为什么是我？你们也太不把我当外人了。"

"周正听你的。"

"你怎么知道他听我的？"林霜反问。

张凡结巴了一下："他……"他吞吞吐吐地说不出个所以然来，"哎……他肯定听你的。"

"我管那么多干吗？"林霜望着天，"做人谨记几字——少管闲事，多看热闹。"

希望你以后离我远一点。

　　天冷降温，常有家长给住宿生送衣服和被褥，漆雄也来了两趟，一次是给漆灵送厚衣服，另一次是送鸡汤，顺路到林霜店里打个招呼。

　　"感冒了？"林霜问。

　　"对。吃了一个礼拜药都没好，我给他送点鸡汤补补。"

　　林霜点头。

　　因为付敏再婚的关系，她和漆灵是名义上的姐弟，但两人私下是陌生人，漆灵从没踏入过奶茶店，林霜也没关照过这个弟弟。

　　两人聊了几句，漆雄思忖了一下，问林霜："霜霜，你和周老师熟不熟？"

　　"周老师？"

　　"对，就是开学吃饭时遇见的、教高三数学的周正老师。"

　　林霜疑惑："怎么了？"

　　"我看到学校内的宣传栏，周老师今年评了骨干教师，还拿过不少奖，带班成绩很好。"漆雄斟酌道，"周老师人不错。上次漆灵会考出成绩，我联系不上漆灵的班主任，给周老师打电话，他还帮忙查了成绩单。我想啊……漆灵成绩不太好，特别是数学这一门，如果请周老师帮忙补课，不知道行不行？"

林霜很会抓重点："叔叔认识周老师？"

"上次见面，你走后，周老师给我留了个联系方式，说是有事可以找他。"

林霜不易察觉地皱了皱眉。

漆雄道："你要是跟周老师熟的话，能跟他说说吗？周老师兴许可以帮帮忙。"

漆雄的言下之意，北泉高中的老师一节补课费不便宜，兴许价格上也能商量商量。

"我跟他不熟。"林霜低头擦拭马克杯，直接拒绝，"他们高三班挺忙的，他又是班主任，哪有工夫出去补课？叔叔还是找别人吧。"

"那好吧。"漆雄只得遗憾地点头。

送走漆雄后，林霜的神情明显冷淡下来，兴致缺缺，坐在椅子上玩起了手机。

恰逢高三年级期中考试。第一天，周正连着监考两场，第二天又在教研组埋头工作，批了一天数学试卷，所以这天稍晚才给林霜送午饭。等奶茶店闲下来，林霜才吃上午饭。

考试期间，老师忙的忙，闲的闲。这天恰好有老师过来买奶茶，有好事的女老师凑过来："老板，这么晚了，你还在吃饭呀？"

林霜吃饭习惯不好，边吃边玩游戏，这饭吃了一个小时了，保温桶里还剩半碗海带排骨汤。

她爱喝汤，每次吃饭对学校的例汤最满意。

"对。"林霜转过头，"老师，你吃过啦？"

女老师瞄了一眼："老板，菜色不错啊，家里人带过来的？"

林霜微笑："这是教师食堂的汤。"

"食堂哪有这样的汤？"女老师笑道，"我们今天全在食堂吃饭，例汤一般都是菜汤。今天是豆腐汤，跟清水似的，菜也难吃，一点油水都没有，那盐跟不要钱似的，齁得嗓子疼。"

林霜停住筷子："是吗？教师食堂的饭菜应该还不错吧？"

"哪里不错？前几年有师傅，开小灶的时候还不错。现在食堂也改革，搞什么无差别对待，教师食堂和学生食堂都是一锅煮出来的东西，难吃得要命。"

"是吗？"林霜的笑意渐渐淡去，"这我倒是不知道呢。"

下午，周正来奶茶店取饭盒。林霜正站在店门外抽烟，看见他走近，目光落在他身上，一动不动地凝视着他。

周正觉得她的神情有点奇怪。

"周老师。"她将烟掐灭，"进来吧。"

"你的心情……好像不太好？"周正认真地看了她一眼，"发生什么事了吗？"

"是吗？没有不好。"林霜把洗好的饭盒拿出来，"今天食堂的糖醋小排很好吃，我全都吃完了，汤也很不错。"

周正点头："我也觉得还可以。"

"食堂不是还有晚饭吗？"林霜平静地看着他，"周老师不如也帮我带份晚餐出来？量少一点，我晚上吃不了太多。对了，不知道食堂晚上还有没有糖醋小排，如果有的话，那就太好了。"

"我傍晚去食堂看看，食堂来回就那几样菜，可能会有。"周正欣然应下，"晚上我再送过来。"

晚上，周正果然又带来一份饭。

有糖醋小排。

林霜接过饭盒，问他："周老师明天中午能帮我带一份饭吗？"

"当然可以。"

第二天，中午十一点半，周正又过来送饭，依旧是三菜一汤。林霜先打开尝了几口，发现几道菜的口味有差别。

"周老师有空吗？能陪我坐坐吗？"

"好……"

两人在窗边坐下，林霜问他："周老师是刚下课过来？"

周正今天第二节、第三节有课，十一点才下课，下课后直接过来给林霜送饭。

林霜点点头："周老师应该很忙吧？高三课业压力这么大，每天要上几节课？是不是还有不少晚自习？当班主任，管的事情应该也不少，还要开会备课什么的……"

周正微愣，林霜从来没问过他这些。

"还好。每天有三节课吧，一周有四个晚自习，还有班会和自习什么的……"

林霜双臂交叉，抱在胸前，仔细听他说话。等周正停住，她心平气和地问他："那周老师真是挺不容易的，一周有六天课，每天从早到晚都有这么多事情。我有个疑问……周老师怎么有时间去买菜做饭，再送到我这儿来的？"

她漂亮又明亮的眼睛盯着周正，锐利十足。

周正猛然怔住，像突然被烫了一下，手往后缩了缩。

林霜盯着他："所以，我吃的是周老师做的饭，不是食堂的盒饭？"

周正动了动紧闭的唇，却没有发出声音。

"周老师？"林霜声音很轻，却带着冷淡和怒意，像玫瑰上的刺。

周正看着她那双明亮的眼睛，缓缓开口，语气谨慎，还带着小心翼翼："米饭和菜都是从食堂带的……汤是我自己煲的。如果食堂菜色不好，我怕你不吃，会加一个菜……"

林霜怒极反笑，笑容甜美又带刺："怪不得我吃不出来，所以……我嫌弃不好吃的都是从食堂带出来的？好吃的那几道菜是你做的？"

周正轻轻点头。

"周老师还挺煞费苦心的。"林霜挖苦道。

周正脸涨得通红。

林霜倚回椅子上，看着面前坐姿端正的年轻男人："周正，你到底想干吗？对我这么好，是锦上添花还是雪中送炭？"

她笑着问他："这么贴心周到，不声不响做这么多，怎么？打算在我身边送温暖、当备胎啊？"

周正紧紧抿着发白的唇。

"第一次见面，我已经拒绝你了，你觉得你做这些能打动我？"林霜跷起长腿，语气施施然，"我可不信'精诚所至，金石为开'这种鬼话，你以为我是十八岁的天真少女，靠这点感动就能骗到手？"

周正下颌紧绷，喉结动了动："我没这样想过……"又猛然深吸一口气，"我没有恶意，我只是想着，你吃饭不规律，我也是举手之劳，只是朋友之间的，呃……朋友之间的帮忙而已。"

林霜面无表情，语气冷漠："我不需要你的帮忙。周正，你越界了，希望你以后离我远一点。"

周正宛如被冻住一般，一双眼睛像冰层下黑色的岩石。

良久之后，他才开口说话："对不起，给你添麻烦了。"

林霜扭头看向窗外："我最讨厌别人瞒着我在我身上动心思。像我这样的人，你耗不起，找个正儿八经的姑娘谈恋爱、过日子，才是硬道理。"

周正轻声说"抱歉"，推开椅子，在她面前站了一会儿，似乎想再说点什么，却转身走了。

店里放着舒缓的音乐。

周正的脚步很轻，又似乎很慢，可听起来，每一步都似乎踩得踏踏实实。

林霜低头不看他，窝进椅子里，摸出手机玩游戏。五分钟后，闯关小人儿被从天而降的巨石砸死。

Game Over。

张凡找到周正的时候，他正一个人在篮球场练习投篮。

"周正。"张凡喊他。

周正充耳不闻，把球扔进篮筐里。

张凡低下身子一捞，在篮筐下抢到球，看着他："我去奶茶店，听那里的店员说，昨天中午你和林霜吵架了？林霜这两天都没在店里，你……没事吧？"

周正摇摇头，转身走出了篮球场。

张凡追在他身后："你下午没课，我们出去玩玩呗。桌球怎么样？还是你想去唱歌、吃饭？"

篮球场外就是大操场。北泉高中的操场是挖了半边山坡建的，跑道一端挨着一片缓坡，坡上是住宿生用来晒被子的地方，坡边用高高的铁网围着。

周正挑了块草地坐下。

张凡紧挨着他坐下。他变戏法似的从兜里掏出两瓶啤酒："喝吗？我偷偷带进来的。"

"不喝。"

张凡拉开拉环，把啤酒塞进周正手里："开都开了，喝一口吧。"

两人坐在山坡上，眺望着下面的操场。

周正捏着冰凉的易拉罐，垂着眼不说话。

张凡一口接一口地喝着酒，默不作声地陪着他。

良久之后，周正嘴唇碰了碰瓶口："以前读书的时候，我常坐在这里晒太阳、看书。"

"这儿视野挺好啊。"张凡回道，"一览无余。"

周正点点头："左边的篮球场、右边的大操场、学校外面的街道和路过的行人，坐在这里，能看到很多东西。我就经常坐在这里背单词，一边背一边看人打球。

"那时候挺穷的。有一次，上体育课练球，教练突然把我换下来，跟我说：'你换双运动鞋再过来。'但我买不起一双新鞋。后来，我就坐在这儿看着他们玩，再也没有进过篮球场。

"我们班上有个同学是篮球队队长，每次他打球的时候，全班人都会去看，他女朋友也在。他跟我比较熟，我经常给他讲题、纠错，后来他送了我一双很闪亮的篮球鞋。那双鞋，我一直没穿过，我总觉得，那双鞋跟我身上的衣服、跟我整个人不是一个世界的。"

他眼眶微红，语气颓然："我花了很长的时间鼓起勇气……可依旧离那个世界很远……"

张凡多少了解他的经历，便搂紧他的肩膀，轻轻拍了拍，以示安慰。

这个世界很奇怪，两个人直线距离不过一千米，如果愿意，每天都能见上许多回；如果不愿意，十天半个月也碰不了面。

周正再也没有出现在奶茶店。

冬天转眼即至，寒风扑朔。奶茶店的生意进入淡季，但张凡依然隔三岔五来店里，替学校的女老师买奶茶。

他和林霜时常闲聊几句，不过两人颇有默契地不提周正。张凡觉得没有必要，因为林霜看着云淡风轻，似乎压根儿忘记了周老师这号人物。

张凡看见林霜这样，转身又忍不住替周正不值。果然，女人狠起来，其实也没男人什么事。

12月的北泉开始下起连绵冬雨，屋外寒风刺骨，奶茶店里温暖如春。没有客人的时候，林霜和娜娜、Kevin坐在一起，组团玩起了游戏，打发漫长的无聊时间。

趁着雨停的当儿，林霜出门去附近的超市买烟。

售烟超市距学校有一段距离，买完烟，她发现已经停歇的连绵冷雨又拉开了序幕。

林霜不着急走，于是裹紧了外套，站在超市门牌下抽起了烟。

街道上很清冷，连过往车辆都没有。她看见从街道拐角走出一个男人，那人撑着把蓝格折叠伞，脚步匆匆地走向超市隔壁的药店。

伞下人身穿一件黑色的连帽卫衣，外头套着一件黑色防风外套。他走到屋檐下将伞收了起来，年轻的面孔一览无余。

他的眉眼其实还算好看，眉毛不浓不淡，因为是单眼皮，所以显得眼睛微长，不是很大，眼尾微微下垂，有一点从容和干净的气质。

男人收完伞，看见一旁屋檐下站着的人，目光微愣，而后朝林霜点点头。

"没带伞？"他嗓子格外沙哑。

林霜低头看手机，轻轻"嗯"了一声。

他们已经一个多月没有见过面了。

周正转身进了药店，几分钟后，拎着装着薄荷喉片的塑料袋出来，看看林霜，又看看外头的雨，驻足踌躇。

林霜的目光从手机上抬起来，看着他："来买药？"

周正点点头。他有慢性咽炎，一换季或到了秋冬季节，嗓子就难受得不行。

"这雨一时半会儿停不了，你用我的伞吧。"

林霜没有其他事情，也不着急，所以可以等雨停。

"不用了。"

"拿着吧。"周正把伞放在地上，"我去学校，这边离校门不远。"

雨说大不大，说小不小，林霜穿的是羊毛大衣和羊皮靴，娇贵得很。

周正把卫衣的帽子戴上，把药揣进兜里，埋头大步走进了雨里……

林霜扭头，看着留在地上的伞，伞和她还有一米多的距离，孤零零地待在地板上。

伞是超市最常见的颜色和款式，并不好看，但用料扎实，骨架粗重，折叠处还有生锈的痕迹，显然已经用了不短的时间。

这把伞被搁在奶茶店门前的伞桶里一个礼拜，直到太阳出来也无人认领。某天，林霜突然看见它，才想起了这件事。

她打开微信，找了很久才找到那个头像，问周正："前几天的伞，怎么还给你？"

大半个小时后，那边才回："抱歉，刚才在上课。如果方便的话，麻烦放在学校门卫室，我有空去拿，谢谢。"

林霜收起手机，又拿起那把伞，按照痕迹叠好，而后送到了学校门卫室。

平安夜那天，学校里流行送苹果，学生街上每家店铺都摆出了礼盒包装的苹果。奶茶店也不能免俗，在窗上挂起了圣诞装饰，还和隔壁商家开启了捆绑销售模式。

兰亭来奶茶店给林霜送苹果和巧克力，说是班上的学生送她的。她和谢晓梦晚上有聚餐，所以提前来等谢晓梦下班。正巧张凡和几个年轻老师去学校周边找地儿吃饭，他们碰在了一起，就张罗着晚上组团去吃火锅。

"把周正也喊上吧，他今天晚上没晚自习，正好有空。"张凡锲而不舍地想要撮合兰亭和周正。

一个电话之后，周正真的来了。

林霜透过玻璃窗看见站在路边的那个清寥的背影。他背对着奶茶店，站在路边。

兰亭眼睛一亮，裙角飞扬，推门出去。

两个背影模糊地站在一起，好像交谈了几句。而后，周正从人群里脱离，穿过街道，又回了学校。

谢晓梦便拉着兰亭走了。

第二天是圣诞节，林霜和新认识的朋友有约会。

对方是个官二代，家里有些背景。他在餐厅吃饭时遇见林霜，主动要了林霜的联系方式，一来二去，俩人已经接触了些日子。

圣诞节到了国内，摇身一变就成了情人节。官二代带林霜去赴宴，路上堵成一片红光。他戴着一副金丝眼镜，就职于市政府某个闲散部门，为人还算彬彬有礼，只是有个特别不好的毛病，是路怒一族。

从走路的行人到转弯的车辆，他都要指责一遍。

他每天浪费时间在吃喝玩乐上，却对这路上的短短几分钟寸步不让。

吃饭的地方昔日是家国营饭店，装修得富丽堂皇。这天正好爆满。林霜挽着这个男人上楼，看到走廊另一头有个年轻男人提着生日蛋糕走过来，那蛋糕上摆着只金色寿桃。

这天是丁副校长的生日，周正的师母特意在这儿订了酒席，顺带把周正喊来了。

两人在长长的走廊上打了个照面，擦身而过。林霜感觉周正屏住了呼吸，脚步往后退了退，和她避开了一点距离。她仰起头和身边的男人说着话，走进了包厢。

包厢里是这个官二代的一群发小儿，各个都带着女伴。觥筹交错，满桌狼藉后，各人搂着女伴散去。这个官二代和林霜都喝了酒，不能开车，下楼时，他家里的司机已经等在楼下。但即便是司机开车，这个官二代依然对路况充满不满。

林霜看着这个指手画脚的男人，心生疑惑，如此热爱交通事业，这人为何不去交警队上班？

她喊司机在路边停车。这个官二代在车里醉得东倒西歪，抓着她的手："好端端的，怎么闹起脾气来了？"

林霜推开他，下车。这个官二代从车里追出来，两人当街吵了几句。林霜踩着高跟鞋"噔噔噔"往回走，全然不顾身后的人。

后面被堵住的车流开始"嘀嘀嘀"地摁喇叭。

官二代指着车道跳脚骂了一声，之后灰溜溜地钻进了车里。

这边，周正刚把老师和师母送走，正在附近的公交站台等回家的公交车。

林霜拎着包，站在十字路口等红灯，在冷风和酒气的催发下，脸颊嫣红如花瓣。

周正穿得很少，竖着大衣衣领，两手揣在衣兜里，目睹了刚才那一幕，隔着几米远的距离问林霜："你还好吗？"

林霜偏过头，面无表情地看了他一眼。他又往前走了两步，问她："你是不是喝酒了？"

林霜双臂交叉，抱在胸前，看见绿灯便往前走了几步，声音平静："没有，不用你管。"

周正看她踩着高跟鞋摇摇晃晃，那又高又细的鞋跟磕在花砖上，似乎随时可能折断，单薄的亮片短裙随着步伐闪闪发光。他想了想，从公交站台上下来，快步跟上了她。

林霜埋头往前面走，冷风吹过，醉意袭来，于是她打算去前面的商场买杯热饮解解酒。

周正在她后面不紧不慢地跟着，脚步声沉稳又笃定。

林霜忍不住皱眉，加快了脚步。

周正离她不远不近，始终和她隔着几米的距离。

"你信不信我报警？"林霜猛然扭头，眉头紧蹙，"尾随、跟踪、骚扰，这是一个老师能做出的事情吗？你的名声和工作要不要了？"

周正愣了愣，双手揣进兜里，硬生生地止住了自己的步伐，抿唇："你喝醉了，这样很不安全，你要去哪里？"

"跟你有什么关系？"林霜有点不耐烦，凶他，"别跟着我！"

周正站住，看她抱着手埋头往前走。小小的皮包挂在林霜手臂上，随着她的步伐晃荡。她的长发被冷风吹起，人也渐渐走远。

见林霜和他越隔越远，周正忍不住提声问："林霜，这么晚了，我送你回家，行不行？"

林霜不理他，快步穿过街口，拐进了另一条路。

路上寥落，行人稀少，两边的商铺都关了门，路灯暗淡。

周正看她的背影消失在街角，环顾四周，还是忍不住要管，于是加快脚步追上了前面的人。

林霜被穿街走巷的冷风吹得格外清醒，听见身后的脚步声，有些麻毛，回头问他："周正，你一定要跟着我吗？"

周正轻轻皱眉："你打算去哪儿？不回家吗？"

"去买点东西。"林霜突然笑了笑，轻盈地向他招手，"你这么闲，要不要先陪我逛逛，再送我回家？"

周正只犹豫了一秒，便走到她身边，算是接受她的安排。

林霜上下打量了他一眼，笑意盈盈："跟好了啊，别丢了。"

附近有家商场，最近正举办年末狂欢活动，连晚上的营业时间都为顾客延长了。

林霜从一楼开始逛，兴致勃勃地盯着专柜转圈，下手时毫不犹豫。柜姐看她容貌出众，从头到脚都价值不菲，身边又跟着个年轻男人，便将开出的购物单理所当然地递给他："先生，付款柜台在前面，左拐就到。"

周正低眉顺眼地接过柜姐手中的购物单，刚想转身，林霜自然地抓住他的手，拉着他："等等，我们去那边看看。"

她的手有点凉，手指修长纤细，触感滑腻、柔软。指甲上画着漂亮的圣诞图案，因为握手的姿势，长长的指甲戳在周正的手背上，他有一点轻微的痛感。

周正的呼吸顿了一下，全身的触感都凝聚到了两人相握的手上。

林霜抓着周正往另一个柜台走。

年底促销力度令人心动，入眼的商品价格划算、样式精致。林霜脸色嫣红，眼里闪着光，不知是酒意还是对物质的沉迷，对着商品指指点点："这个，这个，我都要了。"

周正手里攒了好多张购物单。

"每一件我都很喜欢，你能送给我吗？当作圣诞节礼物？"林霜语气出奇地甜腻，眼神温柔地望着他。

头顶的灯光太亮，周正迟钝地看着她，慢慢吐出一个字："好。"

看着他刷完卡，林霜笑容满面，兴高采烈地拉着他："我们去楼上逛逛。"

商场打烊前的短短一个小时内，珠宝首饰、化妆品加衣服鞋帽，林霜一口气花掉了三万多块，刷的是周正的卡，差不多是他小半年的工资。

林霜神清气爽，看着周正两手拎满购物袋，问道："心疼吗？"

周正如实回答："有点。"

"但我喜欢男人为我花钱。"林霜身上带着香气和淡淡的酒气，离周正很近，娇笑道，"这么说吧，肯为女人花钱的男人才有诚意。"

周正没有说话，挂着购物袋的手往上提了提。

林霜突然笑了，又往他身上贴了贴。

周正猛地往后退了一步，林霜挑眉。她伸出一只手，手掌扣在他胸口，撒娇似的说："周老师，你的心跳得很快。"

周正的胸膛起伏，"咚咚咚"，她能感受到每一下快速又强有力的心跳。

林霜笑了笑，亲昵地贴着他，红唇翕张，问出了那句话："周正，你是不是喜欢我？”

周正呼吸滞了滞，脸颊隐隐发红，定定地看着她。看她笑容明艳又刺目，他心虚似的挪开自己的目光，脸上是被戳破心思的无措。

“是不是喜欢我？”林霜加重语气，戳着他的胸口，一副嚣张的模样。

“是……”周正的目光越过她，艰难地出声。

“你工作那么忙，怎么还能给我做饭吃，还要关心我的家里人，经常帮我的忙，隔三岔五过来喝奶茶、聊天，还眼巴巴地跟着我？”林霜抓着周正的衣领，将他拽过来，整个人贴在他身上，笑语娇嗔，像条花纹艳丽的美女蛇，贴在他耳边低语，“你喜欢我什么？喜欢我漂亮还是身材好？”

周正紧紧拎着购物袋，僵直地站着。他怀里滑进温香暖玉，凹凸起伏的娇躯贴着他，耳朵被柔软微凉的唇贴着，已经发烫、发红，他一双眼黑润得几乎滴水，大脑一片空白，只听得到血液“轰隆隆”的流动声。

林霜轻笑，将下巴搁在他肩头，呵气如兰，一副挑逗的架势：“我没想到一本正经的周老师也这么肤浅，还会贪慕美色。”

“周正，你有多高啊？”

周正勉强出声：“一米七七。”

“和我穿高跟鞋一样高。”林霜轻笑，“你知道吗，如果我们现在接吻，你只用搂着我的腰，不用低头……就可以吻在我唇上。”

周正的喉结剧烈地滚了滚。

林霜打量着他的神情，凑近他，红唇挨着他的面颊，若即若离，慢慢游离。

周正的身体动了动。

“不许动。”林霜娇笑，趣味盎然地看着他。

她扶着周正的肩膀，肆无忌惮地直视着他的眼，挑衅似的在他唇上印上了一吻。

周正猛然闭上了眼睛。

浓郁的香吻落在他唇上，香气笼得他将近窒息。林霜的嘴唇是柔软的、暖暖的，像鹅绒、丝绸，像桃花花瓣，像遥远又模糊的梦突然被雷声惊醒，把梦境带回现实。他整个人似乎被定住了，一动不动。

林霜呵气如兰："周正，你是一个人住吗？"

周正点头。

"商场打烊了，带我去你家看看吧。"

"看什么？"周正勉强找回自己的声音，嗓音喑哑。

林霜笑得妩媚又惬意，纤纤玉指抚摩着他的胸膛，头枕在他的肩头，缓缓吐出几个字："看看你家厨房，是不是做饭给我投毒了。"

商场放着圣诞歌，圣诞老人骑着麋鹿雪橇，带着礼物来临。

♡　♡　♡

周正租的房子在二楼，楼梯不好走，林霜被他的手臂挡了一把。门廊的灯光昏暗，朦朦胧胧照着两人，影子暧昧地交缠。林霜意态闲适，仿佛半夜去一个孤身男人家是件再正常不过的事情。

周正换了一只手提购物袋，掏钥匙开门。门有两道，一道是带窗的老式防盗铁门，另一道是掉了漆的木门。

铁门"嘎吱"一声被打开后，木门手柄也被往下推，慢悠悠地发出"吱"的一声。门缝里露出一片漆黑的房间。

周正像座冷却的火山，偏头看了林霜一眼，语气迟疑："进来吧。"

林霜倚在门框上，听罢，便直起身子跟他进了屋，还顺手关上了身后的门。

电灯"啪"地被点亮，那是老式的长管白炽灯，刚换了新的灯管，照得屋子还算亮堂。林霜打量着整间屋子，发现这房子比她现在住的地方还老，散发着古朴的气息。

客厅不大，只摆着一张饭桌和鞋柜，视野里能看见的东西很少。林霜自顾自地环顾四周，摁亮了厨房的灯。厨房狭窄，只能站下一个人，整体还算干净，没有油腻或脏兮兮的杂物，台面上摆着几样简单的调味品和厨具，还有一个煲汤用的电动砂锅。

她从厨房出来，看了周正一眼。周正站在屋子里，眼里有些难以言表的窘迫或者忐忑。她把环抱在胸前的手放下来，挑眉："周老师不请我坐坐？"

客厅只摆了一张吃饭用的方凳，没有待客的位子。

周正垂在身侧的手屈了屈，半插进大衣兜里，往旁边侧了侧身，露出身后的房门。他音量渐低，像耗尽电量的电子产品："只有卧室里有沙发。"

林霜耸耸肩膀，无所谓地踏进卧室，轻松随意地打量着屋里的陈设。

卧室还算大，和阳台连通。挨墙放着一排过时的实木衣柜和一张双人床，空处摆着书桌和书架，挨着书架还有张半新的双人布艺沙发。阳台上晾着衣服，洗衣机的架子上摆着几盆仙人掌，叶柄粗厚油亮，连刺都长得嚣张跋扈。屋里东西很少，陈设素净、简单。

屋里灯光稍暗，周正拧开了书桌上的台灯，又把沙发上的衣服收起来，含含糊糊地指了指沙发："请坐。"

林霜施施然在沙发上坐下。

周正匆匆走出卧室，几分钟后端了杯热茶进屋。屋里气氛诡异，林霜捧着杯子喝水，周正直挺挺地站着，他不知道如何开口，身子动了动，终于想出托词："要不要吃点东西给你解解酒？"

"好啊。"林霜轻快地回他。

于是周正迅速钻出了卧室，这回是进了厨房，叮叮当当，不知在鼓捣什么东西。

沙发旁边放着书架，五层书架上摆得满满当当，底下两层放着些杂物和文件，最上面一层摆着课本和教案，还有一层是数学方面的各种书籍，剩下的一层摆着《三国演义》《水浒传》，还有《基督山伯爵》和古龙武侠小说这样的畅销老书。

林霜看着书架，无声地哂笑。她随手抽出一本书。封面颜色很美，是低饱和的深绿色，还带着一点蓝调，书名是"数学的精神、思想和方法"。

当年被数学支配的恐惧扑面而来，林霜嫌弃地皱了皱眉，随便翻了两下。意料之中的是她一看就头晕，意料之外的是书上还有周正写的随笔，圈圈画画，在空白处写着心得和理解，字迹是蓝色的，笔画流畅、飞扬，不是那种棱角分明、让人印象深刻的字体，但圆润、干净，观感舒适。

周正端着碗和勺子进屋。

"这是什么？"林霜问他。

"苹果汤。"他把碗端给她，"班上学生送了很多苹果。"

林霜一看，还真是苹果汤。削了皮的苹果被切成方方正正的小块，煮成了金黄色，在碗里浮浮沉沉，还混着两颗大红枣和几粒枸杞。她捧着碗尝了一口，微烫，但刚刚好入口："好甜，放糖了吗？"

"嗯。"周正依旧站着。

林霜偏头冲着他笑："周老师不坐吗？你挡着灯了。"

看周正戳在书桌前，林霜往旁边挪了挪，空出一个人的位置，瞟了一眼空位，又瞟了一眼周正，露出一个甜甜的笑容。

周正抿抿唇，在林霜身边坐下。

苹果汤酸酸甜甜的，苹果口感绵软，林霜一边吃一边跟他闲聊："一个月房租多少？"

"六百。"

"周老师在这儿住了多久？"

"一年多了。"

"这里是不是离学校很近？"

"步行五分钟。"

"有别的女生来过这里吗？"

周正语气顿了顿，有些狼狈地回道："没有。"

"这汤里加的是什么糖？"林霜顺手把碗搁在书桌上，偏过头看他，柔声问，"我怎么尝不出来？白糖？冰糖？还是蜂蜜？"

"水果糖。"周正的手搁在腿上，"家里没糖了，也是班上学生给的糖。"

林霜哼笑："怪不得我尝出了草莓味。"

林霜的长发披在肩头，她撑着脸颊看周正："周老师下厨有点随便呀，水果糖能煮化了喝吗？"

周正微微偏头，看见她一脸笑谑。

"应该能喝，我小时候也这么喝过，挺甜的……"

"是吗？"林霜笑了，刚好和他的视线对上，她撑起身体，突然亲了亲他的唇角。

林霜嗓音轻柔，带着魅惑，一丝丝传到周正心底："周老师要不要尝尝？我也是甜的。"

话音方落，她继续探身吻他，红唇在他的唇边游离，若即若离地触碰他的下颌，酥酥痒痒，撩人心弦。

周正两只手搁在身侧，微微偏头，呼吸急促又紧张，身体后仰，有退缩之意，但又心痒难耐。他脑子一片空白，甚至觉得自己飘在云里。林霜的纤纤玉手放在他腿上，不知什么时候悄悄钻入他的衣服，凉凉地贴在他的腰上，指尖滑过腰线。周正的身体紧绷如石，随之是喉结滚动的声音。

林霜感觉手下的皮肤温热，既有弹性，又有男人特有的韧性。她的手在周正腰际游走，听着他的呼吸像达摩克利斯之剑，摇摇欲坠到人尽皆知。她会心地微笑，带着那么点坏心思，身体慢慢前倾，抓着他的衣服，把眼前的男人往沙发上推。

周正整个人往后仰，林霜跃跃欲试，身体往前挪，企图跨坐在他的腿上。

身体相触的一瞬间，周正好似触电般猛然缩了一下，握住林霜的手腕把她整个人往前一推，扔在沙发上。

周正从沙发上蹿起来，面色诡异又语无伦次，耳朵红得似要滴血，像煮熟的红虾。林霜以一种奇妙又诡异的姿势瘫在沙发上，抽了抽唇角，笑容凝住。

电话铃声适时地响起，是顺仔来电："阿正，我车已经到楼下了。"

半夜十一点，顺仔刚收工，准备去吃消夜，便被周正喊过来。

"我叫了个车……送你回去吧。"

周正拎起那堆精美的购物袋，一副送客的架势。林霜翻了个白眼，跟着他出了门。

大半夜的，顺仔看见周正和林霜一前一后从楼道走出来，在两人身上来来回回看了好几圈，然后咧嘴道："阿正，林小姐……"

但这两人的神色都和令人遐想的画面不符。周正坐进副驾驶座，林霜坐在后座百无聊赖地玩手机。

午夜的街道街景璀璨，树上的霓虹灯一闪一闪的，还是圣诞节的气氛。光线照进飞驰的车内，走马观花似的投在几人身上。

到了林霜家，周正帮着把购物袋拎上楼，搁在门旁。

林霜喊住他："周正，我把钱转给你。"

他驻足，轻呼一口气："不用了。"

林霜挑眉："那可是三万块，你几个月的工资？"

"算是我送给你的礼物，今天是圣诞节。"

周正认真地看了她一眼，双手蜷成拳，揣进衣兜里："今天……以后别这样了。"他的脸庞微红，"希望你遇见喜欢的人。"

林霜站在窗边抽烟，看着楼下车子启动，消失在深夜里。她丝毫没有困意，把购物袋都摆在地上，一件一件拆包装，又把吊牌剪掉，分类摆在家里。

琳琅满目的礼物和漂亮诱人的商品像潘多拉的魔盒，可以让每个女人沉醉。林霜试戴了新的项链和耳环，涂了新的口红，喷了新的香水，换了新的裙子和高跟鞋，在穿衣镜前仔细打量着自己。

镜子里的女人娇艳貌美，一颦一笑都在发光。

周正和顺仔出去吃了消夜才回家。静悄悄的屋子里所有的灯都亮着，照得家里特别暖。

沙发上摊着深绿色的数学书，书桌上还搁着没喝完的苹果汤，碗沿上印着一个淡淡的口红印。他挽起袖子收拾屋子，端起那碗冰冰冷冷的苹果汤，用指尖碰了碰那个口红印。

♡　♡　♡

年末有假日放松的气氛，天气又冷，奶茶店暖饮的生意还不错。放学的时候，小小的奶茶店坐满了人，投影屏上每天轮播电影，甚至有人为了看电影，来奶茶店打卡点播。

来店里的老师也不少，虽然是教书育人的老师，但也是普通人，也要吃喝玩乐，时间久了，林霜也认识了不少青年教师。

但周正依旧未在奶茶店出现。

林霜去商场调出了当天的消费记录，把那笔钱转给了周正。

收到银行短信的时候，周正看了很多遍。他打开聊天对话框，却迟迟没有下一步动作。

底下的学生挥手喊他："老师，周老师。"

"来了。"周正收回思绪，从讲台上下去，压低声音，拾起桌上的笔，给学生讲解思路和解题步骤。

下课铃响，晚自习课间休息十五分钟，周正在走廊站了一会儿，走向办公室的脚步突然一拐，急匆匆下楼，往校门走去。

其实，有很多未曾说出口的话，他都想说给那个人听。比如他们也曾有过不起眼的渊源，比如他当年心里藏着段隐秘的心事，比如他真的不介意花这笔钱。

短短几分钟的路程，周正脚步匆忙，走出了一点薄汗。门卫老张坐在窗口，看见周正，喝着茶跟他打招呼。

"周老师，你要出去啊？"

"嗯，出去。"周正的思绪在闸门"嘀"的一声启动后中断，脚步顿时滞住，停在校门口。

说出来又如何？有谁会在意？

奶茶店还没有打烊，周正站在校门口能看见奶茶店闪亮的招牌和柔和的灯光。往常这个时候娜娜和Kevin已经下班，只有林霜独自留在店里，直到打烊。

周正驻足，默默地望着那家小店。

深冬的风很冷，呼啸着在行人寥落的街道穿行，树枝互相牵扯，发出"哗啦啦"的声响，连天幕也是冻得硬邦邦的深紫色。

周正看见昏暗的夜里有一点星火燃烧的亮光。黑色杉树下站着人，风吹拂着那人的长发，蹁跹如蝶。她的身影苗条婀娜，仿佛笼着温柔艳丽的迷雾。那点亮光像黑暗中引线的开端，嗞嗞的火光蹿起来，迅速又猛烈地游走进他身体里。

风变了方向，那人微微侧身，低头抽烟的一瞬间，仿佛这世上所有的温柔都在坠落。似乎是察觉到他注视的目光，那人偏首看过来，好像朝他轻轻笑了笑。

周正脑子突然一炸，麻麻的、木木的，心怦怦地乱跳，像洪潮汹涌地涌入他的身体，让他束手无策，动弹不得。

周正转过身，埋头往教学楼走。手机铃声响起，是林霜。

林霜问他："钱收到了吗？"

"收到了。"

"那就好。"

"你不用把钱还给我。"

"我不缺……"林霜的话顿住，不知是想说她不缺这点钱还是想说不缺给她买礼物的男人。

两人的通话顿了顿，电话那端似乎有模糊的笑意："没别的想说的，周老师厨艺还不错，谢谢你。"

周正黯然："我也愿意为圣诞礼物买单。"

"把这个机会留给更值得的女孩。"林霜语气轻飘，"周正，我有很多坏毛病，是真的不适合你……找一个像兰老师那样的女孩子，你们会幸福的。"

电话挂断。

这一年的最后一天是工作日，天气依旧很冷，整个城市都是懒洋洋的，满大街都布置着红灯笼和景观花卉，市政府甚至在景观河准备了一场跨年烟花秀。

北泉高中举办了一场元旦师生联欢会，时间定在三十一号下午两点。

三个年级人数太多，学校礼堂里坐不下，舞台就搭在学校风雨大操场，学生自带凳子就座。

广播很热闹，校外整条街都是学校的音乐声，连附近的居民都过去围观，站在围栏外看操场上的节目。

奶茶店特别忙，学校订热饮的人很多，店里三个人忙得团团转，往学校送了一趟又一趟。

Kevin 拎奶茶拎得两手发酸，林霜替他跑了两趟，顺便瞅一眼节目。

主持人是张凡，他和谢晓梦搭档，两人一个西装革履，一个长裙飘飘，站在台上格外登对。

怪不得这两人最近一起来奶茶店的次数变多了。

操场上坐着密密麻麻的学生，个个兴高采烈，"嘀嘀嘀"地吹着小喇叭。因为是师生联动，节目也很丰富，朗诵诗歌、跳舞、弹奏乐器、表演小品和合唱等都有，质量也都不错。

林霜站在操场一角饶有兴趣地看了一会儿，正转身要走，舞台上开始了新节目——师生合作的小品，以音乐剧的形式，在学生与成人之间进行时间切换。

屏幕上伏案读书的孩子心怀梦想，随着无数张试卷闪现，各种职业悄然登场。

客串的老师很多，穿着不同的职业装登场，有科学家、宇航员、商人、职场白领、舞蹈家、音乐家、警察……

林霜一眼就看见了周正，他披着白大褂，挂着个听诊器，低头看着腕表，衣袂带风，脚步匆匆地走到背景板前。

周正有种好看、利落的清爽劲儿，还有一种温和、敦厚的踏实感。

林霜抱着手臂，饶有兴致地把整个节目看完。平心而论，她已经完全忘记第一次相亲时周正带给她的糟糕印象。

晚上跨年时，奶茶店也忙完了，林霜给娜娜和 kevin 发了红包，三人一起去吃火锅，犒劳一天的辛苦。

他们刚在店里坐下，便看见附近大桌有人落座，然后传来张凡爽朗的笑声。原来是学校一帮年轻老师也约着来聚餐。

林霜在任何地方都受人瞩目，张凡一眼便在人群中看见了她。

"好巧，老板，你们也来吃火锅。"张凡过来打招呼。

"张老师。"林霜给他道喜，"我看见了，今天的活动很成功，两位主持人很般配啊。"

"是吗？"张凡"嘿"了一声，挠挠头，"今天感觉还不错。"

"谢老师呢？"

"他们组还在开年级大会，散会后马上过来。"

过了一会儿，有几个老师进来，谢晓梦和周正都在。

林霜和周正在调料区打了个照面。周正已脱下了白大褂，又变成了那个数学老师，眉清目秀，气质沉静，散发着不甚起眼的光芒。

周边笑语喧嚣，店里弥漫着食物的香气，他们站在吧台左右两侧，默默调着自己的小料。

距离越走越近，两人都走到了中间的调料区，但都没看彼此，神色如常，擦肩而过。

林霜边吃边刷朋友圈，看见了罗薇发布的新状态，是几张照片——结婚证、婚戒和婚纱照。

男主角就是去年七夕节和罗薇一起看电影的男士。

♡　♡　♡

隔了两日，罗薇抽空来林霜店里坐坐。两人有一段时间没联系了，罗薇看起来胖了一点，但气色很好，浑身洋溢着幸福。

"恭喜修成正果。"

"谢谢你的祝福。"罗薇笑嘻嘻地从包里抽出红色请柬，"想邀请你来参加我的婚礼。"

这年头流行电子请柬，郑重其事的纸质请柬倒是不多见。罗薇说请柬出自她公公婆婆之手，做法略显老派，但诚意十足，她自己心里也觉得很暖，又说婚礼大小事宜都是公婆两人忙前忙后，用心操办。

看得出来，罗薇对夫家十分满意。林霜看了看喜帖，婚礼时间就定在这个月底。

"好快。"

罗薇摸摸大衣下微凸的小腹，眨眨眼："本来想挑个好日子的，没办法……再拖下去，我的肚子就等不及啦。"

林霜微诧，反应过来后，面上堆满笑容："原来是双喜临门，恭喜恭喜。"

"没想到我半年的时间把恋爱、结婚和生子一口气搞定了。"罗薇笑道，"有时候自己想起来都觉得很不可思议。"

"遇上对的人，一切都很快的。"

罗薇抽出另一张请柬："这张是给周正的，本来还想约他出来坐坐，给他打过电话，可惜他今天不在学校，说是开会去了。"

她大大咧咧地把请柬递给林霜："我跟周老师说把请柬放你这儿，让他有空过来取。"

林霜点头："好。"

这张请柬在奶茶店里搁了好几天，某天，林霜突然看见才想起来，周正一直没来过。

他们极少见面，在信息时代盘根错节的交际网里，像两片毫不相干的树叶，由一根极细、极透明的蛛丝牵上一点关联。

正巧看见张凡，林霜问他："周正这几天很忙？"

张凡点头："年底了嘛，学校本来就忙，他班上有个学生住院，他这几天都忙着往医院跑。老板，你找周正有事？"

林霜淡声道："没什么事情，前几天有个朋友问起他来。"

期末教学任务已经够重的了，偏偏在这节骨眼上，班上一个学生上课时突然晕倒，周正送学生去了医院，又陪着做检查。这个学生是先天性突发病症，好在不算严重，医生建议做个腹部手术，需要住院两周，休养一个月。

这个学生性格要强，听说要开刀住院，很着急。重点班学习强度大，老师讲课节奏快，他这一通休养下来，不仅学业会落下，连本学期的期末考试都会错过，况且还有几个月就要高考了。于是周正和学生父母商量，在孩子身体和精力允许的情况下，由班上各科课代表每天收集一份讲义和错题集，周正定期送过去，正好也帮忙安慰一下学生的情绪，补补落下的功课。

周正连续几天早上五点半到校，晚上十一点离校回家，正忙到天昏地暗时，突然收到林霜的消息，她提醒他罗薇的请柬还放在奶茶店里。

周正从成堆的期末报告里回过神来，穿上外套出了学校，步伐缓慢。他打算先去校外的小吃街找点东西果腹，再顺带去奶茶店拿请柬。

南方的冬天阴冷潮湿，北泉已经好几年没有下过雪，风裹挟着雪粒子飞扑，周正总觉得脸上有冰冷的痛感，伸手一摸，却又浑然无物。他脑子仿佛凝成了糨糊，身体也很疲惫，路过温馨的奶茶店，闷头推门进去。

门铃"叮咚"一声。

林霜今天留得稍晚，正在操作间清点库存。

周正站在门口，没走进去，手揣在大衣兜里，对着里头的背影说话："我过来拿请柬。"

林霜把罗薇的请柬找出来给他，又发现他神色疲倦、无精打采。

周正低头翻看请帖上的婚宴时间和酒店。

"要喝点东西吗？"

"还有喝的吗？"他看她已经打烊，收拾台面了。

"有，进来吧。"林霜转身进了吧台。

听着周正的脚步声又沉又慢，又看着他整个人显得迟钝、游离，此刻正坐在椅子上出神，林霜改了主意，把柠檬红茶换成了巧克力牛奶，搁在桌子上："尝尝看，不会很甜腻。"

"谢谢。"饮品入口丝滑，微微有些苦涩，带着巧克力的香气，提神醒脑。

林霜转身去忙自己的事情，再回头，灯光幽幽，店里空无一人。周正坐过的位置桌面干净整齐，椅子摆得端端正正，仿佛从未有人落座一般。

林霜不自觉地走到店门口，隔着玻璃窗看着街对面那个清瘦的人影慢吞吞地进了校门。

林霜近来又有约会，约会对象是一个公司小开，嘴甜会哄人，照顾起人来格外熨帖，除了年纪比她小几岁，比较黏人，暂时没别的毛病。

孤男寡女之间短时间内很难界定彼此的关系，见过几次面，吃过两顿饭，时不时聊聊天，说是朋友，可又有点意犹未尽，说是恋爱，又还没达成道德上的契约关系。

北泉是小城市，风俗依旧传统，林霜自开了奶茶店，有了社交圈，便不再宅居家中当"咸鱼"，她姑姑也就失去了用武之地。奶茶店周边那么多双眼睛，从一开始目睹 Polo 衫先生到如今这位小开，从沸腾的八卦之心到如今的习以为常，搬着板凳数她身边男人的"存活期"。

罗薇的婚宴定在周六中午，按照北泉的婚庆风俗，喝喜酒也有先来后到之说。林霜和罗薇有点交情，婚宴开场前半个小时到即可。林霜不想早去，在家里磨磨蹭蹭换衣服。小开弟弟则忠心地在楼下等她，当司机把她送到酒店。

半路上林霜看到周正，他穿着黑色呢子大衣，肩背清瘦，两手插在衣兜里，耳朵里塞着耳机，低着头在人行道上走路。到达目的地附近，林霜下了车。

小开撒娇："真不带我去见你朋友？"

"下次吧。"

"给你长长脸也好啊。"

"我可不想你给我丢脸。"林霜拍拍他的脸颊。

小开怏怏不乐。

林霜正好和周正同时到达酒店。新郎和新娘已经在宴会厅准备入场，两人在主人的指引下入座，被安排在同一张桌上，位置相邻。

这桌大半都是罗薇的高中同学，周正来自理科班，满桌没一个熟人。林霜看见几个略眼熟的人，但全然叫不上名字。

桌上的人已经寒暄了一遍，两人来得晚，林霜一下子吸引了满桌人的注意力，她身后跟着的周正被衬得默默无闻。

"林霜，好多年不见，你还记得我吗？"

林霜含笑："记得啊，你还是老样子，一点也没变。"

"你也是啊，还是那么漂亮。"

老同学聚在一起，格外喜欢聊八卦和前尘往事，更爱聊当年受人瞩目的星光同学，譬如林霜。

"林霜，你怎么没跟男友一起来？"

"我单身。"

同学惊诧："你跟你男友分手了？我记得你们感情很好，一直形影不离的。"

林霜挂着一脸随和又模糊的笑意。她的男友可真不少，她与他们每一个感情都很好。

"是高中那个高高帅帅的篮球队队长对不对？长得像流川枫，叫……叫什么来着？"

"李潇意。"

"对对对，李潇意。"

林霜在心里翻白眼，没想到埋进黄土的前尘往事都被翻出来了，便面带微笑："他啊，我们很早就分手了，大学就不在一起了。"

"为什么分手啊？"

"好可惜，那时候你们一对金童玉女，大家都很羡慕，怎么会分手？"

"对啊，我们以为你们会一直恩爱下去。"

林霜潇洒地回应："他大学去了国外读书，投奔了资本主义的怀抱，异国恋太麻烦，索性就断了。"

众人"哦"了一声。

"异地就很烦了，异国更麻烦了。"

"你这么漂亮，怎么会没有男友？肯定有好多人追你，后来你有谈过恋爱吗？"

"我们班的某某，你还记得吗？他一直惦记着你，去年同学聚会他还找你来着……"

火力全冲林霜一个人，每个人都跃跃欲试，左一句右一句，不时有话题抛出来。

"想喝点什么？"林霜身边有人站起来，挡住了众人的视线。

周正拧开桌上的饮料瓶，扭头问她，音量略高："可乐、橙汁还是椰奶？"

"橙汁吧。"林霜瞟了他一眼。

"好。"

周正取过桌上林霜的杯子，用茶水烫过，再斟满橙汁递到她面前，而后取过她的碗碟筷勺，一样一样用茶水烫了一遍。

这动作其实不起眼，但他站着替她服务，动作行云流水，又是在众目睽睽之下，碗碟叮当作响，每个动作和节奏都挡着众人想要开口说话的欲望。旁边终于有人注意到周正，插话："你们两个认识啊？"

"刚刚在路上遇见的。"周正扭头问林霜，语气热络，"你是新郎还是新娘的同学？也是北泉高中毕业的吗？"

"嗯。"林霜低头喝饮料，"你呢？"

两人颇有默契地聊起来，周正有眼力见儿，夹菜递纸，剥皮去壳，服务十分周到。

众同学一看这架势，一时插不进嘴，只能默默旁观。男人看着眉清目秀，没想到全程对美女献媚到令人发指，不知道是什么来头。

林霜安安静静地吃完了这顿饭。

两人敬完新人酒，便离开了婚宴。

北泉高中离酒店不远，周正是走过来的，也打算走回学校。他扭头看看林霜："你……回奶茶店吗？"

林霜"嗯"了一声："一起走吧。"

他们一前一后走着，隔着点距离，默不作声地走在路上。

"要不要听歌？"周正把手伸过去，一只耳机摊在手心，"听点音乐，心情会好一点。"

"我心情很好。"

话虽如此，林霜还是接过那只耳机，塞进了耳朵。

欢快的音乐流淌出来，是清脆的乐器声："叮叮叮叮咚叮，叮咚叮，叮咚叮……"像夏夜的星星一颗一颗从天幕坠落，掉在少女的裙摆上，也像鸟儿在电线上欢呼雀跃。

音乐的曲目很杂，周正在林霜身边，穿着单薄的呢子大衣，两手揣进兜里，不疾不徐地走着。林霜的思绪跟随音乐节拍跳动，步伐也渐渐和周正一致。

我习惯逢场作戏，不会有很长的耐心。

周正小学和初中念的都是乡镇寄宿学校，学校条件很艰苦，学习并不是成长期间唯一的事情，他还要学会照顾自己。面对微缩社会，甚至还要干活儿，比如去操场上拔野草，农忙时去老师家收稻谷……

起初他总是沉默寡言，黯淡、瑟缩，成绩也不起眼，但最后总能悄然居上。老师们发现，这孩子不算聪明惊艳，却有很高的悟性。做错过一次的题，换个思路，依旧有很多孩子会掉坑，但周正绝不会再出错。

周正从乡镇的初中考到北泉高中，视野和人生都发生了变化，再到出去念大学，回到故乡工作，虽然看着平平无奇，但其实一路都是越走越宽，越走越好。

期末考试前的总复习，班里开班会，周正在学生的起哄下请全班喝奶茶。他打电话定了六十杯奶茶，课间，他领着几个男生出去取奶茶。

"原来是你定的奶茶。"

"对，是这个学期给他们的考试鼓励。"大主顾的订单，每一杯单价都不低，还是现金支付，直接拉满了当天的营业额，林霜跟周正道谢。

"客气了。"林霜把优惠券递给他，"可以抵扣十杯热饮。"

"谢谢。"周正没收，语气很客气，"不用了。"

高中课业繁重，放假晚一些，但小学寒假放得最早，兰亭一闲下来就经常到林霜店里晃一晃。她和谢晓梦是好友，但谢晓梦和林霜相交甚浅，也许美女都有排他性，也许彼此暗地里都看不惯对方的行径，谢晓梦常劝兰亭："你太单纯了，不要和林霜走得太近，她未必有多好。"

但兰亭很喜欢林霜，她请林霜帮忙挑过衣服，甚至邀约林霜一同去看过电影、吃过饭。林霜不想轻易涉足三人友情，那玩意儿的杀伤力不比三个人的爱情小。何况有周正的事情藏在水面之下，和兰亭走得近，林霜有轻微的不适感。

兰亭最近一直被家里安排相亲，有一次顺便把相亲场地安排到了奶茶店。林霜以旁观者的角度来看，这些相亲对象都和兰亭门当户对，很般配。

但兰亭挑来选去总没有称心合意的，连林霜都忍不住问她："你到底想找个什么样的？"

"我也说不上来。"兰亭为难地咬着嘴唇，"找个合适的吧。"

兰亭和周正分手，两个人都没有回头，或者说，兰亭仍带着一丝希望等着周正回头，但周正一直没有转身，兰亭也默默接受周正这种态度。

"周老师那样的？"林霜挑眉问兰亭。

兰亭目光幽幽。

"当初你和周老师怎么分手了呢？"

"我们两个不合适。"兰亭闷了很久，快快不乐，"性格和家庭都不合适……我家里一开始不同意，很多事情，他又不肯低头……"

兰亭的父母就职于政府机关，是领导班子成员，社会地位颇高，周正想要高攀，付出的代价应该不小。

这就和林霜姑姑安排的相亲是一个道理，美貌再有杀伤力，由于林霜出身离异家庭、父亲入狱，姑姑给林霜安排的相亲还是过滤了某些高要求群体，毕竟这年头门当户对是第一选择要素。

　　春节将至，节日的气氛越发浓烈，林霜离开北泉，赶在春节前去看望父亲。每次探监的流程都大同小异，父女两人能说的话也翻来覆去说了很多年。

　　林海在监狱这些年，除了后悔当年做错事和对林霜的内疚，也隐隐惦记着后娶的妻子和小女儿。他入狱的时候小女儿才一岁多，这么多年过去了，母女两人半点消息都没有，不知生活在何处。

　　林霜对这些看得淡，也从没起过要去找继母和小妹妹的念头。每次从监狱回来，她的心情都不见得有多好。在回北泉的顺风车上，她遇见了个年轻女孩。女孩偷偷摸摸地看了她十来遍，目光险些在她身上挖个洞。最后林霜实在受不了了，扭过头："是你啊，你是周老师的妹妹吧？"

　　周雪和周丰眉眼有点像，林霜见过周雪两次，对这个女孩有点印象。

　　周雪的目光并无善意。她没想到这么巧，能和林霜坐同一辆车回家。

　　"对，我叫周雪。"

　　"放寒假了？回家吗？"

　　"去北泉高中看看我哥。"周雪顿了顿，下意识地问，"你……你是奶茶店的老板。你……你怎么称呼啊？"

　　周雪语气充满质疑和不情愿，毫无一丝客气。林霜挑眉，心里闪过那么点恶意，拨了拨头发，做作娇笑："你哥没说吗？不应该呀？"

　　"你跟我哥很熟吗？"周雪猛然蹙眉。

　　"不熟。"林霜漫不经心地低着头玩手机，"不过你哥人不错，帮了我好些忙呢。"

周雪脸色一变，白中带青，哼哧哼哧的，说不出话来。

"我哥……我哥他人好，他……你不能……"周雪已经脑补了无数场景，脸色难看得要命。

要的就是这效果。林霜佯装没听见，埋头玩起了游戏，音效很流畅，后来觉得不过瘾，她甚至戴起了耳机。

而周雪心里堵得比石头还要严实。

车子停在北泉高中校门附近，周正已经在路边等周雪。

"正哥。"周雪迫不及待，甚至带着点急迫，委屈地向周正招手。

周正看见林霜和周雪一道下车，反而愣了愣，微微惊讶。随后两人去后备厢提行李，周正上前帮忙，问林霜："哪一个是你的？"

林霜手虚虚一指："这个。"

"你……去看你爸爸？"

林霜"嗯"了一声。

周正看向她："都还好吗？"

"还好。"

周雪脸色不佳，蹙起眉头，横在两人中间，扯着周正的袖子："哥，我肚子饿了，带我去吃饭吧。"

周正拎着林霜的箱子，目光越过周雪，体贴地问："我帮你提到店里去？"

"不用了，我自己来。"

周正点点头，把箱子递到她手上。

等林霜走开，周正才招呼自己的妹妹。他拍拍周雪的肩膀，柔声道："不是说自己直接回家吗？怎么过来了？走吧，吃饭去。"

周雪的脸色并不好看，肩膀挺了一下，扭头问周正："她叫什么名字啊？哥，你到底跟她是什么关系啊？"

"和你没关系。"周正推着周雪的行李箱，脸色很温和，"别问了。"

"我连问都不能问了吗？"

周正顿住脚步："别发脾气，我跟她真没什么关系，你不用想太多。"

周正也有脾气，只不过不外显，不软不硬。暑假时，兄妹两人因为这事已经闹过一次，周正淡淡地把事情略过，没有向周雪过多解释。

春节前几天，付敏给林霜打电话："今年来我这儿过年吧。"

"不了吧。"林霜拒绝，"店里的员工春节都放假，我一人看店，走不开。"

"除夕也不过来吗？除夕夜总要过来吃个饭吧。"付敏劝她，"以前你在外地，过年不肯回来，如今就在家里……"

林霜沉默。

"那你打算怎么办？难道要一个人过？"

林霜想到去年是在她姑姑家过的年，便说："姑姑让我去她家，喊我过去吃年夜饭。"

付敏很坚持："你到我这儿来。"

林霜蹙眉："到时候再看吧，一顿饭而已，在哪儿吃都一样。"

北泉高中放假很晚，拖到大年二十九高三年级学生放假才闭校，然后由学校老师做收尾工作。

周正一直忙到大年三十才把学校工作都安排好，接着去了百货商场，买足了年货。捎带回去的东西太多，他便约了顺仔一起回村。年末顺仔也格外地忙，一天要跑十几个小时的车，两人相当于赶着回去吃个年夜饭。

假期奶茶店生意尚可，最近几天主要是外卖订单多。林霜给娜娜和Kevin都放了年假，自己守在店里。

周正临走前去了一趟奶茶店，还带了个保温杯。他也是上次回家时才发现，家里挂着一溜奶茶粉。那是村里的小商店里卖的一种速溶奶茶粉，周正奶奶牙口不好，老人家天冷喜欢喝点甜的，便买了很多。

周正抱着保温杯，说："这是给我奶奶带的，家里的奶茶粉，我不让她多喝，她没尝过这种，今天带一杯回去给她尝尝。"

林霜窝在椅子里看电影，听完就笑了，起身去了吧台："奶奶还挺时髦，不过这种的确应该少喝，容易血糖高。"

她接过保温杯，装了一杯煮得软烂的燕麦血糯米奶茶，又拧好递给周正。

"谢谢。"

此时已经是半下午，周正把保温杯装进鼓囊囊的背包，问："今天几点打烊？"

"三四点吧。"林霜笑容淡淡的，"早点晚点都行，看情况吧。"

投影屏上的电影刚刚开场，桌上还摊着半包薯片。

周正点头："那我先走了。"

"再见。"

"祝你春节快乐。"

"你也是。"

周正推门出店。

一个小时后，顺仔过去接周正，两人把年货装进后备厢，车子在北泉高中门前飞驰而过。

天色昏暗，临近夜幕，周正看见奶茶店的灯还亮着。他对顺仔喊道："停车。"

"咋了？"

周正下了车，对顺仔说："你帮我把东西捎回去，晚点我自己打车回村里。"

"你干吗去？"

周正踌躇："我回学校看看。"

顺仔："……"

天慢慢变黑了，但奶茶店的灯还亮着。

林霜这天的确没有其他打算，往年的几个春节，她都是出国旅游。今年她连出游的兴致都没有，也不想去任何地方吃饭，加上前一个约会对象太黏人，她腻烦得不行，只想自己安安静静地待着。

她把没卖完的奶茶都装好，送到隔壁还在营业的店铺，还送了几杯去学校的门卫室。学校门卫室逢年过节都要值班。

门卫室有人在下象棋，两人坐在小板凳上，棋盘搁在小茶几上，旁边有一个小烤炉，地上还搁着一盘瓜子和水果。

周正背对着林霜，正全神贯注地盯着棋盘，慎重地落下一枚棋子。

"周老师……你……怎么在这儿？"

林霜有些许惊讶。

周正没有回答她，摸摸鼻子站了起来。

走出门卫室，两个人就这样站在空荡荡的马路边，听着因过年响起的鞭炮声。

周正低头看了眼时间："我给家里打过电话，等会儿就回去了。"

他问："店里还不打烊吗？鞭炮声已经响起来了。"

林霜抱着手臂，没有说话。

周正双手插进衣兜，看着眼前冷清的街景："抱歉……我并不是想干涉你。"

他嗓音低沉："我只是担心你一个人待着……"

周正知道那种感受——外面万家灯火，而他只是孤零零的一个人，像浮在欢声笑语上的尾音、浪花上的泡沫。

"你快点回去吧。"林霜也学着他把手伸进衣兜，"今天晚上我有自己的安排。"

"好。"

两人在朦胧的夜色里分开。

林霜往奶茶店走了几步，又回头看了眼在路边等车的周正，心思千回百转。他穿着单薄的大衣，似乎不怕冷。他的肩背清瘦，样子还算好看，又是个高中老师，人也不错，和他聊天也还算舒适。也许可以打发打发无聊的时间。

"周正。"林霜回头。

"嗯？"周正抬头看她。

林霜低头抠着自己新做的指甲，慢慢地说："周正，我最近有空……你想跟我玩一玩，或者说，你想跟我试一试吗？"

她说玩一玩、试一试，不是约会和恋爱。

"我习惯逢场作戏，不会有很长的耐心，也许是一两个礼拜，也许是一两个月，但肯定不会有结果。

"结束的时候别拖泥带水，干净利落点，行吗？"

像一场买定离手的游戏。

周正看着林霜浓艳的眉眼，沉默了片刻，而后问她："你今晚在哪里过除夕？"

"就在店里，我叫了外卖。"

"我可以留下来，跟你一起吗？"

"你不回家吗？"

"每年过年我都是和二叔家一起过的。我给奶奶打个电话，告诉她我明天一早回去。"

周正想留下来，想接受面前所有的一切。那个女孩，在离开他之前，需要先留在他身边。

♡　♡　♡

这年的除夕夜，两个人各自捧着外卖餐盒，喝着奶茶，窝进椅子，一起看了一部长达三个小时的星际科幻片。

电影高潮迭起，两人看得聚精会神。彩蛋过后，林霜迷茫地问周正："我没看懂，他为什么没死？怎么从黑洞里出来的？这结局和那个虫洞有什么关系？"

周正从电影空间宇宙构建理念开始，对她娓娓道来，解释了半个小时。林霜歪着头，一双眼滴溜溜地乱瞟，看神色似懂非懂。

"简单来说，这是一个空间概念问题……"周正往四周看了一圈，企图去找纸笔解析，"要不我给你画个解析图？你就明白了。"

啧，教育界通病。

林霜乜他，目光意味深长，然后把屏幕切换到今年的春晚。

"不用，我懂了。"她语气平淡，尾音短暂，无端生出一点心虚。

春晚进入尾声，节目平淡。两人的椅子隔着点距离，林霜玩起了手机游戏，而周正的手机早不知涌入多少未读消息，都是来自拜年的学生家长、同事和朋友。

周正扫了一眼林霜，看她玩游戏玩得专注，便关上手机，想了又想，扭头问她："要不要出去走一走？"

"去哪儿？"

"学校吧。"周正温声说，"这时候学校没人，老张回家吃饭了，我有门卡。"

林霜从手机上抬起头看他，心脏"咚"地跳了一下，她突然觉得有点莫名的刺激："去办公室偷试卷？"

"去操场散步。"周正一本正经地站起来，"以前下了晚自习，大家都喜欢去操场跑两圈。"

高中时，林霜也喜欢和同学在晚自习后去操场遛弯。操场上总是很热闹，有追逐嬉戏的女生，有跑步、打球的男生，他们在课余时间争分夺秒地挥洒着躁动的青春。

周正等林霜穿上外套，叮嘱她："很晚了，多穿点。"

春节期间气温有所回升，其实并不冷，但林霜还是多戴了条围巾。

两人穿过空旷的街道，见学校的门卫室还亮着灯，里面果然空无一人。闸门"嘀"的一声被打开，周正站在一旁，等她先通行。

空荡又黢黑的学校像在沉睡，安静无声地在林霜面前展开。

林霜从来没有在这种气氛下踏入过学校，不知道为什么，她的心情突然还不错，脚步雀跃地跨过那扇门，像做贼心虚一样。

"快走，别被人看见了。"

"门卫室有监控。"周正指指头顶的摄像头，"别紧张，不做坏事就行了。"

林霜探头看了眼摄像头，躲到了林荫下。

周正带着她，先右转，再左拐，然后走下台阶往操场走去。他话不多，好像有点不习惯这种独处模式，偶尔和她说几句："小心这里的台阶。"

"这里以前是学生宿舍楼，现在改成了学校印刷部。"

"这里是张凡的体育办公室。"

空荡荡的大操场静静地等着两人走近。

操场关了直射照明灯，只留着边角几盏昏黄的路灯，光线很暗，他们慢慢走近，影子很长，模糊地投射在塑胶跑道上。

昔年陈旧的塑胶跑道被翻新过，颜色鲜艳，触感也很好。

足球场铺了仿真草坪，满眼森森绿意。

眼前的一景一物和记忆里的场景重合，难免勾起旧时的记忆。林霜轻轻地呼了一口气，踩着白色的塑胶线，脚跟顶着脚尖一步一步丈量距离。她突然有点惆怅，想起十年前的自己，当然是漂亮的、受人瞩目的、肆无忌惮的。那时候她家境尚可，胸无大志又懵懂无知，有个看似完美的男友，打打闹闹的日子过得还算开心。在记忆里随手抓一把，打捞起的都是令人汗颜的天真和甜蜜。

后来她很少再想起这些，也很少再回北泉。她一度无法接受这种落差，也不习惯物质拮据的日子，可竟然慢慢走过来了，开始自力更生，过新的生活，换新的男友，脾气和性格都被重塑，最后再回到生养自己的城市。

再回首已面目全非，很难说她喜欢当初那个林霜，还是喜欢现在的自己，但至少没有后悔。

周正跟在她身后慢慢地走，和她隔着一些距离。最后他停住步伐，静静地看着林霜的背影。

她往右，他往左。

他在跑道这头，她在跑道那头。

他们的影子离得很远，像两条毫不相干的平行线。

这些距离曾经真实存在过，和很多年前的记忆重叠。

操场上叽叽喳喳的笑声、女同学们手牵手漫步的场景、无意识回眸掠过的面孔、租书店里的背影，隔了很多年，周正也渐渐开始淡忘，那些记忆变成了一个模糊的影子和些许惆怅。可如今他仿佛陷在一场久远的绮梦里，分不清是梦里的故事添了后续，还是他自己编织的幻境。

噼噼啪啪的鞭炮声从远处传来，回荡在空空的夜里。起初是从某一个方向传来零星的一阵，之后则慢慢连成了一片，噼里啪啦，连绵不绝。

许多大城市已经禁止燃放烟花爆竹，但小城市的除夕夜依然喧闹。

两人不约而同看了眼时间，已开始零点倒计时，今年马上要结束了。

零星的烟花从街角对面的居民楼顶"砰砰"地升腾，在墨蓝的天幕上绽放出朵朵灿烂，光芒万丈，又纷纷扬扬地洒落光华，流散在天幕四角，让人目不暇接。

周正转身走到林霜身边，和她一起仰头，默默地看烟花。

光亮照亮了他们的眉眼，他们眼里似乎有说不尽的光华和温柔。

"很漂亮对不对？"

"嗯。"

他们站在安静、昏暗的学校操场，好像和这些烟花鞭炮一起被隔绝在另一个世界，又好像和这个世界融为一体。

"新春愉快啊，周老师，祝你身体健康、万事如意、桃李满天下。"林霜扭头跟周正说话。

周正声音温和："谢谢，那我也祝你生活幸福、顺风顺水、财源广进。"

两人不约而同地笑了。

时间不早，两人走出了学校，关了奶茶店的门。

周正看了眼时间："很晚了，我打个车送你回家吧。"

除夕夜打车价格昂贵，车飞速行驶在空荡的街道上。

周正把林霜送到楼下，停住脚步。

"上去坐坐？"林霜语气平静。

"不用了……太晚了。"周正瞟了眼脚尖，再抬头看林霜，抿着唇，"你早点休息吧……晚安。"

一对孤男寡女，曾经有过那么点不可言说的情愫，又刚刚经历过某种关系上的"约定"，独处了一个特殊的夜晚。深夜，女人在楼下邀请男人"上去坐坐"，却遭到了无情的拒绝。

请问，这个男人到底有什么毛病？

林霜抑制住想翻白眼的冲动。

周正想了想，问她："后面几天你有什么安排吗？"

"我明天去我妈那儿，家里还有些亲戚要走，初四回奶茶店。"

"那好吧。"周正的语气有点不自然，拘谨道，"明天我回乡下，可能会待几天再回学校值班，我们手机联系？"

"好啊。"林霜点头。

"晚安。"周正注视着她上楼。

林霜走进楼门，迈上楼梯，回头看周正仍站在原地看她，他的眼睛在昏暗路灯的照射下一派沉静、温润。她突然想起点什么，转身回来，笑盈盈地走到周正面前。周正有点疑惑。

她双目含着亮光，意态慵懒："周正。"

"嗯？"

林霜拂了拂自己的长发："确认关系的第一天，你不打算吻我吗？晚安吻或者其他？"

周正愣了愣，面色微微发红。

平安夜那天，林霜在周正唇上挑逗过，还记得他嘴唇薄厚适中，吻起来很软。她伸手搭在周正肩膀上，无情地嘲笑："你是真傻，还是假装的？"

她再次主动凑上前，把自己的红唇贴在周正的唇上。

周正身体没动，只有睫毛颤了颤，神情有一点动容，但终归是平静的。比起平安夜那天的失态，他已经镇定了许多。

林霜漫不经心地在周正唇上辗转。周正的心跳得厉害，鬓角开始冒汗，但他只是垂着睫，像尝一块糖果，小心翼翼回应着她。

林霜的手顺着周正的手臂下滑，抽出他揣在衣兜里的两只手，然后牵着那两只笨拙无措的手搭在她的腰上。

林霜的腰很细，很软，不盈一握。周正滚了滚喉结，僵着手虚虚地拢住她的纤腰。

林霜顺势贴进他的怀中，苗条婀娜的身体贴着他，变成了依偎的姿势。此刻她的腰就在他的怀抱里。这不是梦，是真实的存在。

"周老师。"

"嗯？"

林霜漂亮的眼睛看着周正，一只手按着他胸口，语气朦胧又充满挑逗："你穿得这么少，身上怎么还这么烫啊？像个火炉一样，好暖和。"

周正的脸隐隐发烫。他敞开的外套下，只是一件薄薄的针织衫，体温透过衣服，绵绵地传到林霜身上。他眼睛光芒浮动，说话也支支吾吾："还……还好吧。"

林霜笑了笑。"晚安。"她轻盈地退出周正的怀抱，上楼回家。

不一会儿，周正看见某间窗户亮起了灯。他又默默地站了一会儿，最后才回过神来，转身离去。

♡　♡　♡

新年的第一天，周正独自走在安静的夜晚，回味着前一日的所有细节，他唇角浮出笑意，沉稳的脚步也有了几分雀跃。

大年初一早上，周正悄悄地回到村里。

路边的野草仍带着点绿意，茸茸的叶柄托着晶莹的露珠，他停住脚步，拍了张照片。

奶奶看他回来，满是皱纹的脸仿佛绽放出一朵花，笑眯眯地问："是哪家的姑娘啊？怎么也不带回来给我见见？这大过年的，一起回来吃顿饭多好哇。"

"生得什么模样？你找张照片给奶奶看看。"

昨天，周正在电话里告诉奶奶除夕夜要陪朋友，奶奶问了又问，最后问出来是个女孩，当即乐不可支，再三叮嘱，巴不得他在市里待着。

周正搂住奶奶佝偻的背："以后有机会再介绍给您认识。"

"我们阿正也有记挂在心上的人了。"奶奶托着他的手，抹去眼睛里的泪花，"阿正，早点结婚喽，奶奶老了，日子不多了，你也老大不小了，你爸妈还等着看呢。"

祖孙两人去房里烧了一炷香。那里原是周正父母的房间，后来用来供着周正父母和爷爷的灵位，每逢初一和十五或者逢年过节，祖孙俩总要烧香上供，求他们保佑家里。

大年初一，村里很热闹，家家户户串门拜年。周正去隔壁二叔家拜年，二叔和二婶知道他除夕夜的事，也笑眯眯地拉着他说了几句。

周丰和周雪都在房里玩手机，周雪看他进来，身子一扭，满脸失望地上了楼。

村里祠堂中央架着火盆，火盆四周摆着几张牌桌。顺仔听周丰说周正在家，立刻从牌桌上下来找他。

周正在自家楼上开着台式电脑工作，一听地板上啪嗒啪嗒的拖鞋声，就知道是顺仔来了。

"阿正，你什么时候回来的？"

"早上。"

"怎么也不给我打个电话，我开车去接你。"

"我坐早班车回来的。"周正从屏幕前抬起头，瞄了他一眼，"你打牌打到几点？能起得来？"

"四点多才散局。"顺仔"嘿嘿"一笑，摸着后脑勺也八卦起来，"我可都知道了啊，林小姐……"

"平安夜那天晚上，我就知道你俩不对劲。"顺仔的大手掌拍在周正肩膀上，挤眉弄眼，"阿正，不错啊，林小姐那可不是一般的漂亮……"

周正没有搭腔，依旧沉浸在电脑里，表情麻木，或者说……是没有表情。

顺仔突然想起正事，便拖来把椅子挨着周正坐下："兄弟，来来来，把卡号报过来，我把钱还你。"

"有钱了？"

"累死累活跑了一年的车，还有家里的收成，多少存了点。"

"我也不着急用，你可以再缓缓。"

"别介，再拖下去，我可要耽误你了，你没看这两年我一见你奶奶，溜得比狗都快。"

周正停住操作鼠标的手，拉开抽屉，取出张银行卡摆在桌上。

几分钟后，手机收到短信，提示到账十万元。

"去年还了五万，今年十万，一共十五万，还差你五万，再等我几个月，凑齐了还你。"

"不急。"

顺仔拍拍周正的肩膀，诚心感谢："谢了，兄弟。"

"小事，没什么。"

顺仔老爸身体不好，家里缺劳动力，在村里收入也低，这些年一直住的是岌岌可危的老房子。前两年村里搞新农村形象，要拆掉老房重建楼房，顺仔家里没有什么积蓄，便陆陆续续找周正借了二十万元。

"过两天我大姨带我去相亲，就山坳那边的村子，不远。"顺仔挤挤周正，"要不要陪我一块儿去？"

"我……可能没空。"周正靠在椅子上，双手垂在椅子边，垂着眼，"学校值班，我过两天回趟市区。"

"算了，万一带你去，人家姑娘没看上我，反倒看上你可就麻烦了。"顺仔摸摸下巴，"你忙你的。"

林霜觉得，在撩骚方面，周老师话少又矜持，换句话说，是个无趣的钢铁直男。周正喜欢找她聊天，又似乎不喜欢说太多话，更喜欢给她发照片。

照片里有路边的野花野草，在溪水里捞鱼，在泥潭里挖莲藕，在火堆里烤鸡蛋、红薯和板栗，还有爬山看风景。他在给她看农家乐？还是什么乡土频道？拜托，这年头村里"精神小伙"都不过这样的日子了。

林霜敷衍地回了个笑脸，然后随手拍了张麻将的照片——她正在姑姑家陪人打麻将。

几个小时后，林霜下了麻将桌，打开手机看微信，发现周正发来两条视频。

不知道是谁拿着手机，视角有点低，镜头还有点晃，屏幕外有小孩的说话声和笑声，屏幕里是一张麻将桌，桌上的麻将被摆成多米诺骨牌的圈形阵，周正轻笑："你们看好了啊，我要开始了。"只见角落里他的手轻轻一弹，麻将牌便一圈圈地前仆后继，相继躺平。周围的孩子们很捧场，纷纷鼓掌尖叫。

第二条视频是剪辑的照片，还配了音乐，照片里麻将被摆成了创意图案——城堡、动物、花草、方块人，最后视频定格在一张心形照片上。照片里的图案摆得歪歪扭扭，很有童趣，大概出自小朋友之手。

林霜看完视频，回了一条："周老师凭一己之力，把麻将转化成了益智游戏，请问教育局给您颁奖了吗？"

周正心平气和地回道："没有，不过小孩有分糖给我吃。"

林霜把最后的心形照片截图并发给他。

"个人之见，这个心形图案风格沉稳，和其他几个风格不统一，建议从视频中删除。"

"不删。"

林霜挑眉："理由呢？"

那边缓缓发出几个字："这个……是我的。"

语言博大精深，林霜看了两遍，淡淡一笑，倒是没有再回话。

大年初三，周正提前回了市区，他跟同事换了值班日，今天去学校值班。

值班室由两个老师轮流守岗，周正值上午，下午回家打扫卫生，忙完后出了趟门。

林霜看见周正的时候，正陪苗彩进行最后一次婚前大采购。苗彩的婚期定在大年初八，她提前出来再添一点新家待客用的零碎小物。

"霜霜，婚礼那天你要带谁来？"

"我自己不行吗？"

苗彩瞄她，表示难以置信："最近没谈男友？"

"没有。"

林霜从购物架前穿过，看见前面有个男人正在挑货架上的水果和蔬菜，身边的购物车里放着油盐米面之类的日用品。

她并不知道周正回了市区。

周正低着头，神情专注，认真程度堪比上课解题。

分开了几日，回想起除夕那天的邀请，再看见眼前人，林霜觉得有点后悔，或者说索然无趣，男人应该先是有趣的、逢迎有度，或者说，至少要会讨人欢心、给予幻想，让人有跃跃欲试的难度和欲望。

而周正是个很生活化的人。

说不清为什么，林霜的脚步绕过周正，跟着苗彩走到货架的另一面。

逛累了，她和苗彩在楼下的甜品店里闲坐，看着周正拎着购物袋从玻璃窗前走过，去了路边的公交车站，直到上了公交车，离开了她的视线。

"霜霜，你在看什么？"

"没什么。"

这天晚上，周正给林霜打电话。

两人认识了大半年，其实之前用手机联系的机会很少，大部分是他去奶茶店，或者是在学校周边偶遇她，好像他的定格就在学校。

林霜听着电话那边的声音有点沙哑。

"我今天回学校了，早上回来的，回学校值班。"

"是吗？"

"这几天过得好吗？"

"还好。"

"我在散步，到处走一走。"周正语气顿了顿，"天气不冷，风也变暖了。"

"霜霜。"他低声唤她，尾音轻软，给人温柔的感觉。

"嗯？"林霜好像突然被他的称呼唤醒。

"你在家吗？"

"在。"林霜正窝在家里玩游戏。

"我正好散步到你家附近，路过喷泉广场，今晚的喷泉很漂亮，你想看看吗？"

"可以。"她回应他的邀约，"你在哪儿？我过去。"

"我在你家楼下。"

林霜走到窗边，看见楼下有个人正在朝着她招手。

"等等，我马上下来。"

林霜换衣服下楼，发现周正的神色似乎有些腼腆。

周正很想见她，又说不出"想念"这个词。

两人路过相亲时的那家咖啡店，周正给林霜买了杯热咖啡暖手，然后两人坐到喷泉旁。

林霜喝着咖啡："你这几天似乎过得很有趣。"

"还好。"

"跟我聊聊吧。"

周正从来没有尝试过主动和林霜聊自己的生活经历、兴趣爱好和专长。

两人其实没有共同点，所有的个人关注点都不相通。林霜本以为这是一场乏味的交谈，可听周正娓娓道来的故事，她没想到自己竟然听得十分投入。

大概所有的老师都受过专业培训，周正可以转行去当语文老师或者历史老师。

聊完天，时间已经不早了，周正把林霜送回家。

两人到了楼下，林霜抱着手臂，含笑逗他："我一个人在家，上去坐坐吧？"

周正目光微闪，摇摇头，腼腆道："不用了……晚安。"

林霜挑眉，问他："周正，你觉得我漂亮吗？"

周正理所当然地点点头。

"有没有漂亮到让你心动？"林霜贴着他的耳根私语。

周正只觉得耳朵又热又痒，想极力忍住，但还是微微挪了挪身体，躲开了她的唇。

周正的眼睛黑白分明，眼珠漆黑、莹润，像溪里的黑色鹅卵石，目光似坚定又似闪躲地看着林霜，小心翼翼又充满自制力。

林霜看着他的眼睛，突然有了跃跃欲试的欲望。她真没试过周正这种男人，从某个角度来说，感觉会有点意思，不如……睡完再分。

♡　♡　♡

漂亮的女孩总是能轻而易举地得到更多的注目和献媚。林霜心思很坏，对看不上的不屑一顾，对送到眼前的不屑一顾，对不称心意的不屑一顾。像 Polo 衫先生那样的，纵使两人都是见色起意，她也偏不遂他的心愿，不疾不徐地吊了他几个月，用他的反应来愉悦自己。

Polo 衫先生只是皮相好看，真咬下去满嘴油腻。但周正不一样，林霜从直觉上判断，他应该很有韧性，会让她得心应手，可能会有意思。

林霜在家放了几天假，便去奶茶店上班了。娜娜和 Kevin 都在休年假，只有她一人看店。好在学校不上课，店里生意不算好，她一人做得过来，也算是半歇半忙。她每天临近中午才去开门营业，晚上也早早就打烊了。

但有周正在。

高三年级今年难得放了十天寒假，学校不用周正多值班，他回老家陪了奶奶几日，又回市区陪林霜。

在两性关系里，很难界定一个男人是殷勤献媚还是单纯释放好意，但周正至少做得很干脆利落，所以林霜从一开始对他没有反感。

"附近有家新开的餐厅，中午要不要一起去试试？"

"还要看店呢，待会儿有供应商送货过来。"林霜低头算账，"周老师不是会做饭吗？不知道本人有没有荣幸，可以尝尝你的手艺？"

那天她在超市看见周正买了不少菜，至少超出了一个人的分量。

周正听见林霜这么说，黑眸像被突然点亮，神情还有点不好意思："当然可以，那做好后我给你送过来？"

"不用了，中午店里也没什么人。"林霜抬头看他，含笑，"你做好了给我打电话，我去你那边，不用你来回跑。"

林霜提要求，周正真的挽起袖子回家做饭去了。她去周正家的时候，在楼道里就闻到了饭菜的香气。那扇老式铁门虚掩着，能听到一点厨房里哗哗的水声。

屋子里很亮堂，至少所有该收起来的东西都收拾得很干净，丝毫没有单身男性常见的脏乱差。

桌子上摆着三菜一汤，刚刚出锅，卖相很好。

周正端着碗筷从厨房出来，他身上是一件明灰色的针织衫，没有穿花花绿绿的围裙，衣摆被溅上了几滴水，留下深色的水痕。

林霜第一次真正意义上吃周正做的饭菜，和之前周正带给她的盒饭味道不一样。食堂的米饭是软的，蔬菜总有种焖了很久的酸气，而这顿饭完全充满了家里炉灶的烟火气。也和付敏做的饭菜味道不一样。她妈妈习惯吃辣，有时调味重，周正做的更清淡些。

当今社会，男人做饭的魅力远不如请得起专业厨师的魅力大，但搁在现实里，愿意为女人洗手做羹汤的男人罕见如珍稀动物。

这一顿饭林霜难得没玩手机，两人正儿八经地坐在桌边吃饭。

林霜问周正："周老师什么时候学会做饭的？谁教的？"

"小时候就会，这个也没人教，看得多了，慢慢就会了。"

乡下孩子的动手能力比较强，小时候去地里埋锅生火，烤红薯和毛豆就是对厨艺的启蒙，更别提捉鱼和掏鸟蛋这种，都是为了解馋。

"真好。"

周正埋头吃饭，突然没头没脑地问了她一句："那以后……食堂的盒饭还要吗？"

林霜乜了他一眼，看着碗里的汤，垂眼："不用了吧。"

她捧着腮，嫣然浅笑："如果需要的话，我过来吃岂不是更好？"

"也好。"周正认真地点点头，冲着她笑了笑。

周正笑起来会露出一颗尖尖的虎牙，清清爽爽，像夏日里的海盐汽水。

真奇怪，周正明明不是那种开朗活泼的性格。林霜移开自己的目光。

吃完饭，周正去厨房洗碗，林霜则踱步去阳台上抽烟，顺带看看那几盆仙人掌。

老式的阳台很大，地砖是八九十年代的淡青色水磨地砖，复古泛白的色调。仙人掌叶片粗壮、油亮，是用老式搪瓷脸盆栽的，盆口是斑驳的红色，掉了漆的地方露出里层的锈圈，看起来有不少年头了。

"这是前房东留下来的，让我帮忙照顾。"周正洗完碗进屋，问林霜，"见过仙人掌开花吗？"

林霜仔细回想："没有，它会开花吗？"

"前两年开过一次，是白色的花，很漂亮，不知道今年会不会再开。"

"是吗，那我期待一下，希望它今年也能开出漂亮的花。"

"仙人掌的花期在夏季，等它开花了，你过来看看吧。"周正转头看向她，认真地跟她说话。

"好啊。"林霜轻飘飘地回道。

阳台上光线很足，周正拿着一块湿布一点一点地躲着刺小心擦拭着仙人掌的叶片，把它擦得油亮，翠绿鲜活，在阳光底下像一块块半透明的绿玉。

林霜靠在窗边，整个人沐浴在充足的阳光里。她的肌肤完美无瑕，白里透红，浑身懒洋洋的，眼神也很绵软，默默低头看着周正一丝不苟的动作。

　　周正擦完仙人掌的叶片，放下湿布去水槽洗手，转过身，冷不丁地看到林霜正在安静地看他。林霜的双颊嫣红如花瓣，慵懒柔媚的目光像半融化的糖果粘在他身上。

　　两人的视线交会，像静电"啪"的一声溅出了一点火光。

　　周正好似被蜇了一下，脸上浮出一丝红晕，不知是被太阳晒的，还是其他。

　　"可以给我倒杯水吗？"林霜单手插进发间，懒洋洋地拨了拨长发。

　　"好。"周正点头，转身去厨房。

　　天气预报说今天最高气温是 20℃，适合穿薄衫，适宜出游，同时需注意防止昼夜温差过大造成感冒。

　　林霜被正午的太阳烤得身上冒汗，走到卧室才觉得清凉些。周正端着水杯过来，她就站在他面前，自然而然地伸手去接。杯子是普通的透明玻璃杯，水温适中，正好可以舒缓喉咙里的干燥。她垂眼喝水，嘴唇是水润润的艳丽。

　　周正抿了抿唇，突然觉得口腔干涩。

　　林霜把空杯递给周正，他伸手去接，却落了空。林霜绕过他，把杯子搁在他身后的书桌上，退回来的手放在他挽起衣袖的光滑手臂上，轻轻地抚摸。

　　周正的手臂很结实，还有点肌肉，让他不至于太文弱，也不会太粗野。

　　林霜的身体顺势凑过去，靠在周正肩上。她用带着微凉水汽的唇蜻蜓点水般地触了触他干燥的唇，目光炯炯，柔声问："周正，你是不是也渴啦？"

周正看着近在咫尺的林霜，她像被醇厚的烈酒浸泡过的罂粟花，活色生香，明目张胆地挑逗他。他的睫毛颤了颤，喉结滚了两滚，嘶哑地轻轻"嗯"了一声。

　　林霜轻笑一声，亲昵地挽着他的手臂，顺势把他推坐在床上，一双明亮的眼睛盯着他。

　　林霜的眼睛很漂亮，是杏眼，弧线柔美，长睫浓密。

　　两人就这样看着彼此，根据"男女对视十秒定律"，接下来他们要么相拥接吻，要么一笑泯灭幻想。

　　周正咽了下口水，他知道自己逃不过了。他仿佛被蛊惑一般，用双手捧住了林霜的脸。

　　林霜的脸被太阳晒得发烫，周正的手微凉，贴上去冰冰凉凉的，有点舒服，她眯起了眼。

　　午后的气氛暧昧又缠绵。

　　周正不知吞下了什么情绪，轻声呢喃："霜霜，我亲亲你吧。"

　　伴随着发颤的耳语，他轻轻落下颤颤巍巍的吻，一下一下啄着林霜的唇，生涩又紧张，低回辗转。

　　这是周正第一次主动吻林霜，而林霜加深了这个吻。

　　屋里的光线柔和明亮，气氛旖旎又暧昧，两个人像沉浸在孤独世界里跳着双人探戈。

　　这个吻时快时慢，时轻时缓，像一尾游戈的鱼，徘徊在清透的溪水里。

　　两人的姿势由坐变躺，林霜压在周正身上，温度节节攀升，两人都穿得不多，身体贴在一起，热腾腾的，软得像水，硬得如铁。周正无意识地箍着林霜的腰，力道越来越大，怀抱越缩越紧。林霜的手悄悄摸进了他衣服的下摆，针织衫下是一件白色的棉质背心，皮肤的手感很好。

　　林霜的手继续往下游走。

　　周正突然清醒过来，精准地握住她乱动的手，再睁眼，瞳孔幽深，眼角发红，把林霜从身上托起来，剧烈地喘着气："我有点事，去趟学校。"他的额头上都是亮晶晶的汗。

林霜挑眉，笑得有点狡猾，还带着点恶意，磨了磨牙，突然发泄似的对着周正的唇重重地咬了下去。

周正的唇很软很滑，咬起来很韧，林霜毫不心软地刺透他的唇肉。

周正吃痛，呼吸也猛然急促起来，那是尖锐到他难以忍受的痛，但又觉得痛得舒爽。于是，他搂着林霜的肩背翻了个身，将身上人摁在床上，张唇去撬她紧闭的牙关。这个吻，又急又烫，辗转反复，淡淡的血腥气在舌尖交缠。

箭在弦上，最后时刻，周正停住动作，冒汗的额头顶着林霜的黑发，声音嘶哑："霜霜，太快了……慢一点好不好？"

然后他从床上爬起来，驼着背，整个人有气无力。林霜被吊在半空中的心"扑通"一声摔下来，她微笑，暗暗磨牙："很好。"

林霜想，这男人是不是有毛病？还是故意吊着她？

周正带着嘴上明晃晃的伤口离开了。

林霜觉得心里空落落的，做什么都提不起劲来，连着冷落了周正两天。

周正在学校备课，抽出下午空闲时间拿着一副羽毛球拍去了奶茶店："要去学校打球吗？"

店里无事，林霜正一个人专心地玩游戏，她看看外头明媚的阳光，又默默地把注意力挪回手机屏幕。

"明天要下雨，今天是最后的晴天。"周正把球拍递给她，"要不要运动一下？我羽毛球打得一般，你可以教教我。"

林霜羽毛球打得很好，当年在班上属于头号种子选手，不过她已经有好几年没有碰过羽毛球拍了。

"半个小时。"林霜看了眼时间，又抬眼看周正，"你知道我羽毛球打得好？"

周正腼腆地笑笑："我刚学不久，打得很烂，你肯定比我打得好。"

林霜勉强接受他的奉承。

两人一前一后进了学校球场。

林霜腿长手长，挥拍姿势潇洒又肆意，加上随心所欲的自创打法，杀球杀得周正左支右绌、东奔西跑，毫无招架之力。

"你不行啊，周老师。"林霜嘲笑他，"这才多久就弃械投降了？"

中场休息，周正已经出了一身热汗，满面通红，双手叉着腰，胸膛起伏，大口喘着气。他回看台上休息，拧开矿泉水瓶，远远地递给林霜。林霜走过去，接过他手中的水。两人并排坐着，中间隔着一个位置。

周正喝水擦汗，林霜低头玩手机，两人都没有说话，能听见周正有些急促的呼吸声。他袖子挽得很高，露出大半截手臂，双手搁在膝盖上，望着球场的中线网栏，过了一会儿，突然问林霜："你是不是不高兴？"

"没有。"林霜轻声否认。

"我知道你不高兴。"周正沉声说。

"好几次了，你是故意逗我的，对不对？"周正捏着空空的矿泉水瓶，垂眼说话，"如果真的进行下去……会怎么样？"

林霜显然一怔。

周正声音冷静："我知道，我很无聊，对吗？你是故意逗我玩的。"

"周老师对自己这么没信心？是不是有点妄自菲薄啊？"林霜语气轻快。

"第一次见面时你就说过。"周正抬头望天，"我所有的一切，对你而言都是问题。"

他站起来，往台阶下走。

林霜喊住他："周正，那你在我身边这么久，到底图什么？"

"不图什么，只是喜欢而已。"周正捞起羽毛球，不敢直视她，但语气笃定，"林霜，我很喜欢你。"

他的语气不像是在告白，更像是在陈述"今天天气很好"。他从未想过，有一天会把这句话自然而然地说出口。

林霜听过太多人对她说喜欢她，甚至有更多人对她说过爱。听到这句话，她不由得笑了，笑容灿烂："你喜欢我什么？我除了脸好看，还有什么值得喜欢的？"

周正也笑了笑。

"可能……好看本身就是一种治愈能力吧，也值得更多人呵护。"

"要不要再来一局？"他把球拍递给林霜，"好好打一场。"

林霜接过球拍，嘴角含笑："是想跟我比赛吗？那你赌一赌，你赢还是我赢？"

周正耸了耸肩膀，干净利落地挥拍："不管怎么样，赢的人总是你。"

出乎意料，这场球五局三胜，赢的人是周正。他球风很稳，技法也扎实，而林霜擅长拉吊和杀球，最大的弱点是体力和反手后场。周正发觉后，盯着她的弱点打长线进攻，打到最后她力道跟不上，一屁股坐在地上，抱着膝盖起不来。

林霜觉得颓然。大概是被吊打得太厉害，她心理上接受不了强弱关系的转变。

周正停拍走过去，看她大汗淋漓，脸色潮红，阳光照在她的脸颊上，仿佛有亮光盈盈闪动，他一时心软下来。

"起来吧。"他探出一只手。

林霜气喘吁吁，仰头望着他，眼神黯淡又茫然，借着他的力道起身，膝下一软，腰被他扶住了。

"累不累？要不要拉着你走？"周正柔声问她。

林霜不想认输，把手背到身后，赌气拗脸，淡声道："不用。"

她慢悠悠地跟着周正走了几步。周正走到球场边缘，回头看她，又大步折回来。

他定定地看了林霜一眼，突然伸手牵住她："走吧。"周正的嗓音低沉，又补了一句，"刚才我打法犯规，实际上是我输了，你赢了。"

林霜脚步沉重，被他牵着，拖拖拉拉往外走。她闻到他身上的汗味，那是一种浑然又热烈的气味，并不难闻。

晚上，周正带林霜去吃饭，吃的是牛排。林霜打球打得双手酸，周正殷勤周到，帮她铺餐垫、切牛排。

林霜没想到他对西餐这一套还挺娴熟。

"大学时，有一次看见餐厅广告牌，一块牛排售价是我一个月的生活费，我很好奇那块牛排的味道，然后我去西餐厅应聘工作。"

"那你吃了吗？"

"没有，虽然领了薪水，但依然吃不起那家西餐厅，我去了学校食堂的西餐厅，点了块合成牛排。"

席间，周正聊起大学时的打工经历，大概是因为做过很多份工作，他无论寒暑假都奔波在兼职的路上，每年唯一的假日就是年底回北泉过春节。

林霜也经历过一段这样的生活，做得最长的一份兼职是在奶茶店打工，不过收入太低，撑不起生活费和学费，好在那样的生活没有持续太久。后来，她靠脸和身材，做起了兼职礼仪和平面模特，收入尚可。

餐厅就在商场顶层，吃完晚餐，路过楼下专柜，周正问林霜："要逛逛吗？"

"没什么好买的。"林霜兴致缺缺。

"买双鞋可以吗？打球穿的。"

今天打球时，林霜穿的是短靴，一番运动下来，鞋子被踩蹒得挺惨。

林霜想了想，也无不可。

于是，两人去了楼下的运动品牌店。周正在导购员的带领下，挑了最贵、最漂亮的一双鞋。

导购员喋喋不休地介绍，林霜则坐在换鞋凳上玩起了手机。

导购员按照她的码数送过去鞋子，她懒得弯腰，便把脚上的短靴踩掉，再伸手去拎鞋子。

周正过来帮忙。他神色平静，膝盖抵在地上，单腿半屈，轻轻扶着林霜的膝盖，替她穿上那双鞋子，系好鞋带，再扶着她站起来。

导购员站在一旁"哇"了一声，捂着脸笑："小姐的男友好贴心，你们两个好恩爱。"

从什么时候开始，他们变成了别人眼中的"般配"？

周正问林霜："喜欢吗？合适吗？"

鞋子是联名限量款，款式新潮，也很舒适。林霜平时习惯穿高跟鞋和单靴，对这种鞋兴致不高，只是点点头："还行。"

"那就这双吧。"

周正点名要买，像完成了个了不起的心愿一样。

鞋子标价 1499 元，周正买单。

林霜问他："你一个月工资到手多少？"

"六千左右。"周正加了一句，"年后学校加薪，还能涨点。"

林霜没说话。

周正依旧是打车把林霜送回家，但到楼下止住了脚步。

这回林霜没问他上不上去。她是真的有些累了，低眉顺眼地站在周正面前，有些蔫巴巴的。

"再见。"她慢吞吞地转身。

周正牵住了她的袖子。

"霜霜。"他走近一步，"我可以亲亲你吗？"

他唇上还带着她咬的伤口。

林霜抬起头，面无表情地看着他，目光落在他唇峰的伤上。她只是疑惑，接吻前，他为什么要问她？这不同于社交礼仪的邀请，男女之间本来就是游戏，你追我逐，你进我退，心照不宣。可在周正身上，他通常不按常理出牌。

林霜没有拒绝，也没有点头，只是微微扬起了下巴。

周正在她清澈的目光里无所遁形，看到她瞳孔里自己的脸，笑了笑，将轻柔的吻落在她的唇角。

林霜没有任何回应，只是虚虚地抓着他的袖子，睁着眼，一动不动，任由他吻着。

周正的吻有些痒痒的，像扇动着翅膀的飞蛾，林霜偏着头，默默承受着他的亲吻。她睁着眼睛，看到周正在亲吻时轻轻闭着眼，神情专注，略带着一点天真的期待。

这个吻轻若无物，在林霜唇上停留得太久，最后时刻，林霜也慢慢地闭上了眼睛，在周正辗转流连时，模模糊糊生出一点留恋。

林霜伸出双手搂住了他，静静地依偎在他怀里。

"霜霜，如果你不喜欢跟我在一起，可以早点结束吗？"周正平静地问她，"你打算什么时候结束？"

林霜把头埋进他的颈窝，眼睛一眨一眨的，问他："明天我朋友婚礼，之前说好带男友参加的，你要陪我去吗？"

林霜听见他的呼吸蓦然乱了，嘴角缓缓勾起，把他揽得更紧了一些。

霜霜，我爱你。

　　苗彩的婚礼，林霜去得很早。她虽然不是伴娘，却也要以闺密的身份出席，所以一早便在苗彩的房间陪着她化妆、做准备。

　　本地的婚礼流程本来就烦琐又冗长，又添了时下流行的闹婚戏码。一早的抢新娘游戏结束后，新人便开始敬茶、敬酒，最后男女双方的朋友都挤在苗彩家里喝茶聊天。时间尚早，新人还要去男方父母家过门，再绕去酒店举办婚宴。

　　林霜不去赵峰家凑热闹，把苗彩送上婚车，打算直接去酒店喝喜酒。

　　周正过来接她。

　　她今天素颜无妆，只涂了一点浅色的口红，穿的是苗彩为闺密团准备的拍照用的连衣裙，甜美、飘逸。

　　"好看吗？"林霜扬眉问周正，巧笑嫣然。

　　"好看。"周正替她拂去头上掉落的亮片和花瓣。

　　"我先把衣服换下来，一起去酒店。"

　　林霜换好衣服出来，灰色的风衣和杏色的针织连衣裙显得她温婉、大气，与她以往明艳、张扬的风格迥然不同。

林霜挽着周正的手臂，步行去酒店。

风有点冷，周正把她微凉的手塞进自己的兜里，两人十指紧扣。

"兜里挺暖和的。"

林霜说不清是周正的手暖和，还是衣服暖和。

酒店里已经有一些客人，也有林霜的初中同学。林霜初中念的是片区学校，同学的感情比忙碌的高中要好得多。大家聚在一起打招呼，她落落大方地介绍："这是我男友，周正，北泉高中的老师。"

"哎哟。"有人打量周正，见他衣着普通但气质沉稳，"老师挺厉害啊，竟然能俘获我们校花的芳心。"

周正含蓄地笑笑，说了句"哪里"。他牵着林霜的手，神色平淡，恪守本分，没有过多交谈。

和新人拍照的时候，苗彩第一次见周正，也乐了，偷偷问林霜："你从哪儿找来的男友？这么快。"

"以前相亲就认识，最近才在一起。"林霜坦白。

"人瞧着还不错。"

这会儿没空多说，林霜亲昵地拉着周正："一起去拍照吧。"

"好。"

周正牵着林霜，在迎宾花台前留下了两人的第一张合影。

婚宴上有表演和各种抽奖的互动环节，现场气氛高涨。周正和林霜都抽到了一个小红包。节目安排得太精彩，这顿喜酒喝到下午两点多还没散。下午宾客又将阵地转移到两人的新居去暖房，紧接着是晚上吃新郎家办的送客宴。

婚宴完全结束时已是华灯初上，这一天苗彩换了五套衣服，阵仗堪比时装发布会。林霜跟着化妆师照顾她的衣服和妆容，跟了一天也累得够呛。

结束时，苗彩贴心地送上豪气伴手礼，以示感谢。

林霜这一天东奔西跑，喝了几杯酒，从中午硬撑到晚上，这会儿困得连眼皮都睁不开，在出租车上昏昏欲睡。她枕在周正肩头，搂着他的腰，闭着眼默不作声。

周正坐得端正，闻着她发间淡淡的香气，一下下抚着她的肩膀："回去好好休息。"

"想喝点东西。"林霜睁开眼，抿抿干燥的唇，这一天她就喝了几杯酒。

"喝什么？"

"苹果汤吧，感觉还挺怀念的。"

"家里有苹果吗？我给你做吧。"

"我家厨房什么都没有，只有一个热水壶。"林霜语气疲惫，长睫轻扇，"去你家喝吧。"

周正安抚她的动作停住。

"怎么，怕我调戏你？"林霜憋不住笑意，"拜托，你觉得今天我这个情况适合做什么坏事？"

周正摸摸鼻子："我只是觉得你跑来跑去会很累。"

她伏在他肩头，柔声道："周正，我还挺喜欢你家的。"

"为什么？"

"很干净啊，一个男人的家怎么会那么干净？你应该在角落里神神秘秘地藏了很多的东西吧。"

周正笑了笑："也许吧。"

"所以我今晚能喝上男友煮的苹果汤吗？"林霜目光绵软，"第一个会煮汤的男友。"

林霜说"男友"，语气温柔又眷恋。

周正情不自禁，把下巴搁在她头顶上："当然可以，想喝多少都可以。"

出租车掉头去了周正家，周正在楼下的水果店买了几种水果。

家里的灯光很暖，天也不算太冷，周正一个人在厨房忙碌，林霜则窝进沙发，拿起一本搁在沙发扶手上的书，百无聊赖地翻了翻。

半个小时后，周正端着一碗用料丰富的苹果汤进屋。林霜看了一眼："里面都有什么呀？"

苹果、雪梨、无花果、枸杞和胡萝卜，男主人精心熬煮的。

林霜盘起腿坐在沙发上，兴致勃勃地接过碗尝了一口，充满惊喜："比上回的还好喝。"

被扔在沙发上的书显然被主人翻看过很多次，密密麻麻地写了很多备注，周正打算收起来。

林霜问他："这本书你好像很喜欢，里面写了很多字。"

"是大学时的一本教材，讲概率论的，挺有趣味性，可读性很强，我经常拿来翻一翻。"说着，他拿起书也翻了两页。

林霜挑眉："挺有趣味性？"满页的公式推导，从哪儿看出来有趣？

周正顺势在沙发上坐下，把书摊在膝头，撑着下巴和她聊天："事件的概率和随机变量，方差分析的方法，每一个概念都有——"

林霜用勺子敲敲碗沿，回道："说点我听得懂的人话。"

"那讲点有趣的吧。"周正想了想，"玩剪刀石头布的游戏，出哪个手势赢面最大？"

"……剪刀？"

"根据概率学统计人类生理和心理的趋向性，一般来说，出石头的次数最多，所以出布的赢面最大，而更狡猾的玩家会出剪刀。"

林霜嘟囔："什么鬼？"

"还有一个很有名的生日悖论，一个聚会只要达到 23 个人，就有50% 的可能性遇见生日相同的人，如果人数达到 50 人，那两个人生日相同的概率是 97%。"

林霜觉得自己有点"消化不良"，捧着碗面无表情地问周正："还有呢？"

周正又讲了几个概率论趣味题。

林霜将苹果汤喝完，把碗搁在桌上，伸了个懒腰，歪在沙发上问他："周老师，那你算算，今天晚上我留在男友家过夜的概率是多少？"

周正语气一滞。

林霜顺势从沙发靠垫上滑下去，滑到他怀里，用手臂遮着脸，打了一连串哈欠，泪眼蒙眬："很晚了，我累了，你打算送我回家吗？"

"那你大概要抱着我下楼了。"她轻轻嘟囔，"我腿酸，走不动了。"

周正摸了摸她柔软的头发。

林霜蜷着，像只漂亮的长毛猫一样，睁着眼睛，一动不动。

周正心里想的是，她今天晚上留下来是否合适？可他从心底喜欢她留在自己身边。

家里有新的牙刷和毛巾，林霜洗完澡出来，周正刚换好干净的床单和被套。

洗手间里只有一块香皂，谢天谢地，苗彩送的伴手礼里有一整套洗浴护肤旅行套装。

"周正，有没有吹风机？"林霜草草地洗了头，头发还滴着水。

周正把吹风机找出来给她，又帮她把头发吹干，掀开被子："你先睡吧。"

双人床还算大，灰色条纹天竺棉床品，算得上舒适。

林霜从容地钻进被子里，触到一片温热——手边有个热水袋。

周正坐在床沿，把被子盖好，十分"慈祥"地帮她掖了掖被角。

两人的神情都特别……温和、正经。

"被子有点沉。"林霜眼珠滴溜溜地转，她抖了抖被子。被子干燥又松软，应该是前两天刚晒过。

"这是我奶奶亲手做的棉花被，用去年新收的棉花做的。"周正挠了挠脸，"是有点沉，睡习惯了就好。"

"奶奶高寿？"林霜撑着脸跟他聊天。

"今年七十了。"

林霜点头："身体还好吗？你在市区上班，家里有人照顾奶奶吗？"

"她身体还不错，就是眼睛有点花，天黑时看不太清。"周正坐着跟她聊天，"我二叔家就住在隔壁，隔着一堵墙而已。平时我奶奶也是我二叔和二婶照顾，我半个月回去一趟，捎点东西回家，陪陪她。"

"你们那村里，"林霜挥了下手，她从小在城市长大，对乡村生活不了解，"是什么样子的？房子是什么样的？都盖在一起吗？"

"就是个山坳里的小村子。村子很小，也就几十户人家吧。村中央有个祠堂，四面散落着民居。房子都是乡下一幢幢的方块小楼，家家户户挨得也挺近，房子前面是菜地、农田，后头是山林。村里年轻人少，老人多，平时都很安静。"

林霜没有过这种体验，想了想画面，觉得很接地气，换句话说是有乡土气息。她什么时候跟"土"沾过边？

意识到跑题，林霜停止想象，结束了这个话题。

"你不睡吗？"

"明天学校开学，我整理一下资料。"周正关了大灯，打开书桌上的台灯，又把台灯转过去，背对着她，"你先睡吧。"

棉花被的触感和鹅绒被完全不一样，有种密不透风的安全感，林霜累了一天，沾上枕头就闭上了眼，睡得很快。

周正坐在书桌前翻资料。半夜，林霜听见声音，迷迷糊糊地醒过一次。

台灯搁在地板上，光线调得很暗。周正窝在沙发里，膝上盖着条毯子，开着笔记本电脑，轻轻地敲键盘，屏幕上幽幽的光照在他脸上。

林霜看了眼手机，已经是凌晨两点。

"周正，你还不睡吗？"

周正抬头，停止敲击键盘："快了。"

"我把你吵醒了吗？"

"没有。"林霜翻了个身，面对着他，"我夜里习惯醒。"

"我声音小一点，你快睡吧。"

林霜从被子里探出头，嗤笑一声："周正，你是不是吓死了，不敢上床睡觉，怕我把你生吞活剥、拆骨入腹啊？"

"还有一点资料没弄完，马上就好了。"周正一本正经，"这几天拖着没做，马上要交学校了。"

林霜打了个哈欠："我对你的自制力已经有了足够的了解，今天只是纯睡觉而已，你可以放心，我清心寡欲的男友。"

她把"男友"两个字咬得特别清晰、沉重。

周正也笑了："知道了，你睡吧。"

"你要是在沙发上坐一个晚上，那我只能嘲笑你了，矫枉过正了啊，周老师。"

林霜轻快地翻了个身，枕着胳膊重新入睡。

周正熬到凌晨三点多，活动了一下僵硬的肩膀，去浴室洗了个澡，回来看看时间，定了早上七点的闹钟。他撑着身子在床沿坐了一会儿，借着夜光，看着林霜把自己蜷成一团，睡容香甜，睡姿很可爱。也许是被子里太热，热水袋被她扔在床角。

女朋友，完美又甜蜜的三个字。

周正掀开被子，打算眯一会儿。

熬夜久了，身体会有一点不适，有点飘浮在半空中的虚脱感，会烦躁不安，但过了这段适应期，人会睡得很沉。

睡梦中，周正感觉有温热滑腻的身体贴过来，挨着他的手臂。周正喜欢那丝绸一样的触感，迷迷糊糊地将身边人搂紧。

早上六点，林霜借着晨光，静静地打量周正的睡容。

周正的骨相介于尖锐和柔和之间，浓淡有度，刚刚好是中间地带，相貌的确周正，没有英俊到让人意乱情迷，可也有自己的好看之处。他身上穿的是成套的棉质格纹睡衣，已经被洗得发白，但质地依然很软，圆圆的木头衣扣硌着她的手臂。

林霜的吻先落在周正的下巴上，手不停地摩挲着。

若有若无的痒意断断续续，驱之不散，扰人清梦。周正在睡梦里皱了皱眉，意识在林霜的手贴到他胸膛的那刻清醒，他迷迷糊糊地睁眼，眼里都是惺忪的睡意。他看到一双清澈的杏眼正在打量他，红唇上带着狡黠的笑意。

周正后知后觉，怀中是温香暖玉。林霜的身材玲珑有致，他的手正圈着她光滑的后背。林霜睡觉时穿的针织长裙已经褪去，只留了一件打底的背心裙，露出的大片雪白肌肤正和他紧紧贴着。

周正心底有种黏黏糊糊、提不上来又压不下去的躁意。

"我吵醒你了吗？"林霜温声呢喃。

"没有。"周正嗓音低沉，眨了眨酸涩的眼。

"天已经亮了，昨晚几点睡的？"

"忘记了。"

"早上好，我的男朋友。"林霜啄了啄他的唇。

林霜眨着清白无辜的大眼睛，把唇凑过来，低声说："你亲亲我吧。"

周正心头乱糟糟的，深觉不对劲，可脑子迟钝，懒得应对这点疑惑，他被诱惑着搂着林霜的腰，从善如流，低头吻她。

两唇相触，密不透风地贴合在一起，有点吮舐的暧昧。

"霜霜……"周正的声音很有蛊惑性，呼吸又急又乱，火一样烧了起来。

结束之后，周正脸颊发红，颓然低头，用手挡住了脸庞。

林霜早揣摩出了点什么，看他神色颓然，凑上前去拨开他的手，轻笑："第一次？"

周正眼里有湿漉漉的水意，不知是泪还是汗，又或者是害羞、后悔？他躲躲闪闪地回避着林霜的目光。

林霜"咯咯"地笑了。她看周正面容紧绷，忍不住吻了吻他的唇。

"周正，你之前……说得那么冠冕堂皇，其实根本就是不敢面对，不敢碰我吧？"她眯着眼，笑得恶劣，"是不是怕我嫌弃？"

周正紧咬牙关不说话。

"我以为周老师真的是柳下惠，坐怀不乱，正人君子。"林霜嚣张地扬起长发，拖长音调，"原来啊……"

周正的下颌绷得很紧，脸色潮红，扭着脸不看她。

林霜轻笑一声，又黏黏糊糊去吻周正，吻他被汗浸湿的鬓角："周正，你好可爱啊。"

他像只湿漉漉的动物，她像个黏糊糊的老流氓。

林霜慵懒地问周正："再睡一会儿？"

时间不早了，周正摇头："我去学校。"

林霜得偿所愿，心满意足，正好打算睡个回笼觉。

周正期期艾艾、可怜巴巴地送上一个早安吻："霜霜。"

♡　♡　♡

周正磨磨蹭蹭地出门。

半路又想起些什么，他折回来问林霜："今天你去店里吗？"

"早上想吃什么？我去楼下给你买，今天学校应该有点忙，中午我可能赶不及……"

林霜身上懒洋洋的劲儿还没过，这会儿再看眼前一本正经、眼带笑意的男人，总觉得有点割裂感。她别有用心地勾引他，他也确实咬饵上钩，整体感觉尚好。她并不喜欢实心的榆木疙瘩，周正的反应在她可接受的范围内。

甭管有的没的，及时行乐，换个词叫珍惜当下。

两个人因一个奇妙的契机走到一起，自然也会有相应的理由分道扬镳，至少现在林霜觉得周正不错，模样可爱，性格也可爱。

周正下午忙完，抽空去奶茶店，林霜已经不在店里了。

"老板中午在，待了一会儿就走了，留我们在店里守着，说今天不过来了。"

周正"嗯"了一声，谢过店员，也抽身往外走，想了想，回了趟自己家。

林霜已经走了，屋子里空荡荡的，只有冷清的阳光洒在窗上，地板上有她留下的头发，床上的被子铺得很整齐，书桌上放着已经冷掉的热水袋，还有一杯未喝完的水。

周正坐在床边发了会儿呆，把棉被抱到阳台上晒，闻到被子上沾的香气，是林霜身上的味道。他猝不及防地愣住。女人身上总有各种各样的香味，香味来源也各不相同，比如橘子味的护手霜、薰衣草味的沐浴露、桃子味的洗发水，甚至是各种香水，他从没有想到身边突然会涌现这么多种香气，甚至多到有些措手不及。

林霜正在美容院做脸，接到了周正的电话。

"周老师忙完了？"

"嗯，现在没什么事，等会儿还有个会，晚上有晚自习。"

"开学第一天就有晚自习？"她逗他，"男友这么忙，那谁陪我去看电影、逛街、约会？"

周正以前单身，倒不觉得怎么样，被林霜这么一问，他自己也深觉不妥，主科老师兼班主任，带的还是毕业班，留给个人的时间真的很少。他轻呼了口气："对不起。"

"不过这样也挺好，距离产生美。"林霜毫不在意，"我对男友需求没那么高啦，你忙你的，我也有我的事情。"换句话说，她并不依赖他什么，也不打算要他多做点什么。

周正这一天从学生寝室出来，已经是晚上十一点，在回家的路上停住脚步，拍了张照片发给林霜。照片是已经打烊的奶茶店。

林霜回复得很快。

"每天晚上回家都路过吗？"

"对。"

"为什么？"

"就好像一个路标，总要看一眼。"

"多谢周老师赏脸，没事您可以常来坐坐。"

"好。"

周正问她："很晚了，还不睡吗？"

林霜一向晚睡晚起，这会儿起了心思逗周正："长夜漫漫，孤枕难眠，只能玩游戏消磨时间。"附带一张有撩拨意味的表情包。

周正也想像个毛毛躁躁的愣头青，不管不顾地冲到心爱的女孩面前，在她窗下弹吉他求爱，或者摇旗呐喊，做尽荒唐可笑又幼稚的事情。可林霜压根儿不吃这一套，兴许还会翻个白眼表示无聊。

但经历过早上的亲密无间，那种感觉分外难忍，周正耐不住，深深地吸了一口气，给林霜打电话："霜霜，你介不介意……我过去见见你？"

"介意，很晚了，"林霜在电话里轻笑，"我也准备睡了。你早点休息，明天见面行吗？"

周正点点头，在空旷的夜里走了两步，又想起来："霜霜。"

"嗯？"

"我是个普通人，和其他的男人没什么差别。"周正握着手机，"早上你问我是不是怕被你嫌弃，我不怕嫌弃，我只是……难以承受此后的感觉。"

"什么感觉？"

"就是我现在的感觉……每一分每一秒，我都无法控制自己，每一个时间维度、每个空气分子都是你。"周正走路很快，语气低沉，"无时无刻不想让你陪在身边。"

太阳打西边出来，表面正经老实的数学老师说起情话来也是黏黏糊糊、酸不溜秋。

甜言蜜语谁不爱呢？林霜"咯咯"地笑起来："知道啦，那明天就麻烦我的男友快点来到我身边。"

第一个察觉到不对劲的是娜娜和Kevin，两人不约而同地发现老板最近几天的心情似乎不错。

倒不是眉飞色舞或者笑容满面，林霜一向笑脸迎人，是身体语言和眼神有了变化，有一点缱绻又柔软的气息。

店里也有了常客，是之前很长一段时间很少出现的周老师。

老板跟周老师愉快地聊天，明明没什么亲昵的举动，但氛围和之前天差地别，两人还一道出门吃饭。

两人支支吾吾地找林霜求证，林霜大方承认："新男友。"

不知怎的，两人都"啧啧"摇头，一脸不知道怎么是好的表情。Kevin酸溜溜地道："兔子不吃窝边草啊。"

林霜挑眉："有意见？"

"怎么会是周老师呢？老板，你好像……和他不熟啊。"

"吃过牛排没有？太熟反倒不好下口。"林霜嗤笑，"半生不熟才鲜嫩多汁，口感最佳。"

而学校里最先察觉的是张凡。

过个年回来，周正的时间安排仿佛换了个模式，要么就是死忙、没空，要么就是离校、不在。张凡打电话找周正去吃饭，都被他拒绝了。

"你开个学而已，连一起吃饭的时间都没有？"张凡去高三数学办公室逮周正。

"没空。"周正伏案，"报告和 PPT 都还堆着。"

"这玩意儿又不急着当天交，你非得把活儿都攒一块儿做完？明天再做不行？"

"我回家吃饭。"

"学校有食堂，你个单身汉回家做饭吃？"

周正看了张凡一眼，起身往外走。张凡追了出去。

"周正，你最近在忙什么？球也不打了，时间也没有了，怎么着，思想境界又升华啦，打算为学校捐躯？"张凡也就是顺口一说。

"我和她在一起。"

"谁？"

周正停住脚步，眼波微动，溅起一点亮光，望着奶茶店的方向："她。"

"'在一起'是什么意思？"张凡模模糊糊感觉到点什么。

周正脸上不由自主地带着点轻飘飘的笑意，这笑容带着点晕乎乎、醉醺醺的意思。

张凡闻到这股酸臭的恋爱气息，猛然反应过来，用手指了指，难以置信："你是说，你和林霜在一起了？"

周正点头。

"什么时候的事情？"张凡大受震撼，表示不理解，"我过个年回来，社会变革了？人类进化了？还是你们中邪了？"

"没多久，知道你想说什么。"周正深深地望了一眼，收起脸上的笑意，拍了拍张凡的肩膀，语气正经，"别说，我知道所有的结果。"

说罢，他脚步匆匆地朝外走去。

周正很认真地安排自己的时间表。高三下半学期，偏偏是最忙的时候，上课带班不能松懈，那就尽量把空闲时间拼凑在一起，用于约会。

两人逛街、约会，林霜总能看见他见缝插针地打卡刷课。

"我第一次知道高三老师这么忙，忙碌程度堪比集团总裁。"她笑，"周老师身负重担，责任重大啊。"

周正无奈地笑笑："还有一百多天就要高考了，你大概忘记了高三最后那个学期每天随堂测试，晚自习上到半夜，周考、月考、联考轮着来的日子。"

林霜认真地回想了一通："我那时候天天抱着数学课本哭，要是那时候认识你就好了，好歹有人能给我辅导一回数学。"

周正愣了愣，微笑："你在文科班，我在理科班，要想认识也很难。"

林霜耸耸肩膀："那时候有个男友，也是个理科生，不过成绩和我一样烂，不管用。"

"是篮球队队长，"周正小心翼翼地说，"李潇意？"

林霜点头："你应该不认识吧，他在理科普通班，和你们这种尖子生有壁垒。"

"我高一和高二都在普通班，高三才升到重点班。"他含含糊糊地回了一句。

林霜的注意力被身边的东西吸引，转过了头，到底没把他那句话放在心里。

两人晚餐吃得晚，林霜挑了家广式点心店。上完菜，餐厅服务员送了一壶茶。

恰好是水果茶。

茶壶里有苹果、菠萝、柠檬和红茶包，味道有些熟悉。

他们这几天谁也没提那茬，心思兜兜转转，倒叫一壶茶掀了个底朝天。

周正向来沉得住气，或者说他是闷骚，表面上是扛得住的沉稳，他只喝了一口便停下了。而林霜则喝了半碗，含笑看他："待会儿去超市逛逛？添点东西？"

周正垂眼，轻轻"嗯"了一声，耳朵却不自觉地发红、发烫。

林霜"哧哧"笑起来。

两人去了趟超市，买了一些生活用品，身边多一个人，有些东西就是双份的量。

周正添了些厨房用的瓶瓶罐罐，林霜挑了些自己喜欢的家居小物，走到计生用品区，两人都顿住了脚步。

"挑最贵的。"

周正数学极佳，对价格敏感，一眼就看中了性价比之王的大包装。

林霜暗暗"啧"了一声。

包装盒被塞在购物车的最下层。

两人很默契，默认今晚一起过夜。林霜顺道回了趟自己的家，拎了袋瓶瓶罐罐下楼，还带了个香氛蜡烛。

晚上的气氛显然很好，屋里光线旖旎，飘着晚香玉的香味。一回生，二回熟，周老师不再装正人君子，撩拨起林霜来得心应手。

周正悟性惊人，还带点无师自通的惊喜。林霜模糊地领悟到了学霸的与众不同。试探的过程虽然曲折又充满戏剧性，但结局还算皆大欢喜。

林霜窝在床上玩消消乐，周正倚坐在床头，像尊正在思考的雕像，不知在沉思些什么。

林霜扭过头，看见他的目光落在自己光滑的肩膀上。

"发什么呆？"她笑着问。

周正黏上来，嗓音沙哑："霜霜，我爱你。"

林霜嘲笑道："刚才不说，现在才说？"

她搂住他微湿的头，妖精似的缠在他身上，柔声道："别太爱我，我只是贪图你的身体，等几个月后我腻了，可就走了。"

周正封住了她的唇。

♡　♡　♡

林霜从周正的住处去奶茶店点卯，娜娜笑嘻嘻地盯着她看了好几眼。

"怎么了？我脸上有东西？"

"不是。"娜娜的笑容意味深长，"老板，你的衣服和昨天一样哦。"

"我不能一件衣服穿两天？"

"你从来没有连着两天穿过同一件衣服哟。"娜娜捂着脸，"哎哟，我觉得自己发现了个了不得的秘密。"

林霜哑然失笑，咬了下自己的大拇指尖，含着笑去外头抽烟了。

虽然是男女朋友，但他们两人实属一步到位，催熟培养，关系其实有点微妙。

比如，林霜并不愿意两人的关系影响更多的事情。

苗彩忙完自己的婚礼，终于缓了过来。婚礼那天摄影师拍了不少照片，其中有林霜和周正的合照。苗彩把照片发给林霜，问她："你那新男友究竟是个什么来头？看起来不是你的菜啊。"

林霜大致说了一下周正的情况，苗彩"啧"了一声："你这回找了个'良家妇男'？"

回想一下，林霜身边的确没有出现过周正那一款，她从来没有找过任何"安定因素"。

"也就是谈个恋爱打发时间。"林霜漫不经心，"说好了的，玩玩而已，不长久。"

"那你图啥啊？"苗彩问她，"饕餮大餐吃腻了，想吃个清粥小菜？"

林霜"嗯"了一声，把涂好的指甲伸进烘烤灯："图他眉清目秀、温柔体贴、床上顺心。"

"哇哦！最后那条，详细展开说说。"苗彩眨眨眼睛。

林霜藏起笑意："新婚蜜月，找你老公去。"

张凡到底放心不下，想了又想，还是想去奶茶店找林霜探听点苗头。但他又不好单独出马，怕显山露水做得太过火。毕竟，他一个大老爷们儿，如此操心兄弟的恋爱状况，多少显得有点奇怪。

于是，张凡找了几个相熟的同事，约着一起去奶茶店聚聚，打算到时候拉着林霜旁敲侧击地问几句。

去奶茶店的时候正好是午饭之后，学校刚打上课铃，奶茶店没有学生，是最清静的时候。

娜娜和 Kevin 正好不在店里。

周正刚陪着林霜吃完午饭，两人在吧台边聊天。林霜跷着腿坐在高脚椅上，抓着他衣服的下摆，伸出一根手指，沿着他的下颌线在他脸上搓了搓。

周正的下巴很干净，摸上去也很光滑，但某些时候，林霜感受过一点别样粗糙的触感。

门铃"叮咚"一声。

进门的众人恰巧看见周正规规矩矩地站着，林霜笑吟吟地半贴在他身上，还用指尖挑了挑他的下巴。

周正温柔地低着头，目光柔软得不像话。

众人怔住，在心里齐齐惊呼，气氛有点凝滞。

店里两人双双转过头来，林霜挑了挑眉，蹬着椅子往后滑了一米远，和周正拉开些距离。

她微笑着起身，绕过周正："欢迎光临。"

周正神色微变，手动了动，最后揣进衣兜。看见自己的同事们，他神色自然地打招呼："中午好。"

一行人呆若木鸡，彼此对望了几眼。

刚才那一幕……

他们到底看见了什么？

"挺巧啊……"张凡抓抓头，讪讪道，"我们过来喝点东西，要不要一起坐下聊聊……"

周正目光平稳："也好。"

气氛相当微妙，有人磕磕巴巴问起来："周老师，老板，你们俩是不是有情况啊？"

周正未发话，默默等着林霜表态。

林霜笑容满面，不知道是默认还是其他："今天大家来得挺巧，奶茶，我请客。"

寒暄了几句，林霜去操作间煮料，把解释权留给了周正。

承认关系是一回事，表明态度又是另一回事。

偏偏周正的话很少，含含糊糊地默认："寒假的时候在一起的。"

"周老师果然是人不可貌相，平时也没见你表露过一星半点，怎么追的老板啊？"有人酸溜溜地道，"使了什么大招儿，怎么就抱得美人归了？"

既然被学校老师撞见暧昧场面，这恋情转瞬也就在老师办公室传扬开来。

周正根正苗红，教学作风一向规矩，为人也谨慎，怎么看都是一本正经的人，旁人觉得，他要找女朋友，当然也是找个沉静温柔的灵魂知己。没想到，他能跟追求者前赴后继、外形美艳的老板扯到一起。这反差的确有点大啊。

谢晓梦走进英语组办公室，听到的头号八卦就是这个。

"所以说，男人再怎么看着斯文端正，再怎么一本正经，其实骨子里还是媚俗，喜欢的都是漂亮、妖艳那一款，越漂亮、妖艳就越喜欢。"

"要不然怎么说男人都是见色起意呢？"

"我说怪不得，以前工会给周老师介绍了多少个对象，他都是那副不冷不热的样子，原来就是没介绍到他心坎上，不合他心意。"

谢晓梦半信半疑，找了趟张凡，问了个明白后，当着张凡的面嗤笑："他别的不怎么样，还挺能忍，审美也挺好。"

她开会时和周正碰到，冷冷地和他擦肩而过。周正的招呼卡在一半，谢晓梦回头，冷声讽刺："我以前还觉得你勉强有点男人样，也算不卑、不亢、不贪，没想到也不过如此嘛。恭喜啊，周老师，付出总有回报，成功脱单。"

周正蓦然皱眉，脸色略显黯然。

短短几天，周正昔日在女老师心目中的形象大跌，在男老师群体里的地位扶摇直上，但口碑褒贬不一。

教师这个灵魂匠师，从业者更注重人的内在品质，追求纯粹的精神世界，当人们发现其中的佼佼者也"不过如此"，他们的行径虽然无不妥之处，但多少会让人有幻灭的感觉。

周正一周有四个晚自习，周二、周四和周六晚上空着，这三个晚上，林霜有空的话，会去周正家过夜。

比起感情共鸣，林霜更喜欢身体共鸣，前者会上瘾，后者可替换。

既然要过夜，她便带了些换洗衣服过去。周正给她腾出了大半个衣柜。

"你就这么几件衣服？"林霜瞄了眼衣柜，"还挺极简主义的。"

林霜看见那件眼熟的蓝色衬衫，拎在手里问周正："这哪儿来的衣服？你买的？"

"前两年省里开会发的集体装。"

"扔了。"林霜把衣服扔在沙发上，一脸嫌弃，"这种一次性衣服，只是为了拍照，没必要留在衣柜里。"

周正言听计从。

林霜突然想起来，问他："相亲那天是周六，你为什么穿衬衫来见我？"

"那天上的是公开课，学校要拍照上宣传栏，我下课后就过来了，没来得及回去换衣服。"

林霜皱皱鼻子："怪不得。"

"很……难看吗？你那天其实是嫌弃我的吧？"周正低头叠衣服，"那天见面，你先打量了我一眼，皱了眉头，后来再也没正眼看过我。"

"不难看，只是不适合你。"林霜还是给他留了几分面子。

"其实，无论我穿什么，你都不会在意的。"

"穿什么都不要紧。"林霜吻他的下巴，抚着他的脸，长发滑落在他肩头，语气暧昧，"你什么都不穿的时候，我最在意。"

周正神色平淡，坐在沙发上岿然不动，最后还是耐不住她的厮磨，喉结滚了滚，偏头去啄她的脸颊。

既然要过夜，林霜就不打算将就，她打算在周正家添置一点零碎小物。

周正看她疯狂加购，便伸出手："把手机给我。"

"嗯？"

他拿过她的手机，在支付软件里设置了一番："以后买东西从这个账号扣款。"

他想了想，又从抽屉里取了张卡片给她："密码，我前两天改成了你的生日。"

　　林霜看了眼："这是？"

　　"我的银行卡。"

　　林霜粲然一笑，把卡捏在手里："卡里有多少钱？够不够我挥霍？"

　　周正认真地想了想："这是我前两年存的一笔钱，可能不算太多，但应该也够你用一阵子。"

　　"周老师打算养我了？"林霜轻飘飘地说，"养我可是很贵的，我花钱从不手软，你可想好了，不要落个竹篮打水一场空的下场哦。"

　　周正摸了摸她的头发："我手里还有张工资卡，这张卡你留着，逛街买东西时可以用……如果不够，你再和我说。"

　　"听周老师的口气，打算为我豪掷千金，倾其所有。"

　　周正无奈地笑了笑："抱歉，这两点，以我目前的状况还无法达成，你就当成满足一个男人的虚荣心吧。"他低头，"我喜欢把自己的钱用在自己喜欢的人身上。"

　　林霜坐在他腿上，热情洋溢地去亲他的鼻尖："那你喜欢什么？我买了用给你看。"

　　"什么都好。"

　　林霜心花怒放，黏黏糊糊地去蹭他。两人从沙发转移到了床上。

　　周正的动作突然卡壳，抵住她的额头，缓慢又沉重地厮磨。林霜受不住，在他肩上挠了一把。

　　周正的嗓音沙哑，唇贴着她的额头："霜霜……过两天我和张凡他们约了场羽毛球比赛，你要不要来看看？"

　　林霜有点懒得应付，更不想在这不上不下的时候分心，气喘吁吁地咬他的唇："做完再说。"

　　周正听林霜的话，在昏暗的烛光里抚摩她的脸颊，一路亲吻。林霜颤抖得厉害，楚楚可怜地望着他。

　　"去不去？"周正声音里带了几分蛊惑。

男朋友发话，焉有不从之理？林霜缠紧他："去去去，我去。"

　　教师工会每月都会组织一次体育活动，乒乓球、篮球、足球、羽毛球和网球不定。这个月的羽毛球比赛最后定在周日下午，由张凡主持。逢着周末，在校老师少，报名的多是几个相熟的青年教师。

　　林霜想不出反悔的理由，恰好周末奶茶店不忙，索性去了。她在比赛中途悄悄过去，低调地坐在看台上观赛。

　　饶是见过大风大浪，她心里其实也有点别扭，又不是十几岁的时候，做这种无聊且炫耀的事情。

　　周正一眼就看见了她，禁不住心花怒放，面上却绷着，不露分毫，只是提了两瓶水，从人群里走过去，在她身边坐下。

　　"说吧，给你抱衣服还是递水？"林霜压低声音，撇着嘴，"还是待会儿等你上场鼓掌叫好？这一套我得心应手，全听周老师指示。"

　　"我有这么幼稚？"周正挑眉，带了点狡黠，然后拧开矿泉水瓶递给她，"喊你出来晒晒太阳。"

　　林霜斜睨了他两眼。

　　"哟，周老师的女朋友来了？"

　　有热心的老师起哄："是林小姐吗？差点没认出来。周正，不错啊！"

　　"来看周老师比赛的？"

　　"感情还挺好的，周老师艳福不浅，可羡慕死我们了。"

　　大家开起玩笑，林霜脸上挂起营业性的微笑。周正把她的棒球帽往下拉了拉。

　　张凡在裁判台上喊："周正，下一局该你上了。"

　　"知道了。"周正回道。

　　"林小姐要不要来一局？我们是男女混打，循环淘汰赛。"

　　林霜含蓄地摆手："不用了，我看会儿就行了。"

"来嘛来嘛，就这么点人，又不是正经比赛，重在参与。"

"来都来了，一起玩啊。"

球类运动人多才好玩，大家都这么劝，周正直接扔了把羽毛球拍过来。林霜不是扭捏的性子，加上上次打球被周正反杀的怨气还在，迤迤然接了球拍试手。

在场的老师们都跟周正很熟，但对林霜的了解大多数都只是闻其艳名、知其不可高攀的程度，他们是真没想到，林霜羽毛球打得可圈可点，能说会道也经得起玩笑，为人还挺直爽，挺能博人好感。

林霜上场，球场气氛热烈不少。

有女老师看中了她身上的衣服，过去问她，林霜直接分享了链接。衣服价格倒是真不贵，平价消费，一下子拉近了她和女老师的距离。

这场球赛结束，大家玩得还算尽兴。

众人打招呼散去，张凡还特意过来打了个招呼："林小姐。"

"张老师。"

"没想到你球打得还挺不错。"张凡讪笑，"欢迎教师家属以后多来参加我们的活动啊。"

"张老师说笑了，我赶巧过来凑了个热闹。"

"还没说声恭喜。"张凡顺带拍了拍周正的肩膀，"这么大的惊喜，大家有空一起吃个饭。"

林霜含笑。

聊了两句，众人散去，她跟着周正走，趁着路上没人，抬腿踹了周正一脚。

周正摸摸鼻子："怎么了？"

"这么想把我晒出来，嗯？"林霜扬眉，"周正，你就是故意的。"

"没什么好遮遮掩掩的。"周正语气诚恳。

林霜嗤笑："下次再敢这样，你就死定了。"

"那你开心吗？"周正问她，"刚才玩得开心吗？"

"还不错。"

运动产生多巴胺，林霜这会儿心情不差。

"跟张凡吃饭，你去吗？"周正问，"大家一起吃个饭，朋友聊聊天什么的。"

"周正，我并不反对正常社交，今天这样就可以了。"林霜扭头看他，满不在乎，"只是，牵扯的人越多，结束的时候就越麻烦……我们也许可以轻松点……"

周正把她送到奶茶店门口，笑了笑："好。"

甭管表象多甜蜜，这段关系从一开始就注定了不对等，林霜才是高高在上的主导者和享受者，周正只有顺从的份。

从张凡的角度来看，在别人眼皮子底下看不出这两人的浓情蜜意，周正感情向来不外露，林霜对外一向随和、客气，这两人在一起，也就比普通朋友稍微亲密了点。他还是不理解，林霜以前挑男人偏好那么明显，怎么会对周正下手。

直到某一天，看见周正顺道取了林霜的快递抱回家，张凡猛然品咂出点什么，小小地惊讶了一把："你们俩进展这么神速？这才一个月，不像你风格啊！你跟兰亭谈了那么久，我们起哄，你们才拉个手，这回……就上床了？"

周正脸上有点发烫。

张凡来来回回打量他，猛然笑了一声："得，我不操心，大家都是成年人，谁也不吃亏。"又酸溜溜地道，"你这铁树都逢春了，我这枯木还没复苏呢。"

过个年回来，谢晓梦对他不冷不热，他最近情绪到了瓶颈期，倦怠得很。

对等付出，我享受他，他也享受我，不存在潜藏契约关系。

北泉高中在三月初搞了个高考誓师大会，加上年级里还有各种大小事务，周正连着忙了好些天。

周正工作忙，两人就没空约会，几天下来，家里已经陆续积攒了二三十个快递盒。

林霜中午过来吃饭，也被成摞的东西惊到了："这些都是我的？"

"嗯。"

林霜买东西容易头脑发热："过两天我过来整理。"

周正低眉顺眼："你今天晚上有空的话，不如先整理出来吧。"

林霜笑道："你今晚不是没空？"

周正面色发红，把家里钥匙递给她，又摩挲着自己的手指："要不然，你晚上先过来……我跟别的老师换个晚自习，晚上八点半回来，时间也差不多。"

奶茶店打烊也要八点，两人正好前后脚到家。

这算是……主动邀请她？

林霜看了眼那把钥匙，又扫了眼成堆的快递，花男人的钱，享受男人的情趣，她欣然接受："OK。"

晚上八点，林霜店里打烊，她第一次独自去了周正家。

屋子里黑乎乎的，屋里没有人，也没有声音。开灯之后，她在门口停留了片刻，才迈步走进去。

半个小时后，周正抱着一沓厚厚的试卷回来，看见屋里的灯光，听到欢快的音乐，突然顿住脚步，心跳声清晰可闻，旋即又释然、放松下来。

卧室里乱糟糟一片，地上半卷着块地毯，林霜坐在地上，回头看他，喜笑颜开："你回来得正巧，过来帮忙，把这个架子组装起来。"

她买了个放化妆品的架子，但尺寸选择错误，拍了个置物架回来。

"我来吧。"周正接过她手里的螺丝刀，"你忙别的。"

林霜把东西一点一点地收拾出来，落地镜、梳妆架、软乎乎的拖鞋、卡通马克杯、蝴蝶结发箍、花花绿绿的瓶瓶罐罐、用途各异的纸巾和大大小小的衣架……

快递量虽然庞大，但女生过得都精致，拆出来的东西只是林霜日常用的小小一部分。当然，也有顺带给周正的福利，比如浴室的香皂惨遭淘汰，换上了香喷喷、精致又浮夸的洗浴用品，连同家里的洗衣液和洗手液都一同更新、升级。

两个人折腾了两个小时才收拾完毕，家里多了一份林霜的"固定存在感"。

周正开始忙自己的事情。书桌上摆满了林霜的东西，他挑了个地方，盘着腿坐在沙发旁的新地毯上，一只手捏着支红笔，另一只手撑着头批改试卷。

天气渐暖，他脱了外套，将袖子撸到手肘，弓着肩背，身体的线条流畅又柔韧，神情专注，在试卷上写写画画，笔速飞快。

林霜整理自己的护肤品，不经意间回头望了一眼。她先看到周正薄衫下隆起的背脊线，然后打量他的手、侧脸和神情。

毋庸置疑，认真工作的男人最有魅力，这一刻的周正的确有种新鲜又奇妙的"吸引力"。

林霜把这归结于"睡过"，她对周正的身体有记忆，那种记忆是愉快且深刻的。

周正察觉到她的目光，抬起头看了她一眼，觉得她的眼神有点古怪。

"怎么了？"

林霜凑过来，脸颊蹭到他肩头："最近又有考试？周考还是月考？"

"昨天有周考。"

"我第一次看见你批卷子，下手怎么那么快？"林霜嘟囔着，轻嗔，"批错了怎么办？"

"我出的卷子怎么会批错？"周正轻笑，"每一题的答案我都记得。"

"周老师这么年轻就能出试卷了吗？"林霜枕着他的肩头，神采奕奕，唇瓣艳丽，"学校不用论资排辈？年级组长和那些资深教师排在哪里？"

"我当然比不上学校的前辈们，只是每个人的出卷风格都不一样，让学生多接触一些题型和思路对他们有好处。"

林霜看了眼数学试卷，全是她似懂非懂的题目："周正，你为什么要当老师呢？"

"当老师不好吗？"

林霜想了想，说："当老师当然好，但也没有那么好，不够光鲜亮丽。你是数学状元，又这么喜欢数学，怎么不选其他的路走？比如数学家、金融分析师、程序员这些。"

周正哑然失笑："我只是个普通人，一次考试意外拿了个好成绩，并不表示我的人生就是光鲜亮丽的。而且，当老师很好啊，工作稳定、环境干净，不用化太多的精力在无用功上。"

"学校的丁副校长就是我以前的高中班主任，念书的时候教了我很多，没有他的话，我可能高中就辍学了。我觉得，老师教书育人，从某一方面来说还是很有意义的。"

"那为什么要回北泉呢？北泉这么小，又落后，留在一线城市教书不好吗？"

"北泉很好，我的家在这里，这里也有我怀念的人和事……"周正柔情似水地看着她，"你呢？你在外面那么久，为什么要回来呢？"

"我学服装设计的，工作虽然看着光鲜，但其实也乱糟糟的。我开了个网店，每天都在忙。后来那个店经营不好，我觉得太累，索性停了下来，回老家吧。"林霜从周正肩头滑下去，拱进了他的怀里。

"所以，北泉再不好，可我们都回来了，不是吗？"周正换了个姿势，把她的脑袋放在腿上，然后继续俯身批改试卷。

"好巧，我们还相亲认识了。"林霜扯着他的衣服，闻着他身上的气息，轻轻闭上了眼。

周正凝视着她，抚摸她的脸颊，低头，轻飘飘的吻落在她唇上。林霜揽住他的脖颈，亲昵地迎接他的吻。

♡　♡　♡

这个吻的感觉就好像冻得失去知觉的身体被浸泡在温水里，起初毫无反应，但久了就渐渐有种细微的刺痛感，然后身体慢慢复苏、舒展，逐渐感知到血液的流动和身体的温度。

林霜清晰地听见"咚咚咚"的声音，那是周正的心跳声。

林霜贴着周正，懒洋洋地舒展了一下身体。

卷子还没批完，周正指间还夹着笔，林霜从他怀里起来："我先去洗澡。"

"好。"周正的嗓音也透着股麻麻的酥意。

林霜去浴室抽了根烟，无意间看见镜子里的自己，湿润、嫣红，有一股耐人寻味的媚意。她用手指触了触嘴唇，对着镜子笑了笑。

洗完澡出来，周正对着电脑录试卷分数，林霜坐在床上敷面膜、涂身体乳，两人的呼吸声、手指轻拍肌肤的声音、敲击键盘和翻动试卷的声音交织在一起，总有种不同往昔，正经又旖旎的感觉。

等周正忙完，收拾好，时间已经不早了，屋里的大灯已经关了，角落里有一盏带着小夜灯的香薰器，满室都是清甜的香气。

林霜等得太久，早就过了那股劲儿，神思倦倦，只想蹭着周正微烫的身体睡觉。

周正穿着睡衣出来，两人安静地躺在床上。过了一会儿，他抚摩着枕上丝绸般的长发，贴过去："霜霜。"

"嗯？"林霜闭着眼，摆出睡觉的姿势。

周正用手一下一下抚着林霜的头发，嘴唇凑近，贴着她的耳垂有一下没一下地啄着，情意绵绵地招惹她，就是不说话。

以往都是林霜主动撩人，周正半推半就，然后两人水到渠成。

周正犹犹豫豫，说不出那句话来。林霜睁眼瞄他，指尖点着他胸膛："怎么了？"

周正眼皮微垂，睡衣穿得板正，最上面的扣子松着，露出一点锁骨，带着那么点隐忍的意味。他一只手沿着林霜光裸的肩膀往下流连，直到落在她的腰骨上，轻轻摩挲。

林霜捉住他的手，挑眉道："想干吗？"

周正不接话，神情矜持又正经，还带了点羞赧，只是俯身去吻林霜的唇。

"有求于人，那就拿出点诚意来。"林霜揪着他的衣领往后躲，含笑道，"我都打算睡了，你说点什么给我听。"

说实话，在这件事上，林霜还挺期待周正换一副面孔说点让人面红耳赤的话来刺激她。

"说什么？"周正问。

林霜给周正机会："说什么都好，只要能哄我开心。"

"我爱你。"

"我对这种酸不溜秋的话不感冒。"林霜逗周正，"说点别的勾引勾引我。"

周正抿抿唇，想了又想："你想听什么？先给个范围和示例？"

林霜委婉解释："用词尽量热烈奔放些，要有详细又务实的描绘，还要掺杂点夸张的比喻，要有血脉偾张的效果。"

这年头的信息源五花八门，周正该接收的信息一个不落，他耳朵发烫，含含糊糊："你想听的，我说不出来。"

林霜摆出一副爱搭不理的模样，媚态横生，艳丽无比。周正温热的手掌按着林霜的腰肢，贴着她的耳朵："霜霜……少说多做，兴许我能做的有很多。"

周正磨林霜："给我个机会，这次让我来试试？"周正试试，那林霜就只需要坐享其成，何乐而不为？

林霜连头发丝仿佛都打着颤，她闭着眼睛，喘着气问周正："学霸都这样吗？"

"嗯？"

"天赋异禀也就算了，还偷偷摸摸地上补习班，然后还转头若无其事地说'没有啦，我就随便学学而已'。"

周正被她逗笑。

"真偷偷上补习班了吗？"

周正摸摸鼻子："很多理论知识可以举一反三、触类旁通，思考和总结也很重要……"

林霜忍不住翻白眼，提上被子，把头蒙上。

苗彩和林霜约饭，约了好几次都不成功，不是林霜有约会，就是苗彩要陪老公，一顿饭拖了一个月，最后总算凑到了一起。

"你最近去美容院了？"

"没有，隔一阵儿才去一次。"

"气色不错。"苗彩一语点破，"我看你最近游戏上线的时间都少了，是不是恋情很甜蜜？"

"还不错。"这一阵子林霜的确容光焕发，耀眼得让人挪不开眼。

苗彩突然一笑："要不要什么时候带出来见见？或者一起出去玩玩，搞个四人约会什么的。"

"不了吧。"林霜摇头，"没必要。"

"霜霜，你真没想过定下来吗？"苗彩问，"其实，周老师蛮好的，很适合结婚过日子。"

林霜吃着东西，莞尔一笑："结婚会不会太麻烦？万一我结完婚就腻了怎么办？离婚成本会不会太高？"

苗彩也叹了一声："你这样想固然没错，可你没有浮出过一点点念头吗？告诉自己，其实跟这个人一直走下去也不错。"

"没有，我是个享乐主义者。"林霜认真回答，"对等付出，我享受他，他也享受我，不存在潜藏契约关系。"

林霜在周正家里过夜次数渐多，往衣橱里添衣服的时候，顺手把周正几件松垮的陈年旧衣扔了。

周正对个人生活品质要求不高，勉强过得去就行。林霜发现，周正整个人其实都是"勉强过得去就行"的状态，物质需求很低。

通常来说，物质需求低的人要么是缺乏精神世界，要么就是追求更精粹的精神世界……林霜不太懂数学，难以概括周正的需求。她接触过很多光鲜亮丽的男人，他们高高在上或非常抢手，换句话来说，挑男人也像拆礼物，有些东西包装得太华丽，剥掉一层层精美的包装纸，最后看到内核，还不如包装纸漂亮。

几天之后，周正家里收到了一批快递，周正看着林霜拆出一件件男装，愕然："这都是给我买的？"

"女朋友的义务，给自己的男友买衣服。"

林霜笑盈盈地吻周正："不要太感动，借花献佛，花的都是你的钱。"

"谢谢。"周正脸上有动容之色，摸了摸手中的新衣服。

林霜捏着周正的下巴，轻佻地逗他："记住了啊，我买的衣服，只有我能脱下来。"

班上的学生发现，这学期，周老师悄悄有了变化。他的脾气越发温和，笑容也越来越多，甚至最近连衣品都升级了，清新得像春天的小青竹。

"有没有发现周老师越来越可爱了？上课正经，解题呆萌，颜值都升级了三分。"

"毋庸置疑，正哥肯定是恋爱了。"

"师母是哪个，知道吗？"

"我听见老师们八卦，说正哥的女朋友是个生猛人物……"

"谁啊？"

"外面奶茶店的老板，学校贴吧经常有人发帖偷拍的那个漂亮姐姐。"

"哇！真的假的？"有人发出尖叫，"美艳老板和我们楷模老师，这配置是疯了吗？！"

周围最后一个知道这事的人，是兰亭。

小学寒假长，她陪家里人出去旅游，回来的时候临近开学，等忙完学校的事情，她想起林霜的奶茶店，打算过来坐坐。

谢晓梦强烈反对，一直拦着兰亭："哪儿没有奶茶店，非得往那边跑？"

"我也很久没有见林小姐了，过去打个招呼也好啊。"

"别以为我不知道你心里想什么。"谢晓梦劝兰亭，"兰亭，真的没必要了，你也离林霜远一点，别跟她走得太近。"

"为什么？"兰亭偏头看好友，"晓梦，你对林霜……好像一直有敌意哦。"

谢晓梦正色道："没有，我就事论事而已。"

"那到底是什么事，让你有这种态度？我觉得林霜很好啊，不仅漂亮，说话有趣，性格也很好。"

兰亭追问了几次，谢晓梦终于忍不住，说了实话。

"周正和林霜在一起了。"

"什么意思？"兰亭怔住。

"就是那个意思，他们在一起了——男女朋友、约会。"

兰亭愕然："怎么会……不可能……"

这种搭配太不协调，而且一点表露的迹象都没有，他们就像鱼和鸟，是全然不相干的两种人，最后居然"捆绑"到了一起。

"大概是过年的时候吧，开学之后就在学校传开来了，大家都知道，他们也承认了。"谢晓梦握住兰亭的手，"你别傻乎乎的再去了。"

"如果是真的，那就要恭喜他们了，挺好的。"兰亭面上带着淡淡的笑容，"真的挺好的，我要说一声恭喜。"

"早点放下吧。"谢晓梦淡声道，"你可能以为，他和你分手后一直没有再开始下一段感情，是因为心里对你还有惦记，骨气使然，所以你也一直惦记着他，但现在你看……"

兰亭勉强微笑："没有，我是自己没有找到合适的，和他没关系的。"

话虽这么说，兰亭却再没提过这件事，消沉了挺长一段时间。

看兰亭这模样，谢晓梦心里也不好受，再回到学校看到周正，心中的确有郁气。她心高气傲惯了，本就觉得兰亭配周正绰绰有余，但最后是周正提的分手，难过的人一直是兰亭，再转身，周正做小伏低追了林霜，偏偏兰亭还很喜欢林霜。这些对兰亭都是伤害。

林霜从周正家出发去奶茶店，正巧在学校附近遇见上完课的谢晓梦。

两人面对面遇见，彼此点头，算是打了个招呼。

她们私下其实是不熟的，这学期谢晓梦更是没踏足过奶茶店，打招呼的时候面上也是冷淡的。

林霜来的那个方向，明显就是周正家的方向，谢晓梦心底飘过那么点不屑。为人师表久了，说教惯了，容易自己定义道德的评判标杆。

两人擦肩而过时，谢晓梦顿住脚步，淡声道："听说你跟周正在一起了？"

聊天没有称呼，林霜心里有点不痛快，笑道："谢老师消息挺灵通的。"

"你跟周正会走到最后吗？"谢晓梦问她，"我猜，你们是不可能有结果的吧。"

林霜扬眉，顿住脚步，抱住手臂："谢老师想说什么？"

谢晓梦上下打量了林霜一眼："你的衣服和鞋子都不便宜吧？这个包，专柜卖五万一个。"她直接下定义，"你也知道，周正他养不起你。"

"那又如何？"林霜笑道，"谁定义的，两个人一定要走到最后？"

"既然走不到最后，你为什么要去害他？"谢晓梦语气平平，"我不理解，对你来说，想找一个陪你吃喝玩乐的男人易如反掌，你为什么要选周正？你有没有想过，最后害的人是他？"

林霜哂笑："谢老师未免管得有些宽，当老师的都这么喜欢说教吗？"

谢晓梦点点头："我知道我这样不对，多管闲事讨人嫌，我只是觉得，做人要有底线，如果是注定走不到一起的人，那就永远不要给他幻想和希望。"

"那谢老师吊着张凡，就不是给他幻想和希望了？"

"那不是我的本意。"谢晓梦脸色一暗，"我们之间的事情很复杂……他是我的朋友，我拒绝他的心意，但我不能拒绝一个朋友。"

"那我这边还是建议谢老师先把张凡拉入黑名单，先断了张凡的幻想和希望再来训人。"林霜笑脸迎人，"至少自己要拎清楚自己的事情，才好管别人。"

"兰亭这几天生病了，我现在去她家看看。"谢晓梦垂眼，"她和周正都是彼此的初恋……兰亭真的很单纯，记一个人会记很久，她也很喜欢你。"

"这两年吧，她一直都在默默等周正回头。其实周正只要再努力一点，一切都会不一样，兰亭已经为他做了很多。"她叹了口气，"有些事情我能理解，但我依然气周正不懂珍惜兰亭。"

林霜怒极反笑："谢老师在道德绑架？"

"我没有道德绑架你，如果你们是真心实意相爱，那我祝福你们，希望有情人终成眷属，走到最后开花结果。但如果你是玩玩而已，何必呢？最后你洒脱抽身，伤害的是他们两个人。"

"大家都是成年人，成年人都有脑子，事情是双方一起决定的，谁也没有坑蒙拐骗，后果自负而已。"林霜冷声道，"我还是建议谢老师先管好自己。"

言尽于此，话不投机半句多，谢晓梦转身走了。

林霜气炸了，也转头"噔噔噔"地走了。

♡　♡　♡

　　林霜通常情绪很稳定，极少生气，如果遇上点值得生气的事情，纾解情绪的方法也很普通。

　　周正给林霜的那张银行卡有消费提醒，他这一天陆续收到十几条扣款短信，金额从几十元到上千元不等，最大的一笔两万九，应该是买了个包。

　　周正看到微信里有林霜发来的消息，言简意赅："买了点东西。"

　　周正猜林霜今天很高兴或者极不高兴，原因未知。前一个晚上两人还好好的，早上他出门时，她还在熟睡，没什么异样。等闲下来，周正出了办公室，找了个清静的地方打了个电话。对方是他在大学社团时认识的一个朋友，名字叫大勋。

　　"最近你那边有没有活？"周正问。

　　那边传来一声笑："你最近有空？这还不到暑假呢，你不上课了？"

　　这个朋友是自由职业，主要接些数据分析的散活儿，近两年业务做熟，有了固定的客源，手底下甚至聚拢起了一个小团队。

　　"上，挺忙的。"周正捋了一把自己的短发，"有没有小活儿？我每周腾点时间出来。"

　　两人交情不错，大勋"嘿"了一声："怎么，缺钱了？"

　　周正含含糊糊地"嗯"了一声："最近用钱的地方比较多。"

　　"不应该啊，你那小城市开销也不大，你又没什么花销，学校工资也稳定，买房钱也攒够了，还花什么钱？"

　　周正笑了："最近有了女朋友。"

　　"恭喜啊，兄弟。这样吧，我这里有个医学领域的数据建模，价给得比较高，我本来打算自己动手的，你要的话，我把主模块推给你，剩余的工作量找两人摊了。不过这项目难度比较大，要求也高，软件用的比较多，你先看看做不做得下来。"

大勋传来一份文档，周正大致扫了一眼："我有空仔细看看，问题应该不大。"

"行，到时候我拉个群，一起看下用户需求，后面我们线上联系，价格方面还照老样子，三七分。"

"谢了。"

下午，周正开完会离校去了奶茶店。

林霜不在店里，娜娜笑嘻嘻地跟他说："老板说，如果今天周老师你过来的话，让我跟你说一声，她约朋友出去逛街了，今天晚上聚餐，不回店里，让你不用等她。"

"知道了，谢谢。"

周正给林霜打电话，林霜那边没接，不过他一直断断续续收到消费提示，一直持续到晚上十点多。

从消费金额来看，周正大概猜出林霜可能喝了双人份的下午茶，吃了晚饭，买了点东西，最后还喝了杯咖啡。

晚上回家，林霜看见周正的留言，简单回了一句："我睡了，有什么事明天再说吧。"

林霜今天应该很不高兴。

这一晚，周正心绪不宁，上完晚自习回到家，屋子里冷冷清清的。他打开电脑，耐着性子看大勋发过来的资料。

第二天，周正去奶茶店找林霜。林霜看着周正，神情淡淡的，连眼皮都不掀，只是从吧台下面拎出个包装袋给他，散漫道："喏，给你的。"

"什么东西？"周正笑问，"礼物吗？"

"商场送的礼品兑换券，没什么好东西，就这个还勉强看得过去。"

一个蓝色保温杯。

"你留着在办公室喝茶用吧。"

"好啊。"周正笑着收了礼物，问林霜，"今晚还想出去逛逛吗？"

他今天没有晚自习，下午四点后就有空闲时间了。

"不想。"林霜低头玩手机，语气平淡，"昨天逛累了，今天什么都不想做，你忙你的。"她摆出一副"生人勿进，老娘很烦"的模样。

林霜昨天新种了假睫毛，又一时冲动买了美瞳，此刻她的眼睛又圆又漂亮，羽睫在她眼下投下浓密的阴影，也把她的眸光遮得严严实实的。

周正摸了摸林霜一缕挑染的头发，温声道："昨天去店里染过头发了吗？"

林霜听周正的语气温柔，满心不耐烦，"啪"的一下拍掉周正的手，肩膀往旁边一扭，长眉轻敛，语气又脆又冲："我染过头发，你现在才发现？是不是有点太晚了？早干吗了？你别碰我！"

这顿邪火生得无缘无故。

周正的手顿在半空中。

娜娜和 Kevin 都在吧台，听见林霜的轻嗔都抬起了头，互相碰了碰手臂。

周正沉默了一会儿，柔声问林霜："你为什么生气？"

"我没有生气。"

"是我哪里做得不对？"周正语气醇厚，"你在生我的气吗？"

"没有。"林霜打断和周正的对话，满心不悦，"你别说话。"

手机开着音效，林霜闷头继续玩游戏。

周正抬头询问似的看了眼娜娜和 Kevin，两人不约而同摇摇头，摆出一副不知道、不理解的神色，接着又摇头叹气，果然，长得好看的人都受宠，周老师真是好男人啊，被老板吃得死死的。

一局游戏结束，林霜起身去后面换衣服。过了一会儿，她拎着包出来，低头在包里找口红，也不知道在跟谁说话："我去趟美容院，晚上想喝鸡汤，你在家做吧。"

周正跟着站起来："好。"

林霜在路边拦了辆出租车走了，也没和周正多说一句话。周正转身回家做晚餐。冰箱里有现成的食材，鸡是周正奶奶养的小鸡崽，蘑菇是山里捡的野蘑菇。之前，见林霜很喜欢，周正周末特意回家捎了两只回来，收拾干净后放到冰箱里冷冻。

到家的时候，林霜在楼道里就闻见了饭菜的香气，脚步也慢了下来。周正给林霜留了门，老式油烟机正在"轰隆隆"地响，周正背对林霜，低着头忙碌。

林霜不自觉地站住，倚着门，悄悄看了许久。

周正听见屋里响起高跟鞋声才知道林霜回来了。林霜进屋甩掉高跟鞋，换了毛茸茸的拖鞋，然后趴在阳台的窗台上抽烟，烟气一缕一缕的，她侧过身换了个姿势，把烟头伸到窗外，面对着阳台上的仙人掌。

周正顺手把林霜闪亮的高跟鞋摆在鞋架上。

"吃饭了。"

林霜掐了烟头过来。

两人安安静静吃了一顿饭。倒不是不说话，周正温声同林霜聊天，林霜或玩手机，或低头吃饭，纯粹把他当成空气。

晚饭后，林霜在沙发上打游戏。周正洗完碗出来，看林霜板着脸，眼皮都不抬，面色清冷，凑过去问："怎么了？"

林霜皱皱眉，目光盯在手机上，伸手挥开周正。

周正轻轻呼了口气，拧开台灯，在书桌前备课。

游戏结束，林霜抱着膝盖发了会儿呆，抬头看到周正坐得端正的背影。她把手机抛下，打开衣橱，在镜子前一件一件地试衣服。

穿衣镜就摆在书桌一侧，相当于林霜在周正面前换衣服。

林霜把地毯拖到穿衣镜前，一件一件地试自己的裙子，又抱出来自己的香水、口红、配饰和高跟鞋，在穿衣镜前顾盼生辉。

周正听见窸窸窣窣的换衣服声音，很难不抬头，他瞟一眼就能瞧见林霜在镜子里的样子。

他的视线被她抓住。镜子里的人勾起艳丽的唇角，杏眼半撩，妖娆又冷淡地睨了他一眼。

林霜脱衣服的方式很别致，她先把肩带从肩膀上脱下来，再一点点往下退，像美人蛇蜕皮。周正不知道林霜是故意的还是无意的，索性停了笔，一动不动、沉默地看着镜子里的她。

林霜旁若无人，在周正的注目下脱下身上的紧身连衣裙，凑近镜子打量自己的身体。周正静静地跟着林霜的动作移动目光，然后听见一声若有若无的嗤笑。

两人的目光在镜子里对上，林霜艳丽一笑，抬高了下巴。周正看了林霜两眼，轻轻皱起了眉："会冷，当心感冒。"

林霜拨弄自己的长发，又把脖子和手上的配饰都摘下来，轻轻抛到书桌上，手搭在周正的肩膀上，挤到书桌旁，坐在周正身上，横眉冷对："关你什么事？"

"臭男人。"林霜睇眄流光，手掌撑在周正腿上，翘着唇角，语气轻佻又轻蔑，"偷窥我？"

林霜皮肤微凉，周正打开自己的外套，把她裹住，完整地拢进自己怀里。

林霜被周正的体温熨帖得微微眯眼。周正呼出口浊气，低头去亲怀里的人。

"能不能告诉我怎么了？"

林霜躲开周正的吻，冰冷的指尖抵着他的唇，语气肆无忌惮："别碰我，你再碰，我生气了。"

周正皱眉看着林霜，觉得头疼。

林霜横眉冷对，在他腿上狠狠掐了一把。

周正闭眼，深深吸了口气，瘫在椅子上，无奈地仰头。

她坐在他怀里，挪了挪自己的臀。

周正又动了一下，被林霜掐了下手臂。

"周正，你备课就备课，别再惹我了，否则明天我就收拾东西出门。"林霜指尖抵着他喉结，冷笑着放狠话，"我说话算话。"

"你就是故意逗我。"周正咬牙，"霜霜，到底怎么了？"

"我故意的又怎么样？我今天就乐意逗你。"林霜一副不爽的语气，"谁让我心情不好呢？！"

心情不好就逗他玩？

周正拍拍她的背："下去，你心情不好，有事我们坐下说。"

林霜轻哼一声，在他胸口捏了捏。周正猛然蹙眉，重心不稳，带着她一起跌到床上。

"霜霜，别逗我，我没有这个耐性。"他语气无奈，扯开她的手，"松手，我们聊聊。"

"我跟你没什么好聊的。"说完，她狠狠咬了他的脸颊和鼻尖。

周正被林霜弄得喘不上气，脾气也冲上来："你到底怎么了？"

林霜脾气比周正的还大，在他肩头狠狠咬了一口，狠狠地蹬他，直接把他踹了出去。周正往后一个趔趄，腰背磕到了桌角。这一下力道不轻，连桌子都被撞得歪了许多。桌角也尖锐得很，正好顶在周正的腰上。

周正扶住桌角，痛得轻"嗯"一声，忍了好一阵儿，痛意才过去。

周正睁开眼，心头有一股发泄不出的闷气。他看林霜在床上绷着脸，漂亮的眉也皱着，用一双又黑又亮的眸子看着他："你早点睡觉，我去一趟学校办公室。"

两人没有继续说话，周正掏钥匙出门，林霜背过身窝进了床里。

走到学校不过短短的十分钟，周正胸闷又腰痛，走得也慢。走到校门口，脑子也差不多清醒了，他惦记着林霜一个人在家，还是返身折回了家中。

好家伙！就这么短短的二十分钟，林霜已经离开了家里。

书桌上还立着一管没有合上的口红，丝绒红、细管、带亮片。周正环顾一圈，发现搭在沙发上的一条裙子和项链没了，高跟鞋没了，小拎包也没了。

林霜收拾了一下，出去玩了。

女朋友无缘无故闹别扭，最后还趁他不在跑了。周正头疼欲裂，忍不住磨磨后槽牙，他打过去的电话一直被挂断。半个小时后，林霜才终于接了电话。

听着电话里轰隆隆的音乐声，周正皱眉："去哪里了？"

"在酒吧玩。"

周正是真的生气了，出口训人："这么晚了，为什么不声不响就跑出去了？就算出去，好歹也要接电话。"

那边轻笑："你能跑出去，我就不能出去？你以为你是谁？管我这么宽。"

周正闭眼吁气："你好好说话。"

"出门玩，要跟你请示还是跟你报备？我脾气就这样，你受得了就受，受不了就算了。"

话音一落，电话里沉默了好长一段时间。

"已经十一点了，很晚了，外面不安全。"周正温柔体贴，"你在哪儿，我去接你。"

林霜报了地址，是那家叫 SPACE 的酒吧。

周正去酒吧找林霜。酒吧有表演，人不少，周正找到林霜的时候，她正端着酒杯坐在人群里，和身边人聊得正欢。

林霜穿着薄纱长裙，露着肩膀和脖颈，像一只染色灯里的黑天鹅，巧笑嫣然，众星捧月。她无意间抬头看见周正，也不知道他在一旁站了多久。

"你来啦？"林霜招手，笑语倩兮，"什么时候到的？"

她身边的几个男人有点迟疑："这位是……"

林霜媚眼如丝："刚认识的一个朋友。"

周正脸色差到极点。

桌上有空杯和醒酒壶，林霜主动递了杯酒过去。周正双手插在裤兜里，只看着林霜，不肯接。

"你好烦啊！连酒也不喝，来酒吧干吗？"林霜笑嘻嘻地收回手，自顾自呷了一口。

林霜身边的一个男人瞥了眼周正，对着她低声说："美女，这人是不是在追你？怎么戳这儿跟个教导主任似的？"

林霜眼波流转，瞥了眼周正，掩唇而笑，俯在那个男人耳边说了句悄悄话，逗得男人哈哈大笑。

周正面色沉静，拨开林霜周围的人："劳驾让一让。"

他插进林霜身边的人群，拨了那个男人搭在林霜肩上的那只手，揽着她的肩膀，隔开了点距离。

"哎嘿！来挑事的啊！美女，你这朋友会不会闲事管得有点多？"

"她是我女朋友。"周正盯着眼前的男人。

林霜扭头："怎么证明我是你女朋友？"

周正皱着眉，漆黑的眼里有恼意，突然弯下腰，牢牢捏住林霜的下颌，当着众人的面，对着她的红唇吻了下去。

林霜的手被周正掐着，指尖的痛意使她轻轻皱眉，被迫抬头迎接他的吻。林霜红唇微张，丝毫没有挣扎，端着酒杯的手乖乖地搁在膝盖上，默默承受周正的吻。

这关系，一看就不一般。

一吻终止，旁边的男人看得兴味盎然，林霜眼里光芒流淌，沉默不语。

不知是周正力气出奇地大，还是林霜体重太轻的缘故，林霜觉得他的力道给她带来的痛感实实在在地存在。周正搂着林霜的腰，几乎把她从卡座上提了起来，半搂半抱，将她扛了出来。

林霜吃痛，众目睽睽之下又觉得害羞，使劲捶了周正一下。她又突然想起周正刚刚在家里撞的那一下，便半嗔半恼地把姿势改成搂住周正的脖颈。

林霜就是故意挑事。

旁边的人起哄吹口哨："哥们儿，自己的女人看好了啊，别让她到处乱跑，这么漂亮，丢了可就找不到喽。"

周正一直把林霜抱到酒吧门口，领了包，问她："外套呢？"

"没穿。"天气不冷，林霜就披了个披肩出来。

周正脱下自己的外套，给林霜穿上，将外套拉链拉到顶。林霜乖乖地任他所为。

衣服带着周正的体温，很暖，林霜噘着嘴，扭头不看周正。

周正也不看林霜，只是站在她身边一起等出租车。

"这两天为什么不高兴？"

"没什么不高兴的。"

林霜把对谢晓梦的气迁怒到周正身上，不是因为谢晓梦多管闲事，而是因为谢晓梦说得很对。

林霜觉得她付出了自己的时间和身体，享受周正的照顾很公平。但仔细想想，其实并不公平，两人的价值量并不一样。

"我做错什么了吗？"周正问。

"没有，跟你没关系。"林霜解释，"你以为我脾气有多好？我有时候就这样，心情不爽找个人出气而已，把人气得不高兴了，我心里才高兴。"

周正没有说话。

林霜笑了笑："是不是受不了？挺多男人都受不了的，你要是受不了早说啊，我们早点结束算了。"

"周正，你要不要跟我结束？"她笑得很恶劣，"你还能轻松点。"

周正扭头看了林霜一眼，伸手去拽她的袖子。

林霜被周正拽着往前走了几步，跌跌撞撞地撞上他，又被他反手一搂转到他的怀里。

周正从她背后搂住她，轻轻松松环住了她的身体。

林霜扭了扭，想挣扎出来。

"别动，我有点冷，让我抱着暖暖。"周正把下巴搁在林霜的肩头，语气带点鼻音，"我们在这儿等等，出租车马上就来了。"

"我以前不知道，现在知道了。你以后不高兴了，都冲我来吧，拿我出气就行了。"他贴贴林霜的鬓角，"别在外面乱跑，别掐我电话，我刚才在到处找你。"

"你脾气这么好，出钱又出力，任劳任怨，还任我欺负？"林霜弯眼嘲笑周正，"精神可歌可泣，堪比'二十四孝'男友了。不过，不好意思，我当不了'二十四孝'女友，怕是配不上你，你再晚来一步，我就跟别的男人走了。"

周正亲了亲林霜的鬓角，搂紧了她："出来玩可以，别跟别人走，等我来接你，我会来的。"

周正的语气太真挚、太温柔了，林霜的心颤了颤。

"别生气了，我不应该在你心情不好的时候对你图谋不轨。"周正语气闷闷的，"我遭报应了，刚才把你抱出来……腰还很痛。"

林霜的眼睛发酸，心中最后那点疙瘩也消弭了。

"周正，"林霜问周正，"你脑子那么好用，又教书育人，应该不傻吧？书上不都说，人的灵魂最美丽，外表不过是点缀，我这样……你还是要喜欢吗？"

周正将头埋在林霜的肩窝里，不知道如何解释。其实，很难说明白这些，起初被她深深吸引，当然是因为她的容貌，但后来逐渐变成了一种审美偏好，根深蒂固，不可移除。可是林霜也有她独特的好，比如嬉笑怒骂之下藏着温柔和善解人意。

"怪不得都说男人是下半身动物呢，连周老师也逃不过。不过，这些表象的东西很快就会腻的吧。"

林霜用指尖触触周正的脸颊："你打算什么时候腻？"

"再过一阵子吧。"周正含含糊糊，"你腻了吗？"

林霜沉默了一会儿，如实回答："眼下还好。"

周正轻轻吁了口气。

林霜摇摇周正的手："去趟医院吧，看看刚才撞的那一下。"

"不用了，现在已经不疼了。"

"去看看。"林霜执意要去，"这影响可很大。"

两人坐上出租车便直接去了医院，拍了个片子。倒没什么大碍，只是一片青紫看着吓人，医生给周正开了瓶消肿化瘀的药膏。

林霜拿着药膏，心里无比愧疚。

这一天，两人折腾到半夜才回到家，心里都闷闷的，第二天清晨，都醒得很早。

晨光温柔，他们默契地接吻，细致地抚摩彼此，像温柔的春光和春水。

"今天晚上还过来吗？"

"今天晚上你不是有晚自习吗？"

"我晚自习课间可以送你回来，你自己在家玩一会儿……"周正抚摩着林霜的眉毛，看着她眼睛里映出的自己，"下了晚自习，我回来给你煮苹果汤，好不好？"

林霜心里还内疚着，想了想，她每天花钱打车上下班，家里不过是个睡觉、洗澡的地方，和周正这儿没什么差别，便点点头："好。"

Chapter 9

前女友

♥

只希望她多看我一眼。

　　只要有人投入其中，感情就会像一场拉锯战，你进我退，我进你退，没有谁完全占据上风，也没有人一直处于劣势。

　　比如生完气的林霜，特别的……乖巧。

　　乖巧指的不是行径，是她的心理。大概就像一只被捋得皮毛顺滑、呼噜呼噜的猫，把孬毛捋顺，猫也温驯了。

　　周正没什么错处，林霜却把他折腾得够呛，加上腰伤的原因，林霜每天晚上亲手替他抹药膏，他们每周一起过夜的次数逐渐增多。

　　林霜想得很豁达，这段关系也算是催熟的，况且周正家离奶茶店也近，他每日还提供一日三餐、嘘寒问暖，比回自己家强。

　　另外，又没人管她。她妈妈忙着养家糊口，鞭长莫及。她姑姑总归隔着一层亲戚关系，管不着她的私生活。周正那边，家里人都在乡下，根本不知情，周丰还是个住校的小屁孩，周正从不把他领到林霜面前。

　　这同居生活，其实过起来还算惬意。

　　"高考前都这么忙吗？吃饭还见缝插针地忙工作，昨天半夜我看你电脑还开着。"

高三班主任都是凌晨睡、清早起，偷懒的机会很少。林霜这才完整地体会到教师工作的辛苦。吃晚饭的时候，学生家长打电话过来，周正聊了半个小时，转身回来连饭都凉了。

"马上高考了，学生和家长都紧张，老师们也紧张，这时候要特别注重学生的心理状态，很容易出事情。"周正边说边挽起袖子去洗碗。

林霜在厨房门口陪着周正，顺带递个抹布。

"高考考得好的话，会有奖励吗？"

"有，三四万吧。"

这是学校发的最丰厚的一笔奖金了。

林霜"哇"了一声："不错啊，是好几个月的工资啊。"

她接过周正手里满是泡沫的碗碟，献着殷勤："你忙你的去，我来洗碗。"

林霜十指纤纤，细长白嫩，指甲上是最新款的美甲，她什么时候干过家务？周正不肯递："我来就行。"

"怎么？看不起我？"林霜挑眉，"你做饭，我就不能洗个碗？"

"你洗过碗吗？"周正目光落在她的指甲上，犹犹豫豫地问。

"我干过的事情比你想象中的多。"林霜挽起自己的衣袖，伸手进水池，"为了班上的好成绩，为了男友的高考奖金，我当然也要支援一下后勤工作。"

周正只能伸着两只满是泡沫的手站在厨房门口。

"等奖金发下来，又赶上暑假，我们出去旅游，好不好？"

那是好几个月以后的事情，林霜微笑："好啊！国内还是国外啊？"

"都可以，随你喜欢。"

"那我可要好好做做功课。"

洗完碗，林霜窝在沙发上玩手机。玩到无聊时，抬头看见周正埋头在书桌前忙碌，她默默地发了会儿呆，也从书架上抽了本书，装模作样地看起来。

那是一套十本的畅销书，讲朝代历史的。起初林霜是打发时间随便翻一翻，看到后来，慢慢沉浸在书里，撑着脸一页一页仔细读起来。

周正听见翻书的声音，回头望了一眼，看见林霜的长发挡住了她半边面颊，只露出半边柔美的曲线。她的神情也是少见的正经，手指无意识地撩了撩滑落的长发，风情万种又专心致志。

周正微微一笑，又转过身去。

以前，两人一起过夜，更多的时间是花在床上，现在相处的时间变多了，男欢女爱就变成一件顺其自然的事情，从"目的"变成了"行径"，就像从正餐挪到了甜品，不吃不会饿，吃了精神饱满、身心愉悦。

不过，美味诱人的甜品摆在眼前，谁不会欣然接受、大快朵颐呢？饮食男女，谁也别藏着掖着。

家里计生用品的消耗量直线上升。

"我不仅掏空了周老师的钱包，马上还要掏空周老师的肾。"林霜愉快地挑选自己喜欢的型号。

周正靠在床头看书，听林霜调侃他，脸色倒是正正经经，但有些轻浮地挑眉："有吗？我觉得自己的实力要比你想象中的强一点。"

林霜鲜少看见周正这样鲜活的神情，话语带笑："可不是？事实证明，周老师的实力严重被低估，不知道钱包空不空，肾还挺好的。"

她在床上总有种不正经的调调。周正摸摸鼻子，端起水杯装模作样地喝了口水，低头的时候，唇角却不自觉地勾起。

周正和林霜走到这一步，奶茶店的店员和张凡受到的影响最大。

张凡已经彻底放下对这两人感情不信任的执念，至少以周正的现状来说，不仅眉眼得意，还生机勃勃。张凡现在化身充满酸臭味的"单身狗"，每天找周正："兄弟，支个招，有没有拿下谢晓梦的法子？"

周正近来和谢晓梦不对付，两人已经很久都没说过一句正经话了。

周正算是学校青年教师中的佼佼者，对于他的恋情，学校当然会有风言风语。女老师的态度先不表，男老师一半羡慕他艳福不浅，一半摇头感叹他不谙世事。事情传到学生堆里，也算是惊天八卦。

周正班上的学生去奶茶店买奶茶，大胆发问："老板，你是不是在跟我们周老师谈恋爱啊？"

林霜装糊涂："什么周老师？哪个周老师？不认识。"

"我们正哥，周正呀。"女同学嬉笑，"我们周老师也太厉害了。"

林霜耸耸肩膀："我跟你们这个周正老师不熟。"

"周老师都承认了。"

"承认了？承认什么？他喜欢我店里的奶茶？"

"我们问他的时候，他板着脸，转身的时候忍不住偷偷笑了，一副恋爱中的模样，好可爱。"

林霜想象了一下那幅画面，也觉得周正好可爱，弯起唇角笑了笑。

"老板，你也笑了！"

"你们高三课业不忙吗？怎么还有空聊这些有的没的八卦？"

张凡过生日，请了一帮学校老师去吃饭。周正鼓起勇气再一次询问林霜："这回是张凡邀请你，要不要一起去吃饭？"

林霜想了又想，问周正："谢晓梦在不在？"

"她也在，张凡请了好几个女老师，她们一起过来吃饭。"

"OK，我去。"林霜摆出手势，"吃个饭而已。"

出门前，林霜特意画了全套妆容，从上到下全副武装，连头发丝都透着精致和攀比。

周正上下打量了林霜一眼，语气迟疑："我们去吃那个……乡村大院农家菜。"

"我知道啊。"林霜叠加了一层口红，"都市丽人不能出现在乡村大院里？你的印象有点刻板哦！"

周正觉得林霜不像去吃农家菜，倒像去走红地毯。

那家农家菜馆门前装修得别有一番风味，小桥流水，菜畦碧绿。林霜挽着周正的手，努力让自己的高跟鞋稳稳地踩在每一块地砖上，避免陷落泥地的命运。

谢晓梦和几个女同事坐在装饰用的茅草亭里喝茶，看到林霜宛如一只精美的花瓶招摇而来。

谢晓梦别过脸，她不是反感花瓶，她只是觉得花瓶应该有自己的行为准则。

林霜满脸假笑，还专门和谢晓梦搭话："谢老师，好巧啊，你也在呀？好久不见，你好像很久没来我店里坐坐了。"

谢晓梦礼貌点头："嗯，最近有点忙。"

林霜转头和其他女老师聊天。她和谢晓梦都是美女，但两人的气质天差地别，一个浓艳妩媚，另一个冷若冰霜。林霜的聊天技巧特别简单、粗暴，就是逮着女老师的衣服、首饰或者妆容猛夸。

聊天氛围极佳，各位女老师都年轻，在这些话题上也有话可聊，于是都围着林霜聊得热火朝天，谢晓梦被单独撇下了。

谢晓梦面无表情地玩手机。

"谢老师，你觉得我这个包好看吗？"林霜笑盈盈地转向谢晓梦，"我觉得你的品位一直很好，也很懂衣服和包包，这个包是周正帮忙选的，我觉得他最近眼光还蛮好的，送的东西都蛮能契合我的喜好的。"

林霜没别的意思，就是有点睚眦必报，行为也比较幼稚。

"好看。"谢晓梦冷淡地看了一眼。

"今天张凡过生日，谢老师可是重点嘉宾。谢老师今天是不是准备了什么惊喜给寿星？能不能提前透露一下啊？到时候我们烘托个气氛，一起给张凡庆祝下。"

谢晓梦面无表情地走开了，整顿饭都吃得很沉默。

回家的路上，周正问林霜："你和谢晓梦是不是有什么过节？"

"没有啊。"林霜撩了撩自己的头发，"你从哪儿发觉这一点的？"

周正皱眉："你们以前根本不说话……今天你和她说了很多的话，有点奇怪。"

他握着林霜的手："如果……她说了什么话让你不开心，你跟我说。"

"我跟她无冤无仇的，怎么？你做了什么亏心事？会让她来我面前说一些不开心的话？"林霜很会抓重点。

周正愣了愣："并没有……"

"是兰亭吧？"林霜抓着周正的衣襟，"你是不是对不起兰亭？"

"没有对不起她。我和兰亭相处时间并不长……分手之后，就再也没有联系过。偶尔在某些场合见过一两次，也就打个招呼。"

"你知道兰亭还惦记着你吧？"林霜看着周正，"她是你的初恋，初恋都是很单纯、珍贵的，你却一直视她的余情为无物，周正，你还挺绝情的。"

周正看着林霜，眼神奇怪，也很会抓重点，问她："那你的初恋呢？你的初恋……还是珍贵的吗？"

林霜笑了笑："我的初恋？我心里已经默认这人死了。"

"你们……为什么分手呢？"

许久之后，林霜才回他："他成绩不好，高中毕业后就被家里送到国外去念书了。我本来在国内念两年也要出国的……后来我爸爸入狱了，他悄悄地消失了。"

林霜看着窗外，语气轻快："满世界都联系不到他，我打电话给他家里，他爸妈说他忙着考试，让我不要再联系他……他家都是从政的，我爸爸的公司开得风生水起的时候，他爸妈对我们俩的恋情态度还挺好，一旦家里出了事，他家不会接受我这样的，我也能理解，所以顺理成章地分手了。"

周正牵着林霜的手，良久问："要不要再买个包？"

林霜笑了。

周正也有遗憾，或许换个职业，赚很多很多的钱，就可以把全世界的包包买下来送给林霜。

♡　♡　♡

清明节假期，周正腾了一天时间出来，买了点东西回乡下祭拜父母。

顺仔调侃："哎，就没打算什么时候带林小姐回去给奶奶看看？其实我觉得今天就不错，带她到叔叔阿姨坟前上炷香，他们肯定也高兴。"

周正觉得时机尚早："再说吧。"

车里放着歌，顺仔又有话头："我把剩下的那五万块钱转到你卡里啊，咱哥儿俩这下算是两清了。"

"这才几个月？"周正问，"你哪儿来的钱？"

"家里的那栏猪卖了，我这几个月也攒了点，七七八八凑一凑都给你。"顺仔专心开车，"无债一身轻嘛。我紧赶慢赶地都还了，也不能耽误你……你都有女朋友了，是不是要准备买房了？"顺仔问周正，"我这阵子跑车，看见市里起了好几个新楼盘，看着都不错，你什么时候去看看。"

周正"嗯"了一声。借给顺仔的二十万都还了，加上他手头还有一点积蓄，最近的确有买房的打算。

"怎么不高兴？"顺仔瞥了周正一眼，"这不是好事吗？买房了，你和林小姐是不是能结婚了？"

周正有些闷闷地靠在椅子上，两手交叉，扭头望着车外飞逝的风景。

"也没什么……"

周正并不确定他是不是能奢望往前走一步。对他而言，一个收入普通的高中老师，经济问题挺致命的。

这天晚上，周正给林霜打了个视频电话。电话很快被接通，但林霜那边的背景很陌生，不是奶茶店，也不是家里。

"我觉得自己有点胖了，想锻炼一下。"这阵子林霜被周正一日三餐地照顾着，腰围有所增加，"中午路过一个舞蹈培训室，有瑜伽和普拉提课程，我觉得气氛还不错，过来试两节课。"

视频中，林霜穿着白色的工字背心和运动裤，盘着腿坐在地上，额头上冒着亮晶晶的汗，正低头绑着自己的发辫。

"累不累？刚才上的是什么课？"周正柔声问。

"爵士舞。"林霜坐在地上和周正聊天，"小时候我也学过一点舞蹈，后来半途而废。高中时，有一年学校晚会，我还和班上的同学跳了一支热舞，第二天我收到了好多的情书，哈哈哈。"

周正记得那件事，微笑："肯定很美。"

"你喜欢吗？"林霜扭捏了一下，向周正勾了勾手指，眨了眨眼，压低声音，"我学会了，可以在家跳给你看。"

"好。"周正面不改色心不跳，"那我期待一下。"

林霜在舞蹈培训室办了年卡，一周有两三个晚上的课程，兼有舞蹈、瑜伽和普拉提，正好周正去上晚自习，她可以去舞蹈培训室打发时间。

没想到，某一天她在舞蹈培训室遇见了兰亭，兰亭在这里上民族舞课。

两人在休息室撞见时，林霜刚跟周正打完电话，抬头看见眼前的人，两人都愣了愣。

"兰老师，好久不见。"林霜微笑，收起了电话。

兰亭长睫微闪，柔声回应："林小姐，好久不见。"

去年年末兰亭去奶茶店玩，两人还说了好一番话，约好来年再聊，但后来兰亭再也没有出现过。

"你也在这边上课？"林霜寒暄道。

"对，我在这家舞蹈培训室跳了好几年，有个舞蹈老师是我的朋友。"兰亭笑道，"之前好像没见过你。"

"我刚来没多久。"

两人又聊了几句，见休息室还有其他人，林霜收拾包要走，而兰亭转身去了洗手间，错开了一起下楼的时间。

回到家后，林霜跟周正说起这事："兰亭也在，我们闲聊了两句。"

周正盯着电脑，心思根本就不在兰亭身上，听见林霜说话，"嗯"了一声，神色倒是坦荡。

林霜看着周正的神情，淡淡一笑，也避开不再提。

后来，林霜接二连三地在舞蹈培训室遇见兰亭，两人见面多少有些冷场，只能搜肠刮肚找话题。

"听谢老师说你前阵子生病了，还好吗？"

"没什么，就是重感冒，早就好了。"

"那就好。"

舞蹈培训室楼下有家咖啡馆。林霜在路边等出租车，兰亭看见她，脚步顿了顿，黯然唤她："林小姐，你有没有空，我们……聊一聊？"

林霜觉得，其实不聊比较好。这世界上有无数的恋情，听得多了，总觉得缺乏新意。她谈过不少恋爱，遇见的人能编成一本猎奇书籍，而且她对周正和兰亭的过去没什么好奇心。

但这对兰亭来说应该很重要，她现在的失落亟须找人缓解。

兰亭捧着咖啡杯，坐姿有些局促："听晓梦说，你和周正在一起了？"

"对。"

"其实一直想说恭喜，又不知道如何说出口，正好在这儿遇见了。"兰亭咬咬唇，"另外，也是想跟你道个歉。以前我在你面前说过一些关于周正的话，现在想想，挺不合适的，希望你不要介意。"

那时兰亭模棱两可地对林霜吐露对周正的感觉，林霜也会顺便安慰几句。

没想到后来林霜就和周正在一起了，兰亭实在有点接受不了这样的落差。

"没什么。"林霜喝了口咖啡，"我不介意这些。"

她看着兰亭黯然神伤的模样，觉得自己刚才的语气有点高高在上的凌驾感，语气放软了一些，跟兰亭道歉："那个时候，我也不知道事情的走向是这样，你也不要往心里去。"

"我能理解，林小姐……其实我心底特别喜欢你，你活得洒脱、肆意，是我一直羡慕的那种人。"兰亭郁郁地看着窗外，"喜欢你的人应该很多吧……我也想变成你这样。

"我总是做不到洒脱，很多事情都闷在心里，不知道跟谁说，也不知道如何去遗忘。"

林霜窝回沙发，觉得这回自己非得被逼着做个"知心大姐姐"不可。其实找周正更直接，但大家总喜欢找她，仿佛她才是那个始作俑者。

"是周正的事情吗？如果你想和我一吐为快，我可以听听。"

"你不介意吗？"

林霜丝毫不介意，耸耸肩膀："谢老师已经在我面前说了一些。"

"对不起，晓梦她总是偏心我，每回我们都因为这件事情吵起

♥♥♥♡♡

来……后来我就很少和她说这些……"

兰亭陷入了一种奇妙的幻想："我跟周正认识之前，在晓梦那里听过几次他的名字。后来和他变熟是在一个晚会上。那时候他坐在角落里，不说话，很拘谨。我和他坐在对角线上，做游戏的时候，我转到了他旁边，中途有支舞，他踩了我一脚，很不好意思地退到旁边去了。这支舞结束，我们交换了联系方式，成了朋友……"

"那时候晓梦、张凡和其他几个朋友，大家总在一起玩，我们一起出去打球、吃饭，一起聊天、聚会。有一次，大家一起去爬山，我走不动，他递给我一根树枝，牵着我走。我那时候觉得，这个男生好温柔啊……后来有一次聚会，大家起哄，怂恿我们在一起，我们两人坐在中间，他看着我，我看着他，就真的走到了一起……"

"我们前前后后相处了四五个月吧，那时候刚参加工作不久，他又在读研，我们一起参加新教师培训，一起聊工作和理想。我觉得他是个仔细、温柔又坦荡的人，是我的理想型，也真的想和他继续走下去。"

林霜呷了一口咖啡，觉得有些索然无味，心里有点淡淡的不适感。

"但我家里人强烈反对，他们总觉得我应该找个更合适的。那时候新教师的工资很低，我们偶尔出去约会总是吃得很简单，家里人知道后总会不高兴。有一次过节，那是我第一次带他回家，我父母说了些挺苛刻的话，问他打算拿什么来娶我。我家里只有我一个孩子，爸妈想让他入赘，那一天不欢而散……那段时间，我跟家里闹了很久，爸妈终于让步，但是他始终没有回头，直接提了分手。"

"我一直觉得，是因为我伤害了他，所以他这几年一直没有再谈恋爱，我也一直默默等着，等着等着……我也忘记自己在等什么了。"兰亭笑了笑，"不过现在，好像一切都没意思了，我觉得终于结束，又觉得解脱了……谢谢你。"

林霜笑了笑："没什么好难过的，过去了就过去吧。周正也没有多好，世上好男人很多，下一个才是选择。"

"你说得对。"兰亭微笑，祝福她，"我话有些多了，希望你们能幸福到底。"

这感觉挺奇怪的，明明是一档事不关己的"午夜电台倾诉"节目，林霜却听了一段意犹未尽的恋情，看到了一个女孩苦苦坚守的真心，得到了一句满含心酸的祝福。

林霜耸耸肩膀："我倒没想那么多，什么感情不感情的，这些都不重要，谈恋爱嘛，随意一点，快乐就行了，也没有非谁不可，合则聚，不合则散，多简单。"

这天晚上回去，林霜好好地虐待了周正一把。

林霜轻啮着周正的喉结："周正，我没看出来，你自尊心还挺强啊。"

周正耳朵通红，黏黏糊糊地吻她："怎么了？"

"你跟兰亭的事……找什么借口说性格不合，不想入赘就直说。兰亭还挺袒护你的，你们俩感情不错啊，你狠得下心分手？"

周正回过神来，喘了口气，盯着林霜，抿唇："你介意吗？介意我——"

林霜推倒周正，打断他的话，居高临下地看着他："我有什么好介意的，这压根儿跟我没关系。"

♡　♡　♡

林霜嘴上说着不介意，思想却开始剑走偏锋。

"所以，你是不是觉得我比兰亭更漂亮，身材更好，更合你胃口？"她目光灼灼盯着眼前人，"温柔淑女，你不喜欢，你喜欢我这款？"

周正隐隐觉得头疼："这没有可比性。"

"怎么没有？"林霜皱眉，指尖使劲戳周正的胸口，"没有比较，就没有选择。"

周正眼里泛着水意："霜霜，我喜欢你。"

林霜的火"噌"的一下上来，眉尖高挑，哂笑："看不出来啊，周老师，你看着老实，还挺挑剔、挺有想法的。"

这年头哪里还有老实人？

周正品出林霜语气中的危险，乖乖闭上了嘴。

林霜兴致全无，听着周正急促的呼吸声，想起个问题："你们谈了那么久，没发生点什么？"

周正身体一僵，看林霜神色刁钻、眼波带笑，分不清她是开玩笑还是认真的，但直觉这是道"送命题"。

"说啊。"林霜似笑非笑。

"说什么？"

林霜在周正身上掐了一把："怎么？兰亭能大大方方跟我聊，你就不能了？你是不是觉得自己特正直、特清白无辜？"

周正撑起身子，搂着林霜的腰，小心翼翼地说："我和兰亭只是尝试着相处，那时候我是第一次接触异性，很多事情都没想明白，没这种念头。"

周正听见林霜一声哼笑，轻飘飘的："我勾勾手指头，你不也顺理成章地扑上来了，你怎么敢对我有这种念头？"

周正紧紧抿唇。

林霜"嗤"了一声，意兴阑珊，下床披了睡袍，掏出烟盒去阳台吞云吐雾。

周正想不明白，当初一段很简单的恋爱关系怎么就像做贼心虚一样过不去了。他默不作声地穿了睡衣，站在林霜身边陪她抽烟。

林霜自己也觉得奇怪，怎么气氛腾的一下就变了。她并不介意什么乏味的恋爱故事，他们两人又没有爱得死去活来，让旁人一把鼻涕一把眼泪的，但现在她的确很不爽，有种被人牵着鼻子走的感觉。谢晓梦是这样，兰亭也是这样。一个跟她讲道德，另一个跟她谈感情。其实，她们说的那些根本和她没关系，干吗不去找周正，偏偏找到她身上来。

"兰亭和你说什么了？"周正问林霜。

林霜趴在窗上吐着烟雾。

周正深吸一口气，开始自我解说。

"以前上学的时候忙着念书和打工，那时候也没怎么接触女孩子，毕业后回来教书，身边的氛围总是恋爱、结婚这类的。那时候正好认识兰亭，聊天还算合拍，我们有时候会聊五花八门的话题，身边的人又都撺掇我们在一起，我那时想……也许我应该开始一段恋爱，也许兰亭会适合我，所以和她走到一起，试一试。

"我们的确谈了一阵，好几个月吧。但那时候我一边教书一边读研，真的挺忙的，和兰亭独处的时间很少。那时候我和张凡还住在教师公寓，有空大家喜欢约着一块儿出去玩，我们会聊聊工作和生活，以及学校的一些事情。偶尔也会陪她逛逛，那时候更像朋友的相处模式。兰亭人真的很好，她知道我手头拮据，吃饭她都挑价格一般的餐厅。我买单，她就会买电影票，从不肯多花我的钱……但其实，我心里有点难受，并不愿意这样相处。"

"你这男人的虚荣心有点自不量力了，没钱还喜欢让女人花你的钱？"林霜叼着烟嘲笑他。

周正没接话："她家里人是知道我的，倒是没有直接反对，只是以入赘为条件。我理解，我一个乡下小子，没有父母，又一穷二白，兰亭又单纯，她家里人的确是想保护她，但那个时候……我直接退缩了。

"分手的时候，我跟兰亭坦白说抱歉，我们彼此的关系和感情更像朋友，再加上家庭因素这些干扰，我们的确不适合在一起，她对此也表示理解。谢晓梦偶尔心血来潮会嘲讽我几句，她向来心高气傲，生气我是知道的。恋爱是我提的，我的条件配不上兰亭，分手也是我主动的，过错在我。但事情过去了那么久，分手之后，我和兰亭都没有主动联系过彼此，没什么余情未了的纠葛。当时的感情也没走到情深义重那一步，两人开诚布公，和平结束，我没想那么多。"

林霜白了他一眼："臭男人，薄情寡义。"

周正皱了皱眉。

男人比女人更物质、现实，林霜没有道德绑架，不能说周正如何。感情的事情，一个愿打，一个愿挨，何况这些都跟她没关系，没必要因为兰亭的话乱了心绪。

林霜掐灭了烟头，转身回卧室换衣服。

"你去哪儿？"周正问林霜。

"回家。"她低头系腰带，轻描淡写地说。

周正脸色有点难看，看着林霜一件件穿衣服，抓住了她扔在沙发上的外套。

"怎么？不让我走？"林霜挑眉。

周正的确不想让她走："太晚了，留下来。"

林霜眉间带着怨气，她不想跟周正谈感情，谈什么现实、理想、物质，更不想和他的新欢旧爱做比较。

一旦牵扯上旁人，什么都是黏糊的、麻烦的、乱糟糟的。及时行乐里可没有这么多麻烦事。

"你睡床，我睡沙发。"周正把林霜的风衣挂回衣橱。

这天晚上，周正搬了个枕头去沙发上睡。林霜半夜醒来，看见他坐在地毯上，抱着电脑不知在看些什么。

周正神情很专注，并没有发现林霜醒来。他被屏幕照亮的眉眼有点罕见的锋利，下颌的线条很清晰。林霜眨了眨眼，发现自己已经习惯了这张面孔，甚至能想起他每一个神情。

林霜翻了个身，背对周止。

周正听见声音抬头，过去帮林霜掖了掖被子，摸了摸她的头发，最后俯身落下轻柔的一吻。

周正给兰亭打了个电话，约兰亭下课后在小学见一面。

以前，周正比兰亭忙，通常都是兰亭去北泉高中找他，仅有那么一两次，他会在小学校门外等兰亭下班。

"你怎么来了？"兰亭微笑，"找我有什么事吗？"

"有些话想跟你聊聊。"周正摸了摸鼻子，"霜霜告诉我，说她在舞蹈课上遇见你了。"

"对，挺巧的。"兰亭笑笑，"我们两个人的课排在同一时间，经常见她下课后在休息室给你打电话。"

"不是她给我打电话，"周正抿抿唇，"是我那时候正好下晚自习。我给她电话叮嘱她早点打车回家，运动之后要补充营养，家里给她炖了汤，到家别忘记喝。"

兰亭的笑容凝固在脸上。

"兰亭，这两年，你没遇见更合适的人吗？"

兰亭没说话。

周正微笑："有时候缘分不可捉摸，但肯定会遇见的。"

"是吗……"兰亭垂眼，"你和林小姐很恩爱，你很喜欢她吧？"

"嗯。"周正点头，"我很喜欢她，其实也是我主动追求……我在她身边待了很久，她拒绝了我很多次，最后才点头。"

"恭喜。"兰亭干巴巴地挤出一句话。

"也希望你早点找到自己喜欢的人。"

兰亭心里酸涩，鼓起勇气说："周正，如果我家里不反对，不提那些乱七八糟的要求，你会和我分手吗？"

"可能不会，我们相处得还不错，又都是性格很沉静的人……也可能会，毕竟感情没到那一步，我们的差距依然挺大的。"

周正顿了顿："其实，开始的时候我就应该仔细想清楚，当初就不应该在一起。我那时候有点莽撞了，跟你说声对不起。"

"那你和林小姐呢？你们差距不大吗？"兰亭不理解，反问周正，"她和你是完全不一样的人，也许她只是……只是很随意地看待……也许她根本就不当真，你们真的能有结果吗？最后你可能什么都得不到。"

"有没有结果……这不由我控制，都是霜霜说了算。"周正苦笑，"她高兴就好，什么结果我都接受，至于别的，我从未想过。"

"周正，我以为你是个很理智的人。"

"是吗？"周正微笑，"你觉得我很理智？"

"以前，你做什么事都很有条理，很有计划，有一说一，目的也很明确，做什么都会事先安排好。"

"那大概是以前，我现在没什么计划，只是跟随霜霜的脚步，活在当下就好。"

"林小姐……很好吗？"

"她很漂亮，也很直率、可爱。"周正意味深长，语气也有点怪异，"她带给我的快乐很多，我沉迷于她的一颦一笑，不管做再多的事情，只希望她多看我一眼，哪怕她对我横眉冷对，我也甘之如饴，我愿意抛弃一切，只求留在她身边。我希望她高高在上，而我永远仰视她的光芒。"

兰亭直愣愣地看着周正，觉得眼前的这个男人很陌生。

她记忆中的周正不是这个样子，他为人师表，是个翩翩君子，张弛有度，冷静又清醒，有担当又照顾家庭，面对她父母的强势和开出的条件不屑一顾，常年以清白自持，独善其身。

她喜欢含蓄内敛、外柔内韧的那个周正，而不是眼前这个卑微又天真、萎缩又膨胀、不顾一切又自不量力的男人。她甚至不理解周正对林霜的狂热迷恋从何而来，他仿佛沉溺在一场白日梦里。

女人都喜欢强者，喜欢男人气度超群、不卑不亢。

兰亭有点如鲠在喉的感觉，对周正的"滤镜"碎了一地。她甚至都没在周正面前久坐，走的时候也没好好说话，只是欲言又止地看了他一眼，转身离开，脚步还有点凌乱和别扭。

周正默默看着兰亭的背影，手揣在兜里，松了一口气。他能揣摩出兰亭的心理，而且如今回想起来，他也对当年的做法抱有歉意。可感情的事情谁能说清楚？

从这以后，林霜再没有在舞蹈课上遇见过兰亭，她自己琢磨了两天，那点气也消失得无影无踪了。

Chapter 10

结束

仙人掌开花了，游戏结束了。

　　春天正是读书的日子，高考倒计时不足两个月，周正忙上加忙，最近他嗓子又开始不好，润喉糖一包一包往兜里揣。

　　林霜闻到周正身上那股清凉的薄荷味，从他衣兜里掏出一颗润喉糖塞进嘴里，俯在他肩膀上问：“你在写什么？”

　　“每日计划表。”

　　周正用的是学校的笔记本，黑色封皮，挺厚的一本，已经用了一大半，每页都写满了密密麻麻的字。

　　林霜仔细看了一眼。好家伙！周老师对每月、每周、每天的时间都做了规划，公事为主，私事为辅，从早上起床到睡前，一条条待办事项记录在册。

　　“总裁的安排也不过如此了吧？”林霜翻了翻，“每天大小事情都这样安排，多无趣啊！”

　　“事情太多，容易忘记，罗列出来便于规划和安排进度。”周正咳了一下，挠挠喉结，“生活本来就充满琐事，要么主动面对，要么被动安排，事情总是要做的。”

　　“10:40 开会，批考卷。”林霜的手指从纸上滑过，挑眉，“周老师这么争分夺秒吗？一边开会一边改试卷。"

"班主任例会，没什么事，可以分心干点别的事。"周正解释道。

"那这个呢？"林霜指了指，"12:50，药＋菜＋丰？这是什么意思？"

"中午人少，去趟医院给奶奶开点常备药和维生素。医院旁边有个超市，顺便买点菜回来，药买回来送到小丰那儿，让他周末捎回家。"

多紧凑的安排，林霜在心里夸奖周正。

本子上还记录了几个学生名字。

"那这个呢？"

"带他们几个去学校医务室进行心理谈话，马上要高考了，怕他们情绪不稳定。有个学生最近失眠，也要去医务室看看。"

"啧啧。"林霜摇头，语气夸张，"周老师事情这么多，还能安排得井井有条，时间管理大师啊！"

周正扭头看林霜，眨了下眼，问她："你嫌弃吗？这种……琐碎又无趣的日常状态？"

他其实从来没有问过林霜——有关他在她心中的任何印象。林霜冷不丁被他这么一问，微怔，旋即回神，耸耸肩膀："还好吧。"

"这个呢？"林霜往下看，"这个时间段怎么都是空白的？"

周正笑了笑，把笔记本合上。

"前面时间排得那么紧张，后面怎么没事情了？"林霜追问。

"你说呢？"周正收拾书桌上的东西。

林霜想了想，恍然大悟，那都是留给她的时间。

"怎么跟我在一起就不写计划表了？"林霜语气带笑，"好歹写出来——几分几秒一起散步，几点几刻出门逛街、喝下午茶，再来个总结事项啊、未完成事项备忘啊之类的。"

"享受生活的时候不需要计划表，做什么都好，什么都不做也行，今天做也好，明天做也可以。"

他说"享受生活"。

林霜喜欢这句话。她心情突然大好，黏黏糊糊地挂在周正身上，姿势别扭地去吻他。

一个缠绵的深吻结束，彼此气息都有点不稳。近来天暖，林霜换了裙装，早早露出了修长秀美的腿。周正身上的衣物柔软、熨帖，有早春清新的感觉。屋里也换了新的窗帘，白色的纱帘配着豆绿色的遮光帘，让老屋子也变得生机盎然。

"霜霜……"

"嗯。"林霜声音软得像块棉花糖，人也软绵绵的，任由周正抱着。

"我爱你。"

周正嗓音喑哑，爱意从他喉间传来。林霜察觉到周正温热、湿润的唇在她眉眼间蠕动，心里也有酥酥麻麻的感觉。

"等会儿还出门吗？"林霜迷迷糊糊地抚摸着周正的肩膀。

"晚上还定了餐厅。"

"出门还要洗澡、化妆，好麻烦。"

"我在家给你做好不好？"周正贴在林霜耳边呵气，"我煎牛排的技术还可以。"

林霜闭着眼睛往周正怀里钻，她用发顶蹭了蹭他的胸膛，咪咪地笑："好啊。"

林霜喜欢精致的东西，比如喜欢浮夸的漂亮物件，喜欢西餐厅烛光晚餐的氛围，喜欢香氛精油的气味，她就是带着点娇生惯养、要人宠爱的做派。

周正去厨房做晚餐，又征用了小茶几、地毯、抱枕、香薰蜡烛和手机音乐来了场西式晚餐。林霜洗完澡出来，看见这氛围，兴致勃勃地换了条黑色丝绒长裙。

林霜和周正聊衣服、鞋子，听周正讲班上学生的趣事。晚餐吃到一半，两人顺其自然地接吻，耳鬓厮磨了好长一段时间。

兰亭的心结彻底解开，找谢晓梦感慨了很久。

"这回想开了？"

"想开了。"

谢晓梦嘴皮子磨破了多少遍，兰亭心里却一直有所留恋，但周正只见了兰亭一面，效果立竿见影。

"我早就说过了，周正也不过如此，你就是被他的表象欺骗了。"

兰亭很平稳地度过了这段失意期。她对林霜的爱情态度不予认同，也粉碎了周正在她心中的完美形象，所以丝毫没有嫉妒周正和林霜的恋情。她甚至反过来开导谢晓梦，让谢晓梦不要对周正太过苛责。

周正在学校早会上遇见谢晓梦，难得谢晓梦对他脸色尚好，甚至主动与他打了个招呼："早。"

"早。"

两人一前一后，一起往办公室走。

"兰亭最近还好吧？"周正问谢晓梦。

"挺好的。"

"那就好。"周正摸摸鼻子，含笑而过。

谢晓梦扫了周正一眼，加快脚步："我也没想到周老师对爱情的追逐这么热烈、大胆，祝你成功。"

单纯作为同事和一名老师而言，周正这为人处世的态度很拔尖，谢晓梦端正了自己的态度。

"谢谢。"周正扭头看谢晓梦，"兰亭的事情，我挺抱歉的，以前没有想过这么多，只觉得和平结束，大家各自安好，希望她早点开花结果。"他话锋一转，"谢老师，那你呢？你还是对张凡没感觉吗？"

谢晓梦皱了皱眉。

"你和霜霜还是挺像的，都很有自己的主见，坚持自己的想法。"周正微笑，"但我比张凡幸运那么一小点，我追求了霜霜很久很久，一度进了她的黑名单。可能最后她实在不耐烦吧，耐不住我的软磨硬泡，才勉强答应和我试一试。"

"是吗？"谢晓梦侧目，"这样……"

"对，霜霜以前真的遇到过很多很难的事情，能做到现在这样真的很不容易了。她其实……是个很善良又心软的女孩子，独立自强，不过在外人面前总喜欢把自己藏起来，也和谢老师你一样吧，表面冷若冰霜，其实内心总是翻来覆去思考很多。"周正耸耸肩膀，"可能漂亮的女孩子遇见过太多的麻烦，都会有自己的保护色。我想，谢老师，你应该也有自己的故事，一直藏着自我消化。"

这话说得滴水不漏，把谢晓梦和林霜都不着痕迹地夸了一顿。

谢晓梦微愣，神色微有动容，周正的话说得很熨帖，由己度人，她也觉得自己此前对林霜的态度有点不地道。

"其实……恋爱这件事情，有些感情忽略不掉的话，如果注定没有结果，那就先把结果放下。两个人在一起，各有付出，也各有得到，各取所需，开心快乐就可以。或许我以后和霜霜会因为某些原因分开，但那也没关系，她给过我很好的回忆，我也希望自己能带给她一些慰藉，总比什么都没有好吧？

"我并不是想劝谢老师什么，纯属个人之见，未必正确。"

周正在楼梯口和谢晓梦道别，两人各自拐进了教室。

英语组办公室里在点奶茶："校门口的奶茶店出了几款春季新品，有满减优惠，你们有没有兴趣，大家中午吃饭的时候拼一杯啊？"

有人问谢晓梦："晓梦，你要不要来一杯？"

谢晓梦戒奶茶挺久了，想了想，淡声道："那就来一杯吧。"

周末天气真的很好，适合踏青出游、野餐聚会，但是周正从每周休半天变成了单周休半天，别说踏青出游，连吃饭、逛街都没什么时间。

好不容易盼着个休息日，周正问林霜："明天下午有什么安排吗？"

"没有。"

"天气挺不错的，"周正摆弄着自己的手机，垂眼，似乎一副漫不经心的样子，"可以出去逛逛。"

"去哪儿？"林霜问。

周正放下手机，姿势似乎很随意，语气更轻松："陪我去买个东西吧。"

"买什么？"林霜低着头，忙手上的活儿。

"买个房子。"

周正整个人都摆出一副轻描淡写的姿势和神态，手心却已经开始突突冒汗。

林霜抬头瞟了他一眼。

"现在租的这个房子，前阵子房东打电话说打算卖房，估计也住不了几个月了。学校附近的房子都比较老，住起来感觉不太好。"周正淡声道，"我之前借了笔钱给顺仔，最近他把钱都还了，够首付款，不如买个房子自住。霜霜，你审美比较好，不如帮忙参考下？"

"好啊，没问题。"林霜掀起眼帘，淡淡回他。

周正事先已经做好功课，选定了两个新楼盘。一个离北泉高中很近，坐落在森林公园的另一端；另一个毗邻成熟的商圈，交通便利。两个小区环境都不错，由知名开发商出品。

售楼小姐都很热情，一见两人进来，热情寒暄："小姐和先生是刚结婚吗？还是有结婚的打算？我们这个楼盘就是主打活力、精品主题，投资和自住都非常合适。"

售楼小姐推荐的都是适合年轻人的户型："这一套怎么样？套内120平方米，还赠送阳台面积，三室两厅两卫，电梯房，主人房、儿童房和老人房都有，还有一个小书房，特别适合年轻情侣或夫妻。"

林霜只是陪着看，并不发表任何意见。

周正捏捏她的手："你觉得如何？"

林霜低头看手机："都挺好的，这边绿化更好点，空气应该很好，那边交通便利，出门方便，各有优势。"

周正小心翼翼地问她："你比较喜欢哪一个？"

林霜挑眉，大概也是事不关己的态度，笑容满面："我没什么偏好，你喜欢就好。"

周正眼神有那么一瞬的黯淡，但很快掩饰过去。

♡　　♡　　♡

林霜不拿主意，周正情绪提不上来，任售楼小姐舌灿莲花，临走也没有付定金。

回去的时候，已经华灯初上，两个人在餐厅吃完饭，一起散步回家。林霜挽着周正，周正把她的手揣进自己的衣兜里。

"你一个下午都没说话。"周正静静地看着林霜，"霜霜，你不高兴吗？"

事实上，从售楼小姐喊出"年轻夫妻""结婚"这几个词开始，林霜白皙的面容上神色就开始飘离。

"没有啊，我挺好。"林霜轻飘飘地回话。

"下午看的房子，你没有喜欢的吗？"

林霜乜了周正一眼，语气颇不正经："周正，你买房子，问我喜不喜欢是什么意思啊？"

周正看看川流不息的大街，又看看树枝上挂的闪烁的霓虹灯，语气沉静："我想挑个你喜欢的地方。"

"你的房子你自己选吧，跟我也没多大关系。"

周正神色黯然："那我就选市区那套吧，环境热闹，门口就有公交车到学校，旁边就是商场，以后出门吃饭、逛街很方便。"

林霜不易察觉地皱了皱眉，吸了口烟，想说些什么，到底没说出口。

两人回到家，周正去阳台照看那盆仙人掌。

春暖花开，仙人掌又拔高了不少，已经有花骨朵冒了出来。周正很仔细地看护，还特意买了磷钾肥料给土壤补充养分。

"要开花了吗？"林霜问他。

"快了吧。"

两人例行公事似的洗漱、睡觉。春夜的暖风和温度实在是好，林霜本来没心思，但在周正的长袖睡衣换成棉质背心和运动短裤的时候，挨到他微凉的皮肤，还是忍不住蹭了蹭。

洗漱后的周正，短发湿漉漉的，发尖沾着的水珠滴下来，在白色背心上洇出一个个圆点。他刚洗完的脸白皙、湿润，脸颊有点膨膨的柔和感，深红色的嘴唇、黑色的眉毛和亮晶晶的眼睛，配上薄薄的肌肉和窄瘦的体形，有点挺拔的少年感。

林霜有种直觉，周正在十六七岁的时候应该是个头发微长、沉默寡言、手脚很瘦、眉眼带那么点阴郁青涩、裹在校服里的男孩。

半夜醒来的时候，林霜发现周正并没有睡在她身边，也不在卧室里。

卧室的门虚掩着，有灯光从门缝透进来。

两个人住在一起习惯了，一个人不在身边的时候，另一个人是会有感觉的。

林霜披着睡衣下床，轻轻扒开门缝，看见周正背对着她坐在餐桌旁。她看着电脑屏幕上那堆红绿紫蓝、正在波动的曲线和一个个闪烁的数字，再傻也知道这东西和高三教学八竿子打不着。

其实，这阵子周正经常加班，有时见缝插针做一点，有时深更半夜还在做，有时早上四五点就起来工作。

林霜倚在门边默默地看了会儿，出声说："这么晚了还加班吗？"

周正思绪被打断，回头："你怎么起来了？"

"我想喝水。"林霜端着水杯，"房间没水了。"

桌上泡着茶，周正接过她手中的水杯："给我吧。"

"这是什么啊？"

"一个数据建模的软件，做点数据分析的工作。"

"你在做兼职吗？"林霜撑着桌角问周正，"你靠这个赚外快？做多久了？"

"对，从朋友那儿接了一点活儿。"周正把水杯递给林霜，"以前寒暑假也做过。"

买房的那笔首付款，加上他给林霜的那张银行卡，还有两人每个月的日常开销，林霜每个月购物买东西，他一个高中老师的工资绝对不够。

"赚钱养我吗？"林霜软趴趴地枕在周正肩膀上，"我花得很多，对不对？"

"没有，你花的一点都不多。"周正摸摸她的头发，"我想多赚点，你多花点。"

"你这虚荣心要不得，迟早有一天会害死自己的。"林霜轻笑，滑腻纤细的手臂缠着他，"周正，真正爱你的人，是不舍得花你的钱的。你明白吗？"

"再说了，马上就要高考了，你接私活儿，精力不济，能照顾好班上的学生吗？你守着的可是他们很重要、很重要的未来啊。"

周正没说话，轻轻拍了拍她的手臂。

"什么时候弄完，我陪你？"林霜撒娇似的蹭着他的肩膀。

"马上就好，你先去睡吧。"

"没有你我睡不着呢。"

有林霜在身边陪着，周正关了电脑上床，她顺理成章地窝进他怀里，闭上眼，又突然睁开，问他："周正，你到底有多喜欢我？"

"比你想象中的多一点点。"

"那你喜欢我什么啊？"

"漂亮、可爱、直率、任性、爽快、淘气……很多很多呢，差不多是全部的你吧。"

"我是这样的吗？"林霜轻声问，似乎沉浸在周正对她的形容里。

"是。"周正闭着眼回忆，点点头。

林霜弯起唇角笑笑，香香甜甜地睡了。

第二天，太阳照到床上，林霜还在睡懒觉，周正早早起床去学校监督早自习。

林霜拖拖拉拉地起床，去阳台抽烟，冷不丁看见那盆仙人掌开花了。

小小的白色花苞，颤颤巍巍地长成冰清玉洁的模样，含羞带怯，在阳光中颤动。

林霜掏出手机拍照，发给周正。

"仙人掌开花啦！"

周正下了早自习看手机，发现收到了林霜发的几张照片。仙人掌花是复瓣的，已经完全绽放，洁白又娇嫩。

他悉心照料的仙人掌开花了。周正盯着照片，唇角满是笑意，心里暖融融的。

等到中午下课，周正迫不及待往家走。

林霜趴在阳台上抽烟，身边的烟灰缸已经埋了七八根烟头，她听见开门的声音，扭头微笑："你回来啦。"

周正看见满屋子都是她的东西，有些已经收拾起来装在袋子里，有些还散落在四处，他愣了愣。

林霜懒洋洋地站在阳光下，光线从她头顶上投下来，让她看起来像是一个虚幻、柔美的幻影。

林霜笑吟吟的，语气轻快："你回来得正好，从今天起，我就不在这边过夜了，收拾点东西回去。"

"嘿，周正，时间也差不多了，不如我们结束吧。"

周正定定地站着，语气出奇地平静："为什么？"

"一开始就说好了，只是玩玩而已，差不多到时间了，我们在一起三个月了。"

林霜回想了一下，居然有三个月了，是很长的一段时间了。

但周正只觉得三个月的时间转瞬即逝。

林霜走过去，用被太阳晒得微烫的指尖抚摩周正的脸颊，亲吻他："周正，认识你挺开心的，谢谢你的照顾。"

周正紧紧攥着林霜的手指，漆黑的眼睛盯着她："霜霜，房子，我不买了，我们退回前一天，行不行？"

"跟房子没关系啦。"林霜眨眨眼，"仙人掌开花了，游戏结束了。"

"这不公平，我并不知道游戏规则。"周正脸绷得很紧，"它可以永远都不开花。"

林霜笑了。

"周正，我知道你想要什么，你想要的东西，在我身上得不到。"她看着周正，声音蛊惑，"我不想结婚，不想生孩子，我就想过现在这种日子，轻松快乐、自由随意，没有任何负担和约束。"

"你不想结婚，那就不结婚。你不想要孩子，那就不要孩子。这些都不重要，重要的是我想跟你在一起。"周正脸色发红，目光灼灼，"你可以过你想要的日子，我可以陪在你身边，我买个漂亮的房子送给你，我会赚很多很多的钱，我——"

林霜偏头看着他，蹙起了眉尖。

"结束的时候别拖泥带水，干净利落点，行吗？"

周正抿紧唇，往后退了一步，沉默地看着她。

♡　♡　♡

林霜收拾了些随身物品，剩下的都留给了周正："你有喜欢的就留着吧，不喜欢的，可以扔了。"

周正给林霜的那张银行卡，她临走前放在书桌上："现在用不上了，还给你。"

周正的情绪已经稳定下来，和平时状态无二，他"嗯"了一声，拎起林霜要带走的东西，送她下楼离开。

出租车缓缓驶离，周正在路边站了一会儿，转身去了学校。他下午要开会，要写报告，有两个班的周考试卷要批，还要监督一晚上的晚自习。他的时间一下子宽裕起来，那些看似很着急的事情其实一点也不着急。

下了晚自习，周正回到家，看到阳台上的仙人掌花已经完全凋谢，他挽起衣袖收拾家里。

这一夜，他同往常一样作息，甚至定了早上的闹钟。

要习惯，正如他的父母一齐消失在那个暴雨的夜晚，他熬过了失去双亲之痛，逐渐归于平静。不过三个月的记忆而已，理应消散得更快，在人生漫漫长河里不值一提。

第二天，在办公室，周正收到一条转账短信，是林霜往他的银行卡转了一笔钱，数额很大，远远超出起初这张卡的余额。

他打电话给林霜，过了很久才接通。

"没错的。"林霜朝苗彩摆摆手，"刷卡购物的花销，还有这三个月约会和共同生活的开支，我每天都有记账，并没有多给你。"

她享受男人为她买单的情趣，也记下每天的恋爱流水，随时为结束做准备。

周正用力咬牙。

"恋爱嘛，还是应该多享受一点，不用考虑那么多经济因素，本来就是我提议在一起的，钱都花在我身上，理应我买单。"林霜笑了笑，"收下吧，这本来就是你的钱。"

"别的我都能接受。"周正语气隐忍，也带着一点生硬的疏离，"唯独这一点，我拒绝。"

他没有温柔又沙哑地喊她"霜霜"，甚至没有叫她的名字，突然挂了电话。

林霜沉默片刻，收起了手机。

苗彩看林霜脸色怏怏："怎么了？前男友的电话？"

"没什么。"

一个小时之后，娜娜打了个电话给林霜，说周老师在奶茶店里办了十张充值卡，每张充值金额是封顶的一万元。

"你怎么不拦他？也不先问下我？"林霜皱眉。

"啊？我以为是老板你和周老师的情趣呢……而且周老师进门的时候挺温柔的，我问他，他说你知道原因的。"

林霜这几天没去奶茶店，身边的人不知道他们分手这档子事。

男人奇妙的自尊心。

感情结束的时候，在钱上面拉扯，大概是最扫兴的事情。林霜估计自己再把这笔钱转到周正卡上，他下一步就要帮她把奶茶店的房租给付了。

"是不是周老师和你掰不清了？"苗彩问，"不是处得好好的嘛，怎么突然就分手了？"

"没意思。"林霜喝着下午茶，她这两天染了新发色，去了趟美容院，尝试了新的美甲，穿得花枝招展，像朵生机勃勃地怒放的玫瑰，格外地抓人眼球。

"不过你把谈恋爱的钱都还给他，这个就有点可怕了。"苗彩啧啧摇头，"周老师又不是软饭男，好歹有点骨气吧！你把所有花销都还给他，不仅践踏了他的自尊，还全盘否定了他对这份感情的态度。"

林霜拨了拨自己的"渣女大波浪"卷发。

"你如果真的不想欠他，等过了这阵子，买个贵重的礼物送给他，或者以后有机会把钱还回去呗。"

林霜想起了张凡："以后再说吧。"

和苗彩聚完，林霜拎着购物袋回家，窝在懒人沙发里，端着烟灰缸先抽了一根烟，然后找出手机，删了和周正的聊天和通话记录。

她再滑到相册。这几个月他们拍了一些零零碎碎的照片，并不多。从最初的苗彩婚礼开始，到最后的仙人掌花，中间夹着跳跃的烛光、操场上的影子、好吃的菜肴，周正的照片很少，只是偶尔有张低头的背影或握着笔的手指。

一支烟抽完，林霜迟迟没按下删除键。她想了想，也许没必要抹杀过去，快乐是有的，痕迹也是有的，也值得偶尔拿出来回忆回忆。

还有一个多月高考，高三的学生和老师都忙着最后一轮的总复习。周正已经很多天没有出现在奶茶店里了。

林霜最近有点艳丽到发光，她身穿色调明丽的紧身长裙，从头到脚裹得严严实实。各种妖艳的颜色轮番登场，却半点也不喧宾夺主，越发衬得她肤如凝脂、风华万千，好身材一览无余。

偏偏她还很撩人，那双杏眼清凌又缱绻，抬眼看人的时候，眼风带着小尾巴。

分手的流言是悄悄传出来的，不过两位当事人都没有承认或者否认，一副若无其事的态度，生活照旧。

在周正节约时间、又开始一日三餐踏足学校食堂的时候，张凡多看了他两眼，一副老神在在的态度。

"分了？"

"嗯。"周正神色没有半点失意。

张凡没有诧异，这两个人分手是意料之中的事情，不分才怪呢。

"这时候分了也好，不然你两头顾，一头盯着学生，一头管着家里，会累死自己。"

周正默认："也还好吧，这个时候学生反而不能紧张，要多放松，每天中午教室还放个电影什么的，节奏反而没以前那么紧张。"

张凡干笑了下："你还好吧？"

周正看着他，觉得有些好笑，反倒扬眉开起了玩笑："怎么？你觉得我是打算去跳楼还是割腕，还是暗自神伤、潦倒余生？"

"我可没这么想，就是怕你心里难受。"

"还好吧，好歹全了个心愿，飘了这么一阵儿，现在也要落在地上，脚踏实地走路。"周正认真解释道。

"也是，林霜最近好像特别招摇，我们昨天在路边奶茶店，看见她走过，一直没挪开眼，几个男同事还在羡慕你艳福不浅。"

周正笑了笑，无奈地摇了摇头。

他在学校态度倒是很坦荡，但凡有同事在他面前八卦，他都是一副磊落的语气，半点不别扭："前阵子分手了，最近本来就忙，连休息的时间都没有，顾不上她，也给不了什么，不能耽误人家。"

同事们都深表理解，男教师这种生物，收入不高又照顾不了家庭，的确比较吃亏。私下有些流言传了几天，就消失在紧张的高三气氛里。

事实证明，如果当事人挑不出半点情绪瑕疵来，旁边的人很难琢磨出什么风浪来。

但这两人有点若无其事的坦荡。周正请学生喝奶茶，踏足过奶茶店，两人见面，自然地点头打招呼。

林霜语气轻快："还有几杯，马上就好，稍微等等。"

"好。"周正带着他班上的两个男生，"不着急，你慢慢来。"

"最近忙不忙？"林霜见缝插针地和他聊天。

"有点，马上要高考了，事情比较杂。"

奶茶店几个人紧赶慢赶把奶茶封口装袋，林霜收了奶茶钱，把人送走，回头看见娜娜和 Kevin 挤着站在她身后，抬头望天花板。

"怎么？"她挑眉含笑。

"老板好定力。"

"这有什么？"她哂笑，"大家都是成年人，合则聚，不合则散，不至于闹到老死不相往来吧，说不定以后结婚还得发请帖呢。"

不过，之后林霜没再见过周正。张凡倒是时不时会去店里买奶茶，跟她闲聊两句。夏天到了，谢晓梦又开始喝奶茶了，两人关系似乎有所松动，张凡又开始了送奶茶之旅。

周正从早上六点半忙到晚上十二点，如果想要尽心尽责，要忙的事情永远做不完，眼下最关键的是要把这届学生的高考成绩带上去，他把心思全部贯注在工作上，有空的时候还能抓几个学生来恶补数学。

林霜那边也有自己的事情，夏季本来就是旺季，是一年到头奶茶店生意最好的时候，加上她最近认识了新的人，慢慢开始了新的约会。

$$\heartsuit \quad \heartsuit \quad \heartsuit$$

林霜新的约会对象是个青年才俊，在国外镀金多年归国，出身银行世家。两人是在咖啡馆搭讪认识的，这位银行公子邀请她喝咖啡。

银行公子段位极高，有修养，审美好，有情趣，出手阔绰，为人热情真挚，是个完美无缺的约会对象，和林霜接触了几番，不久后便跟林霜表白。不过银行公子很诚恳也很坦白，说明家里对他的婚事管得很严，或许走不到最后一步，问林霜能不能接受。言下之意就是，只谈恋爱，不考虑未来。

林霜大致说过自身的情况，也知道对方家门清正，父母两边家族都强势，要求极高，不然也不会让银行公子回北泉发展。另外，他还有个青梅竹马在国外念书，两家长辈有点想法。

以林霜的眼光和要求，挑中的男人都是万里无一的，理所当然，银行公子也是在万里挑一筛选女人，分类或是明码标价，分得很清楚。

如果林霜的爸爸没有银铛入狱，家里的公司还存续，她在这种场合大概所向披靡。

林霜觉得，其实也未必就寸步难行。只是陌生男女初期相处，匹配的都是自身条件，要消耗时间和情感，再逐渐过渡到交心的程度。可她缺乏深入交际的耐心和脾气，只想男人服从，从来不肯去打动人心。

她没打算跟眼前的银行公子有未来，不过当他赤裸裸地把话亮出来时，她心里多少有点不服气，也被激起了胜负欲。

但林霜真的懒散，只想"躺平"，不想动脑子费力气，不想玩男女互相追逐的游戏。她只想过得轻松快乐一点。

银行公子侃侃而谈："以前每年夏天都去地中海沿岸度假，相比巴塞罗那和马赛，我印象更深的是以色列的海法、巴哈伊阶梯花园和隐秘的无人海滩……"

他讲北欧慢生活和绚烂的极光，分享海上遇见的离奇景观。林霜问他，是不是不能报考公务员，走不了仕途。他邀请林霜去私人影厅看文艺电影，林霜偏要去网吧看鬼片。

总之，林霜就是反其道而行，拆台拆到让人哑口无言。

气氛越诡异，银行公子脸上的神色越无奈，一时又抛不开手，最后只能包容、宠溺。

"我知道你就是故意的。"

林霜正色道："那是你对我还不够了解。"

就这么个相处模式，银行公子还跟林霜断断续续地保持联系，足见其脾气之温和、涵养之深厚，令人佩服。

两人每隔几天就有约会。某天中午，银行公子约林霜去酒店吃鲍鱼、龙虾。这家酒店兼具宴会餐和散客餐。酒店大厅墙上的电子屏滚动播放着字幕，内容是哪家婚宴、哪家摆酒，其中一条字幕让林霜多看了一眼。

字幕内容是高考升学宴。客人特意把家里孩子录取的大学名字亮出来，是全国排名第一的理工高校，含金量极高，校名就代表着前途无量。

时间过得真快，已经到了酷暑七月，高考已经结束了，连录取通知书都下来了。

去年的这个时候，林霜还在蓬头垢面地筹备她的奶茶店。

这个举办升学宴的宴会厅就在林霜他们的小包厢旁边。服务员引着两人进包厢，路过宴会厅的门口，正好听见准大学生上台致辞，感谢父母和亲朋好友，感谢恩师和学校。

林霜不知怎的，脚步慢下来，心想："这年头升学宴都这么高调吗？还搞起仪式来了。"

她看见一个年轻男人被请上了台，他接过话筒说了一句简短的祝词，然后被学生拥抱住，哽咽着感谢了一把。

林霜站在外头，看着台上的人，心里也有种淡淡的喜悦。

努力终有回报，今年的高考奖金应该拿得不少吧。

银行公子问林霜："怎么了？是熟人？"

林霜眼里带着亮晶晶的微笑："台上那个，是我前男友。"

台上就那么几个人，大概是学生的任课老师，当中有个年轻男人站得笔直，相貌清秀，气质沉笃，一眼望去，比旁人惹眼点。

"是吗？你前男友是个老师？"

林霜挽着银行公子往前走，高跟鞋敲出清脆的声音。她的眉眼不自觉飞扬："他挺厉害的，高考数学状元，大学毕业被学校特聘回来教书，课讲得特别好。"

银行公子不以为意，心想，一个高中男老师，跟"厉害"这个词搭不上边。

席间，林霜笑意盈盈，情绪也让人觉得舒服，聊天也非常配合。银行公子看着她："你今天很高兴？"

"有吗？"

"有，我讲的冷笑话，你都笑得特别开心。"银行公子意味深长，"是不是……遇见前男友的缘故？"

银行公子也交过几任女友，没有哪任在提及前男友时会面容带笑，一般要么咬牙切齿，要么黯然神伤，要么遗憾、失落。

林霜不认同，耸了耸肩膀，收起脸上的笑意："这家的菜特别好吃。"

吃完午饭，隔壁的升学宴也接近散场，人已经走了不少，林霜偏头看了看，又快速路过。

车停在酒店旁边的露天停车场，林霜没带遮阳伞，又不想踩着高跟鞋顶着烈日行走，便站在路边树荫下等车出来。

酒店里陆续出来人，三五成群，一拨拨地散场。

林霜听见年轻人的笑语和聊天声，偏头扫了一眼，很快挪回视线，掏出手机，来来回回滑动自己的手机界面。

升学宴请了不少学生和老师，周正和几个学生边说话边站在路边等出租车。

他轻轻瞥了眼树下的人，一时忘记刚才的聊天内容，思绪慢了两拍，才回到和身边人的对话里。

高跟鞋的声音和窈窕纤细的身影很容易被认出来。

出租车在路边停下，一行人相继坐进车里，车门关闭，从林霜面前驶过。

林霜望见车窗里的侧脸，是她熟悉的鼻梁和嘴唇，在她面前一闪而过。

"周老师，你看什么？"

"没什么。"周正平静地收回目光，陷入沉默。

好像很久没见了，几个月了吧？忙完高考的那段时间，他又紧接着培训、开会，还回乡下住了段日子。

林霜没来由地有点焦躁，兴味索然，好像一个在烈日下的空塑料袋不小心被汽车尾气卷着飘起来，跌跌撞撞、刺刺啦啦，就是落不回地面。

太阳真的很晒，午后的温度格外高。林霜看了眼手机，37℃的高温，她穿着长裙，带妆的脸上已经开始冒汗。

银行公子的车缓缓停在她面前。

林霜的脸色不是那么好看。

"怎么了？"

"你车开得太慢了，我等了十分钟。"

"十分钟而已，不过分吧？"

"可是，停车场的位置，走过去也就两分钟而已。"

"我刚接了个重要电话，跟客户谈点事情。"

"最好不要有下次。"林霜扭头看着窗外，语气冷漠，带点居高临下的意味。

"知道了，公主殿下。"银行公子脾气不错。

就算是公主殿下，也只能陪人解闷而已。

林霜扭头看银行公子，"哎哟"一声笑了，语气尖酸："这可不敢当，我可高攀不起您，尊贵的白马王子。"

林霜脾气不好，也懒得搭理人，这日约会草草结束。

Chapter 11

骨折

♥

他跟她的人生背道而驰，未来再无可能。

　　周正这届班上的高考成绩特别好，不出意外的话，本年度的市优秀班主任奖应该非他莫属。

　　高考奖金发下来，加上他这几年存下了足够的首付款，周正带着奶奶去了趟市区，签了购房合同。

　　北泉是不知名的小城市，连高铁站和火车站都没有，高速公路也是近几年刚修成的。周正挑的楼盘算北泉中高档次的，又是现房，每平方米 6000 元。他选了个 130 平方米的宽敞户型，跟开发商签了合同，付了首付款，等着银行贷款下批。

　　买了房子，周正奶奶心情格外舒坦，拉着周正唠叨了许久，有了房子，之后恋爱、结婚就便利了。

　　师母知道周正买房，打电话催他去家里吃饭庆祝一下。

　　每隔几个月总要吃这么一顿饭，周正携礼上门，饭吃得宾主皆欢，就是师母的唠叨有点难挨。

　　席间无一例外，又聊起他的终身大事。

　　周正和林霜的事情，他从不主动往外说。但丁严也听到过一点风声，证实之后，夫妻两人还商量着见见这对小情侣，没承想这话还没说出口，两人就分手了。

师母其实心里也有点犯嘀咕，起初介绍了那么多姑娘，周正一直不为所动，单单就挑了这一个，哪想沉寂了大半年，谁也没想着能有点后续，居然还冒出了点火苗。

"阿正眼光好是好，这姑娘照片我也见过，是真漂亮。"师母给师徒两人切水果，"这也没多久，分了就分了吧。阿正，你也别泄气，后头还有更好的呢。"

分了就分了，她也怕姑娘太漂亮了，要求太高，周正守不住。

周正的条件当然算不上好，但也不算差，优点一抓一大把，只是适合的人不一样，找个脚踏实地、愿意细水长流陪他一起过日子的女孩子才是最佳选择。

师母老生常谈，周正又开始装糊涂、打哈哈，想着法子把话题揭过去。

丁严知道周正办事稳重，从不操心这些，喝了口茶："房子买了，其他事情就好办了，你也别听你师母唠叨，缘分这事，说来就来了，你还年轻，不着急。"

周正"嗯"了一声，垂眼看着棋盘，一下下敲着棋子。

"怎么了？有心事？"

"前两天……我接到个电话，是宛城那边打来的，问我要不要跳槽去私立高中。"

北泉没有私立高中，但宛城有一所省内最好的私立高中，名声极响，学生家长非富即贵，教师待遇出了名地高，但竞争也激烈，一直在挖省内名校的名师。

"待遇开多少？"

"现在的三倍，而且默认可以校外补课。"

"那是不低了。"丁严算了算，课内课外一年也有好几十万元的收入，"你还年轻，以后发展空间很大，正是能为学校出大力的时候，这几年教学成绩又不错，开这个价也是正常。你怎么想的？"

周正手肘撑在棋盘上，语气似乎有点低落："我今天回了信儿，还是拒绝了，不考虑。"

不知道为什么，他心里有点闷闷地难受。

丁严倒是松了一口气。周正是他看重的得意门生，他还有几年就退下来了，按周正的评职称进度和能力，他这个副校长的位置，私心觉得适合周正接手。

"公立有公立的好，私立也有私立的难处，现在的年轻人做事都浮躁，其实还是要沉稳、踏实些，这类人在哪儿都吃不了亏。想当年，我不过也是个农校初中老师，现在不也走到这一步了？"丁严感慨道，"教了那么多届学生，你算是跟我走得最近的。其他那些得意门生，出国的、赚钱的、当官的，也逢年过节上门看过我，但我也看出来了，能静得下心来的也没剩几个人。"

周正的沉稳，是他的性格使然。

"当初是因为老师您，我才想好了要教书的。大学毕业后，您也劝我回来，要是为了钱，大可不必回来。"周正摸了摸鼻子，"我自己对学校也有感情。"

"也挺值的，我花了两张火车票的钱从工厂里扒拉出个青年优秀教师，也算是功德一件了。"丁严调侃道，"你教的那些学生，感谢的人还得是我。"

周正也笑了。

丁严问周正："你既然决心要留在学校，以后想走什么路？名师还是管理？"

名师靠教学能力，管理靠手腕，丁严觉得周正悟性高，这两条路都适合。

"先教书吧。"周正对数学兴趣浓厚，还是想花点精力在专业上，"当了四年班主任，今年不想再带班，想尝试点别的。"

"也好。"丁严拍拍周正的肩膀，"你喜欢教书，那就多花点工夫在这上头，多付出总是没错的。"

周正下一年还教高三，这回学校安排教学工作，他真没接班主任的活儿，只带了两个班，还兼任学校的数学竞赛教练。

暑假时，奶茶店生意冷清，不需要林霜天天守在店里帮忙，趁着这段时间，她出了趟远门，去探望了林海，又在宛城逗留了几天。她回北泉之后，就跟银行公子分手了，也没什么特别的理由，就是腻味了，离开几天没联系，加上心情不好，就有些兴味索然。

付敏打电话给林霜，说是漆杉过生日，全家人要找个地方一起吃饭。

林霜不记得这个小弟弟的生日，甚至努力回忆才能想起他的年龄。她模糊记得是某个夏天，她走在路上，热得满身大汗，进了病房，听见一阵婴儿"哇哇"的哭声，冷气吹在她身上，阵阵发冷，她的妈妈和别人生了小孩，一家三口喜气融融。

漆杉脸蛋圆圆的，腮上有两个红团子，还没抽条，有点肉墩墩的，不算胖，但特别能吃，一看就是个胃口很好、身体结实的小学生。

林霜赶到的时候，付敏正在给她小儿子擦额头上的汗，漆雄顾着给他大儿子夹菜。

能明显看出这个重组家庭的分工，漆雄性格绵软，主要安抚漆灵，付敏偏向亲生儿子，主要顾着漆杉。

这个社会很难找出完全融洽的重组家庭。漆灵处于叛逆期，是个人见了都烦，也把付敏气得够呛，付敏索性什么都不管，眼不见为净。手心手背都是肉，在这种情况下，漆雄只能先顾着大儿子。

吃饭的气氛倒还融洽，林霜顺路在玩具店给漆杉买了个小礼物，大家一起吃了生日蛋糕。吃完饭，林霜要回奶茶店，漆雄拉着漆灵："正好，你们俩都去北泉高中，一块儿打车过去吧。"

漆灵今年念高三，不过高三没有正式开学，今天又是周末，学校空荡荡的。

付敏解释道："给漆灵报了个补习班，就在学校附近，已经上了两周的课。"

漆灵的成绩的确不好，能进北泉高中是交了高额的择校费的。他马上上高三了，漆雄为了他的成绩，费心找了校外的补习班，价格也不便宜。

想起这事，漆雄转向林霜："周老师人挺好的，漆灵补课这事，我给他打过电话，他虽然不补课，但是给了点参考意见，还推荐了几个老师。"

"叔叔和他有联系？"林霜问。

"那倒没有，毕竟不太熟，我也不好意思麻烦周老师。"漆雄道，"可惜周老师今年不带班了，不过漆灵要是能分到他任教的班，多少也能照顾一些……"

漆雄心想："要是关系好点，没准儿还能替漆灵换个班什么的，照顾一下。"

林霜没接话。

之前她还和周正生了一场气，嫌他多管闲事、不知分寸，还好周正一直没越界。后来她跟周正在一起，付敏那边一直不知道这个事情。

出租车到了，林霜跟漆灵招手："一起走吧。"

两个人坐在后座，中间隔着空座，漆灵紧挨着车门，扭头看窗外，林霜低头看手机。

两人下车后，漆灵连个招呼都没打，用力关上车门，往与林霜相反的方向自顾自地走了。林霜看着漆灵的眉眼，觉得这青春期的男生怎么看怎么欠揍，也怪不得付敏的日子不好过。

林霜转了几万块钱给付敏。

付敏注意到手机消息时已经是晚上了。她忙完店里的事情又忙家务，时间不算早了，于是给林霜打了个电话。

"睡了没？"

"没呢。"

"好好的怎么转钱给我？"付敏皱眉。

林霜淡声道："去年你塞给我的那几万块钱，我一直存着没花，我又不缺钱，还是还给你。"

"我不要！"付敏语气生硬，"那是我给你的钱，你留着。"

"你年纪大了，精力哪有年轻时那么好？还要养家、养漆杉，以后他读书、结婚都要花钱，还有漆灵，现在上个补习班也要不少钱，我也不是补贴你，本来就是你给我的。"

"这钱……漆叔叔不知道吧？是不是你攒的私房钱？"

"漆杉还小，等以后再说吧。漆灵，我不管，他还有亲妈，他爸爱怎么管怎么管。"付敏道，"他有钱私下贴补漆灵，我也为你攒点嫁妆。"

林霜笑了，这夫妻两人心里都有小九九。

"那就先存你那里吧，等我结婚了你再拿出来，我奶茶店收入不错，赚得也不少了。"

挂电话之前，付敏喊了她一声："霜霜。"

"嗯？"

"早点休息，别熬夜。"

"知道了，你也别太辛苦，早点睡吧。"

"霜霜——"付敏语气顿了顿，"你还不愿意叫我一声妈妈吗？"

自从漆杉出生，林霜就不太爱当面喊付敏"妈妈"。读大学加工作几年，她们没怎么见面，母女关系更是冷淡，也就是林霜回北泉后，母女关系才缓和一点点。

林霜握着电话，一时没说话，过了一会儿才说："等我想喊的时候吧。"

电话挂断，林霜玩起了游戏，到深夜才停手，打算洗澡、睡觉。

林霜家里的浴室还是老式格局，洗澡间用一块浴帘隔着，地上的瓷砖一直没换，很多地方都磨花了，沾了水总是有些滑溜溜的。她不想多事增加清扫工作，连防滑垫和地毯都懒得买，一直凑合着用到现在。

拧开花洒，水稍稍有点烫，水汽蒸腾，很快浴室就雾气氤氲。水珠顺着林霜湿漉漉的长发往下淌，漫过清晰无瑕的五官和洁白滑腻的身体，砸落在地上，汇成水流，汩汩流走。

有时候就是那么凑巧，不早不晚，根本不应该发生，或是应该发生得更早，偏偏在一个奇妙的时间节点出事了。

林霜湿漉漉地踩在地上，出水芙蓉般的面庞被热气熏得嫣红。她伸手去抓搁在浴帘外的浴巾，同时心不在焉地踮脚迈了一步。

"啪嗒！"她脚下猛然一滑，身体直接倾斜着往地面砸去。

"嘶——"歪倒的那一瞬间，她急急地扯了把浴帘。

当重重地摔在地上的时候，林霜听到身体磕在坚硬地面上的啪嗒刺响，而后猛然感觉到剧烈的疼痛。她忍不住飚了句脏话。

♡　♡　♡

半夜两点，林霜忍着剧痛和泪花，在第一个和最后一个看过她裸体的人之间纠结，然后给后者打了电话。

此时，周正已经睡下，突然被电话铃声吵醒，看见来电显示，觉得自己在做梦，摁下通话键的时候整个人才清醒过来。

"能不能过来帮我一下？"电话里的声音虚弱又烦躁，"我在浴室摔了一跤，要去趟医院。"

浴帘帮林霜缓冲了下，痛过之后，至少还能勉强爬起来走路，她谢天谢地。只是摔倒时体重都压在手臂上，肩膀有个地方剧痛，疼得林霜头晕目眩。

"马上来！"周正迅速起身，嗓音匆匆，"你别挂电话，等我过来。"

电话没挂，林霜在电话里保持沉默，周正也没多说话，只听得电话里传来各种刺刺啦啦的声音。林霜盯着通话时间一秒一秒地跳动，在耐心耗尽之前，终于听到周正说话："霜霜，你能开门吗？我在门外。"

林霜裹着浴巾去开门，周正站在她面前，呼吸急促。

周正站在门口，看见屋里灯火通明，显然这个时间林霜还没入睡，此刻正沉默地站在他面前，像个落水的女鬼。凌乱的湿发贴在她脸颊上，半干半湿的浴巾松垮地圈在身上，面色苍白，眉头紧紧皱着，嘴唇抿着，身体佝偻着，缩着光溜溜的肩膀。

"摔伤了肩膀，我这边动弹不了。"林霜不知道是面无表情，还是表情已经麻木，往后退了一步，让周正进屋，"你过来帮我。"

虽然两人有过一段亲密关系，但这还是周正第一次踏入林霜家。

周正没细看，跟着进屋，只觉得屋子里很香。林霜扶着肩膀坐在椅子上，唇色枯槁，虚弱得说不出话来，又不得不耐着性子指使周正："内衣在右边第二个抽屉，裙子挂在左边衣柜，帮我穿衣服。"

她实在痛，没办法自己穿衣。

睡都睡过了，谁还介意被看光？林霜直接摘了浴巾，周正眨了眨眼睛，神情泰然，转身在衣柜给她找衣服。

"不要这个，穿起来麻烦，左边有隐形内衣，直接贴的那种。"林霜这会儿胳膊都抬不起来，半边身子从上到下都痛，她觉得脑子都摔得不清醒了，憋不住地烦躁，抿唇，"你磨蹭什么？快点！又不是没见过！"

她整个人光溜溜站在周正面前，散发着股惨痛又娇弱的气息。

周正沉默不语，加快手上的动作，一件件替林霜套上衣服，这才有工夫仔细查看。林霜一侧的肩膀有些肿，脸上有一块瘀青，膝盖和手臂都有大片青紫，他小心地问她："身上也磕到了？除了肩膀，还有哪里痛？"

别的地方都还好，只有肩膀痛得受不了，林霜皱眉，直冒冷汗："大概是骨折了。"

顺仔的车在楼下等着，他喊了声"林小姐"，周正把林霜小心翼翼地扶进车里："去医院急诊室。"

林霜全程身体僵硬，扶着手臂目光空洞。周正不敢随意碰她，看她神情恍惚，问："冷不冷？"

林霜皱眉，没说话。

出门时周正没忘记从衣柜里拿出一件衬衫，轻轻披在林霜肩头。

医院急诊室人还不少，医生沿着林霜的整条胳膊仔细检查，林霜痛到闷哼，冷汗连连，两眼泪汪汪的。

周正站在一旁，抿着唇，攥了攥拳头，也禁不住冒冷汗。

"先拍个片子看看，看是不是有骨折。"医生开单子递给周正，"家属先去缴费，带着去三楼拍片室。"

周正忙来忙去，缴费、拿单据，最后扶着林霜进了拍片室。等报告出来，他又下楼拿给医生看。

"肱骨轻微骨折，软组织挫伤。"急诊医生是个谨慎的年轻大夫，又摸了摸林霜肩膀的骨头，看她神情憔悴又痛苦，"看片子，是伤在肱骨大结节那块，倒不算太严重，不放心的话再拍个核磁共振吧，看看关节和韧带情况。"

这回又折腾去了核磁共振室。半夜三点多，核磁共振室的值班医生不在，只在门口挂了个联系电话。周正把林霜安顿在椅子上，打电话催值班医生过来。

打完电话，周正一转头，看见林霜披着衣服乖乖地坐在椅了上。她低着头，长长的凌乱头发垂在脸侧，挡住了她的面容，整个人消沉又寂寥，踮着脚，"啪嗒啪嗒"玩自己的拖鞋鞋跟。

周正心头涌起一股酸酸胀胀的疼意，他把电话塞回兜里，走过去，站到林霜身后，扶她的脖颈把她的脑袋往后仰："别动。"

虽然是炎炎夏日，医院里温度却不高。林霜湿着头发从家里出来，头发里闷出的不知道是冷汗还是热汗，这会儿乱糟糟的头发还没干透。

周正撩起T恤下摆，拢着林霜的湿发擦了几下，用手指将了将，把她的长发将顺，拢在背后，又把她的脑袋扶回原位，温声道："好了。"

"医生在值班室，马上就来，我们等几分钟。"

周正在林霜旁边坐下，两人中间还隔着两个空座，等候区空荡荡的，灯光却是明晃晃的，给人清寂孤冷的感觉。

林霜一直垂着头不说话，周正忙前忙后照顾着她，这一路话也很少。

"现在还很痛吗？"

林霜点点头。

周正想了想，站起身走到林霜身边，把她身边的东西换到另一个座位上，紧挨着她坐下。

"在我肩膀上靠一会儿吧。"他望着林霜，淡声道，"休息一下。"

"谢谢，大半夜的麻烦你了。"林霜垂眼。

"应该的。"

周正在林霜脑袋上拍了拍，林霜扶着受伤的肩膀，顺着他轻微的力道轻轻依偎在他肩头。

周正拢了拢林霜身上的衬衫，抬眼看见她眉眼温顺，长睫濡湿，面容苍白、脆弱。

值班室的医生跑着赶过来，周正扶着林霜进去检查，等报告出来又拿给急诊室的医生看。是肱骨大结节轻微骨折，因为伤在肩膀顶端，没法打石膏，只能保守治疗。医生开了点药，给林霜绑了个临时绷带，叮嘱周正去药店买个三角吊带，白天再挂骨科康复门诊。

折腾一通下来，已经是早上四点多，天都亮了。

周正把林霜送回家里，扶着她进了房间，叮嘱道："你先睡一会儿吧。"

林霜淡淡地"嗯"了一声，僵坐在床沿，没有下一步的动作。

周正看她垂着头，神色憔悴，眼下有淡淡的青痕，想了想，过去托住她另一侧的肩膀，一只手搭在膝弯，问她："是不是痛？我抱着，这样把你放在床上，行吗？"

"嗯。"林霜低头，又闷着嗓子应了声。

周正单膝跪在床上，几乎把林霜完全搂住，把她搂成个蜷缩的姿势，小心翼翼地托着她的后背，一点点把她的身体放倒在床上。林霜顺着周正的力道，皱着眉在他臂弯里"哼"了一声。

"哪里疼？"

"肋骨。"

周正动作放缓："我拿东西垫一下？可能会舒服点。"

"好。"

周正抓了条床上的小毯子，叠成长条形，垫在林霜受伤的那一侧身下。

"帮忙把空调开一下，遥控器在桌子上。"

周正找到遥控器，调好温度，扯了条空调被给林霜盖上："先睡觉吧。"

"谢谢。"林霜闭上眼，"都早上了，你也回去休息吧。"

周正迈了两步又顿住。

"我把钥匙拿走，去趟药店买医用吊带，再买点消肿化瘀的药，等会儿再过来。"

林霜往被子里缩了一下，没说话。

林霜不说话，周正默认为她不拒绝，他找到她的手机，搁在她枕边。

"你有事给我打电话。"

周正带上了卧室的门，拿着林霜的病历本和医保卡去了趟药店，又去医院约了个骨科主任的号，回来的路上带了点吃的。

回到林霜家里，屋子里静悄悄的，没有一点声音，他轻轻拧开卧室门，看床上的人还安静睡着，便关上门，挪了把椅子坐在门边等。

身体痛死了，林霜觉得这一觉睡得又沉又累又难受。

她看了眼手机，早上十点，才睡了不到四个小时，火辣辣的太阳透过窗帘晒进来，屋子里有点朦朦胧胧的亮光。

周正听见屋里的声音，敲了敲门，打开："醒了？"

林霜被周正扶着坐起来，满脸的倦怠和疲惫，抿抿唇："我要去洗手间。"

浴室里还保持着事发时的状态，浴帘被扯坏了几个拉环，地上散落着好几瓶洗浴用品，干发巾湿漉漉地被扔在地上，连拖鞋都四仰八叉地翻着。难怪会摔倒，新换的洗澡拖鞋虽然样式精致、好看，但底子又软又薄，不防滑。

周正看了一眼就明白了，把眼皮子底下的拖鞋拎起来，问林霜："要不要我帮忙？"

林霜情绪恢复过来，心头有点别扭，同居的时候也没在洗手间共处过，何况是这么尴尬的时候。

"不用，你出去吧。"

周正退出去，顺道把门带上了。林霜看着玻璃门上印出的那个模糊的身影，她怕隔音不好，咬唇："周正，你能不能走远一点？"

床上的声音是性感，马桶上的声音就是尴尬了。

"我去趟超市，买块防滑垫回来，你走路的时候小心点。

"桌子上有我买的小米粥、排骨山药汤和牛奶面包，你吃点东西吧。"

周正去了趟喷泉广场的超市，挑了个颜色还算漂亮的防滑垫和浴室地垫。他回来的时候，林霜正握着勺子坐在椅子上发呆，看见他进来，她眼神闪了闪，低头喝了口汤。

周正把防滑垫和地垫铺进了浴室。

♡　♡　♡

不知道为什么，两个人都不怎么说话，共处一室时，气氛就显得有点尴尬。

这关系不上不下、不清不楚，事情本身的尴尬倒显得不那么重要了。周正忙前忙后伺候林霜，这就有点难办了。

林霜觉得自己向来洒脱，拿得起放得下，本来两人已经断得干净利落，又分开了这么久，临了深更半夜闹这么一出，又沾了点黏黏糊糊的感觉。

"你忙不忙？"林霜开口打破沉默。

"还好。"

"没恋爱？"林霜淡声发问。

"没有。"周正也淡声回话。

周正想了想，又问林霜："你分手了？"

"嗯……"她要是没分手，真不一定找周正。

好吧，两个人都是自由之身，就算她被他抱了，那也碍不着别人的事，毕竟两人更私密的事情都做过。

林霜草草吃了点东西，周正去翻桌上的药盒："家里有没有热水？把药吃了吧。"

"厨房有。"

周正走进空荡荡的厨房，真是干净得清清楚楚，就一个饮水壶和一只单人小锅，冰冰冷冷的，半点烟火气都没有。

他接了杯水出来，递到林霜面前，又把药片递给她。林霜吃了药，周正替她把买的三角吊带戴好，看她又蹙眉，便放轻动作，扶她上床："再休息一会儿吧。"

林霜"嗯"了一声，让周正把枕头垫高，半躺半靠在床上，低头支着腿玩手机："我没事了，谢谢，你也回去吧。"

周正点了点头，戳在一边，想了想："谁过来照顾你？"

"有人照顾，快过来了。"林霜手指点着手机屏幕，"医院挂号和检查都是你付的钱，大概多少？我转给你。"

"这个不着急。"周正想了想，"我帮你挂了个明天上午的号，那个主任医生和我认识，明天我再带你去趟医院？"

林霜沉默了会儿，没拒绝。

周正把早上买的药膏搁在床头："你身上的瘀伤……让人帮你揉一揉吧，能好得快点。"

他又把林霜家里的钥匙搁下："钥匙，我放这儿。"他语气转轻，"我先走了。"

"好。"

周正往外走了几步又回头："还有没有什么需要帮忙的？"

"不用了，谢谢。"

大门"咔"的一声被关上。

林霜看了会儿手机，给娜娜和Kevin打了电话，嘱咐了几句，这些天她不去奶茶店了。挂了电话，她出了会儿神，又躺了回去，合上了眼。

这天林霜睡得极早，醒了又睡，睡了又醒，身体又胀又麻又痛，索性起来走走。她托着手臂在窗前晒太阳，而后听见"咚咚"敲门的声音。

是周正。周正看着林霜，气息稍凌乱，显然是走路急促的原因："我给你打了好几个电话，你都没接。"

林霜想起来："我手机没电了。"

周正站在卧室门外，等着林霜换衣服，她的裙子拉链被拉下来，裙子坠在地上，她又换了一条，喊周正："过来帮我一下。"

周正扯住那条沙滩度假裙的一角，从林霜的腋下绕过去，绷着脸，别开视线帮她穿衣服。

林霜默不作声，轻轻瞟了周正一眼，抓着他的手臂："后背蝴蝶结上有个暗扣，你搭上就好了。"

周正又绕到她身后，仔仔细细地研究那条复杂又艳丽的裙子的穿法。林霜把长发往前拨，露出整片光裸的后背。在周正眼里，那是无瑕的雪地、皎洁的月色、展翅欲飞又酣然沉睡的蝴蝶羽翼，他全然不敢触醒那只纤细的蝴蝶，动作又柔又轻，低头将呼吸洒在她光裸的背上。

林霜微微缩了一下。

她站在梳妆台前，周正捏着梳子替她梳头，她又伸手取出一支和衣服颜色匹配的口红，对着镜子细细地涂起来。

两人的身影都在镜子里，他们都没有说话，但举手投足间很有默契。

出门的时候，周正拎着东西走在前头，林霜听见他迈出大门的声音似乎松了口气，不由得勾了勾唇角。

坐诊的主任医生是丁严的老同学，也认识周正。他看了林霜在急诊拍的片子，上手摸了摸骨头，淡定得很："不用担心，没什么大碍，静养一阵子，手臂活动小心点，可千万不能再伤着了，不然不好恢复。

"三角吊带先吊两三周，我再给你开点膏药贴着，定期复诊，不放心的话到时候再拍个片子看看，等后期手臂能动了，做点被动运动。"

林霜忍不住问："医生，我这样大概什么时候能好？"

"恢复得好的话，差不多两个月就没问题了。"医生说了一大通注意事项，最后叮嘱周正："家里饮食注意点，补充点营养，多喝牛奶，多吃蔬菜水果，多休息。"

医生态度和蔼，说得也很轻松，两人都放下心来。周正带着林霜回家，将她扶到床上躺着。

家里的气氛又变得诡异起来，林霜看着周正，用眼神询问他打算什么时候离开。周正看着林霜，知道昨天他走后她是一个人过的，她喝了他送来的牛奶，吃了几片面包，除此之外，家里没有任何变化。

周正犹犹豫豫，不知道怎么办才好，眼下这个关系，把握不住两人中间那个尺度。

"我出去买点吃的回来。"他又拿起桌上的钥匙。

一个小时后，周正提着沉甸甸的购物袋回来，牛奶、鸡蛋、水果塞满了原本空荡荡的冰箱，还打包了几样汤汤水水的食物。

"你打算怎么办？"周正把桌上的隔夜饭菜收拾进垃圾桶，低头问林霜，"你这样子没法自己生活，还是要有人照顾……"

林霜眼下的确不适合独居，但付敏有自己的生活，照顾不到她，苗彩也不可能过来贴身照顾，再找其他人，似乎并没有合适的。

这个人似乎就站在她面前，任她宰割。他毕竟是"二十四孝"前男友。

林霜负隅顽抗："我请了个钟点工，每天过来帮帮忙。"

她已盘算好了，这段时间她都要窝在家里休养，请个钟点工每天工作几个小时，做顿饭，收拾下屋子，其他的事情，她一个人基本能行。高三马上要开学了，周正要上课，不可能每天跑来跑去伺候她，就算能，以后又是一桩麻烦事。

周正沉默了一会儿，没有勇气开口，总不能死皮赖脸地说，让自己来照顾她。他跟她的人生背道而驰，未来再无可能，做过一场梦，醒过来还是要过自己的日子，应当放下。

可周正也没有办法袖手旁观，置之不理。

周正的目光又安静又柔软，像只毛茸茸的、任人揉搓的毛球，悬在半空中荡啊荡。

林霜不接招。

周正沉默许久，最后还是踏出了林霜家的门。

苗彩的店就在喷泉广场，离林霜家挺近，所以她拎着东西过来看林霜。

摔伤的事情，林霜还没跟任何人说，开门看见是苗彩，略微诧异："你怎么来了？"

"摔哪儿了？严不严重？"苗彩放下慰问品，埋怨林霜，"怎么受伤了也不说一声，真把我当外人了啊？"

"没什么，不算严重。"

"生活能不能自理？"苗彩扶着林霜回去，瞄了眼满桌的东西，有药品、食物、水果、零食，照顾得还算周到。

"你怎么知道的？"

苗彩抖了抖眉毛："我遇见了周老师，他过来喷泉广场买东西，跟他聊了两句。"

林霜抿唇。

苗彩觉得有趣，林霜出事，唯一的知情人是被林霜形容成"没意思"的前男友。这关心程度，关系可不一般啊！

她陪着林霜聊天。过了一会儿，钟点工果然上门，收拾屋子和打扫卫生。

钟点工每天中午上门三个小时，洗衣、做饭、整理家务。周正每一两天过来一趟，主要给冰箱添补点存货，也不久待，办完事情就走。

养伤的日子无趣又烦躁，林霜的主要活动范围是家里的床上，她躺到浑身骨头发痒，摔伤的地方自然从上到下地疼，骨折的地方更不必说，加上她一直固定姿势不动，整条手臂的肌肉酸痛，连换个姿势都能牵连全身。

最麻烦的地方在于她要洗澡。

七月的盛夏，她忍不住不碰水。

林霜在床上躺了几天，把睡裙揉得皱巴巴的堪比咸菜干，她闻到头发的酸味和油腻味，皱了皱眉。

她现在对浴室有恐惧症，是绝对不敢自己一个人进浴室洗澡的。不过，还好有周正在。周正帮她搬了个凳子进浴室，搁在花洒下。

林霜想的是，孤男寡女，该做的都做了，也不差这一项了。

洗头最麻烦了，林霜是长头发，单只手揉不干净，最后还是周正挽起裤腿帮她抹洗发水、打理头发。

林霜坐在凳子上，安心地享受业余"洗头小弟"的服务。

水流从发梢往下淌，白色的泡沫过于绵密，挂在林霜滑腻如脂的身体上。周正一手握着林霜的湿发，一手握着花洒，心无旁骛，鼻观口，口观心，认认真真地"工作"，冲洗挂在林霜身上的泡沫。

浴室水汽弥漫，朦朦胧胧，晶莹的水花溅起无边的春色，颤颤巍巍，待人采撷。

林霜淡定得很，但她身后的男人呼吸又湿又热又乱，还握着她的一把湿发。

林霜往后瞄了一眼，视线往下，果不其然。

臭男人，乘人之危。她想开了。有些事情，从她打电话的那一刻开始就躲不过。

♡　♡　♡

林霜想开之后，整个人都轻松很多。至少在那三个月里两人很契合。林霜喜欢周正那股清爽、踏实的韧劲儿，他也的确给了她惊喜。

洗完澡，林霜丝毫没有自己动手的自觉。

两人很默契，林霜眼神一觑，周正意会，帮她穿衣服、擦头发，换她肩膀上的膏药贴。

周正的身体自然产生了本能的反应，但他很快变得坦然，他还没有丧心病狂到那个程度，对着受伤的林霜想入非非。就算他要想入非非，这时候也未免太不合时宜。

但周正有感觉，他觉得林霜态度突然有点"松懈"。

林霜懒洋洋地靠在椅背上，让周正帮忙敷了个面膜，又吃着他端到她手边的葡萄，享受着他提供的干发服务。

"这里还是很痛，你不是买了药膏吗？帮我涂点药吧。"

林霜打量着她惨不忍睹的腿，用指尖碰了碰伤处，皱着眉头轻轻"嘶"了声。

她皮肤娇嫩，当时摔了那一下，腿磕到了挡水条，从小腿到大腿，连着膝盖，是一片蔓延而上的青紫。

周正也看在眼里，林霜皮肤洁白、光滑，毫无瑕疵，这大片大片的瘀青看着的确触目惊心。

"不帮忙吗？"林霜瞟了周正一眼，语气平平，"要不你把药膏给我，我自己抹。"

周正眉头皱了下，去找他买的瘀青膏，又往她身后塞了两个抱枕，淡定道："我来吧。"

林霜泰然自若，把整条腿明晃晃地搁在周正面前。

瘀青膏拧开，一股辣人的药味冲出来，周正挖了一块，在掌心推开，在林霜腿上按摩。

两人不约而同想起了以前。

林霜长睫轻扇，腿动了动。

"痛吗？我轻点。"周正低着头，眼神专注在青紫的瘀伤上，放轻了手上的动作。

药味又浓又呛，药膏在周正掌心里，触感滑腻又黏重。周正扶住林霜的腿，察觉她可能有点怕疼，动作越发轻柔，用掌心在伤处一点点揉推，让药膏慢慢浸入皮肤。

周正力道很轻，并没有给林霜增加痛感，但林霜还是觉得她在忍耐，默默盯着他的动作。

等周正把药膏抹完，两人似乎都松了口气。

林霜被周正抱到床上去休息，她伸出能活动的那只胳膊默默揽住了他的脖颈。

周正下意识托紧了林霜。

林霜躺在床上，眼神无波，看周正帮她整理房间，再把她需要的东西都搁在她触手可及的范围。

那么多男人里，不管是男友还是约会对象，论细心和耐性，大概没有人比得上周正。当然，别的男人也有各自的优点，比如英俊多金、风趣活泼、学识渊博，等等。体贴细心这项优点，显得有点微不足道。

"你什么时候再过来？"林霜问周正。

周正看着她的神色，有点琢磨不透，她是不想让他过来，还是想让他过来？

"你需要我什么时候过来？"周正问，"这几天学校开学，开始上课了，我明天开会，还有晚自习。"

林霜不接话，她换了种方式："有空帮忙买个砂锅过来吧。家里只有一只炒菜的锅，钟点工阿姨说要备个煲汤的砂锅。"

她养伤的这些日子都闭门不出，钟点工每天来做饭外加做简单家务。其实林霜吃得很简单，早上都是牛奶加鸡蛋，中午阿姨做的饭菜量足够她吃两顿，不需要周正插手帮忙。

林霜想了想，又说："算了，不麻烦你，我在网上直接买一个。"

"我把我那边的砂锅拿过来吧，放在我那儿也用不上了。"周正家里正好有一个，就是之前为林霜准备的。

"明天下午没课，我送过来。"

林霜点头："好。"

她又想起学校："你今年不当班主任？"

"对，今年想空点时间出来，学点新东西。"

林霜感慨周正的上进心。

今年虽然不当班主任，周正依然带了两个理科班的数学课，每天中午还有一节数学竞赛班的辅导课，加上教研组的一些杂务，其实也不算闲，但免去了早自习和晚上查寝，至少不用长时间守在学校。

周正也想起一件事："你那个弟弟，今年也念高三了吧？"

弟弟？

林霜反应过来，周正说的是漆灵："对。"

"那个……漆叔叔前阵子联系过我一次，问我暑假补课的事情。"周正道，"那孩子学习可能不太好，我查了下他的成绩，可能有点悬。"

"漆叔叔求你办事了？"林霜挑眉。

"那倒没有，就是打了个招呼，问了问漆灵在学校的情况。"周正脸色坦然。

毕竟明面上两人是真的不熟。不过周正的教学名声在外，漆雄倒真的想找周正帮帮忙，但林霜作为中间人，一直不肯搭桥。

对周正来说，他这职业就这点优势了，其实帮个忙也无可厚非。

林霜瞄了周正一眼，语气无所谓："成绩差就差吧，他自己都不介意，我跟他也没什么关系，犯不着管他。"

周正欲言又止，最后终究是没说话。

林霜既然没那心思，周正自然也不能起想法。

周正来送砂锅的时候，林霜家还挺热闹，钟点工阿姨在阳台收衣服，苗彩让自家老妈炖了锅土鸡汤，她送过来给林霜补一补身体。

钟点工阿姨一直以为周正是林霜的男友："周老师，冰箱里的鸡蛋还剩两个，牛肉和虾也没了。"

阿姨只负责在楼下菜店买点小菜，大部分生活用品的采购还是周正来安排的。

"知道了。"

周正朝苗彩点点头，寒暄了两句，转身下楼。

苗彩"啧"了一声，朝林霜挤眼睛："你们两个到底是什么情况？复合了吗？"

"没有。"

复合是不可能复合的。

"那这是什么意思？这无微不至的关怀和体贴……"

"人道主义关怀而已。"

苗彩笑死："人道主义关怀？"

林霜纠错："没有无微不至，他一两天来一次，每次都待不久，而且我都付钱，跑腿费也给了。"

林霜转了笔钱给周正，作为日常采购开支，周正也把钱收下了。两个人都明白，至少在钱上面要分得清楚些。

苗彩觉得很有趣，撑着下巴："那我拭目以待，看看这人道主义会进化到哪一步，指不定'和谐社会'也指日可待呢。"

林霜也笑了，"和谐社会"？

在家里闷了十来天，林霜身上好多了，胳膊疼得没那么厉害了，也能稍微活动一下，晚上睡觉的时候可以脱了吊具，只是仍然睡得不安稳，身上总有些钝钝的疼。

付敏每周照例打电话给林霜，她也搪塞过去，丝毫没有提自己受伤的事情。林霜的朋友不多，大部分女性朋友觉得和她有距离感，说不上关系有多好。她对男性朋友的分寸也把握得很好，不想聊的从不搭理，想聊的暂时还没有。

倒是张凡、娜娜和 Kevin，时不时会找林霜聊聊天，解解闷。

周正带林霜去医院复诊，拍了个片子，骨头还没长好，但已经在缓慢愈合，医生叮嘱再吊两三周的吊带，这回连药都没开，只教了几个被动运动的动作，打发林霜回来自己锻炼。

其实林霜完全可以出门活动，奈何她嫌弃自己挂着三角吊带不好看，不愿意出门招人眼球，就连奶茶店都没有去过，每天闷在家里玩游戏、看电影、刷手机。

周正也发现了这个问题，某一天离开时问林霜："要不要出去走走？"

林霜正站在窗前看楼下的街景，想了想："好啊，很久没有出门了。"

穿裤子不方便，林霜挑了一条鲜艳的长裙，肩头披了件薄开衫，把手臂藏在衣内，她又特意化了妆，戴了首饰，明艳动人地从化妆镜前站起来。

等这身装扮精挑细选完毕，天已经黑了，她把香水轻轻一喷，拉着裙摆转了个圈，似乎心情很好，笑吟吟地问守在门外的周正："好看吗？"

周正沉吟了一下，没回应，眼神有点奇怪。

周正觉得自己好像很容易被林霜牵着走，也知道眼下两人这种相处模式很奇怪，特别是在有身体接触的时候，但又抵抗不了这种正儿八经的奇怪，他也想不出一种不奇怪的相处模式。

林霜拎了手包，换了双红底高跟鞋，兴致勃勃："去喷泉广场喝杯咖啡好了。"

她很久没出门了，看见路上的车水马龙、霓虹灯亮光，突然眼睛发亮，有了逛街的兴致。她乐颠颠地购物，最后在咖啡馆买了杯咖啡，甚至点了块奶油蛋糕，坐在喷泉广场的台阶上，惬意地享受起城市生活来。

周正用手拦了一下："医生说要少吃甜食，吃多了糖对恢复不好。"

"我就吃一点点。"林霜捧着小蛋糕，睒眒流光，把蛋糕递到周正面前，笑嘻嘻地问他，"你吃吗？"

周正挪开身子，离林霜远了一点，偏头，耳朵隐隐发烫："不吃，谢谢。"

"很甜的哦。"

周正起身，去观赏起起落落的音乐喷泉，等林霜吃完蛋糕才转回来："时间不早了，回去吧。"

林霜弯起了唇角，裙摆飘扬，走在燥热的晚风里。

林霜受伤的右手臂在不用力的情况下勉强可以缓慢、轻微地活动，她不再需要周正亦步亦趋地跟着她。

周正替林霜摘了身上的首饰，送她进浴室，他在门外守着。

洗完澡，林霜整个人湿淋淋、红通通地站在地垫上，小心翼翼地扶着墙壁，等着周正用浴巾把她裹紧。周正把松软的大毛巾兜在她头顶，把粉嫩嫩的姑娘裹了起来。

换成别的男人，兴许不知会如何饥不择食，但周正的定力显然出乎林霜的意料。

天本来就热，吹头发的时候，林霜耐着性子任周正操作，最后她耐不住热，拨开脸上凌乱的头发，睒着眼躲头顶的热风，脑袋一歪，撞在了的周正肩膀上。

周正关掉吹风机，长眸轻垂，看着她。林霜恰恰抬头瞟人，这么近的距离，两人目光交织。

很难形容对方在彼此眼中的形象，但应该都是不一样的存在吧。

两人都没说话，保持着奇怪的姿势。

林霜星眸闪了闪，扬起娇美的头颅，在周正脸颊上印下温柔的一吻，嫣然含笑，眼里光芒盈盈，比星海还要璀璨。

周正垂眸看着林霜，眼里情绪翻滚，却突然发亮，闪着莹润的光。

林霜真的笑了，是那种全然开心的笑容，有点温柔，有点娇媚，有点雀跃。她抓着周正的 T 恤，一下一下吻他的腮边、脸颊，最后游离到他的唇角，在他唇上啄了啄。

周正心思微动，喉结随之滚动，整个人都被这湿漉漉的吻烫到。

在林霜唇瓣要退走之际，周正低头，不管不顾地吻住了她。

等热吻结束，两人都气喘吁吁，面颊红烫。

林霜看着周正，扯着他的衣服，仰头呼气，红唇靡艳，眼睛湿润："周正，要不要发展一下？"

周正愣住："发展什么？"

林霜娇滴滴、软绵绵的，揪着周正的衣服，笑靥如花："无责任、无义务，我们随便玩玩怎么样？"

周正的神情猛然一僵，漆黑的瞳仁突然缩了下，直勾勾地盯着身前人。

林霜觉得周正不会反对，他怎么可能反对，她那么漂亮，他也喜欢她。

"你……"周正语气艰涩，似乎难以置信，"你是这么想的？"

"这样很公平，我们各取所需，互不干涉对方。"

享受身体，但不付出感情，进退自若，谁都没有负担和压力。

周正皱眉，扶着林霜往后退了一步，把她晾在原地。

他的脸垮了下来，绷得很紧，转身要走，咬牙切齿："你当我是什么？"

"周正，你别装了，哪次你看我时没点反应？"林霜柳眉倒竖，脸红如胭脂，"你真以为自己是正人君子？"

周正回头，紧皱眉头，狠狠看了她一眼，眼神又深又暗。

"周正！"林霜气急败坏。

周正脸色铁青，头也不回地走了。

上一次林霜只想玩玩而已，这一次，她只是想把他当作没感情的性伴侣！